ISLAND OF SECRETS

BAD BOY LIEBESROMANE

JESSICA F.

INHALT

Veröffentlicht in Deutschland:

Von: Jessica F.

© Copyright 2021

ISBN: 978-1-64808-739-4

❀ Erstellt mit Vellum

KOSTENLOSES GESCHENK

Klicken Sie hier für ihre Ausgabe

Tragen Sie sich für den **Jessica Fox Newsletter** ein und erhalten Sie ein KOSTENLOSES Buch exklusiv für Abonnenten.

Holen Sie sich hier Ihr kostenloses Exemplar von Eifersucht: Ein Milliardär Bad Boy Liebesroman"

Klicken Sie hier für ihre Ausgabe

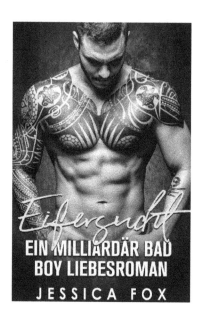

Neue Liebe entsteht, aber auch eine Eifersucht, die sie zu zerstören droht.

Ich habe meine winzige Heimatstadt und ihre Einschränkungen hinter mir gelassen. Dann erschien ein bekanntes Gesicht in der Bar, in der ich arbeite, und brachte mich wieder dorthin zurück, wo ich angefangen hatte ...

Mein Plan war, ewig Junggeselle zu sein. Die Frauen lieben und sie dann verlassen, sodass sie sich nach mir verzehrten.

Rainy Matthews, die Schulfreundin meiner Schwester, passte überhaupt nicht in meinen Plan.

Ab dem Moment, in dem ich sie erblickte, waren mein Körper und Geist in ständigem Konflikt. Mein Verstand sagte mir, dass sie tabu war, ich sie nicht mit meiner umtriebigen Art verletzen dürfe. Mein Körper sagte mir, dass ich sie wollte. Ich wollte sie stöhnen hören, während sie sich dem Genuss meines Schwanzes hingab.

Aber noch jemand anders wollte dafür sorgen, dass Rainy eine kurzlebige Affäre bleiben würde und nichts weiter. Eifersucht funkte dazwischen, und ich hatte keine Ahnung, ob wir überhaupt überleben würden ...

Klicken Sie hier für ihre Ausgabe

https://www.steamyromance.info/kostenlose-bücher-und-hörbücher

DIE HOSTESS DES DOMS

EIN GEHEIMES BABY MILLIARDÄR LIEBESROMAN (INSEL DER LIEBE BUCH EINS)

Sein Verhalten war unmöglich, wie zur Hölle konnte ich mich also in diesen arroganten Mann verlieben ...

Er behandelte andere Menschen wie Untergebene.
Stolzierte wie ein König herum.
Sah aus wie ein griechischer Gott.
Aber selbst sein gutes Aussehen konnte mir nicht helfen, darüber hinwegzusehen, was er von mir wollte.
Meine Unterwerfung.
Warum wollte er, dass ich auf die Knie fiel, wenn er mit den Fingern schnippte?
Warum wollte er, dass ich meine Beine spreizte, wenn er es verlangte?
Warum konnte er mich nicht einfach die Romanze haben lassen, die ich noch nie gehabt hatte?
Und warum wollte er mich verlassen, wenn er wusste, dass ich mich in ihn verliebt hatte?
Ich erwartete nicht, ihn jemals wiederzusehen, also hielt ich das, was unsere Liebe geschaffen hatte, geheim.
Würde er mir jemals vergeben können ...

1

NOVA

Ich ging den weißen Sandstrand entlang und beobachtete, wie das kristallklare Wasser ans Ufer schwappte. Ich war auf dem Weg zu einem wichtigen Bewerbungsgespräch, konnte aber nicht widerstehen, mir Zeit zu nehmen, die tropische Schönheit zu bewundern.

Meine Kollegen im Club Contiki, der Bar in den Florida Keys, in der ich jahrelang gearbeitet hatte, waren zu einer zweiten Familie für mich geworden und sie zu verlassen war nichts, was ich je zuvor in Erwägung gezogen hatte. Aber wenn man eine Einladung zu einem Bewerbungsgespräch für einen Job in einem neuen Resort in der Karibik bekommt, das einem der renommiertesten Milliardäre der Welt gehört, wäre man dumm, sich diese Gelegenheit entgehen zu lassen.

Galen Dunne war weithin bekannt für die Entwicklung hochmoderner Automobilsoftware, das Design von Schiffen und U-Booten, die aussahen, als würden sie direkt aus einem James-Bond-Film stammen, und die Planung von Expeditionen in den Weltraum. Momentan arbeitete er an seinem nächsten Projekt, das etwas ganz anderes sein sollte. Der rätselhafte Milliardär besaß jetzt eine eigene Insel – und war auf der Suche nach Mitarbeitern.

Mrs. Chambers, die Frau, die mich über meine berufliche E-Mail-Adresse kontaktiert hatte, sagte mir, dass sie genau die richtigen Leute für diese Insel suchten. Galen wollte, dass sie zu einem Resort für die Reichsten der Reichen wurde, und sie brauchten erfahrene Mitarbeiter, um es zu führen.

Ich war in den letzten Jahren als Concierge im Club Contiki tätig gewesen. Zuvor hatte meine Familie ein kleines Resort im Landesinneren geführt. Ich war damit aufgewachsen, mich um Gäste zu kümmern. Sicherzustellen, dass alle eine gute Zeit oder ihre Ruhe hatten, um sich zu entspannen, lag mir im Blut. Ich war großartig darin, Menschen dabei zu helfen, das zu erreichen, was sie wollten.

Als meine Eltern in Rente gingen, suchte ich in derselben Branche Arbeit. Club Contiki hatte mir eine Chance gegeben und mich zuerst mit der Zimmerreinigung betraut. Seine Klientel – überwiegend Prominente – verlangte, dass dort nur Leute eingestellt wurden, die wussten, wie sie sich in Gegenwart berühmter Persönlichkeiten zu benehmen hatten.

Obwohl ich damit aufgewachsen war, für Durchschnittsmenschen mit normalem sozialen Status und normalen Jobs zu arbeiten, habe ich ein Talent dafür, jeden als genau das zu betrachten, was er ist – ein Mensch. Kurz gesagt bin ich niemand, der irgendjemanden nur wegen seines Vermögens oder seiner eindrucksvollen Karriere vergöttert.

Alle Menschen mit Respekt zu behandeln und sie anhand ihres Charakters zu beurteilen war schon immer mein Motto. Bisher hatte es zu meinen Gunsten funktioniert. Nach einem Sommer bei der Zimmerreinigung wechselte ich zum Gästeservice. Das bedeutete, dass ich viel interessantere Dinge tat, als einfach nur Betten zu machen oder Sand vom Boden zu fegen.

Ich hatte viel Spaß bei der Arbeit im Contiki gehabt, aber

vielleicht würde ich noch mehr Spaß in diesem neuen, mysteriös klingenden Resort haben – vor allem, weil dieses Resort zufällig in der wunderschönen Karibik lag.

Aus diesem Grund hatte ich Mrs. Chambers' Einladung angenommen und sie gebeten, an diesem Wochenende mein Gast im Contiki zu sein.

Da die Sommersaison noch einige Monate entfernt war, standen viele leere Suiten zur Verfügung. Ein Vorteil der Arbeit dort war, ab und zu eigene Gäste haben zu können, wenn die Verfügbarkeit es erlaubte.

Eine der Hostessen hatte Mrs. Chambers an einen Tisch nahe dem Wasser gesetzt und dafür gesorgt, dass sie einen tropischen Cocktail in der Hand hatte. Ihre blonden Haare wehten hinter ihr in der warmen Brise, die vom Meer kam, und sie sah königlich aus, als sie den blauen Cocktail aus dem schlanken Glas trank.

„Hallo, Mrs. Chambers", begrüßte ich sie mit einem warmen Lächeln. „Ich bin Nova Blankenship."

Sie erhob sich zu ihrer vollen Größe von über 1,80 Meter und beugte sich vor, um mir die Hand zu schütteln. „Es ist mir eine Freude, Sie kennenzulernen, Miss Blankenship. Vielen Dank, dass Sie mich dieses Wochenende zu Ihrem Gast gemacht haben. Ich muss sagen, dass mir während des gesamten Bewerbungsprozesses kein anderer Kandidat eine solche Geste angeboten hat."

Ich deutete auf den Stuhl, von dem sie aufgestanden war, und nahm den anderen auf der gegenüberliegenden Seite des kleinen Tisches für zwei Personen. Auf den hohen Barstühlen baumelten meine Füße über dem Sand, während ihre langen Beine bis zum Boden reichten, wo ihre nackten Füße im Sand ruhten. „Bitte lassen Sie uns Platz nehmen und einander kennenlernen."

Mit einem Nicken ergriff sie ihren Drink wieder. „Der hier

ist übrigens köstlich. Danke, dass Sie ihn mir geschickt haben. Ist das ein Hauch von Mango, den ich da schmecke?"

„Der Barkeeper ist ein Meister der Kreativität. Er benutzt Kokosnusswasser als Basis und alle möglichen, mit tropischen Früchten durchsetzten Rumsorten." Ich überkreuzte die Beine an den Knöcheln, stützte einen Fuß auf die Stange unter dem Stuhl und lehnte mich zurück, um die Meeresluft tief einzuatmen. „Ich würde gerne mehr über die private Insel erfahren, die Mr. Dunne gekauft hat."

„Sie ist wunderschön", sagte sie und strahlte mich an. „Er ist ein Genie, wie Sie wahrscheinlich schon gehört haben. Seine Ideen sind unvergleichlich und diese ist keine Ausnahme. Sein Plan ist, das private Resort als Urlaubsort für die reichsten Menschen der Welt zu etablieren." Sie bewegte eine lange, elegante Hand durch die Luft, während sie den Kopf schüttelte. „Das habe ich Ihnen bereits in den E-Mails, die wir im vergangenen Monat ausgetauscht haben, mitgeteilt. Ich hasse es, Zeit damit zu verschwenden, dieselben alten Dinge zu wiederholen. Sie nicht?"

„Manche Dinge wiederholt man gerne", antwortete ich mit einem Lächeln. Molly, die Kellnerin, die unseren Tisch bediente, trat an meine Seite und erregte meine Aufmerksamkeit. „Guten Tag Molly."

„Schönen Nachmittag, Nova." Sie lächelte und nickte meinem Gast zu, den sie zuvor kennengelernt hatte. „Mrs. Chambers, genießen Sie Ihren Drink?"

„Das tue ich." Mrs. Chambers nahm noch einen Schluck. „Es wäre großartig, wenn Sie mir bei Gelegenheit noch einen bringen könnten."

„Natürlich", sagte Molly, bevor sie ihre Aufmerksamkeit auf mich richtete. „Du bist nicht im Dienst, Nova. Möchtest du auch etwas?"

„Warum nicht? Ich habe das Wochenende frei, um Zeit mit

meinem Gast zu verbringen." Ich dachte, ich könnte mich ein
wenig entspannen. „Bring mir bitte auch so einen Drink, Molly."

„Ich bin gleich wieder da." Sie sah über ihre Schulter zu mir,
als sie wegging. „Soll ich für dich und deinen Gast Reservierungen für das Dinner heute Abend machen?"

Ich hatte bereits alles für das Wochenende geplant. Ich
wollte Mrs. Chambers sehen lassen, wozu ich fähig war. „Das ist
nicht nötig, Molly. Ich habe bereits alles arrangiert. Danke für
das Angebot."

Als Molly wegging, blickte mich Mrs. Chambers wohlwol-
lend an. „Ich muss sagen, dass ich Ihren Stil liebe, Miss Blankenship."

„Vielen Dank. Und bitte nennen Sie mich Nova." Ich interessierte mich nicht allzu sehr für formale Anreden.

„Okay. Dann müssen Sie mich Camilla nennen." Sie griff
über den Tisch und legte ihre Hand auf meine. „Ich bitte nicht
oft darum, dass mich jemand bei meinem Vornamen nennt."

„Ich fühle mich geehrt." Das meinte ich ernst. Ich konnte
sehen, dass die Frau gut war in dem, was sie tat. Ich bewunderte
sie schon jetzt. „Ich habe Ihnen von meinen Erfahrungen in der
Gästebetreuung erzählt, aber was ich Ihnen noch nicht erzählt
habe, ist, was ich mir für meine Zukunft wünsche. Möchten Sie
es hören?"

„Bitte." Sie setzte sich auf. Neugier erfüllte ihr hübsches
Gesicht, das über eine ausgezeichnete Knochenstruktur
verfügte. Sie konnte nicht älter als vierzig sein und hatte sich gut
in Form gehalten. „Wie sieht Ihre Zukunft aus, Nova?"

Ich fuhr mit meiner Hand durch mein Haar, um es aus
meinen Augen zu streichen, und schaute zum wolkenlosen
blauen Himmel auf. „Ich arbeite sehr gerne, und ich liebe es, im
Paradies zu leben. Ich liebe das, was ich tue, und ich möchte in
dieser Branche weiterarbeiten. Ich möchte immer weiter aufsteigen, bis ich ganz oben bin. Ich möchte College-Kurse besuchen

und einen Abschluss machen, damit ich mir eines Tages eine Führungsposition in einem Resort verdienen kann."

Ich dachte darüber nach, wie ich für mein Studium bezahlen wollte, und fügte hinzu: „Ich möchte mich aber nicht verschulden, um meinen Abschluss zu machen. Das plane ich schon, seit ich vor drei Jahren angefangen habe, hier zu arbeiten, als ich erst zwanzig Jahre alt war. Von jedem Gehaltsscheck überweise ich zehn Prozent auf ein Konto, das ich eines Tages für die Studiengebühren verwenden kann. Und ich würde gerne so viel wie möglich weiterarbeiten, während ich die Kurse absolviere."

„Kluge Entscheidung." Sie nahm ihr Getränk und leerte die letzten Tropfen.

Molly kehrte mit unseren Drinks zurück, ersetzte Camillas Glas und stellte meines vor mir ab. „Bitte, meine Damen. Gibt es noch etwas, das ich euch beiden bringen kann?"

„Wie wäre es mit Hummer-Nachos?", fragte ich, als ich Camilla ansah.

„Das klingt lecker." Sie leckte sich die Lippen.

„Okay. Molly, bitte bringe uns Nachos für zwei Personen." Ich ergriff meinen Drink und nahm einen Schluck. „Das ist so gut."

„Ich werde William wissen lassen, dass ihr beide die Cocktails genießt", sagte Molly, als sie sich umdrehte. „Ich hole die Nachos und bin gleich wieder da."

Camilla hob eine Augenbraue und sah mich an. „Und wenn Sie genug Geld für das College gespart haben, müssen Sie dafür auf Festland gehen?"

„Nein, Ma'am. Ich werde Online-Kurse belegen." Ich hatte bereits alles recherchiert und geplant. „Ich habe das College schon ausgewählt und so weiter. Ich warte nur noch darauf, dass mein Sparkonto voll wird."

Camilla kaute auf ihrer Unterlippe herum und schien

darüber nachzudenken, was sie als Nächstes fragen wollte. Dann platzte sie heraus: „Sie würden mir nicht verraten, wie viel sie jetzt verdienen, oder?"

Ich nahm den Drink von der Cocktailserviette, auf den Molly ihn gestellt hatte, zog einen Stift aus der Tasche und schrieb mein Gehalt darauf, bevor ich sie zu ihr schob. „So viel."

„Hmm", sagte sie nachdenklich. „Ich kann sehen, warum es schon eine ganze Weile dauert, das Sparkonto zu füllen. Bei dieser Geschwindigkeit dauert es noch mindestens drei Jahre." Sie tippte sich mit einem langen rosa Nagel an das Kinn und wirkte tief in Gedanken versunken. „Ich kann Ihnen versichern, dass Sie alles haben, was Sie brauchen, noch bevor ein Jahr vergangen ist, wenn Sie den Job annehmen, den ich Ihnen anbiete."

„Ein Jahr?", fragte ich begeistert. Ich wusste, dass sie recht hatte. Hier würde es noch mindestens drei Jahre dauern, genug zu sparen, um mit dem Unterricht zu beginnen – und das nur, wenn es keine Notfälle gab, für die ich an meine Ersparnisse gehen musste. „Okay, darf ich ein paar Fragen zu dem Job stellen?"

„Fragen Sie ruhig." Camillas Augen weiteten sich, als Molly eine Servierplatte abstellte, auf der sich Nachos türmten. „Meine Güte. Das sieht wunderbar aus und riecht so gut!"

„Ich kann Ihnen versprechen, dass Sie nicht enttäuscht sein werden, Mrs. Chambers", sagte Molly schmunzelnd.

Camilla schob sich einen in Hummersauce getauchten Tortilla-Chip in den Mund und stöhnte. „Das ist so gut."

„Danke, Molly", sagte ich. „Die Nachos sehen heute besonders gut aus."

„Ich bin gleich zurück, um nach euch zu sehen. Lasst es euch schmecken", sagte Molly und ließ uns dann allein.

Ich ignorierte das Essen für einen Moment und fragte: „Was genau würde ich bei diesem Job machen?"

„Sie würden sicherstellen, dass unsere Gäste alles haben, was sie brauchen, um eine schöne Zeit bei uns zu verbringen." Sie nahm sich noch einen Chip. „Aber das bedeutet nicht, dass Sie etwas tun müssen, das Sie nicht wollen."

„Also ist es nicht die Art von Job, bei dem ich … Positionen einnehmen müsste, die ich vielleicht nicht möchte?" Ich wollte sicherstellen, dass wir über dasselbe sprachen. *Sex.*

Mit einem Nicken bediente sich Camilla großzügig an der cremigen Hummersauce. „Sex zwischen Mitarbeitern und Gästen ist nicht verboten. Wir erlauben unseren Mitarbeitern aber nicht, Geld oder Geschenke als Gegenleistung anzunehmen, und wir würden es niemals von ihnen verlangen. Wir stellen nur Erwachsene ein. Unsere Gäste werden größtenteils Erwachsene sein. Wir verstehen, dass diese Dinge auf natürliche Weise entstehen können, aber einige Gäste bringen vielleicht jüngere Familienmitglieder oder Freunde mit. Offensichtlich ist Sex mit Minderjährigen nicht erlaubt, aber was die Beziehungen von Mitarbeitern und erwachsenen Gästen angeht, hat Mr. Dunne die Interaktionen zwischen ihnen nicht eingeschränkt."

„Ich mag es nicht, in dieser Hinsicht Arbeit mit Vergnügen zu vermischen", ließ ich sie wissen. „Es sorgt für Gefühlsverwirrungen und ist meiner Meinung nach schlecht fürs Geschäft. Ich würde keine Beziehung zu einem Gast oder Kollegen in Ihrem Resort haben." Ihre Beschreibung gab mir eine bessere Vorstellung davon, was der Job wirklich beinhaltete. „Was Sie wollen, ist ein Concierge. Ist das richtig?"

„Hmm …" Sie steckte sich einen mit Sauce beladenen Chip in den Mund, als sie über meine Frage nachdachte. Nachdem sie geschluckt hatte, nippte sie an ihrem Drink und antwortete: „Wir möchten Sie nicht so nennen. Wir möchten die Dinge einfacher gestalten. Ihr Titel wäre einfach Hostess. Wir würden von Ihnen erwarten, dass Sie jeden als Ihren Gast behandeln und dafür sorgen, dass er sich willkommen fühlt. Es ist im Wesentlichen das Gleiche, was Sie an diesem Wochenende für mich tun: Sie führen mich herum, planen Aktivitäten – was auch immer der Gast wünscht. Und ich muss sagen, dass Sie sich sehr gut um mich kümmern. Nova, ich denke, Sie wären perfekt für diesen Job. Sie sind viel beeindruckender als alle anderen Bewerber, mit denen ich bisher gesprochen habe. Also, bitte sagen Sie mir, was Sie über all das denken."

Bislang hörte sich alles großartig an. „Ich müsste meinem Chef einen Monat im Voraus kündigen. Er muss einen Ersatz für mich finden, und ich müsste den neuen Mitarbeiter mindestens eine Woche lang ausbilden."

Sie stand auf und kam um den Tisch herum, um sich neben mich zu stellen. „Ich würde gerne Ihren Chef treffen und an Ihrer Seite sein, wenn Sie ihm sagen, dass Sie kündigen und im Paradise Resort arbeiten werden, sobald er Sie entbehren kann." Sie beugte sich vor, um das Gehalt zu flüstern, und mir wurde schwindelig.

„Wirklich?", musste ich fragen.

Sie lachte und warf den Kopf zurück. „Nova, bald wird sich alles für Sie verändern, mein liebes Mädchen."

Vorfreude ersetzte den Schock darüber, einen tollen Job mit einem Gehalt zu bekommen, das ich nie erwartet hätte. „Ich bin bereit dafür, Camilla. Sie können auf mich zählen. Lassen Sie uns meinem baldigen Ex-Chef einen Besuch abstatten."

2

ASTOR

Ich starrte auf das glitzernde azurblaue Wasser der Ägäis, als ich mich an das Balkongeländer lehnte. Wenn ich in mein Büro in Athen, Griechenland kam, fühlte es sich immer wie eine Heimkehr an. Ich war die meiste Zeit des Jahres geschäftlich unterwegs und meine Familie drängte mich ständig, mir Zeit für mich zu nehmen. Endlich zog ich in Betracht, genau das zu tun.

Mom und Dad hatten keine Ahnung, wie viel Zeit und harte Arbeit es gebraucht hatte, um der wohlhabende Mann zu werden, der ich war. Mit dreiunddreißig Jahren hatte ich wahrscheinlich mehr Arbeitsstunden absolviert als die meisten Rentner. Das Reisen nahm die meiste Zeit in Anspruch, Meetings mit Investoren und Verhandlungspartnern den Rest.

So viel Arbeit ließ mir keine Zeit für Vergnügungen.

In meinen jüngeren Jahren war ich tief in die BDSM-Szene involviert gewesen und hatte Subs, um mich nach einem harten Arbeitstag zu entspannen. Schließlich gab es nichts Schöneres als Sex, um Stress abzubauen. Mein Geschäft wuchs jedoch, als ich weltweit immer mehr Verbindungen knüpfte. Meine Zeit wurde zu wertvoll, um sie dazu zu verwenden, junge Frauen zu erstklassigen unterwürfigen Partnerinnen auszubilden.

Am Ende blieb diese Neigung ganz auf der Strecke. Die letzten Jahre waren mit neuen Projekten gefüllt gewesen, die mich ablenkten, eines davon war der Bau eines völlig neuen Resorts in der Karibik. Mein guter Freund Galen Dunne, mit dem ich schon in vielen anderen Geschäftsbereichen zusammengearbeitet hatte, hatte sich eine private Insel gekauft. Nachdem er einige Jahre allein dort verbracht hatte, wollte er daraus ein Resort machen.

Galen war nicht wie die meisten Menschen – kaum jemand, der solche Erfolge erzielte, war das. Als Genie, das mit fast allem Geld verdienen konnte, wollte Galen kein typisches tropisches Inselresort. Nein, mein Freund wollte das Beste vom Besten. Und nur Menschen mit einem ähnlichen Lebensstil wie er selbst waren dort eingeladen.

Eine Freundschaft mit Galen hatte viele Vorteile, unter anderem, dass in seinem Resort zwischen ihm und seinen Freunden niemals Geld den Besitzer wechseln würde. Stattdessen arbeiteten wir für unsere Zeit auf der Insel. Ich hatte meinen Teil getan, indem ich die Swimmingpools und die diversen Wasserlandschaften dort bauen ließ. Fünf der herausragendsten Pools, die ich je entworfen hatte, trugen dazu bei, das Resort, das er ‚Paradise‘ getauft hatte, zu dem schönsten Ort zu machen, den ich je gesehen hatte. Und ich hatte schon jede Menge Resorts gesehen.

Aus einem riesigen Wasserfall sprangen Meerjungfrauen aus Marmor, um die Gäste zu begrüßen, wenn sie den Pfad zum Hauptgebäude und zur Lobby hinaufgingen. Andere Wasserlandschaften enthielten einen riesigen Tintenfisch, Muscheln und sogar ein Segelboot. Mein Kunsthandwerker-Team hatte mich am Ende des Projekts stolz gemacht. Galen stimmte zu, dass er noch nie so schöne Arbeit gesehen hatte.

Es war ein paar Monate her, dass ich auf der Insel gewesen war. Nachdem wir die Arbeit beendet hatten, musste ich mich um andere Dinge kümmern. Ich war danach eine Weile in China gewesen und hatte nun endlich die Chance, wieder nach Athen zu kommen.

Meine Eltern lebten in einem palastartigen Anwesen, das ich für meine Familie gekauft hatte, nachdem ich meinen ersten großen Auftrag erhalten hatte. Mein Vater hatte seinen Lebensunterhalt als Metzger in Athen verdient, und wir waren in einem bescheidenen Zuhause in einem Viertel voller Arbeiterfamilien aufgewachsen.

Als ich meine erste Million verdient hatte, sagte ich ihm, dass er in den Ruhestand gehen und in dem großen Haus wohnen sollte, das ich für sie gekauft hatte. Sie waren alle hingerissen von dem Haus gewesen, einem zweitausend Quadratmeter großen architektonischen Meisterwerk, das einer meiner neuen Kollegen in jungen Jahren entworfen und gebaut hatte. Er wollte es verkaufen, da er seiner Familie ein neues, größeres Haus gebaut hatte.

Als ich meine erste Milliarde verdient hatte, sagte ich ihnen, ich wollte das Haus, das sie inzwischen liebten, verkaufen. Inmitten des Murrens meiner Familie vertraute mir nur Mom. „Seid alle still und lasst euren Bruder sprechen. Er hat uns noch nie im Stich gelassen. Warum sollten wir denken, dass er es jetzt tun würde?"

Als ich sie in ihr neues Zuhause brachte, ein weitläufiges Herrenhaus mit dem ersten Pool, den ich je in der Mitte eines Gebäudes entworfen hatte, vergaßen alle das andere Haus und verliebten sich sofort in das neue. Der Ausdruck auf ihren Gesichtern war alle Mühen wert. Das war einer der Gründe, warum ich immer so hart arbeitete.

Der andere Grund war, dass ich alles gab, um Geld zu verdienen. Nun, ich liebte es einfach. Ich liebte die Aufregung dabei, Angebote zu machen und um den besten Preis, den besten Vertrag und die besten Materialien zu feilschen. Egal, worum es ging – ich wollte das Beste davon. Und ich wurde verdammt gut darin, das Beste zu bekommen.

Es bereitete mir so viel Freude, für die Menschen, in die ich investiert hatte, Geld zu sparen. Es ermöglichte ihnen, für ihre Projekte das beste Material zum besten Preis zu bekommen. Die Einsparungen flossen wieder in andere Teile des Projekts zurück, sodass sie oft die beste Arbeit ihrer Karriere abliefern konnten.

Ja, ich arbeitete hart, damit ich für meine Familie sorgen konnte, aber ich tat es auch für mich. Indem ich zusammen mit meinem Vater in der Metzgerei arbeitete, finanzierte ich mein Business-Studium, weil ich ihn nicht mit den Kosten belasten wollte. Als ältestes von sechs Kindern betrachtete ich es als meine Verantwortung, meiner Familie zu helfen – und zwar allen Mitgliedern.

Im Laufe der Jahre hatten meine beiden Brüder geheiratet und ihre Frauen in das Herrenhaus gebracht. Nichten und Neffen füllten bald seine riesigen Hallen. Meine drei Schwestern, die jünger als meine Brüder und ich waren, warteten einige Jahre, bevor sie heirateten. Aber alle hatten es inzwischen getan. Und alle waren ausgezogen, um bei ihren Ehemännern zu wohnen. Sie wollten, dass ihre Männer ihren Familien ein Heim bieten konnten.

Als Grieche wusste ich, dass meine Schwager stolz waren und nie zulassen würden, dass ich für ihre Familien sorgte. Aber ich gab meinen Schwestern und ihren Kindern extravagante Geschenke, die sicherstellten, dass keiner von ihnen jemals auf etwas verzichten musste, was sie wollten.

Ich konnte sehen, wie glücklich meine Geschwister mit ihren Familien waren, aber ich wusste, dass dieses Leben einfach nichts für mich war. Ich war verheiratet mit meinem Geschäft und hatte Frieden mit der Tatsache geschlossen, dass ich mich nie niederlassen und zu dem werden würde, was aus meinen Brüdern geworden war: liebevolle Ehemänner und hingebungsvolle Väter.

Ich liebte Frauen, aber die meisten von ihnen – abgesehen von Subs – hielten mich für zu streng, um ein geeigneter romantischer Partner zu sein. Und ich stimmte ihnen zu. Romantik interessierte mich nicht, und ich hatte keine Zeit für die Liebe. Und sicherlich keine Zeit für all das süße Liebesgeplänkel, das ich manchmal von meinen Brüdern und Schwagern hörte.

Nein, dafür hatte ich kein Talent. Ich war schon immer ein Mann gewesen, der zur Sache kam. Wenn ich eine Frau wollte, ließ ich es sie wissen. Wenn ihr meine Art zu kommunizieren und mein Verhalten nicht gefielen, ließ sie es mich auch ziemlich schnell wissen. Und wenn sie meine strenge Art mochte, war das ebenfalls leicht zu erkennen.

Es war nicht nötig, alles mit schönen Worten oder Emotionen zu komplizieren. So mochte ich es am liebsten.

Als ich die salzige Meeresluft tief einatmete, dachte ich darüber nach, was ich als Nächstes tun wollte. So viele Projekte lagen auf meinem Schreibtisch, dass es keine einfache Aufgabe war, mich für das nächste zu entscheiden.

Als das Telefon klingelte und ich Galens Namen auf dem Display sah, ging ich ran. „Galen, hallo! Es ist schön, von dir zu hören."

„Das freut mich, Astor", sagte er mit irischem Akzent. Galen stammte aus Dublin und hatte sich auf der Emerald Isle, die er seine Heimat nannte, einen Namen gemacht, bevor er den Rest der Welt eroberte. „Ich rufe an, um dich ins Paradise einzuladen. Nächste Woche haben wir unsere ersten Gäste, und ich möchte, dass du einer von ihnen bist."

„Nächste Woche?", fragte ich. „So bald?"

„Ja, so bald." Er lachte auf seine ganz eigene, herzliche Weise. „Lass dein Geschäft für den Sommer hinter dir, Kumpel. Du hast dir eine Pause verdient. Ich lasse diesen Sommer Köche aus aller Welt für uns kochen. Und das Personal hat sich auch auf unsere Ankunft vorbereitet. Lass dich einfach verwöhnen, mein Freund."

„Verwöhnen", wiederholte ich. „Das passiert mir nicht allzu oft, Galen." Bei dem Gedanken, mir den ganzen Sommer freizunehmen, brodelte mein Blut vor Begeisterung. „Aber tagelang in der Sonne zu faulenzen und im kristallklaren Wasser der Karibik schwimmen zu gehen klingt tatsächlich wunderbar ..."

„Und belebend", fügte er hinzu. „Wann kann ich dich also sehen?"

„Ich bin nicht sicher." Es gab immer Dinge, die noch erledigt werden mussten, bevor ich irgendwohin gehen konnte. „Ich glaube, meine Assistentin hat Papiere, die ich unterschreiben muss, und dann gibt es ein Meeting in New York, an dem ich teilnehmen sollte. Ich denke, es ist in ein oder zwei Wochen ..."

„Unsinn. Sag allen, dass sie dich im August wiedersehen. Im Mai, Juni und Juli bist du mit anderen Dingen beschäftigt." Er stieß ein weiteres Lachen aus, das sich anhörte, als würde es direkt aus seinem Bauch kommen. „Dingen wie Entspannen am Strand, exotische Drinks meiner Barkeeper und vielleicht sogar eine oder zwei Frauen."

„Frauen?", fragte ich lachend. „Ich bezweifle, dass ich jemanden finden werde, mit dem ich eine Affäre haben könnte. Wen hast du noch eingeladen?"

„Eine Handvoll Leute. Weißt du, es wird im Paradise viele geeignete Frauen geben. Wie könnte ein Ort ohne Frauen ein Paradies sein?", fragte er.

„Es ist schon so lange her, dass ich eine Affäre hatte. Ich weiß nicht, ob ich mich daran erinnern kann, wie man flirtet." Ich war sowieso nie großartig beim Flirten gewesen. Beim Flirten kam man nicht schnell genug auf den Punkt.

„Nun, die Drinks werden dir dabei sicher helfen, Astor. Ich mache mir eine Notiz, dass ich dich am ersten Mai in Paradise sehen werde. Sei dort oder ich komme dich holen." Er lachte über seinen eigenen Witz.

Obwohl ich mich noch nicht entschieden hatte, ob ich hingehen würde oder nicht, brachte mich der Mann zum Lachen, was ich nicht oft genug tat. „Weißt du was? Ich denke, ich werde deine Einladung annehmen, mein irischer Freund. Wir sehen uns am ersten Mai."

„Ich werde mit einem kalten Drink in der Hand auf dich warten", sagte er. „Oder noch besser, ich werde ein schönes Mädchen mit einem kalten Drink in der Hand auf dich warten lassen. Ich habe für jeden meiner geschätzten Freunde einen persönlichen Host oder eine Hostess vorgesehen. Und ich werde genau die Richtige für dich aussuchen."

„Versuche dich besser nicht als Kuppler, Galen. Und halte keinen Drink für mich bereit. Ich habe Alkohol und Zucker gemäß den Ratschlägen meines Personal Trainers aufgegeben." Ich befürchtete, er könnte beleidigt sein, wenn ich auch noch die Frau ablehnte, die er für mich während meines Inselaufenthalts aussuchen wollte. „Und ich würde mir meine Frauen gern selbst aussuchen, wenn es dir nichts ausmacht."

„Oh, es macht mir nichts aus. Du kannst dir jede aussuchen, die dir gefällt. Ich möchte meinen Gästen einfach VIP-Service bieten, indem ich ihnen einen Host oder eine Hostess zur Verfügung stelle, um sicherzugehen, dass sie alles erleben, was das Paradise ausmacht. Ich will, dass niemandem von euch etwas entgeht. Es gibt so viel zu tun und zu sehen – du wirst eine Hostess brauchen."

Er hatte mich überzeugt, und jetzt empfand ich nur noch Vorfreude beim Gedanken an meinen bevorstehenden Urlaub. „Weißt du was? Ich denke, das könnte genau das sein, was ich brauche. Danke, mein lieber Freund. Ich kann es kaum erwarten, den Sommer im Paradise zu verbringen."

NOVA

Der Tag war endlich gekommen. Die ersten Besucher der Insel hatten gebucht, um den Sommer im Paradise zu verbringen, und würden am nächsten Tag eintreffen. Camilla Chambers hatte alle Hosts und Hostessen in einer Reihe antreten lassen, um zu verkünden, wer sich um welche Gäste kümmern würde.

„Ich habe die Liste genau hier." Sie sortierte den Papierstapel, den sie in der Hand hielt, sah dann aber auf, als jemand die Lobby betrat. „Mr. Dunne! Hallo! Was für eine Überraschung. Ich wusste nicht, dass Sie heute hier sind. Ich dachte, Sie kommen morgen."

Obwohl ich jetzt auf der Insel des Mannes arbeitete, fiel es mir immer noch schwer zu glauben, dass Galen Dunne selbst in die Lobby schlenderte. „Mrs. Chambers, es ist schön, Sie zu sehen. Ich wollte früher hier sein, um meine ersten Gäste zu begrüßen." Er überflog die Mitarbeiterreihe, und seine blauen Augen stoppten abrupt auf mir. „Und Ihr Name ist?"

Als ich an die leere Stelle über meiner linken Brust griff, erkannte ich, dass ich vergessen hatte, mein Namensschild anzubringen. Camilla legte ihre Hand auf ihre Stirn und mir wurde klar, dass ich Mr. Dunne mit der Handbewegung auf den

Verstoß aufmerksam gemacht hatte. Hosts und Hostessen sollten immer ihre Namensschilder tragen. „Entschuldigen Sie. Ich heiße Nova Blankenship. Ich wusste nicht, dass heute jemand kommt, sonst würde ich mein Namensschild tragen."

„Kein Problem, Mädchen." Er lächelte mich an, und ich konnte nicht anders, als ihn ebenfalls anzulächeln.

„Danke, Sir." Obwohl der Mann eine Legende war, hatte ich das Gefühl, dass wir gut miteinander auskommen würden. „Ich freue mich darauf, für Sie zu arbeiten."

Er hob eine dunkle Augenbraue und fragte: „Tun Sie das?" Sein irischer Akzent brachte ein Lächeln auf mein Gesicht, das nicht wieder verschwand.

„Ja, Sir." Mir war vage bewusst, dass uns alle anschauten, und ich fuhr fort: „Ich bin in dieser Branche aufgewachsen. Meine Eltern betrieben ein Ferienresort an der Küste Floridas – ich wurde mit der Versorgung der Gäste betraut, sobald ich gehen und sprechen konnte. Es liegt mir im Blut."

„Also ist es für Sie selbstverständlich, Dinge für unsere Gäste zu tun", sagte er und legte seine Hand auf meine Schulter. „Ich weiß nicht, wem Mrs. Chambers Sie zugewiesen hat, aber ich möchte, dass Sie sich um meinen guten Freund Mr. Christakos kümmern. Er wird morgen früh hier sein. Er hat die vielen Swimmingpools und Wasserlandschaften auf der Insel entworfen."

Mir stockte vor Aufregung der Atem. Ich hatte die Pools und das Outdoor-Design bereits bewundert und betrachtete sie als Kunstwerke. „Das wäre ein großes Privileg für mich, Sir. Seine Arbeit war das Erste, was ich bemerkte, als ich hier ankam – und seitdem bin ich fasziniert davon. Es wäre mir eine Ehre, dafür zu sorgen, dass er im Paradise viel Spaß hat."

Er tätschelte meine Schulter. „Gut. Ich bin froh, Sie so glücklich zu machen, Mädchen. Ich bin sicher, dass Sie ihm in diesem Sommer eine wunderbare Zeit bereiten werden."

„Oh, das werde ich. Sie müssen sich deswegen keine Sorgen machen." Ich drehte mich um und sah, wie Camilla mir ein Blatt Papier hinhielt.

„Bitte schön. Das sind Informationen zu Astor Christakos und den Dingen, die er gerne macht. Sie können diese Notizen verwenden, um einen Urlaubsplan für ihn zu erstellen. Eigentlich hatte ich Sie für einen anderen Gast vorgesehen, aber das lässt sich leicht ändern." Camilla beugte sich vor, um zu flüstern. „Passen Sie auf sich auf, wenn Sie ihn treffen. Er ist so ziemlich der schönste Mann, den ich je gesehen habe. Aber sein Verhalten ist gewöhnungsbedürftig."

„Das werde ich mir merken, danke." Ich faltete das Blatt Papier zusammen und steckte es in meine Hosentasche.

Mr. Dunne begrüßte jeden Host und sprach mit allen von uns, bevor er sich entschuldigte, um zu seinem Bungalow zu gehen und sich für das Mittagessen frischzumachen. Er erzählte uns, dass er sich darauf freute, den Rest des Personals zu treffen. Ich fand ihn viel bodenständiger, als ich es von einem Mann seines Status erwartet hätte.

Eine der anderen Hostessen, Alexis, kam mit einem Grinsen im Gesicht zu mir. „Weißt du, ich stamme auch aus Griechenland, genau wie Mr. Christakos. Er hat den Ruf, härter zu arbeiten als die meisten anderen Männer. Ich vermute, dass er so zum Milliardär wurde. Er kam einmal in das Hotel in Athen, wo ich damals gearbeitet habe – zu einem Meeting, denke ich. Er war abrupt und fast unhöflich. Versuchen Sie also, Ihre Gefühle nicht verletzen zu lassen. Ich wollte Ihnen nur eine Vorwarnung geben."

„Ich habe in meinen anderen Jobs schon mit jeder Menge komplizierten Gästen zu tun gehabt." Ich war doch keine Anfängerin. „Aber ich werde meine Gefühle unter Kontrolle halten, was ihn betrifft, und versuchen, mich nicht von ihm einschüchtern zu lassen. Danke für Ihren Rat, Alexis."

„Gern geschehen." Sie lächelte mich an, als sie mir sagte, wen sie empfangen würde. „Ich habe diesen Sommer die Chesterfields. Sie sind ein Ehepaar und bringen ihre beiden Kinder mit. Teenager." Sie verdrehte die Augen. „Ich hoffe, dass sie eher ruhig sind und nicht den ganzen Tag an mir hängen und versuchen, mit mir zu flirten."

„Teenager sind am schlimmsten", stimmte ich zu. „Hoffentlich werden ihre Eltern sie unter Kontrolle halten."

„Ja, hoffentlich", sagte sie und ließ mich dann zurück, als Camilla sie beiseite zog, um mit ihr zu sprechen.

Ich ging in das Restaurant, wo wir zu Mittag essen würden, um zu sehen, ob die Mitarbeiter dort Hilfe bei den Vorbereitungen brauchten. Ich wollte alles über die Vorgänge auf der Insel erfahren. Der Ort hatte mich überwältigt und übertraf meine kühnsten Erwartungen. Für immer dort zu arbeiten wäre ein Traum.

Dieser Ort war meine Zukunft und egal, wer oder was mir in die Quere kam, ich würde alles aus dem Weg räumen, wenn ich musste. Keiner der Urlaubsorte, an denen ich bisher in meinem Leben gearbeitet hatte, war so schön oder so voller großartiger Menschen gewesen wie das Paradise.

So wundervoll ich alles auch bislang fand – ich musste erst noch die Gäste treffen, die das Resort besuchen würden. Ich hatte schon mit normalen Leuten und Prominenten zu tun gehabt, aber noch nie mit den Ultra-Reichen.

Mr. Dunne schien nett zu sein, aber war Mr. Christakos genauso nett?

Der Tag ging schnell vorbei, während wir alles für die Gäste vorbereiteten. Als ich endlich ins Bett kam, fiel ich in einen erschöpften Schlaf, da ich geistig und körperlich von dem arbeitsreichen Tag ausgelaugt war.

Als mein Wecker früh am Morgen klingelte, schleppte ich

mich aus dem Bett, um zu duschen und mich darauf vorzubereiten, meinen Gast zu treffen.

Es ist an der Zeit, wirklich mit der Arbeit zu beginnen.

Alle Angestellten wohnten in einem Gebäude auf dem Anwesen, dessen Zimmer und Suiten schön groß waren. Eine Gemeinschaftsküche und ein Wohnbereich bildeten die Vorderseite des Gebäudes. Ich ging gerade rechtzeitig durch die Doppeltür, um ein Boot zu hören, das sich dem Dock näherte. Umgehend beeilte ich mich, dorthin zu gelangen, bevor der erste Gast an Land kam.

Die anderen Hosts waren auf dem Dock versammelt und standen in einer Reihe da. Die Hände hatten sie vor sich verschränkt. Wir trugen alle die gleiche Uniform: Khaki-Shorts, ein weißes, kurzärmliges Hemd und Sandalen. Die Frauen hatten ihre Haare im Nacken hochgesteckt und die Männer waren alle glattrasiert. Stolz darauf, wie wir uns alle präsentierten, nahm ich meinen Platz am Ende der Reihe ein.

Mr. Dunne wollte seine Gäste persönlich begrüßen, deshalb stand er an vorderster Front. Er begrüßte den ersten, der mit einem breiten Grinsen ankam, und sagte: „Guten Morgen, Grant. Dass muss deine bezaubernde Frau Isabel sein." Er schüttelte die Hand des Mannes, als er aus dem Boot stieg, und klopfte ihm fest auf den Rücken, bevor er die Hand der Frau nahm, um ihr aus dem Boot zu helfen, und sie küsste. „Freut mich, dich kennenzulernen, Isabel."

„Ich habe so viel von dir gehört, Galen", sagte Isabel mit einem Lächeln. „Mein Mann konnte nicht aufhören, über den Privat-Club zu sprechen, den du hier für deine Gäste gebaut hast. Ich persönlich kann es kaum erwarten, alles zu sehen."

Mr. Dunne zwinkerte ihr zu und legte ihre Hand, die er immer noch hielt, in die Hand ihres Mannes. „Lass dir alles von Grant zeigen, nachdem ihr euch in eurem privaten Bungalow eingerichtet habt." Er nickte Mrs. Chambers zu. „Können Sie die beiden zu ihrem persönlichen Host bringen?"

„Sehr gern." Sie schüttelte beiden die Hand, bevor sie sie zu Kyle führte. „Das ist Kyle. Er wird diesen Sommer Ihr Host sein. Ich habe ihm Ihre Informationen gegeben und er hat für Sie beide Aktivitäten geplant. Falls es Änderungen gibt, die Sie vornehmen möchten, lassen Sie es ihn einfach wissen und er kümmert sich darum."

Grant legte seinen Arm um die Schultern seiner Frau und küsste die Seite ihres Kopfes. „Danke, Mrs. Chambers." Er sah sie mit einem Grinsen an, das ich nur verrucht nennen konnte. „Wird Mr. Chambers auch hierherkommen?"

„Gelegentlich", sagte Mrs. Chambers. „Er hat immer viel zu tun. Aber wenn er zu Besuch kommt, werde ich ihn sicher zu Ihnen schicken. Ich bin mir sicher, dass er Sie gerne sehen wird."

„Ich wette, dass er das tut", sagte Grant. „Es gibt ein paar Dinge, die ich ihm beibringen kann. Ich denke, sie werden auch Ihnen gefallen."

Mrs. Chambers' Wangen röteten sich, und ich fragte mich, worum es ging. Ich hatte nicht viel Zeit, um darüber nachzudenken, bevor ein weiteres Boot zum Dock kam, während das erste Boot davonfuhr, um in dem nahegelegenen Jachthafen anzulegen.

Als Mr. Dunne sich zu mir umdrehte, wusste ich, dass es Mr. Christakos sein musste. „Kommen Sie her, Miss Blankenship."

Ich ging zu meinem Boss und flüsterte, als ich mich ihm näherte: „Mr. Dunne, Sie können mich Nova nennen, wenn Sie wollen."

„Ich weiß." Er zwinkerte mir zu.

Ich fühlte mich etwas verlegen, zwang mich aber zu einem Lächeln und machte mich bereit, den Mann zu treffen, mit dem ich in den nächsten Monaten so viel Zeit verbringen würde. Das

Boot hielt an und der Portier packte das Seil, das der erste Offi-
zier ihm zuwarf, und sicherte es, damit der Gast problemlos das
Dock betreten konnte.

Aus der Kabine kam ein Mann mit dunkelbraunen Haaren,
die in dichten Wellen auf den Kragen seines hellgrünen
Hemdes hingen. Die langen Ärmel waren ein Stück weit hoch-
gerollt und zeigten starke, gebräunte Unterarme. Schwarze
Shorts umschlossen seinen muskulösen Hintern und seine kräf-
tigen Oberschenkel. Ich schluckte, als ich seinen wunderschönen Körper sah.

Das wird nicht einfach.

Er zog seine dunkle Cartier-Sonnenbrille im Fliegerstil ein
wenig herunter und sah mich an. Seegrüne Augen musterten
meinen Körper von Kopf bis Fuß, bevor er die Brille wieder auf
seine Nase schob. „Galen", begrüßte er meinen Boss.

Mr. Dunne streckte die Hand aus, schüttelte die Hand seines
Freundes und half ihm, vom Boot auf das Dock zu steigen.
„Astor. Ich möchte, dass du deine Hostess, Nova Blankenship,
kennenlernst." Mein Boss drehte sich wieder zu mir um. „Sie
zieht es vor, bei ihrem Vornamen gerufen zu werden. Und wie
soll sie dich nennen?"

„Mr. Christakos." Der Mann ging an mir vorbei und seine
breiten Schultern wiegten bei seinen Schritten, die von natürli-
chem Selbstbewusstsein zeugten. „Komm, Nova."

Als ich Mr. Dunne ansah, wusste ich nicht, wie ich auf den
unhöflichen Befehl und das Fehlen einer Begrüßung reagieren
sollte. Er nickte mir kaum merklich zu. „Zeigen Sie ihm seinen
Bungalow, Miss Blankenship."

Ich beeilte mich, Mr. Christakos einzuholen, und ging an
seiner Seite. „Ich hoffe, Ihre Reise hierher war sehr angenehm,
Mr. Christakos."

Er machte sich nicht einmal die Mühe, auf meinen
Kommentar zu antworten. Stattdessen sagte er: „Du musst

sicherstellen, dass in meinem Bungalow reichlich Wasserflaschen sind. Meine Assistentin hat vergessen, das auf die Liste der Dinge zu setzen, die ich brauche, als sie mit Camilla sprach."

„Natürlich, Sir. Ich werde Ihnen einen Kasten bringen, sobald ich sicher bin, dass Sie sich in Ihrem Bungalow gut eingelebt haben." Angesichts seiner mangelnden Wärme dachte ich, ihm zu sagen, wie sehr ich die Pools und Wasserlandschaften liebte, würde ihm vielleicht helfen, sich zu entspannen. „Mr. Dunne hat mir erzählt, dass Sie die Pools und Wasserlandschaften der Insel entworfen haben ..."

Ich konnte kein weiteres Wort sagen, als er völlig zum Stillstand kam und sich abrupt zu mir umdrehte. Er zog seine Sonnenbrille bis zum Ende seiner Nase herunter und dieses Mal zeigte sich mehr als ein bisschen Verärgerung in seinen wunderschönen Augen. „Ich verabscheue Smalltalk."

Ich biss mir auf die Zunge, um meinen Gast nicht wütend zu machen und möglicherweise meinen Job zu verlieren, und nickte. Ich wusste plötzlich, dass ich das in Gegenwart dieses Mannes, den ich den ganzen Sommer lang bedienen musste, noch oft tun würde.

Das hier ist vielleicht nicht der Traumjob, für den ich ihn gehalten habe.

ASTOR

Der bezaubernde blonde Dutt in ihrem Nacken sagte mir, dass meine Hostess lange, dichte Haare hatte. Ich könnte wetten, dass sie bis zu ihrem festen, kleinen Hintern reichten – einem Hintern, der sofort meine Aufmerksamkeit verlangt hatte. Er wölbte sich rund in ihre schlanken Oberschenkel und an der Krümmung ihres unteren Rückens befand sich eine Vertiefung, in die meine Hand perfekt passen würde.

„Ich verabscheue Smalltalk", sagte ich, bevor ich meine Sonnenbrille zurück auf meine Nase schob und zu meinem Bungalow ging. Sie musste die Grundlagen über mich kennen, also begann ich, ihr zu sagen, was ich brauchte. „Ich stehe jeden Morgen um vier Uhr auf, um zu trainieren. Nach dem Duschen erwarte ich, dass das Frühstück auf dem Tisch steht."

„Wie lange dauert das Training, Sir?", fragte mich Nova, die neben mir blieb und das Tempo hielt, das ich gewählt hatte.

„Eine Stunde." Ich schaute auf die Reihe der Überwasser-Bungalows, vor denen wir standen. „Gehört einer davon mir?"

„Ja, Sir." Sie zeigte auf den zweiten. „Dieser gehört Ihnen für den Sommer."

Da das Wasser so klar war, war es schwierig, seine Tiefe

abzuschätzen. „Und wie tief ist das Wasser unter dem Deck des Bungalows?"

„Etwa einen Meter." Sie griff in ihre Tasche und zog die Karte heraus, um die Tür zu öffnen. „Etwa zwei Meter vom Bungalow entfernt wird das Wasser viel tiefer, bis zu fünf Metern oder so."

„Dort sollte man hervorragend schwimmen können. Setze das auf meinen Zeitplan und verschiebe das Frühstück dreißig Minuten nach hinten. Ich werde nach dem Training schwimmen gehen und dann duschen." Ich hatte bereits damit begonnen, meine normale Routine zu ändern – genau das, was ich mir von diesem Urlaub erhofft hatte. Ein gewisser Stolz auf mich brachte mich fast zum Lächeln.

Fast.

Nova streckte ihren Arm aus und bedeutete mir, dass ich zuerst hineingehen sollte. „Und hier sind wir. Bitte erlauben Sie mir, Ihnen Ihr Zuhause für den Sommer zu zeigen."

Ich trat ein, fand mich in einem Flur wieder und ging weiter. „Wie viele Schlafzimmer hat dieses Haus?"

„Nur das eine. Und ein Bad. Der Wohnbereich und die Küche sind offen gestaltet, und die hohe Gewölbedecke sorgt für eine angenehme Brise." Sie ging um mich herum, als ich im Wohnbereich anhielt. Jalousien bedeckten die gesamte Wand aus raumhohen Fenstern und Glastüren, die auf das Meer blickten. Sie nahm eine Fernbedienung und reichte sie mir. „Damit werden alle Jalousien, die Innentemperatur und der Fernseher gesteuert. Die Fernbedienung ist gut beschriftet, so dass Sie sehen können, welche Taste was tut."

Ich drückte auf die Taste für die Jalousien und vor mir offenbarte sich eine wunderschöne Szene: Auf einem großen Deck befanden sich ein Infinity-Pool und zwei Liegestühle sowie ein kleiner Tisch für zwei Personen. „Warum gibt es zwei Stühle?"

„Falls Sie einen Gast zu sich einladen wollen, Sir." Sie sah

von mir weg und drehte sich zur Küche um. „Ich habe den Kühlschrank mit Ihren bevorzugten Lebensmitteln befüllt. Und in
wenigen Minuten bringe ich Ihnen noch eine Kiste Wasser." Sie
ging zu der Doppelglastür, die zum Deck führte, und drückte sie
auf, bevor sie mich ansah. „Möchten Sie mit mir kommen, Sir?
Ich möchte Ihnen gerne zeigen, wie der Whirlpool
funktioniert."

Ich folgte ihr und bemerkte, wie ihre haselnussbraunen
Augen funkelten, als sie ihre rosa Lippen zu einem Lächeln
verzog. Ihre Unterlippe war voll und die Oberlippe hatte den
perfektesten Amorbogen, den ich je gesehen hatte. Ihre Zähne
waren weiß und gerade und sagten mir, dass sie gut auf sich
achtete. Das gefiel mir.

Sie war etwa 1,62 Meter groß und ich konnte sehen, dass sie
trainierte, um ihren Körper in Topform zu halten. Ihre festen,
großen Brüste würden in einem Bikinioberteil fantastisch aussehen. Als ich sie mir in einem schwarzen String-Bikini vorstellte,
wie ihr blondes Haar in der Meeresbrise wehte, bekam ich
sofort eine Erektion, also nutzte ich einen der Liegestühle, um
diese Tatsache zu verbergen, indem ich mich dahinter stellte.
„Das ist also das Steuerpad für den Whirlpool?", fragte ich, als
wüsste ich es nicht bereits.

„Ja, das ist es." Sie deutete auf den Schalter, mit dem offensichtlich die Düsen eingeschaltet wurden. „Alles, was Sie tun
müssen, ist, hier zu drücken, und Sie haben Action in Ihrem
Whirlpool." Selbst unter ihrer gebräunten Haut sah ich, dass
eine sanfte Röte ihre Wangen füllte. „Ich weiß nicht, warum ich
das so gesagt habe." Sie sah kurz auf den Boden, bevor sie den
Kopf hob. „Wie auch immer, wenn Sie mit mir kommen, werde
ich Sie zu Ihrem Schlafzimmer und dem angrenzenden Bad
führen."

„Das finde ich selbst." Die Erektion zeigte keine Anzeichen
dafür, dass sie bald verschwinden würde. Und als Nova ihre

Hände auf die Hüften stützte und ihr Gewicht auf den linken Fuß verlagerte, machte die sexy Pose meinen Schwanz nur noch hartnäckiger. „Hol mir Wasser."

Zuerst sah sie mich nur erschrocken an. „Die zusätzliche Kiste oder eine Flasche?", fragte sie, als ein Moment vergangen war.

„Eine Flasche." Ich schaute auf die kleinen Wellen, die über das klare blaue Wasser rollten, um mich von der betörend schönen Frau abzulenken.

Galen, der verschlagene Mistkerl, muss die Hände dabei im Spiel gehabt haben, sie als meine Hostess auszuwählen!

Trotz seiner Bemühungen hatte ich keine Pläne, während meines Urlaubs Kontakte zu Frauen zu knüpfen. Warum sollte ich mir von einer Frau eine entspannte Zeit vermiesen lassen?

Nova kam mit einer Flasche Wasser in der Hand zurück. Sie schraubte den Deckel auf und hielt sie mir dann hin. „Bitte, Mr. Christakos."

Unsere Fingerspitzen berührten sich leicht, als ich die Flasche von ihr entgegennahm, was meinen Schwanz noch ein bisschen härter machte. „Sie können jetzt den Wasserkasten holen."

„Ja, Sir." Nova wandte sich ab, und ich sah zu, wie sie davonging. Die Art und Weise, wie sich ihr Hintern bei jedem ihrer Schritte bewegte, führte dazu, dass ich mir auf die Unterlippe biss.

Fuck, sie ist heiß!

Ich trat hinter den Stuhl und ging hinein. Ich musste mich abkühlen – dringend. „Okay, und wenn schon. Dann ist sie eben heiß." Ich setzte mich auf das Sofa und schaute auf das Zelt in meinen Shorts.

Ich hörte, wie sich die Tür öffnete und schnappte mir schnell ein Kissen, um meine Erregung zu verdecken.

„Bitte, Mr. Christakos." Nova stellte den Wasserkasten auf

die Theke und räumte die Flaschen in den Kühlschrank. „Soll ich Ihnen sagen, welche Aktivitäten Ihnen auf der Insel zur Verfügung stehen? Oder haben Sie Hunger? Oder ...“

„Nein. Ich werde dir meine Bedürfnisse und Wünsche mitteilen. Wenn ich etwas tun möchte und es allein nicht hinbekomme, frage ich dich danach. Ich will nicht herumgeführt werden.“ Ich stellte die Wasserflasche vor mir auf den Tisch. „Komm. Lass mich dir sagen, wie dieser Urlaub verlaufen wird, Nova.“

Pflichtbewusst stellte sie sich neben mich und widmete mir ihre volle Aufmerksamkeit. „Natürlich, Sir.“

Ich mochte ihr Benehmen. Die meisten Frauen – Personal oder nicht – hätten mir inzwischen die Meinung gesagt oder wären einfach weggegangen, aber Nova war geblieben. Das erregte mich zusätzlich. Es ließ mich denken, dass sie vielleicht die Dinge mochte, die ich anzubieten hatte.

Oder vielleicht auch nicht. Ich wusste, dass ich ihr gegenüber professionell bleiben musste, bevor ich meine Gedanken zu weit gehen ließ. „Ich erwarte, dass du tust, was ich sage, wenn ich es sage. Verstehst du das, Nova?“

Für einen kurzen Moment verengten sich ihre schönen Augen, bevor sie ihre Reaktion in den Griff bekam und nickte. „Ja, Sir.“

„Gut.“ Ich lehnte mich zurück. „Also lass mich dort anfangen, wo ich aufgehört habe. Nach dem Frühstück erledige ich ein bisschen Arbeit am Computer. Nach zwei oder drei Stunden Arbeit nehme ich mir eine Stunde für Freizeitaktivitäten. Dann kannst du mir das Mittagessen servieren. Ich mag mageres Fleisch und frisches Gemüse zu all meinen Mahlzeiten. Ich möchte nicht von meiner Diät abweichen. Das solltest du schon über mich wissen.“

„Ja, das weiß ich.“ Sie ging in die Küche und öffnete die Tür des Kühlschranks. „Ich habe passende Lebensmittel in die

Küche bringen lassen. Keine Kohlenhydrate. Kein Zucker. Kein Alkohol."

„Es ist gut zu sehen, dass du einfache Anweisungen befolgen kannst." Ich sah zu, wie ihre Hand an ihre Hüfte ging und ihre Lippen eine gerade Linie bildeten. Sie wollte antworten, erlaubte sich aber nicht, auch nur ein Wort zu sagen. Das gefiel mir ebenfalls an ihr. „Nach dem Mittagessen arbeite ich noch ein paar Stunden, dann mache ich eine Pause für Freizeitaktivitäten wie einem Spaziergang am Strand oder so. Ich möchte, dass das Abendessen um Punkt acht Uhr serviert wird. Nach dem Abendessen brauche ich nichts weiter. Ich erwarte, dass du mich in Ruhe lässt."

Sie wandte sich von mir ab und sagte in einem freundlichen Ton: „Haben Sie schon gefrühstückt, Sir?"

„Ja. Heute musst du dir um meine normale Routine keine Sorgen machen, zumindest weitestgehend. Ich erwarte, dass du mein Abendessen um acht Uhr fertig hast. Das ist alles, was ich heute von dir brauche. Ich werde mir meinen Laptop holen und mich an die Arbeit machen, sobald meine Sachen hergebracht werden."

Nova öffnete eine der Schubladen in der Küche und kam dann näher, um eine Mappe auf dem Couchtisch vor mir zu platzieren. „Das ist der Urlaubsplan, den ich für Sie arrangiert habe. Er enthält unter anderem Schnorchel-Trips, Delfin-Boots-touren und Mahlzeiten in den Restaurants unseres Resorts. Ich denke, Sie sollten ihn sich durchlesen und sehen, ob Sie ihm folgen möchten. Er ist ein bisschen besser als der Plan, den Sie gerade für sich selbst aufgestellt haben. Das, was Sie soeben beschrieben haben, scheint Ihrem normalen Alltag sehr ähnlich zu sein. Während Ihres Urlaubs sollten Sie loslassen und sich und Ihrer Psyche eine dringend benötigte Pause von der Routine gönnen."

Ich verengte meine Augen. Die Tatsache, dass sie meinen

Zeitplan ändern wollte, gefiel mir nicht. „Ich sollte mich dir nicht erklären müssen, aber ich werde es tun, und zwar genau einmal. Ich esse nicht gerne allein in Restaurants. Ich liebe meine Arbeit. Und ich brauche niemanden, der mir sagt, wie mein Urlaub aussehen soll."

Nova wirkte unbeeindruckt, als sie auf die Mappe deutete. „Seite zwei bietet einen Überblick über die verschiedenen Massagetherapien, die es hier gibt. Die dritte Seite zeigt das Unterhaltungsprogramm, das für unsere Gäste geplant wurde. Und ich verstehe, dass Sie niemanden brauchen, der Ihnen sagt, was Urlaub ist, aber es kann nicht schaden, zu hören, was Sie hier im Paradise erwartet, Mr. Christakos."

Sie lächelte strahlend und drehte sich dann um, um zu gehen. „Vielleicht hat Ihnen noch niemand diesen Rat gegeben, aber ich werde es tun. Entspannen Sie sich, genießen Sie alles und lassen Sie sich hier verwöhnen. Ich bin in dreißig Minuten zurück, um Sie zum Mittagessen ins Royal zu bringen – unser bester Chefkoch kreiert Meisterwerke in diesem Restaurant. Ich werde mich umziehen und Sie begleiten, damit Sie nicht allein essen müssen. Ich bin Ihre Hostess, Mr. Christakos. Das heißt, dass ich liebend gern mit Ihnen an jeder Aktivität teilnehme, für die Sie sich entscheiden. Ich stehe Ihnen stets zur Verfügung, Sir."

Mein Mund stand offen, als sie davonging und mich sprachlos zurückließ.

Was zum Teufel ist hier gerade passiert?

NOVA

Nachdem ich mir ein pastellrosa, knöchellanges Boho-Kleid angezogen hatte, klopfte ich an die Tür zu Mr. Christakos' Bungalow. „Hallo Mr. Christakos. Ich bin es, Nova. Ich bin hier, um Sie zum Mittagessen abzuholen."

Er öffnete die Tür in einem Leinenanzug und sah noch attraktiver aus als zuvor. „Deine kleine Mappe hat mich über die Kleiderordnung im Royal informiert. Du hast vergessen, mir zu sagen, was ich anziehen soll, Nova."

Ich streckte meinen Arm aus und sagte: „Ah, aber ich habe Ihnen alle Informationen zur Verfügung gestellt, Sir. Machen wir uns auf den Weg."

Er schaute kurz auf meinen Arm, bevor er den Kopf schüttelte. „Ich halte nichts von Berührungen."

Ich ließ meinen Arm sinken, lächelte ihn trotzdem an und versuchte, mich nicht von seinen Worten verletzen zu lassen. „Ich verstehe."

Ich trat einen Schritt zurück, damit er den Bungalow verlassen konnte, atmete tief ein und versuchte, mich zu entspannen. Die Anspannung des Mannes schien ansteckend zu sein.

„Smalltalk und Berührungen – zwei Dinge, die ich nicht tue." Er ging voraus, als wüsste er, wohin wir gingen.

Als er sich nach links und nicht nach rechts drehte, musste ich eingreifen. „Vielleicht möchten Sie, dass ich Ihnen den Weg weise? Wenn wir in diese Richtung gehen, wird es Zeit fürs Abendessen sein, bevor wir zum Royal gelangen, Sir."

Abrupt blieb er stehen und drehte sich wieder zu mir um. „Also ist es auf dieser Seite der Insel? Okay."

Ich unterdrückte ein Lachen und ging neben ihm her. „Ja, es ist auf dieser Seite der Insel. Angesichts der Notizen, die ich über Ihre kulinarischen Präferenzen gelesen habe, glaube ich, dass Sie die Mahlzeiten genießen werden, die unser Chefkoch Alex im Royal zubereitet. Er ist halb Grieche und ein Viertel seiner Speisekarte ist griechische Küche."

Er gab ein schnaubendes Geräusch von sich. „Als ob alles, was ich esse, griechische Küche ist. Ich reise um die ganze Welt. Ich habe schon viele Dinge gegessen, von denen du noch nie gehört hast. Ich finde es ziemlich anmaßend von dir, über meine Essgewohnheiten oder Lieblingsspeisen zu urteilen, Nova."

Ich wollte so sehr die Augen verdrehen, dass es wehtat. „Sie erinnern sich bestimmt, dass Sie einen Fragebogen ausgefüllt haben, um uns Ihre Vorlieben und Abneigungen mitzuteilen. Aber danke für Ihr Feedback. Ich werde daran denken, mich nicht auf die Informationen zu verlassen, die Sie uns gegeben haben."

„Wenn ich mich recht erinnere, hat meine Assistentin das ausgefüllt, und sie kennt mich außerhalb der Arbeit nicht besonders gut." Ein ehrliches Lächeln schien an den Ecken seiner perfekten Lippen zu zerren. „Und bitte."

„Verstanden. Ich werde keine Annahmen mehr über Sie treffen, Sir. Ich kann Ihnen versichern, dass es nicht wieder vorkommen wird." Und das meinte ich auch so. Der Mann hatte eine Aura, die mir den Eindruck gab, dass er sich für einen König hielt – oder zumindest für einen Prinzen.

Das Lächeln verblasste, als er schneller ging. Ich machte lange Schritte, um mit ihm mitzuhalten. Ich hatte keine Ahnung, warum er es so eilig hatte, aber ich würde kein Wort darüber sagen.

Im Restaurant angekommen, hielt er mir die Tür auf, was ich überraschend fand. „Danke, Sir." Ich nickte dem Oberkellner zu und sagte: „Ich habe bereits Tisch sechs für uns reserviert, Donny."

„Ihr Tisch ist fertig. Sie können mit Ihrem Gast dorthin gehen, wann immer Sie bereit sind, Nova." Donny sah Mr. Christakos an. „Es ist mir eine Freude, Sie als unseren geschätzten Gast willkommen zu heißen, Mr. Christakos. Ich bin Donny. Ich bin sicher, dass wir uns in den nächsten drei Monaten noch oft begegnen werden."

„Wir werden sehen", sagte mein Gast und stürmte voraus. „Setzen wir uns, Nova."

Ich schaute Donny an und verdrehte diskret die Augen, bevor ich meinem Gast folgte. Ich klopfte ihm auf die Schulter. „Hier entlang, Sir." Wieder einmal hatte er die Führung übernommen, ohne zu wissen, wohin er gehen sollte. „Unser Tisch ist hier drüben. Ich wollte einen schönen Blick auf das Meer für Sie."

Er blieb stehen, drehte sich langsam um und sah mich an, als hätte ich ihn absichtlich in Verlegenheit gebracht. „Du könntest auch einfach in die ungefähre Richtung weisen, Nova."

„Das könnte ich." Ich ging zu dem Tisch neben einem der Fenster. „Aber wo ist der Spaß dabei?" Ich stellte mich hinter meinen Stuhl und sagte: „Tisch sechs, Sir." Dann trat ich einen Schritt zurück und gab ihm die Gelegenheit, ein Gentleman zu sein und den Stuhl für mich hervorzuziehen.

Er streckte die Hand aus und tat es. „Nimm Platz."

„Danke." Ich setzte mich und sah zu, wie er unseren Tisch für zwei Personen umrundete. Sein Hintern sah in seiner Leinenhose fantastisch aus, was durch die Tatsache betont wurde, dass er seine Hände in die Taschen gesteckt hatte, sodass das Jackett gerade so weit angehoben war, dass mir innerlich ganz warm wurde.

Gott, warum muss er so heiß sein?

Wenn nur sein Verhalten weniger ... brutal gewesen wäre, hätte ich mich sofort in den Mann verliebt. Aber mit seiner Persönlichkeit kam ich überhaupt nicht zurecht.

Doch da er mein Gast war, musste ich liebenswerte Eigenschaften an dem Mann finden, der dem Wort ‚arrogant' eine völlig neue Bedeutung verlieh. Als wollte er meine Gedanken widerspiegeln, sagte er: „Ich hoffe, dass sich dieser Chefkoch von den meisten mir bekannten Köchen unterscheidet."

Ich verstand nicht, was er meinte, und fragte: „Möchten Sie mir das erklären, Sir?"

„Die meisten Köche, die ich getroffen habe, sind fürchterlich egoistisch. Wenn man es wagt, sie zu fragen, ob sie etwas weglassen oder Brokkoli durch Reis ersetzen können, tun sie so, als hätte man eine Todsünde begangen." Eine starke Hand bewegte sich durch seine dichten, dunklen Haare. „Sie scheinen alle so dünnhäutig zu sein."

So schwer es auch war, meine Kommentare über seine Verwendung des Wortes ‚egoistisch' für mich zu behalten – bis jetzt schien der Mann die wandelnde Definition des Wortes zu sein –, schaffte ich es irgendwie.

„Ich kann Ihnen versprechen, dass niemand Sie hier unhöflich oder unfreundlich behandeln wird. Wenn Sie wirklich etwas ändern möchten, können Sie das tun. Aber ich muss hinzufügen, dass die meisten Rezepte, die unsere Köche verwenden, bereits perfekt sind. Etwas Neues auszuprobieren macht nicht nur Spaß, sondern ist tatsächlich gut für Geist, Körper und Seele."

„Das sagst du." Er öffnete die Speisekarte und setzte dem Thema ein Ende. „Lachs? Garnelen? Pasta?"

„Wenn Sie auf die linke Seite der Karte schauen, werden Sie vielleicht etwas finden, das mehr nach Ihrem Geschmack ist, Sir." Ich erlaubte mir, über den Tisch zu greifen und auf die vielen Fleischgerichte auf seiner Speisekarte zu zeigen. „Unser Chefkoch bereitet Steaks hervorragend zu."

„Ich bin ein bisschen perfektionistisch, wenn es um Steaks geht", sagte er und richtete seinen Blick auf die linke Seite der Speisekarte.

„Natürlich sind Sie das", murmelte ich.

Das hätte ich nicht sagen sollen. Als seine Speisekarte langsam sank und seine grünen Augen mich durchbohrten, wurde mir so kalt, als wäre der Winter gerade angebrochen. „Was soll das heißen, Nova?"

Da ich wusste, dass ich einen schrecklichen Fehler gemacht hatte, versuchte ich schnell, die drohende Katastrophe abzuwenden. „Das heißt, dass ich glaube, dass Sie sich gut mit gesunder Ernährung auskennen. Rindfleisch ist einer der wichtigsten Proteinlieferanten. Und ich glaube, dass Sie wissen, wie Sie Ihr Steak mögen. Kurz gesagt, ich glaube Ihnen, dass Sie ein Perfektionist sind, wenn es um Steaks geht, Sir."

Mein Inneres zitterte, als ich auf seine Reaktion wartete. Bei dem Mann hatte ich ständig das Gefühl, auf Eierschalen zu gehen. Ich konnte mich nicht daran erinnern, dass sonst jemand eine solche Wirkung auf mich hatte. „Ich meinte es als Kompliment. Ich hoffe, Sie haben es nicht falsch verstanden."

„Vielleicht habe ich das getan." Er griff nach der Speisekarte und schaute erneut darauf. Ich dankte Gott, dass er sich mit meiner seltsamen Erklärung zufriedenzugeben schien.

Vielleicht hatten ihn in der Vergangenheit schon so viele Leute beschwichtigt, dass er es für eine typische menschliche Reaktion hielt. Was auch immer es war, ich machte mir eine mentale Notiz, künftig besser darauf zu achten, was aus meinem Mund kam.

Heute war der erste Tag – ich konnte nicht schon jetzt die Geduld verlieren. Ich war besser als das.

Petra, die Kellnerin, kam mit einem Lächeln zu uns, während sie meinen Gast von hinten musterte. Sie zwinkerte mir zu und nickte, dann kam sie an die Seite des Tisches. „Hallo, Nova. Möchten Sie mich Ihrem Gast vorstellen?"

„Mr. Christakos, das ist Petra", sagte ich und schüttelte subtil den Kopf in ihre Richtung. *Nein.* Er war kein Mann, mit dem man spielen konnte – kurz gesagt, er war nicht ihre übliche Beute.

Sie ignorierte meinen Hinweis und trat etwas näher an ihn heran. Sie stoppte mitten im Schritt, als er sie scharf ansah. „Was machen Sie da?"

Ihre dunklen Augen wurden groß. „Ähm, nichts. Ich stamme auch aus Griechenland. Nun, ich wurde dort geboren. Meine Familie ist umgezogen ..."

„Habe ich Sie nach Ihrer Lebensgeschichte gefragt?", wollte er von ihr wissen.

Ich legte meine Hand auf meine Stirn und versuchte mein Bestes, um nicht sauer auf ihn zu werden für die Art, wie er mit ihr sprach. „Sie versucht nur, Sie willkommen zu heißen, Sir." Ich sah Petra an. „Es ist am besten, professionell zu bleiben", sagte ich leise.

Sie nickte. Anscheinend wusste sie jetzt, was ich gemeint hatte, als ich meinen Kopf schüttelte. „Was darf ich Ihnen zu trinken bringen, Mr. Christakos?"

„Wasser. Eine halbe Zitrone. Kein Eis", sagte er und zeigte auf die Speisekarte. „Ich will das hier, aber ohne diese Sauce. Und ich will, dass das Steak auf einhundertdreiunddreißig Grad erhitzt wird. Ich will, dass es auf dem Grillrost gebraten wird, sodass auf beiden Seiten Rillen zu sehen sind." Er sah sie an und bemerkte, dass sie nichts aufgeschrieben hatte. „Und wo ist Ihr Notizblock?"

„Wie bitte?" Petra sah mich panisch an. „Es tut mir leid."

„Es ist okay." Ich versuchte, das Mädchen vor weiteren Terrorisierungsversuchen zu bewahren. „Nehmen Sie einfach Ihren Notizblock heraus und schreiben Sie auf, worum er gebeten hat." Ich wiederholte seine Worte für sie: „Keine Soße, Steak auf einhundertdreiunddreißig Grad erhitzt, mit Grillspuren auf beiden Seiten, Petra." Ich wandte meine Aufmerksamkeit wieder meinem Gast zu. „Werden Sie Gemüse dazu essen, Sir?"

Die Art, wie er mich ansah, sagte mir, dass ich ihn überrascht hatte. „Sag ihr, was sie mir bringen soll, Nova."

Ich konnte mir nicht sicher sein, ob dies ein Test war oder nicht, aber ich wusste eines – ich musste Gemüse für den Mann aussuchen und traf besser die richtige Entscheidung. „Brokkoli", sagte ich zu ihr und sah ihn dann an. „Gedämpft. Keine Butter oder Salz. Und auch nicht übermäßig weich." Er hob drei Finger, und ich fügte hinzu. „Dämpfen Sie ihn drei Minuten lang." Er nickte und lächelte, und ich erwiderte sein Lächeln. „Sonst noch etwas, Sir?"

Petra hörte auf zu schreiben, um mich anzusehen, nachdem Mr. Christakos den Kopf geschüttelt hatte. „Und Sie, Nova?"

„Ich nehme genau das Gleiche wie mein Gast. Danke, Petra." Ich legte die Speisekarte auf den Tisch.

„Sogar das Wasser?", fragte sie.

„Ja, genau das Gleiche." Ich sah Mr. Christakos an, als er ihr die Speisekarten reichte.

Nachdem sie mit ihnen gegangen war, beugte er sich vor und flüsterte fast: „Warum tust du das?"

„Was? Das Gleiche bestellen wie Sie?", fragte ich.

Er nickte. „Ja. Warum hast du das getan?"

„Ich möchte die Dinge auf Ihre Weise versuchen." Ich hoffte, mit dem Mann so etwas wie eine gemeinsame Basis zu finden. „Ich probiere gerne Neues aus. Es geht im Leben darum, das zu tun, was man noch nie zuvor getan hat – zumindest meiner Meinung nach."

„Niemand hat mich jemals so behandelt, wie du es heute tust." Seine grünen Augen tanzten, als er in meine blickte. „Bist du nur so, um deinen Job zu behalten, Nova? Und lüge mich nicht an, weil ich es merke."

Ich strengte mich an und versuchte, meine Abneigung gegen seine direkte Art beiseitezuschieben und dem Mann gegenüber ehrlich zu sein. „Ich benehme mich nicht auf eine bestimmte Weise, um meinen Job zu behalten. Ich möchte Sie kennenlernen, Sir. Ich möchte das Leben für eine Weile durch Ihre Augen sehen. Ich genieße es schon immer, die Welt aus verschiedenen Perspektiven zu betrachten – das ist einer der Gründe, warum ich diese Art von Beruf liebe."

Seine Augen verließen keine Sekunde meine. „Das ist ziemlich bemerkenswert, Nova."

Ich konnte ihn nur anlächeln und war froh darüber, das erste aufrichtige Lächeln über seine Lippen ziehen zu sehen. „Ich mag Ihr Lächeln, Mr. Christakos. Und ich freue mich darauf, es während Ihres Aufenthalts so oft wie möglich zum Vorschein zu bringen."

Und das Verrückteste an diesem Tag war, dass ich jedes Wort ernst meinte.

ASTOR

Das Rauschen der Wellen und der Meeresbrise hatte mich am Ende meines ersten Tages im Paradies in einen tiefen Schlaf gewiegt. Es wiegte mich auch die nächsten paar Wochen in den Schlaf – ich konnte mich nicht erinnern, wann ich mich das letzte Mal so ausgeruht gefühlt hatte.

Am fünfzehnten Tag meines Urlaubs hatten Nova und ich in einem der vielen Restaurants der Insel zu Mittag gegessen, aber für den Abend entschied ich mich, in meinem Bungalow zu essen. Sie hatte mir auf meine Bitte hin Rühreier und Speck gemacht. Nachdem sie die Küche geputzt hatte, hatte sie mich für die Nacht verlassen, genau wie an jedem anderen Abend bisher.

In den letzten zehn Jahren hatte ich die meiste Zeit allein verbracht. Es war mir lieber so. Novas fast konstante Gegenwart war seltsam, aber angenehm. Die meiste Zeit verhielt sie sich ruhig und unauffällig.

Sie war überraschend entschlossen, und ihre Tricks waren bei mir überraschend effektiv. Wenn sie wollte, dass ich etwas tat, drängte sie mich sanft und subtil, bis sie sich durchgesetzt hatte. Wir gingen zum Beispiel in der Abenddämmerung am

Strand spazieren, um die letzten Minuten des Sonnenuntergangs zu beobachten, bevor sie die Küche aufräumte und ging.

Wir gingen barfuß nebeneinander her, und ich fühlte zum ersten Mal seit langer Zeit Frieden in mir. Es gab keinen einzigen Gedanken in meinem Kopf. Nun ... außer an die schöne Frau an meiner Seite und daran, ihre Hand zu ergreifen. Aber ich reagierte nicht darauf.

Ich hatte in den letzten Wochen diverse Fantasien bezüglich Nova gehabt. Nova, fast nackt an das Bett gefesselt ... ihre Brüste hoben und senkten sich, während ihre Erregung und Vorfreude wuchs ... Heute morgen war ich mit einer Erektion aufgewacht, die nicht verschwinden wollte. Und es war nicht nur mein Schwanz, der die Frau begehrte – auch mein Geist hatte begonnen, sie zu wollen.

Aber was ich mit ihr machen wollte – und was ich ihr antun wollte –, war nichts, was man ohne vorherige Zustimmung tun konnte. Nova hatte eine Süße an sich, die mich glauben ließ, ich könnte sie niemals so haben, wie ich sie wollte, aber das führte nur dazu, dass sich mein Verlangen nach ihr verstärkte. Sie wirkte fast unschuldig und hatte die Aura einer Frau, die in ihrem Leben noch nicht viel Sex gehabt hatte. Nicht jungfräulich, aber dennoch unerfahren genug, dass sie nicht zu bemerken schien, dass ich sie wollte.

Ich schüttelte diese Gedanken ab, weil ich wusste, dass das Frühstück bald serviert werden würde. Ich stieg aus der Dusche, um mich anzuziehen. Ich wusste, dass Nova bereits in der Küche war, um das Essen zuzubereiten – ich konnte den Kaffee und den Speck riechen und meine Gedanken beschworen ein Bild von ihr, wie sie nur in einem schwarzen Bikini für mich kochte.

Natürlich wusste ich, dass sie keinen Bikini tragen würde. Nein, Nova kam jeden Morgen in ihrer Uniform aus Khaki-Shorts, Sandalen und einem weißen Hemd. Ihre blonden Haare fielen nie aus ihrem Dutt – aber Gott, ich wollte so sehr, dass die ganze Mähne um ihre Schultern wogte.

Meine Gedanken konzentrierten sich immer noch auf sie, während ich Shorts und ein T-Shirt anzog und entschied, dass ich etwas unternehmen musste. Ich konnte unsere Tage nicht so fortführen, ohne es zumindest zu versuchen. Meine Art der Annäherung war nicht wie bei anderen Männern – wie bei allem anderen in meinem Leben hatte ich eine abrupte Art, Frauen zu umwerben. Ich flirtete nicht und wollte auch nicht mit Nova flirten, wenn ich ihr von mir erzählte – von meinem sexuellen Ich.

Ich ließ mein Haar feucht und schüttelte es aus, sodass es in lockeren Wellen hinabhing. Seit zwei Tagen hatte ich mich nicht rasiert und ein dunkler, schattenhafter Bart hatte begonnen zu wachsen. Ich wollte rau aussehen, um ein Bild von mir in Nova zu erzeugen, das sie dazu bringen würde, dem zuzustimmen, was ich von ihr wollte.

Meine Geduld war aufgebraucht. Die Zeit war gekommen, meine Karten auf den Tisch zu legen.

Ich ging in die Küche und begrüßte Nova so, wie ich es jeden Morgen tat. „Hallo, Nova."

„Guten Morgen, Mr. Christakos. Ich hoffe, Sie haben gut geschlafen", sagte sie und lächelte mich an. „Ich wollte Ihnen sagen, wie sehr ich unseren Strandspaziergang gestern Abend genossen habe. Es war so entspannend, dass ich gleich einschlief, als ich mein Zimmer betrat."

Ich setzte mich an meinen Platz am Tisch und musste lächeln, als Nova mir eine dampfend heiße Tasse schwarzen Kaffee vorsetzte. „Danke, Nova."

Meine Dankbarkeit, die ich ihr gegenüber noch nie zum Ausdruck gebracht hatte, überraschte sie. Ihre Lippen öffneten sich, als sie mich mit einem verblüfften Gesichtsausdruck anblickte. „Gern geschehen, Sir." Sie ging um die Bar herum in die Küche. „Möchten Sie Ihre Eier heute Morgen so wie immer?"

„Nein." Die Zeit war gekommen, etwas zu verändern. „Geriebenen Cheddar-Käse und ein paar Tomatenscheiben auf den Rühreiern, bitte."

Ich benutzte auch das Wort *bitte* nicht oft und ihre Reaktion darauf stand ihr in ihr hübsches Gesicht geschrieben. „Natürlich, Sir." Sie ging zum Kühlschrank und sah mich über die Schulter an. „Sie sind heute Morgen in guter Stimmung. Möchten Sie heute Nachmittag zum Schnorcheln gehen?"

Schnorcheln war überhaupt nicht das, was ich wollte. „Nein."

Nova kam mit einer reifen roten Tomate in der Hand zurück an die Bar. Sie legte sie auf ein Schneidebrett und schnitt sie in Scheiben. „Vielleicht Delfine beobachten?"

„Nein." Ich trank meinen Kaffee und fügte hinzu. „Ich möchte heute mit dir sprechen, Nova. Und bitte, nenne mich Astor."

Beim Geräusch des Messers, das die Granitplatte traf, sah ich sie an und bemerkte, dass ihr Mund leicht offenstand. „Natürlich."

„Mach dir auch etwas zu essen. Es würde mir gefallen, wenn du mir beim Frühstück Gesellschaft leisten würdest." Bis jetzt hatte ich diese Mahlzeit jeden Tag allein eingenommen. Aber mit Nova zu essen, mit ihr spazieren zu gehen und Gespräche zu führen weckte ein Gefühl in mir, von dem ich nicht wusste, dass es in meinem Leben fehlte. Ich fühlte mich *glücklich*.

„Natürlich", kam ihre schnelle Antwort.

Sie musste gegessen haben, bevor sie in meinen Bungalow kam, aber die Frau sagte niemals *Nein* zu mir. Und ich musste zugeben, dass ich das an ihr liebte. Dass sie dafür bezahlt wurde, mich glücklich zu machen, war mir dabei egal.

Am Frühstückstisch über Sex zu reden kam mir falsch vor.

Ich wartete, bis sie nach unserem gemeinsamen Frühstück, das mir genauso gut gefallen hatte wie erwartet, aufgeräumt hatte.

Ich hatte auf einem der Liegestühle auf dem Deck Platz genommen und darauf gewartet, dass sie mit ihrer Arbeit fertig wurde. Als sie zu mir kam, dachte ich, es wäre an der Zeit, offen mit ihr zu reden. „Bitte nimm Platz, Nova." Ich zeigte auf den Liegestuhl, der nur etwa dreißig Zentimeter von meinem entfernt war.

Pflichtbewusst setzte sie sich auf den Stuhl und lehnte sich dann zurück, so wie ich es auch tat. „Ja, Sir. Es ist ein schöner Morgen, nicht wahr?" Ich antwortete nicht, und sie zögerte, bevor sie hinzufügte: „Astor?"

Mein Schwanz zuckte, als er hörte, wie sie meinen Namen sagte. „Es ist ein schöner Morgen, Nova." Ich schloss meine Augen und konnte sie bereits auf dem Deck sehen, wie sie auf ihren Händen und Knien balancierte und darauf wartete, dass ich meinen harten Schwanz in ihren weichen Eingang rammte.

„Also, worüber wolltest du mit mir reden?", fragte sie.

Ich drehte meinen Kopf, um sie anzusehen. Ihre Hände lagen gefaltet auf ihrem flachen Bauch – der Anblick weckte eine Sehnsucht in mir, die ich noch nie zuvor erlebt hatte. „Du machst etwas mit mir, Nova."

Sie drehte ihren Kopf und sah mich mit einem verblüfften Gesichtsausdruck an. „Was soll das bedeuten?"

Ich konnte ihr nicht vorwerfen, dass sie so etwas fragte. Ich war nicht offen zu ihr gewesen. Ich wusste gar nicht, wie ich zu irgendjemandem offen sein sollte. Aber es war an der Zeit, mich zumindest ein wenig zu öffnen. „Ich habe über dich nachgedacht. Und darüber, wie schön es wäre, wenn du mir dienen würdest."

„Ich diene dir jetzt schon", sagte sie mit einem unschuldigen Lächeln auf ihren rosa Lippen. „Was soll ich sonst noch für dich tun?"

„Zuerst möchte ich dich fragen, wie viele Sexualpartner du bereits in deinem Leben hattest." Ich wollte ihre Erfahrung abschätzen, bevor ich zu weit vorpreschte.

Die Art und Weise, wie sie ihren Kopf herumriss, um in den Himmel zu blicken, statt auf mich, sagte mir, dass sie sich bei diesem Gespräch nicht wohl fühlte. Schließlich sagte sie: „Vier."

Erleichtert darüber, dass sie mir geantwortet hatte, stellte ich eine weitere Frage. „Waren all deine Partner Männer?"

„Ich habe noch nie etwas mit Frauen ausprobiert, falls es das ist, was du wissen willst, Astor." Sie lachte leise, als wäre es lustig, dass ich so etwas überhaupt fragen würde.

Ich verstand nicht immer den Humor anderer Leute, und dies war keine Ausnahme. „Warum ist das amüsant für dich, Nova?"

Sie setzte sich auf, drehte sich in ihrem Stuhl zu mir und stellte ihre Füße auf den Boden. „Weil es das ist. Ich glaube, es wäre mir lieber, wenn du auf den Punkt kommen könntest."

Ich setzte mich auf, ahmte ihre Pose nach und begann zu reden: „Ich mag es, die Kontrolle zu haben. Ich mag es, eine Frau zu haben, die tut, was ich will. Ich weiß, dass du dafür bezahlt wirst, meine Hostess zu sein. Was ich von dir will, ist etwas, für das du nicht bezahlt wirst. Ich will, dass du dich mir unterwirfst. Und ich will, dass du es freiwillig machst."

Die Art, wie sich ihre haselnussbraunen Augen hin und her bewegten, um meine zu suchen, ließ mich denken, dass ihr nicht klar war, was ich meinte. „Sprichst du von Sex?"

„Mehr als nur Sex, Nova. Ich spreche von einer Art Beziehung. Natürlich nicht langfristig."

„Natürlich", sagte sie und lehnte sich wieder auf dem Stuhl zurück. „Weil du Ende Juli gehst und ich hierbleiben muss."

Ihre Antwort ließ mich vermuten, dass sie vielleicht auch auf eine weniger professionelle Art an mich gedacht hatte. Das erregte mich noch mehr.

„Wir könnten alles sehr einfach halten. Du wirst für den
Rest meines Urlaubs meine Sub sein. Wenn es Zeit für mich ist
zu gehen, wird es keinen traurigen Abschied geben. Du würdest
mich in der realen Welt sowieso nicht mögen. Ich bin dann viel
schwerer zu ertragen und zu beschäftigt. Du würdest nicht viel
von meiner Zeit haben, wenn ich dich mitnähme, Nova."

Ich weiß nicht, warum ich diese letzten Worte hinzugefügt
hatte – irgendetwas von dieser Insel in die reale Welt mitzunehmen war nie Teil meines Plans gewesen.

„Ich möchte sowieso nicht mit dir zurückgehen", sagte sie
und überraschte mich. „Meine Zukunft ist hier. Nun – ich hoffe,
dass sie hier ist, bei der Arbeit im Paradise. Ich habe keine Lust,
nach Griechenland oder sonst irgendwohin zu gehen, wo es
überall Menschenmassen gibt und der Gestank von Abgasen
die Luft verpestet." Sie drehte sich neugierig zu mir um. „Ich
weiß, das klingt vielleicht naiv, aber ich habe den größten Teil
meines Lebens in kleinen, abgelegenen Ferienorten verbracht.
Was bedeutet es, deine Sub zu sein, Astor?"

„Du machst einfach das, was ich will. Du machst schon eine
Menge davon, aber ich möchte es um Sex erweitern." Ich sah zu,
wie sich ihre Brust hob, als sie tief einatmete und dann die Luft
anhielt. Sie musste das tun, um sich zu beruhigen. „Ich möchte
dich fesseln. Deinen Körper fixieren, damit ich mit dir machen
kann, was ich will."

„Und was willst du mit mir machen, Astor?" Sie biss sich auf
die Unterlippe, als Lust ihren Blick erfüllte.

„Zuerst möchte ich mit meinen Händen über deinen festen
Körper streichen und dir den Hintern versohlen, bis er rot
leuchtet, bevor ich meinen harten Schwanz in dein nasses
Zentrum ramme." Mein Schwanz wurde hart wie Stein,
während mein Herz anfing, schneller zu schlagen. „Ich will dich
überall, wo es mir beliebt, nehmen. Ich will dich nicht um
Erlaubnis bitten. Ich will, dass du dich mir freiwillig hingibst,

ohne dass ich dich irgendetwas fragen muss. Wenn ich mit den
Fingern schnippe, will ich, dass du auf Hände und Knie fällst
und dich mir darbietest, damit ich dich hart ficken kann, bis du
nicht mehr gehen kannst."

Ihre Brauen hoben sich, und ihre Augen waren seltsam
geweitet, obwohl die Lust immer noch darin war. Noch nie zuvor
hatte jemand auf diese Weise mit ihr gesprochen. Das konnte
ich an ihrem Gesichtsausdruck erkennen – einer Mischung aus
Wut und Erstaunen. „Und was habe ich von diesem
Arrangement?"

Ich musste lachen. Ich konnte nicht glauben, dass sie fragen
musste. „Unendliches Vergnügen. Unvorstellbare Orgasmen.
Eine sexuelle Ausbildung, die dir den Rest deines Lebens zugu-
tekommt – um nur einige Vorteile zu nennen, die es hat, wenn
du dich meiner Führung unterwirfst."

„Du möchtest also, dass ich mit dem, was ich bislang getan
habe, weitermache, aber Sex hinzufüge, wenn dir danach ist?"
Sie sah mich mit zusammengekniffenen Augen an, und ihre
Arme kreuzten sich abwehrend über ihrer Brust. „Du willst, dass
ich dein Spielzeug bin? Eine Art Sexsklavin?"

Ich hatte nicht erwartet, sie zu verärgern, wusste aber, dass
ich genau das getan hatte. „Ich will dir zeigen, wie sehr ich dich
erfreuen kann, indem ich dich zu meinem Besitz mache. Nur für
den Sommer, Nova. Nicht für immer. Ich kann dich Dinge
fühlen lassen, die du noch nie gefühlt hast. Es liegt nur ein
schmaler Grat zwischen Schmerz und Vergnügen. Das möchte
ich dir gern beweisen."

„Alles, während du mich kontrollierst", sagte sie und starrte
mich an. „Astor Christakos, ich bin keine Frau, die gezähmt
werden will. Ich bin keine Frau, die will, dass sie jemand
kontrolliert. Alles, was ich für dich tue, geschieht aus meinem
Wunsch heraus, es zu tun. Ja, ich werde dafür bezahlt, aber ich
bin in dieser Branche, weil es mir Freude bereitet zu sehen, wie

andere Menschen Spaß haben. Ich bin weder zu kaufen noch zu mieten. Nicht für dein sexuelles Vergnügen oder das sexuelle Vergnügen von sonst irgendjemandem. Ich werde kein Wort darüber sagen, worum du mich gebeten hast, und ich erwarte, dass du es auch nicht tust. Erwähne dieses Thema nie wieder."

Oh, scheiße. Damit hatte ich nicht gerechnet.

Ich war noch nie in meinem Leben so schnell gelaufen wie aus Astors Bungalow. Bei seinem Vorschlag hatte ich das Gefühl, als würde mein Kopf explodieren. Ich war noch nie so wütend gewesen.

Ich stampfte in den Sand und rief niemand Bestimmtem zu: „Wie konnte er nur?"

Nie hatte ich mich ihm als sexuelles Wesen präsentiert. Ich hatte meinen Körper nie zur Schau gestellt oder mit ihm geflirtet. Wie war er also auf die Idee gekommen, mich zu fragen, ob ich seine Sub sein würde? Und warum wollte er mich überhaupt auf diese Weise?

Ich könnte verstehen, wenn er eine normale sexuelle Beziehung mit mir haben wollte. Ich hatte ihn schon öfter dabei erwischt, wie er mich ansah, und wusste, dass ich ihm gefiel. Und ich wusste, dass er mich mochte. Zumindest schien er mich mehr zu mögen als jeden anderen Menschen, mit dem ich ihn hier gesehen hatte.

Und ich konnte nicht behaupten, dass es einseitig war. Astors Körper war wunderschön und machte meinen Körper so heiß wie niemals zuvor. Aber obwohl wir einen Weg gefunden hatten, miteinander auszukommen, war es manchmal schwer, seine Persönlichkeit zu ertragen. Sein unhöfliches Verhalten gefiel mir nicht. Ich wusste, dass es nicht meine Aufgabe war, die Ecken und Kanten des Mannes zu glätten, aber ich hatte es trotzdem sanft versucht.

Ich hatte gedacht, er würde vielleicht an sich arbeiten, nachdem ich sah, wie er sich heute Morgen beim Frühstück verhielt. Er sagte zur Abwechslung ‚bitte' und ‚danke' und verhielt sich endlich wie ein vernünftiger Mensch. Aber in einer Million Jahren hatte ich nicht erwartet, dass er mit mir über die Dinge sprechen würde, die er heute erwähnt hatte.

Sobald ich in mein Zimmer zurückkam, zog ich meinen Laptop hervor und recherchierte, was eine Sub tat und was von ihr erwartet wurde. Ich fand es äußerst ärgerlich, dass er dachte, ich wäre in so etwas involviert.

„Der Kerl will mich ernsthaft fesseln? Und mich verprügeln, bis mein Hintern rot ist?", schrie ich.

Es klopfte an meiner Tür. „Nova, alles in Ordnung?"

Carrie wohnte in dem Zimmer neben mir und ich hatte keine Ahnung, dass sie da war. „Mir geht es gut, Carrie. Danke der Nachfrage."

„Wollen Sie reden?", fragte sie durch die Tür.

„Nein danke." Ich wusste, dass ich niemandem erzählen konnte, was mich so wütend gemacht hatte. „Es geht mir gut. Wirklich."

„Alles klar. Wie Sie meinen." Ich hörte ihre Schritte, als sie wegging.

Ich musste mich unter Kontrolle bekommen. Ich musste aufhören, Selbstgespräche zu führen – und zu schreien –, bevor ich alle auf meine Verärgerung aufmerksam machte. Aber die Tatsache blieb, dass ich noch nie so sauer gewesen war.

Wie kann er denken, dass ich so etwas machen würde? Für was für eine Frau hält er mich?

Ein Bild auf meinem Computerbildschirm zeigte eine Frau auf den Knien, die eine Tasse Tee oder Kaffee oder sonst irgendetwas in der Hand hielt. Ein Mann stand über ihr und seine Hand strich über ihre Wange, während sie zu ihm aufblickte.

„Widerlich!"

Wieder klopfte es an meiner Tür. „Nova?"

Nun hatte Donny mich gehört. „Es tut mir leid. Ich habe gerade etwas Ekliges auf meinem Computer gesehen. Ich werde leise sein."

„Okay", sagte er und ging davon.

Die Unterbringung der Mitarbeiter bot nicht annähernd so viel Privatsphäre wie die der Gäste. Ich musste meinen Mund halten, sonst würde jeder denken, ich wäre verrückt.

Als ich dort saß und Bild für Bild ansah, bekam ich bei dem Gedanken, wie der Rest des Sommers aussehen würde, Magenschmerzen. Ich konnte den Gedanken nicht ertragen, Astor nicht nur zum Mittagessen treffen zu müssen, sondern ihn jeden Tag zu sehen und so zu tun, als würde ich gut mit ihm auskommen.

Wie um alles in der Welt kann ich das jetzt noch tun, wenn ich weiß, was er mit mir machen will?

Wenn ich zu Camilla ging und sie bat, mich einem anderen Gast zuzuteilen, würde sie fragen, warum ich das wollte. Das konnte ich nicht tun. Ich empfand Loyalität für Astor und wollte nicht, dass über seine Präferenzen getratscht wurde. Warum ich mich immer noch loyal ihm gegenüber fühlte, ergab für mich im Moment nicht viel Sinn, aber es war einfach so.

Vielleicht lag es daran, dass er mich mochte, auch wenn er offensichtlich niemanden sonst mochte. Ich wusste es nicht. Ich wusste jedoch eines: Ich musste sicherstellen, dass er verstand, dass ich nicht das sein konnte, was er wollte. Das hieß, wenn er es nicht schon wusste, nachdem ich ihm heute Morgen meine

Antwort gegeben hatte – die hoffentlich bei ihm angekommen war.

In wenigen Stunden war es Zeit für das Mittagessen. Ich hatte schon geplant, in seinem Bungalow für ihn zu kochen, weil er mich am Vortag darum gebeten hatte. Jetzt fragte ich mich, ob er diese Pläne mit anderen Gedanken gemacht hatte – Gedanken darüber, was er von mir wollte und was er mit meinem Körper machen wollte.

„Das ist krank!", rief ich.

„Bist du okay, Nova?", erklang die Stimme von Julie, einer anderen Hostess, die ein Zimmer auf dem Flur hatte.

„Ja, es geht mir gut." Ich legte meine Hand auf meinen Mund, um weitere Ausbrüche zu verhindern.

Als ich zu den Bildern unterwürfiger Frauen zurückkehrte, stellte ich fest, dass einige mit Knebeln im Mund, Fesseln um die Handgelenke und Augenbinden posierten. Zumindest wusste ich, dass Astor nichts davon bei sich hatte. Ich war diejenige, die seine Sachen für ihn ausgepackt hatte, und wusste, dass er nicht die Utensilien eines typischen Doms mitgebracht hatte.

Als ich auf meinem Bett saß, begann ich mich zu fragen, wie viele Subs bereits die *Ausbildung* des Mannes genossen hatten, wie er es nannte. Hatte er eine, die mit ihm reiste? Und wenn ja, warum hatte er sie nicht auf die Insel mitgebracht?

Ich lehnte mich zurück und schloss die Augen, um mich zu entspannen. Das Bild von Astor mit einer halbnackten Frau auf allen Vieren erfüllte meine Gedanken. Ich öffnete meine Augen und fühlte mich noch wütender.

Eifersucht?

Warum sollte ich mich so fühlen, nur weil er hypothetisch mit einer anderen Frau zusammen sein könnte? Warum sollte ich mich dafür interessieren? Und warum schlug mein Herz bei diesem Gedanken so schnell?

Ich brauchte frische Luft, die mir dabei half, mich zu beruhigen. Ich schloss meinen Laptop – ich wollte nicht, dass jemand aus Versehen das sah, was ich angeschaut hatte – und verließ mein Zimmer, um am Strand spazieren zu gehen.

An dem Strand auf der anderen Seite der Insel, sodass es keine Chance gab, Astor zu treffen.

Ein Paar, das dort Hand in Hand entlangschlenderte, erkannte ich als Grant und Isabel, die ersten Gäste, die auf der Insel angekommen waren. „Guten Morgen", begrüßte ich die beiden, als ich an ihnen vorbeimarschierte. Mein Tempo war viel höher als ihres.

„Morgen", sagte Isabel, als ihr Mann mir zunickte. „Wie läuft es mit Mr. Christakos?"

„Gut", sagte ich viel zu schnell.

Grant lachte. „So gut, hm?"

Ich fühlte, wie meine Wangen sich röteten. „Nun, Sie wissen schon. Es kann nicht immer alles großartig sein, nicht wahr?"

Isabel berührte meinen Arm. „Wir kennen ihn seit Jahren. Ich weiß, dass er ein bisschen", sie hielt sie inne, „*abrupt* sein kann. Aber er ist ein sehr kluger, aufmerksamer Mann."

Ihre Worte weckten meine Neugier. „Sie kennen ihn seit Jahren?"

Grant nickte. „Er gehörte zu einem Club, den ich vor einiger Zeit besaß."

„Was für ein Club?", musste ich fragen.

Isabel sah zu ihrem Mann auf und antwortete mir: „Ein geheimer Club. Es spielt keine Rolle." Dann sah sie mich an. „Astor versteht sich besser mit Ihnen, als ich es jemals bei sonst jemandem gesehen habe."

Schnaubend sagte ich: „Ja."

„Sie wirken aufgeregt, Nova", sagte Grant. „Ist alles in Ordnung?"

„Alles wunderbar", sagte ich und beschleunigte noch einmal

mein Tempo. „Ich wünsche Ihnen einen schönen Spaziergang. Bye."

Ich musste Dampf ablassen und neben dem glücklichen Paar spazieren zu gehen, würde mir dabei kaum helfen. Als ich den Strand verließ, um durch die Bäume zu gehen, hoffte ich, dass das gefilterte Sonnenlicht mich dabei unterstützen würde, mich abzukühlen. Plötzlich sah ich jemanden, der aus einem Baumstamm herauszukommen schien. „Kyle?"

Kyle zog an einem dicken braunen Weinstock und starrte mich an wie ein Reh im Scheinwerferlicht. „Nova!"

„Was zum Teufel ist das, Kyle?", fragte ich, während ich auf den Baum blickte. Ich konnte keinerlei Tür entdecken. „Ich habe gerade gesehen, wie Ihre Gäste am Strand spazieren gingen. Hat das hier etwas mit ihnen zu tun?"

Er nahm mich an der Hand und führte mich von dem seltsamen Baum weg. „Fragen Sie besser nicht. Sie müssen vergessen, was Sie gerade gesehen haben."

„Ich habe nicht viel gesehen. Nur, wie Sie aus einem Baumstamm gekommen sind." Ich schaute über meine Schulter, als er mich mit sich zog. „Kyle, im Ernst, was ist das?"

„Ein Geheimnis", sagte er.

Als ich an mein Gespräch mit Isabel und Grant dachte, erinnerte ich mich, dass sie etwas darüber gesagt hatte, dass sie einen geheimen Club gehabt hatten. Einen, dem Astor einmal angehört hatte. „Kommen Sie schon, Kyle. Ich muss wissen, was das da ist. Mein Gast war früher mit Grant und Isabel in einem geheimen Club. Ich will wissen, ob dieser Ort etwas mit meinem Gast zu tun hat."

„Er hat diesen Ort nicht besucht, soviel kann ich Ihnen verraten", sagte er zu mir. „Und Sie können es sowieso nicht ansprechen. Solche Dinge könnten Außenstehende beunruhigen."

„Außenstehende? Außenstehende von was genau?",
fragte ich.

Er lachte, als er mich hinter sich her zerrte. „Wenn Sie selbst
nicht dazugehören, werden Sie es nie erfahren, Nova. Machen
Sie sich keine Sorgen darüber. Es ist sowieso außerhalb Ihrer
Liga."

„Außerhalb meiner Liga?", fragte ich und fühlte mich ein
wenig beleidigt, obwohl ich keine Ahnung hatte, wovon er
redete. „Aber es ist in *Ihrer* Liga?"

„Ja." Seine Hand umklammerte meine fester. „Das ist der
Grund, warum ich diesen Job hier auf der Insel habe. Und ich
habe eine Vertraulichkeitsvereinbarung unterzeichnet, die es
mir unmöglich macht, Ihnen noch mehr zu sagen. Sie dürfen
auch niemandem erzählen, wobei Sie mich gesehen haben." Er
blieb stehen, kurz bevor wir den Schutz der Bäume verließen. Er
drückte mich mit dem Rücken gegen einen Stamm und sah mir
direkt in die Augen. „Ich meine es ernst, Nova. Sie dürfen nicht
weitersagen, was Sie gesehen haben. Es ist nur für eine
bestimmte Gruppe von Gästen gedacht, also vergessen Sie es
einfach. Versprechen Sie es mir." Er packte mich an den Schultern und hielt mich fest. „Sagen Sie es."

„Aber ..."

„Sagen Sie es", verlangte er. „Versprechen Sie mir, dass Sie
keiner Seele erzählen, was Sie gesehen haben."

„Aber warum?", fragte ich und war neugierig, was all die
Geheimhaltung sollte.

„Weil Sie entlassen werden, wenn Sie der falschen Person
etwas verraten. Ich möchte nicht, dass Ihnen das passiert." Er
drückte mich noch stärker gegen den Baum. „Jetzt versprechen
Sie es mir."

„Sie tun mir weh, Kyle", sagte ich zu ihm. „Ich verspreche,
dass ich kein Wort sagen werde. Jetzt lassen Sie mich los."

Seine Hände lösten sich von mir, und ein Lächeln kehrte auf

sein Gesicht zurück. „Cool. Ich meine es ernst damit, dass Sie gefeuert werden könnten. Wenn Ihr Gast Sie einmal dorthin bringt, werden Sie wissen, warum es ein so großes Geheimnis ist. Vielleicht möchte er das tatsächlich tun, wenn er einmal mit meinen Gästen in einem Club war."

„Sie wissen, was für einen Club sie hatten, nicht wahr?" Ich ging neben ihm her, als wir zurück zum Mitarbeiterwohnheim gingen.

„Ja." Kyle zwinkerte mir zu. „Um ehrlich zu sein, Nova, glaube ich nicht, dass Ihr Gast Sie auffordert, ihn zu begleiten, selbst wenn er dort hingeht. Ich bezweifle, dass Sie sich für den Lebensstil interessieren, den er bevorzugt."

Plötzlich wusste ich, was Kyle so verzweifelt vor mir verheimlichen wollte. Er gehörte einem widerlichen kleinen Sexclub an.

Und das auch noch direkt hier auf der Insel!

8

ASTOR

Offensichtlich war ich bei meinem Vorschlag an Nova falsch vorgegangen. Ich hatte noch nie eine Vanilla gebeten, den Lebensstil auszuprobieren. All meine Subs stammten aus dem Club, dem ich einmal angehört hatte. Aber der Club war zerstört worden, und die Besitzer fanden es nicht angebracht, einen neuen zu eröffnen. Ich hatte nie nach einem anderen Club gesucht, dem ich beitreten könnte, weil ich zu viel mit meinem Unternehmen zu tun hatte.

Meine übliche direkte Art hatte diesmal nicht funktioniert, und ich musste herausfinden, wie ich mich wieder mit Nova versöhnen konnte. Schließlich hatten wir den ganzen Sommer miteinander zu tun.

Ich wollte nicht, dass sie darum bat, mit einer anderen Hostess zu tauschen, und machte mir Sorgen, dass sie es erwägen könnte. Hoffentlich würde sie zum Mittagessen in meinen Bungalow kommen, so wie wir es geplant hatten. Mich zu sorgen, ob jemand wütend auf mich sein könnte, war eine neue Erfahrung für mich – normalerweise war das nichts, was mich allzu sehr interessierte. Aber dass Nova wütend auf mich war, störte mich immens.

Ich saß auf dem Deck, als ich hörte, wie die Haustür geschlossen wurde. Nova rief mir nicht wie gewöhnlich einen Gruß zu, aber ich wusste, dass sie es sein musste. Ich stand von meinem Stuhl auf und ging hinein.

Ihr Rücken war mir zugewandt, als sie eifrig Dinge in den Schrank stellte. „Es tut mir leid, Nova", sagte ich.

„Gut", zischte sie.

Meine Hände ballten sich zu Fäusten, weil mir ihr Tonfall gar nicht gefiel. „Kein Grund, schnippisch zu sein."

Sie wirbelte mit verengten Augen herum. Dann atmete sie tief ein, bevor sie ihre Augen schloss. „Okay. Ich akzeptiere Ihre Entschuldigung, Mr. Christakos."

„Astor", erinnerte ich sie. „Ich möchte, dass du mich ab jetzt immer bei meinem Vornamen nennst. Nicht mehr Mr. Christakos."

„Also gut", sagte sie und holte das Fleisch aus dem Kühlschrank. „Wenn du etwas willst, musst du mich von jetzt an darum bitten. Ich habe darüber nachgedacht, wie ich dich behandelt habe – wie ich rund um die Uhr für dich da war. Ich denke, das muss der Grund sein, warum du dachtest, ich würde deinen Vorschlag annehmen. Ich werde aufhören, so ... unterwürfig dir gegenüber zu sein. Vielleicht ändert das die Art, wie du über mich denkst, Astor." Sie sah mir direkt in die Augen. „Ich habe mir die Freiheit genommen, nachzuforschen, was es bedeutet, eine Sub zu sein, und ich mag nichts davon."

„Okay", sagte ich und setzte mich auf die andere Seite der Bar. „Erzähle mir, was du darüber herausgefunden hast, und vielleicht kann ich dir helfen, es besser zu verstehen."

Sie schnaubte, als sie ein ganzes Hühnchen auf das Schneidebrett legte. „Ich habe herausgefunden, dass Männer wie du wollen, dass eine Frau ihnen zu Füßen liegt und sie anbettelt." Das Fleischerbeil, das sie in der Hand hielt, spaltete das Rückgrat des rohen Huhns in zwei Hälften.

„Ich mag kein Betteln", ließ ich sie wissen. „Darum geht es nicht in dieser Position – es geht darum, deinem Dom zu zeigen, dass du ihm ergeben bist. Sie zeigt, wie sehr du es liebst, ihm zu dienen. Und das Knien selbst ist gut für dich. Es stärkt die Rumpfmuskulatur und verleiht dir eine bessere Haltung."

Sie sah mich mit traurigen Augen an. „Ich sah ein Bild eines Doms, der seine Sub auf getrockneten Bohnen knien ließ. Er wollte ihr nur wehtun, nicht ihre Muskeln stärken oder ihre Haltung verbessern."

Eines musste ich dem Mädchen lassen – sie musste umfassende Nachforschungen durchgeführt haben, um auf solche Bilder zu stoßen. „Es gibt Doms, die einen Hang zur Grausamkeit haben. Ich kann dir versichern, dass ich nicht so bin."

Sie hackte eines der Hühnerbeine ab und fragte: „Wie bist du dann, Astor?"

„Ich denke, der Körper einer Frau ist das Schönste, was je erschaffen wurde. Ich denke, lange, straffe Muskeln machen ihn noch viel attraktiver." Ich streckte die Hand aus und legte einen Finger auf den Rücken ihrer Hand, die das große Messer hielt. „Ich denke, das Hinauszögern bestimmter Dinge wie etwa Berührungen macht es noch viel besser, wenn man sich schließlich doch berührt. Ich denke, seine Lippen vom Körper seiner Sub fernzuhalten, während man sie unbarmherzig fickt, macht den Kuss am Ende noch viel süßer."

Sie hielt den Atem an, als ich meinen Finger auf ihren Arm legte. Ich wusste, was sie fühlte, weil ich es auch fühlte: pure Glückseligkeit, pure Energie, pure Erregung – und das alles nur durch die Berührung meiner Fingerspitze.

„Astor, warum musst du die Kontrolle haben?" Ihre Augen waren dunkel vor Emotionen. Nova wollte mehr, als sie sich eingestehen wollte.

„Jemand muss die Kontrolle haben, Nova", sagte ich, als ich meine Hand wieder auf die Arbeitsplatte vor mir legte. Ich sah, wie sich ihre Augen zu meiner Hand bewegten, und wusste, dass sie meine Berührung bereits vermisste. „Allein, nicht als Teil eines Paares, hast du die Kontrolle über dich selbst, nicht wahr?"

„Natürlich kontrolliere ich mich. Deshalb verstehe ich nicht, warum du mich kontrollieren willst, Astor. Wenn ich mich von dir kontrollieren lasse, was bleibt dann von mir übrig?" Sie legte das Messer beiseite, um mich wirklich anzusehen. Ihre Augen wirkten niedergeschlagen. „Habe ich dir bisher keine Freude bereitet? Habe ich dich nicht glücklich gemacht?"

„Doch, das hast du", gab ich zu.

Sie zuckte mit den Schultern. „Warum willst du mich dann jetzt kontrollieren? Ich weiß, was du möchtest, ohne dass du mich kontrollieren musst. Ich fühle mich zu dir hingezogen. Ich weiß, dass du dich zu mir hingezogen fühlst. Wenn du versucht hättest, dich mir anzunähern, hätte ich es akzeptiert. Nicht, weil ich es musste. Ich hätte es akzeptiert, weil ich es wollte."

„Wenn ich dir sagen würde, dass ich deinen Körper beim Knien betrachten will – dass ich dich gerne auf diese Weise sehen würde –, würdest du auf die Knie fallen?", fragte ich sie.

Sie schüttelte den Kopf. „Natürlich nicht. Ich werde nicht auf die Knie fallen, weil du es mir sagst oder mit den Fingern schnippst. Ich stehe nicht darauf, gebrochen zu werden, Astor. Aus meiner Sicht ist das, was du willst, ein abgerichtetes Tier, keine Sexpartnerin."

„Deinen starken Willen möchte ich nicht brechen, Nova. Er ist das, was ich erleben will. Ich will sehen, wie du deinen starken Willen einsetzt, um mich zu befriedigen. Ich will, dass dein Verlangen, mich zu erfreuen, so stark ist wie dein Wille, im Leben erfolgreich zu sein. Als du mir von deinen Plänen erzählt hast, auf die Universität zu gehen, konnte ich deinen eigenwilligen Geist in deinen Augen aufleuchten sehen." Ich sah, wie ihre Augen ein wenig funkelten, und dachte, dass sie vielleicht endlich eine Vorstellung davon bekam, was es wirklich bedeutete, unterwürfig zu sein.

„Ich profitiere von dem Studium. Wie würde ich davon profitieren, meinen Willen einzusetzen, um dich zu erfreuen?", fragte sie, als sie mit einem schnellen Schlag ein weiteres Bein des Hühnchens abhackte.

Ich mochte die angespannte Atmosphäre zwischen uns nicht. Ich wusste zwar, dass sie Bedenken wegen dem hatte, was ich wollte, aber ich sah keinen Grund dafür, dass sie mit irgendeiner Art von Gewalt reagierte. „Nova, es gibt keinen Grund, so feindselig zu mir zu sein. Ich werde niemals etwas mit dir tun, dem du nicht zustimmst. Das verspreche ich dir. Zerteile den Rest des Hühnchens normal, nicht wie ein mittelalterlicher Schlachter."

Die Art und Weise, wie sie ihre Augen auf mich richtete, sagte mir, dass sie das Messer anheben und auf meinen Kopf niedersausen lassen könnte. Dann legte sie es in die Spüle, bevor sie sich die Hände wusch. „Mit mir zu sprechen, als ob ich ein Kind wäre, bringt dir keine Sympathien ein, Astor." Sie trocknete ihre Hände ab und bückte sich, um eine Glasschüssel unter der Spüle hervorzuholen. Dann ging sie zum Schrank, holte eine Flasche Barbecue-Sauce heraus und goss etwas davon in die Schüssel, bevor sie das Huhn hineinlegte. „Wie viele Subs hattest du schon?" Sie goss den Rest der Sauce hinein, bis das Fleisch davon bedeckt wurde, und warf die leere Flasche in den Müll, bevor sie sich erneut die Hände wusch.

„Sechs", sagte ich und sah, wie sie erschauderte. „Keine von ihnen ist lange geblieben. Es ist schon eine Weile her, dass ich eine hatte – mich um mein Unternehmen zu kümmern wurde dringlicher, als mich um sie zu kümmern."

Sie bedeckte das Hühnchen mit einer durchsichtigen Plastikhülle und ging dann nach draußen, um den Grill anzumachen, bevor sie zurückkehrte und fragte: „Ist eine von ihnen länger als ein paar Monate geblieben?"

Ich deutete ihre Fragen als etwas Positives. „Nein. Und all meine Interaktionen mit ihnen waren in dem Club, dem ich angehörte. Ich hatte noch nie eine Sub als Teil meines Alltags – nicht so, wie ich es von dir haben möchte."

„Wie eine echte Beziehung", sagte sie, als sie die Schüssel nahm, um sie nach draußen zu bringen. „Nur würde diese enden, wenn der Sommer kommt. Und ich darf keine Bindung zu dir entwickeln." Sie sah über ihre Schulter zu mir, als sie hinausging. „Richtig?"

„Richtig." Ich folgte ihr und dachte, dass sie vielleicht darüber nachdenken würde. „Keine verletzten Gefühle, kein Streit, keine Trennung. Nur ein bisschen Spaß. Du lernst ein paar neue Dinge, und wir haben beide jede Menge heißen Sex."

Sie legte das Fleisch auf den Grill und seufzte, bevor sie die Schüssel wieder hineinbrachte, um sie zu spülen. Ich konnte sehen, dass ein Kampf in ihr tobte. Die Frau fühlte sich zu mir hingezogen. Sie hatte zugegeben, dass sie daran gedacht hatte, dass wir zusammenkommen könnten. Das allein musste schon schwer zu bekämpfen sein. Wenn sie nun noch über den Teil mit der Unterwürfigkeit hinwegkam, würden wir beide bekommen, was wir wollten.

Ich folgte ihr und nahm wieder an der Bar Platz, als sie anfing, einen Salat zuzubereiten. „Ich möchte ehrlich zu dir sein, Astor."

„Das würde mir gefallen", sagte ich, als ich die Flasche Wasser ergriff, die sie für mich auf die Arbeitsplatte gestellt hatte. „Danke für das Wasser, Nova."

Sie sah auf die Flasche in meiner Hand. „Hm?" Ihre Augen weiteten sich. „Ich habe gar nicht gemerkt, dass ich sie dir geholt hatte. Ich bin wohl einfach daran gewöhnt, das zu tun."

Ich bemühte mich, das Lächeln zu verbergen, das sich über

meine Lippen schlich. Die Frau kannte mich – noch bevor sie mich wirklich kennengelernt hatte, kannte sie mich. „Du bist perfekt."

„Nicht wirklich." Sie gab den Salatkopf in eine große Schüssel und begann, die Blätter mit der Hand abzureißen und zu zerkleinern. „Weißt du, ich kann meine Gefühle nicht einfach so abschalten, wie du zu glauben scheinst. Selbst jetzt weiß ich schon, dass ich dich vermissen werde, wenn du gehst. Ich werde sogar deine abrupte Art und deine Arroganz vermissen." Sie lachte, und es tat meinem Stolz ein bisschen weh, dass es sich selbstkritisch anhörte. „Und wir sind erst ein paar Wochen zusammen. Die Wahrheit ist, dass ich noch nie zuvor auf diese Weise die Hostess für nur einen Gast war. Das ist irgendwie intensiv, weißt du?"

„Ich war noch nie mit jemandem außerhalb meiner Familie so lange zusammen wie mit dir, also weiß ich, was du meinst, Nova." Ich hielt inne, um über die Umstände nachzudenken, in denen wir uns befanden. „Vielleicht ist diese Anziehungskraft nur ein Nebenprodukt all der Zeit, die wir zusammen verbracht haben."

Sie hörte auf mit dem, was sie getan hatte, um mir in die Augen zu sehen. „Ich fand dich vom ersten Moment an, als ich dich sah, heiß."

„Ja, das wusste ich." Ich lächelte sie an und wusste, dass es ein anderes Lächeln war als jedes andere, das ich sonst jemandem zeigte. „Ich dachte, du bist süß."

Sie warf ein Salatblatt auf mich. „Süß? Nur süß?"

„Ich brauche länger, um andere Leute wirklich anzuschauen", erklärte ich ihr. „Aber am Ende des Mittagessens am ersten Tag hattest du mich in deinen Bann gezogen."

Sie lachte, als sie sich wieder mit der Zubereitung des Salats beschäftigte. „Und es hat nur zwei Wochen gedauert, bis du versucht hast, mir näherzukommen, und als du es getan hast, war es richtig bescheuert."

Ich wollte trotz ihrer Einwände ehrlich zu ihr sein. „Hör zu, hier ist der Deal, Nova. Ich mag keinen Vanilla-Sex. Und wenn du glaubst, wir könnten Hand in Hand den Strand hinunterlaufen, hierher zurückkehren und uns lieben, dann wirst du enttäuscht werden. Kannst du die Dinge einfach auf meine Art ausprobieren? Wenn du es hasst, können wir aufhören."

Sie stellte die Schüssel mit Salat auf den Tisch und sah mich an. „Ich *werde* es hassen, Astor. Ich mache dein Mittagessen und lasse dich dann in Ruhe. Ich brauche etwas Abstand, das kann ich jetzt sehr deutlich sehen."

Ich atmete tief aus und versuchte, meine Enttäuschung zu verbergen. *Warum läuft ständig alles schief?*

9

NOVA

In den nächsten Tagen machte ich nur das Notwendigste für Astor, um so viel Abstand wie möglich zu halten. Aber egal wie viel Distanz ich zwischen uns legte – ich konnte nicht aufhören, an ihn und das, was er wollte, zu denken. Ich musste immer wieder nach meinem Laptop greifen, um mehr über die Welt der Sub/Dom-Paare zu erfahren.

Während mir bei manchen Artikeln schlecht wurde, gab es andere, die ich wirklich faszinierend fand. Und ich erfuhr, dass ich tatsächlich viele unterwürfige Charakterzüge hatte. Ich dachte mir, dass dies der Grund dafür sein musste, was Astor mir vorgeschlagen hatte – er hatte meine natürlichen Sub-Tendenzen erkannt.

Zuerst hatte ich das Gefühl, dass etwas mit mir nicht stimmte. Warum hatte ich diesen Drang, fast allen zu gefallen? Aber dann dachte ich darüber nach, wie mein Leben seit dem ersten Tag gewesen war, und alles ergab Sinn. Ich hatte schon als Kind beobachtet, wie meine Eltern Tag für Tag Gäste bedienten, und all das verinnerlicht.

Zu sehen, was jemand wollte oder brauchte, bevor er überhaupt danach fragte, war für mich selbstverständlich. Und Astor war mein Gast, kein Freund oder dergleichen. Wenn er nur ein Freund oder irgendein Typ gewesen wäre, hätte ich diese Merkmale höchstwahrscheinlich nicht so offensichtlich gezeigt. Aber er war nicht irgendein Typ und ich hatte ihn schon so behandelt, dass er mich auf eine Weise ansah, die nicht sein sollte.

Eine unterwürfige Partnerin. Wieso kann er mich nicht als romantische Partnerin betrachten?

Ich war noch nie verliebt gewesen. Vielleicht hatte ich mich ein- oder zweimal verknallt, aber es hielt nie. Wenn es etwas gab, das ich in meinem Leben mehr wollte, als aufs College zu gehen, dann war es Liebe – nicht nur heißer Sex.

Nicht, dass ich jemals heißen Sex erlebt hatte. Nur normalen Sex. Irgendwie langweilig. Und kurz.

Meine Güte, ich muss wirklich öfter ausgehen.

Und hier war ein Mann, der mir mehr zeigen wollte. Ich hatte einen Mann, der mir Erfahrungen verschaffen wollte, die ich sonst nie bekommen könnte. Sollte ich das wirklich aufgeben? Und wofür? Mehr langweiligen Vanilla-Sex, bei dem es auch nicht um Liebe ging?

Ich starrte auf meinen Computerbildschirm und betrachtete das Bild einer Frau, die mit verbundenen Augen vor ihrem Dom kniete. Ich fragte mich, wie sie sich fühlte. *Ängstlich? Nervös? Erregt?*

Dann hörte ich auf, über sie nachzudenken, schloss meine Augen und versetzte mich an ihre Stelle. Meine Hände waren hinter meinem Rücken gefesselt. Mein sexy Negligé war zwischen meinen Beinen geöffnet, um meinem Dom Zugang zu meinen intimsten Stellen zu geben. Seine Hände strichen über meine Schultern, als er mir die Augenbinde umlegte.

Die Dunkelheit war verführerisch und schützte mich vor der Realität. Seine Hände bewegten sich über meine Arme, dann über meine Brüste, und ich hielt den Atem an, als mein Körper vor so starkem Verlangen zitterte, dass ich gerne Strafen ertragen würde, wenn ich im Gegenzug Erlösung bekam. Alles, was zählte, war, dass er mich zu seinem Besitz machte. So lange er seinen harten Schwanz in mich rammte, würde ich alles erdulden.

Als ich meine Augen öffnete, spürte ich, wie Tränen über meine Wangen liefen. „Kann ich mich ihm wirklich unterordnen?", flüsterte ich. „Wäre das eine Ohrfeige für alles, was ich bin? Oder würde es dazu beitragen, mehr aus mir zu machen?"

Er hatte gesagt, wir könnten aufhören, wenn ich es hasste. *Aber was, wenn ich es liebe?*

Was, wenn ich nicht wollte, dass er mich am Ende des Sommers verließ? Was dann?

Irgendwie wusste ich, dass es mich brechen würde, wenn ich mit ihm zusammen wäre. In irgendeiner Weise würde Astor Christakos mich brechen. Ich könnte vielleicht irgendwie kontrollieren, wie er es tat, aber es würde trotzdem passieren.

Den Mann zu treffen war Schicksal gewesen. Es stand in den Sternen geschrieben, lange bevor wir uns tatsächlich trafen. Etwas in meinem Inneren sagte mir das. Also, worauf wartete ich noch?

Es war drei Stunden her, dass ich ihn beim Mittagessen gesehen hatte. Wir hatten in einem der Restaurants gegessen, anstatt in seinem Bungalow. Ich hatte ihm gesagt, dass ich nicht mehr allein mit ihm sein wollte, und er hatte eingewilligt, mit mir essen zu gehen.

Astor war unglaublich zuvorkommend geworden, und das ließ mich denken, ich könnte ihm wirklich etwas bedeuten. Ich hätte ihn nicht für fähig dazu gehalten, als ich ihn zum ersten Mal traf, aber hier waren wir. Und wenn ich ihm etwas bedeutete, würde er mich vielleicht nicht brechen. Vielleicht könnten wir mehr haben, als er dachte.

Oder vielleicht mache ich mir nur etwas vor.

Ich stand auf, ging ins Bad und löste meine Haare aus dem

Dutt, zu dem ich sie heute Morgen hochgesteckt hatte. Sie fielen in langen Wellen über meinen Rücken. Ich wollte heute etwas anderes mit Astor machen, also zog ich meinen Bikini an. Wir waren noch nie zuvor zusammen ins Wasser gegangen, und ich wollte das mit ihm machen. Ich wollte sehen, ob er einfach Spaß mit mir haben und loslassen konnte. Aber ich wollte auch in seine Augen blicken, wenn er meinen Körper zum ersten Mal fast nackt sah.

Bei der Art, wie Astor mich an einem normalen Tag ansah, wurde mir heiß. Seine meergrünen Augen verschlangen mich jedes Mal, wenn er mich erblickte. *Werden sie auf meinen Brüsten verharren, wenn er mich so sieht? Meinem Hintern? Meinem Gesicht?*

Ich streifte meinen schwarzen Bikini über, band ihn fest und zog ein weißes Spitzenkleid an. Barfuß verließ ich mein Zimmer, um zu seinem Bungalow zu gehen.

Mein Herz raste, als ich an seiner Tür stand. Nach einem kurzen Klopfen rief ich: „Astor? Bist du hier?" Ich öffnete die Tür.

„Nova?", fragte er und setzte sich auf dem Sofa auf.

„Hast du ein Nickerchen gemacht? Habe ich dich geweckt?", fragte ich, als ich eintrat und die Tür hinter mir schloss.

Er blinzelte ein paar Mal und rieb sich dann mit dem Handrücken die Augen. „Ja." Er sah mich wieder an und ein Lächeln formte sich auf seinen Lippen. „Was hast du da an?"

„Ich wollte schwimmen gehen und fragen, ob du dich mir anschließen möchtest." Ich beobachtete seine Augen, als sie sich über meinen Körper bewegten. „Also, willst du schwimmen gehen?"

„Sicher." Er stand auf und ließ seine Shorts fallen. Seine schwarze Badehose darunter sagte mir, dass er bereits vor meiner Ankunft im Meer gewesen war.

Ich streifte das weiße Kleid ab und genoss, wie seine Augen aufleuchteten, über meinen Körper wanderten und auf meinen

Brüsten verharrten. Ich trat auf ihn zu und ging auf dem Weg zu seinem Deck an ihm vorbei. „Ist das Wasser heute warm?"

„Ja", sagte seine Stimme nahe an meinem Ohr, als er direkt hinter mir auftauchte. „Es ist heiß."

Ich hätte fast gelacht – er verhielt sich jetzt eher wie ein liebeskranker Welpe als der arrogante Mann, der er die meiste Zeit war. „Gut. Ich mag es, wenn es schön warm ist."

Ich ging die Treppe hinunter zum Wasser und watete hinein. Er folgte mir unmittelbar. „Ich mag deine Haare lieber, wenn du sie offen trägst." Er fuhr mit einer Hand hindurch. „Sie sind so seidig. Ich wusste, dass sie so sein würden."

Ich drehte mich zu ihm um und schaute auf seine dichten Wellen. „Darf ich?"

„Was?", fragte er, während seine Aufmerksamkeit wieder auf meinen Brüsten lag.

„Dir durch die Haare streichen." Ich lachte. „Was sonst?"

Er runzelte die Stirn. „Es wäre mir lieber, wenn du das nicht tust."

Mit einem Achselzucken ließ ich mich zurücksinken, um meine Haare nass zu machen. Ich tauchte unter Wasser und als ich wieder hochkam, sah ich, dass er mich immer noch anstarrte. Ich spritzte ein bisschen Wasser auf ihn. „Hör auf zu starren!"

„Du bist einfach so ...", schüttelte er den Kopf. „Nein, das Wort ist nicht stark genug. Du bist so ..."

„Hübsch?", fragte ich, als ich mit meinen Wimpern klimperte.

Er schüttelte den Kopf. „Nein, das ist auch nicht stark genug. Du bist eine Göttin. Eine kurvenreiche, gebräunte, wunderschöne Göttin."

Er griff nach mir, aber ich lachte und machte ein paar Schritte zurück. „Keine Berührungen, erinnerst du dich?" Ich drehte mich um und schwamm an eine tiefere Stelle.

Er packte mich am Knöchel und zog mich zurück. „Bist du dir sicher?" Seine Hände glitten über meine nasse Haut, dann nahm er mich in seine Arme und hielt mich fest. Ich spürte seine Erektion, die von seiner engen Badehose kaum verborgen wurde. „Du magst meine Berührungen."

Gänsehaut bedeckte mich von Kopf bis Fuß – aber das würde ich ihm nicht sagen. „Ach ja?"

Er nickte. „Ja." Er bewegte eine Hand über meinen Arm und streichelte meine Wange. Ich wurde fast ohnmächtig davon, wie unglaublich es sich anfühlte. Meine Augen schlossen sich, und er bewegte seine Knöchel über meine Wangenknochen. „Siehst du, es gefällt dir, wenn ich dich anfasse, Nova."

Ich legte meine Arme um seinen Hals. „Willst du sehen, ob ich es mag, wenn du mich küsst?"

Er sagte nichts, sah mir nur in die Augen und dann auf meine Lippen. „Ich weiß, dass es dir gefallen wird. Und ich weiß, dass ich nicht aufhören werde, wenn ich das jetzt mache."

Ich musste wissen, was er mit mir machen würde, wenn ich ihn ließ. „Und was würdest du danach tun, Astor?"

Er fuhr mit seinen Händen über meine Arme, nahm meine Hände in seine und zog sie von seinem Hals weg, um beide mit einer seiner großen, männlichen Hände hinter mir zu fixieren. „Ich würde deine Hände hinter deinem Rücken fesseln."

„Aber dann könnte ich dich nicht umarmen." Ich lächelte ihn sexy an. „Wo ist der Spaß dabei?"

Er drehte mich um, hielt meine Handgelenke noch immer fest und drückte meinen Oberkörper nach vorn. „Dann würde ich dich gerne so beugen."

Er drückte seine Erektion in der Badehose fest gegen meinen Hintern und ich wurde feucht. „Nicht schlecht, Astor."

Seine Hand bewegte sich von meinem Rücken um meine Rippen herum und erkundete dann meine Brüste. Er ließ seine Hand in den dünnen Stoff meines Bikinioberteils gleiten, um meine harten Brustwarzen zwischen seine Finger zu nehmen. Mein Atem stockte, und eine neue Hitze durchströmte mich.

„Ich würde überprüfen, ob du erregt bist." Seine Hand bewegte sich wieder und wanderte an meinem Oberschenkel nach unten, bevor er sie zwischen meine Beine legte und mein Geschlecht damit umfasste. „Ich würde sicherstellen, dass du bereit bist, mich in dir aufzunehmen, und ich würde dich bitten, leise zu sein, während ich dich ficke. Da wir draußen sind und erwischt werden könnten, wäre Schweigen ein notwendiges Übel, fürchte ich. Wenn wir drinnen wären, wo niemand dein lustvolles Stöhnen hören kann, würde ich dich so laut sein lassen, wie du willst."

„Ah, der kontrollierende Teil. Ich verstehe." Ich richtete mich auf und zog meine Handgelenke aus seinem Griff, bevor ich mich zu ihm umdrehte. Er ließ mich sofort los. „Ich habe in letzter Zeit viel nachgedacht."

Er lächelte mich verwegen an. „Das sehe ich."

„Ich begreife nicht alles. Und ich mag das meiste davon nicht." Ich schaute über seine breite, muskulöse Brust hinunter zu seinem perfekten Waschbrettbauch. „Aber ich weiß, dass ich es will."

„Du willst mich", sagte er und es klang, als würde er mich korrigieren. „Du willst *mich*. Nicht *es*. Ich weiß, dass du das nicht tust."

„Ich dachte, es wäre ein Pauschalangebot", sagte ich. War er inzwischen so weit, Kompromisse einzugehen?

Er nickte. „Wenn du mich willst, musst du dem zustimmen, was ich will."

Nein, keine Kompromisse.

„Und wenn ich es tue?", fragte ich.

Er lachte leise. „Dann mache ich mit dir, was ich gerade erklärt habe. Und dann gehst du rein und machst mir Abendessen – wie immer. Später würde ich mich von dir baden lassen und dann sehen, was ich sonst noch von dir will."

Meine Augen verdrehten sich. „Der erste Teil klang großartig. Aber dann ging es irgendwie bergab."

„Ich dachte mir schon, dass du das sagen würdest. Du bist nicht bereit dafür. Das wirst du höchstwahrscheinlich niemals sein." Er wandte sich von mir ab, stieg die Treppe hinauf und ließ mich allein im Wasser zurück. „Du bist Vanilla, Nova. Das ist okay. Dieser Lebensstil ist nicht jedermanns Sache." Dann ging er hinein.

Bastard!

10

ASTOR

Als ich beim Duschen zur Decke schaute und versuchte, die Flammen zu löschen, die Nova in meinem Körper entzündet hatte, konzentrierte ich mich darauf, an irgendetwas zu denken, das die Erregung lindern würde, die sie erzeugt hatte. „Verdammte Frau!"

Ich wollte sie wütend machen, indem ich sie abwies und Vanilla nannte. Ich wollte ihr einen winzigen Vorgeschmack auf das geben, was ich für sie tun konnte, und sie dann hängen lassen, wenn sie mir nicht alles gab, was ich wollte.

Ich wusste, dass es nicht fair war, aber zu diesem Zeitpunkt war mir das egal.

Sie war aus meinem Bungalow gestürmt, nachdem ich sie allein im Wasser gelassen hatte. Ich wollte ihr nachlaufen, ein Drang, den ich noch nie in meinem Leben verspürt hatte. Und dieser Impuls ärgerte mich.

Was hatte ich erwartet? Hatte ich gedacht, ich könnte ihr Dom sein und sie verlassen, wenn der Sommer zu Ende ging? Nie wieder an sie denken? Nicht wollen, dass es mit uns weiterging?

Nova hatte keine Ahnung, wie sehr sie mich schon für sich eingenommen hatte, und wir hatten noch nicht einmal Sex gehabt. Vielleicht wäre es ein riesiger Fehler, sie zu meiner Sub zu machen. Vielleicht würde sie mich brechen. Ich wusste es nicht und wollte es auch nicht herausfinden.

Aber während mir diese Gedanken durch den Kopf gingen, wanderte mein Verstand wieder zu Nova. Ich dachte darüber nach, wie sehr ich wollte, dass sie auf meinem Boden kniete und auf meinen Befehl meinen Schwanz in den Mund nahm. Sie sollte alles für mich tun – nur für mich. Es erfüllte mich mit einem Verlangen, das ich noch nie gekannt hatte.

Vielleicht war es das, was mich veranlasste, aus der Dusche zu steigen, Shorts anzuziehen – und sonst nichts – und mich auf die Suche nach dem Quartier der Mitarbeiter zu begeben. Als ich einen Raum betrat, der wie ein Wohnbereich wirkte, fragte ich die erste Person, die ich dort traf: „Wo wohnt Nova?"

Der Mann zeigte auf den rechten Flur. „Dritte Tür links, Mr. Christakos."

„Ist sie da drin?", fragte ich ihn, bevor ich dorthin ging.

„Das ist sie." Er lächelte mich an und sah aus, als wollte er noch mehr sagen, aber ich unterbrach ihn.

„Kümmern Sie sich um Ihre Angelegenheiten." Ich ging in den Flur und blieb vor ihrer Tür stehen. Dort hing ein Poster mit einem weißen Kätzchen und den Worten ‚Heute ist dein Tag, Baby'.

Es war ihr Tag. Dafür würde ich sorgen. Ich klopfte nicht an, sondern drehte nur den Türknopf. Als ich gegen die Tür drückte, stellte ich fest, dass sie unverschlossen war. Sie öffnete sich – und vor mir stand niemand anderer als Nova mit dem Rücken zu mir und splitterfasernackt. „Scheiße!", kreischte sie.

Ich trat ein und schloss eilig die Tür. „Du musst deine Tür abschließen, Nova. Was zur Hölle soll das?"

„Ich war irgendwie in einer schlechten geistigen Verfassung, Astor." Sie hob eine Decke von ihrem Bett auf und warf sie um ihren Körper. „Was tust du hier? Und woher wusstest du, welches Zimmer mir gehört? Und wieso denkst du, du kannst mich einfach überfallen?"

„Ich ... ähm, verdammt nochmal, Nova, hör auf, mir Fragen zu stellen." Ich hatte selbst Fragen an sie. „Warum bist du heute so zu mir gekommen?"

Sie hielt die Decke in einer Hand, während sie mit der anderen in der Luft gestikulierte. „Ich will dich. Ich weiß, ich bin ein Dummkopf, weil ich denke, ich könnte dich auf eine Art haben, die mir normal erscheint. Aber verdammt nochmal, ich will dich! Ich hatte noch nie fantastischen Sex. Oder auch nur guten Sex." Sie sah auf den Boden, als ihre Wangen rot wurden. „Die einzigen Orgasmen, die ich jemals hatte, musste ich mir selbst verschaffen."

„Was für eine Schande." Sie hatte mich verblüfft. „Keiner deiner Freunde konnte das für dich tun?"

Sie schüttelte den Kopf. „Nein. Keiner von ihnen. Und dann bist du gekommen und – ehrlich gesagt, machst du mich feucht, ohne es auch nur zu versuchen." Sie sah zu mir auf und fuhr fort: „Ist es so falsch, dass ich wissen will, wie Sex mit dir aussehen würde, ohne mich zu verpflichten, deine Sub zu sein?"

Ich kannte mich gut genug, um zu wissen, dass ich sie trotzdem so behandeln würde. Ich wusste keinen anderen Weg. Aber es schien an der Zeit, dass sie einen kleinen Vorgeschmack darauf bekam, was es bedeutete, meine Sub zu sein.

„Nein, es ist nichts falsch daran, Nova." Ich trat weiter in ihr Zimmer. „Lass die Decke fallen und geh auf die Knie. Ich werde dir eine Kostprobe geben, was es bedeutet, mir zu gehören. Wenn es dir gefällt, kannst du entscheiden, ob du mehr davon willst oder nicht."

„Wirklich?", fragte sie und sah so aus, als würde sie mir nicht ganz glauben. „Kein Haken?"

„Kein Haken." Ich ließ meine Shorts fallen und war so nackt wie sie unter ihrer dünnen Decke. „Jetzt sind wir ebenbürtig."

Ihre Hände zitterten, als sie die Decke fallen ließ. „Wir müssen ruhig sein. Die Wände sind so dünn wie Papier."

„Das ist kein Problem für mich." Ich wusste, wie man leise war. Es war Nova, die damit Schwierigkeiten haben könnte. Wenn sie noch nie einen Orgasmus von einem Mann bekommen hatte, würde sie den Verstand verlieren.

Ich trat näher an sie heran und nahm ihre Hände in meine, als sie flüsterte: „Hast du Kondome? Weil ich keine habe."

„Wir brauchen keine. Ich werde nicht mit meinem Schwanz in dich eindringen." Ich sah mich im Raum um und fand ein Verlängerungskabel. „Ich werde dir nur Vergnügen bereiten."

„Ach ja?", fragte sie mit zitternden Lippen.

Ich ließ sie los, zog das lange, dünne Kabel aus der Steckdose und kam zu ihr zurück. „Lege deine Hände hinter deinen Rücken."

Sie tat, ohne zu zögern, was ich verlangt hatte. „Okay."

Ich wickelte das Kabel um ihre Handgelenke und fesselte sie so, wie ich es von dem Moment an gewollt hatte, als ich sie zum ersten Mal sah. Ich entdeckte einen dunkelblauen Schal an ihrem Spiegel und wollte ihn holen. „Ich werde diesen Schal um deine Augen legen. Du kannst viel leichter loslassen, wenn du nichts siehst."

„Okay", sagte sie in einem atemlosen Flüstern.

Nachdem ich den Schal fest über ihre Augen gebunden hatte, drehte ich sie zum Bett und beugte sie darüber. „Ich werde dir heute Abend nicht den Hintern versohlen, Nova. Das macht zu viel Lärm."

„Okay", sagte sie erneut. Sie war so schnell folgsam geworden. Ich hätte fast gelacht, wie sehr sie sich innerhalb weniger Tage verändert hatte.

Das Schwierigste wäre, meinen schon schmerzenden Schwanz nicht in sie zu stecken. Aber ich würde der Versuchung widerstehen. Sie musste mehr wollen oder dies wäre vielleicht das einzige Mal, dass ich so bei ihr sein konnte.

Ich würde Erlösung finden, nur nicht in ihr. Ich zog ihre Pobacken auseinander und hörte sie nach Luft schnappen, als ich sie mit der Spitze meines Schafts berührte. „Ich werde das heute Abend nicht in dich stecken. Ich werde es nur benutzen, um dich zu erregen – um dich verrückt zu machen."

Ich drückte sie weiter auf das Bett, sodass sie auf dem Bauch lag, dann legte ich mich auf sie und schob meinen Schwanz wie einen Hot Dog zwischen ihre Pobacken.

„Das fühlt sich komisch an", sagte sie leise.

„Nicht sprechen." Ich packte ihre Schultern, bewegte mich vor und zurück und reizte meinen Schwanz zwischen ihren Pobacken.

Sie stöhnte leise, als ihr Körper unter meinem erschlaffte. Ich legte eine Hand unter sie, fand ihr Geschlecht und benutzte meine Finger, um ihre Klitoris zu stimulieren, was sie wieder leise stöhnen ließ.

Sobald die Perle geschwollen war, bewegte ich meinen Finger nach unten und steckte ihn in ihren engen Eingang. „Oh, verdammt. Du bist so eng. Fuck." Nur ein Finger passte in sie.

Mein Schwanz wurde noch härter, als ich mich schneller bewegte, während ich daran dachte, wie ihr enges Zentrum mich umschließen würde. Ihr Inneres fühlte sich heiß und feucht an und mir lief das Wasser im Mund zusammen.

Ich konnte mich nicht davon abhalten, sie zu kosten. Ich bewegte mich von ihr, rollte sie auf den Rücken und zerrte ihren Hintern bis zum Bettende, bevor ich auf die Knie ging. Hitze ging in Wellen von ihrem Zentrum aus, als ich meinen Mund auf sie legte und meine Zunge sie erkundete, während sie sich krümmte und stöhnte.

„Du musst ruhig sein, Baby." Ich küsste sie innig, fuhr mit meiner Zunge um ihre Klitoris herum und steckte sie in sie, um sie damit zu ficken, während ihre Beine meinen Kopf umklammerten.

Ich musste ihre Beine auseinanderdrücken, damit ich tiefer in sie gehen konnte. Mit einer Hand streichelte ich meinen Schwanz, während ich sie leckte, bis sie mit einem herrlichen Schwall kam, der meinen Mund mit ihrem süßen Nektar füllte.

Ihre Beine umschlossen mich fest, als sie ihren Höhepunkt erreichte. Ich brauchte all meine Kraft, um sie offen zu halten. Sie stöhnte und wimmerte, als ihr Körper sich entspannte. Als mein Orgasmus kurz bevorstand, erhob ich mich und stimulierte meinen Schwanz bis ich über ihren Brüsten kam.

Ich konnte kaum atmen und schaute sie an, als sie mit meinem Sperma bedeckt auf dem Bett lag und ihr Körper von der Hitze ihres Höhepunkts rosa war. „Hat dir das gefallen?"

„Oh, hm", stöhnte sie.

Ich zog eines ihrer Beine hoch und warf die Decke auf ihre Brüste, um das Sperma dort wegzuwischen. Ich ließ meine Lippen über die Innenseite ihres Oberschenkels gleiten, küsste ihren Bauch und wischte meinen Samen von ihren Brüsten, damit ich auch sie küssen konnte.

Ich saugte sanft und leicht an ihnen und liebte die kleinen Laute, die Nova machte. Nicht so leise, wie sie hätte sein sollen, aber so leise, wie ich es für den Anfang von ihr erwarten konnte. Ich leckte eine Brustwarze, während ich mit der anderen spielte, und bedeckte sie mit meinem Körper.

„Wenn du ein braves Mädchen bist, gebe ich dir mehr – falls du das willst. Aber nicht heute. Ich gebe dir Zeit, um darüber nachzudenken. Zeit, um zu entscheiden, ob du in meinem Bett sein und nur mir allein dienen willst. Wenn du dich entscheidest, meine Sub zu werden, würde es bedeuten, dass ich dich besitze, bis ich gehe. Niemand darf das berühren, was mir gehört. Verstanden?"

„Ja." Sie wölbte ihren Körper nach oben. „Ich sehne mich nach dir, Astor. Kannst du meine Antwort nicht jetzt entgegennehmen und mir das geben, was ich brauche?"

„Du denkst also, du bist jetzt schon bereit, mir zu antworten?" Ich grinste, als ich ihren Hals küsste. „Du fühlst immer noch das Nachbeben. Das ist kein gewöhnlicher Zustand für dich, und du solltest währenddessen niemals wichtige Entscheidungen treffen. Verdammt, ich wette, wenn ich dich bitten würde, mich zu heiraten, würdest du jetzt auch Ja sagen. Genauso, wie wenn ich dich jetzt bitten würde, dich von hinten nehmen zu dürfen."

Sie stöhnte. „Du hast recht."

„Ich habe immer recht, Baby." Ich küsste ihre Wange, und sie drehte ihren Kopf, um meine Lippen zu erreichen. Ich zog mich aus ihrer Reichweite zurück. „Böses Mädchen", flüsterte ich.

Dann nahm ich ihr den Schal ab, damit ich in ihre schönen braunen Augen sehen konnte. Sie blinzelte und richtete ihren Blick auf meinen. „Ich fühle mich wirklich wie ein böses Mädchen. Und so verrückt das auch klingen mag, mein Hintern zittert. Er will so sehr deine Hand spüren."

Sie hatte mich überrascht. „Du bist fantastisch, Baby. Ich hoffe, wenn sich alle Endorphine beruhigt haben und du zu deiner normalen Denkweise zurückkehrst, wirst du dich an all das erinnern."

„Wie könnte ich es vergessen?", fragte sie mich.

Ich wusste, dass sie es wahrscheinlich nicht vergessen würde, aber es könnte ihr peinlich sein. Ich wollte nicht, dass es das war. „Ich hoffe es nicht." Ich sank tiefer, und meine Lippen streiften ihre. „Ich hoffe, du willst mir gehören, Nova. Wenn du damit einverstanden bist, meine Sub zu sein, musst du den Rest meines Aufenthalts hier in meinem Bungalow verbringen."

Sie hob ihren Kopf und presste ihre Lippen auf meine. Mir wurde schwindelig, als sie ihren Mund öffnete, und gegen mein besseres Urteil ließ ich meine Zunge in sie gleiten. Verloren in ihrem Kuss wusste ich, dass ich einen schrecklichen Fehler begangen hatte, indem ich sie so schnell küsste.

Wer wird wem gehören, wenn dieser Sommer zu Ende geht?

11

NOVA

Nach dem besten Kuss, den ich je gehabt hatte, ließ mich Astor allein, und ich dachte darüber nach, seine Sub zu werden. Er hatte mir gesagt, ich solle an diesem Abend nicht zum Essen in seinen Bungalow kommen. Er sagte, er wolle, dass ich ihn völlig in Ruhe ließ, sodass ich eine vernünftige Entscheidung treffen könnte, die ich später nicht bedauern würde.

In dieser Nacht schlief ich besser als je zuvor. Mein Körper fühlte sich so entspannt an, dass ich fast das Gefühl hatte, keine Knochen zu haben. Ich hatte mich nie für besonders angespannt gehalten und keine Ahnung gehabt, dass ich mich so gelassen fühlen könnte. Ich hatte schon ziemlich viele Massagen gehabt – einer der Vorteile des Resortlebens –, aber sie waren kein Vergleich dazu, was Astors Aufmerksamkeit mit mir gemacht hatte. Er hatte mich zu neuen Höhen der Ekstase geführt und mich bebend vor Vergnügen zurückgelassen.

Als ich am nächsten Morgen von einem Klopfen an der Tür aufwachte, zog ein Lächeln über meine Lippen bei dem Gedanken, dass er es sein könnte. Ich schnappte mir einen Bademantel und ging zur Tür. „Guten Morgen." Als ich sie öffnete, hatte ich eine Vase mit rosa Rosen vor mir, die jemandes Gesicht bedeckten. „Oh!"

Laura aus der Insel-Boutique entfernte die Blumen von ihrem Gesicht. „Jemand hat einen Verehrer." Sie reichte mir die Kristallvase. „Muss ich Ihnen überhaupt sagen, wer sie Ihnen geschickt hat, Nova?"

Ich schüttelte den Kopf und biss mir auf die Unterlippe. „Nein, das müssen Sie nicht. Vielen Dank, Laura. Sie sind wunderschön."

„Haben wir unsere erste Liebesverbindung auf der Insel?" Sie lachte, als sie mich wissend anblickte.

„Wer weiß?" Ich nahm die Blumenvase und stellte sie auf den kleinen Tisch in meinem Zimmer. „Es ist definitiv zu früh, um schon an Liebe zu denken."

„Bestimmt." Sie drehte sich augenzwinkernd um und ließ mich mit meinem unerwarteten Geschenk allein.

Ich schloss die Tür und ging ins Badezimmer, um zu duschen und mich für den Tag anzuziehen. Es gab keine Karte in den Blumen, ein Zeichen, dass Astor seinem Wort treu bleiben würde. Er würde mich in Ruhe meine Entscheidung treffen lassen.

Allerdings hatte ich meine Entscheidung bereits getroffen.

Ich wollte das. Ich wollte sehen, wie es wäre, mich diesem Mann hinzugeben. Mir war egal, was danach geschah. Ich wollte diese Erfahrung mehr, als ich jemals etwas gewollt hatte.

Als ich unter dem warmen Wasser der Dusche stand, fragte ich mich, wie es sich anfühlen würde, wenn er mich endlich nahm. Er hatte mir gezeigt, wie sich ein echter Orgasmus anfühlen sollte, aber ich wusste, dass es noch mehr gab. Ich wusste, dass kein Vergnügen damit vergleichbar wäre, was passieren würde, wenn er endlich in mir war.

Das, was mich am meisten überraschte, war, wie sehr ich seine Hände auf mir spüren wollte, wenn er mir den Hintern versohlte und mich festhielt. Ich zitterte, als ich mich daran erinnerte, wie es sich am Vortag angefühlt hatte.

Was ich zu Laura gesagt hatte, war die Wahrheit – Liebe war zu dieser Zeit nicht einmal ein Gedanke in meinem Kopf. Nein, da waren einfach nur Lust und ein dringendes Bedürfnis, seinen großen Körper auf meinem zu spüren, während er sich an mir rieb und mich auf seine Matratze presste. Gebückt im Wasser zu stehen, während er seinen riesigen Schwanz von hinten in mich stieß, wäre auch in Ordnung. Ich wollte alles, was er mir geben würde.

Mir wurde klar, dass ich unsere gemeinsame Zeit genießen und den Sommer der Leidenschaft für immer in meinen Erinnerungen festhalten würde, dankbar dafür, so etwas erlebt zu haben. Alles, was ich wollte, waren Sex und die Chance, etwas Neues zu erfahren und das zu erforschen, was Astors Begierden in mir geweckt hatten.

Ich wusste, dass ich Astor vermissen würde, aber ich glaubte nicht, dass ich mich in ihn verlieben könnte. Er war das komplette Gegenteil von mir. Er hatte keine Skrupel, unhöflich zu sein, und ich konnte mich nicht dazu bringen, jemanden zu beleidigen. Er hielt sich für etwas Besseres als die meisten anderen, während ich wusste, wo ich mich auf dem Totempfahl des Lebens befand – irgendwo in der Mitte, nicht annähernd so weit oben, wie er sich selbst einordnete. Und das war gut so. Das würde mich davon abhalten, mich in ihn zu verlieben.

Zu wissen, dass Astor und ich einander nie wirklich glücklich machen könnten – außer sexuell –, gab mir ein viel besseres Gefühl, was die Affäre betraf.

Nachdem ich mir die Zeit genommen hatte, meine Haare zu waschen und die Spülung einwirken zu lassen, stieg ich aus der Dusche, um meine Uniform anzuziehen. Ich steckte meine Haare noch in nassem Zustand zu dem obligatorischen Dutt hoch. Ich wollte, dass der fruchtige Duft an Astors Nase vorbeizog, und ich wollte seine Augen sehen, wenn er meinen Geruch wahrnahm. Ich mochte es, wie ich ihn allein mit meinem Duft erregen konnte.

Als ich mein Zimmer verließ, bemerkte ich, dass zwei Augenpaare in meine Richtung blickten. Donny grinste und sagte: „Guten Morgen. Hatten Sie eine schöne Nacht?"

„Die hatte ich", sagte ich, als ich zur Haustür ging.

„Ich weiß." Er lachte, und Ariel lachte mit.

Es war mir egal, ob sie wussten, was ich mit Astor vorhatte. „Sie müssen sich keine Sorgen mehr wegen des Lärms machen. Ich werde sein Angebot annehmen und zu ihm in seinen Bungalow ziehen."

Ariel sah geschockt aus. „Sie werden was?"

Donny schüttelte den Kopf. „Nova, Sie sollten wirklich darüber nachdenken, was Sie da tun. Sie werden im Grunde mit diesem Kerl zusammenleben – dabei kennen Sie ihn kaum. Und was wird passieren, wenn der Sommer vorbei ist und er gehen muss?"

Das war eine ziemlich persönliche Frage, aber Donny und ich waren Freunde geworden, seit wir beide auf die Insel gekommen waren. Also sagte ich: „Wir wissen, dass es enden wird, wenn er gehen muss." Ich fand es süß, dass meine Kollegen sich um mich sorgten. „Er ist ein vielbeschäftigter Mann. Selbst wenn er mich gebeten hätte, mit ihm zu gehen, wäre ich meistens allein. Das würde ich hassen." Ich rümpfte bei dem Gedanken die Nase. „Es ist nur eine Sommeraffäre. Das wissen wir beide."

„Haben Sie Mrs. Chambers gefragt, ob das für sie in Ordnung ist?", fragte Ariel mit besorgtem Blick.

„Nein." Ich stützte meine Hände auf die Hüften, als ich darüber nachdachte. „Es gibt keine Regeln, die es verbieten. Aber vielleicht haben Sie recht – ich sollte das zuerst mit ihr bereden. Danke für Ihre Fürsorge. Bis später."

Ich ging zu Camilla, bevor ich Astor meine Entscheidung mitteilte. Als ich Camillas Privatquartier erreichte, sah ich, wie sie gerade aus der Tür trat. „Oh, hallo, Nova. Wie läuft es?"

„Wirklich großartig." Ich machte ein paar Schritte auf sie zu und blieb stehen, weil ich mich plötzlich albern fühlte. „Ich möchte Sie etwas fragen."

„Sicher, begleiten Sie mich. Mein Mann kommt und ich werde ihn am Dock treffen." Sie schlang ihren Arm um meinen und wir gingen zum Dock, wo alle Gäste ankamen. „Was wollten Sie mich fragen?"

„Nun, Astor hat mich gebeten, für den Rest seines Aufenthalts in seinem Bungalow zu bleiben. Ich wollte sichergehen, dass Sie damit einverstanden sind, bevor ich ihm eine Antwort gebe." Nervosität durchfuhr mich. Ich hatte nie darüber nachgedacht, dass ich vielleicht nicht in der Lage sein würde, das zu tun, was er wollte.

Camilla blieb stehen und nahm ihre Sonnenbrille ab, um mir in die Augen zu sehen. „Hat er Ihnen gesagt, worauf er steht?"

Sie hatte mich völlig überrascht. „Woher wissen Sie das?"

Sie setzte ihre Brille wieder auf und ging weiter. „Weil er und ich vor ein paar Jahren demselben Club angehörten. Waren Sie schon einmal jemandes Sub, Nova?"

„Nein." Ich war froh, dass sie gefragt hatte – ich wollte unbedingt mit einer anderen Frau darüber reden. „Aber ich möchte es lernen. Zumindest glaube ich das. Er hat mir die Möglichkeit gegeben, jederzeit Stopp zu sagen."

„Er muss Ihnen diese Option geben. Sie sind schließlich diejenige, die wirklich die Kontrolle hat." Sie lächelte und beugte sich zu mir, um zu flüstern: „Ich bin auch eine Sub."

„Wirklich?", fragte ich und fühlte mich ein wenig geschockt.

„Ja, mein Mann war mein Dom. Ich habe ihn in Grants Club getroffen – derjenige, dem wir alle angehörten." Die Art, wie sie lächelte, sagte mir, dass die Erinnerungen daran glücklich waren. Durch dieses Lächeln fühlte ich mich viel besser dabei, Astors Sub zu werden.

„Gibt es auf dieser Insel einen ähnlichen Club, Camilla?", musste ich fragen.

„Könnte sein." Sie lachte, bevor sie mich mit sich zog. Wir mussten uns beeilen, da wir bereits hören konnten, dass das Boot näherkam. „Er ist fast hier!" Sie blieb stehen, als wir in die Nähe der Gäste-Bungalows kamen. „Okay, Sie können bei Astor bleiben, wenn Sie wollen. Und Sie können zu mir kommen, wenn Sie Fragen haben. Sie sollten nie das Gefühl haben, etwas tun zu müssen, was Sie nicht möchten. Damit diese Art von Beziehung funktionieren kann, müssen Sie zu jedem Zeitpunkt ehrlich zu Ihrem Dom sein. Wenn etwas wehtut – mehr als Sie wollen –, sagen Sie es ihm. Der Mann weiß, was er tut, also sind Sie in Sicherheit, solange Sie ihm Ihre Grenzen mitteilen." Sie küsste mich auf die Wange. „Jetzt überbringen Sie ihm die guten Nachrichten. Ich muss meinen Mann abholen oder er versohlt mir den Hintern." Sie lachte wieder, als sie mich losließ und sich beeilte, zum Dock zu gelangen.

Ich schaute kurz zu Astors Bungalow hinüber, holte tief Luft und versuchte, die Schmetterlinge in meinem Bauch zu beruhigen. Ich musste es tun.

Als ich auf den Bungalow zuging, sah ich Astor herauskommen. Er wartete direkt vor der Tür, bis ich ihn erreichte. „Ich habe Frühstück gemacht", sagte er. „Möchtest du mir dabei Gesellschaft leisten?"

Ich versuchte, meine Überraschung nicht zu zeigen. „Das hört sich gut an." Ich ging durch die Tür, als er darauf deutete. „Ich habe eine Antwort für dich."

„Das Lächeln auf deinem schönen Gesicht lässt mich vermuten, wie sie lautet." Er kam hinter mir herein und schloss die Tür. „Und ich habe dich mit Camilla spazieren gehen und reden sehen. Hast du sie gefragt, ob es in Ordnung wäre, wenn du bei mir bleibst?"

Ich setzte mich auf einen der Barhocker und griff nach einem Stück Speck. „Ja." Ich biss hinein, während er mich mit seinen verheerenden Augen anblickte.

„Und was genau hat sie gesagt?", fragte er, als er sich direkt neben mich stellte.

Ich atmete seinen einzigartigen Duft ein – Moschus und Limette – und seufzte, als ich daran dachte, mit diesem Aroma in der Nase einzuschlafen. „Sie sagte, dass ihr früher einem Club angehört habt. Sie fragte mich, ob ich wüsste, worauf du stehst. Und sie sagte, wenn ich einen Rat brauche, kann ich zu ihr kommen."

„Hört sich an, als hättest du ihr deine Antwort noch vor mir gegeben." Er ging mit einem Stirnrunzeln von mir weg.

„Ich musste es irgendwie." Ich mochte nicht, was ich in seiner Körpersprache las. Ich stand auf und stellte mich hinter ihn, als er den Kühlschrank öffnete und sich Kokosmilch holte.

Als er sich umdrehte, blockierte ich seinen Weg. Er sah auf mich herab. „Also sag mir, was du ihr gesagt hast, Nova."

„Kann ich zuerst eine Umarmung haben?", fragte ich, als ich meine Arme ausstreckte.

Als ein Lächeln seine Lippen kräuselte, musste ich es einfach erwidern. „Eine Umarmung, hm?" Er lachte und schüttelte den Kopf. „Darum geht es nicht bei dieser Sache. Weißt du das?"

Er stellte den Karton auf die Theke und schlang seine Arme um mich, als ich mich an ihn schmiegte. „Ich weiß, dass es nicht darum geht. Aber es hat noch nicht angefangen. Also kann ich das haben, oder?"

Er umarmte mich fest und küsste meinen Kopf. „Und wann wird es anfangen?"

Mir gefiel die Tatsache, dass er mir die Kontrolle gab.

„Camilla hat mir die Dinge erklärt und ich bin jetzt zuversichtlich. Also kann es beginnen, sobald du möchtest. Das lasse ich dich entscheiden, Astor." Ich betonte diese Aussage mit einem frechen Augenzwinkern.

„Wie nett von dir, meine kleine Liebessklavin." Er küsste wieder meinen Kopf und stöhnte dann ein wenig. „Du willst mich wirklich auf die Probe stellen, hm?"

„Ich werde es auf jeden Fall versuchen." Ich sah zu ihm auf. „Und ich werde versuchen, alles zu lernen, was du mir beibringen kannst, Astor. Ich will das mit dir erleben. Ich hätte nie gedacht, dass ich so etwas wollen könnte, aber ich will es mit dir."

„Und nur mit mir." Seine Augen verengten sich, als er mich ansah. „Nur mit mir, Nova. Ich beschütze das, was mir gehört. Und von diesem Moment an gehörst du mir, bis ich die Insel verlasse. Erst wenn ich gehe, kannst du wieder tun, was du willst. Bis dahin wirst du nur das tun, was ich sage. Verstöße werden geahndet. Verstehst du?"

„Geahndet?", fragte ich, als ich einen Schritt zurücktrat. „Was bedeutet das?"

„Es bedeutet, dass du mir erlaubst, die vollständige Kontrolle über dich und deine Handlungen auszuüben. Wenn du etwas tust, das mir nicht gefällt, wird dies eine Strafe nach sich ziehen." Er zog ein Blatt Papier aus der Schublade hinter mir und legte es auf die Arbeitsplatte. „Unterschreibe das, nachdem du es gelesen hast. Dann fängt es an."

Als ich oben auf der Seite die Worte *Dom/Sub-Vereinbarung* sah, wurden meine Beine schwach.

Scheiße! Das passiert wirklich!

12

ASTOR

„Trage den einundzwanzigsten Juli als Enddatum in diesen
Vertrag ein." Nova sah mich mit besorgten Augen an. „Du
sagtest, wenn es mir nicht gefallen würde, könnten wir damit
aufhören."

Da dieser Lebensstil für Nova neu war, hatte ich erwartet,
dass sie Fragen zu dem Dom/Sub-Vertrag, den ich für uns aufgesetzt hatte, haben würde. „Es muss ein Enddatum geben, da dies
kein offener Vertrag ist. Wenn du weiterliest, findest du die
Klausel, dass der Vertrag jederzeit beendet werden kann, wenn
einer von uns dies möchte."

„Oh." Ihre haselnussbraunen Augen fielen auf meine.
„Denkst du, dass du es vielleicht beenden möchtest, bevor es
vorbei ist?"

„Man kann nie wissen." Ich mochte die Art, wie sie die Stirn
runzelte. Ihr gefiel der Gedanke nicht, dass ich vielleicht nicht
mit ihr zufrieden sein könnte. Aber ich fand es gut, dass sie sich
Sorgen darum machte, mich zu erfreuen.

„Ich verstehe." Sie sah sich das Dokument an und las es
gründlich durch, genau wie ich es ihr gesagt hatte. „Und hier
heißt es, dass ich dir alles erlauben werde, was du mit meinem

Körper tun möchtest, aber nichts, was bleibende Spuren oder Narben hinterlassen würde." Sie schüttelte den Kopf und sagte nur: „Nein. Das ist nicht okay für mich."

„Du willst, dass ich Spuren und Narben hinterlasse?" Ich lachte, weil ich wusste, dass sie das nicht gemeint hatte. „Siehst du, ich weiß auch, wie man Witze macht."

Mit einem Stirnrunzeln ließ sie mich wissen: „Das ist nicht lustig." Ihr langer Finger tippte auf das Papier. „Hier gibt es einige gruselige Wörter – wie etwa ‚Messerspiele'. Das musst du mir erklären, bevor ich irgendetwas unterschreibe."

„Kein Problem." Ich setzte mich auf das Sofa. „Siehst du, ich mag es, die Kleidung vom Körper meiner Sub zu schneiden. Das bringt das Blut zum Kochen." Der Ausdruck auf ihrem Gesicht machte mich sehr glücklich – die Angst darauf schickte einen Schauer meinen Rücken hinunter und direkt in meinen Schwanz. „Durch das sanfte Kratzen der Klinge über die Haut rauschen Endorphine durch den Körper. Und viele Endorphine bedeuten in sexueller Hinsicht großartige Dinge."

Nova stand auf und setzte sich mit dem Dokument in der Hand auf das andere Ende des Sofas. „Unter ‚Strafen' heißt es, dass du verschiedene Dinge tun kannst. Ich denke, es ist ziemlich grausam, deiner Sub keinen Höhepunkt zu gewähren, wenn sie etwas getan hat, von dem du glaubst, dass sie dafür bestraft werden muss."

Mir gefiel, wie sehr sie über jede Klausel in dem verbindlichen Dokument nachdachte. „Dann tu nichts, was mich dazu bringen könnte, das als Bestrafung zu verwenden."

Sie legte den Vertrag auf das Sofa zwischen uns und fragte: „Was würde dich dazu bringen, mir das anzutun? Und wie würde diese Bestrafung aussehen? Bedeutet das, dass wir einfach keinen Sex haben würden?"

„Nein." Ich fuhr mit meinem Finger über ihren Handrücken, der auf dem Papier ruhte. „Das würde bedeuten, dass ich dich immer und immer wieder an den Rand des Orgasmus bringe. Du sollst dich dabei so frustriert fühlen wie ich, als du meine Befehle nicht befolgt hast."

„Also wie du mir, so ich dir", sagte sie nachdenklich mit einem Lächeln. „Das kann ich verstehen. Ich habe nicht das Gefühl, dass ich mir Sorgen deswegen machen muss. Ich habe noch nie jemanden in meinem Leben frustriert. Es ist leicht, mit mir auszukommen." Ich musste gegen das Grinsen ankämpfen, das sich über mein Gesicht ausbreitete. Die Frau hatte mich seit dem Moment, als ich sie kennenlernte, ständig frustriert.

Sie schaute sich den Rest des Dokuments an und nickte. „Ja, ich unterschreibe es." Sie nahm den Stift und unterschrieb, bevor sie es mir gab. „Bitte schön. Du bist dran, Astor."

Als ich meinen Namen schrieb, regte sich Wärme in mir. „Du gehörst jetzt mir, Nova. Du weißt, was das bedeutet."

Mit einem Lächeln nickte sie. „Ja, das weiß ich. Du kannst mit mir machen, was du willst."

Ich zeigte auf den Boden vor mir und gab ihr meinen ersten Befehl. „Lass deine Kleidung auf den Boden fallen. Ich möchte meine Sub inspizieren."

„Das kann nicht dein Ernst sein", sagte sie, und etwas wie Entsetzen füllte ihr Gesicht.

„Doch." Es gab keinen besseren Zeitpunkt als diesen, um ihr beizubringen, was es bedeutete, eine Sub zu sein. „Du gehörst jetzt mir. Du bist mein Eigentum. Ich will deinen Körper inspizieren und dir sagen, was du daran ändern sollst."

„Als ob ich etwas an meinem Körper ändern könnte, Astor!" Aber noch während sie sprach, stand sie auf und begann, ihre Kleider auszuziehen, sie ordentlich zusammenzufalten und sie auf das Ende des Sofas zu legen.

„Braves Mädchen", lobte ich sie. Sobald sie ganz nackt war, machte ich eine kreisförmige Bewegung mit meinem Finger. „Dreh dich schön langsam."

Obwohl Nova schwer seufzte, tat sie, was ich sagte, und bewegte sich in einem langsamen Kreis, damit ich sie gut sehen konnte. „Ist das langsam genug, Meister?"

„Ich mag es nicht, so genannt zu werden. Du wirst mich bei meinem Namen nennen. Aber ich bin dein Meister, egal ob du mich so oder bei meinem Namen nennst." Ich wollte mir ihren Körper wirklich ansehen und herausfinden, ob es Stellen gab, die trainiert oder gebräunt werden mussten. „Hebe deine Arme und drehe dich noch einmal."

„Und was suchst du jetzt, Astor?", fragte sie, als sie meinen Befehlen folgte.

„Still." Ich stand auf und legte meinen Finger an ihre Lippen. „Du sollst ohne Widerrede tun, was ich dir sage. Stelle nicht alles, was ich dir auftrage, infrage."

Ihre Kehle bewegte sich, als sie schluckte. Ich wusste, dass sie sich unwohl fühlte. „Ja, Sir."

Ich fuhr mit einem Finger über ihre rosa Lippen und flüsterte: „Braves Mädchen." Mein Schwanz presste sich an den Stoff meiner Shorts. Beim Blick auf das Sonnenlicht, das durch die offenen Glastüren drang, dachte ich, es könnte Zeit für etwas Privatsphäre sein.

Ich schloss die Türen, ergriff die Fernbedienung, um die Jalousien zuzumachen, und hüllte uns in schwaches Licht. Nova stand vollkommen still, als ich die Fernbedienung weglegte und in mein Schlafzimmer ging, um etwas zu holen, von dem ich wusste, dass es ihr Angst machen würde.

Als ich mit einem Gürtel an meiner Seite zurückkam, sah ich den Ausdruck von Angst in ihren Augen, kurz bevor sie sie schloss. „Verschränke deine Hände über deinem Kopf, Nova."

Ich verwendete den Gürtel, um ihre Hände zu fesseln, ging hinter ihr her und geleitete sie zur Tür des Schlafzimmers, wo ein Haken für einen Bademantel angebracht war. Ich schob ihre gefesselten Hände darüber, und sie war gezwungen, sich mit dem Gesicht zu mir auf die Zehenspitzen zu stellen.

Als ihr Körper gedehnt war, fuhr ich mit den Händen über jeden angespannten Muskel und liebte, wie die Lichtspuren durch die winzigen Zwischenräume der Jalousien drangen. Teile ihrer Haut glühten, während die Dunkelheit andere maskierte. „Du bist wirklich bemerkenswert, Nova. Es gibt nichts, was geändert werden muss, um dein Aussehen zu verbessern."

„Danke." Ihre Wangen wurden rot, als sie wegschaute.

Ich nahm ihr Gesicht zwischen meine Hände. „Schäme dich nicht für deine Perfektion."

„Ich versuche, es nicht zu tun." Sie lächelte. „Es ist nur so, dass ich mich nie für perfekt gehalten habe."

„Was glaubst du, ist an deinem Körper falsch?", fragte ich.

„Meine Zehen sind ziemlich lang", sagte sie. „Nichts kann das reparieren." Ihre Augen schauten auf ihren Bauchnabel. „Und mein Bauchnabel wölbt sich leicht nach außen."

Ich bewegte meine Hände an ihren Seiten hinab und sank vor ihr auf die Knie. „Ich finde es süß." Ich küsste die Stelle, die sie verlegen machte, und sie stöhnte, als sie Gänsehaut bekam.

Ich zog eine Spur von Küssen über ein Bein und küsste jede der Zehen, die sie für zu lang hielt. Ich konnte kein Problem an ihnen feststellen. „Bei dir fühle ich mich so gut, Astor."

„Bei dir fühle ich mich auch gut." Ich küsste das andere Bein und stoppte, als ich an ihre Hüfte kam. Dann spreizte ich ihre Beine und küsste ihr süßes Zentrum. Ich liebte die Hitze, die bereits von ihr ausging.

Ihre Laute waren exquisit, als ich sie tief und innig küsste. Ich blies auf ihre Klitoris und leckte sie ein paar Mal, sodass sie vor Erregung anschwoll. Dann bewegte ich meine Hände hinter ihre Knie, hob ihre Beine an und legte sie über meine Schultern, um endlich den quälenden Hunger zu stillen, den ich schon viel zu lange für sie empfand.

Ein langes, anhaltendes Stöhnen kam von ihr, als ich sie leckte, als wäre sie die beste Mahlzeit, die ich je gegessen hatte. Sie gehörte jetzt mir. Mir allein. Jeder Teil von ihr schmeckte so viel süßer in dem Wissen, dass ich alles von ihr haben konnte, was ich wollte – zumindest bis zum Ende des Sommers.

Aber ich würde sie bis dahin ausgiebig genießen. Ich würde die Insel in dem Wissen verlassen, dass ich das Beste von ihr gekostet hatte. Niemand würde jemals von ihr bekommen, was ich bekommen hatte. Meine Mission war, sie für andere Männer zu ruinieren. Ich wollte sie mit Erinnerungen zurücklassen, mit denen kein anderer Mann jemals konkurrieren konnte.

Sie könnte einen anderen Mann treffen, sich verlieben und sogar heiraten, aber sie würde niemals einen finden, bei dem sie sich so gut fühlte wie bei mir – und der Dinge mit ihr tat wie ich.

Ihre Beine spannten sich um meinen Hals an und ich wusste, dass sie gleich kommen würde. Dieses Mal wollte ich mehr. Ich packte ihre Beine und zog sie vom Haken. „Knie dich hin."

Ich musste ihr helfen, auf die Knie zu gehen, weil ihre Beine zitterten und der Gürtel immer noch ihre Hände fesselte. Sobald ich sie nach vorn gebeugt hatte, ließ ich meine Shorts fallen und rammte meinen Schwanz in ihren engen Kanal, während ich ein höllisches Stöhnen ausstieß.

Ihr Zentrum ballte sich in einer festen Umarmung um meinen Schwanz zusammen. Es brauchte nur drei harte Stöße, bis sie kam. Heiße Säfte ergossen sich über mich und liefen sogar über die Innenseiten ihrer Oberschenkel. Ich konnte mich nicht länger bremsen. Ich bewegte mich härter und schneller und wollte immer mehr von ihr.

Ihr weicher Hintern fühlte sich jedes Mal unglaublich an, wenn ich bis zu den Hoden in sie stieß und meine Schenkel über ihre seidigen Pobacken rieben. Sobald ich spürte, wie der erste Tropfen Sperma aus meiner Schaftspitze drang, zog ich mich aus ihr heraus – obwohl es das Letzte war, was ich wollte.

Mein Verlangen nach ihr war zu schnell gewachsen, und ich hatte noch kein Kondom übergestreift. Ich musste meinen heißen Samen über ihren Rücken ergießen, während ich vor Frustration knurrte. „Fuck!"

Obwohl ihre Beine bebten, blieb Nova so ruhig, wie sie konnte, während ich mit meinen Händen meinen Schwanz stimulierte, um so viel Sperma wie möglich herauszupumpen. Ich würde ihre süße Pussy so schnell wie möglich wieder ficken. Aber beim nächsten Mal würde ich ein Kondom verwenden. Ich wollte beim nächsten Mal und bei jedem weiteren Mal spüren, wie sich ihr Zentrum um meinen Schwanz zusammenzog, wenn ich zum Höhepunkt kam. Noch nie hatte ich etwas mehr gewollt.

Was zum Teufel ist mit mir los?

13

NOVA

Als ich Stunden nach dem intensivsten Sex in der Geschichte der Menschheit immer noch erschöpft auf Astors Bett lag, wusste ich, dass ich einen kolossalen Fehler gemacht hatte. „Ich kann nicht hier bei dir bleiben, Astor."

„Das ist ein Scherz, oder?" Er warf einen Arm über meinen schlaffen Körper, um mich neben sich zu halten. „Du hast den Vertrag unterschrieben. Du wirst tun, was ich sage. Und ich sage, hör auf, darüber nachzudenken, meinen Bungalow zu verlassen." Seine Lippen drückten sich an die Seite meines Kopfes, und ich drehte mich in seinen Armen, um ihn anzusehen.

Die Art, wie seine dunklen, gewellten Haare sein Gesicht umrahmten, machte ihn noch schöner. Ich strich eine Strähne zurück, die vor ein meergrünes Auge gefallen war. „Astor, ich glaube nicht, dass ich das mit dir machen kann. Ich habe Angst."

„Das hast du nicht." Er grinste mich wissend an. „Du hast nicht mit der Wimper gezuckt, als ich den Gürtel benutzt habe, um deine Hände zu fesseln. Du hast vor Erregung gestöhnt, als ich meine Hand hob, um dir den Hintern zu versohlen. Du hast mich angefleht, dich immer härter zu schlagen. Du bist nicht allzu furchtsam, soviel kann ich dir schon sagen."

Er dachte fälschlicherweise, ich hätte Angst vor den Dingen, die mit einer BDSM-Beziehung einhergingen. Das stimmte nicht. „Ich habe wirklich Angst. Wenn auch nicht davor. Ich war nie wirklich nervös wegen der BDSM-Sachen, ich dachte einfach nicht, dass ich sie mögen würde. Aber was du bisher getan hast, hat mich eines Besseren belehrt."

Ein Knurren ließ seine Brust gegen meine rumpeln. „Und es gibt noch so viel mehr, das ich dir zeigen kann, mein Engel."

Ich wusste nicht, ob ich ihm die Wahrheit sagen sollte. Ich wollte sehen, was er mir sonst noch zeigen konnte – was er sonst noch tun konnte, um mich in eine Welt unvorstellbaren Vergnügens einzuführen. Aber nun war auch mein Herz involviert, und das verhieß nichts Gutes. Besonders nicht so bald in dieser Beziehung.

Ich fuhr mit den Fingerspitzen über seine bärtige Wange und flüsterte: „Ich habe Angst davor, dass mein Herz es genauso genießt wie mein Körper."

Seine Augen schlossen sich, und sein Griff lockerte sich. „Du musst lernen, dein Herz verschlossen zu halten. Das ist Sex. Nicht Liebe."

„Ich weiß." Mein Kopf begann zu schmerzen, als ob mein Gehirn wüsste, dass das, was er wollte, unmöglich war. „Wenn ich nachts neben dir schlafe, glaube ich, dass ich anfangen könnte, mehr zwischen uns zu sehen, als da ist."

„Das hier ist das erste Mal, dass ich so etwas mit jemandem versuche, der diesen Lebensstil nicht bereits praktiziert hat." Er blickte mir in die Augen und sah mich so, wie ich wirklich war. „Du bist ziemlich unschuldig in Bezug auf Sex. Aber du bist besonders unschuldig in Bezug darauf, wie alles funktioniert. Sex ist nur eine Sache, eine Aktivität, keine Emotion wie Liebe.

Ich verschaffe deinem Körper gute Gefühle und du meinem. Das ist alles."

„Du magst mich also nicht?", fragte ich. „Du magst es nicht, mich zu halten?"

„Ich liebe es, dich zu halten." Er küsste spielerisch meine Nasenspitze. „Ich mag es, deinen Körper zu halten. Deinen wunderschönen, weichen, geschmeidigen Körper. Es ist nicht mehr als das. Und es sollte auch nicht mehr für dich sein. Du kennst mich nicht wirklich."

„Du mich auch nicht." Ich wusste, dass es sich kindisch anhörte, aber ich hatte das Gefühl, dass er mir nicht genug zutraute „Aber ich akzeptiere dein schroffes Benehmen. Ich wette, es ist dir schwergefallen, Frauen zu finden, die dich so akzeptieren, wie du bist."

„Stimmt." Seine Augen verließen meine, um das Sonnenlicht zu betrachten, das durch die Jalousien seines Schlafzimmers fiel. „Sag mir, warum du mich immer weiter ertragen hast. Und sei ehrlich."

Nachdem ich darüber nachgedacht hatte, musste ich zugeben: „Das ist mein Job."

„Ja." Er strich mit seinen Lippen über meinen Hals. „Du würdest mich in der realen Welt nicht mögen, wenn wir uns als Fremde begegnen würden. Du würdest meiner müde werden – und mich ändern wollen. Wir würden streiten, und ich würde dich letztendlich verlassen. Ich weiß genau, wie sich alles entwickeln würde. Deshalb möchte ich die Dinge einfach halten. Keine Liebe. Keine verletzten Gefühle. Genieße einfach, was wir hier haben. Es kann nicht ewig dauern."

„Du hast wahrscheinlich recht. Du kannst ein unglaublicher Mistkerl sein." Ich lächelte ihn an, um den Schlag abzumildern. „Aber du weißt definitiv, wie man einer Frau Vergnügen bereitet."

„Danke." Langsam näherte er sich mir, bis sich unsere Lippen trafen. Wir hatten an einem Tag mehr Küsse und Sex geteilt, als ich in meinem ganzen Leben gehabt hatte. Doch jedes Mal, wenn seine Lippen meine berührten, raste ein Blitz durch meinen Körper bis in meinen Kern und füllte mich mit Elektrizität.

Sein Schwanz pulsierte gegen meinen Bauch, als unser Kuss leidenschaftlicher wurde. Ich war nur wenige Sekunden zuvor erschöpft gewesen, aber der Kuss erneuerte meine Energie. Ich hielt Astor fest, zog seinen kraftvollen Körper über meinen und wollte, dass er mich noch einmal nahm.

Er spreizte meine Beine, als er sich bewegte, und ließ sich zwischen ihnen nieder. Sein harter Schwanz drückte sich in meinen wunden Eingang, aber der Schmerz dauerte nur einen Moment, bevor mein Körper ihn begrüßte.

Seine langsamen, leichten Stöße ließen mich vor Verlangen stöhnen. Astor weckte Begierden in mir wie kein Mann es je getan hatte. Ich wusste, dass mehr als nur körperliche Anziehungskraft zwischen uns war. Ich sah die Art und Weise, wie er mich anschaute, wenn er dachte, ich würde es nicht bemerken.

Astor mochte mich – mehr als er zugeben wollte, dessen war ich mir sicher. Und ich mochte ihn trotz seiner arroganten Art. Irgendwie konnte ich hinter all diesen Unsinn blicken. Nicht, dass es eine Scharade war. Ich wusste, dass Astor so ein Mann war – jemand, der seine Meinung sagte, auch wenn es nicht angebracht war.

In gewisser Weise mochte ich seine Direktheit. Ich wusste immer genau, woran ich bei dem Mann war. Bei Astor Christakos brauchte man nicht zu raten. Er ließ einen wissen, was er dachte, egal wie unangenehm es war.

Und er dachte, dass er und ich in der Lage sein würden, für ein paar Monate wahnsinnig heißen Sex zu haben, eng umschlungen zu schlafen und dann alles aufzugeben. Und vielleicht konnte er das auch. Aber was war mit mir?

Seine Lippen verließen meine, um eine sanfte Spur von Küssen über meinen Nacken zu ziehen, während ich mit einem Fuß über die Rückseite seines Beins strich. Dieses Mal war es anders. Keine Forderungen, keine Strafen. Wir machten Liebe – etwas, das ich noch nie getan hatte.

Ich bewegte meine Hände über seinen muskulösen Rücken und erinnerte mich an jeden Hügel und jedes Tal. Sein weicher Bart kitzelte meine Haut, als er winzige Küsse über meinen Nacken verteilte, bevor er mein Ohrläppchen zwischen seine Zähne nahm und zärtlich hineinbiss.

Sein Atem war warm an meinem Ohr, als er sagte: „Das gefällt mir. Du bist sehr sinnlich, Baby."

Ich wölbte mich ihm entgegen und murmelte: „Du machst es mir leicht."

Ich fuhr mit meinen Fingern über seine Schultern, dann hinunter zu seinem massiven Bizeps, der sich anspannte, als er sich gerade so weit über mir abstützte, dass er mich nicht zerquetschte. Ich drückte die Muskeln mit beiden Händen und stöhnte leise, weil sie sich so großartig anfühlten.

So viel Muskelkraft, so viel Stärke, und trotzdem nahm er mich so sanft, dass mir der Atem stockte. Unsere bisherigen sexuellen Erfahrungen waren nicht so sanft gewesen, aber jetzt, da ich wusste, dass er auch so mit mir umgehen konnte, wollte ich, dass jeder Tag so endete.

Er bewegte sich, um seine Aufmerksamkeit auf die andere Seite meines Halses zu richten, und unser Blick verhakte sich für eine Sekunde. Er lächelte mich an – ein echtes Lächeln, das mir das Gefühl gab, etwas Besonderes zu sein. „Nova, ich genieße sehr, wie unsere Körper aufeinander reagieren."

Ich hob die Hände, um meine Arme um seinen Hals zu legen, und zog mich hoch, um ihn zu küssen. Meine Lippen berührten fast seine, aber nicht ganz. „Ich mag dich sehr, Astor

Christakos. So sehr." Ich küsste ihn und das Stöhnen, das ihm entkam, ließ mich erschauern.

Er hatte mir gesagt, ich solle nicht an Liebe denken, während wir Sex hatten, aber ich konnte mich nicht davon abhalten. Ich liebte die Art, wie er sich bewegte. Ich liebte die Art, wie sich unsere Düfte vereinten. Ich liebte die Art, wie sein feuchtes Haar sein wunderschönes Gesicht umrahmte. Ich liebte alles.

Ich liebte ihn.

Er drückte meinen Kopf auf das Kissen und bewegte sich schneller, als er mich leidenschaftlicher küsste. Ich spürte, dass er fordernder wurde, und bewegte mich mit ihm, während er sein Tempo beschleunigte.

Sein Mund verließ meinen, und er sah mich mit verengten Augen an. „Scheiße!"

„Scheiße?", keuchte ich.

Er zog seinen Schwanz aus mir heraus und ergoss sein Sperma über meinen ganzen Bauch. „Ich habe vergessen, ein Kondom zu benutzen."

Keuchend vor Erregung lachte ich. „Sieht ganz so aus."

Astor sah frustriert aus, rollte sich von mir ab und ging ins Badezimmer. „Ich hole ein Handtuch und mache dich sauber. Wir brauchen eine Dusche. Aber wenn du so aufstehst, wird hier alles schmutzig."

Ich schaute auf das Sperma auf meinem Bauch hinunter und bewegte meine Beine ein wenig, als mir klar wurde, wie nass ich dort unten war. Dabei hatte *ich* keine Chance gehabt, zum Orgasmus zu kommen.

Aber er hatte mich so heiß gemacht mit der Art, wie er mich nahm, dass ich mir ziemlich sicher war, dass es nur meine eigenen Säfte waren. Er hatte sich rechtzeitig aus mir herausgezogen.

Hoffentlich.

Eine Schwangerschaft würde unserem sexy Sommer einen gehörigen Dämpfer verpassen. Also entschloss ich mich, Astor nichts zu sagen, als er sein Sperma von meinem Bauch wischte.

„Fertig. Komm jetzt. Lass uns duschen und etwas essen. Dann gehen wir wieder ins Bett und schlafen die Nacht durch."

Ich sagte nichts, als wir duschten, aber meine Gedanken waren eine Million Meilen weit weg. Ich war besorgt bei dem Gedanken daran, dass er mich die ganze Nacht in seinen Armen hielt.

Selbst als ich uns zum Abendessen ein paar Schinken-Sandwiches zubereitete, konnte ich nur daran denken, wie sein Körper neben mir wäre, wenn wir schliefen – und was mitten in der Nacht passieren könnte. Und was mit meinem Herzen passieren könnte, wenn alles zwischen uns endete.

Nach dem Abendessen räumte ich auf und fasste den Mut, Astor zu sagen, was ich wollte. „Ich weiß, dass du willst, dass ich bleibe …" Ich schaute zu Boden in dem Wissen, dass er protestieren würde. Ich wollte deswegen keinen Streit.

„Aber du willst in dein Zimmer zurückkehren", beendete er meinen Satz. „Du hast Angst, dass dir deine Gefühle in die Quere kommen, wenn du bei mir schläfst." Er schwieg einen Moment, während seine Augen über meinen Körper wanderten. „Ich könnte dich dazu bringen, zu bleiben, wenn ich es wollte. Aber ich habe dein Herz gespürt, als wir miteinander im Bett waren. Ich habe es auch in deinen Augen gesehen." Er umfasste mein Kinn und hob mein Gesicht, damit ich ihn ansah. „Ich mochte es langsam, aber du musst wissen, dass auch diese Zärtlichkeit nur Sex war, Süße."

„Für mich war es mehr. Du kannst nicht weiter versuchen, mich davon zu überzeugen, dass ich nicht weiß, was ich empfinde." Ich schloss die Augen. „Ich glaube nicht, dass ich das tun kann, Astor. Ich glaube nicht, dass ich die Dinge so auseinanderhalten kann wie du."

„Du kannst es lernen." Er küsste mich auf den Kopf. „Ich glaube an dich. Und ich weiß, dass du dich mit einem süßen Lächeln auf dem Gesicht von mir verabschieden wirst, wenn ich gehe. Ich bin kompliziert. Das weiß ich selbst. Du wirst am Ende froh sein, mich loszuwerden."

Ich begann, mich darüber zu ärgern, dass er sich nicht für liebenswert hielt. „Du scheinst zu glauben, dass es einer Frau schwerfallen würde, sich in dich zu verlieben, aber ich fürchte, du könntest dich irren. Wir sehen uns morgen, Sir. So früh wie immer."

Ich verließ ihn und spürte, wie seine Augen auf mir blieben, als ich davonging. Astor konnte denken, was er wollte. Obwohl ich in Bezug auf Sex und Liebe unerfahren war, wusste ich, was ich für den Mann empfand. Und ich konnte sehen, dass er auch etwas für mich empfand.

Schade, dass nicht mehr daraus werden kann.

14

ASTOR

Ich saß auf dem Deck und sah zu, wie die Wellen ans Ufer rollten. *Allein.*

Nova hatte sich wieder entschlossen, nach unserem Tag voller süßer Qualen in ihr Zimmer zurückzukehren. Sie machte das schon seit ein paar Wochen so.

Sie hatte Interesse gezeigt, den privaten Club der Insel zu besuchen, aber ich sagte ihr, dass es ihr dort nicht gefallen würde. Die Wahrheit war, dass ich wusste, dass es dort andere Leute geben würde, die ihren Körper betrachteten – und das wollte ich nicht.

Eifersucht war bei keiner meiner anderen Subs ein Problem gewesen. Die Tatsache, dass ich sie jetzt empfand, mochte ich überhaupt nicht. Das war der Hauptgrund, warum ich Nova jeden Abend nach dem Essen in ihr Zimmer gehen ließ.

Obwohl sie ihre Gedanken für sich behalten hatte, konnte ich ihre Gefühle in ihren Augen sehen. Sie schien sich immer noch für mich zu interessieren, viel mehr als ich für möglich gehalten hatte. Ich dachte, der Ansturm der Zärtlichkeit, den sie nach unserer ersten gemeinsamen Nacht empfunden hatte, wäre inzwischen abgeklungen, aber scheinbar hatte ich mich geirrt.

Aber ich war im Urlaub nicht ich selbst. Ich reagierte gelassener auf das Leben. Ich wusste, dass sich das ändern würde, sobald ich wieder arbeitete.

Nova nahm all meine Zeit in Anspruch. Ich hatte meinen Laptop seit meiner Ankunft noch nicht einmal geöffnet. Sie hatte jeden Plan, den ich gemacht hatte, geändert – abgesehen von meiner strengen Morgenroutine, nach der ich süchtig war.

Aber wenn sie die Nächte bei mir geblieben wäre, hätte ich vielleicht auf meine übliche Trainingsroutine verzichtet. Nur wollte Nova nie bei mir bleiben. Und ich wollte sie nicht dazu zwingen.

Als ich dort saß und den Mond über dem silberfarbenen Ozean aufgehen sah, dachte ich an Nova. Sie kam mir in den Sinn, selbst wenn sie nicht da war. Noch etwas, das mir bei keiner meiner anderen Frauen je passiert war.

Keine Frau hatte mich jemals so interessiert wie Nova. Ich versuchte mir einzureden, dass dies am Urlaub lag. Ich hatte nichts anderes, worüber ich mir Sorgen machen musste. Warum also sollte ich nicht den ganzen Tag über sie nachdenken? Es würde enden, sobald ich wieder an die Arbeit ging.

Oder doch nicht?

Grant trat auf das Deck neben meinem und betrachtete den Mond. „Hallo, Nachbar", grüßte ich ihn.

Er sah mich an und nickte. „Abend, Astor." Dann schaute er zurück zu meinem Bungalow. „Hat sie dich wieder verlassen?"

„Ich lasse sie gehen." Ich wollte nicht, dass er glaubte, der Dom sei weich geworden. „Sie versucht ihr Bestes, um sich nicht zu fest an mich zu binden, das arme Mädchen. Immer wieder sagt sie, dass sie sich Sorgen macht, dass sie sich in mich verliebt, aber ehrlich gesagt kann ich nicht erkennen, dass das passieren könnte."

Er nickte, als er zum Mond zurückblickte. „Ja, ich dachte früher auch so über Isabel. Ich war so ein Monster."

Ich wusste nicht viel über Grants Privatleben, besonders über sein Leben mit seiner Frau, aber ich wusste, dass er der Besitzer eines BDSM-Clubs gewesen war und sie dort für ihn gearbeitet hatte. Ich konnte mir vorstellen, dass der Anfang ihrer Beziehung nicht leicht gewesen war.

„Ich bin nicht wirklich ein Monster." Ich dachte darüber nach, wie ich mich am besten beschreiben könnte.

Aber dann tat Grant es für mich. „Nein, du bist kein Monster. Du bist jemand, den ich als eine *schwierige* Persönlichkeit bezeichnen würde. Aber du bist auch jemand, der sagt, wie es ist. Egal was die anderen Leute denken. Du bist ehrlich – vielleicht sogar ein wenig zu ehrlich. Möglicherweise mag sie das an dir. Oder vielleicht mag sie einfach die Art, wie du sie fickst."

„Ich frage mich, wer hier zu ehrlich ist", sagte ich und musste dann lachen. „Ich glaube nicht, dass es nur darum geht, wie ich sie ficke. Nova mochte mich, bevor wir eine körperliche Beziehung begonnen haben. Aber jetzt, da wir eine haben, verwechselt sie die Art, wie ich sie empfinden lasse, mit Liebe für mich."

„Und wie empfindest du für sie?", fragte er.

Er hatte mich überrascht. Ich wusste nicht genau, wie ich meine Gefühle für sie in Worte fassen sollte. Aber ich wusste, dass sich die Dinge ändern würden, wenn ich zu meinem normalen Leben zurückkehrte. „Im Moment ist sie immer in meinen Gedanken. Aber ich kenne mich. Wenn ich in die reale Welt zurückkehre, wird sich das ändern. Nova wird in den Hintergrund treten. Zur Hölle, sie könnte sogar ganz verschwinden. Wer weiß?"

Grant nickte. „Ja, wer weiß das schon."

Isabel rief nach ihm und er winkte mir zu, bevor er zu ihr ging. Ich dachte darüber nach, wie es wäre, wenn Nova in der

Nähe wäre. Würde ich dann auch draußen auf dem Deck sitzen? Oder würde ich drinnen sein und mit ihr im Bett kuscheln, während wir den Mond aufgehen sahen?

Bei der Melancholie, die meine Gedanken auslösten, fühlte ich mich überhaupt nicht gut. Ich entschied, dass ich bei ihr etwas anders machen musste. Wenn ich so weitermachte, würden wir beide verletzt werden.

Ich stand auf und ging zu Bett.

Als ich am nächsten Morgen aufstand, hatte ich neue Pläne für meine kleine Sub.

Sie traf mich in der Küche, nachdem ich geduscht hatte. „Guten Morgen, Astor. Ich dachte, wir machen heute etwas anderes. In einer Stunde legt ein Boot zu einem Tagesausflug ab. Wir können Delfine beobachten und schnorcheln."

Der Plan, den ich im Sinn hatte, war ganz anders. Ich hatte darüber nachgedacht, sie wie die Sub zu behandeln, die sie war. Aber ihre Augen funkelten, als sie über das Boot sprach, und ich wollte ihr die Begeisterung nicht nehmen.

„Okay, klingt gut für mich." Ich nahm die Tasse Kaffee, die sie für mich auf die Bar gestellt hatte, und dachte dann, ich sollte hinzufügen: „Weißt du, die meisten Subs verkünden ihrem Dom nicht, was die Aktivitäten des Tages sind. Die meisten von ihnen überlassen das ihrem Dom."

„Ich versuche nicht, zu lernen, wie ich anderen Männern gegenüber unterwürfig sein kann." Sie stellte einen Teller mit Schinken und Eiern vor mich, als ich an der Bar Platz nahm. „Und du weißt, dass du immer Nein zu mir sagen kannst."

„Sodass das Licht aus deinen Augen verschwindet?" Ich griff nach meiner Gabel und begann zu essen. „Niemals. Du liegst mir damit in den Ohren, einen dieser Ausflüge zu machen, seit ich hier bin. Ich wusste, dass ich irgendwann nachgeben müsste, bevor ich hier rauskomme."

„Wir haben nur noch etwa einen Monat. Ich dachte, so

könnten wir an einem Tag zwei Aktivitäten machen – und dadurch zwei Fliegen mit einer Klappe schlagen. Ich wusste, dass du wahrscheinlich nicht zwei Tage dafür verwenden willst." Sie machte sich einen Teller und setzte sich neben mich. „Ein Koch wird uns begleiten und auf der Tour leckeres Essen zubereiten. Ich kann es kaum erwarten!"

Ihre Aufregung war unübersehbar. „Ich denke, ich hätte schon vor einiger Zeit zustimmen sollen. Ich hatte keine Ahnung, dass es dich so glücklich machen würde, Nova."

Sie nippte an ihrem Kaffee und lächelte. „Am Anfang war es dir nicht wichtig, mich glücklich zu machen. Ich bin froh, dass sich das geändert hat."

Der Tag hatte nicht so begonnen, wie ich es mir vorgestellt hatte. Ich hatte für den Rest meines Aufenthalts alles kontrollieren und den großen, starken Dom spielen wollen. Offenbar funktionierte das nicht. Ich fühlte, wie sich meine Stirn runzelte.

Wie kann sie hier auftauchen und einfach alles verändern? Warum erlaube ich ihr das?

Ich schaute sie aus den Augenwinkeln an und stellte fest, dass sie gerade in ihren Schinken biss. Als automatisch ein Lächeln über meine Lippen zog, spürte ich, wie mein Herz in meiner Brust klopfte.

Das ist nicht gut.

Nova nahm ihre Kaffeetasse und sah mich an. „Astor, du hast mir nie von deiner Familie erzählt. Lebt sie auch in Athen?"

„Ja." Ich sah auf meinen Teller und versuchte, mich nicht auf sie zu konzentrieren. Das schien ich in letzter Zeit viel zu oft zu tun. „Ich bin das älteste von sechs Kindern. Meine beiden Brüder und ich sind alle älter als unsere drei Schwestern."

„Wie bei der Brady-Familie", sagte sie und lachte dann. „Aber ich gehe davon aus, dass ihr alle dieselbe Mutter und denselben Vater habt, im Gegensatz zu diesen Kindern."

„Brady-Familie?", fragte ich, ohne eine Ahnung zu haben, worüber sie sprach.

„Ja." Sie stellte ihre Tasse ab und konzentrierte sich auf mich. „Diese alte Fernsehshow mit den drei Jungen und drei Mädchen. Die Mutter hatte die Mädchen, der Vater hatte die Jungen. Sie heirateten und wurden eine achtköpfige Familie. Weißt du, diese Show."

„Ich schaue kein Fernsehen." Ich sah, wie sie die Stirn runzelte.

„Nie?"

Irgendwie gab sie mir für einen kurzen Moment das Gefühl, dumm zu sein. „In meiner Kindheit hatten wir keinen Fernseher. Ich habe jetzt mehrere Fernseher bei mir zu Hause, aber ich setze mich nie wirklich hin und benutze sie. Es gibt immer so viele andere Dinge zu tun. Wenn ich arbeite, arbeite ich wirklich. Meine Tage sind voll mit Besprechungen und wenn ich nach Hause komme, dann normalerweise nur, um zu duschen und zu schlafen, bevor ich am nächsten Tag wieder aufstehe und von vorn beginne. Ich bin ein getriebener Mann."

„Ja, das kann ich sehen." Sie betrachtete ihren halb vollen Teller und hob ihn dann auf, als sie abräumte.

„Hast du keinen Hunger?", fragte ich. „Hast du bei dir gegessen, bevor du hergekommen bist?"

„Nein." Sie wischte ihren Teller ab und warf die Reste in den Abfalleimer. „Ich glaube, ich habe gerade meinen Appetit verloren." Ein langer Seufzer entkam ihr. „Ich habe dich wohl ein bisschen romantisiert. In meiner Vorstellung bist du von deiner Familie umgeben. Dein Leben ist voller Liebe und Glück, nicht Arbeit und noch mehr Arbeit. Lebst du mit deiner Familie zusammen?"

„Meine Eltern und meine Brüder mit ihren Frauen und Kindern leben bei mir im Haus. Meine Schwestern wohnen bei ihren Ehemännern." Ich beendete mein Essen und brachte den

Teller zu ihr, als sie das Geschirr abwusch. „Aber ich bin kaum jemals dort. Ich reise öfter, als ich zu Hause bin. Und selbst wenn ich in Athen bin, verbringe ich die meiste Zeit im Büro."

„Du bist ein vielbeschäftigter Mann, nicht wahr?", fragte sie, als sie mir meinen Teller abnahm.

„Ja. Und das habe ich dir auch gesagt. Begreifst du das erst jetzt?" Ich gab ihr einen Klaps auf den Hintern. „Ich war noch nie unehrlich zu dir."

„Du hast recht. Du warst in keiner Weise unehrlich, Astor." Sie stellte das Geschirr in die Spüle und wischte sich die Hände mit einem Geschirrtuch ab. „Und es wäre unfair von mir, dich zu bitten, dich zu ändern."

Ich fuhr mit den Händen über ihre schmalen Schultern. „Nova, es tut mir leid, dass ich nicht der Mann sein kann, den du gern hättest."

„Du bist jetzt schon verdammt gut." Sie beugte sich vor, schlang ihre Arme um mich und hielt mich fest.

„Das ist aber nicht mein wahres Ich. Die ganze Zeit versuche ich schon, dir das zu erklären." Ich musste ihr das immer wieder sagen. Sie hatte keine Ahnung, wer ich wirklich war.

„Ich mag dich aber so." Sie sah auf und küsste mich auf die Wange. „Wäre es so schwer für dich, auch im Alltag so zu sein?"

„Das spielt keine Rolle. Wenn ich dich mitnehmen würde, würdest du mich am Ende hassen. Auf diese Weise können du und ich uns zumindest einvernehmlich trennen. Wir werden schöne Erinnerungen haben, die nicht durch schlechte Zeiten getrübt werden." Ich küsste ihre süßen Lippen und spürte, wie sie an meinem Mund zitterten.

Ich hatte sie zum Weinen gebracht, dabei wollte ich das gar nicht.

15

NOVA

„Was meinst du damit, dass wir reingehen sollen?", fragte Astor, als ich meine Beine über die Bordwand baumeln ließ und ihn mit meinen Füßen mit Wasser bespritzte.

„Lass uns mit den Delfinen schwimmen." Ich hatte das Gefühl, dass er ins Wasser springen würde, wenn ich es tat. Aber bevor ich die Chance dazu hatte, hielt er mich fest. „Astor!"

„Du springst nicht da rein." Er trug mich zu einem Sitzplatz und setzte mich dort ab. „Bist du verrückt?"

„Sie werden niemanden verletzen." Ich sah die sechs Delfine an, die zum Boot kamen und genauso neugierig auf uns waren wie wir auf sie. „Ich bin schon einmal in Florida mit Delfinen geschwommen. Es macht Spaß."

„Nun, vor mir machst du das nicht." Er setzte sich neben mich. „Was, wenn einer von ihnen dich beißt?" Er beugte sich vor und knabberte an meinem Hals. „Du bist ziemlich lecker, weißt du."

Als sein Bart meinen Hals kitzelte, entfernte ich mich kichernd von ihm. „Sie beißen mich nicht. Komm schon, Astor. Ich probiere auch alle möglichen Dinge aus, die du von mir verlangst."

Er zog seine Sonnenbrille herunter und sah mich an. „Keines dieser Dinge gefährdet dein Leben."

„Ich glaube kaum, dass das Schwimmen mit Delfinen als lebensgefährlich angesehen werden kann." Ich war froh, selbst eine Sonnenbrille zu tragen, als ich die Augen verdrehte.

„Warum habe ich das Gefühl, dass du deine schönen haselnussbraunen Augen verdrehst, Nova?" Er fuhr mit dem Finger über meinen Wangenknochen. „Glaubst du, ich bin übervorsichtig bei dir?"

„Im Moment schon." Ich beugte mich über die Reling, um die Delfine dazu zu bringen, zu mir zu schwimmen.

Astor beugte sich ebenfalls vor. „Versuchst du etwa, eines dieser Dinger zu streicheln? Tu das nicht."

Ich streckte den Arm aus und lachte. „Komm schon, Astor. Sieh mal." Ein Delfin kam mit einem fröhlichen Quietschen an die Wasseroberfläche. „Er möchte, dass ich ihn streichle." Ich legte meine Hand auf die Spitze seiner Schnauze und zeigte Astor, dass es nichts zu fürchten gab.

„Tragen diese Dinger Krankheitserreger in sich?", fragte er, als er die kegelförmigen Zähne betrachtete. „Und dieser hier hat jede Menge Zähne. Hör auf, ihn zu berühren, Nova."

„Es gefällt ihm." Ich spritzte ein wenig Wasser auf Astor und neckte ihn.

„Woher willst du wissen, dass das ein Männchen ist?" Astor lehnte sich näher an mich heran, legte einen Arm um meine Taille und hielt mich fest, als hätte er Angst, dass ich über Bord gehen könnte.

„Das weiß ich nicht genau." Ich setzte mich wieder auf, als der Delfin zu seinen Freunden schwamm. „Wenn ich ein Tier sehe, bezeichne ich es normalerweise als *er*."

„Hör jetzt auf, mit ihnen zu spielen. Lass sie ihrer Wege gehen. Ich verstehe sowieso nicht, worum es bei dem ganzen Hype geht. Es sind große Fische, die lieber mit den Menschen spielen als andere Meeresbewohner. Keine Riesensache." Er zog mich auf seinen Schoß. „Willst du spielen? Dann spiele mit mir."

„Du klingst eifersüchtig." Das gefiel mir. „Und sie sind keine Fische."

„Säugetiere, ich weiß." Er lächelte. „Ich teste dich nur."

„Ich habe mein ganzes Leben in Florida verbracht." Ich küsste seine Wange. „Natürlich weiß ich, dass es Säugetiere sind. Also, was ist dein Lieblingssäugetier, Astor? Pferde? Schweine? Bären? Hunde?"

„Du bist mein Lieblingssäugetier, Nova." Er küsste meine Lippen sanft und süß. „Du bist bei allem meine Favoritin."

Mein Herz fühlte sich an, als würde es in meiner Brust anschwellen, bis es fast wehtat. „Bin ich das?"

„Natürlich bist du das." Er küsste mich erneut. „Ich möchte, dass du das weißt. Ich hatte mehr Spaß mit dir als in meinem ganzen Leben zuvor. Ich werde die Zeit mit dir niemals vergessen."

„Ich auch nicht, Astor." Ich lehnte meinen Kopf an seine Schulter. Das Wissen, dass ich nur noch ein paar Wochen mit ihm hatte, machte mich traurig. Ich vermisste ihn jetzt schon. „Weißt du, an Weihnachten werde ich zwei Wochen Urlaub haben. Normalerweise gehe ich dann zu meinen Eltern, aber ich könnte dich besuchen. Du könntest dir auch Urlaub nehmen. Wir könnten ..."

Seine Lippen drückten sich gegen meine und stoppten meine Worte. Dann beendete er den Kuss und drückte seine Stirn an meine. „Nova, bitte nicht. Du weißt, dass ich das nicht kann."

„Manchmal fühle ich mich wie die Geliebte eines verheirateten Mannes, Astor." Ich stieg von seinem Schoß und holte uns zwei Flaschen Wasser. „Warum tust du so, als wäre es unmöglich, dass wir uns jemals wiedersehen?"

Er nahm die Wasserflasche, die ich ihm anbot, und schüttelte den Kopf, sodass seine dunklen Wellen seine breiten Schultern streiften. „Ich möchte dir keine falschen Hoffnungen machen. Ich will, dass du das Gefühl hast, frei zu sein und über mich hinwegkommen zu können."

„Ich mag es nicht, wenn du so redest." Tatsächlich hasste ich es. „Man kommt über jemanden hinweg, wenn er gestorben ist. Nicht, wenn jemand, der einem etwas bedeutet, beruflich an einen anderen Ort geht. Wir könnten in Kontakt bleiben – per Telefon, Skype oder E-Mail. Wir könnten uns ab und zu treffen. Es besteht kein Grund zu der Annahme, dass wir unsere Beziehung nicht fortsetzen können, wenn auch auf Distanz." Ich ließ mich auf den Sitzplatz gegenüber von ihm fallen und nahm einen Schluck Wasser.

„Ich werde beschäftigt sein", antwortete er knapp.

„Jede Minute jeden Tages?", fragte ich. Bevor er antworten konnte, fuhr ich fort: „Ich glaube, du hast Angst, dich auch in mich zu verlieben, Astor."

„Angst?" Er lachte, als wäre die Idee unsinnig. „Ich habe keine Angst. Ich bin nur sicher, dass Liebe nicht zwischen Menschen bestehen kann, die getrennt leben. Besonders wenn einer der beiden so beschäftigt ist, dass es sich der andere nicht einmal vorstellen kann."

„Ich glaube, du hast recht. Ich werde es nicht wieder ansprechen." Vielleicht war es an der Zeit, all dieses dumme Liebeszeug hinter mir zu lassen und das Unvermeidliche zu akzeptieren, so wie es mir Astor die ganze Zeit geraten hatte. Er würde in wenigen Wochen weg sein, und das Leben würde weitergehen. „Ich werde noch viele weitere Gäste haben. Du wirst die ganze Welt bereisen. Wer weiß, was das Schicksal für uns bereithält?"

Er sagte kein Wort. Nicht ein einziges. Stattdessen bewegte er seine Hand über die Reling des Bootes und fuhr mit den

Fingern durch das Wasser. Ich sah, wie ein Delfin hinter ihm auftauchte, ohne dass Astor es merkte.

Als er quietschte und sich unter seiner Hand bewegte, berührte Astor das Tier. „Du bist überhaupt nicht schleimig."

Ich sah ihn schweigend an, als er das Tier betrachtete, das gekommen war, um Hallo zu sagen. Astors Finger bewegten sich sanft über die graue Haut. Dann brach der gewaltige Wasserspritzer eines anderen Delfins den Zauber und durchnässte uns beide.

Lachend stand ich auf und nahm ein Handtuch, um mich abzutrocknen, bevor ich das Wasser von Astors Gesicht wischte. „Es ist so heiß. Es war nett von ihnen, uns eine Abkühlung zu verschaffen, findest du nicht?"

Bei der Art, wie seine Hände meine Seiten hinunterrutschten, um auf meiner Taille zu ruhen, wurde mir innerlich warm. „Ist es falsch von mir zu hoffen, dass ich nach meiner Abreise nicht an dich denke? Ist es falsch, dass ich nicht daran denken möchte, dass du dich um einen anderen Gast kümmerst? Ist es falsch, dich aus meinem Kopf verbannen zu wollen, wenn ich dich verlassen muss?"

So hatte ich nicht darüber nachgedacht. „Nein, ich denke nicht. Nicht wenn es dich belastet, an mich zu denken. Ich sehe, dass es das tut." Ich schluckte meine Gefühle hinunter und versuchte, ruhig zu bleiben. „Ich hoffe, du wirst dich manchmal an mich erinnern. Konzentriere dich einfach auf die Zeiten, als wir so wie jetzt waren, und nicht darauf, was ich ohne dich tun könnte. Aber du sollst wissen, dass du mich wahrscheinlich für andere Männer ruiniert hast." Ich küsste ihn sanft. „Wer könnte dich jemals ersetzen?"

„Es ist nett, dass du das sagst. Ich werde das mitnehmen, wenn ich gehe, und so tun, als wärst du allein in deinem Bett und träumtest nur von mir." Seine Lippen strichen über meine

Wange. „Ich möchte nie daran denken, wie du in den Armen eines anderen Mannes bist, geschweige denn in seinem Bett."

Es war egal, wenn er mir die berühmten drei Worte niemals sagen würde. Ich wusste in diesem Moment, dass er mich liebte. Auch ich würde sein Herz nicht mit diesen Worten belasten. Er wusste, dass ich ihn liebte. Er brauchte es nicht zu hören.

Aber er brauchte mehr von mir. Und ich brauchte mehr von ihm. Wenn wir nur noch ein paar Wochen Zeit hatten, musste ich so viele Erinnerungen sammeln, wie ich nur konnte. Sie würden alles sein, was mir von ihm blieb.

„Morgen sollten wir etwas Verrücktes machen." Ich setzte mich zu ihm, als der Kapitän das Boot startete.

Die Stimme des Kapitäns drang über die Lautsprecher: „Nehmen Sie bitte Ihre Plätze ein. Der Koch hat mir mitgeteilt, dass er fast mit dem Mittagessen fertig ist, das Sie auf der vor uns liegenden einsamen Insel genießen werden."

Schwarze Klippen ragten auf einer Seite der Insel aus dem blauen Meerwasser. Astor schaute nach vorn. „Wie wäre es, wenn wir heute etwas Verrücktes machen und nach dem Mittagessen von einer dieser Klippen springen?"

„Ich hatte an Parasailing gedacht." Ich beäugte die hohen Klippen vorsichtig. „Aber wenn du es tust, mache ich mit."

„Wir machen es zusammen." Er lächelte mich an, als er meine Hand nahm. „Ich bin dabei, Nova. Lass uns Dinge tun, die wir noch nie getan haben – Dinge, die wir nie wieder mit jemand anderem machen werden."

Ich war schon mein Leben lang in der Hotel-Branche, hatte aber noch nie eine Sommer-Affäre gehabt. Vielleicht war das alles. Eine Sommer-Affäre, die hell brennen und dann erlöschen sollte.

Später, als wir uns an den Händen hielten und von der niedrigsten Klippe sprangen, die ich finden konnte, war ich voller Freude. In diesem Moment zu leben war so viel besser, als den unvermeidlichen Verlust von Astor zu betrauern, bevor er überhaupt weg war.

Wir aßen an diesem Abend auf dem Boot und gingen dann an Land zu seinem Bungalow. Astor zog mich an dem Pier vorbei, der zu den Häusern über dem Wasser führte. „Ich werde dich zum Mitarbeiterwohnheim bringen, Nova." Er legte seinen Arm um mich. „Es war ein langer Tag und ich bin sicher, dass du müde bist und ins Bett willst."

„Ich bin wirklich müde. Wir hatten einen ereignisreichen Tag, nicht wahr?" Ich lehnte meinen Kopf an seine Schulter, als wir barfuß durch den Sand liefen.

„Oh ja. Wie wäre es, wenn wir uns morgen einfach nur entspannen?", fragte er.

Ich lächelte, als er davon redete, sich zu entspannen. Das sah ihm gar nicht ähnlich. „Klingt gut. Wir können mehr verrückte Erinnerungen schaffen, wenn wir uns von heute erholt haben."

Astor blieb an der Tür des Mitarbeiterwohnheims stehen und küsste mich auf die Wange. „Gute Nacht, süßer Prinz", flüsterte ich.

„Bis morgen, mein Engel." Er drehte sich um, und ich sah ihm nach, wie er davonging, bevor ich mich umdrehte, um hineinzugehen.

Ich schwebte in mein Zimmer, duschte und zog dann einen Pyjama an, bevor ich ins Bett stieg. Aber so müde ich auch war, ich konnte meine Augen nicht geschlossen halten. Mein Bett fühlte sich so leer an, als ich allein darin lag. Und ich fragte mich, ob Astor sich ohne mich in seinem Bett auch so gefühlt hatte.

Wir wollten beide das Beste aus unserer gemeinsamen Zeit machen – verrückte Dinge tun und bleibende Erinnerungen schaffen. Als unser früheres Gespräch in meinen Ohren widerhallte, stand ich auf und zog einen dünnen Morgenmantel an, bevor ich wieder nach draußen ging. Es war dunkel, und ich ließ mich vom Mondlicht leiten. Ich ging zu Astors Bungalow und benutzte meinen Schlüssel, um in sein Schlafzimmer zu schlüpfen.

Leises Schnarchen sagte mir, dass er fest schlief. Das hielt mich nicht auf. Ich war gekommen, um in den Armen des Mannes zu schlafen.

Er wachte nicht auf, als ich mich ins Bett legte. Ich schlüpfte neben ihn und legte seinen Arm um mich, sodass ich mich an ihn schmiegen konnte. „Das fühlt sich gut an", flüsterte ich.

Astor schmiegte sich an meinen Nacken, drückte seine Lippen an mein Ohr und hinterließ dort einen kleinen Kuss. Ich hatte das Gefühl, er wüsste, dass ich dort war, aber keiner von uns sagte ein Wort.

Und ich betete, dass mein Herz nicht in zu viele Stücke zerbrechen würde, wenn alles vorbei war.

16

ASTOR

Geißblatt wuchs um mich herum, als ich durch einen Garten ging. Vögel zwitscherten, als sie durch den klaren blauen Himmel flogen. Irgendwo in der Nähe war das Rauschen von Wellen zu hören, die an das Ufer wogten.

Ein Schmetterling flog an meinem Gesicht vorbei und kitzelte meine Nase mit seinen Flügeln. Ich rieb mir mit dem Handrücken die Nase und lachte. Dann hörte ich leise Atemgeräusche und drehte mich um, um zu sehen, woher sie kamen.

Ein plötzlicher Schmerz in meinem Bauch führte dazu, dass ich mich zusammenrollte und die Stelle umklammerte, wo mich jemand mit dem Ellbogen getroffen hatte. Meine Augen öffneten sich und alles, was ich sah, waren blonde Haare. Ich bewegte meinen Kopf, um meine Umgebung zu untersuchen, und fand Nova in meinem Bett. Ihr Ellbogen, der sich unangenehm in meinen Bauch bohrte, sagte mir, dass sie mich geweckt hatte.

Ihren leisen Atemgeräuschen nach zu urteilen schlief sie noch. Ich dachte, es wäre ein Traum gewesen, als sie letzte Nacht gekommen war. Zum Glück war es die Realität.

Nachdem ich ihren Ellbogen von meinem Bauch entfernt

hatte, legte ich meinen Arm um sie und zog ihren Rücken an meine Brust, während ich den Geißblattduft ihrer Haare genoss. Ich konnte mich an keinen besseren Morgen erinnern. Mit ihr im Arm aufzuwachen fühlte sich noch besser an, als ich es mir vorgestellt hatte.

Obwohl sie sich nicht ohne meine Erlaubnis in mein Bett hätte schleichen sollen – jeder andere Dom wäre bei solchem Ungehorsam wütend gewesen –, liebte ich, dass sie die Entscheidung, zu mir zu kommen, selbst getroffen hatte. Ich wollte sie lange in meinem Bett haben und hoffte, dass sie den Rest meiner Nächte auf der Insel bei mir verbringen würde.

Plötzlich dehnte sich ihr Körper, und sie stöhnte. „Bist du da hinten wach, Astor?"

Ich küsste ihren Hals und flüsterte: „Ja. Danke, dass du gekommen bist." Ich umarmte sie fest. „Ich dachte, letzte Nacht wäre ein Traum gewesen."

Sie drehte sich in meinen Armen um und sah mich lächelnd an, als sie mein Gesicht in die Hände nahm. „Ich wollte dieses hübsche Gesicht als Erstes am Morgen sehen. Ich wusste einfach, dass du auch direkt nach dem Aufwachen betörend schön sein würdest." Sie küsste mich sanft. „Ich habe nichts mitgebracht, also muss ich früh in mein Zimmer zurückkehren, bevor jemand aufwacht und mich dabei erwischt, wie ich im Pyjama herumlaufe."

Ich hielt sie fest. „Du gehst nirgendwo hin. Ich gehe in dein Zimmer und hole deine Sachen. Du kannst duschen, während ich das tue."

Sie blinzelte mich an und schüttelte den Kopf. „Das ist ganz anders, als ich mir ein Leben als Sub vorgestellt hatte."

„Es ist meine Pflicht, mich um dich zu kümmern, Nova." Ich küsste ihre Wange. Ein kleiner Teil von mir wollte, dass dieser Moment nie endete. Ich wollte sie nie wieder aus meinem Bett lassen. Ich wollte einfach für immer hier bei ihr liegen.

Aber dann begann der rationale Teil meines Gehirns wieder zu funktionieren. Der Teil, der wusste, dass ich es nicht ertragen könnte, den ganzen Tag nichts zu tun. Nova füllte meine Zeit, und ich genoss es, mit ihr zusammen zu sein, aber ich wusste, dass ich irgendwann unruhig werden würde. Ich würde eine neue Idee haben und sie umsetzen wollen und Nova vernachlässigen. Ich dachte, es wäre viel besser, sie im Paradise zurückzulassen, bevor das geschah, anstatt sie mit mir zu nehmen, nur um dann das Interesse zu verlieren.

„Ich stehe deiner morgendlichen Trainingsroutine im Weg, nicht wahr?" Sie versuchte, sich aus meinen Armen zu winden. „Ich gehe duschen, damit du beginnen kannst. Ich wollte deinen Zeitplan nicht durcheinanderbringen."

„Ich kann mir einen besseren Weg vorstellen, zu trainieren." Ich hielt sie fest. „Wenn du so freundlich bist, mir zu erlauben, dich als meine Gewichte zu verwenden."

Sie sah ein wenig besorgt aus. „Was hast du vor?"

„Vertraust du mir?", fragte ich sie, wohl wissend, dass sie mir vollkommen vertraute.

Sie nickte, aber der Ausdruck auf ihrem Gesicht ließ mich wissen, dass sie immer noch skeptisch war. „Ja, aber ich möchte nicht, dass du mich fallen lässt. Ich bin nicht gerade leicht."

„Ich glaube, ich kann mit dir umgehen." Ich setzte mich auf und zog sie auf meinen Schoß, wobei ich meine Arme unter sie bewegte. „Spanne deinen Körper an. Mach dich so steif wie ein Brett", wies ich sie an.

Sie tat, was ich sagte, und ich hob sie immer wieder hoch. „Ha! Das ist verrückt, Astor!"

„Zähle für mich mit, Süße. Ich mache normalerweise fünfzig davon." Ich hatte noch nie ein Mädchen auf diese Weise hochgehoben. Ich fand es überraschend anregend und bevor ich wusste, wie mir geschah, war mein Schwanz munter geworden und wollte nicht länger außenvorgelassen werden. „Ich denke, als Nächstes sind Liegestütze an der Reihe."

Ihre Augen weiteten sich und sie biss sich auf die Unterlippe, als sie auf meine Erektion hinabsah. „Oh, wow."

Ich kletterte vom Bett und streifte meine Pyjamahose ab. „Ziehe dich aus."

Sie zog ihr Oberteil und die kurze Pyjamahose aus und hob eine Augenbraue. „Und was soll ich jetzt tun?"

„Leg dich zurück, spreize deine langen, schlanken Beine und lass mich den Rest erledigen." Ich bewegte mich zwischen ihre Beine und stützte mich über ihr ab. „Beuge deine Knie zu deinen Schultern und führe mich in dich ein, wenn ich runterkomme. Dann übernehme ich die Führung."

Sie lachte, als sie mich in sich einführte, aber dieses Gelächter verwandelte sich bald in ein herrliches Stöhnen: „Oh, Astor!"

„Diesmal zähle ich. Du kannst einfach nur daliegen und es genießen." Ich begann zu zählen, als sich ihre Augen schlossen.

Sie legte ihre Hände auf meinen Bizeps und drückte meine Muskeln, während ich mich auf und ab bewegte. „Oh, das ist schön. Wird es jeden Morgen mit dir so sein?"

„Fünfzehn", zählte ich. „Ja, das wird es. Sechzehn."

Da ich kein Kondom trug, wollte ich mich nicht zu sehr darauf einlassen. Das Zählen machte es leichter, eher an die brennenden Muskeln meiner Arme und Beine zu denken als das angenehme Gefühl, wie mein Schwanz in Nova hinein- und herausglitt.

Aber als sie anfing zu zittern und bei ihrem bevorstehenden Höhepunkt stöhnte, konnte ich mich nicht mehr zurückhalten. Ihr enger Kanal umklammerte meine Erektion und ich konnte mich nur noch darauf konzentrieren, sie zu ficken.

Ich vergaß die Liegestütze und stieß so hart ich konnte in sie. Kurz darauf kam sie um meinen harten Schwanz. „Astor!", schrie sie, als ich mich in ihr süßes, heißes Zentrum rammte, das tropfnass für mich war.

Ihr harter Höhepunkt wollte nicht enden, und ich bewegte mich weiter und liebte die Art und Weise, wie ihr Körper meinen so fest hielt, als wollte er mich niemals gehen lassen. „Verdammt! Du fühlst dich so gut an, Nova!", knurrte ich, während ich versuchte, noch länger durchzuhalten.

Wir keuchten wie Tiere, als wir wild fickten. Ihre Nägel gruben sich in meinen Rücken, und ich knurrte vor Befriedigung, als sie schrie: „Ich kann nicht aufhören zu kommen!"

„Hör nicht auf, Baby. Gib mir alles, was du hast!" Ich rammte mich noch fester in sie.

Ich wollte mich nicht aus ihr herausziehen, aber ich hatte keine andere Wahl, als mein Schwanz zuckte. „Scheiße!" Ich löste mich von ihr und ergoss mein Sperma über ihrem ganzen Bauch. „Fuck!"

Ihre Augen waren immer noch geschlossen, und sie stöhnte. „Verdammt, Baby."

Ich musste mich von ihr rollen und ein Handtuch holen. Es frustrierte mich, dass viele unserer Begegnungen so endeten. „Warum zum Teufel nimmst du nicht die verdammte Pille?" Ich wollte sie nicht anknurren, aber mein Blut rauschte immer noch in meinen Ohren.

„Es tut mir leid", sagte sie leise. „Ich schätze, ich kann noch heute zum Resort-Arzt gehen und sie mir verschreiben lassen."

„Nova, so schnell funktioniert das nicht. Ich reise in drei Wochen ab. Die Pille wird vorher nicht einmal wirken." Ich griff nach einem Handtuch und versuchte, mich zu beruhigen. Das war nicht ihre Schuld – es war meine. „Entschuldige. Ich hätte mir die Zeit nehmen sollen, ein Kondom überzustreifen." Ich ging an ihre Seite und rieb mit dem Handtuch über ihren Bauch. „Tut mir leid. Ignoriere alles, was ich gerade gesagt habe.

Ich war nur frustriert – ich wollte bleiben, wo ich war. Ich hasse es, mich aus dir herauszuziehen."

„Schon in Ordnung." Sie sah ein wenig schockiert von meinem Ausbruch aus. „Das verstehe ich. Ich war auch frustriert."

Ich drehte mich um, um wieder ins Bad zu gehen und zu duschen. „Ich kann keine Fehler bei dir machen, Nova."

Sie setzte sich auf und sah mich an. „Was bedeutet das?"

„Du darfst nicht schwanger werden." Ich blieb stehen, um sie anzusehen. Ich wollte, dass sie begriff, wie ernst es mir war. „Ich habe keine Zeit für eine Freundin und schon gar nicht für ein Kind."

„Ich weiß." Ihr Kopf senkte sich, und ich konnte sehen, dass sie wegen des Ganzen traurig war. „Du musst mir nichts erklären. Du hast keine Zeit, wenn du arbeitest. Ich habe jetzt gerade auch keine Zeit, ein Baby zu bekommen. Wir sind in dieser Hinsicht in einer ähnlichen Lage." Sie stand auf und ging auf mich zu. „Ich möchte auch kein Baby mit einem Mann haben, der keine Zeit hat, Vater zu sein, weißt du."

Sie ging an mir vorbei, um mit dem Duschen zu beginnen, und ich versuchte, nicht gekränkt zu sein über das, was sie gesagt hatte. Aber in Wahrheit war ich es. „Also würdest du ein Baby wollen, wenn ich Zeit für dich und das Kind hätte?"

Mit einem Lachen trat sie unter die Dusche und ließ das Wasser über sich strömen. „Astor, lass uns nicht so tun, als wäre das eine Option. Du warst die ganze Zeit sehr ehrlich zu mir. Du wirst wieder arbeiten gehen und mich vergessen."

„Ich habe nie gesagt, dass ich dich vergessen werde, Nova." Ich hatte das nicht zu ihr gesagt, aber dieses Mädchen kannte mich scheinbar besser als ich mich selbst.

„Okay, *vergessen* ist ein zu starkes Wort." Sie füllte ihre Hand mit Shampoo und rieb es in ihr Haar, während ich anfing, meine Zähne zu putzen. „Du wirst die Erinnerungen an mich verdrängen und nur zulassen, wenn es dir passt. Zum Beispiel wenn du onanierst. Dann, wenn es vorbei ist, wirst du mich wieder dahin verbannen, wo ich war."

Ich spülte meinen Mund aus und wusste, dass es besser war, nicht weiter auf dieses Thema einzugehen. Was hätte ich sagen sollen? Sie hatte höchstwahrscheinlich recht. Als ich ins Schlafzimmer ging, fand ich ein T-Shirt und legte es für sie auf das Bett, bevor ich ins Bad zurückkehrte. „Ich habe ein T-Shirt auf das Bett gelegt, das du tragen kannst, bis ich mit deinen Sachen zurück bin."

„Bring nur ein Outfit mit. Ich habe nicht vor, all meine Sachen hierherzubringen." Sie spülte ihre Haare aus und stieg dann aus der Dusche.

Ich reichte ihr ein Handtuch und ging selbst duschen. „Ich wollte nicht all deine Sachen herbringen. Das wäre dumm. Es sind nur ..."

„Ja, ich weiß", unterbrach sie mich. „Nur noch drei Wochen." Sie wickelte das Handtuch um sich und sah mich an. „Und ich denke, ich werde trotzdem zum Arzt gehen und mir die Pille holen. Sie könnte dabei helfen, meine Periode regelmäßiger zu machen. Sie ist unberechenbar."

Aus irgendeinem Grund fühlte ich bei dem Gedanken, dass sie die Pille nahm, Eifersucht in mir aufsteigen. „Bist du sicher, dass das der einzige Grund ist, warum du die Pille willst, Nova? Vorher hast du das nie in Erwägung gezogen. Denkst du daran, deine neu entdeckte Sexualität mit einem anderen Mann zu erforschen?" Ich sah rot bei der Vorstellung – sie gefiel mir überhaupt nicht.

„Nein." Sie lachte, als wäre die Idee albern. „Du klingst eifersüchtig. Das ist süß. Ich glaube nur, dass es für mich besser wäre, die Pille zu nehmen. Ich hatte schon immer seltsame Zyklen und meine Tage haben mich schon öfter überrascht, als mir lieb ist."

Ich wusste, dass ich bei so praktischen Gründen nicht sauer auf sie sein konnte. Zum Teufel, es ging mich sowieso nichts an. „Ich halte jetzt einfach den Mund. Dieses Thema macht mich nervös."

„Stört es dich so sehr, über meinen Monatszyklus zu sprechen?", fragte sie mit einem Grinsen im Gesicht.

„Nein", sagte ich, als ich aus der Dusche stieg. „Aber es stört mich, wenn du davon sprichst, mit anderen Männern zusammen zu sein."

Soviel dazu, keine Bindung einzugehen. *Ich werde langsam aber sicher verrückt nach diesem Mädchen.*

„Das Frühstück ist fertig, Astor." Ich stellte die Servierplatte mit Würstchen und Rührei auf die Bar. „Ich lasse dich heute Morgen allein essen und gehe zum Arzt, solange es noch früh ist."

Astor kam vom Deck und sah mich misstrauisch an. „Nein. Ich möchte nicht, dass du die Pille nimmst, solange ich noch hier bin. Wenn ich gegangen bin, kannst du tun, was du willst." Seine Augen verengten sich und wirkten besorgt. „Es gefällt mir nicht, dass ich dich mit all dem sexuellen Wissen, das ich dir gegeben habe, allein hier zurücklassen werde."

„Du meinst das ernst, nicht wahr?" Ich wollte lachen, aber sein Gesichtsausdruck sagte mir, dass das unklug wäre.

„Sehr ernst." Er setzte sich und begann, seinen Teller zu befüllen. „Also setz dich und iss mit mir, Nova."

Ich holte mir auch einen Teller und setzte mich neben ihn. „Ich habe mich gefragt, ob wir irgendwann vor deiner Abreise diesen geheimen Club besuchen könnten."

Sein ganzer Körper wurde starr, und er drehte seinen Kopf langsam, um mich mit großen Augen anzusehen. „Warum zum Teufel willst du dorthin gehen?"

Seine Reaktion war nicht das, was ich erwartet hatte. „Ich

dachte, es könnte dir gefallen. Ich dachte, du könntest mir dort Dinge zeigen, die du mir hier nicht zeigen kannst."

„Und wofür?", fragte er und schüttelte den Kopf. „Damit du an diesen Ort gehen kannst, wenn ich weg bin? Um dir einen anderen Dom zu suchen? Bist du verrückt?"

„Das war nicht meine Absicht, Astor." Der Mann schien im Laufe der Tage eifersüchtiger zu werden. „Ich dachte nur ..."

„Nun, hör einfach damit auf." Er legte die Gabel beiseite, drehte sich zu mir und nahm mich bei den Schultern. „Schau mal, das ist nicht leicht für mich. Ich habe noch nie jemanden so sehr gemocht wie dich. Ich habe noch nie die Gesellschaft von jemandem so genossen wie deine. Es wird nicht leicht sein, hier wegzugehen. Und wenn ich weiß, dass du die Pille nimmst und in diesen Sexclub eingeführt worden bist ... Es wird mich in den Wahnsinn treiben."

Ich konnte das Lächeln, das über meine Lippen kroch, nicht unterdrücken. „Weißt du was? Ich mag das. Du wirst mich wirklich vermissen, nicht wahr?"

„Nein." Er ließ mich los und widmete sich wieder seinem Teller.

„Was meinst du mit *Nein*?", fragte ich, als ich beobachtete, wie er in seinem Essen herumstocherte, was ich noch nie bei ihm gesehen hatte.

„Ich werde die Erinnerungen an dich verdrängen können." Er sah mich an. „Aber nur, wenn ich mir keine Sorgen darum machen muss, dass du mit einem anderen Kerl Sex hast. Wenn ich darüber nachgrüble, werde ich nie aufhören, an dich zu denken. Du weißt, was das bedeutet, nicht wahr?"

„Dass du mich liebst?", fragte ich und zwinkerte ihm zu, bevor ich meine Kaffeetasse nahm und einen Schluck trank.

„Nova, tu das nicht." Er sah auf seinen Teller und stach in eine Wurst, als wäre sie ein tollwütiges Tier. „Du weißt, dass es nicht um Liebe geht. Es geht darum, die entspannteste Zeit meines Lebens zu genießen und dann wieder an die Arbeit zu gehen."

Ich hatte in den letzten Tagen über etwas nachgedacht, wollte aber nicht zum falschen Zeitpunkt fragen. Aber jetzt war der richtige Zeitpunkt gekommen. „Astor, glaubst du, dass du nächsten Sommer wiederkommen wirst?"

Er legte seine Gabel weg und sah mich stoisch an. „Wer weiß?" Sein Gesichtsausdruck wurde plötzlich besorgt. „Wenn ich wiederkomme ... muss ich dich dann mit einem anderen Mann sehen? Weil ich mir wirklich Sorgen mache, dass das passieren könnte."

Wie soll ich die Antwort darauf wissen?

Ich blinzelte ihn an und wusste nicht, was ich sagen sollte. Aber sein Gesichtsausdruck zwang mich, irgendetwas zu sagen. „Wenn ich weiß, dass du kommst, werde ich sicherstellen, dass ich mit niemandem zusammen bin. Wenn du mir versprechen kannst, dass du nächsten Sommer wiederkommst, warte ich auf dich. Ich werde niemanden sonst daten – aber nur, wenn du versprichst, den Sommer wieder mit mir zu verbringen." Ich überkreuzte heimlich meine Finger und hoffte, er würde mir das Versprechen geben, das ich so sehr wollte.

Ich hatte nicht geplant, ihn so zu fragen. Aber jetzt, da ich es getan hatte, hoffte ich, er würde sagen, dass er zu mir zurückkommen würde. Mir würde es gutgehen, solange ich wusste, dass er zurückkam, um weitere drei Monate mit mir zu verbringen. Damit konnte ich umgehen.

Aber er schüttelte den Kopf. „Ich kann dir keine Versprechen geben, Nova. Das tue ich dir nicht an. Ich habe keine Ahnung, was vor mir liegt. Ich will nicht, dass du hier sitzt und dich nach mir sehnst. Ich will auch nicht, dass du mit anderen Männern zusammen bist, aber ich kann nicht alles haben, nicht wahr?"

„Doch, das kannst du", sagte ich mit einem Knurren. „Wenn

du dich dazu verpflichtest, nächsten Sommer wiederzukommen, kannst du haben, was du willst. Ich wäre mit niemandem zusammen." Ich senkte die Stimme und wusste nicht, wann ich angefangen hatte zu schreien. „Ich will nur dich, Astor. Kannst du das nicht sehen? Du hast es dieses Jahr geschafft, dir die Zeit für einen Urlaub zu nehmen. Warum kannst du keinen Urlaub für das nächste Jahr einplanen?"

„Weil ich es nicht kann." Er stand auf, obwohl sein Teller noch halb voll war. „Warum begreifst du das nicht?"

Ich stand auf, um ihm zu folgen. „Ich denke, ich kann es nicht begreifen, weil viele Leute Beziehungen haben, selbst wenn sie nicht ständig zusammen sein können." Meine Hände flogen frustriert in die Luft, als ich ihm auf das Deck folgte. „Die Leute im Militär haben Beziehungen. Einige heiraten sogar, kurz bevor sie auf einen Einsatz geschickt werden."

Er wirbelte herum und sah mich an. „Ist es das, was du willst, Nova? Soll ich dich heiraten? Und dich hierlassen, während ich wieder wie gewohnt arbeite? Und was dann? Wir sehen uns einmal im Jahr für drei lausige Monate? Klingt das wie eine Ehe für dich? Weil es für mich überhaupt nicht gut klingt."

„Du tust so, als wäre alles schwarz und weiß, Astor." Die Tatsache, dass er angenommen hatte, dass ich ihn heiraten wollte, machte mich wütend. „Und habe ich jemals gesagt, ich wollte dich heiraten? Du hast mir nicht einmal gesagt, dass du mich liebst. Warum sollte ich also erwarten, dass du mich heiratest?"

„Du willst nicht, dass ich dir diese Worte sage, Nova." Er wandte sich von mir ab. „Wenn du jetzt schon denkst, dass der Abschied schwer wird, lass uns Liebe hinzufügen und sehen, was passiert."

Ich dachte nicht, dass es halb so schlimm sein würde, wie er offenbar befürchtete. Andererseits dachte ich, er könnte sich

Zeit für uns nehmen, wenn er wollte, aber er schien zu glauben, dass dies unmöglich war. Es war nicht meine Absicht, heute Morgen zu streiten. Wir hatten keine Zeit für solche Dinge. „Hör zu, lass uns das Thema beenden. Es ist sowieso sinnlos. Du gehst. Ich werde mir sagen, dass du niemals wiederkommst. Ende der Diskussion."

Ich drehte mich um und ging wieder hinein. Seine Hand auf meiner Schulter ließ mich stehenbleiben. „Ich glaube nicht, dass ich niemals wiederkomme. Wer weiß das schon? Ich könnte wiederkommen."

„Warum sagst du das? Das ist nicht fair." Ich sah ihn über meine Schulter an. „Du machst mich noch verrückt, Astor."

„Du mich auch, Nova." Er drehte mich um und zog mich in seine Arme. „Ich denke, wir werden einfach eine Weile ein bisschen verrückt sein. Sobald ich gehe, werden die Dinge für uns beide wieder normal. Das Leben geht weiter."

„Als ob wir uns nie begegnet wären", flüsterte ich.

Er drückte seine Lippen an meinen Kopf. „Ich werde dich nie vergessen. Denk das nicht." Dann hielt er mich von seinem Körper weg und sah mich mit einem strengen Gesichtsausdruck an. „Aber ich möchte, dass du mir versprichst, dass du niemals in diesen Club gehen wirst. Nicht alle Doms sind wie ich. Ich möchte nicht einmal daran denken, dass du verletzt werden könntest. Versprich es mir und ich werde dich um kein weiteres Versprechen bitten."

„Ich will ohne dich sowieso nicht dorthin gehen." Es war ein leichtes Versprechen. „Ich verspreche, dass ich nie in diesen Club gehen oder mir einen anderen Dom suchen werde, Astor."

„Ich werde das überprüfen, Nova. Ich habe Galens Nummer. Ich kann alles über dich herausfinden, weißt du. Zwinge mich nicht, hierher zurückzukommen und jemanden deinetwegen zu verprügeln." Er lächelte, aber ich glaubte, dass er in der Lage war genau das zu tun.

Ich fand es nicht fair, dass er mit seinem Freund über mich sprechen konnte, aber ich niemanden hatte, der mir von ihm berichtete. Vielleicht würde Galen es für angebracht halten, mit mir darüber zu sprechen, was Astor machte. Wer wusste das schon?

Aber es war wahrscheinlicher, dass ich sowieso nicht wissen wollte, was der Mann trieb. Vielleicht würde Astor jemanden finden, der in denselben Kreisen verkehrte wie er. Was auch immer das für Kreise waren. Wenn unsere gemeinsame Zeit vorbei war, wollte er vielleicht etwas Dauerhaftes mit jemandem haben, dessen Terminplan mit seinem Terminplan vereinbar war. Er könnte sogar eine reiche, hart arbeitende Frau finden, der es genauso schwerfiel wie ihm, Zeit für eine Beziehung zu finden.

Meine Gedanken führten mich in eine Richtung, in die ich nicht wollte. Ich musste mich ablenken, bevor ich verrückt wurde. „Willst du schwimmen gehen?"

„Hm?", fragte er und sah ein wenig verwirrt aus. „Gerade noch sprechen wir über deine Zukunft als Sub und im nächsten Moment willst du schwimmen?"

Ich zog mein Sommerkleid über meinen Kopf, ließ es auf das Deck fallen und sprang in BH und Slip ins Wasser. „Ja, ich will schwimmen." Ich musste aufhören zu grübeln und dieses Gespräch vergessen. Es wäre besser für uns beide, nicht darüber zu reden, was wir tun würden, wenn er mich verließ.

Astor ließ seine Shorts fallen und mein Kiefer klappte herunter. Völlig nackt sprang er mir nach. Ich lachte, als ich wegschwimmen wollte, aber er mich einfing und unter das Deck zog. „Komm. Ich habe eine Idee."

Er drückte mich gegen einen der Pfosten, die das Deck stützten, und zerrte mein Höschen an beiden Seiten hinunter, bevor er es mir vom Leib riss. „Oh verdammt!"

Sein Schwanz drückte sich hart in mich und raubte mir den

Atem. „Wie zum Teufel du mich so hart machen kannst, während wir streiten, ist mir ein Rätsel."

Ich schlang meine Beine um ihn und liebte, wie hart und schnell er mich fickte. Das Wasser spritzte um uns herum, aber niemand konnte sehen, was wir taten.

Meine Finger krümmten sich in seine Haut, als ich meinen Kopf an seine Schulter legte und vor Verlangen wimmerte. Ich musste ruhig sein, falls jemand vorbeiging, aber das war schwierig. Bei Astor fühlte ich mich weiblicher und begehrenswerter als jemals zuvor. Er brachte eine kleine Sexgöttin in mir zum Vorschein, von deren Existenz ich keine Ahnung gehabt hatte.

Ich wollte diesen Teil von mir nicht wieder verlieren, sobald er die Insel verließ. Aber ich wollte ihn niemandem außer Astor zeigen.

Wenn die Situation anders gewesen wäre, hätte ich es geliebt, jeden Tag diese Seite von mir mit Astor zu erkunden. Aber ich wusste, dass es keinen Sinn machte, einen Weg zu finden, wie wir uns weiterhin sehen könnten. Er wollte es nicht einmal versuchen.

In gewisser Weise machte es mich wütend, dass Astor nicht darüber nachdenken wollte, wie es mit uns weitergehen könnte. Es wäre nicht schwer für mich, ihn gelegentlich zu besuchen, und ich war sicher, dass er ab und zu auf der Insel vorbeischauen könnte, während er um die Welt reiste. Aber er war so verdammt stur und überzeugt davon, dass ich den Mann, der er wurde, wenn er in seine Arbeit vertieft war, nicht mögen würde.

Konnte die Arbeit wirklich wichtiger sein als die Liebe?

Obwohl er mir nicht sagen wollte, dass er mich liebte, wusste ich, dass er es tat. Und ich liebte ihn, aber ich würde es ihm auch nicht sagen. Ich glaube, ich war in dieser Hinsicht genauso stur wie er. Aber ich zog es vor, zu glauben, dass er von uns beiden sturer war.

Ich musste in seine Schulter beißen, als ein Orgasmus mich

unvorbereitet traf. Er stöhnte, als er sich davon abhielt, sich mir anzuschließen. „Fuck, ich muss mich wieder rausziehen. Warum tue ich mir das an?"

Was für eine großartige Frage.

Warum tue ich mir das an?

18

ASTOR

Nova und ich hatten es geschafft, in den letzten Wochen meines Aufenthalts nicht über meine Abreise zu sprechen. Wir verstanden uns viel besser, seit wir das Thema mieden.

Da wir nur noch eine Nacht hatten, beschlossen Nova und ich, zum Abendessen auszugehen. Ich wollte sie nicht kochen lassen, sondern sie in unserer letzten gemeinsamen Nacht verwöhnen. „Und bringen Sie uns auch Champagner, Petra." Ich sah, wie Nova überrascht aufblickte. „Alkohol, Astor?"

„Warum nicht?" Ich griff über den Tisch und nahm ihre Hand. „Ich glaube nicht, dass es mich umbringen wird, wenn ich ein wenig davon trinke. Du hast dafür gesorgt, dass meine Trainingseinheiten besonders anstrengend waren."

Ich liebte die Röte, die ihre Wangen bedeckte. „Ich glaube, das habe ich wirklich getan."

Die Kellnerin kam mit einer Flasche und zwei Gläsern zurück. „Ich muss sagen, Mr. Christakos, dass das Inselleben Ihnen zu bekommen scheint. Sie sind ganz anders als der Mann, den ich kennengelernt habe, als Sie das erste Mal hierhergekommen sind. Ich hoffe, wir sehen uns bald wieder." Sie schaute

Nova an. „Ich bin sicher, dass Ihre Hostess Sie auch gerne wiedersehen würde."

Nova hörte auf zu lächeln, als sie die andere Frau ansah. „Ich weiß, Sie meinen es gut, aber hören Sie bitte auf zu reden, Petra."

„Oh", sagte sie unbeholfen und schien Novas abrupte Reaktion zu verstehen. „Nun, genießen Sie das Essen und den Champagner." Sie winkte und ließ uns in Ruhe.

Ich nahm ein Glas, füllte es und stellte es vor Nova. „Es ist Teil ihres Jobs, die Gäste dazu zu bewegen, wiederzukommen. Aber ich werde nicht zulassen, dass sich daraus irgendwelche Gespräche ergeben, die zu einem Streit führen könnten."

Nova nahm ihr Glas in die Hand, als ich eines für mich füllte. Sie hob es hoch und machte einen Trinkspruch. „Auf einen Sommer, den ich nie vergessen werde."

Ich stieß mit ihr an. „Auf diesen Sommer."

Wir nippten an unseren Gläsern und stellten sie auf den Tisch. Ich sah auf und bemerkte, dass Nova mich anblickte. „Weißt du, du hast dich wirklich verändert, Astor. Ich bin stolz darauf, dass ich an dieser wundersamen Verwandlung mitgewirkt habe."

„Mitgewirkt?" Ich wusste, dass alles ihr Werk war. „Ich würde sagen, dass du etwas mehr getan hast. Du hast eine Seite von mir zum Vorschein gebracht, von der ich gar nichts wusste."

„Das hast du auch bei mir getan." Sie nahm ihre Gabel und begann, ihre gebratenen Jakobsmuscheln mit Knoblauchbutter zu essen.

Ich hatte Nova die meisten Nächte in meinem Bungalow festgehalten, aber ich hatte vor, sie nach dem Abendessen auszuführen. Galen hatte einen Stand-up-Komiker eingeladen und mich gebeten, die Abschlussaufführung zu besuchen. Er fand den Mann urkomisch und hatte ständig versucht, mich zu überreden, ihn mir selbst anzusehen.

„Galen möchte, dass ich heute Abend eine Aufführung besuche." Ich hatte Nova noch nicht davon erzählt. „Was denkst du darüber?"

Sie hob eine Augenbraue. „Bittest du mich, dich zu begleiten? Oder sagst du mir, dass du allein hingehen willst?"

„Ich möchte, dass du mitkommst." Ich wusste, dass ich nicht oft Frauen um ein Date bat, aber ich hatte keine Ahnung, dass ich so schlecht darin war. „Ich schätze, ich hätte es anders formulieren können. Du hast zwar viele meiner Ecken und Kanten geglättet, es aber nicht geschafft, mich im Flirten besser zu machen."

Sie sah mich stirnrunzelnd an. „Gut. Das wollte ich auch nicht."

„Anscheinend sage ich heute Abend ständig das Falsche." Ich nahm einen Schluck. „Am besten halte ich meinen Mund."

„Nein, schon in Ordnung. Ich bin daran gewöhnt." Nova lachte und spießte eine Jakobsmuschel auf. „Probiere das. Du wirst es lieben, versprochen."

„Da ist zu viel Butter dran." Ich schüttelte den Kopf.

„Es ist der letzte Abend deines Urlaubs, und du trinkst bereits Alkohol. Nur zu! Lebe ein bisschen." Sie streckte die Gabel aus, und ich biss zu.

Die Jakobsmuschel schmolz in meinem Mund und ich nickte stöhnend. „Das ist wirklich gut."

„Willst du noch eine?", fragte sie verführerisch, als sie weiteraß.

„Nein. Zu wissen, wie es schmeckt, ist gut genug für mich. Ich muss bald wieder zu meinen normalen Gewohnheiten zurückkehren. Am besten verwöhne ich mich nicht zu sehr."

Ich wusste, dass das leichter gesagt als getan war. Es wäre schon schwer genug, mit dem Verlust der Frau umzugehen, bei der ich mich so wohlgefühlt hatte. Nova hatte meine Nächte unvergleichlich gemacht. Sie hatte meine Tage mit Spaß und so viel Freude gefüllt, dass es das Härteste war, was ich je tun musste.

Aber ich würde es tun. Meine Gedanken waren bereits darauf konzentriert, was mich erwartete, wenn ich in mein Büro in Athen zurückkehrte. Aber als Nova ihre Hand über meine schob, vergaß ich alles rund um Athen und die Arbeit. „Ist es in Ordnung, zu sagen, dass ich diesen Abend immer wertschätzen werde?"

„Das ist es." Ich zog ihre Hand hoch, um sie zu küssen, und legte sie dann wieder auf den Tisch. „Also, welche Aktivitäten werden dich beschäftigen, wenn wir alle weg sind?"

„Wir haben morgen Abend ein Meeting, nachdem alle Gäste gegangen sind. Ich denke, wir haben eine Woche frei, dann kommen neue Gäste. Zahlende Gäste, die nicht die persönliche Aufmerksamkeit bekommen, die Galens Freunde bekommen haben." Sie lächelte mich an. „Ich werde nicht die persönliche Hostess von irgendjemandem sein, nur damit du es weißt. Meine Aufgabe wird sein, dafür zu sorgen, dass jeder über alle Aktivitäten hier Bescheid weiß."

„Gut." Ich wollte nicht daran denken, dass sie einen anderen Mann unterhielt. Es gab eine Sache, bei der ich sie mir nach meiner Abreise gern vorstellte – aber das war ein Geheimnis. Nova würde erst davon erfahren, nachdem ich die Insel verlassen hatte.

„Ich werde in meiner freien Woche nach Florida gehen, um meine Eltern zu besuchen." Nova sah mich über ihr Glas an, als sie einen Schluck nahm. „Miami", fuhr sie fort. Sie griff in ihre kleine Tasche, die sie auf den Tisch gelegt hatte, und zog einen Zettel heraus. „Meine Handynummer und die Adresse meiner Eltern findest du hier. Sobald ich wieder im Paradise bin, funktioniert mein Handy natürlich nicht mehr. Wenn du mit mir sprechen möchtest, kannst du das Resort anrufen und eine Nachricht für mich hinterlassen. Ich kann dich zurückrufen, wenn du mir deine Nummer ausrichten lässt.“

Ich nahm den Zettel und steckte ihn in meine Tasche. Ich wusste, dass ich sie nicht anrufen würde. Das konnte ich weder ihr noch mir selbst antun. „Wenn ich deine Kontaktdaten brauche, nutze ich ihn.“

Sie sah mich an, während ihre Brust sich hob und senkte. Sie holte tief Luft, bevor sie fragte: „Willst du mir jetzt nicht deine Nummer geben?“

„Ich weiß nicht, was das bringen soll.“ Die Wahrheit war, dass ich nicht ans Telefon gehen und ihre Stimme hören wollte. Es würde die Sache für mich nur noch schwieriger machen. Aber das wollte ich ihr nicht sagen. „Wenn du mich wirklich brauchst, kannst du Galen bitten, sich mit mir in Verbindung zu setzen.“

„Und was ist, wenn ich ihn nicht erreichen kann, Astor?“ Ihre Augen sahen ein bisschen wild aus, und das machte mir Sorgen. „Er geht, wenn ihr abreist. Ich weiß nicht, wann er zurückkommt. Ich habe seine private Nummer nicht.“ Sie schaute kurz nach unten, bevor sie mich ansah, noch einmal tief Luft holte und die Schultern straffte. „Weißt du was? Ich brauche deine Nummer nicht. Es ist in Ordnung. Es tut mir leid, dass ich es angesprochen habe. Ich weiß, dass du es beenden willst. Keine losen Enden. Vergiss, dass ich es erwähnt habe. Lass uns einfach eine gute Nacht haben. Es ist unsere letzte, und ich möchte nichts sagen oder tun, um sie zu ruinieren.“

Ich wollte alles hinter uns lassen und war mehr als bereit zu vergessen, was sie gesagt hatte. „Nun, der Komiker, der heute Abend auftritt, soll laut Galen großartig sein. Ich hoffe, ich verstehe seinen Humor. Du weißt, wie ich mit Witzen bin.“

Sie versuchte, ein Lächeln aufzusetzen, aber ich sah die Traurigkeit dahinter. „Ich erkläre sie dir, wenn du sie nicht verstehst.“ Sie lachte, aber es klang schwach. „Wenn ich sie verstehe." Sie platzierte ihren Ellbogen auf dem Tisch und stütze ihr Kinn auf ihrer Hand ab, um ein neues Thema anzusprechen. „Also, sag mir, was du beruflich machst, Astor. Ich habe nie verstanden, was dich so beschäftigt hält."

„Ich bin hauptsächlich Investor." Es machte mir wirklich Spaß, über das zu reden, was ich beruflich machte. Ich hatte nie mit Nova darüber gesprochen, weil es meine Arbeit war, die uns auseinanderhalten würde. Ich wusste, dass sie meine Arbeit als ihren Feind betrachten musste, das Einzige, was mich von ihr wegführen konnte.

Aber sie sah tatsächlich interessiert aus. „Hast du so dein Vermögen gemacht? Indem du in die Ideen und Erfindungen anderer investiert hast?", fragte sie. „Oder investierst du in Aktien und Anleihen und dergleichen?"

„Galen und ich haben uns kennengelernt, als wir noch im College waren. Wie du weißt, ist der Mann ein Genie und hat so viele Erfindungen und Geschäftsideen hervorgebracht, dass ich sie nicht mehr zählen kann, so wie der größte Teil der Welt auch." Ich lehnte mich zurück und griff nach meinem Glas, als ich mich an mein erstes Projekt erinnerte.

„Als wir mit dem College fertig waren, hatte ich etwas mehr als fünftausend Euro angespart. Galen brauchte nur noch ein bisschen mehr Geld, um den Prototyp seines Hovercrafts zu bauen. Im ersten Verkaufsjahr hatte sich meine Investition vertausendfacht. Also habe ich weitergemacht. Ich treffe ständig neue Erfinder und helfe ihnen, ihre Ideen zu verwirklichen."

„Und das Geld tut auch nicht weh", sagte Nova.

„Es ist ein schönes Nebenprodukt." Ich fragte mich, ob sie überhaupt den wahren Grund verstehen konnte, warum meine Arbeit für mich so besonders war. „Ich weiß, ich hätte nicht die richtigen Leute getroffen, wenn ich kein Geld hätte, aber ich würde es auch umsonst machen, wenn ich könnte. Leider funktioniert die Welt nicht so. Geld macht alles erst möglich, also verdiene ich Geld mit meinen Investitionen. Auf diese Weise kann ich helfen, mehr Ideen zum Leben zu erwecken. Außerdem habe ich noch das Pool-Geschäft. Jemand anderer führt es jetzt für mich. Ich arbeite nur an speziellen Projekten, wie den Pools und Wasserlandschaften dieses Resorts. Das alles hält mich beschäftigt, aber ich liebe jede Sekunde davon."

„Du sprichst sehr leidenschaftlich davon." Sie sah mich an, und ich konnte die Eifersucht in ihren braunen Augen sehen. „So leidenschaftlich habe ich dich noch nie sprechen gehört."

Ich nahm wieder ihre Hand. „Komm schon, ich habe ziemlich leidenschaftlich mit dir gesprochen, oder?"

Röte bedeckte ihre Wangen erneut, als sie den Kopf senkte. „Ja, das hast du." Sie sah mich wieder an. „Ich meine nur, dass du wirklich lieben musst, was du tust. Das kann ich sehen. Ich werde nicht lügen und sagen, ich wünschte nicht, dass deine Arbeit weniger von deinem Leben beansprucht, aber ich bin froh, dass du liebst, was du tust. Und ich bin froh, dass es für andere Menschen neue Möglichkeiten eröffnet."

Ich wusste, dass Nova mehr verdiente, und ich gab es ihr. „Ich bin durch meine Reisen in der Lage, Menschen auf der ganzen Welt zu treffen, die meine Hilfe brauchen. Und sobald sie mir ihre Ideen erzählen, bin ich bei ihnen, um zu sehen, wie alles zusammenkommt. Ich bin kein Investor, der einfach Geld überweist und sich nicht darum kümmert, ob eine Idee funktioniert oder nicht. Ich liebe es, das Endprodukt zu sehen. Letztes Jahr bin ich nach Afrika gegangen. Ein Arzt dort hatte die Idee, eine künstliche Bauchspeicheldrüse zu entwickeln, um Menschen mit schwerem Diabetes zu helfen." Ich lehnte mich zurück, als ich mich daran erinnerte. „Ich habe viel mehr Blut und Innereien gesehen als bei den meisten anderen meiner Investitionen, aber am Ende hat der Arzt das Produkt fertiggestellt. Es ist noch nicht auf dem Markt. Es muss noch alle möglichen Tests durchlaufen, aber es existiert. Eines Tages wird vielleicht jemand, den du kennst, eines dieser Dinger brauchen, und du kannst an mich denken, wenn du davon hörst."

„Ich werde ziemlich oft an dich denken, Astor. Das kann ich dir versichern." Sie nahm ihr Glas und trank durch zitternde Lippen.

Eins musste ich ihr lassen – sie war eine der stärksten Frauen, die ich je gekannt hatte. Es war nicht leicht, sich zusammenzureißen, wenn man zusammenbrechen wollte.

Ich wusste das, weil ich auch damit zu kämpfen hatte.

19

NOVA

Ich hatte alles, was ich in Astors Bungalow gebracht hatte, bereits am Tag vor seiner Abreise in mein Zimmer zurückgeschafft. Als ich an diesem Morgen in seinen Armen aufwachte, war mir schlecht, und ich musste eilig vom Bett aufstehen, um rechtzeitig ins Badezimmer zu gelangen.

Mein Magen schmerzte, und mein Kopf brachte mich fast um. Ich gab dem Glas Champagner, das ich am Vorabend beim Essen getrunken hatte, die Schuld. Und als ich mich tatsächlich übergeben musste, machte ich mich über mich lustig, während ich mein Gesicht wusch. „Leichtgewicht. Ein paar Monate ohne Alkohol und du kotzt nach einem kleinen Drink." Sobald mein Magen leer war, fühlte ich mich viel besser und ging wieder ins Bett.

Astor setzte sich auf und rieb sich die Augen mit dem Handrücken. „Bist du okay, Baby? Es klang, als hättest du dich da drin übergeben."

Ich kletterte zurück unter die Decke und kuschelte mich an ihn. „Ich bin mir sicher, dass es der Alkohol war. Ich fühle mich jetzt viel besser."

Er sah mich besorgt an und legte mir eine Hand auf die

Stirn. „Du warst letzte Nacht nicht einmal betrunken. Ich kann nicht glauben, dass du davon einen Kater bekommen hast."

„Es ist einige Monate her, dass ich Alkohol getrunken habe. Mein Körper ist nicht mehr daran gewöhnt." Ich zog seinen Arm wieder um mich. „Mach dir keine Sorgen. Ich fühle mich jetzt gut."

Er legte sich wieder hin. „Okay. Aber versprich mir, dass du zum Arzt gehst, wenn du dich später schlecht fühlst. Du könntest eine Lebensmittelvergiftung haben oder so. Ich möchte nicht, dass es außer Kontrolle gerät. Wenn dir etwas passieren würde ..." Er verstummte.

Woher solltest du es wissen, wenn mir etwas passiert?

Das sagte ich aber nicht laut. Ich wollte seinen Urlaub nicht mit einem Streit enden lassen. Mein Plan für den Tag war, so viel Zeit wie möglich mit ihm zu verbringen. Er hatte gesagt, seine Jacht würde ihn kurz vor dem Mittagessen abholen.

Ich wollte nicht daran denken. Ich wollte einfach nur bei ihm liegen und wieder einschlafen.

Wir schliefen an diesem Morgen lange. Ich glaube nicht, dass einer von uns den Tag beginnen wollte – den Tag, der unser allerletzter gemeinsamer sein würde. Keine weiteren Nächte intensiver Sex. Keine lustigen Tage mehr in der Sonne. Nichts. Bald wäre alles vorbei. Alles, was uns noch blieb, war der Abschied.

Ich hatte einen Pakt mit mir geschlossen – ich würde nicht weinen. Erst nachdem Astor gegangen war. Ich würde ihn nicht dazu bringen, sich schuldig zu fühlen, wenn er wieder in sein Leben zurückkehrte. Er war nicht ins Paradise gekommen, um sich zu verlieben. Er war für einen vorübergehenden Urlaub gekommen, das war alles. Ich konnte nicht erwarten, dass er blieb oder mich mitnahm oder auch nur den Kontakt aufrechterhielt.

Als die Sonne es unmöglich machte, noch länger im Bett zu

bleiben, standen wir auf. Astor zog mich mit sich zur Dusche. „Wie wäre es, wenn wir hier ein bisschen Spaß hätten, Baby?"

Ich fand das großartig – das Wasser würde meine Tränen verbergen. „Ja, hört sich gut an."

Während das warme Wasser über unsere Körper floss, drückte er mich gegen die gefliese Wand und stieß ein letztes Mal seinen harten Schwanz in mich, bevor er ihn wieder herauszog. „Weißt du was? Lass mich ein Kondom nehmen. Ich will dieses Mal in dir kommen."

Ich lachte, obwohl ich eigentlich weinen wollte. Ich wusste, dass er wollte, dass unser letztes Mal gut endete.

Er sprang zurück in die Dusche, während das Kondom bereits an Ort und Stelle war, und kehrte zu dem Punkt zurück, wo wir aufgehört hatten. Sein Schwanz sank in mich, als ich meine Beine um ihn legte.

Ich lehnte meinen Kopf an seine Schulter und ließ das Wasser über mein Gesicht rinnen. Es wusch mir die Tränen aus den Augen, bevor es im Abfluss verschwand. Mein Herz schmerzte so sehr, dass ich keine Ahnung hatte, ob ich den Tag überstehen würde.

„Ich hatte hier die beste Zeit meines Lebens, Nova. Das meine ich wirklich so." Er küsste meinen Hals und schniefte dann ein wenig.

Bei der Erkenntnis, dass er auch weinte, zerbrach ich fast.

Astor, verlasse mich nicht.

Ich konnte die Worte jedoch nicht sagen. Ich konnte ihm das nicht antun. Er hatte mich nie angelogen. Er hatte nie so getan, als könnte es nach diesem Tag mit uns weitergehen. Wie konnte ich ihm da sagen, dass es mich umbrachte, ihn gehen zu lassen?

Ich liebte ihn. Ich wollte ihn nicht verletzen. Ich wollte nicht, dass er sich schlecht fühlte, weil er mich verlassen hatte, um zu seinem Leben zurückzukehren. Das würde ich niemals mit ihm machen. Nie.

Zumindest wusste ich, dass er mich wirklich liebte. Sein Schniefen sagten mir mehr, als Worte es jemals gekonnt hätten. Das war auch nicht leicht für ihn.

Unsere Körper bewegten sich lange zusammen. Keiner von uns wollte, dass es endete, und wir ließen uns Zeit und verloren uns ineinander. Wir wussten, dass dies unser letztes Mal sein würde.

Meine Nägel strichen über seinen Rücken, als ich kam, und hinterließen lange rote Striemen. Seine Zähne bohrten sich in meinen Nacken und hinterließen auch Spuren bei mir. Wir wussten beide, dass diese Markierungen nur wenige Tage sichtbar sein würden. Aber die Erinnerungen an unseren gemeinsamen Sommer würden uns ewig bleiben.

Keiner von uns wollte an diesem Tag etwas essen. Als ich seine Sachen für ihn packte, fand ich eine Handvoll meiner eigenen Habseligkeiten, die ich vergessen hatte, in mein Zimmer zu bringen. „Ich sollte das zurückbringen. Ich bin gleich wieder da. Es ist fast Zeit für deine Abreise."

Er nahm meine Hand, als ich an ihm vorbeiging. „Warte."

Ich schaute zu ihm zurück und versuchte, nicht zu weinen. „Ich bin gleich wieder da, Astor."

„Warum denke ich ständig, dass du mir nicht nachsehen wirst, wenn ich wegfahre, Nova?", fragte er mit trüben Augen.

Ich schüttelte den Kopf und versuchte, darüber nachzudenken, was ich sagen sollte. Ich konnte nicht behaupten, dass er falsch lag. Ich wollte mich nicht von ihm verabschieden. Ich wollte nicht dort stehen, während das verdammte Boot ihn von mir wegbrachte.

Wenn er zurückgekommen wäre, wenn auch erst in einem Jahr, hätte ich es wohl geschafft. Aber die Tatsache, dass wir uns höchstwahrscheinlich niemals wiedersehen würden, machte es zu schwierig, das zu tun. Die Tatsache, dass ich seine Stimme

wahrscheinlich nie wieder hören würde, machte es
unerträglich.

Ich schluckte schwer und versuchte, ein mutiges Gesicht
aufzusetzen. „So schwer es auch ist, ich werde da sein, um
Lebwo…" Ich musste aufhören zu reden, als sich ein Knoten in
meinem Hals bildete. Ich konnte das Wort nicht sagen.

„Lebwohl", sagte er. Er fuhr mit den Fingerspitzen sanft über
meine Wange. Es fühlte sich an, als würde eine Feder über
meine Haut streichen. „Du wirst da sein, um mich zu verabschieden, Nova. Obwohl es dich innerlich umbringt, wirst du
das für mich tun. Nicht wahr?"

Ich nickte, entzog mich ihm und rannte aus seinem Bungalow, um meine Sachen in mein Zimmer zu bringen und mich zu
sammeln. Die Tränen ließen alles vor meinen Augen
verschwimmen, als ich auf das Mitarbeiterwohnheim zurannte.
Ich hatte mich so sehr bemüht, mich zusammenzureißen,
konnte es aber einfach nicht.

Dankbar, dass niemand in der Nähe war, als ich das
Gebäude betrat, eilte ich in mein Zimmer. Mein Magen drehte
sich wieder um, und ich musste in mein Badezimmer rennen,
um mich zu übergeben.

Danach setzte ich mich auf den Fliesenboden, fiel auf die
Seite und lag einfach nur da, während ich mir wünschte, dieser
Tag wäre nie gekommen. Ich wollte nicht, dass es endete. Und
ich wusste, dass ich so etwas nie wieder mit jemandem haben
würde, solange ich lebte.

Schließlich taumelte ich zu meinem Bett und fiel darauf. Ich
wusste, dass ich mich zusammenreißen musste. Astor würde
mich suchen, wenn ich nicht bald zu ihm zurückkam. Ich
sammelte mich und meine Energie. Dann wusch ich mein
Gesicht, zog meine Haare wieder in einen engen Knoten und
ging schließlich aus meinem Zimmer.

Kyle kam gerade durch die Tür, als ich den Wohnbereich

betrat. „Hey, Nova. Ich habe meine Gäste gerade auf ihr Boot gesetzt. Ich habe gehört, dass die Jacht Ihres Gasts in der nächsten halben Stunde kommt."

Meine Hände fingen an zu zittern. Mein Magen drehte sich um, und ich rannte in die Küche, dicht gefolgt von Kyle. „Mir ist schlecht!"

Ich schaffte es gerade noch rechtzeitig zum Mülleimer. „Scheiße, Nova!"

Ich konnte kaum atmen, als ich fertig war, und Kyle half mir, mich zu beruhigen, damit ich nicht stürzte. „Das war das dritte Mal heute." Ich machte mich auf den Weg zur Spüle, um erneut mein Gesicht zu waschen. „Ich weiß nicht, was mit mir los ist."

Kyle machte ein Papiertuch nass und legte es mir auf die Stirn. „Ich weiß, dass ich hier persönlich werde, Nova. Aber Ihr Gast wird gleich auf ein Boot steigen und von hier verschwinden. Ich denke, ich sollte das fragen. Sie haben mit ihm geschlafen, richtig?"

Ich spürte, wie meine Wangen sich röteten. „Ja. Worauf wollen Sie hinaus, Kyle?"

„Haben Sie beide verhütet?" Er umfasste mein Kinn und sah mir in die Augen. „Jedes Mal?"

„Ja." Ich sah weg und blickte dann zu ihm zurück. „Außer ..." Ich packte ihn an den Armen, damit ich nicht stürzte. „Kyle!"

Er sah mich an, während er den Kopf schüttelte. „Einmal genügt schon, Nova. Haben Sie Ihre ... Sie wissen schon, Ihre Periode verpasst?"

„Sie war schon immer unberechenbar." Ich schüttelte den Kopf und glaubte nicht, dass es wahr sein könnte. „Diesen Sommer hatte ich noch gar keine. Das ist aber nicht ungewöhnlich für mich."

Er nahm meine Hand. „Denken Sie nicht schlecht über mich, Nova. Aber bevor ich auf diese Insel gekommen bin, habe ich mich auf die schlimmsten Situationen vorbereitet – hier im

Paradise gibt es keine Drogerien. Gott sei Dank brauche ich das nicht, aber Sie vielleicht." Er führte mich in sein Zimmer, bevor er mich auf seinem Bett Platz nehmen ließ. „Warten Sie hier. Sie müssen diesen Test machen, bevor der Mann abreist."

„Sie haben einen Schwangerschaftstest, Kyle?", fragte ich und war mehr als nur ein wenig überrascht.

„Ich habe sogar mehrere." Er zog eine braune Papiertüte aus seinem Schrank und warf ein Dutzend davon neben mich auf sein Bett. „Treffen Sie Ihre Wahl."

Ich schloss schwer schluckend die Augen und suchte einen aus. „Ich nehme ihn mit in mein Zimmer."

Er schüttelte den Kopf und deutete auf sein Badezimmer. „Da drin. Wenn er positiv ist, brauchen Sie vielleicht eine Schulter zum Ausweinen und jemanden, der Sie zum werdenden Vater bringt, um sicherzustellen, dass er sich um Sie kümmert."

Ich zitterte. „Nein. Wenn ich schwanger bin, dürfen Sie es ihm nicht sagen, Kyle. Sie dürfen niemandem verraten, wer der Vater ist. Versprechen Sie es mir!"

Er sah mich streng an. „Darüber reden wir, wenn Sie den Test gemacht haben." Er zeigte wieder auf die Badezimmertür, und ich ging hinein, um herauszufinden, wie mein Schicksal aussehen würde.

Der Test schien einfach zu sein. Ich sollte auf ein Stäbchen pinkeln und ein paar Minuten warten. Ich machte es genauso, wie es in der Anleitung stand. Als ich ein Pluszeichen sah, sank ich gegen die Tür.

„Scheiße!"

20

ASTOR

Dreißig Minuten vergingen, dann eine Stunde. Ich saß auf dem Deck und wartete darauf, dass Nova zu mir zurückkehrte.

Sie lässt mich nicht gehen, ohne sich zu verabschieden.

Oder doch?

Ich hatte die Traurigkeit in ihren braunen Augen gesehen und die Neigung ihrer rosa Lippen nach unten. Sie wollte die Worte nicht sagen. So wie ich ihr nicht sagen wollte, dass ich sie liebte, kurz bevor ich sie für immer verließ.

Wer würde jemals verstehen, dass sie zu lieben bedeutete, sie alleinzulassen?

Aber ich kannte mich und wusste, was ich tun musste. Nova hatte mich verändert, aber nur für kurze Zeit. Unter der Traurigkeit, Nova aufgeben zu müssen, lag Vorfreude auf das, was mich in meinem Büro erwartete.

Wenn ich mich ändern und das Inselleben für immer mit ihr fortführen könnte, würde ich es tun. Aber ich wusste, dass ich das nicht konnte. Was würde es bringen, zu bleiben, bis wir einander hassten?

Zumindest hatten wir auf diese Weise immer noch Liebe in unseren Herzen. Keine schlechten Zeiten, um unsere Erinnerungen zu trüben. Wir würden uns nur an die guten Zeiten erinnern, sie wertschätzen und lieben und für den Rest unseres Lebens in unseren Herzen tragen.

Wer wusste schon, ob ich vielleicht eines Tages müde werden und weniger arbeiten würde? Wenn das jemals passierte, würde ich Nova wiederfinden – falls wir dazu bestimmt waren, zusammen zu sein.

Meine Uhr piepte und wies mich darauf hin, dass meine Jacht fast da war. Ein Portier war bereits gekommen, um meine Sachen zum Dock zu bringen. Nun musste nur noch ich dorthin gehen. Und ich vermutete, dass Nova entschieden hatte, dass sie es nicht schaffen würde, mich zu begleiten.

Ich stieg aus dem Liegestuhl und fuhr mir mit der Hand erst durch mein Haar und dann über meinen Bart. Das Erste, was ich tun musste, wenn ich zurückkam, war, mich von meinem Barbier wieder in Ordnung bringen zu lassen. Ich konnte in der Stadt nicht wie ein Höhlenmensch herumlaufen.

Als ich zum letzten Mal durch den Bungalow ging, fuhr ich mit den Fingern über die Bar, an der wir diesen Sommer oft zusammen gegessen hatten. Ich sah sehnsüchtig auf das Sofa, auf dem wir zu oft Sex gehabt hatten, um es zu zählen.

Dann wanderten meine Augen zum Boden, wo ich sie auf Händen und Knien genommen hatte. Die Küchentheke, wo ich sie hingesetzt und schließlich von hinten genommen hatte. Und dann war da noch das Schlafzimmer. Ich warf einen letzten Blick auf das Bett, das wir so stark beansprucht hatten.

Mein Herz hatte sich noch nie so schwer angefühlt und mein Verstand noch nie so taub.

Ich verließ den Bungalow und ging zum Dock. Gerade als ich von der Promenade stieg, schaute ich zurück zum Mitarbeiterwohnheim. Mehrere Leute waren in der Nähe unterwegs. Aber keiner von ihnen hatte blonde Haare. Keiner von ihnen hatte eine perfekte Silhouette, die in der Nachmittagssonne funkelte. Keiner von ihnen war sie.

Ich steckte die Hände in die Tasche und senkte den Kopf. Ich konnte einfach nicht glauben, dass sie sich nicht verabschieden würde.

Ich wollte ihr Gesicht nur noch einmal sehen. Ich hatte mir noch nicht jedes Detail davon eingeprägt. Oder doch?

Ich kannte die drei winzigen Linien, die an ihrem äußeren Augenwinkel sichtbar wurden, wenn sie lächelte. Ihre linke Augenbraue wölbte sich etwas mehr als die rechte. Ihre linke Brust war etwas größer als die andere. Ihre linke Hand hielt meine Hand fester als ihre rechte.

Wir hatten so viel Zeit in der Sonne verbracht, dass ihre gebräunte Haut ein wenig dunkler geworden war als bei unserer ersten Begegnung. Ihre Fußnägel waren im Moment rosa – ich hatte sie ihr am Vortag lackiert, als wir auf dem Deck des Bungalows saßen, uns sonnten und einfach die gemeinsame Zeit genossen.

Nie zuvor hatte mich jemand allein durch seine Gesellschaft so wundervoll unterhalten. Ich würde sie vermissen. Das wusste ich einfach.

Meine Füße bewegten sich langsam zum Dock, wo meine Jacht und mein Kapitän geduldig auf mich warteten. „Schönen Nachmittag, Mr. Christakos. Ich hoffe, Ihr Urlaub ist gut verlaufen."

„Er war besser als erwartet, Douglas." Ich blieb stehen und drehte mich um, um sicherzugehen, dass Nova nicht kam.

Ich starrte wohl etwas zu lange, denn der Kapitän räusperte sich. „Sollen wir jetzt ablegen, Sir?"

Bevor ich mich zum Gehen umdrehte, kam eine schattenhafte Gestalt aus dem Dschungel und winkte mir mit einem langen Arm zu. Es schien ein Mann zu sein. „Astor!"

Zumindest war Galen gekommen, um sich zu verabschieden. Ich hätte wissen sollen, dass er das tun würde. „Galen, bist du gekommen, um Lebwohl zu sagen?"

Er ging zu mir und die Sonne verschwand endlich aus meinen Augen, sodass ich ihn sehen konnte. „Ja. Hattest du eine gute Zeit, mein Freund?"

„Die hatte ich. Danke für die Einladung." Ich schüttelte die Hand, die er mir reichte.

Er zog seine Sonnenbrille herunter und zwinkerte mir zu. „Aber du lässt Nova hier, hm?"

„Ja." Ich sah wieder an die Stelle, wo sie vielleicht auftauchen würde. „Ich denke, es ist besser so. Du weißt, wie viel ich arbeite, Galen. Mir bleibt keine Zeit für eine Freundin."

„Natürlich." Galen nickte zustimmend. „Kommst du nächsten Sommer wieder?"

„Ich weiß es wirklich nicht." Ich hatte mit der Idee gerungen, war aber nie zu einer Entscheidung gekommen. „Ich denke, ich werde sehen, wie ich mich fühle, wenn es soweit ist."

„Wie geht es ihr?", fragte er mich. „Hast du sie weinend zurückgelassen?"

„Sie hat mich zurückgelassen." Ich schob meine Hände zurück in meine Taschen und ballte sie zu Fäusten. „Ich hätte sie nicht gehen lassen sollen. Ich hatte das Gefühl, dass sie nicht herkommen würde, wenn ich sie in ihr Zimmer gehen ließ."

„Ich schätze, dass sie verzweifelt war, Astor." Er klopfte mir auf den Rücken. „Ich reise auch heute ab, sonst würde ich dich über dein Mädchen auf dem Laufenden halten."

„Sie gehört mir nicht mehr." Ich dachte an den Vertrag und daran, wie er am Vorabend um Mitternacht geendet hatte. „Ich hoffe nur, dass sie das brave Mädchen bleibt, das sie war, als ich hierhergekommen bin."

„Ich bezweifle, dass sie vom rechten Weg abkommt, Astor. Nova hat einen vernünftigen Kopf auf den Schultern." Er trat zurück und deutete auf mein Boot. „Steige jetzt ein und mache dich auf die Heimreise. Sie kommt nicht, und das weißt du auch. Ich bin sicher, dass sie nicht will, dass du sie weinen siehst, das ist alles."

„Das hat sie heute Morgen schon unter der Dusche getan." Ich dachte an unser letztes gemeinsames Mal zurück, und mein Herz fühlte sich an, als würde es mir aus der Brust gerissen werden und hierbleiben – im Paradise bei Nova. Ich wusste, dass ein Stück meines Herzens immer bei dem Mädchen sein würde.

Galen stupste mich sanft an. „Auf das Boot mit dir. Du wirst dich freier fühlen, wenn der Abstand zwischen euch wächst. Und du wirst wissen, wo du sie findest, wenn du sie nicht aus dem Kopf bekommst. Camilla sagte mir, dass sie ins Landesinnere gehen will, um einige Dinge zu besorgen, die Nova für das Online-College braucht, das du ihr bezahlt hast. Sie wird sehr beschäftigt damit sein, die Kurse zu absolvieren und ihren Bachelor-Abschluss zu machen. Hast du ihr diese Neuigkeiten erzählt, Astor?"

„Nein. Ich wollte es ihr kurz vor meiner Abreise sagen, aber sie ist nicht gekommen. Camilla wird sie darüber informieren, da bin ich mir sicher." Ich spürte den Zettel mit Novas Handynummer und der Adresse ihres Elternhauses in Florida in meiner Tasche. Ich konnte sie kontaktieren, wenn ich wollte. „Sie sagte mir, dass sie eine Woche frei hat und ihre Familie besuchen will. Ich könnte sie nächste Woche anrufen, um sicherzugehen, dass sie alles hat, was sie braucht, um ihr College-Studium in Gang zu bringen."

„Tu, was du für richtig hältst, Astor." Galen drehte sich um und ging. „Wenn ich sie sehe, sage ich ihr, dass du Lebwohl gesagt hast. Aber ich werde in Kürze auch gehen. Ich werde mich bald mit dir in Verbindung setzen, um zu sehen, wie es dir geht. Gute Reise."

„Sind Sie bereit zu gehen, Sir?", fragte mich Douglas, als er bemerkte, dass mein Blick auf das Land gerichtet war. Offenbar hatte ich noch nicht die Hoffnung aufgegeben, dass Nova kommen würde.

„Ich denke schon." Ich ging in die Kabine hinunter und fand die Flasche Scotch, die ich für Notfälle auf dem Boot aufbewahrte.

Ich brauchte etwas, um den Schmerz zu lindern, und schenkte mir ein Glas der bernsteinfarbenen Flüssigkeit ein. Es brannte, als sie durch meine Kehle direkt in meinen Bauch floss. Ich setzte mich auf das Ledersofa und versuchte, an die Zukunft zu denken, anstatt mich auf das zu konzentrieren, was ich zurückließ.

Warum ist sie nicht gekommen?

Wie konnte sie das tun? War ich ihr egal? Liebte sie mich nicht?

Vielleicht war alles nur gespielt gewesen. Vielleicht hatte sie nichts von dem, was sie zu mir gesagt hatte, ernst gemeint.

Ich schaute auf das Glas in meiner Hand und nahm einen weiteren Schluck. Als ich spürte, wie das Boot das Dock verließ und ins offene Wasser glitt, ging ich nach oben, um ein letztes Mal nach ihr Ausschau zu halten.

Ich stieg aus der Kabine und schaute zurück zur Insel. Niemand stand dort. Niemand winkte und beobachtete mich, als ich wegfuhr. Überhaupt niemand.

Ich fragte mich, was sie tun würde, um sich von mir abzulenken. Ich wusste, dass ich ihr viel bedeutete. Egal wie sehr ich gerne geglaubt hätte, dass alles nur gespielt gewesen war, wusste ich, dass sie mich liebte. Deshalb konnte sie nicht zum Abschied kommen. Es brachte sie um, mich gehen zu lassen, genauso wie es mich umbrachte.

Zumindest konnte ich sie mit einer großartigen Ausbildung zurücklassen – sexuell und auf andere Weise. Ich hoffte nur, dass sie die Dinge, die ich ihr beigebracht hatte, nicht jemand anderem beibringen würde.

War es falsch von mir, zu wollen, dass sie den Rest ihres Lebens enthaltsam verbrachte?

Ich wusste, dass es das war. Aber ich konnte scheinbar nichts dagegen tun.

Was mich anging, hatte Nova mich für andere Frauen ruiniert. Ich war mir ziemlich sicher, dass ich jede, die ich traf, mit ihr vergleichen würde, und sie würden keine Chance gegen sie haben. Nova war unglaublich – niemand konnte ihren Platz einnehmen.

Der Steward kam zu mir und klopfte mir auf die Schulter, um meine Aufmerksamkeit zu erlangen, die auf der immer kleiner werdenden Insel lag. „Ich habe das Mittagessen serviert, Sir. Lachs mit Spargel. Möchten Sie jetzt kommen und essen?"

„Ich habe keinen Hunger, Jeffrey. Trotzdem danke." Ich sah die Überraschung in seinen Augen, als ich die Dankesworte sagte. Ich hatte mir vorher nie die Zeit für gute Manieren genommen.

„Gern geschehen, Sir. Ich werde es warmhalten, falls Sie Hunger bekommen." Er wandte sich ab, blieb stehen und sah mich an. „Verzeihen Sie die Bemerkung, aber es sieht aus, als würden Sie sich traurig fühlen. Möchten Sie darüber sprechen?"

„Nein." Ich nahm noch einen Schluck und dachte daran, dass Nova mich missbilligend ansehen würde, weil ich so schnell Hilfe ablehnte. Aber ich konnte nicht mit dem Mann über sie reden. „Danke der Nachfrage. Ich bin traurig darüber, eine bestimmte Frau zurückzulassen. Aber ich werde bald wieder beschäftigt sein und sie vergessen."

„Ich bin sicher, dass es Ihnen bald bessergehen wird, Sir. Ich bin im Speisesaal, wenn Sie zum Essen bereit sind. Der Koch hat einen zuckerarmen Käsekuchen gebacken. Vielleicht hilft das." Jeffrey ließ mich allein.

Sobald die Insel außer Sichtweite war, griff ich in meine Tasche und zog den Zettel mit Novas Telefonnummer und der

Adresse ihrer Eltern heraus. Ich zerriss ihn und warf ihn in den Ozean.

Es würde uns beiden nur schaden, wenn ich sie anrief. Es würde uns in Stücke reißen, wenn ich sie tatsächlich bei ihrer Familie besuchte.

Ich musste sie gehen lassen. Alles von ihr. Zu ihrem eigenen Wohl – und zu meinem.

Lebwohl, Nova.

21

NOVA

Kalte Luft strömte über mir aus den Lüftungsschächten. Der Warteraum der Gynäkologin war im Vergleich zum Untersuchungsraum warm gewesen. Ich wartete auf sie und trug nichts weiter als eine Patientenrobe, um mich warm zu halten.

Camilla hatte uns alle mit einem zweiwöchigen Urlaub überrascht, obwohl wir dachten, wir würden nur eine Woche frei haben. Ich war dankbar dafür, da mein Kopf ein einziges Durcheinander war, und eilte zu meinen Eltern nach Hause.

Ich hatte ihnen die Neuigkeiten noch nicht erzählt. Ich wollte, dass ein Arzt bestätigte, was ich tief in mir bereits wusste, bevor ich irgendjemandem etwas sagte.

Es gab so viel, was ich Astor sagen wollte. Ich wollte ihm für das großzügige Geschenk danken, das er mir hinterlassen hatte. Ich hatte kaum darüber geredet, online aufs College zu gehen, aber er hatte zugehört, heimlich mit Camilla gesprochen und für alles bezahlt, was ich für meinen Abschluss brauchte. Wenn sich herausstellte, dass ich schwanger war, musste ich mich entscheiden, ob ich es Astor sagen sollte oder nicht, und dann herausfinden, *wie* ich es ihm sagen würde, falls ich das wollte.

Kyle und ich hatten lange miteinander gesprochen, bevor

ich die Insel verlassen hatte. Er hatte mir geholfen, mir eine
Lüge auszudenken, die ich erzählen konnte, wenn ich nicht
wollte, dass Astor von dem Baby erfuhr. Aber diese Lüge würde
nur Sinn machen, wenn ich früh im Sommer schwanger
geworden war – was ich vermutete.

Wenn ich im zweiten Monat war, könnte ich sagen, dass ich
bereits vor meiner Ankunft auf der Insel schwanger gewesen
sein musste, aber damals noch nichts davon ahnte.

Kyle hatte mich gewarnt, dass es für mich und das Kind das
Schlechteste sein könnte, Astor nichts zu erzählen. Aber er
kannte Astor nicht so wie ich. Er wusste nicht, wie ehrlich und
offen der Mann zu mir gewesen war. Sein Leben war mit Arbeit
gefüllt, und er hatte keine Zeit für eine Freundin, geschweige
denn ein Baby. Das waren genau die Worte, die er mir gesagt
hatte. Wie konnte ich dem Mann sagen, dass sein schlimmster
Albtraum wahr geworden war?

Ich hoffte immer noch, dass der Schwangerschaftstest falsch
war. Drei Tage waren vergangen, seit ich ihn gemacht hatte.
Jeden Tag hatte ich mich übergeben. Aber ich vermisste Astor
furchtbar und dachte, das könnte der Grund für die Übelkeit
sein. Schließlich war ich wirklich aufgebracht.

Ich hatte die erste Nacht allein in meinem Zimmer auf der
Insel verbracht. Allein in meinem Bett zu schlafen war schwierig. Alles, was ich wollte, war, seine starken Arme um mich zu
spüren. Ich wollte, dass er seine Lippen gegen die weiche Stelle
hinter meinem Ohr drückte und mir zuflüsterte, dass alles in
Ordnung kommen würde – dass er das Baby und mich haben
wollte.

Am nächsten Tag war ich mit einem Boot auf die nächste
Insel mit einem Flughafen gefahren. In Aruba stieg ich in ein
Flugzeug, das mich nach Florida brachte, wo mich mein Vater
am Flughafen abgeholt und nach Hause gebracht hatte. Das
Erste, was er zu mir sagte, war, dass ich fantastisch aussah und

mir das Inselleben zu bekommen schien. Er war sogar so weit gegangen, zu sagen, dass ich einen neuen Glanz ausstrahlte.

Ich erzählte ihm und Mom nichts von Astor. Ich ließ jede Menge Details über meine Zeit auf der Insel aus. Und ich sagte ihnen, dass ich nicht wusste, ob ich zurückgehen würde oder nicht. Sie sahen beide verblüfft aus und verstanden nicht, warum ich nicht an einen Ort zurückkehren wollte, der mich so glücklich gemacht hatte.

Es gab keine gute Art und Weise, ihnen zu sagen, dass ich vielleicht ein Baby bekam und möglicherweise nicht wollte, dass der Vater davon erfuhr. Von der Insel wegzubleiben könnte der einzige Weg sein, um sicherzugehen, dass ich Astor Christakos nie wieder begegnete.

„Schönen Nachmittag, Miss Blankenship", sagte die Ärztin, als sie in den Untersuchungsraum kam. „Wir haben die Ergebnisse Ihres Urintests und ich möchte Ihnen zu Ihrer Schwangerschaft gratulieren." Sie lächelte mich an, aber der Ausdruck in ihren Augen war besorgt. „Das heißt, hat das Kind einen Vater, der Sie unterstützen wird?"

Ich war geschockt über die Worte, vor denen ich Angst gehabt hatte, und es fiel mir schwer zu atmen, geschweige denn zu reden. Mir war schwindelig, der Raum begann zu schwanken und das Letzte, was ich mitbekam, war, dass ich auf den Untersuchungstisch fiel und anscheinend bewusstlos wurde.

Ich öffnete meine Augen bei einem schrecklichen Geruch und versuchte, den fauligen Gestank unter meiner Nase zu vertreiben. Eine Welle der Übelkeit traf mich und ich setzte mich schnell auf und versuchte, vom Tisch zu springen. Die Ärztin hatte jetzt eine Krankenschwester bei sich und zusammen hielten sie mich dort fest, wo ich war. Die Krankschwester hielt eine kleine rosafarbene Schale unter mein Kinn, in die ich mich prompt übergab.

Die Ärztin sah mich noch besorgter an. „Das ist also ein Nein auf die Frage nach dem Vater, hm?"

Ich nickte, lehnte mich zurück und bedeckte mein Gesicht mit beiden Händen. „Das sollte nicht passieren. Wir hatten einen Ausrutscher. Einen!"

Die Krankenschwester kam zu mir und legte ihre Hand auf meine Schulter. „Es wird alles gut werden. Sie werden sehen. Solche Dinge passieren immer wieder."

„Ich werde eine Beckenuntersuchung machen, um sicherzustellen, dass in diesem Bereich alles in Ordnung ist. In ein paar Monaten können wir einen Ultraschall erstellen, um Sie wissen zu lassen, wie weit Sie wirklich sind. Ich habe gesehen, dass Ihre letzte Periode vor vier Monaten war, aber Sie hatten gesagt, dass Ihr Zyklus unregelmäßig ist, sodass wir nicht danach gehen können. Wenn Sie mir das Datum dieses Ausrutschers nennen würden, denke ich, dass wir Ihnen eine Vorstellung davon geben könnten, wie weit Sie schon sind."

Ich nahm meine Hände vom Gesicht, als ich über den Zeitrahmen nachdachte. „Der Ausrutscher war Ende Mai. In der letzten Maiwoche, denke ich. Wir waren auf einer Insel in der Karibik. Dort vergehen die Tage wie im Flug. Aber ich weiß, dass es Ende Mai war."

Die Krankenschwester lächelte mich an. „Dann wird das Baby Mitte Februar kommen. Sie sind höchstwahrscheinlich gerade im zweiten Monat schwanger. Bis zum Ende dieses Monats sind Sie mit dem ersten Trimester fertig und die morgendliche Übelkeit sollte etwas nachlassen."

Ich rechnete im Kopf aus, wie alt das Baby im Mai sein würde, wenn Astor für den Sommer wieder auf der Insel sein könnte. Mit etwa drei Monaten könnte es klein genug sein, um noch keine Ähnlichkeit zu dem Mann aufzuweisen, dachte ich.

Ich konnte nur hoffen, dass das Baby so aussah wie ich, wenn ich mich entschied, Astor nichts zu erzählen.

Ehrlich gesagt, wusste ich zu diesem Zeitpunkt nicht, was ich tun sollte. Er war so ehrlich zu mir gewesen und aufgrund der Dinge, die er gesagt hatte, hatte ich das Gefühl, dass es eine schreckliche Nachricht für ihn sein würde. Ich hatte ernst gemeint, was ich vor all den Wochen zu ihm gesagt hatte. Ich wollte kein Baby mit jemandem großziehen, der nicht einmal eins haben wollte – und ich wusste nicht, ob ich das mit jemandem machen könnte, der mich auch nicht wollte.

Ich dachte daran, dass er meine Handynummer hatte und sogar wusste, wo ich mich gerade aufhielt. Ich schloss einen Pakt mit mir. Wenn er anrief, würde ich es ihm sagen. Wenn er es nicht tat, würde das bedeuten, dass er bereits weitergezogen war und mich für immer hinter sich gelassen hatte.

Letztendlich war es meine Entscheidung, aber ich würde das Schicksal dabei einbeziehen. Wenn Astor mich vor der Geburt des Babys kontaktierte, würde ich es ihm erzählen. Wenn nicht, würde er nie etwas von unserem Baby erfahren.

Aber eines wusste ich zu diesem Zeitpunkt sicher – ich würde Astors Baby bekommen. Ein Teil von mir liebte, dass ich für immer einen Teil des Mannes haben würde.

„Ich bin glücklich darüber, dieses Baby zu bekommen", ließ ich die Ärztin und die Krankenschwester wissen und musste es auch für mich selbst laut aussprechen. „Das bin ich wirklich. Und ich werde das tun, was am besten für das Kind ist. Das kann ich Ihnen versprechen."

22

ASTOR

Die Ägäis funkelte in der Nachmittagssonne, als ich aus meinem Büro in Athen schaute. Galen saß auf dem Sofa und nippte an einem Ouzo.

„Es tut mir leid, dass ich so lange gebraucht habe, bis ich dich besuchen konnte, Astor. Es ist schon sechs Monate her, dass ich mich am Dock von dir verabschiedet habe. Sag mir, wie es dir ergangen ist, mein Freund."

Ich konnte meine Augen nicht von dem blauen Wasser abwenden. „Ich kann nicht lügen. Die ersten Monate waren schrecklich. Ich dachte, ich könnte mich wieder an die Arbeit machen und Nova aus meinen Gedanken verbannen."

„Also geht sie dir immer noch nicht aus dem Kopf?", fragte er.

Ich drehte mich um und sah ein Lächeln auf seinem Gesicht. „Hast du mit ihr gesprochen? Hat sie mich vermisst?"

„Ich war noch nicht dort. Mein Plan ist, am ersten Mai auf die Insel zu gehen." Er nahm einen kleinen Schluck des Getränks.

Ich wollte so viel wie möglich über Nova erfahren und wissen, was sie tat. „Ist Camilla noch da? Kannst du sie nicht für mich nach Nova fragen? Ich möchte wissen, ob sie allein ist. Wartet sie auf mich oder ... hat sie mit mir abgeschlossen? Ich will etwas – irgendetwas – über sie erfahren. Ich kann nicht aufhören, an sie zu denken."

„Ruf das Mädchen an, Astor." Er schüttelte den Kopf, als könnte er nicht verstehen, warum ich das nicht schon getan hatte. „Camilla ist auch nicht auf der Insel. Sie wird nicht vor Ende April zurück sein. Ich weiß nichts über Nova und glaube ohnehin nicht, dass ich Nachforschungen anstellen sollte. Das kannst du selbst tun, wie du weißt. Und du weißt auch, dass du jederzeit auf die Insel gehen kannst. Wenn das Resort ausgebucht ist, kannst du bis Mai in meinem Bungalow wohnen."

„Das könnte ich, nicht wahr?" Ich setzte mich auf meine Büro-Couch und streckte meine Beine aus, während ich darüber nachdachte, was er gesagt hatte.

„Das könntest du auf jeden Fall." Er stellte das Glas ab und betrachtete es feindselig. „Ich glaube, das Zeug greift schon mein Gehirn an."

„Höchstwahrscheinlich." Ich rieb mir das glatte Kinn, als ich daran dachte, auf die Insel zurückzukehren, um Nova zu sehen. Ich fragte mich, ob sie mit offenen Armen auf mich zurennen oder stattdessen vor mir weglaufen würde.

Ich wusste, dass ihr Herz schmerzen musste, denn meines sehnte sich immer noch nach ihr. Vielleicht wollte sie mir keine Chance geben, sie wieder zu verletzen. Es war nie meine Absicht gewesen, uns beiden wehzutun.

Ich hatte ehrlich gedacht, dass es das Beste für uns wäre, wenn ich wegging. Ich dachte, ich könnte wieder arbeiten, und sie würde langsam aus meinem Herzen und meinen Gedanken verschwinden. Aber das war überhaupt nicht passiert.

Galen rutschte auf seinem Platz herum. „Aber bevor du irgendetwas anderes tust, musst du mit mir nach Spanien kommen. Da ist ein Kerl, der gerade Land geerbt hat und darauf ein Resort bauen will. Er hat mir Fotos geschickt. Der Ort bietet eine fantastische Aussicht. Ich dachte, du und ich könnten dorthin fliegen und entscheiden, ob es die Mühe wert ist oder nicht."

Ich war hin und her gerissen, was ich tun sollte, weil ich gerade darüber nachgedacht hatte, Nova zu besuchen. „Kannst du jemanden auf der Insel anrufen, um zu sehen, ob Nova überhaupt dort ist?", fragte ich.

„Ich denke, das kann ich, wenn es hilft, dich zu beruhigen, Astor. Ich rufe gleich an. Ich bin mir sicher, dass jemand an der Rezeption sitzt. Dort wird man über Nova Bescheid wissen." Er griff nach seinem Handy, wählte und machte den Lautsprecher an.

Ich stützte meine Ellbogen auf meine Knie und legte mein Kinn auf meine Fingerspitzen, als ich versuchte, die Aufregung zu unterdrücken, die mich durchströmte. „Wenn du sie ans Telefon holen könnest, wäre das noch besser, Galen. Ich muss mit ihr reden – ich muss sie wissen lassen, dass ich komme, um sie zu sehen. Ich muss ihre süße Stimme hören."

„Ich werde sehen, was ich tun kann", sagte Galen und lächelte, als jemand ans Telefon ging.

„Paradise Resort, hier spricht Debbie. Was kann ich für Sie tun?"

„Hier spricht Galen. Ich möchte gern wissen, ob Nova Blankenship da ist", sagte er.

Ich konnte nicht atmen, als ich wartete und hoffte, dass ich mit ihr reden konnte. Aber dann sagte die Frau am anderen Ende der Leitung: „Nova ist nicht hier. Sie kommt erst am ersten Mai zurück, Sir."

Galen sah mich an und zuckte mit den Schultern. „Alles klar."

„Warte!" Ich überlegte fieberhaft, was ich als Nächstes fragen sollte. „Ist es möglich, dass die Rezeptionistin mit Nova in Kontakt tritt und ihr meine Telefonnummer gibt?"

Galen nickte. „Warum nicht. Debbie, können Sie Astor Christakos' Telefonnummer an Nova weitergeben?"

„Ich weiß nicht, wie ich sie kontaktieren soll, Sir. Es tut mir leid", sagte Debbie entschuldigend. „Die Nummer, die sie uns gegeben hat, funktioniert nicht mehr. Aber wenn Sie eine Nummer bei mir hinterlassen möchten, werde ich sicherstellen, dass sie sie erhält, wenn sie anruft."

„Ja, gib ihr meine Nummer." Ich stand auf, ging zum Fenster zurück und starrte wieder auf das Wasser.

Warum hat sie ihre Nummer geändert?

Warum arbeitet sie gerade nicht im Resort?

Warum habe ich das Gefühl, dass sie mir entwischt ist?

Galen nannte der Frau meine Nummer und beendete das Gespräch. „Okay, jetzt zu dem, was ich von dir brauche, Astor. Spanien. Wann kannst du aufbrechen?"

Ich wollte überhaupt nicht über die Arbeit nachdenken. Aber ich brauchte etwas, um mich von Nova abzulenken. „Heute, Galen. Lass uns verdammt nochmal von hier verschwinden und an die Arbeit gehen. Ich weiß nicht, was ich mir gedacht habe. Es klingt, als hätte Nova mit mir abgeschlossen."

Galen schüttelte den Kopf. „Ziehe keine voreiligen Schlüsse, Astor. Du hast ihr Geld für das College zur Verfügung gestellt. Vielleicht ist sie deswegen nicht auf der Insel. Man kann nie wissen. Vielleicht hat sie sich entschieden, in Florida zu studieren. Debbie sagte, dass sie im Mai zurück sein würde. Dann kannst du ins Paradise kommen und dich selbst davon überzeugen, ob sie dich vergessen hat oder nicht."

Er hatte recht, und das wusste ich auch. Aber etwas fühlte sich nicht richtig an. „Ich kann sie einfach nicht aus dem Kopf bekommen. Es macht mich verrückt. Am Anfang war es schlimm, aber es wurde besser, als ich mich entschied, im Sommer wieder dort zu sein. Dann, im letzten Monat, konnte ich nicht viel anderes tun, als an sie zu denken. Und jetzt, da ich sie wissen lassen will, dass ich sie sehen möchte und wie ich empfinde, kann ich sie nicht erreichen!"

„Ich denke, du brauchst Geduld, Mann. Es wird schon klappen." Er stand auf und sah auf sein halb volles Glas Ouzo, das er vor sich auf den Tisch gestellt hatte. „Dieser Mist ist stark!"

„Das ist er." Ich musste lachen. „Ich dachte, Iren können den ganzen Tag und die ganze Nacht trinken."

„Das können wir auch!" Er schüttelte den Kopf. „Deshalb bin ich so verwirrt von meiner Reaktion auf dieses Zeug."

Ich klopfte ihm auf den Rücken und lachte noch mehr. Ich hatte ihn noch nie so überrascht gesehen – und das alles wegen eines einfachen Drinks. „Ich bin mit diesem Zeug aufgewachsen. Ich glaube, ich habe nie gemerkt, wie stark es ist."

„Wohl nicht." Galen setzte sich wieder und sah mich verwirrt an. „Ich dachte, du sagtest, du hättest ihre Nummer, Astor?"

Ich setzte mich neben ihn und kippte das Glas Scotch hinunter, das ich mir eingegossen hatte. Meine strenge Diät hatte ich nicht völlig aufgegeben, aber ich schien den Alltag nicht bewältigen zu können, ohne ab und zu etwas Alkohol zu trinken, um meine Schmerzen zu betäuben. „Ich hatte ihre Nummer und die Adresse ihrer Eltern in Miami." Ich rieb mir die Schläfen, als ich darüber nachdachte, wie dumm ich gewesen war, und fuhr fort: „Ich habe den Zettel kurz nach Verlassen des Docks in den Ozean geworfen. Und ich habe es seither öfter bereut, als ich in Worte fassen kann."

„Das muss schwer gewesen sein." Er sah mich mit Mitleid in seinen Augen an. „Ich glaube nicht an die Liebe, weißt du. Zumindest nicht für mich. Aber ich glaube, du könntest in dieses Mädchen verliebt sein, Astor. Und ich glaube nicht, dass das bei Männern wie uns oft vorkommt."

„Das ist mir noch nie passiert." Ich fuhr mit der Hand über mein Gesicht und fühlte mich verzweifelt. „Ich hätte nie gedacht, dass sie in meinem Herzen bleiben würde, Galen. Ich schwöre, ich dachte, ich würde hierher zurückkommen, mich in meiner Arbeit verlieren und kaum an sie denken. Deshalb wollte ich nicht, dass sie die Insel mit mir verlässt. Ich dachte, ich würde sie vernachlässigen. Ich habe mich geirrt. Ich vermisse sie so sehr, dass es wehtut."

„Hast du ihr gesagt, dass du sie liebst, Astor?" Galen legte die Hände hinter den Kopf, lehnte sich zurück und machte es sich auf der Couch bequem.

„Warum hätte ich das tun sollen?" Ich wusste, dass es falsch gewesen war, ihr nicht zu sagen, wie ich empfand. „Ich bin gegangen. Ich konnte mich nicht einmal dazu bringen, sie wissen zu lassen, ob ich sie jemals wiedersehen würde. Was hätte ich tun sollen? Ihr sagen, dass ich sie liebe und sie trotzdem verlassen werde?"

Galen sah auf den Boden. „Ich denke, du hast recht. Ich weiß, wir führen ein arbeitsreiches Leben, du und ich und andere wie wir. Es ist nicht einfach, Männer wie uns zu lieben. Ich kann mir nicht einmal vorstellen, mich zu verlieben."

„Das konnte ich mir auch nie vorstellen. Aber anscheinend habe ich mich trotzdem verliebt." So etwas hatte ich noch nie laut gesagt. „Das klingt verrückt, wenn es aus meinem Mund kommt."

Mit einem Nicken stimmte Galen mir zu: „Ja, das hört sich verrückt an. Und das musst du wirklich analysieren. Ich meine, was würdest du mit Nova machen, wenn du sie erst hättest?" Er sah mich mit einem wissenden Grinsen an. „Würde sie sich freuen, mit dir um die ganze Welt zu reisen? Oder würdest du sie hierlassen? Bei deiner Familie? Wie glücklich wäre Nova dann? Sie hat einen Beruf, den sie liebt, und lebt an einem Ort, der dem Himmel so nah ist, wie es nur geht."

„Du hast recht." Ich schaute von ihm weg. Der Realitäts-Check, den er mir gerade aufgezwungen hatte, gefiel mir nicht. Ich war nicht derselbe Mann, der ich auf der Insel gewesen war. Ich hatte diesen Mann dort gelassen. Jetzt war ich ein Geschäftsmann mit vielen Verpflichtungen. Aber ich hatte sie kaum erfüllt. Stattdessen war ich wie ein verlorener Welpe herumgeirrt. „Ich bin froh, dass du gekommen bist, Galen. Ich habe in einer Traumwelt gelebt. Ich kann Nova nicht glücklich machen. Also muss ich sie vergessen."

„Wenn du denkst, dass es das Beste für sie ist ..." Galen sah mich mit einem Lächeln auf seinem Gesicht an. „Wir werden in Spanien viel zu tun haben. Unsere Gedanken werden eine Million Meilen von Dingen wie der Liebe entfernt sein. Wenn du Nova nicht sehen willst und sie aus deinem Kopf verbannen möchtest, dann bleib weg vom Paradise. So einfach ist das. Dann kommst du in kürzester Zeit über sie hinweg."

Ich hasste, dass er recht hatte.

Ich muss aufhören, an sie zu denken, und mit meinem Leben weitermachen.

23

NOVA

Als mein zweiwöchiger Urlaub vorüber war, wusste ich, dass ich zurück auf die Insel musste, um mit Camilla über die Schwangerschaft zu sprechen. Sie sah mich misstrauisch an. „Und Sie sind sicher, dass es nicht Astors Baby ist, Nova?"

„Ja. Ich war schon schwanger, bevor ich hierherkam. Ich habe es einfach nicht gemerkt. Der Vater ist ein Mann, den ich zu Hause in Miami kennengelernt habe. Ich habe es ihm schon gesagt. Er ist begeistert, und ich möchte das Baby in Miami bekommen. Das heißt, ich brauche etwas länger Urlaub, aber ich möchte im Sommer wiederkommen, wenn das in Ordnung ist. Und wäre es okay, wenn das Baby die Kindertagesstätte der Insel besucht?"

„Und was ist mit dem Vater?", fragte Camilla. „Wir nehmen hier keine Ehepartner auf."

„Wir heiraten nicht. Und er hat sowieso sein eigenes Leben. Ich bringe das Baby zu ihm, wenn ich frei habe. Er ist damit einverstanden." Ich konnte nicht glauben, wie leicht mir die Lügen von den Lippen gingen. Aber ich wusste, dass sie Astor von der Schwangerschaft erzählen würde, wenn sie auch nur eine Sekunde glaubte, das Kind sei von ihm.

Schließlich lächelte sie über das ganze Gesicht. „Nun, Glückwunsch, Nova. Wir können eine Unterkunft für Sie und Ihr Baby bereitstellen. Ich werde Sie im Bungalow des stellvertretenden Managers unterbringen, dort haben Sie mehr Privatsphäre als im Mitarbeiterwohnheim. Der Bungalow hat zwei Schlafzimmer und befindet sich direkt hinter der Lobby."

Ich fand es seltsam, dass sie mich an einen Ort bringen wollte, der für eine andere Person gedacht war. „Und wo wird der stellvertretende Manager wohnen? Ich möchte niemanden vertreiben."

Sie zog ein paar Papiere aus ihrer Schreibtischschublade. „Nun, ich wollte Sie damit überraschen, aber da Sie mich zuerst überrascht haben, muss ich es Ihnen wohl einfach sagen."

„Was denn?" Ich hatte keine Ahnung, worum es ging.

„Ich befördere Sie zur stellvertretenden Managerin. Aber nur, wenn Sie wollen." Sie schob den Vertrag zu mir. „Wie Sie hier sehen können, bedeutet dies eine erhebliche Gehaltserhöhung und mehr Vergünstigungen. Ihr Baby bekommt einen kostenlosen Platz in der Kindertagesstätte – und Sie bekommen natürlich die neue Wohnung."

„Das kann ich kaum glauben." Ich hatte das Gefühl, ich würde in Ohnmacht fallen. „Wie? Warum? Wann?" Sie hatte mich sprachlos gemacht.

Camilla schüttelte den Kopf und lachte. „Sie sind die perfekte Wahl für diesen Job, Nova. Sie nehmen an College-Kursen im Tourismus-Programm teil. Bei dieser Position können Sie Ihr Wissen in die Praxis umsetzen. Und Stacy hat gekündigt, also müssen Sie sich nicht schlecht fühlen, weil Sie jemandem den Job wegnehmen."

„Sie hat gekündigt?", fragte ich.

„Ja." Camilla stand auf und holte zwei Flaschen Wasser aus dem Kühlschrank. „Sie war nicht gern hier draußen. Sie fühlte

sich gefangen." Sie lachte. „Gefangen im Paradies. Klingt nach
dem Titel eines Liebesromans, nicht wahr?"

„Irgendwie schon." Ich wusste nicht, was ich sonst sagen
sollte. Ich dachte daran, wie viel Glück ich hatte und wie großartig mein Leben sich entwickelte. „Ich weiß dieses Angebot
mehr zu schätzen, als ich in Worte fassen kann. Aber wird mein
Sonderurlaub, wenn das Baby kommt, sich auf meinen Job
auswirken?"

„Debbie kann ein paar Monate ohne Sie auskommen. Sie
sagten, das Baby kommt erst im Februar." Sie reichte mir eine
Flasche Wasser. „Sie können den Resort-Arzt für die vorgeburt-
liche Betreuung aufsuchen. Er kann sich mit Ihrer Ärztin zu
Hause absprechen. Sie können im – sagen wir Januar? – von
hier abreisen. Oder besser noch: Sie können einfach zu Hause
bleiben, wenn Sie Ende Dezember Weihnachtsurlaub haben.
Danach werden Sie bis zum 1. Mai bezahlten Krankenurlaub
erhalten. Wie klingt das, Nova?"

„Wundervoll." Ich hatte nicht erwartet, dass sie so entgegen-
kommend sein würde. „Und ich denke, Sie sind die beste Chefin
der Welt, Camilla. Das sage ich nicht nur so, das meine ich
ernst!" Ich stand auf, um sie zu umarmen. „Sie haben meine
Situation so viel besser gemacht. Ich verspreche Ihnen, dass ich
diesen Ort niemals verlassen werde – und dass ich niemals
kündigen werde. Nie! Vielen Dank!"

Sie tätschelte meinen Rücken. „Es ist okay, Nova. Ich weiß,
dass ich eine großartige Mitarbeiterin in Ihnen habe. Sie haben
mir die Entscheidung, Sie zu befördern, leicht gemacht. Und ich
möchte mich bei Ihnen für Ihre harte Arbeit bedanken. Ich
weiß, dass Sie für lange Zeit ein Teil dieses Resorts sein werden,
und ich werde dafür sorgen, dass Ihre kleine Familie sich hier zu
Hause fühlt."

Jetzt musste ich nur noch sicherstellen, dass sie Astor
niemals von dem Baby erzählte. Ich ließ sie los und sah ihr in

die Augen. „Ich muss Sie bitten, niemanden über das Baby zu informieren, der Astor davon erzählen könnte. Ich möchte nicht, dass er seinen Einfluss nutzt und dem Vater des Babys und mir Probleme macht. Er kann sehr eifersüchtig werden, wenn es um mich geht. Er könnte sogar einen Vaterschaftstest verlangen – und ich weiß, dass dieses Baby nicht von ihm ist, sonst ich würde so einem Test nur zu gern zustimmen, Camilla. Können Sie das verstehen?"

Sie beäugte mich, um sich zu versichern, dass ich sie nicht anlog. „Wie können Sie so sicher sein, dass es nicht von ihm ist?"

„Meine letzte Periode war zwei Monate, bevor ich auf die Insel kam." Das war keine Lüge. Ich ließ einfach die Tatsache weg, dass meine Periode nie pünktlich kam.

Sie ging weg und setzte sich hinter ihren Schreibtisch. „Okay, ich verstehe, was Sie sagen. Es kann nicht von ihm sein. Ich werde es für mich behalten. Ich meine, das Personal wird es wissen, und ich habe keinen Einfluss darauf, was die Mitarbeiter sagen. Ich bin sicher, es wird Gerüchte geben, dass Astor der eigentliche Vater ist, aber keiner von ihnen hat Verbindungen zu dem Mann, also wen interessiert es, nicht wahr?"

Erleichtert darüber, dass sie es verstanden hatte, setzte ich mich wieder hin und las den Vertrag. Nachdem ich ihn unterschrieben hatte, zeigte Camilla mir mein neues Büro, und ich richtete mich dort ein.

Die Mittagspause kam, und ich ging zum Royal, um etwas zu essen. Ich hörte Schritte hinter mir, dann trat Kyle um mich herum und öffnete die Tür zum Restaurant. „Leisten Sie mir beim Mittagessen Gesellschaft, Nova."

„Das ist keine Frage, sondern ein Befehl, hm?" Ich wusste, worüber er reden wollte. „Sicher, Kyle, ich würde gerne mit Ihnen essen. Wie war Ihr Urlaub?"

„Großartig. Ich war zu Hause in Seattle, um meine Familie

zu besuchen." Er nickte Donny zu, der mit dem Kopf in Richtung Gästeraum wies. „Sie können sich einen Tisch aussuchen. Heute gibt es keine Reservierungen."

Kyle ging zu einem Tisch für zwei Personen und zog einen Stuhl hervor. „Gnädige Frau."

Ich setzte mich und sah zu, wie er sich ebenfalls setzte. Kyle war ein hübscher Kerl. Und ich wusste auch, dass er ein Dom war. Ich wusste, dass er versuchen würde, diese dominanten Fähigkeiten einzusetzen, um zur Wahrheit zu gelangen und mich dazu zu bringen, alles zu verraten. „Ich war beim Arzt und habe herausgefunden, dass ich wirklich schwanger bin. Allerdings schon länger, als ich dachte. Ich war schon schwanger, als ich im Mai hierherkam." Ich musste mir einen Namen für den angeblichen Vater ausdenken. Mein letzter Freund kam mir in den Sinn. „Dennis Fielding ist der Vater. Und er ist auch wirklich begeistert von dem Baby."

„Oh, sicher." Er glaubte kein Wort von dem, was ich erzählte, das sagten mir sein stoischer Blick und seine forschenden Augen – vor allem, weil er derjenige war, der mir geholfen hatte, die Lüge zu erfinden. „Also, wann kommt das Baby, Nova?"

„Im Februar." Ich richtete meine Aufmerksamkeit auf Petra, die kam, um unsere Bestellung aufzunehmen. „Hi, Petra."

„Hi, Nova. Wie war Ihr Urlaub vom Paradise?", fragte sie.

Ich lächelte sie an. „Ziemlich großartig – auf eine seltsame Art. Ich habe herausgefunden, dass ich schwanger bin."

Ihre Augen wurden groß. „Und wie fühlt sich Astor dabei?"

Kyle mischte sich ein. „Oh, das Baby ist nicht von ihm, Petra. Es ist von einem Kerl namens Dennis. Ist das nicht richtig, Nova?"

Kyle traute meiner Geschichte nicht. Das konnte ich in seinen Augen sehen. „Hey, Petra, wie wäre es heute mit Limonade, Cheeseburgern und Pommes Frites für uns?"

Sie sah mich an. „Ist das okay, Nova?"

Ich sah, dass der Dom, der mir gegenübersaß, das tat, was er am besten konnte – er übernahm das Kommando. „Nein. Ich werde mein Bestes geben, um mich für das Baby gesund zu ernähren. Ich möchte einen Salat und eine gebratene Hühnerbrust mit braunem Reis und gedünstetem Broccoli. Und keine Limonade für mich. Ich trinke Wasser."

„Sicher." Petra sah Kyle missbilligend an. „Ich kann sehen, was Sie da machen, und ich finde es nicht in Ordnung. Sie ist schwanger. Sie braucht Ihre Art von Aufmerksamkeit nicht, wenn Sie wissen, was ich meine."

Seine Augen wanderten zu ihren nach oben. „Petra, meine Liebe, Sie sind mir nicht gewachsen. Holen Sie das Essen und kümmern Sie sich nicht um meine Angelegenheiten."

Als sie wegging, musste ich fragen: „Also, wer weiß alles über Sie Bescheid, Kyle?"

„Petra weiß ein wenig. Aber nicht annähernd so viel, wie sie wissen könnte." Er hob eine Augenbraue. „Drei Schläge auf den Hintern und sie hat geweint. Ich sagte ihr, dass es nicht das Richtige für sie sei, und das war das Ende davon. Und um sicherzugehen, dass Sie wissen, was ich hier mit Ihnen mache ... Ich versuche nicht, Sie zu meinem Besitz zu machen, Nova. Ich sehe nur nach der Sub eines anderen Doms. Nach einer Sub, die möglicherweise ein Geheimnis vor ihrem Dom hat, das sie nicht haben sollte. Sie könnte ihren festen, kleinen Hintern ausgepeitscht bekommen, weil sie ungehorsam, verschlagen und unehrlich ist."

„Ich bin nicht mehr Astors Sub. Der Vertrag ist abgelaufen." Ich wusste, dass Astor sowieso niemals solche Dinge mit mir machen würde. „Und er ist nicht so."

„Wenn er herausfindet, dass Sie sein Baby bekommen haben, ohne es ihm zu sagen, werden Sie sehen, was für ein Dom in ihm steckt." Er lachte. „Sind Sie wirklich so naiv, Nova? Er wird Ihnen den Hals umdrehen wollen, wenn er herausfindet, was Sie hier tun und dass Sie sein Kind von ihm fernhalten. Ich weiß, wir haben darüber gesprochen, als Sie den Schwangerschaftstest gemacht haben, aber ich denke, das ist eine schlechte Idee. Wenn er erfährt, dass sie das Baby vor ihm verheimlicht haben, wird er seinen verdammten Verstand verlieren und Sie strenger bestrafen, als Sie sich vorstellen können. Es gibt Kerker für unartige kleine Subs wie Sie, meine Liebe. Tun Sie sich selbst einen Gefallen und sagen Sie Camilla, dass sie den Mann wissen lassen soll, dass er Vater wird."

Er ließ mich erzittern, das musste ich zugeben. Aber im Gegensatz zu Kyle kannte ich Astor. „Nun, ich mache mir überhaupt keine Sorgen. Dieses Baby ist nicht von ihm. Er hat kein Recht, wütend zu sein, weil ich ihm nichts davon erzähle. Und ich habe Ihnen schon gesagt, dass er ohnehin kein Baby will. Er hat keine Zeit für eine Familie. Ihm davon zu erzählen würde ihn nur wütend machen. Er ist wirklich eifersüchtig, und das Wissen, dass er und ich miteinander geschlafen haben, während ich das Baby eines anderen Mannes unter dem Herzen trug, würde ihn wahrscheinlich krank machen. Warum sollte ich wollen, dass der Mann, den ich liebe, so empfindet?"

„Erklären Sie mir, wie Sie diesen Mann lieben und trotzdem das Baby eines anderen Mannes bekommen können." Kyle lächelte mich an, als hätte er den Streit gewonnen.

„Ich habe keine Wahl. Ich werde dieses Baby nicht abtreiben. Ich liebe es jetzt schon." Ich schüttelte den Kopf. Er begriff es einfach nicht.

Er warf den Kopf zurück und lachte. „Nova, ich kann direkt durch Sie hindurchsehen. Ihr Dom wird es auch können. Und er wird nächsten Sommer wiederkommen, das kann ich Ihnen jetzt schon sagen. Und wenn er es tut, dann weiß er die Wahrheit, ohne dass Sie irgendetwas zu ihm sagen müssen."

Vielleicht kann ich doch nicht hierbleiben.

24

ASTOR

Mitte April dachte ich ständig an Nova und daran, zur Insel zurückzukehren. Ich wusste, dass sie im Mai zurück sein würde. Ich wusste, dass ich mir freinehmen konnte.

Galen und ich hatten beschlossen, das Projekt in Spanien durchzuführen, aber ich musste nicht dabei sein, um die Dinge in Gang zu bringen. Ich konnte machen, was ich wollte, und ich wollte nur eins: Nova sehen.

So sehr Galen auch immer wieder versuchte, mir zu helfen, meine Gedanken von der Frau abzulenken, versagte er. Und er gab zu, dass er jedes Mal betrunken gewesen war, wenn er wieder einmal damit angefangen hatte, mich zu fragen, ob Nova jemals in mein Leben passen würde. Er hatte mir gesagt, dass ich recht hatte und dass ich auf die Insel zurückkehren und mir mit der Frau, die mein Herz gestohlen hatte, ein Leben aufbauen sollte.

Ich tastete nach den Ringen in meiner Tasche und fragte mich, ob Nova wirklich auf mich gewartet hatte. Wenn ja, gab es eine wichtige Frage, die ich ihr stellen sollte. Wenn sie es nicht getan hatte, hatte ich bereits meine Antwort und würde sie in Ruhe lassen.

Keine andere Frau hatte in den Monaten, die wir getrennt waren, meine Aufmerksamkeit erregt. Ich wusste, dass keine das jemals schaffen würde. Nicht solange Nova mein Herz hatte. Und sie würde es in ihren Händen halten, bis sie sagte, dass sie mich nicht mehr wollte.

Ich konnte jetzt zugeben, dass ich mir mehr Sorgen darüber gemacht hatte, dass sie nichts mit mir zu tun haben wollte, als jemals über irgendetwas anderes. Wenn der Schmerz zu groß gewesen war, um ihn allein auszuhalten, hatte sie vielleicht in den Armen eines anderen Mannes Trost gesucht.

Wenn sie das getan hatte, könnte ich es nicht ertragen. Der Gedanke, dass irgendein anderer Kerl mein Eigentum berührte, machte mich so wütend, dass ich Angst bekam. Obwohl der Vertrag längst geendet hatte, gehörte mir dieses Mädchen meiner Ansicht nach immer noch. Ich betete, dass sie ebenso empfand.

Schließlich griff ich zum Telefon und rief endlich Galen an, um ihm zu sagen, dass ich am ersten Mai auf die Insel reisen würde. „Galen, ich hoffe, es geht dir gut."

„Das tut es. Wie geht es dir, mein Freund?", fragte er.

„Mir geht es auch gut. Ich wollte dir sagen, dass ich den Sommer gern im Paradise verbringen würde." Ich zögerte, weiterzusprechen.

„Natürlich", erwiderte er sofort.

Ich hatte noch mehr zu sagen: „Es wäre mir recht, wenn niemand sonst von meinem Besuch erfahren würde. Ich möchte Nova überraschen."

„Bist du sicher, dass das eine gute Idee ist?", fragte er.

„Nein." Ich lachte. „Aber ich möchte es trotzdem tun."

Ich wusste, dass er tun würde, worum ich ihn bat. „Nun, dann wird es niemand erfahren. Ich lasse dich bei mir in meinem Bungalow wohnen. Dort gibt es jede Menge Platz. Ich bin sicher, du hoffst ohnehin darauf, bei deinem Mädchen unterkommen zu können."

„Kann ich in ihrem Zimmer übernachten?" Ich hatte keine Ahnung, dass dies überhaupt eine Option war.

„Oh, ich habe ganz vergessen, dass ich dich noch nicht über die Neuigkeiten informiert habe", sagte er. „Aber ich habe sie selbst erst vor ein paar Tagen erfahren."

„Neuigkeiten?", fragte ich und fühlte mich aus irgendeinem Grund etwas angespannt. „Rede schon, Galen."

„Camilla hat Nova einen neuen Job gegeben", sagte er.

„Was für einen neuen Job?"

Galen lachte. „Einen großartigen. Sie wurde zur stellvertretenden Managerin ernannt und dazu gehört ein Bungalow mit zwei Schlafzimmern. Du könntest also bei ihr wohnen, wenn sie dich lässt."

„Ihr habt sie schon befördert?", fragte ich. „Nach nur einem Jahr?"

„Camilla hat das getan. Ich hatte nichts damit zu tun", erklärte Galen. „Sie ist dort die Chefin. Ich überlasse alle Entscheidungen ihr – und sie ist verrückt nach Nova. Ich glaube, sie hat Pläne für das Mädchen."

„Dann ist ihre Zukunft dort", sagte ich eher zu mir selbst.

„Ich weiß, dass ich betrunken war, als ich dir sagte, dass sie dort am besten aufgehoben ist. Aber ich bin jetzt nüchtern und denke immer noch so. Lass sie arbeiten, wo sie am glücklichsten ist. Du kannst kommen und gehen, wann du willst, und tun, was du willst oder musst. Ihr könnt trotzdem ein Paar sein. Aber gib ihr ein solides Fundament für ihr Leben, Astor. Sie nach Griechenland zu bringen ist vielleicht nicht das Beste für euch beide."

Er hatte recht, und das wusste ich auch. „Ich werde eine Lösung finden. Das muss ich. Sie sagte mir einmal, dass viele Menschen Fernbeziehungen haben. Wenn andere es schaffen, können wir das auch. Jedenfalls wenn sie mich noch haben will."

„Ich bin sicher, dass sie das tut." Er zögerte, sodass einen Moment Stille herrschte. „Aber wenn nicht, dann lass sie in Ruhe. Meine Mutter hat mir einmal gesagt, wenn man jemanden liebt, muss man ihn gehen lassen. Man darf ihn nicht zu fest umklammern oder ersticken. Das klingt nach einem guten Rat, auch wenn ich ihn nie selbst anwenden musste."

„Stimmt." Ich wollte nicht darüber nachdenken, Nova wieder gehen zu lassen. „Nun, dann sehen wir uns am ersten Mai, Galen."

„Ja, ich werde dich erwarten. Bis bald, mein Freund."

Nach unserem Gespräch fühlte ich mich seltsam. Mein Herz klopfte schnell und mein Kopf war benommen, als ich neben dem Springbrunnen vor meinem Haus Platz nahm. Meine Mutter entdeckte mich dort und setzte sich neben mich. „Also wirst du diese Frau besuchen, hm?"

Mom war nicht wirklich glücklich darüber, dass ich mit einer Amerikanerin zusammen war. „Ja, ich gehe zurück auf die Insel, um sie zu sehen. Und nur damit du es weißt – danach komme ich vielleicht nicht mehr oft hierher zurück. Wenn sie mich haben will, wird die Insel mein neues Zuhause werden."

Ihre Augen füllten sich mit Tränen. „Wir sehen dich so schon kaum, Astor. Kannst du sie nicht hierherbringen? Wir werden gut zu ihr sein. Das verspreche ich dir."

Ich schlang meinen Arm um ihre Schultern und umarmte sie. „Ich möchte sie nicht hierherbringen und sie dann verlassen. Sie hat eine Karriere, die sie liebt. Und sie studiert, um auf der Karriereleiter noch weiter nach oben zu klettern. Ich möchte sie nicht aufhalten. Sie hierherzubringen – und zu erwarten, dass sie hier lebt – würde sie bremsen."

Schniefend zog sie ein Taschentuch aus ihrem BH und putzte sich die Nase. „Ich verstehe, was du sagst. Aber ich vermisse dich so schon. Ich hoffe, du kannst sie zumindest auf einen Besuch hierher mitbringen. Wenn ihr euch irgendwann zusammen niederlassen wollt, warum nicht hier?"

„Ich bin mir nicht sicher, ob ich mich irgendwo dauerhaft niederlassen werde. Ich möchte so weitermachen wie bisher, nur mit etwas weniger Arbeit. Und wenn ich zwischen zwei Projekten Zeit habe, möchte ich sie mit ihr verbringen." Ich küsste meine Mutter auf die Wange. „Aber ich werde sie so oft wie möglich zu Besuch mitbringen." Ich hasste es, sie traurig zu sehen. „Das verspreche ich."

„Du solltest dieses Versprechen besser halten, mein Sohn." Sie nahm mein Gesicht zwischen ihre weichen Hände. „Ich meine es ernst. Und wenn ihr beide heiratet, lasst ihr uns die Hochzeit organisieren, Astor Christakos. Du weißt, dass ich für so etwas lebe."

„Ja", sagte ich mit einem Lachen. „Und wenn sie einverstanden ist, werden wir die Hochzeit hier feiern. Aber lass uns nichts überstürzen. Ich habe nicht mit ihr gesprochen, seit ich vor Monaten die Insel verlassen habe. Und als ich wegging, habe ich ihr klargemacht, dass ich sie vielleicht niemals wiedersehen würde. Sie hat mich vielleicht schon vergessen."

Meine Mutter grinste mich an. „Nein, das würde sie niemals tun. Nicht meinen Jungen. Nur eine Närrin würde dich aufgeben, Astor." Sie küsste meine Wange. „Wenn du sie bittest, dich zu heiraten, und sie Ja sagt, bringst du sie zu uns. Ich möchte sie mit offenen Armen in unserer Familie empfangen."

Ich wünschte, ich hätte so viel Vertrauen wie meine Mutter, dass Nova nicht mit mir abgeschlossen hatte. Vielleicht hätte mein Herz dann nicht vor Sehnsucht nach ihr geschmerzt.

Ich war nie ein Mann gewesen, der einer Frau nachtrauerte. Ich mochte das Gefühl überhaupt nicht.

Eines wusste ich sicher: Nova wiederzusehen würde dieser

Sache ein Ende bereiten. Entweder würde ich mich der Liebe ergeben und in ihre Tiefe sinken, oder ich würde wissen, dass sie gar nicht existierte, und könnte mit meinem Leben weitermachen.

Nova hielt alle Karten. Sie allein hielt mein Herz in ihren Händen. Was sie damit anstellen würde, war die große Frage.

Ich hatte geplant, sie zu besitzen, aber es stellte sich heraus, dass sie mich besaß – Herz und Seele. Nicht in einer Million Jahren hätte ich das kommen sehen.

Ich verließ meine Mutter und ging in meinen Bereich, um allein zu sein. Es war schwer, in der Nähe von Menschen zu sein, während mein Kopf so durcheinander war. Ich hoffte, wenn Nova mich wollte, könnte ich wieder ich selbst werden. Ich wusste, dass ich nie mehr so sein würde wie vor meinem Besuch im Paradise, aber ich würde mich nicht die ganze Zeit so besorgt und einsam fühlen und sie vermissen. Wenn diese Gefühle verschwunden wären, könnte ich mich auf so viele andere Dinge konzentrieren.

Auf jeden Fall würde ich mein Leben ändern. Ich würde zu meinem alten Ich zurückkehren oder mich zu einem neuen Ich weiterentwickeln. So oder so würde ich nie wieder zurückschauen.

Auf meinem Bett liegend schloss ich die Augen und stellte mir Nova vor, wie ich es in diesen Tagen so oft tat: Ihr nackter Körper lag neben mir auf dem Bett und ihre Hände bewegten sich über ihre üppigen Brüste, während ihre haselnussbraunen Augen mich ansahen.

Mein Schwanz schwoll an, wie immer, wenn ich so an sie dachte. „Du bist wunderschön", würde ich flüstern.

Sie würde lächeln. „Du auch."

Ich würde mich herabbeugen und ihre weichen, vollen Lippen mit einem sanften Kuss erobern. Meine Hand würde durch ihr seidiges Haar streichen, wenn sich ihre Lippen öffneten und mich einluden. Unser Kuss würde inniger werden, während ich ihre cremige Haut streichelte.

Sie würde sich mir entgegenwölben und wortlos um mehr bitten. Ich würde den Moment wissen, in dem sie nicht weitermachen konnte, ohne mich in sich zu spüren. Und ich würde in ihr sein müssen, an dem einzigen Ort, wo wir uns ganz fühlten.

Wir waren zwei Teile desselben Geistes, die wieder eins werden würden. Weder Raum noch Zeit konnten das trennen, was wir mit unserer Verbindung geschaffen hatten. Ich wusste, ich könnte auf halbem Weg um die Welt sein und allein ihre Stimme zu hören würde ausreichen, um mich zu ihr zurückzubringen. Wir würden uns allein in unser Zimmer zurückziehen und auf eine Weise eins werden, die nur Liebende verstehen konnten.

Ich gehörte zu ihr. Sie gehörte zu mir. Niemand konnte jemals zwischen uns kommen. Nichts und niemand. Sie und ich würden für immer und ewig zusammen sein.

Der Orgasmus überraschte mich und riss mich aus meiner Fantasie. Ich schnappte nach Luft, als ich auf das Durcheinander schaute, das ich gemacht hatte. Dann schloss ich die Augen, damit ich es nicht sehen musste.

Hatte ich aus allem ein Durcheinander gemacht? Hatte ich die wohl authentischste Liebe ruiniert, von der ich jemals ein Teil sein könnte? War ich gegangen, als ich hätte bleiben sollen?

So viele Monate waren vergangen, ohne dass auch nur ein Wort zwischen uns gesagt wurde. Es hatte keinen einzigen Kontakt gegeben, nicht einmal durch Dritte.

Ich hatte meine Nummer bei der Frau hinterlassen, die Galens Anruf angenommen hatte, aber nie einen Rückruf von Nova erhalten.

Hatte sie meine Nachricht bekommen, wollte mich aber nicht anrufen?

Vielleicht sollte ich doch nicht auf die Insel zurückkehren.

25

NOVA

Ich stieg mit der drei Monate alten Mia im Arm aus dem Boot, atmete die salzige Luft ein und seufzte: „Wir sind zu Hause, Schatz."

Es war früh am Morgen und niemand war unterwegs, als ich meine Tochter in unser Zuhause brachte. Der Portier trug unsere Sachen zu dem Bungalow hinter der Lobby. „Hier ist es schön, Nova. Es ist gut, Sie zurückzuhaben", sagte Jack, als er mein Gepäck hineintrug.

„Danke. Es ist gut, wieder hier zu sein" Ich winkte ihm zum Abschied zu, bevor ich meinem kleinen Mädchen sein neues Zuhause zeigte. Als ich in mein Schlafzimmer ging, sah ich neben meinem Bett einen Stubenwagen. Ein rosafarbenes Band, das an der Oberseite befestigt war, hielt eine Karte – er war ein Geschenk von Petra.

Ich hatte allen gesagt, dass das Baby ein Mädchen war, bevor ich für die Geburt abreiste, und Camilla hatte mir gesagt, dass sie ohne mich eine Baby-Party veranstalten würden, während ich in Miami war. Sie hatte all die Geschenke in meinen Bungalow gebracht und schön arrangiert.

Als ich ins Nebenzimmer ging, fand ich dort ein wunder-

bares Babybett und einen Schrank voller Kleidung. „Oh mein
Gott!" Ich umarmte Mia und weinte fast, als ich all die schönen
Dinge sah, die meine Kollegen für sie besorgt hatten. „Sieht so
aus, als würdest du hier im Paradise jetzt schon geliebt werden,
Mia."

Dem Baby würde es nie an etwas mangeln. Und ich wusste,
dass wir am richtigen Ort waren. Ich hatte darüber nachgedacht,
ob es klug war, hier weiterzuarbeiten. Aber am Ende wusste ich,
dass ich niemals eine bessere Gelegenheit bekommen würde als
im Paradise.

Ein Klopfen an der Tür brachte mich zurück in das Wohnzimmer, wo Camilla stand. „Geben Sie sie mir." Sie streckte die
Arme aus und bewegte ihre Finger. „Ich freue mich so daraf, sie
zu halten."

Ich küsste Mia auf die Stirn, bevor ich sie weggab. „Es ist so
schön, wieder hier zu sein. Meine Eltern sind großartig, wollen
aber immer alles bestimmen. Endlich kann ich die Mutter sein,
die ich sein möchte, anstatt zu versuchen, jeden gutgemeinten
Ratschlag zu befolgen, den meine Eltern mir geben."

„Sie ist so süß", schwärmte Camilla. „Wer ist ein hübsches
Mädchen? Das bist du", murmelte sie, bevor sie mich kurz
ansah. „Ich werde so besessen von diesem Kind sein – ich muss
Sie warnen."

„Sie sollten auch eins haben. Auf diese Weise hätte sie einen
Spielkameraden." Ich zwinkerte ihr zu, bevor ich wegging, um
meine Sachen auszupacken, während ich jemanden hatte, der
sich um das Baby kümmerte. „Um wie viel Uhr werden die
Gäste heute ankommen?"

„Am Mittag." Camilla lächelte Mia an, bevor sie fortfuhr.
„Und Sie müssen auch dabei sein. Vom gesamten Personal wird
Anwesenheit erwartet, wie Sie wissen. Mia kann solange bei
Angie und Marla in der Kindertagesstätte bleiben. Danach
können Sie sie so oft in Ihr Büro mitnehmen, wie Sie möchten."

„Kann ich das?" Ich musste lächeln. „Ich wollte Sie darum bitten."

Camilla lehnte sich an meinen Türrahmen und hielt Mia, die sie mit der typischen Faszination eines Neugeborenen anblickte, immer noch im Arm. „Natürlich können Sie sie bei sich haben, so oft Sie möchten. Bringen Sie sie einfach in die Kindertagesstätte, wenn Sie müssen oder wollen. Wie war die Geburt?"

„Schmerzhaft", sagte ich lachend. „Jedenfalls am Anfang. Nach der Epiduralanästhesie ging es mir besser." Ich konnte ihr nicht gestehen, dass ich irgendwie traurig gewesen war und sogar geweint hatte, als Mia zum ersten Mal in meine Arme gelegt wurde – nicht nur, weil sie ein herrliches kleines Wesen war, sondern auch weil Astor nicht da war, um unser Wunder zu sehen.

„Und wie hat Daddy der Geburtsvorgang gefallen?", fragte sie.

Ich hatte den falschen Vater vergessen. „Oh, er ist ganz cool damit umgegangen. Er ist ein wirklich entspannter Kerl."

„Er muss ziemlich cool sein, wenn es ihm egal ist, dass er sein Kind den ganzen Sommer nicht sehen kann." Sie blickte mich mit wissenden Augen an. „Sind Sie sicher, dass Sie an Ihrer Geschichte festhalten wollen, Nova? Dieses kleine Mädchen hat die blauesten Augen, die ich je gesehen habe, aber die grünen Sprenkel darin sind nichts, was einem oft begegnet."

Sie hatte die Augen ihres Vaters. Ich konnte diese Tatsache nicht verbergen. Sie hatte auch seine dunklen Haare, noch etwas, das ich nicht verstecken konnte. „Hören Sie, Astor hat mir direkt gesagt, dass er keine Kinder haben will. Er hat keine Zeit für eine Freundin oder ein Kind. Ich versuche, sein Leben nicht zu ruinieren, Camilla. Und genau das würde ich tun, wenn ich ihm von ihr erzähle."

Camilla lächelte Mia an, und mein Baby lächelte zurück und

wollte Camillas Wange berühren. „Du würdest niemandem das Leben ruinieren, nicht wahr, mein süßes, kleines Mädchen?"

Ich zog meine Uniform aus dem Schrank und hielt sie vor mich, während ich vor dem Spiegel stand. „Sieht so aus, als würde sie noch passen. Ich wiege ein paar Kilo mehr als vor der Schwangerschaft. Aber ich glaube nicht, dass es auffallen wird."

„Ich sehe gar keinen Unterschied bei Ihrem Gewicht. Ich bin sicher, dass niemand etwas bemerkt." Camilla beobachtete mich, als ich den Raum durchquerte. „Also, da Sie mir die Wahrheit gesagt haben ... wollen Sie mir auch sagen, wie die Geburt wirklich war?"

„Bittersüß." Ich bürstete meine Haare und steckte sie hoch. „Ich habe ihn in den letzten Monaten so sehr vermisst. Und als ich ins Krankenhaus gegangen bin, habe ich immer nur darüber nachgedacht, wie großartig er darin wäre, meine Gedanken von den Schmerzen abzulenken." Ich sah mich im Spiegel an. „Und ich vermisse ihn jeden Tag seit Mias Geburt. Und davor auch schon." Plötzlich fiel mir ein, dass er heute vielleicht auf die Insel zurückkehren würde. „Soll er heute hier eintreffen?", fragte ich und wurde leicht panisch bei dem Gedanken.

Sie schüttelte den Kopf. „Nein. Ich denke nicht, dass er kommt. Vielleicht haben Sie recht. Vielleicht ist er gerade viel zu beschäftigt, um Zeit für eine Freundin zu haben. Und in diesem Fall ist er bestimmt auch zu beschäftigt für ein Baby." Sie küsste Mia erneut auf die Stirn. „Bei dir bekomme ich Babyfieber, Mia."

„Dann haben Sie auch eins!", drängte ich sie. „Ich möchte nicht die einzige Mutter sein, die hier arbeitet. Sie sind verheiratet. Sagen Sie Ihrem Mann, dass es an der Zeit ist, mit der Fortpflanzung zu beginnen."

„Das mache ich vielleicht wirklich." Sie setzte sich auf das Bett. „Ist sie immer so brav?"

„Bis jetzt schon." Ich zog das Kleid aus, das ich angehabt

hatte, um mir die Khaki-Shorts und das weiße Hemd überzustreifen. „Die erste Woche war die Hölle. Ich musste alle zwei Stunden aufstehen, um sie zu stillen. Nach dieser Woche wurden wir beide ruhiger und seitdem läuft alles reibungslos. Ich habe mich in sie verliebt, schon bevor sie geboren wurde, aber als ich ihr Gesicht sah, hat sie mein Herz für alle Zeit gestohlen."

Camilla beobachtete, wie Mia mich ansah, als ich zu ihnen ging. „Scheinbar haben Sie auch ihr Herz gestohlen."

„Das will ich hoffen." Ich zog meine Sandalen an und fuhr mit meinen Händen über meine Seiten. „Ich bin zurück."

„Ja, das sind Sie." Camilla lachte. „Und es ist so schön, Sie wieder hierzuhaben – und Ihre kleine Tochter! Das wird ein tolles Jahr. Ich weiß es einfach."

Ich hatte auch große Hoffnungen, dass es so sein würde. Nur eine Sache machte mir Sorgen. „Nun, da Sie wissen, dass Astor ihr Vater ist ... denken Sie, Sie können mir mit Kyle helfen? Er kennt auch die Wahrheit und scheint Astor davon erzählen zu wollen."

Sie nickte und sagte: „Doms neigen dazu, zusammenzuhalten."

„Ich denke, ich kann sie vorerst von ihm fernhalten. Ich werde sie einfach nicht viel nach draußen mitnehmen. Die Kindertagesstätte ist nur einen kurzen Fußweg von hier entfernt. Wenn ich darauf achte, dass er nicht da ist, wenn wir rausgehen, wird er sie nicht sehen." Ich wusste, dass es ein Risiko war, hatte aber keine Ahnung, was ich sonst tun sollte.

„Ich werde mich um Kyle kümmern." Sie sah mich an und zwinkerte mir zu. „Ich bin seine Chefin. Wenn er seinen Job hier behalten will, wird er sich um seine eigenen verdammten Angelegenheiten kümmern."

„Danke." Ich lächelte, setzte mich neben sie auf das Bett und fuhr mit meinen Fingern über Mias kleinen Kopf. „Jedes Mal,

wenn ich sie ansehe, denke ich an Astor. Sie wird das schönste
Mädchen der Welt sein. Aber natürlich bin ich ihre Mutter, also
bin ich vielleicht ein bisschen voreingenommen."

„Nein, sie wird wunderschön sein." Camilla ließ das Baby
ihren kleinen Finger halten. „Das heißt, nein, sie wird es nicht
sein, sie ist es schon jetzt. Mit der Zeit wird sie nur noch bezau-
bernder werden."

Camilla konnte nicht aufhören zu lächeln. „Sie hat das gute
Aussehen ihres Vaters geerbt. Lassen Sie uns einfach beten, dass
sie nicht auch sein Benehmen geerbt hat."

Ich musste lachen. „Oh, wir sind schrecklich, nicht wahr?"

„Ja", stimmte sie mir zu. „Kommen Sie! Lassen Sie uns
frühstücken gehen und Mia dem Personal vorstellen. Und
denken Sie nicht einmal daran, sich Sorgen wegen Kyle zu
machen. Ich werde ihn zur Vernunft bringen. Er wird kein
Wort sagen."

Glücklich darüber, dass meine Chefin auf meiner Seite war,
schnappte ich mir die Wickeltasche und wir machten unseren
ersten gemeinsamen Inselausflug.

Lange Zeit an diesem Morgen erschien Kyle nicht im
Toucans, dem besten Frühstücksrestaurant der Insel. Als er es
tat, ging er sofort zu Mia, die von Alexis gehalten wurde. „Und
wen haben wir hier?", fragte er.

Ich spannte mich an, aber Camilla legte ihre Hand auf
meine Schulter. „Überlassen Sie das mir." Sie ging durch den
Raum und stellte sich direkt neben Kyle, der meine Tochter
beäugte. „Ist sie nicht niedlich, Kyle?"

„Oh ja." Er fuhr mit dem Finger über ihre Wange. „Und
sehen Sie nur, diese Augen..." Er blickte zu Camilla auf. „Erinnern sie Sie an jemanden?"

Die Art, wie sie Kyle einfach nur anlächelte, brachte mich
auch zum Lächeln. „Nein. Das tun sie nicht. Sie mögen Ihren
Job hier, richtig, Kyle?"

Er blinzelte ein paar Mal, bevor er antwortete: „Ja, Ma'am, das tue ich."

„Das ist gut." Sie legte ihre Hand auf seine Schulter. „Kommen Sie mit. Ich möchte mit Ihnen über Ihre Pflichten als Host sprechen, Kyle."

Ich wusste, dass er keine Bedrohung mehr war, und das nahm eine Last von meinen Schultern. Die anderen dachten vielleicht auch, dass Mia Astor sehr ähnlich sah, aber keiner von ihnen interessierte sich genug dafür, um ihn aufzusuchen und ihm etwas zu sagen, wenn sie die Gelegenheit dazu hatten.

Im Moment fühlte ich mich sicher.

Als es Mittag wurde, gab ich Mia bei den Mitarbeiterinnen der Kindertagesstätte ab, solange ich die Gäste begrüßte. Astor war nicht auf der Liste, also wusste ich, dass ich nicht beunruhigt sein musste.

Mr. Dunnes Jacht war die erste, die ankam. Ich hatte mir schon gedacht, dass er zuerst da sein würde, um seine Gäste persönlich zu begrüßen. Wir standen alle mit den Händen hinter dem Rücken da und warteten darauf, dass unser Chef aus der Kabine kam, um Hallo zu sagen.

Er tauchte auf und stieg vom Boot auf das Dock. „Freut mich, Sie alle zu sehen!" Er verbeugte sich. „Ich möchte mich bei Ihnen für Ihre harte Arbeit im vergangenen Jahr bedanken. Ich freue mich auf viele, viele weitere Jahre."

„Wir auch!", riefen wir alle.

Das Gepäck wurde ausgeladen und die Portiers nahmen alles mit. Es schien so viel zu sein – doppelt so viel wie üblich. Aber wer wusste schon, was er auf die Insel gebracht hatte? Es stand mir nicht zu, ihn infrage zu stellen.

Ich richtete meine Aufmerksamkeit auf die andere Jacht, die sich in der Ferne näherte, bevor ich auf Galens Boot zurückblickte, das immer noch am Dock befestigt war. Es würde wegfahren müssen, damit die Jacht andocken konnte.

Die Kabinentür öffnete sich und eine große Gestalt trat heraus. Die dunkle Sonnenbrille und die Baseballmütze konnten die Identität des Mannes, der nur wenige Schritte von mir entfernt stand, nicht verbergen.

Astor!

26

ASTOR

Ich konnte mich nicht daran erinnern, wann ich zum letzten Mal so unruhig gewesen war. Ich brauchte viel Mut, um aus der Jacht auf das Deck zu gehen. Nova wartete da draußen, aber nicht auf mich.

Sie hatte keine Ahnung, dass ich an diesem Tag aus Galens Boot aussteigen würde. Keine Ahnung, dass ich für sie zurückkommen würde – diesmal für immer. Und ich hatte keine Ahnung, ob sie mich immer noch wollte. Keine Ahnung, ob sie mich vergessen hatte oder nicht.

Ich setzte meine Sonnenbrille auf und zog die Baseballmütze tiefer in mein Gesicht bei dem Versuch, mich etwas zu verkleiden. Ich trug Shorts und ein T-Shirt, um lässig zu wirken. Nova sollte Zeugin der Veränderung werden, die sie an mir vorgenommen hatte. Ich war nicht mehr der Mann, der nur an die Arbeit dachte und sich nicht für die Gefühle anderer Menschen interessierte. Nova hatte einen positiven Einfluss auf mich gehabt. Ihre Fürsorge hatte meine Gleichgültigkeit besiegt.

Mein Herz pochte heftig in meiner Brust, als ich auf die Menschenreihe auf einer Seite des Docks blickte. Als ich meine Augen über die Gesichter wandern ließ, fand ich schließlich

Nova. Mit fest zusammengepresstem Kiefer starrte sie mich direkt an.

In meinen Träumen war sie mit ausgebreiteten Armen zu mir gerannt und hatte immer wieder meinen Namen gerufen. In diesen Träumen hatte sie immer gelächelt. Jetzt lächelte sie mich nicht an. Das wirkliche Leben schien nicht so wie meine Träume zu sein.

Ich schluckte schwer und schritt voran, während mein Blick ausschließlich auf Nova gerichtet war. Glücklich oder nicht, sie war da, und ich wusste, dass ich sie zurückgewinnen musste, wenn ich sie tatsächlich verloren hatte. Ich musste sie haben. Ich wusste mit jeder Faser meines Wesens, dass ich sie wieder zu meinem Eigentum machen musste – und diesmal würde ich sie nie wieder gehen lassen.

Sie sah zu mir auf, als ich vor ihr stehenblieb. „Freust du dich, mich zu sehen?"

„Du warst nicht auf der Gästeliste." Ihre Stimme brach beim letzten Wort. „Ich wusste nicht, dass du kommst." Sie sah nach unten und ich bemerkte, dass ihr Körper zitterte. „Du hast nie angerufen."

„Du auch nicht." Nichts lief so, wie ich erwartet hatte. So hatte ich mir unser Wiedersehen nicht vorgestellt.

Sie riss ihren Kopf hoch und starrte mich an. „Du hast mir deine Nummer nicht gegeben, Astor. Wie hätte ich dich also anrufen sollen?"

„Scheiße!", zischte die Frau neben ihr. Sie sah Nova an. „Das hatte ich ganz vergessen. Mr. Dunne hat mich Anfang des Jahres angerufen. Er hat nach Ihnen gefragt. Sie hatten Ihre Nummer geändert, erinnern Sie sich?"

Nova sah verwirrt aus. „Ja, ich erinnere mich daran, dass ich meine Nummer geändert habe. Was hat Mr. Dunne damit zu tun, Debbie?"

Debbie sah entschuldigend aus, als sie sagte: „Er hat mir die

Telefonnummer von Mr. Christakos gegeben. Ich sollte sie Ihnen übermitteln und Ihnen sagen, dass Sie ihn anrufen sollen. Ich habe es vergessen – es tut mir so leid."

Ich umfasste Novas Kinn, damit sie mich ansah. „Wir haben im Januar angerufen. Seitdem hast du Zugriff auf mich. Es ist nicht meine Schuld, dass du die Nachricht nicht erhalten hast. Ich wollte mit dir sprechen."

„Du hattest auch meine Nummer", konterte sie.

Mit einem Seufzer machte ich mein Geständnis. „Ich habe sie weggeworfen, als du nicht erschienen bist, um dich von mir zu verabschieden. Ich war verletzt. Das war dumm, und ich habe es die ganze Zeit, die wir getrennt waren, bereut." Ich schaute auf die Menschen, von denen viele uns ansahen. „Können wir irgendwo hingehen und unter vier Augen reden, Nova?"

„Ich fürchte nein. Es ist meine Aufgabe, alle Gäste zu begrüßen, Astor. Vielleicht können wir reden, nachdem ich meine Pflicht getan habe. Wir werden sehen." Sie verlagerte ihr Gewicht und erst jetzt bemerkte ich, dass ihre Hände immer noch hinter ihrem Rücken verschränkt waren.

Ich öffnete meine Arme. „Bekomme ich eine Umarmung, bevor ich dich verlassen muss?"

Sie hielt den Atem an, sodass ihre vollen Brüste ganz still waren. Dann öffnete sie die Arme und kam zu mir. „Ich habe dich vermisst."

Der süße Duft von Kokosnuss und Limette wehte zu mir und ich atmete ihn ein. Ihr Körper fühlte sich in meinen Armen perfekt an. Ich fühlte mich fast wieder ganz. *Fast.*

„Ich habe dich mehr vermisst, als du jemals wissen wirst, Nova." Ich küsste ihren Kopf und fühlte zum ersten Mal seit langer Zeit Schmetterlinge im Bauch. „Ich hoffe, wir können wieder dahin kommen, wo wir waren, bevor ich weggegangen bin."

Sie löste ihren Körper aus meinen Armen und wischte sich mit ihrem Handrücken die Tränen von den Augen. „Wir reden später, Astor. Bitte. Ich möchte das nicht vor Publikum machen", flüsterte sie.

„Ich auch nicht." Ich sah die Frau neben ihr an und fragte: „Debbie, da Sie so einen großen Fehler gemacht haben, als Sie Nova vor fünf Monaten meine Nummer nicht mitgeteilt haben, glauben Sie, dass Sie an ihrer Stelle den Rest der Gäste begrüßen könnten? Sie und ich müssen reden."

Nova schüttelte den Kopf. „Nein, Astor. Das ist nicht fair gegenüber den anderen. Wir sehen uns später."

Ich konnte nicht glauben, dass sie mich einfach so abwies. „Also gut." Ich drehte mich um und spürte die Hitze ihres Blicks auf mir.

„Ich komme später zu dir, Astor. Es tut mir leid", sagte sie.

Zumindest entschuldigte sie sich. Ich ging einfach weiter und war wütend auf sie und mich selbst.

Als ich Galens Bungalow betrat, grinste er mich an. „Wie ist es mit Nova gelaufen? War sie froh, dich zu sehen?"

„Nicht wirklich." Ich ließ mich auf das Sofa fallen und wies mit meinem Kopf in Richtung Küche. „Hast du etwas zu trinken da drin?"

Galen ging in die Küche und kam mit zwei Flaschen Bier zurück. „Bitte." Er setzte sich mir gegenüber. „Also, was zum Teufel ist passiert, Astor?"

„Sie ist sauer auf mich. Ich habe ihr erzählt, dass du dieser Debbie im Januar meine Nummer gegeben hast, aber das schien ihr egal zu sein." Ich nahm einen Schluck Bier „Ich habe mich noch nie so gefühlt, Galen. Es ist verdammt unangenehm." Ich trank weiter. „Was zum Teufel soll ich jetzt tun?"

„Woher soll ich das wissen?" Er lachte und trank ebenfalls sein Bier. „Wir sollten uns einfach betrinken und sehen, wohin uns das führt."

Damit war ich einverstanden. Ich kippte das Bier hinunter und stand auf, um noch eines zu holen. „Frauen sind die unbegreiflichsten Kreaturen auf dem Planeten. Wie kann Nova so verdammt süß und gastfreundlich und gleichzeitig so kalt und grausam sein?"

„Ich bin sicher, dass sie auftauen wird. Sie ist nur wütend, weil du nicht angerufen hast. Ich bin sicher, das ist alles." Galen lehnte sich zurück und entspannte sich auf eine Art, um die ich ihn beneidete. „Du hast drei Monate, um sie zurückzugewinnen. Ich habe Vertrauen in dich, Kumpel."

„Ich will nicht, dass es drei verdammte Monate dauert, sie zurückzubekommen. Ich will sie jetzt zurück." Ich öffnete das neue Bier und leerte es zur Hälfte. „Verdammt!"

Gerade als ich die zweite Hälfte trinken wollte, klopfte es an der Tür. „Astor?"

Ich knallte die Flasche auf die Bartheke und sprintete zur Tür. „Nova!"

Galen stand auf und ging in sein Schlafzimmer. „Ich werde euch zwei allein lassen."

Ich öffnete die Tür und zögerte nicht. Ich hob Nova hoch und trug sie ins Haus. „Baby, du bist früher hier, als ich gedacht hatte."

Meine Lippen pressten sich auf ihre, aber ihre Hände drückten sich gegen meine Brust und schoben mich zurück. „Astor, nein."

Mein keuchender Atem klang, als wäre ich gerade hundert Meilen gelaufen. „Warum nicht?"

„Astor, ich kann das nicht." Sie schüttelte den Kopf. „Lass mich runter. Wir müssen reden."

Ich stellte ihre Füße auf den Boden und wandte mich wieder der Küche zu. „Ich denke, ich brauche mein Bier dafür." Meine Hände zitterten, als ich die Flasche wieder ergriff und den Rest hinunterkippte. Ich griff in den Kühlschrank, um eine weitere zu holen. „Möchtest du auch eins?"

„Nein danke." Sie setzte sich auf den Sessel, sodass ich mich nicht neben sie setzen konnte. „Ich trinke keinen Alkohol."

„Du hast damit aufgehört, hm?" Ich öffnete das Bier. „Ich habe damit angefangen. Es hilft, den Schmerz zu lindern."

„Welchen Schmerz?", fragte sie mit zusammengezogenen Augenbrauen.

Ich setzte mich auf das Sofa und lehnte mich zurück. „Den Schmerz, dich zu verlieren, Nova. Ich war ein Schatten meiner selbst, seit ich diese Insel und dich verlassen habe. Ich habe nicht viel tun können, außer an dich zu denken. Aber anscheinend hattest du dieses Problem nicht." Ich nahm einen Schluck. „Ich dachte, du würdest dich freuen, wenn ich zurückkomme, aber du scheinst irgendwie sauer darüber zu sein."

„Ich bin nicht sauer." Sie sah zur Decke. „Nur überrascht. Wenn ich gewusst hätte, dass du kommst, hätte ich mich darauf vorbereiten können."

„Warum solltest du dich darauf vorbereiten müssen, mich zu sehen, Nova?" Ich stellte das Bier vor mir auf den Couchtisch. Es fühlte sich plötzlich an, als müsste ich mich konzentrieren, weil dieses Gespräch wichtig war. „Und warum bist du nicht gekommen, um dich an jenem Tag von mir zu verabschieden?"

Nun musste sie sich rechtfertigen, und es zeigte sich in ihrem schmerzerfüllten Gesichtsausdruck. „Astor, ich wollte zu dir zurückkehren und mit dir zusammen sein, bis das Boot kam. Ich wollte es wirklich. Aber etwas kam dazwischen, und ich konnte nicht dort sein. Ich wollte dich nicht verletzen."

Ich konnte nicht glauben, was sie gesagt hatte. „Etwas kam dazwischen? Was zum Teufel kann so wichtig sein, dass du mich ohne Erklärung allein dort stehenlassen hast? Ich habe deine Nummer weggeworfen, weil ich dachte, du hättest mich die ganze Zeit über, was deine Gefühle angeht, belogen. Es hat mich fast umgebracht, darüber nachzugrübeln, ob du mich nur deshalb so liebevoll behandelt hast, weil du das Gefühl hattest, du wärst dazu verpflichtet."

Sie schüttelte stirnrunzelnd den Kopf und sagte: „Nein. Das hatte nichts damit zu tun. Die Wahrheit ist, dass ich mich in dich verliebt habe, Astor. Und es hat mich innerlich zerrissen, dass du meine Liebe nicht erwidert hast."

„Ich habe dich geliebt, Nova." Ich dachte darüber nach, was ich gesagt hatte. „Nein. Ich meine, ich liebe dich immer noch. Baby, ich liebe dich mehr, als ich jemals geglaubt habe, irgendjemanden lieben zu können."

Sie saß da, rang die Hände auf ihrem Schoß und hielt ihren Kiefer so fest zusammengepresst, dass es schmerzhaft aussah. „Astor, warum bist du zurückgekommen?"

„Deinetwegen." Mein Kopf schmerzte so sehr, dass es sich anfühlte, als würde er explodieren, wenn sie nicht aufhörte, sich gegen mich zur Wehr zu setzen. „Ich will dich, Nova. Ich bin deinetwegen zurückgekommen. Nur deinetwegen. Kannst du meine Entschuldigung annehmen, damit wir dort weitermachen können, wo wir waren?"

„Ich nehme deine Entschuldigung an, wenn dir das hilft." Sie seufzte. „Aber du musst wissen, dass ich mich sehr verändert habe. Ich bin nicht mehr die Frau, die du zurückgelassen hast, Astor. Ich bin jetzt anders."

„Das kann ich sehen." Ich schaute sie an. „Du bist definitiv feindseliger als in meiner Erinnerung. Und dir fehlt das Einfühlungsvermögen, von dem du so viel hattest."

„Ich bin verletzt worden." Sie zuckte mit den Schultern. „Ich bin noch nie so verletzt worden wie von dir. Das verändert einen Menschen. Außerdem ... wie wäre es, wenn ich zulassen würde, dass wir einfach dahin zurückkehren, wo wir waren, bevor du weggegangen bist?"

Es hörte sich an, als würde sie daran denken, mir eine

Chance zu geben. „Ich würde einen neuen Vertrag aufsetzen, nur hätte er diesmal kein Enddatum."

Ihre haselnussbraunen Augen musterten meinen Körper, und ich spürte, wie sich Hitze in mir bildete. „Und du denkst, das ist etwas, das ich möchte?"

Mit dieser Reaktion habe ich nicht gerechnet.

„Ich dachte es. Lag ich damit falsch?" Mein Bauch zog sich zusammen, als sie mich stoisch anstarrte.

Sie stand auf und schaute auf mich herab. „Ich werde nicht wieder einen Dom/Sub-Vertrag mit dir unterschreiben, Astor. Wenn das alles ist, was du willst – eine Sexsklavin –, dann ohne mich."

Sie ging an mir vorbei, und ich ergriff ihre Hand und stoppte ihren hastigen Rückzug. „Das ist nicht alles, was ich will, Nova. Bei weitem nicht."

Ihre Augen klebten an der Stelle, wo ich ihre Hand hielt. „Ich muss gehen. Lass mich bitte los."

„Nova, geh nicht. Bitte." Ich konnte nicht glauben, dass es so schnell dazu gekommen war – Betteln.

Das war überhaupt nicht der romantische Empfang, auf den ich gehofft hatte. Aber ich war noch lange nicht bereit, sie aufzugeben.

27

NOVA

Astors Hand hielt meine und schickte einen Stromschlag durch mich. Ich musste gehen. Wut brodelte unter der Oberfläche. Ich war wütend wegen so vieler Dinge.

Wütend, dass er mich überrascht und unvorbereitet getroffen hatte. Wütend, dass Debbie mir nicht die Nachricht überbracht hatte, als ich Ende Januar angerufen hatte, um ihr meine neue Nummer zu geben. Wütend, dass mein Körper mich mit purem Verlangen nach Astor verriet.

Astor hätte bei der Geburt unseres Babys dabei sein können, wenn sie mir seine Nummer gegeben hätte.

Jedenfalls wenn ich ihm von der Schwangerschaft erzählt hätte. Ich wusste nicht, ob ich das getan hätte oder nicht. In dieser Hinsicht war ich immer noch unsicher, aber ich wusste, dass ich es bald tun musste.

Alle Angestellten wussten, dass ich mit einem Baby zurück-gekommen war, und Astor würde auch bald davon erfahren. Schlimmer noch, ich hatte schon ein paar Mädchen tuscheln gehört, wie sehr Mia Astor ähnelte, obwohl keines von ihnen es mir ins Gesicht gesagt hatte.

„Du solltest jetzt gehen, Astor." Die Worte kamen aus meinem Mund, bevor mir klar war, was ich sagte.

Sein Gesichtsausdruck sagte mir, dass ich ihn verletzt hatte. „Du willst mich also nicht hier haben?"

Er ließ meine Hand los und sah auf mich herunter, als ich versuchte, es zu erklären. „Ich glaube einfach nicht, dass du hier Spaß haben wirst. Ich kann das nicht mehr mit dir machen. Ich kann nicht so bei dir sein, wie du es willst. Du bist immer noch Astor Christakos, ein vielbeschäftigter Geschäftsmann, richtig? Du wirst immer noch gehen müssen, wenn der Sommer vorbei ist und du wieder arbeiten musst, richtig? Und ich werde immer noch hier sein. Ich verlasse diesen Ort nicht, Astor. Ich werde mich nicht in eine Villa in Griechenland setzen und darauf warten, dass du zwischen deinen Projekten hin und wieder vorbeischaust. Ich weiß nicht, ob es das ist, woran du gedacht hast, aber du sollst wissen, dass ich das nicht will."

„Hast du einen anderen Mann gefunden, Nova?" Er sah mich mit traurigen Augen an. Ich hatte ihn noch nie so verletzt gesehen.

Ich fühlte mich schrecklich. „Nein, ich habe keinen anderen Mann gefunden, Astor. Deshalb sage ich das nicht. Ich kann mich dir einfach nicht so wie letzten Sommer widmen."

Ich hatte jetzt ein Baby, um das ich mich kümmern musste. Und ich musste herausfinden, wie ich ihm davon erzählen sollte. Ich hätte nie gedacht, dass er tatsächlich auftauchen würde. Ich hatte nicht vorbereitet, was ich in dieser Situation tun würde.

Er tätschelte seinen Schoß. „Komm, setz dich. Lass mich deine Haare streicheln und dich festhalten, und du wirst dich wieder in mich verlieben. Ich muss dich nur anfassen, Nova. Ich weiß, dass du jetzt einen anderen Job hast und dass es bedeutet, dass du nicht mehr so viel bei mir sein kannst wie letzten Sommer. Aber wir können die Nächte zusammen verbringen.

Wir können immer noch Zeit finden, zusammen zu sein. Ich könnte bei dir in deinem Bungalow wohnen. Galen hat mir erzählt, dass du jetzt zwei Schlafzimmer nur für dich hast."

Nicht nur für mich. Ich hatte auch das Baby dort. „Du hast also gedacht, dass du einfach hier auftauchst und ich dich einlade, bei mir zu bleiben? Und dass alles wieder so ist wie letztes Jahr?"

Er nickte. „Ja, das hatte ich gehofft. Warum kann es nicht so sein? Es tut mir leid, dass ich deine Nummer weggeworfen habe, aber jetzt weißt du, dass ich versucht habe, mit dir in Kontakt zu treten. Ich hätte das schon viel früher tun sollen, das weiß ich jetzt. Aber der Grund, warum ich es nicht früher getan habe, war, dass ich nicht wusste, ob du mich noch wolltest. Ich war zu verletzt, um diesen Schritt vor Januar zu machen. Du hast mich nicht vergessen, und ich will dich immer noch. Ich verstehe nicht, warum du und ich das nicht hinter uns lassen und uns eine gemeinsame Zukunft aufbauen können."

Er hatte keine Ahnung, wie sehr ich auf seinen Schoß springen, mich an seine breite Brust schmiegen und da weitermachen wollte, wo wir aufgehört hatten. Aber das war jetzt keine Option. „Eine gemeinsame Zukunft? Wohl eher noch eine Sommeraffäre. Das wäre alles, Astor. Drei Monate Sex, dann bist du wieder weg und lässt mich hier zurück. Nein danke."

„Tu nicht so, als wäre es nicht der beste Sex gewesen, den du je hattest. Gegen drei weitere Monate davon hättest du sicher nichts einzuwenden." Er schenkte mir ein kurzes, arrogantes Grinsen, bevor sein Gesichtsausdruck wieder ernst wurde. „Da ist noch mehr, Nova. Etwas, das du mir nicht sagst."

Gott, er ist gut!

„Nun, ich sage dir, dass ich nicht so weitermachen kann, wie es einmal war. Ich kann nicht drei Monate mit dir zusammen sein und mich wieder in dich verlieben, nur um erneut verlassen zu werden. Ich will das nicht noch einmal durchmachen." Ich verschränkte die Arme und stampfte mit einem Fuß auf, um meine Meinung zu unterstreichen.

Er lächelte. „Vielleicht müssten es nicht nur drei Monate sein. Was, wenn ich länger bleiben würde?"

„Wie könntest du länger bleiben? Ich dachte, du wärst ein sehr beschäftigter Mann." Ich sprach mit tiefer Stimme und ahmte Astor nach, so gut ich konnte. „Ich dachte, du hättest keine Zeit für jemanden in deinem Leben. Das hast du letzten Sommer gesagt. Was hat sich seitdem geändert?"

Er lachte und warf die Hände in die Luft. „Ich bin jetzt verliebt. Das hat sich geändert."

Es fühlte sich gut an, ihn diese Worte sagen zu hören, aber es brachte mich um, dass ich sie nicht erwidern konnte. Ich hatte jetzt ein Kind. Und Mia hatte es nicht verdient, einen Vater zu haben, der ständig aus ihrem Leben verschwand. Sie hatte einen Vollzeit-Vater verdient – und ich einen Vollzeit-Partner. Astor konnte das nicht für sie sein, und das wusste ich auch.

Was ich noch nicht wusste, war, wie zum Teufel ich ihm sagen sollte, dass ich ein Baby hatte. Ich war noch nie in meinem Leben in solcher Bedrängnis gewesen. „Astor, du solltest wirklich wieder auf die Jacht steigen und die Insel verlassen. Das wäre das Beste für uns alle."

„Uns alle?", fragte er mit einem verwirrten Gesichtsausdruck. „Wer sind wir alle, Nova? Es gibt nur dich und mich. Und wie würde meine Abreise uns helfen, wieder zusammenzukommen? Ich weiß, dass ich einen großen Fehler gemacht habe, als ich dich verlassen habe. Ich weiß, dass ich dich verletzt habe. Und ich weiß, dass ich nicht weggehe. Ich werde alles in meiner Macht Stehende tun, um dich zurückzugewinnen. Du kannst dich genauso gut daran gewöhnen, mich zu sehen, Baby. Ich gehe nirgendwohin."

„Ich weiß, dass du mich immer noch liebst. Du bist verletzt, aber der Schmerz wird mit der Zeit nachlassen. Er geht viel schneller weg, wenn du damit aufhörst, dich dagegen zu wehren, und es einfach passieren lässt. Wir könnten zu dir gehen, in dein Bett steigen und alles, was wehtut, verschwinden lassen. Ich habe selbst eine Menge Schmerzen, die weggespült werden müssen. Und nur deine Liebe kann das für mich tun. So wie meine Liebe es für dich tun wird."

Oh, das klingt wie eine perfekte Art, den Tag zu verbringen.

Aber ich konnte das nicht tun, egal wie sehr er und ich es wollten. „Astor, du solltest deine Zeit nicht mit mir verschwenden." Mein Herz tat mir weh, als ich diese Worte sagte. „Ich will mehr, als du mir geben kannst." Wahrere Worte waren noch nie gesprochen worden. Ich brauchte ihn als Vater für Mia, und ich wusste, dass er das nicht sein konnte. „Vielleicht kannst du mir mehr Zeit schenken, als du früher für möglich gehalten hast. Aber ich werde mehr brauchen, als du zu geben hast."

„Und woher willst du das wissen?" Er beugte sich vor, um sein Bier zu nehmen. „Bist du sicher, dass du nichts trinken willst? Ich kann sehen, dass du angespannt bist. Ich bin sicher, ein Jahr ohne Sex spielt dabei eine große Rolle. Ich weiß das, weil ich auch so lange enthaltsam gelebt habe. Außerdem könnte ich etwas gebrauchen, um das Eis zu brechen, und Sex wäre dazu viel besser geeignet als Alkohol." Seine Stimme war verführerisch geworden, und seine abrupten, ehrlichen Worte erinnerten mich so sehr an die Zeit, die wir letzten Sommer zusammen verbracht hatten.

Als ich ihm dabei zusah, wie er sein kaltes Bier trank, lief mir das Wasser im Mund zusammen. Beim Gedanken daran, wieder Sex mit ihm zu haben, wurde ich klatschnass.

Nur einmal, komm schon.

„Ich gehe nicht mit dir ins Bett, Astor." Ich wollte es. So sehr. Aber ich musste jetzt an Mia denken. Außerdem würden meine Brüste über dem Mann auslaufen und das wäre ein eindeutiger Hinweis, dass ich ein Baby bekommen hatte, während wir getrennt waren. Ich konnte bereits spüren, wie sich meine Brüste mit Milch füllten. „Ich muss gehen. Ich habe Arbeit zu erledigen." Ich musste dringend die Milch abpumpen, bevor sie überallhin spritzte.

Ich lief los und wäre fast explodiert, als ich seinen harten Körper hinter mir spürte, der mich an die Tür drückte. Sein Atem war heiß in meinem Nacken.

„Hör auf." Seine Hände bewegten sich auf und ab und ließen meine Schenkel vor Verlangen zittern. Seine Lippen drückten sich an meinen Hals. „Es tut mir leid. Ich werde dir diese Worte eine Million Mal sagen, wenn du mir dann glaubst." Er zog eine Spur von Küssen über meine Schulter. „Ich liebe dich, Nova. Ich werde dafür sorgen, dass es mit uns funktioniert. Gib mir eine Chance, Baby. Das ist alles, was ich verlange – eine Chance, dir zu zeigen, dass ich dafür sorgen kann, dass es zwischen uns beiden funktioniert."

Aber kann er auch dafür sorgen, dass es mit einem Baby funktioniert?

Jede Faser meines Wesens wollte ihn. Mein Körper stand in Flammen und mein Geschlecht pochte vor Begierde. Aber ich konnte nicht nachgeben. Er würde mein Geheimnis herausfinden und das konnte ich nicht zulassen. Ich musste herausfinden, wie ich es vor ihm geheim halten konnte, bis er es satthatte, mir hinterherzujagen, und die Insel verließ.

„Astor, bitte", flehte ich ihn an, als er meine Haut mit seinen Lippen streifte.

„Nova, bitte", flüsterte er. „Bitte vergib mir und komm zu mir zurück. Das ist alles, was ich will: Dich, zurück in meinem Leben. Ich brauche niemanden außer dir. Bitte Baby."

Ich fühlte mich betrunken, mein Kopf war benommen und mein Körper schwach. Der heiße Druck seines Körpers auf meinem berauschte mich. Zu hören, wie er die Worte sagte, die ich mir unzählige Male von seinen Lippen erträumt hatte, war zu viel. Zu spüren, wie sich sein Mund über meinen Hals bewegte, nahm mir meinen Willen. Ich drehte mich um und sein Mund suchte meinen und gab mir einen harten Kuss.

Meine Hände bewegten sich über seine Arme und erkundeten die Muskeln, die ich noch einmal berühren wollte. Er hob mich hoch und ich schlang meine Beine um seine Taille, als er mich gegen die Tür drückte. Sein Schwanz prallte gegen mein Zentrum und drückte sich in mich. Ich schob meine Hände unter sein T-Shirt, um seinen muskulösen Rücken zu spüren. Die Hügel und Täler waren mir so vertraut.

Er nahm seinen Mund von meinem, um meinen Hals zu küssen, und knabberte daran, als er flüsterte: „Ich liebe dich, Nova. Lass mich es dir beweisen, Baby."

Ich schob meine Hände in seine weichen dunklen Haare. „Astor, bitte verstehe, dass ich das nicht tue, um dich zu verletzen. Es ist nur so, dass ich das nicht kann." Ich musste die Worte laut aussprechen, um mich auch daran zu erinnern. Ich atmete scharf ein, als er fest in meinen Nacken biss und mein Höschen noch feuchter wurde. Es fühlte sich so verdammt gut an. „Oh Gott! Astor, bitte."

Er saugte an der Stelle, in die er gebissen hatte, und flüsterte: „Sag nicht, dass du es nicht kannst. Du kannst es tun. Du wirst es tun. Du gehörst mir. Das war schon immer so, und es wird immer so sein. Hör auf, gegen mich anzukämpfen. Gib mir, was ich will. Du weißt, dass du es auch willst."

Wenn ich nur an mich selbst denken müsste, hätte ich mich dem Mann hingegeben. Er hatte recht – ich wollte ihn. Aber es gab ein Kind, an das ich jetzt denken musste. Mia brauchte mich mehr, als ich Astor brauchte. Mir blieb keine andere Wahl.

Ich ließ mich auf den Boden hinunter, schob meine Hand hinter mich, drehte den Türknopf und löste mich von dem Mann, der mich fast willenlos gemacht hatte. „Ich kann nicht. Es tut mir leid." Und dann lief ich wie der Wind davon.

28

ASTOR

Mit pochendem Schwanz stand ich in der Tür und beobachtete, wie Nova vor mir floh. „Was zur Hölle ist gerade passiert?"

Galen räusperte sich, als er ins Wohnzimmer zurückkehrte. „Ich glaube, du hast ein ziemlich großes Problem." Er ging zum Kühlschrank und holte sich ein weiteres Bier.

Ich ging ins Badezimmer und war zu fassungslos, um etwas zu sagen. Mein Schwanz tat weh, mein Herz tat weh, mein Kopf tat weh – alles tat verdammt weh. Ich konnte nur in den Spiegel starren und mich fragen: „Warum? Was hättest du noch tun können, Astor Christakos?"

Nachdem ich mein Gesicht gewaschen und darauf gewartet hatte, dass meine Erektion nachließ, ging ich zurück, um mich zu Galen zu setzen und herauszufinden, was schiefgegangen war. Er sah mich mit einem Stirnrunzeln an. „Vielleicht war es falsch, hierherzukommen, ohne es sie vorher wissen zu lassen, Astor. Vielleicht ist es der Schock, dich plötzlich zu sehen, der sie so aufgeregt hat."

Ich nickte und nahm mein Bier wieder in die Hand. „Könnte sein. Aber verdammt nochmal, warum sollte uns das daran hindern, zusammen zu sein? Dann habe ich eben einen Fehler gemacht, indem ich einfach hier aufgetaucht bin. Na und?"

„Ich nehme an, Frauen brauchen länger, um über solche Dinge hinwegzukommen, als Männer." Er nahm einen Schluck und ergriff eine der Speisekarten auf dem Couchtisch. „Lass uns das Mittagessen bestellen. Du bist offenbar noch nicht in so guter Verfassung, um in die Öffentlichkeit zu gehen."

„Ja, ich verlasse diesen Bungalow nicht, bis ich herausgefunden habe, was ich tun muss, um Nova zurückzubekommen." Ich stand auf, um die leere Bierflasche wegzuwerfen und zu sehen, ob es etwas Stärkeres zu trinken gab. „Ich möchte ein Steak vom Royal. Sag ihnen, es ist für mich, und der Koch wird wissen, wie er es zubereiten soll. Ich brauche Proteine, um mir zu helfen, mit dieser Frau fertig zu werden. Ich weiß nicht, was in mich gefahren ist. Ich dachte eine Sekunde, ich hätte sie von mir überzeugt, aber dann ist sie weggerannt."

„Ich nehme Hummer", rief er mir zu. „Willst du einen Hummerschwanz zu deinem Steak, Astor?"

„Nein. Nur das Steak. Und Salat. Vielleicht etwas gedünsteten Brokkoli. Und Alkohol dazu – etwas Starkes. Ich werde viel davon brauchen." Ich durchsuchte die Schränke, fand aber nichts, was ich benutzen konnte, um meine Sorgen zu ertränken.

Galen gab die Bestellung auf, als ich mich wieder mit einem Bier in der Hand setzte. Er legte auf und sah das Bier an. „Du solltest langsamer machen. Ich habe dich noch nie so viel trinken sehen."

„Ich habe noch nie so viel trinken müssen." Ich stellte das Bier auf den Tisch, damit ich nicht versucht war, es hinunterzukippen. „Ich dachte, Liebe sollte eine gute Sache sein. Wie kann etwas, das so wundervoll sein soll, so furchtbare Empfindungen in mir auslösen? Ich verstehe es einfach nicht."

„Ich hoffe nur, dass mir das nie passiert." Er lachte, aber ich runzelte die Stirn. „Tut mir leid. Aber ich hoffe das wirklich."

„Ich hoffe auch, dass dir das nie passiert", musste ich zugeben. „Ich weiß nur, dass mein Leben fantastisch wäre, wenn sie ihre Meinung ändern würde. Zumindest hoffe ich das. Ich werde auf jeden Fall hierbleiben und die Lage beobachten. Ich hatte das Gefühl, so nah dran zu sein. Aber ich habe mich schon einmal getäuscht was ihre Reaktion darauf, mich wiederzusehen, anbelangt. Hoffentlich irre ich mich nicht schon wieder." Ich nahm einen Schluck von dem Bier. „Verdammt, das ist so scheiße."

Ein leises Klopfen ertönte an der Tür. „Zimmerreinigung, Mr. Dunne", erklang die sanfte, leise Stimme einer Frau.

Galen hob die Augenbrauen. „Klingt nach einer Britin. Ich wusste nicht, dass welche zum Personal gehören. Es muss sich um eine neue Mitarbeiterin handeln." Er stand auf, um die Tür zu öffnen. „Hallo, bitte kommen Sie rein, Mädchen. Ich bin Galen Dunne, der Besitzer dieses schönen Anwesens."

„Ja, Sir, ich weiß", sagte sie mit einem schüchternen Lächeln. „Ich bin hier, um das freie Schlafzimmer bereitzumachen. Mrs. Chambers hat mir erzählt, dass Sie mit einem unerwarteten Gast gekommen sind."

„Ich verstehe." Er trat zurück, um das Mädchen hereinzulassen. Sie trug Bettwäsche und ging direkt ins Schlafzimmer. Galen legte ihr eine Hand auf die Schulter, um sie aufzuhalten. „Und Ihr Name ist?"

„Oh, Entschuldigung, Sir." Sie sah auf ihr Namensschild. „Ich bin Ariel Pendragon, Sir. Ich wurde letzten Monat eingestellt. Es ist mir eine Freude, Sie kennenzulernen. Ich werde jetzt meine Arbeit erledigen, damit ich Ihnen nicht länger im Weg bin. Es tut mir leid, dass ich störe."

„Das muss es nicht." Galen lächelte sie an und setzte sich, als sie den Raum verließ. „Und lassen Sie sich Zeit, Ariel. Sie sind uns überhaupt nicht im Weg." Er lehnte sich zurück und sah mich an. „Hübsches kleines Ding, nicht wahr? Und was für ein schöner Name. Ariel Pendragon. Bezaubernd, hm?"

Ich sah den Ausdruck in seinen Augen. „Pass auf dich auf, Mann. So fing es bei mir auch an."

Er lachte, als wäre es unmöglich, dass er der Liebe zum Opfer fiel. „Nicht ich, Kumpel. Nicht ich."

„Das habe ich auch immer gesagt, Galen." Ich nahm noch einen Schluck. „Jetzt schau mich an."

„Ja, schau dich an." Er sah mich an. „Du siehst nicht so aus wie sonst, Astor. T-Shirt, Jeansshorts, Turnschuhe – so etwas trägst du sonst nie. Warum jetzt?"

„Ich wollte Nova zeigen, wie entspannt und locker ich jetzt bin." Ich schob meine Hand durch meine Haare. „Es hat mir aber nicht weitergeholfen. Nova hat meinen neuen Look nicht einmal kommentiert. Ich dachte, dass sie etwas dazu sagen würde. Vielleicht kenne ich sie nicht so gut, wie ich dachte."

„Könnte sein." Galens Augen wanderten zurück zur Tür, als ein weiteres Klopfen ertönte.

Bevor er aufstehen konnte, kam das Dienstmädchen, um zu öffnen. „Ich mache das, Sir." Sie öffnete die Tür, vor der ein Mann mit unserem Essen auf einem Servierwagen stand. „Kommen Sie rein. Sie können das Essen auf den Tisch stellen, und ich werde mich um den Rest kümmern", sagte sie.

Galens Augen klebten an der jungen Frau. „Danke, Ariel."

Ich musste lachen und flüsterte dann: „Du weißt, dass sie Anfang zwanzig ist, oder?"

Seine Augen kamen zu mir. „Und?"

Ich konnte nur den Kopf schütteln und lächeln. „Nichts, Galen." Das Mädchen war etwa zwanzig Jahre jünger als er, aber ich glaube, er sah kein Problem darin.

Ich fragte mich, ob ich etwas anders gemacht hätte, als ich vor einem Jahr auf die Insel kam, wenn ich gewusst hätte, wie sich die Dinge entwickeln würden. Ich hatte mich Hals über Kopf verliebt. Ich hatte mir nie die Zeit genommen, darüber nachzudenken, warum die Leute es so bezeichneten, aber jetzt, da ich Erfahrungen aus erster Hand hatte, verstand ich es vollkommen.

Es war, als würde man am Rand einer Klippe stehen und sich um seine eigenen Angelegenheiten kümmern. Dann sah man jemanden unterhalb dieser Klippe und alles, woran man denken konnte, war, zu dieser Person zu gelangen. Also sprang man und fiel. Hals über Kopf. Tiefer und tiefer.

Und man konnte es nicht abstellen. Ich konnte genauso wenig aufhören, Nova zu lieben, wie ich aufhören konnte zu atmen. Sie konnte wütend auf mich sein – das spielte keine Rolle. Ich liebte sie immer noch. Sie konnte mir sagen, dass sie nicht mit mir zusammen sein konnte, so oft sie wollte, aber ich würde sie immer noch lieben.

Wenn man einmal fällt, kann man nicht mehr damit aufhören.

„Vielleicht bin ich das völlig falsch angegangen, Galen." Ich stand auf und schaute aus dem Fenster. Sein Bungalow befand sich im Landesinneren, nicht über dem Wasser wie das, in dem ich letztes Jahr gewohnt hatte.

Ich konnte draußen Leute herumlaufen sehen. Lächelnde Gesichter. Viele Paare, die Arm in Arm gingen oder Händchen hielten. Und da stand ich, beobachtete sie und fühlte nur Liebe für Nova in meinem Herzen. Und auch Einsamkeit, da ich endlich wieder in ihrer Nähe war und sie nichts mit mir zu tun haben wollte.

„Suchst du eine neue Taktik, Astor?", fragte er mich.

„Ich muss." Ich drehte mich um und sah ihn an. „Ich muss ihr zeigen, dass es mir ernst ist. Vielleicht war das Ganze eine schreckliche Idee. Ich war schon immer ein Mann, der es ernst meint. Sie muss daran erinnert werden."

„Ihr Mittagessen ist fertig, meine Herren", verkündete die junge Britin.

Ich hatte nicht einmal bemerkt, dass der Kellner gegangen war. „Gut, ich muss essen und mich für meinen nächsten Schritt sammeln."

Galen und ich setzten uns einander gegenüber an den Tisch, und er widmete sich wieder dem hübschen jungen Mädchen. „Möchten Sie sich uns anschließen, Ariel?"

„Danke, Sir." Sie schüttelte den Kopf. „Aber ich habe so viel zu tun. Es ist aber nett von Ihnen, zu fragen."

Galen schien etwas unzufrieden darüber zu sein, dass sie nicht zu uns kommen wollte. „In Ordnung."

Sie verließ uns, und ich beobachtete, wie er ihr nachsah. „Ich nehme an, es ist ihr Akzent", murmelte er.

„Warum sagst du das?", fragte ich, als ich in mein perfekt gebratenes Steak schnitt.

„Nur so." Er knackte seinen Hummer und richtete seine Aufmerksamkeit darauf, anstatt auf das hübsche Mädchen. „Also, was machst du als Nächstes wegen Nova?"

„Ich gehe zurück zu den Grundlagen, denke ich." Ich steckte mir ein Stück Fleisch in den Mund, und es schmolz fast auf meiner Zunge. „Mann, dieser Koch ist gut."

„Das ist er", stimmte Astor zu. „Was meinst du mit *Grundlagen*?"

Mein Glas war mit Rotwein gefüllt worden, und ich nahm einen Schluck, bevor ich antwortete. „Was sind die grundlegenden Dinge, die Frauen dazu bringen, sich in ihren Beziehungen sicher zu fühlen?"

Er zuckte mit den Schultern. „Verdammt, darauf habe ich keine Antwort, Astor."

Er würde mir überhaupt keine Hilfe sein, das konnte ich sehen. „Nun, zuerst einmal möchte eine Frau wissen, dass sie geliebt wird. Das habe ich Nova bereits wissen lassen."

„Ich würde sagen, dass du so viel erreicht hast, ja." Er biss in den Hummer und stöhnte zufrieden. „Oh, das ist mehr als köstlich. Man müsste ein neues Wort dafür erfinden."

Das Essen war gut, und es gab mir die Kraft, mich darauf zu konzentrieren, meine Frau zurückzugewinnen. „Also, was erwartet eine Frau als Nächstes, nachdem sie weiß, dass sie geliebt wird?"

„Heirat, nehme ich an." Galen hob sein Glas. „Werde ich bald auf eine Hochzeit eingeladen, mein Freund?"

Ich hatte ihm nichts von meinem Plan erzählt, Nova einen Antrag zu machen. „Ich habe die Ringe meiner Urgroßmutter mitgebracht. Aber ich möchte auf den richtigen Zeitpunkt warten, um Nova zu bitten, mich zu heiraten. Ich hatte alle möglichen Ideen, wie ich vorgehen würde. All diese Ideen basierten jedoch darauf, dass die Frau bereit ist, bei mir zu bleiben. Und das wird nicht so bald passieren, wie es scheint."

„Vielleicht solltest du nichts überstürzen." Galen schüttelte den Kopf. „Übereile es auf keinen Fall, Astor. Ich weiß, dass ich es nicht tun würde."

„Ja, aber du willst nie heiraten, Galen." Ich sah aus dem Augenwinkel, wie das Dienstmädchen aus dem Schlafzimmer kam.

Die Frau blieb stehen, als ob sie etwas sagen wollte, drehte sich jedoch um und ging zurück ins Schlafzimmer.

„*Du* möchtest das vielleicht nicht", sagte ich und nahm noch einen Schluck. Ich fragte mich ein letztes Mal, ob ich die richtige Entscheidung getroffen hatte. Die Antwort war Ja. Ich wusste genau, was ich wollte. „Aber ich möchte heiraten. Und ich werde nicht länger herumsitzen und darauf hoffen, dass Nova zur Besinnung kommt."

Galen schüttelte den Kopf. „Mein Rat ist, ihr Zeit zu geben."

Ich hatte ihr schon fast ein Jahr gegeben. Ich wusste nicht, ob ich noch viel länger von ihr getrennt sein konnte.

29

NOVA

In meinem Kopf hämmerten die schlimmsten Kopfschmerzen meines Lebens, als ich an meinem Schreibtisch saß und vergeblich versuchte, etwas Arbeit zu erledigen.

Ich rieb mir die Schläfen und hoffte, den Schmerz dadurch ein wenig zu lindern. Ich wollte nichts nehmen, da ich stillte. Ich wollte nicht, dass ein Medikament, nicht einmal etwas so Gewöhnliches wie Aspirin, durch meine Milch in mein Baby gelangte.

Nachdem ich Astor verlassen hatte, hatte ich in der Kindertagesstätte Mia gestillt. Mit meiner Tochter zusammen zu sein hatte mir geholfen, mich für eine Weile zu beruhigen. Aber als ich sie verlassen hatte und an die Arbeit zurückgekehrt war, konnte ich nur daran denken, dass Astor hier auf der Insel war. Und ich fühlte mich wie ein Bär, dessen Pfote in einer Falle gefangen war.

Jemand würde ihm von Mia erzählen – das war nur eine Frage der Zeit. Ich musste einen Weg finden, es ihm zuerst zu sagen. Aber ich wollte mich nicht mit den Konsequenzen von all dem herumschlagen.

Astor würde wütend auf mich sein, weil ich die Schwangerschaft vor ihm geheim gehalten hatte. Und ich hatte keine Ahnung, was das für mich bedeuten würde. Aber ich war mir ziemlich sicher, dass er mich hassen würde, sobald er die Wahrheit erfuhr.

So lange hatte ich darauf gewartet, zu hören, dass er mich liebte, und jetzt hatte er es endlich gesagt. Er hatte es immer und immer wieder gesagt. Aber ich wusste nur, dass er diese Worte nie wieder zu mir sagen würde, nachdem er herausgefunden hatte, was für eine Lügnerin ich war.

Ich hatte alles kaputt gemacht und keine Ahnung, wie ich es reparieren sollte.

Camilla schlenderte mit einem Lächeln in mein Büro. „Ich habe die Neuigkeiten gehört." Sie schloss die Tür hinter sich. „Haben Sie es ihm schon gesagt?"

„Verdammt, nein." Ich stützte meinen Ellbogen auf den Schreibtisch und legte meine Stirn in die Hand. „Camilla, ich weiß nicht, was ich tun soll."

Sie setzte sich auf die andere Seite meines Schreibtisches. „Ähm, sagen Sie dem Mann, dass er Vater ist." Sie lachte. „Es ist wirklich einfach."

Ich sah sie an und versuchte, ihr die Realität der Situation begreiflich zu machen. „Camilla, er wird mich hassen. Er hat gesagt, dass er mich liebt. Ich wollte das schon so lange von ihm hören. Und jetzt wird er mich hassen und mir diese Worte nie wieder sagen."

Sie zuckte nur mit den Schultern. „Das bezweifle ich."

Ich schüttelte den Kopf und wünschte, ich könnte ihr glauben. Sie hatte keine Ahnung, wie Astor wirklich war. „Ich bezweifle es überhaupt nicht. Er wollte nie ein Kind. Das hat er mir gesagt. Und was habe ich gemacht? Ich habe trotzdem sein Baby bekommen."

„Es ist nicht so, als hätten Sie es mit Absicht getan, Nova", erinnerte sie mich. „Sagen Sie ihm die ganze Wahrheit."

Ich konnte sie nur anstarren. „Ich weiß nicht." Mein Kopf
war ein Durcheinander. „Und wissen Sie, weswegen ich mich
am schlechtesten fühle?"

„Weswegen?", fragte sie.

„Er hat mir gesagt, dass er mich liebt, und ich konnte diese
Worte nicht erwidern. Aber ich liebe ihn wirklich." Ich fühlte
mich schrecklich. „Wie kann ich ihm sagen, dass ich ihn liebe,
wenn ich weiß, dass meine nächsten Worte ihn dazu bringen
werden, mich zu hassen?"

„Sie denken zu viel darüber nach." Sie tätschelte meine
Hand, die auf dem Schreibtisch lag. „Er ist kein Kind. Astor
Christakos ist ein erwachsener Mann. Er war sich der möglichen Konsequenzen einer sexuellen Beziehung genauso
bewusst wie Sie." Sie winkte mit der Hand in die Luft. „Sie
müssen all diese Angst loswerden und es ihm endlich sagen.
Holen Sie Ihr süßes Mädchen, bringen Sie es zu seinem Vater,
legen Sie es ihm in die Arme und sagen Sie: *Glückwunsch, das ist
Mia, deine Tochter.*"

„Bei Ihnen klingt das so einfach, Camilla." Ich wusste, dass
es nicht so war. „Außerdem kann ich es ihm nicht so sagen.
Wenn er wütend wird und mich anschreit, wird er das Baby
erschrecken. Ich will nicht, dass Mia uns streiten sieht." Ich
wusste, dass ich nicht tun konnte, was Camilla vorschlug, aber
ich wusste, dass ich es ihm sagen musste.

Wenn er es von jemand anderem erfuhr, würde er mich
noch mehr hassen.

Sie stand auf und sah mich ernst an. „Wie auch immer Sie es
ihm sagen – es ist besser als die Alternative. Es wäre schrecklich
für ihn, es zuerst von jemand anderem zu hören. Wenn Sie
darauf hoffen, mit diesem Mann irgendeine Zukunft zu haben –
wenn auch nur um Ihrer Tochter willen – müssen Sie es sein,
die es ihm sagt. Außerdem sind Sie Hals über Kopf in ihn
verliebt, und das bedeutet, dass Sie Mut fassen und Ihr Glück

versuchen müssen. Das Schlimmste, was er tun kann, ist, Ihnen zu sagen, dass er sauer auf Sie ist."

„Kyle hat etwas darüber gesagt, dass er mich anketten und auspeitschen könnte." Ich erschauerte.

„Sie sind nicht mehr durch diesen Vertrag an ihn gebunden, meine Liebe", erinnerte sie mich, als sie die Tür öffnete, um mein Büro zu verlassen. „Er kann das nicht mit Ihnen machen, wenn Sie es nicht zulassen. Tun Sie das Richtige, Nova. Sie wissen, was Sie jetzt tun müssen."

Sie schloss die Tür, und ich dachte unwillkürlich an all die Möglichkeiten, wie er mich bestrafen könnte, ohne mich zu schlagen. Seine Worte konnten mich auf jeden Fall genauso verletzen.

Meine Tür öffnete sich wieder und mit einer schnellen Bewegung kam Astor herein und schloss sie hinter sich. Er hatte seine Shorts und sein T-Shirt gegen einen beigen Leinenanzug getauscht und sah wieder aus wie der Mann, in den ich mich vor einem Jahr verliebt hatte. „Astor?"

„Nein, sag nichts." Er kam zu mir und zog mich aus meinem Stuhl hoch. „Kein Wort, bis ich dir eine Frage stelle. Oder dir drohen schreckliche Konsequenzen."

Das war in Ordnung für mich. Die Worte, die ich zu sagen hatte, würden ihn sowieso nur wütend machen. Also nickte ich.

Er nahm meine beiden Hände in seine und ging dann auf ein Knie. Mir wurde schwindelig.

„Nova, ich wusste nicht, was Liebe ist, bis ich dich traf", begann er, als er mit seinen wunderschönen meergrünen Augen zu mir aufsah. „Ich dachte, mein Leben wäre so voll, dass du niemals hineinpassen könntest. Ich habe mich geirrt. Es gibt Raum für dich – viel davon. Weil du jetzt ein Teil von mir bist. Es ist das Wichtigste in meinem Leben geworden, Platz für dich zu schaffen. Ich habe wenig anderes getan, als darüber nachzudenken, wie wir unser Leben zusammen verbringen können, während wir dennoch unseren Leidenschaften folgen. Ich weiß, dass wir es schaffen können, Nova. Und ich will nicht, dass du meine Sommeraffäre oder meine Fernbeziehung bist. Ich will, dass du meine Frau wirst. Heirate mich, Nova. Mach mich glücklicher als je zuvor." Er holte tief Luft und sah zum ersten Mal, seit er in mein Büro gekommen war, verwundbar aus. „Also, was sagst du? Du kannst jetzt sprechen."

Ich biss mir auf die Unterlippe, als ich darüber nachdachte, was ich sagen sollte. „Ich liebe dich, Astor. Das tue ich wirklich. Ich verstehe jetzt, warum du mich nicht kontaktiert hast. Ich bin deswegen nicht mehr wütend."

„Nova, warum antwortest du mir nicht?" Sein Adamsapfel hüpfte in seinem Hals und seine Augen sahen besorgt aus.

„Du wirst in einer Minute verstehen, warum." Ich drückte seine Hände. „Ich bin nicht wütend, aber ich habe Angst."

Er schüttelte den Kopf. „Du hast nichts zu befürchten. Das verspreche ich dir. Ich liebe dich. Ich werde dich immer lieben. Du wirst meine erste Priorität sein. Arbeit wird die zweite sein."

Er dachte das jetzt, aber er wusste nicht, dass wir bereits jemanden hatten, der zuerst kommen würde – vor allem anderen. „Astor ... das ist vielleicht nicht möglich."

„Es wird möglich sein. Ich werde es dir zeigen." Er hielt inne und drückte meine Hände. „Antworte mir, Nova."

Ich konnte ihm noch nicht antworten. Er musste alles wissen, bevor ich etwas sagte. „Astor, die Idee, dich zu heiraten, ist verlockend. Aber in meinem Leben gibt es Dinge, über die du Bescheid wissen musst und die du bedenken musst, bevor du mir einen Heiratsantrag machst. Vielleicht willst du mich nicht mehr heiraten, nachdem ich dir gesagt habe, was ich dir gestehen muss."

Er starrte verwirrt in meine Augen. „Hast du mir etwas verschwiegen, Nova?"

Ich nickte. „Ja. Und es kann deine Einstellung über die

Heirat mit mir beeinflussen. Ich möchte Ja sagen, aber das wäre
dir gegenüber nicht fair."

Er zog zwei goldene Ringe aus der Hosentasche. „Ich
möchte, dass du diese beiden Ringe trägst. Sie haben meiner
Urgroßmutter gehört." Er umfasste mein Kinn. „Nichts, was du
sagst, wird meine Meinung ändern, weil ich dich heiraten will.
Das kann ich dir versichern." Er lächelte mich an und dann
berührten seine Lippen sanft meine, als er flüsterte: „Ich liebe
dich so sehr. Es gibt nichts auf dieser Welt, das diese Liebe
zerstören kann. Das verspreche ich dir."

„Astor, ich habe etwas getan, das du vielleicht nicht
verzeihen kannst." Ich trat einen Schritt zurück. „Ich muss jetzt
gehen. Triff mich in einer halben Stunde in meinem Bungalow.
Bring die Ringe mit, wenn du möchtest. Aber ich bezweifle, dass
du noch willst, dass ich die Ringe deiner Urgroßmutter trage,
nachdem du gesehen hast, was ich dir vorenthalten habe – was
ich dir nie sagen wollte."

Ich ging davon und konnte ihn nicht einmal mehr ansehen.
Wenn ich das nächste Mal sein schönes Gesicht sah, erwartete
ich, dass es vor Wut verzerrt sein würde.

30

ASTOR

Nova hatte mich etwas geschockt. Sie hatte ein Geheimnis, das sie für immer vor mir verbergen wollte. Ich musste zugeben, dass ich das nicht erwartet hatte.

Ich steckte die Ringe wieder in meine Tasche, als ich ihr Büro verließ. Sie hatte mir gesagt, ich solle sie in dreißig Minuten in ihrem Bungalow treffen, aber ich hatte keine Ahnung, welcher ihr gehörte.

Ich ging den Flur entlang, bis ich jemanden in einem Büro fand. Camilla lächelte mich an, als ich eintrat. „Hallo, Astor. Was für eine Überraschung, Sie hier zu sehen. Aber eine gute." Sie stand auf und umarmte mich. „Suchen Sie Nova?"

„Ich habe sie schon gefunden." Ich zog die Ringe aus meiner Tasche. „Ich habe sie gebeten, mich zu heiraten."

Camilla warf ihre Hand über ihren Mund. „Oh nein! Was hat sie gesagt?" Sie sah auf die Ringe in meiner Hand. „Sie sind wunderschön. Sind sie antik?"

„Sie haben meiner Urgroßmutter gehört. Nova hat mir keine richtige Antwort gegeben. Sie sagte viele Dinge. Sie sagte, dass sie mich gerne heiraten würde, aber dass ich erst etwas erfahren muss." Ich sah sie an und hoffte, sie könnte helfen, meine Verwirrung zu lindern. „Wissen Sie, was sie mir sagen muss, Camilla?"

„Vielleicht." Sie ging zurück, um hinter dem Schreibtisch Platz zu nehmen. „Aber Sie werden kein Wort aus mir herausbekommen, Astor. Was Sie bekommen, ist mein weiser Rat."

„Und der wäre?", fragte ich, als ich die Ringe wieder in meine Tasche steckte.

„Seien Sie nicht zu hart zu ihr", sagte sie nur. „Wann will sie es Ihnen sagen?"

„In einer halben Stunde. Sie hat gesagt, ich soll sie in ihrem Bungalow treffen, aber nicht, wo es ist." Ich zuckte mit den Schultern. „Können Sie mir zumindest das verraten, Camilla?"

„Ja." Sie zeigte auf die Rückwand. „Gleich hinter diesem Gebäude gibt es zwei Bungalows. Ihres ist auf der rechten Seite. Denken Sie daran, was ich gesagt habe, Astor. Seien Sie nicht zu hart. Wenn Sie dieses Mädchen genug lieben, um es zu bitten, Sie zu heiraten, dann lassen Sie sich von nichts aufhalten. Es wäre wirklich schade, wenn Sie beide die glänzende Zukunft verlieren, die Sie als Ehepaar vor sich haben, weil Sie zulassen, dass sich wegen dieser Sache Ihre Gefühle für sie ändern."

„Wie schlimm ist es?", musste ich fragen.

„Meiner Meinung nach ist es überhaupt nicht schlimm." Sie lächelte und zeigte auf die Tür. „Finden Sie selbst heraus, was los ist. Und ich hoffe, Sie beide können wieder zusammenkommen, Astor, das tue ich wirklich. Nova liebt Sie sehr."

„Nun, zumindest weiß ich, dass es nicht darum geht, dass sie mich nicht liebt. Das ist immerhin etwas." Ich drehte mich um und versuchte, nicht zu nervös zu sein.

Sicher, es fühlte sich an, als ob mein Leben in der Schwebe hing, aber hoffentlich würde dieses Gefühl bald vergehen. Ich würde mein Bestes geben, um Camillas Rat zu befolgen und nicht zu streng zu sein. Aber es war verdammt schwer zu verstehen, warum sie so etwas sagte.

Ich ging um das Gebäude herum und sah einen der Hosts näherkommen. Er winkte mir zu und rief: „Astor, wir sollten reden."

Ich hatte den Mann letztes Jahr gesehen, konnte mich aber nicht an seinen Namen erinnern. Als er auf mich zukam, sah ich sein Namensschild. „Hallo Kyle. Freut mich, Sie wiederzusehen. Und worüber sollten Sie und ich reden?" Ich hatte das unangenehme Gefühl, dass es mit Nova zu tun hatte, und dann ergab alles Sinn. Kyle war der Host meiner Freunde Grant und Isabel gewesen. Und er war auch ein Dom.

Wenn er ihr etwas angetan hat, wird er dafür büßen.

Beim Klang von Novas Stimme drehte ich mich um. „Astor, hier drüben." Sie winkte mir von der Eingangstür ihres Bungalows aus zu. „Ich habe vergessen, dir zu sagen, welcher mir gehört." Ihre Augen wanderten zu Kyle und dann zu mir. „Komm."

Ich sah Kyle an. „Worüber müssen wir reden, Kyle?" Ich musste wissen, ob sie irgendetwas miteinander getan hatten, bevor ich auch nur ein Wort von dem hörte, was sie mir sagen musste.

„Es sieht so aus, als ob Nova alles im Griff hat." Er winkte ihr zu. „Sie können stolz auf sich sein", rief er ihr zu.

Sie nickte. „Danke."

Ich hatte keine Ahnung, was zum Teufel los war, aber ich wollte der Sache auf den Grund gehen. Ich ging rasch auf sie zu. „Was auch immer du mir sagen willst, es scheint, als ob die ganze Insel es bereits weiß. Ich hoffe, du lässt mich nicht länger auf eine Erklärung warten, Nova."

„Du musst nicht eine Sekunde länger warten." Sie trat zurück, um mich hereinzulassen, und ich ging hinein und erstarrte.

In der Mitte des Wohnzimmers befand sich ein kleiner Korb. Und in diesem Korb lag ein Baby. „Was soll das?" Ich sah Nova an. „Bist du die Babysitterin?" Ich ging hinein und war sicher, dass es so war.

Sie schloss die Tür. „Ich bin nicht die Babysitterin. Ihr Name ist Mia."

Ich wusste nicht, was zum Teufel los war. Ich ging hinüber und sah das kleine Mädchen an. Es hatte dunkles Haar und seine Augen waren geschlossen, weil es schlief. „Sie ist süß. Wessen Baby ist das?"

„Deines." Nova stellte sich neben mich. „Unseres."

Mein Herz hörte für eine Sekunde auf zu schlagen, und ich schwöre, die Welt stand still, als ich in Gedanken wiederholte, was sie sagte. „Unseres", sagte ich schließlich laut. Ich hatte das Gefühl zu träumen. „Das kann nicht wahr sein."

„Es ist wahr." Nova nahm meine Hand und zog mich an sich, damit ich sie ansah. „Astor, ich habe an dem Tag, als du gegangen bist, einen Schwangerschaftstest gemacht, als ich in mein Zimmer zurückkehrte, um meine Sachen wegzuräumen. Ich habe mich in der Küche übergeben, als Kyle hereinkam. Aus irgendeinem Grund hatte der Kerl Schwangerschaftstests vorrätig und hat mir einen gegeben. So erfuhr ich, dass ich schwanger war."

„Du wusstest davon, bevor ich wegging?" Ich konnte es nicht glauben.

„Ja." Sie schaute nach unten, und ich wusste, dass sie sich schämte. „Ich wollte dir nicht sagen, dass ich alles kaputt gemacht habe. Du hattest mir gerade gesagt, dass du keine Zeit für eine Freundin oder ein Kind hast. Ich wusste nicht, was ich tun sollte."

Mein Herz schlug heftig in meiner Brust, und ich zog sie in meine Arme. „Du musst so viel Angst gehabt haben." Ich hielt sie fest und küsste ihren Kopf.

„Ich war wahnsinnig vor Angst." Sie sah mich mit Tränen in den Augen an. „Ich dachte, wenn du mich anrufst, dann wäre das Schicksal, und ich würde dir von der Schwangerschaft erzählen. Aber du hast nie angerufen. Das mache ich dir aber nicht zum Vorwurf. Ich sage dir nur, was ich damals gedacht habe. Wie ich es zu rechtfertigen versucht habe, dir nichts zu sagen."

„Ich wusste, dass es ein Fehler war, diesen Zettel in den Ozean zu werfen. Ich habe mich dafür selbst gehasst." Obwohl Nova sagte, dass sie mir keine Vorwürfe machte, konnte ich nicht anders, als mir selbst die Schuld zu geben. „Das war nichts, mit dem du dich allein auseinandersetzen solltest. Es tut mir leid. Aber du hättest es Camilla sagen können. Sie hätte es Galen gesagt, und er hätte es mir erzählt."

„Das weiß ich." Sie sah wieder nach unten. „Ich wollte dein Leben einfach nicht ruinieren. Dein Anruf hätte bedeutet, dass du mich liebst. Wenn nicht, wollte ich dich nicht mit einem Baby belasten, das du nie wolltest. Das habe ich mir eingeredet. Und ich würde es verstehen, wenn du jetzt mit uns beiden nichts zu tun haben willst. Es tut mir leid, Astor. Wirklich."

Ich fühlte mich für alles verantwortlich. Absolut alles. Und die Tatsache, dass sie geplant hatte, dieses Baby für immer vor mir geheim zu halten, tat weh. Aber nicht so, wie sie befürchtet hatte. Es tat weh, weil es mir klar machte, wie viel Schaden ich angerichtet hatte, als ich wegging, ohne sie wissen zu lassen, wie sehr ich sie liebte.

Ich umfasste ihr Gesicht und küsste ihre süßen Lippen. „Ich will euch beide, Nova. Ihr gehört zu mir, und ich will euch lieben und für euch sorgen. Ich will euch beide. Sag, dass du mich heiratest, und wir können eine Familie sein."

Sie sah aus, als könne sie nicht glauben, was ich gesagt hatte. „Astor, du hast mich gehört, richtig? Ich wollte dir nie von ihr erzählen. Niemals. Bist du nicht wütend auf mich?"

„Nein." Ich wiegte sie in meinen Armen. „Ich bin wütend auf mich, weil ich dich nicht wissen ließ, dass ich dich liebte, bevor ich wegging. Weil ich dir nicht gezeigt habe, dass ich immer auf dich aufpassen würde. Ich bin wütend auf mich selbst, weil ich die Frau verlassen habe, die ich liebte. Ich bin wütend, dass ich deine Nummer weggeworfen habe. Aber ich bin nicht wütend auf dich, Nova. Nicht einmal ein bisschen."

Sie blinzelte, als könnte sie es nicht glauben. „Ich dachte nicht, dass du so reagieren würdest."

„Ich hoffe, du bist froh darüber." Ich fuhr mit meinen Händen ihre Arme hinunter und zog dann ihre linke Hand nach oben. „Wenn du die Frage, die ich dir jetzt zweimal gestellt habe, endlich beantwortest, würde ich dir diesen Verlobungsring gern an den Finger stecken."

Mit einem Schluchzer brach sie in Tränen aus und nickte heftig. „Ja! Ja, ich will dich heiraten, Astor Christakos! Ich liebe dich schon so lange! Und ich werde niemals jemanden so lieben, wie ich dich liebe! Ich werde dich heiraten!"

Ihr Ausbruch hatte das Baby geweckt, und es begann zu weinen. Ich streifte den Ring über Novas Finger und küsste sie, bevor ich mich meiner Tochter zuwandte. „Ganz ruhig, Kleine." Ich sah Nova an. „Wie war noch einmal ihr Name?"

„Mia." Sie wischte sich über die Augen und wandte sich ab, um ein Taschentuch zu holen. „Ich habe ihr meinen Nachnamen gegeben, aber wir können ihn ändern."

Ich hob meine Tochter zum ersten Mal hoch, und sie fühlte sich so leicht in meinen Händen an. „Du wiegst fast nichts, Mia." Sie hörte auf zu weinen, sobald sie meine Stimme hörte und sah mich direkt an. Meine ganze Welt blieb bei diesem einen Blick stehen. „Sie hat meine Augen", sagte ich verwundert.

„Und deine Haare." Nova kam zu mir zurück und legte ihren Arm um meinen Rücken. „Sie erinnert mich so sehr an dich. Ich war dankbar, sie zu haben."

Das fand ich etwas überraschend. „Du hast also nie daran gedacht, sie nicht zu behalten?" Mein Herz schmerzte bei dem bloßen Gedanken, als ich meine Tochter in meinen Armen wiegte.

„Nicht einmal. Ich wusste, dass ich für immer einen Teil von dir behalten konnte, und das machte mich glücklich. Ich habe noch nie jemanden so geliebt wie dich." Sie küsste meine Wange und seufzte dann. „Und jetzt habe ich alles – dich und unsere Tochter. Ich könnte mir nicht mehr wünschen." Sie streckte die Hand aus, um den Ring an ihrem Finger zu betrachten. „Dieser Ring ist wunderschön. Ich kann es einfach nicht glauben."

„Glaub es ruhig." Ich legte einen Arm um Nova und trug unsere Tochter zum Sofa, wo wir uns alle setzten. „Wir sind eine Familie. Ich habe eine Familie." Ich lachte. „Ich bin für eine Ehefrau gekommen und habe eine ganze Familie bekommen. Wie viel Glück kann ein Mann haben?"

Nova legte ihren Kopf auf meine Schulter. „Wie viel Glück kann eine Frau haben?"

„Wir werden es schaffen. Ich möchte nicht, dass du dir Sorgen machst." Ich küsste Novas Wange. „Aber wir müssen nach Griechenland fliegen. Meine Familie wird euch beide kennenlernen wollen."

„Und ich möchte sie kennenlernen", schwärmte sie. „Ich kann es kaum erwarten!"

„Meine Mutter will, dass wir die Hochzeit dort feiern – wenn du damit einverstanden bist. Ich werde deine Familie für diesen Anlass einfliegen lassen. Ich möchte dich so schnell wie möglich heiraten." Ich schaute auf das Baby in meinen Armen. „Und ich möchte noch viele weitere Babys haben. Brüder und Schwestern für unsere kleine Mia." Ich konnte nicht glauben, wie viel Liebe für meine beiden Mädchen aus meinem Herzen strömte.

Nova war einverstanden damit, in Griechenland zu heiraten.

„Nichts würde mich glücklicher machen, Astor, als dir in deiner Heimat das Ja-Wort zu geben."

Wir hatten es gefunden. Mitten im karibischen Meer hatten wir ein Stück vom Paradies und jede Menge Liebe gefunden.

Ende

DIE HOSTESS DES DOMS ERWEITERTER EPILOG

Drei Jahre später ...

ASTOR

Das Geräusch winziger Füße, die den Flur entlangliefen, erfüllte meine Ohren. Ich rollte mich herum und setzte mich im Bett auf. „Sie ist wach."

„Und rennt", fügte Nova hinzu, während sie gähnte und ihre Arme hoch über ihren Kopf streckte. „Machst du heute Morgen mit unserer Tochter das Frühstück, Baby?"

Die Tür zu unserem Schlafzimmer öffnete sich, und unser einziges Kind kam herein. „Daddy! Mommy! Ich bin wach!" Mia sprang auf das Bett und stürzte sich kichernd auf ihre Mutter.

Nova strich mit ihrer Hand über Mias unordentliches dunkles Haar. „Hast du letzte Nacht bei einer Rattenfamilie geschlafen, Mia?"

„Nein", sagte Mia und lachte, dann strich sie über Novas zerzauste blonde Haare. „Und du?"

Nova und Mia zusammen zu sehen machte Dinge mit

meinem Herzen, die nur sie tun konnten. „Wer will Pfannkuchen?"

„Ich, ich!", rief Mia, stand auf und sprang auf dem Bett auf und ab.

„Dann müssen du und deine Mutter aufstehen, euch waschen und anziehen und mich dann im Esszimmer treffen." Ich fuhr mir mit der Hand durch meine Haare, als ich ins Badezimmer ging.

Als das warme Wasser über meinen Körper lief, schaute ich aus dem Fenster auf die klaren Wellen, die ans Ufer wogten. Ein paar Leute lagen auf dem weißen Sand und genossen die frühe Morgensonne. Das Leben im Resort hatte einen sehr guten Einfluss auf mich.

Ich hatte die Arbeit reduziert, nahm nur noch die interessantesten Projekte an und sorgte dafür, dass dazwischen Zeit für die Familie blieb. Nova hatte sich hochgearbeitet und Camillas Stelle als Resort-Managerin übernommen. Camilla hatte andere Bestrebungen, auf die sie sich konzentrieren wollte, und brachte meine Frau an die Spitze der Karriereleiter auf eine Position, die sie aufgrund ihres in Rekordzeit erworbenen Studienabschlusses viel schneller erreichte.

Ich hatte Mia dieses Jahr auf zwei Reisen mitgenommen. Sie liebte es, Zeit mit meiner Familie in Griechenland zu verbringen. Es erstaunte sie, wie viele Cousins und Cousinen sie hatte und wie groß die Familie war, wenn wir uns alle auf dem Anwesen trafen.

Jetzt, da sie drei Jahre alt geworden war, verwandelte sich unser kleines Baby schnell in ein kleines Mädchen. Und ich dachte, sie könnte alt genug sein, um ihrer Mutter mit einem kleinen Bruder oder einer kleinen Schwester zu helfen, wenn wir ihr Geschwister gaben. Aber ich musste noch mit Nova über ein weiteres Baby sprechen.

Zuerst wollte ich mit Galen abklären, ob er damit einverstanden wäre, dass wir ein größeres Haus auf seiner Insel bauten. Ich war mir nicht sicher, was er davon halten würde. Und ich war mir nicht sicher, ob es eine kluge finanzielle Entscheidung für uns wäre.

Als Resort-Managerin war Novas Platz auf der Insel. Ein Umzug war also keine Option. Und zwei Kinder in einem kleinen Bungalow mit zwei Schlafzimmern zu haben war ebenfalls keine Option. Es war also keine einfache Entscheidung, ein weiteres Baby zu zeugen, bis ich herausgefunden hatte, wie ich eine wachsende Kinderschar bequem unterbringen konnte.

Nachdem ich mir passende Inselkleidung – Shorts, T-Shirt und Flip-Flops – angezogen hatte, ging ich in die Küche, um Pfannkuchen für meine kleine Tochter und Rührei mit Speck für ihre Mutter und mich zuzubereiten.

Als ich die Teller auf den Tisch stellte, kamen meine wunderschönen Mädchen herein. „Gerade rechtzeitig. Ich habe eben das Essen auf den Tisch gestellt."

Mia hob die Arme und wollte, dass ich ihr half, in ihren Hochstuhl zu steigen. Sie brauchte ihn nicht wirklich, aber sie saß gerne hoch oben. „Hoch, Daddy, bitte."

Ich hob sie hoch, küsste ihre süße kleine Nase und setzte sie auf den Stuhl. „Weißt du, Mia, ich glaube, du bist groß genug, um einen normalen Stuhl zu benutzen und den Hochstuhl zu verlassen, oder?"

Sie schüttelte den Kopf. „Nein." Sie zeigte auf den Teller und fragte: „Schneidest du sie für mich?"

Nova nahm den Teller, um die Pfannkuchen in mundgerechte Stücke zu schneiden. „Ich werde das für dich tun, Kleine."

„Ich dachte, wir sollten es sie einmal selbst versuchen lassen, Nova." Ich streckte die Hand aus, um das stumpfe Messer und die Gabel zu nehmen, bevor meine Frau sie in die Hände bekam. Nova schob den Teller wieder vor Mia, als ich ihr

Anweisungen erteilte: „Hier, Mia, leg deine Hände über meine, damit du sehen kannst, was ich mache. Du wirst jetzt ein großes Mädchen. Du wirst lernen wollen, mehr Dinge alleine zu machen. Genauso wie du gelernt hast, ohne Hilfe ganz alleine auf die Toilette zu gehen."

Nova schüttelte den Kopf, als sie mich ansah. „Ich weiß nicht, ob sie ein Messer benutzen sollte, Astor."

„Es ist ein Buttermesser, Nova. Sie kann sich damit nicht verletzen." Ich zwinkerte ihr zu. „Willst du nicht, dass sie neue Dinge lernt, Schatz?"

„Ich denke schon." Nova sah auf ihren Teller und schob ihr Rührei mit der Gabel hin und her. „Aber ich möchte nicht, dass sie zu schnell erwachsen wird. Verstehst du?"

„Ja, das verstehe ich." Ich bewegte das Messer über die Pfannkuchen und schnitt sie in vier Teile. „Siehst du, Mia? Versuch es selbst."

Mias kleine Zunge ragte aus ihrem Mund, als sie versuchte, die Utensilien zu benutzen, an die sie nicht gewöhnt war. Sie war ziemlich gut mit der Gabel, aber das Messer war etwas, das sie noch nie angerührt hatte. „Ich denke, ich kann es schaffen, Daddy."

„Ich weiß, dass du es schaffen kannst, Mia. Du wirst in diesem Jahr so viele neue Dinge lernen. Warte nur." Ich setzte mich mit einem breiten Lächeln auf dem Gesicht gegenüber von Nova an den Tisch.

Novas Gesicht sah ganz anders aus. Sie runzelte die Stirn, und ihre Mundwinkel zeigten nach unten. „Es macht mir nichts aus, etwas für sie zu tun, Astor."

„Das weiß ich." Ich griff über den Tisch, um ihren Handrücken zu tätscheln. „Aber es ist am besten für sie, es selbst zu können."

Novas haselnussbraune Augen wanderten langsam zu meinen hoch. „Ich weiß. Es ist nur so, dass ich sie so lange wie möglich klein halten möchte. Ich vermisse jetzt schon das Baby, das sie einmal war."

Mia sah mit einem Lächeln von der Größe von Texas auf, als sie die Gabel mit einem Stück Pfannkuchen hochhielt. „Ich habe es geschafft!" Sie steckte das Essen in ihren Mund und lächelte beim Kauen. „Ich bin jetzt ein großes Mädchen!"

Nova lächelte schwach, als sie den kleinen Kopf unserer Tochter tätschelte. „Ja, du bist jetzt ein großes Mädchen, Mia." Und dann rollte eine Träne über ihre Wange.

Ich hoffe, dass Nova nicht auf jeden Meilenstein so reagiert.

Nova

Nachdem ich mich um das morgendliche Meeting mit dem Personal gekümmert hatte, machte ich eine Pause und wollte sehen, was Astor und Mia vorhatten. Ich fand sie am Strand, wo sie in der Brandung spielten. Ich winkte ihnen zu und lachte, als Mia aus dem Wasser rannte, um in meine Arme zu springen. „Ich schwimme, Mommy!"

„Du machst was?", fragte ich überrascht.

Astor kam ans Ufer und legte sich in den Sand. „Mia und ich haben Schwimmen geübt. Ich war mit ihr den ganzen Morgen in einem der Swimmingpools, und sie lernt schnell."

Ich war stolz auf die Erfolge meiner Tochter, aber ich hatte auch das Gefühl, dass sie mir in gewisser Weise entglitt. „Nun, ist es nicht toll, dass Daddy dir so viel beibringt, Kleine."

Mia runzelte die Stirn, als sie mich mit ihren meergrünen Augen anblickte. „Mommy, kannst du aufhören, mich Kleine zu nennen? Ich bin ein großes Mädchen. Okay?"

Mein Herz schmerzte ein bisschen, als ich sagte: „Sicher, Süße, das kann ich für dich tun." Ich küsste ihre Wange und setzte sie in den Sand, wo sie zu spielen begann.

Astors Lächeln zeigte mir, dass er mit den Fortschritten

unserer Tochter zufrieden war. „Sie ist ein sehr kluges Mädchen. Ich denke, ich werde ihr in diesem Jahr jede Menge Dinge beibringen können."

Ich nickte und kaute auf meiner Unterlippe herum, während ich auf das Wasser schaute. „Ja, das ist toll."

Tatsache war, dass ich wusste, dass Mia älter wurde. Aber ein Teil von mir wollte, dass sie das kleine Baby blieb, das mich so sehr brauchte. Ich hatte mich noch nie so gebraucht gefühlt. Es machte etwas mit mir, wie nichts anderes zuvor. Ich hatte das Gefühl, für jemanden lebenswichtig zu sein. Und wenn Mia mich nicht mehr brauchte, würde die Notwendigkeit, ihre Mom in der Nähe zu haben, bald für sie verblassen. Und das fand ich traurig.

Astor klopfte auf den Boden neben sich. „Nimm Platz, Baby."

Ich setzte mich auf den Sand, überkreuzte meine Beine an den Knöcheln und beugte meine Knie, um sie mit meinen Armen zu umschlingen. Die Meeresbrise wehte über mein Gesicht, und ich liebte ihren Duft. „Astor, ich habe in letzter Zeit nachgedacht."

Er setzte sich auf und zog seine Sonnenbrille herunter, um mich anzusehen. „Worüber?"

Ein langer Seufzer entkam mir, als ich versuchte zu erklären, wie ich mich fühlte. „Ich habe einfach das Gefühl, dass etwas fehlt. Und ich weiß nicht, was. Ich liebe meinen Job. Ich liebe diese Insel. Ich liebe meine Familie. Aber es gibt etwas, das mir das Gefühl gibt, ..." Ich versuchte, das richtige Wort zu finden, und konnte es einfach nicht.

Aber dann fragte Astor: „... unvollständig zu sein?"

Mir wurde klar, dass ich genauso empfand. „Ja." Ich nickte, als ich in seine Augen sah. „Ich hoffe, dass du das nicht falsch verstehst. Ich bin sehr glücklich mit dir und Mia. Ich bin mit allem zufrieden, aber es gibt diesen leeren Fleck, und ich kann nichts finden, um ihn zu füllen." Es gab etwas, worüber ich nachgedacht hatte und was das seltsame Gefühl verursacht haben könnte. „Vielleicht ist es das Haus. Ich weiß es nicht. Ich meine, ich mag das Haus, aber es ist klein. Wenn wir zu deinem Anwesen in Athen reisen, ist es dort so geräumig und anders. Ich liebe es. Ich liebe alles dort. Und deine Familie ist auch großartig. Denkst du, wir sollten diesen Ort verlassen und ein neues Leben in Athen beginnen?"

Er schüttelte den Kopf. „Nein, das tue ich nicht. Ich glaube nicht, dass du dort glücklich sein würdest." Er hörte auf, seinen Kopf zu schütteln, und dachte einen Moment nach. „Es sei denn, wir hätten unser eigenes kleines Resort an der Ägäis. Es gibt eine kleine Stadt, nicht weit von Athen entfernt. Eine Küstenstadt namens Varkiza."

„Ich habe nie darüber nachgedacht, so etwas zu tun." Ich musste lächeln, als ich bei der Idee aufgeregt wurde. „Unser eigenes Resort. Du und ich könnten das Ganze zusammen entwerfen."

„Und du könntest es managen." Er sah zufrieden mit sich selbst aus. „Ich könnte mit dir an dem Projekt arbeiten. Und das Beste ist, dass es ein Familienunternehmen wäre. Meine Nichten und Neffen könnten auch dort arbeiten. Meine Mutter wäre auch so glücklich."

„Das wäre sie, nicht wahr?" Ich konnte nicht glauben, wie großartig ich mich jetzt schon fühlte. „Und in ihrer Nähe zu sein wäre auch für Mia gut. Ich kann nicht glauben, dass dir das so plötzlich eingefallen ist. Hast du schon eine Weile darüber nachgedacht?"

„Nein." Er lachte, als er in den Himmel sah. „Es kam mir einfach aus heiterem Himmel in den Sinn. Natürlich musst du Galen bald über unsere Pläne informieren. Er wird Zeit brauchen, um einen neuen Manager zu finden."

„Ich habe genau die richtige Person für meine Position. Ich

habe sie gut ausgebildet." Ich stand auf und wischte meinen Hintern ab, um ins Büro zurückzukehren. „Ich sollte mich wieder an die Arbeit machen. Ich werde zum Mittagessen zu Hause sein."

„Nein", rief Astor, als ich wegging. „Triff uns im Royal."

„Ich werde da sein." Ich hüpfte ein paar Mal auf und ab. „Ich bin so aufgeregt, Astor!"

Mia sah von ihrer Sandburg auf. „Bye, Mommy. Wir sehen uns beim Mittagessen."

„Bye, Baby." Ich verstummte, legte meine Hand auf meinen Mund und korrigierte mich dann. „Ich meine, bye, mein großes Mädchen."

„Besser", sagte sie und spielte wieder im Sand.

Wenn ein so großes Projekt vor uns lag, musste Mia mehr Unabhängigkeit erlangen. *Vielleicht ist Astors Idee, ihr so viel beizubringen, besser als erwartet?*

ASTOR

Galen nahm die Neuigkeit gut auf und sagte sogar, er würde uns bei dem Resort helfen. Auf dem Anwesen in Athen zu leben gab uns allen das Gefühl, wirklich zu Hause zu sein. Mia übernachtete bei ihren Cousins und Cousinen, sodass Nova und ich etwas Zeit für uns hatten.

Ich hatte ein paar Änderungen an dem Anwesen vorgenommen, wodurch die Master-Suite ein eigenes Heim in dem weitläufigen Herrenhaus wurde. Ein Innen-Pool war hinzugefügt worden, und Nova und ich schwammen manchmal nackt darin, aber nur, wenn wir uns sicher waren, dass unsere Tochter uns nicht ertappen würde.

Novas sexy Lächeln brachte mich dazu, es zu erwidern. „Ich möchte dich etwas fragen, Nova." Ich zog sie an mich und legte meine Arme um sie, während ich in ihre Augen sah.

„Und das wäre, Astor?" Sie leckte sich die Lippen und biss sich auf die Unterlippe.

Ich konnte die Wärme ihres Kerns fühlen, als ich ein Bein zwischen ihre Schenkel schob. „Ich möchte, dass wir noch ein Baby bekommen."

Ihre Augen wurden groß. „Jetzt sofort? Aber wir haben so viel zu tun. Ich weiß nicht, ob jetzt ein guter Zeitpunkt dafür ist."

„Ich denke, wir haben bereits die Erfahrung gemacht, dass nie ein Zeitpunkt kommen wird, an dem nichts los ist." Ich küsste ihre Lippen und fragte dann: „Willst du etwa kein Baby mit mir, Nova?"

Sie seufzte und schmiegte sich an meine Brust. „Frag mich das nicht. Ich hätte gerne noch ein Kind mit dir. Ich weiß nur nicht, wie ich alles schaffen kann, was ich tun muss, wenn ich erst schwanger bin und mir dann eine Auszeit nehme, um das Baby zu bekommen."

Ich hatte gewusst, dass sie Zweifel haben würde. „Es gibt keine Eile, das Resort zu eröffnen. Wir können uns Zeit lassen. Es ist nicht so, als würdest du unter Termindruck arbeiten, Baby. Du bist die Besitzerin. Wir verdienen bereits genug Geld durch meine anderen Investitionen. Geld ist überhaupt kein Problem. Und die Familie sollte immer an erster Stelle stehen. Ich möchte eine große Familie. Das habe ich dir schon gesagt."

„Wie groß ist *groß*?", fragte sie und sah etwas unbehaglich aus. „Ich meine, du bist eines von sechs Kindern. Ich weiß nicht, ob ich sechs Kinder haben will. Hast du die Größe eurer typischen Familienfeiern bemerkt, die nur eure unmittelbaren Verwandten betreffen? Es ist entmutigend, Astor."

„Ich glaube, dass meine Familie dir so groß erscheint, weil du ein Einzelkind bist. Glaube mir, in Griechenland ist es nicht ungewöhnlich, große Familien zu haben. Und ich dränge dich nicht, sechs Kinder zu haben. Ich bitte dich, noch ein Baby zu bekommen, und wir werden sehen, wann der Wunsch nach einem weiteren bei einem von uns aufkommt. Es gibt überhaupt keinen Druck."

„Kein Druck, hm?" Sie schüttelte den Kopf. „Kann ich das schriftlich bekommen?"

Ich küsste sie erneut und fragte dann: „Denkst du, dass du eine schriftliche Vereinbarung von deinem eigenen Ehemann benötigst, Nova?"

Sie schüttelte den Kopf und lehnte sich für einen weiteren Kuss an mich. „Nein. Warum küsst du mich nicht noch einmal, dann antworte ich dir auf deine Frage nach einem weiteren Baby."

Mein Mund eroberte ihren bei einem intensiven Kuss, der sie atemlos machen sollte. Und als ich meinen Mund von ihrem nahm, sah ich Sterne in ihren Augen. „Wirst du mein Baby bekommen, Mrs. Christakos?"

Schließlich atmete sie tief durch. „Ich werde dein Baby bekommen, Mr. Christakos."

„Gut." Ich hob sie hoch und trug sie aus dem Pool. „Wir könnten jetzt gleich anfangen."

„Ich denke, es wird eine Weile dauern, bis die Wirkung der Pille nachlässt und Sex tatsächlich zu einem Baby führt." Sie lachte und fügte dann hinzu: „Aber ich bin bereit für ein paar Trockenübungen, um die Dinge in Gang zu bringen."

Ich legte sie auf ein Handtuch auf dem Boden und bewegte meinen Körper zwischen ihre Beine. „Nichts davon wird trocken sein. Das kann ich dir versprechen."

Sie strich mit einem Fuß an meinem Bein entlang. „Oh, Baby, das hört sich großartig an."

Ich fuhr mit meinen Händen über ihre prallen Brüste, während ich sie anblickte und beobachtete, wie sich die Brustwarzen aufrichteten. „Ich werde bald sehen, wie sie noch größer und voller werden. Ich hasse es, dass ich nicht bei dir war, als du mit Mia schwanger warst."

„Das tut mir so leid, Astor." Ihre Augen waren traurig. „Wirklich. Wenn ich die Zeit zurückdrehen könnte, würde ich alles anders machen."

„Ich weiß, dass du das tun würdest. Und ich auch." Ich beugte mich vor, um eine ihrer Brüste in den Mund zu nehmen, und saugte und leckte daran, bis sie vor quälender Frustration stöhnte und ihren Körper meinem Körper entgegenwölbte.

Erst dann stieß ich meinen harten Schwanz in sie. Ihre Beine umklammerten meine Taille, als sie sich an mir festhielt, als ob sie mich sonst verlieren würde. Die Frau würde mich niemals verlieren, selbst wenn sie es versuchte.

Sie hielt mein Herz in ihren Händen. Zum Glück behandelte sie es außerordentlich gut.

Unsere Körper bewegten sich in Wellen, als ich sie liebte. Die Vorstellung, dass wir uns sehr oft lieben würden, um ein Baby zu zeugen, hielt meinen Schwanz hart für sie.

Als die Tage vergingen und die Wirkung der Pille allmählich nachließ, liebten wir uns immer häufiger und machten das Baby zu unserer Hauptaufgabe. Aber nach drei Monaten war sie immer noch nicht schwanger, und ich begann, mir Sorgen zu machen.

Novas Vorfreude wurde zu Verwirrung. „Ich verstehe nicht, was mit mir los ist. Ich denke jedes Mal, dass meine Periode nicht kommen wird, und dann kommt sie pünktlich, obwohl das früher nie so war."

„Du hast die Pille drei Jahre lang genommen." Ich zuckte mit den Schultern. „Ich nehme an, es dauert eine Weile, bis der Körper wieder auf Kurs ist. Vielleicht solltest du zum Arzt gehen. Vielleicht war es keine gute Idee, die Pille abzusetzen, ohne mit einem Arzt zu sprechen. Ich muss zugeben, dass ich nicht viel darüber weiß."

Aber ich kannte meine Frau und wusste, dass sie nicht zufrieden mit sich war, weil sie nicht schwanger wurde.

Ich wünschte, sie wäre deswegen nicht so hart zu sich selbst.

Nova

„Ein Jahr?", fragte ich den Arzt, bei dem eine von Astors Schwestern in all ihren Schwangerschaften gewesen war. „Es kann tatsächlich ein ganzes Jahr dauern, bis die Pille nicht mehr nachwirkt?" Ich konnte es nicht glauben.

Astor stand an meiner Seite und rieb meine Schultern. „Es ist okay, Baby. Es ist nur Zeit. Und wir haben alle Zeit der Welt."

Der Arzt stimmte ihm zu. „Ja, Sie haben viel Zeit, Mrs. Christakos. Entspannen Sie sich, haben Sie Sex, wann immer Sie wollen, und lassen Sie den Dingen ihren Lauf. Kein Grund, sich unter Druck zu setzen. Das erschwert es nur, schwanger zu werden."

„Siehst du, Schatz", sagte Astor, als er vor den Untersuchungstisch trat, auf dem ich in einer Patientenrobe saß. „Du hast dich in letzter Zeit sehr unter Druck gesetzt. Mit dem Resort und der Schwangerschaft hast du dir zu viel zugemutet."

Ich blinzelte und sah ihn verwirrt an. „Aber du bist doch derjenige, der das wollte. Ich habe dir gesagt, dass ich es für zu viel hielt."

Astor senkte den Kopf. „Ja, ich weiß." Dann sah er mich lächelnd an. „Hey, ich habe eine Idee. Warum machst du keine Pause von der Resort-Planung? Wir werden das vorerst zurückstellen, damit du dich ausruhen und entspannen kannst. Du kannst für eine Weile nur Ehefrau und Mutter sein. Du konntest es dir noch nie leisten, nicht zu arbeiten. Jetzt kannst du es."

Der Arzt stimmte meinem Mann zu: „Ja, Sie können für eine Weile nur Ehefrau und Mutter sein. Das sollte helfen. Meine Frau hat seit unserer Hochzeit vor fünfzehn Jahren keinen Tag

mehr gearbeitet. Wir haben seitdem völlig problemlos fünf
Kinder bekommen.“

Aber ich arbeite gern.

Ich nickte und behielt meine Kommentare für mich. Griechenland war modern, hielt aber an traditionellen Werten fest,
die viele Amerikaner bereits aufgegeben hatten.

Zumindest kannte mich mein Mann. „Nova ist in der Hotel-
Branche aufgewachsen. Arbeit ist ihr Leben. Aber ich bin mir
sicher, dass ich dafür sorgen kann, dass sie alles tut, was nötig
ist.“

„Machen Sie das, Mr. Christakos. Als Ehemann ist es Ihre
Aufgabe, das Beste für jeden in Ihrer Familie zu tun. Und dazu
gehören auch die Familienmitglieder, die noch nicht da sind,
um die große, schöne Familie zu erschaffen, die Sie beide
wollen.“ Der Arzt wandte sich ab, um uns zu verlassen. „Ziehen
Sie sich an und vereinbaren Sie einen Termin mit meiner Praxis,
wenn Ihre erste Periode ausbleibt. Ich hoffe, ich sehe Sie in
naher Zukunft wieder.“

Nachdem er gegangen war, trat ich hinter den Vorhang, um
mich wieder anzuziehen. „Wir machen noch die Meetings, die
diesen Monat stattfinden sollen. Danach halte ich mich
zurück.“

Astor wollte davon nichts hören. „Hast du nicht gehört, was
der Arzt gesagt hat, Nova? Ich bin dein Ehemann. Es ist meine
Aufgabe, dafür zu sorgen, dass du alles tust, was du für unsere
Familie tun musst. Und das bedeutet, dass du dich zurücklehnst
und mich meinen Job machen lässt.“

Ich streifte mein Kleid über den Kopf und schlüpfte dann in
meine Schuhe, bevor ich den Vorhang zurückzog. „Aber wir
machen dieses Projekt zusammen. Ich möchte nicht, dass du
alles machst. Das wollte ich nie. Ich wollte ein Teil davon sein.
Wenn du ohne mich zu den Meetings gehst, wird mich niemand
als einen echten Teil dieses Projekts wahrnehmen. Kannst du

das nicht sehen, Astor?" Ich wollte wirklich nicht außen vor gelassen werden.

Mein Kopf fing an zu schmerzen, als ich darüber nachdachte, wie sehr ich darum kämpfen müsste, das zu bekommen, was ich wollte. Dann schlangen sich seine starken Arme um mich. Sein Atem war warm in meinem Nacken, als er mich küsste, und sagte: „Baby, ich werde ohne dich nichts tun. Ich möchte nicht, dass du dir deswegen Sorgen machst. Ich werde die Meetings vorerst absagen. Wir können neu planen, sobald du schwanger bist. Ich möchte, dass du mich jetzt auf dich aufpassen lässt. Das Geschäft kann auf uns beide warten."

Astor Christakos will aufhören zu arbeiten?

„Also entspannst du dich mit mir?" Ich hatte genau das Gegenteil angenommen. Ich hatte gedacht, er würde das Kommando übernehmen und mich zu Hause sitzen lassen. „Du bleibst bei mir? Und du wirst nicht arbeiten?"

„Das ist richtig." Er küsste meine Lippen. „Ich werde bei dir sein. Ich werde dir zeigen, wie du die Arbeit vergessen kannst, während du das Beste für deine Familie tust. Es ist nicht so, als wären wir pleite." Er lachte, nahm meine Hand und führte mich durch die Tür. „Unsere neue Aufgabe ist jetzt, zu sehen, wie wir einfach nur entspannen können."

„Ich glaube nicht, dass ich darin gut bin." Ich erinnerte mich ehrlich gesagt nicht einmal an eine Zeit, als ich mich zurückgelehnt hatte und nichts tat.

„Du kannst lernen, gut darin zu sein, Nova." Er küsste mich auf die Seite meines Kopfes, als wir nach draußen gingen. „Das werde ich auch."

„Nun, ich denke, dass es für keinen von uns einfach sein wird." Ich wusste, dass es das nicht sein würde. „Wir stehen beide früh auf. Wir haben beide Terminpläne, die wir jeden Abend für den nächsten Tag aufstellen. Wir sind sehr dynamische Leute, Astor."

„Stimmt." Er blieb stehen und sah die Straße hinunter. „Lass uns etwas essen gehen. Wir können beim Essen andere Leute beobachten. Normale Menschen, die viel langsamer sind als wir. Wir müssen lernen, für eine Weile alles hinter uns zu lassen und einfach zu leben."

Ich hatte mein ganzes Leben an Orten verbracht, an denen die Leute langsamer machten. Ich arbeitete dafür, dies für die Leute möglich zu machen, die verreisten, um dem Alltag zu entfliehen.

Aber ich habe keine Ahnung, wie ich aufhören soll zu arbeiten.

ASTOR

Nachdem wir zwei Monate nichts getan hatten außer essen, schlafen und ausruhen, hatten Nova und ich einen ganz anderen Lebensstil. Einer, der angenehmer war, als ich es mir jemals vorgestellt hatte.

Und in diesen zwei Monaten erschufen wir ein weiteres kleines Wunder. Außerdem entdeckten wir die Liebe dafür, uns die Zeit zu nehmen, einfach nur zu sein. Nova saß auf der Schaukel auf der Terrasse und hielt Mia auf dem Schoß, während sie ihr eine Geschichte erzählte. „Und am Ende fand der Prinz die verschwundene Prinzessin und rettete sie vor dem Drachen, der sie gestohlen hatte. Und wenn sie nicht gestorben sind, dann leben sie noch heute. Ende."

„Genau wie wir, Mommy, hm?", fragte Mia.

Ich trat hinter dem Pfosten hervor, an den ich mich gelehnt hatte, während ich meine Frau und meine Tochter belauschte. „Genau wie wir, Mia." Ich ging zu ihnen, hob Mia hoch und nahm dann die Hand meiner Frau, um ihr beim Aufstehen zu helfen. Sie hatte den achten Monat ihrer Schwangerschaft erreicht und ihr Bauch war schön gerundet. „Unsere Familie wird auch ein Happy End haben. Wir werden es jeden Tag erle-

ben. Und bald wird der kleine Maximus bei uns sein, um es
ebenfalls zu erleben."

Nova legte ihren Arm um mich und lehnte ihren Kopf an
meine Brust. „Und dann wird ihm ein weiteres Kind folgen, und
danach noch eines." Sie sah zu mir auf. „Wenn das für uns
bestimmt ist."

Nova und ich hatten endlich herausgefunden, was in
unserem Leben wirklich wichtig war. *Familie. Zuhause. Liebe.*

Dieses neu gewonnene Wissen hatten wir genommen und in
die Praxis umgesetzt. Unser Resort war auf gestresste Paare
ausgerichtet. Wir wollten nicht, dass es so viel kostete, dass es
nur für die Elite erschwinglich war.

Eine meiner Schwestern besaß ein Reisebüro und die beiden
hatten zusammengearbeitet, um einen Reiseplan für unsere
Gäste zu erstellen, der die erste Etappe ihres erholsamen
Urlaubs einläuten würde. Ich hatte vier Privatjets gekauft, um
unsere Gäste stilvoll und komfortabel zu uns zu bringen.

Wir wollten das Resort klein halten, damit sich jeder Gast
bei seinem Besuch wie ein Teil der Familie fühlte. Es würde kein
Gedränge geben. Jeder, der für uns arbeitete, gehörte ebenfalls
zur Familie. Unsere Angestellten wussten, was sie tun mussten
und taten es ohne Eile, aber mit Stolz. Nova war die beste Managerin der Welt geworden. Als ihr Mann war ich natürlich dieser
Meinung. Aber ich glaubte wirklich, dass niemand sonst jemals
so viel erreicht hatte wie sie.

In den letzten Wochen der Schwangerschaft begannen Nova
und ich, vollkommen glücklich zu sein. Noch nie hatte sich
einer von uns mit der Welt so eins gefühlt. Uns die Zeit zu
nehmen nichts zu tun, schien für uns der Schlüssel zum Glück
zu sein.

Ich sah die Farben leuchtender denn je. Ich nahm neue
Gerüche wahr, die Emotionen in mir erzeugten. Und ich liebte,
wie ich noch nie geliebt hatte. Ich hatte meine Frau und meine

Tochter auch davor schon so sehr geliebt, wie es ein Mann nur konnte, jedenfalls hatte ich das gedacht.

An dem Tag, als unser Sohn kam, hielten wir ihn in den Armen, bevor wir ihn von seiner großen Schwester halten ließen. Mias Lächeln reichte von einem Ohr zum anderen, als sie ihren kleinen Bruder ansah. „Er hat Mommys Haare und ihre Augen."

Nova sah mich mit einem Lächeln im Gesicht an. „Jetzt habe ich auch ein Kind, das wie ich aussieht. Vielleicht werden die nächsten zwei das Gegenteil – ein Mädchen, das wie ich aussieht, und ein Junge, der wie du aussiehst."

„Wäre das nichts?" Ich küsste sie auf die Stirn.

Mia wiegte das Baby, während sie neben uns auf einem Stuhl saß. „Max, du bist mein kleiner Bruder. Aber du musst dir keine Sorgen machen, denn ich bin eine tolle große Schwester. Und ich werde dir beibringen, wie man ein großer Bruder ist, weil Mommy und Daddy viele Kinder haben wollen. Und wir haben eine große Familie, die du bald kennenlernst. Ich kann es kaum erwarten." Sie sah mich mit Tränen in den Augen an. „Daddy, warum bringt es mich zum Weinen, ihn anzuschauen?"

Ich lachte und legte meinen Arm um ihre Schultern. „Weil du ihn mehr liebst, als du jemals für möglich gehalten hättest. Deshalb bringt es dich zum Weinen."

„Ich liebe ihn wirklich mehr als alles andere auf dieser Welt." Sie schniefte, als ich ihre Tränen abwischte. „Und ich werde ihn immer beschützen."

Nova schniefte ebenfalls, und ich schaute zurück und sah, dass sie auch weinte. „Du etwa auch?"

Sie nickte. „Das ist so schön, Astor. Darum geht es im Leben. Nichts ist wichtiger als das."

Ich nahm meine Tochter und meinen neugeborenen Sohn in die Arme und setzte mich mit ihnen auf die Bettkante ihrer Mutter. „Wir haben das gemacht, Nova. Du und ich haben das gemacht. Auch wenn wir es nie geplant oder beabsichtigt hatten. An dem Tag, als ich dich kennenlernte, wusste ich, dass du von den Engeln im Himmel geschickt worden bist."

Nova fuhr mit ihrer Hand durch Mias Haar. „Vielleicht von diesen kleinen Engeln hier." Sie sah zu mir auf. „Ich frage mich, wie viele noch da oben sind, auf uns herabblicken und darauf warten, dass sie zu unserer Familie kommen können."

Ich hatte damals keine Ahnung. Ich dankte Gott für die beiden, die wir bereits hatten. Und Nova und ich führten unser Leben weiterhin auf die entspannte Weise, die wir entdeckt hatten. Diese Lebensweise hatte sich für uns bewährt.

Ein paar Jahre später schloss sich ein weiterer Sohn unserer Kinderschar an. Drei Jahre nach ihm beehrte uns eine weitere Tochter mit ihrer Anwesenheit. Und vier Jahre nach ihr hatten wir unseren letzten kleinen Jungen.

Nova war diejenige, die nach jedem neuen Baby gefragt hatte. Ich fragte sie nie danach. Ich wollte, dass es ihre Entscheidung war. Sie hatte mir schon mehr gegeben, als ich verdient hatte. Sie hatte mir mehr gegeben, als ich zu wollen geglaubt hatte. Aber ich wollte jedes einzelne dieser Kinder. Und ich wollte die Familie, die wir zusammen hatten.

Unser Happy End schien niemals enden zu wollen.

Ende

TRAGISCHE GEHEIMNISSE
EIN MILLIARDÄR & JUNGFRAU LIEBESROMAN (INSEL DER LIEBE BUCH ZWEI)

Es sollte eine Zeit der Trauer, der Besinnung und des Abschieds sein. Stattdessen fand ich Liebe, Glück und einen Neuanfang ...

Sie war mir von Anfang an aufgefallen.
Dieses Mädchen war so wild und ungezähmt wie ein Fohlen.
Freunde. Das war ihr Lieblingswort.
Ich wollte mehr, und ich bekomme immer das, was ich will.
Aber bei ihr musste Liebe zuerst kommen.
Ihre Jungfräulichkeit bedeutete ihr sehr viel.
Sie bedeutete mir sehr viel.
Und gerade, als die Anziehung zwischen uns anfing, mehr zu werden, brach alles zusammen.
Warum, wusste ich nicht.
Wir waren verliebt.
Oder war das alles nur ein verrücktes Spiel für sie?

Die Morgenstunden auf der Ranch überraschten mich immer wieder. Rosa, Gelb, Purpur und Blau vermischten sich mit den schneebedeckten weißen Berggipfeln der Rockies, die unser Land umgaben. Das war die Aussicht, die meine Augen bei jedem Sonnenaufgang begrüßte.

Eingebettet zwischen diesen Bergen waren auf einer zweitausend Morgen großen Fläche sechshundert Rinder, fünfzehn Pferde, drei Hunde, fünf Katzen, zwanzig Hühner und unsere Familie zu Hause.

Ich beugte mich auf dem Sattel meines Großvaters, den er mir überlassen hatte, vor und schaute zum Horizont, als das Vieh auf der hinteren Weide zu grasen begann. Old Pete, einer unserer ältesten Wallache, hatte mich im Morgengrauen im Pferdestall begrüßt, und sein sanftes Wiehern hatte mich davon überzeugt, ihn als meinen Begleiter und Kollegen für diesen Tag auszuwählen.

„Pete, würdest du dir das anschauen?" Ich sprach immer mit unseren Tieren, als wären sie Menschen. Wenn man mit ihnen aufwuchs, neigten sie dazu, Freunde zu werden. „Vor fünf Minuten war es hier draußen dunkel und kalt. Nun sieh dir an, wie schön hell es ist. Ich würde nirgendwo anders auf dieser Welt leben wollen, Pete. Was ist mit dir?"

Er wieherte leise seine Zustimmung. Ich verstand ihn vollkommen.

„Ja, ich dachte mir schon, dass du das sagen würdest." Ich seufzte, als ich all die Pracht in mir aufnahm, und sah zu, wie das Sonnenlicht anfing, zuerst eine Spalte in den Bergen zu füllen und dann noch eine, bis die ganze Bergkette aufleuchtete. „Daran kann man sich nie sattsehen. Nicht wahr, Pete?"

Das Pferd schnaubte aus seinen Nüstern und ließ mich wissen, dass es mir erneut zustimmte.

„Zeit, zum Frühstück in die Lodge zu gehen. Cookie wird schon den Kaffee und die Hotcakes für mich und die anderen Jungs bereithalten. Ich besorge dir einen großen Trog Hafer und frisches Wasser." Ich bewegte mein rechtes Bein, um etwas Druck auf seinen Brustkorb auszuüben, und zog an den Zügeln, damit er wendete und wir für ein paar Stunden nach Hause gehen konnten, bevor wir zurückkehren würden, um nach der Herde zu sehen.

Meine Gedanken wanderten während des Ritts nach Hause und wie an so vielen anderen Morgen fokussierten sie sich auf meinen Vater. Wir hatten ihn vor etwas mehr als einem Jahr an den Lungenkrebs verloren, und ich begann mich zu fragen, wann es aufhören würde, so wehzutun.

Mom schien mit dem Verlust besser zurechtzukommen als ich. Nicht, dass ich vor Trauer nicht aufstehen konnte oder so. Die Arbeit auf einer Ranch ließ einem Mann nicht viel Zeit, sich seinem Elend hinzugeben. Das Vieh musste trotzdem gefüttert, getränkt und gehütet werden.

Dad war kein Rancher gewesen – eine Tatsache, von der mein Großvater, der Vater meiner Mutter, nicht besonders viel hielt. Am Anfang hielt er überhaupt nichts von meinem Vater, so erzählte man es sich. Dad heiratete Fannie Brewer, die einundzwanzigjährige Tochter von Chester Brewer, hinter dem Rücken des Ranchers.

Zuerst hatte Großvater Mom enterbt, die bereits vor dieser Möglichkeit gewarnt worden war, falls sie gegen seinen Willen Jody Zycan heiratete. Mein Vater war schon damals Erfinder gewesen, obwohl er noch nicht reich gewesen war. Er hatte seinen bescheidenen Lebensunterhalt bestritten, indem er als Autoverkäufer für seinen Onkel arbeitete. Seine Leidenschaft waren jedoch Motoren, und er optimierte sie so lange, bis sie wie ein Kätzchen schnurrten und dabei so stark wie ein Löwe waren.

Meine Mutter und mein Vater lebten zwei Jahre lang in einem kleinen Haus im Stadtgebiet von Gunnison, Colorado. Chester Brewers Ranch, *Pipe Creek*, lag am Stadtrand.

Ich wurde vor zweiunddreißig Jahren in diesem kleinen Haus geboren. Als ich ein Kind war, kam eines Tages ein junger Mann zu meinem Vater. Galen Dunne hatte von Dads Geschick mit Motoren gehört und fragte ihn, ob sie zusammen an einem Schiffsmotor arbeiten könnten, den er herstellen wollte.

Dad stimmte zu. Eins führte zum anderen. Die Motoren, an denen er mitarbeitete, wurden an das US-Militär verkauft. Galen Dunne half dabei, meinen Vater zum Milliardär zu machen.

Jody Zycan hatte sich schließlich Chester Brewers Respekt verdient – und einen Platz auf seiner Ranch, wo sich meine Mutter am wohlsten fühlte. Dad und Mom bauten in der südlichsten Ecke des zweitausend Morgen großen Anwesens eine gigantische Ranch-Villa, wie mein Großvater es nannte. Sie hatten auch drei weitere Babys – meine drei kleinen Schwestern. Zwei davon eiferten der Rancher-Seite der Familie nach und eine erbte den Erfindungsgeist meines Vaters.

Lucy kümmerte sich um die Hühner, Janice sorgte für die Hunde und Katzen, und wir alle kümmerten uns um das Vieh.

Die Jüngste, Harper, besuchte die Western State Colorado University in der Stadt und studierte Physik. Wir sahen nicht viel von ihr, weil sie den Kopf ständig in ihre Bücher steckte oder in irgendeinem Labor experimentierte.

Als ich mich der Scheune näherte, sah ich, dass alle dort zusammengekommen waren, ihre Pferde anleinten und sich auf den Weg machten, um in dem Haus zu frühstücken, das mein Großvater einst gebaut hatte. Janice kam aus dem Futterraum und zerrte einen riesigen Sack Hundefutter hinter sich her.

„Mäuse haben den Futterraum von meinen Hunden und Katzen erobert, Pitt." Sie strich sich eine dunkle Haarsträhne aus den blauen Augen. „Denkst du, du kannst mir nach dem Frühstück helfen, Fallen aufzustellen?"

„Ich denke, das kann ich für dich tun, Schwesterherz." Ich stieg von Old Pete und führte ihn in einen Stall, um ihm sein Frühstück zu geben. „Also war dieser Morgen nicht allzu gut zu dir, hm?"

Sie verdrehte die Augen und schnaubte. „Überhaupt nicht. Sobald ich die Scheunentür geöffnet habe, lief ein Waschbär heraus. Er rannte direkt über meinen Stiefel und ich sprang zwanzig Meter in die Luft und schrie wie eine Furie."

„Zwanzig Meter!", neckte ich sie, während ich den Wassereimer von Old Pete füllte. „Ich schätze, wir haben hier einen Olympiastar, hm, Pete?" Ich tätschelte seinen Kopf und hätte schwören können, dass der alte Wallach mich anlächelte.

Janice zog den schweren Sack nach draußen und knurrte mich an. „Es war sehr hoch, das kann ich dir versprechen, Pitt. Und ist es nicht an der Zeit, diesen verdammten Strohhut, den du da trägst, wegzuwerfen? Dad hat das Ding vor drei Jahren entsorgt. Wo hast du es überhaupt gefunden?"

Ich nahm den Hut ab und sah ihn an. „In der Werkzeugkiste hinten im Truck, als ich heute Morgen zu Grandpas Haus gefahren bin. Ich dachte, ich könnte ihn heute tragen und über Dad nachdenken."

„Glaubst du nicht, dass dich das traurig macht?", fragte Janice und sah ein wenig besorgt aus. „Du willst nicht draußen vor den Kühen weinen, oder?"

„Nein", sagte ich mit einem Grinsen, als ich den Cowboyhut wieder auf meinen Kopf setzte. „Große, starke Cowboys wie ich weinen nicht, kleine Schwester. Und ich erinnere mich gerne an Dad." Ich ging zu ihr hinüber, nahm den Sack aus ihren zarten Händen und legte ihn mir über die Schulter. „Wo soll das hin?"

Sie lächelte und zeigte auf den Jeep, mit dem sie hergefahren war. „Auf die Rückbank bitte. Vielen Dank."

Die anderen drei Ranch-Arbeiter kamen zur Scheune und traten ein, nachdem sie vor meiner Schwester ihre Hutkrempen zum Gruß berührt hatten. „Morgen Miss Janice", sagten sie alle gemeinsam.

„Morgen Jungs", rief meine kleine Schwester ihnen zu. „Wir sehen uns am Frühstückstisch." Sie stupste mich mit der Schulter an. „Beaux Foster wird sicherlich zu einem gutaussehenden Mann heranwachsen, nicht wahr?"

Ich warf das Hundefutter auf die Rückbank des Jeeps, nickte und sagte mit gespielter Begeisterung: „Oh, ja! Er ist sooo süß, hm?" Ich ahmte ein hohes Kichern nach und warf meine kleine Schwester über meine Schulter. „Du bist so ein Freak, Janice. Diese Jungs sollten Brüder für dich sein, keine potenziellen Liebhaber."

„Ich bin nur ein Jahr älter als er. Er ist schon vierundzwanzig, weißt du." Sie schlug mit ihren kleinen Fäusten auf meinen Rücken. Sie mochte fünfundzwanzig sein, aber sie war schon immer winzig gewesen. „Pitt, lass mich runter! Ich will nicht, dass sie mich so sehen." Ihr Cowboyhut fiel herunter und ich stellte sie wieder auf die Füße, damit sie ihn zurückholen und die zerzausten dunklen Locken bedecken konnte, die darunter hervorgeströmt waren.

„Scheiße, Janice", sagte ich und lachte. „Hast du dir überhaupt die Haare gebürstet, bevor du das Ding aufgesetzt hast und hergekommen bist?"

„Shhh. Sei still." Sie steckte ihre widerspenstigen Locken wieder unter ihren Hut und eilte ins Haus.

Die Cowboys kamen aus der Scheune und umringten Lucy, eine meiner anderen Schwestern.

„Lassen Sie mich diesen Eimer für Sie tragen, Miss Lucy", sagte Joe Lamb, als er den Eimer nahm, in dem sie das Hühnerfutter getragen hatte.

„Danke, John", sagte Lucy, die ihn mit ihren grünen Augen dankbar ansah. „Sie sind ein echter Gentleman."

Rick Savage, mit gerade einmal zwanzig Jahren der jüngste der angeheuerten Arbeiter, schob seine Hand durch sein dichtes blondes Haar, nachdem er seinen Hut abgenommen hatte, und benutzte ihn, um Beaux, der in der Nähe stand, einen Klaps auf den Hintern zu versetzen. „Eine Lady ist anwesend, Beaux. Nimm deinen Hut vom Kopf."

Die drei jungen Männer hatten nur Augen für meine Schwester, die viel zu alt für sie war. Mit ihren neunundzwanzig Jahren hatte sie ihren Mr. Right noch nicht gefunden. Meiner Meinung nach hatten alle drei der viel jüngeren Männer, die um sie herumschwirrten, keine Chance. Lucy war nie jemand gewesen, mit dem man leicht zurechtkommen konnte – aber vielleicht erhöhte das nur den Reiz für die jungen Kerle.

Lucy rümpfte die Nase, als sie mich ansah. „Pitt Zycan, wo hast du diesen schrecklichen Hut her?"

Ich nahm den fleckigen, verbogenen und etwas löchrigen Strohhut ab und hielt ihr ihn hin. „Ich habe ihn in der Werkzeugkiste des Trucks gefunden, als ich heute Morgen hierhergefahren bin. Er hat Dad gehört."

„Nun, das bedeutet nicht, dass du ihn tragen solltest. Du siehst aus wie ein Narr." Lucy ging an mir vorbei, als Rick die Tür für sie öffnete.

John bewegte sich schnell, um direkt hinter Lucy zu kommen. „Danke, Rick."

„Idiot", zischte Rick, als er ihm folgte und Beaux und mir die Tür vor der Nase zuschlug, sodass wir allein zurückblieben.

Beaux packte den Griff, bevor sich die Tür ganz schloss. „Trottel."

„Ich stimme dir zu." Ich folgte ihm ins Haus und blieb stehen, um meinen Hut an den Haken an der Tür zu hängen.

Der Geruch von Kaffee lockte mich in die Küche, die vor Aktivität fast überlief, als Cookie sich beeilte, alles auf den Tisch zu bekommen, während sich jeder selbst Kaffee, Saft oder Milch nahm.

Ich trat einen Moment zurück, um alles in mich aufzunehmen. Mein Leben war so voll mit Arbeit und all diesen Leuten, dass ich wenig Zeit hatte, um meinen Vater zu betrauern.

Die Wahrheit war, dass ich meine Emotionen tief in mir vergraben hatte. Ich war für meine Familie da, aber ich hatte mich selbst dabei verloren.

Ich versuchte, eine glückliche Fassade für Mom und meine Schwestern aufrechtzuerhalten. Ich hatte mir nie die Zeit genommen, darüber nachzudenken, wie der Tod meines Vaters sich auf mich ausgewirkt hatte. Ich hatte aufgehört zu daten. Ich hatte die Beziehung zu meiner langjährigen Freundin, Tanya Waters, nur einen Monat nachdem mein Vater herausgefunden hatte, dass er Krebs hatte, beendet. Das war vor zwei Jahren gewesen.

Seit zwei Jahren war ich alleine. Keine Dates. Nichts.

Mann, was zum Teufel ist mit dir passiert, Pitt Zycan?

Nach dem Frühstück und einem kurzen Nickerchen

erwachte ich, als jemand an meine Schlafzimmertür klopfte. „Pitt, hier ist Mom. Galen Dunne ist für dich am Telefon."

Ich stieg aus dem Bett und trat in den Flur, um an das Festnetztelefon zu gehen. Meine Mutter war nirgendwo mehr zu sehen. „Hey, Galen. Wie läuft es?"

„Gut", antwortete er mit seinem irischen Akzent. „Hör zu, ich will nicht, dass du wütend auf deine Mutter bist, Pitt."

„Weshalb sollte ich wütend auf sie sein?", fragte ich verwirrt.

„Weil sie mich angerufen und gesagt hat, dass du Zeit brauchst, um dein Leben wieder in Ordnung zu bringen." Er seufzte. „Es ist über ein Jahr her, dass dein Vater gestorben ist. Ich wäre kein guter Freund von ihm gewesen, wenn ich nicht versuchen würde, dir zu helfen, dein Leben weiterzuführen, oder?"

Ich hatte nichts dagegen, herauszufinden, wie ich wieder ich selbst sein konnte. „Und was schlägst du vor, Galen?"

„Komm in mein Inselresort. Das *Paradise*. Sei mein Gast für die nächsten drei Monate. Kostenlos. Ich werde mich um alle Arrangements kümmern. Du musst nur packen und in deinen Jet steigen. Lass dich nach Aruba fliegen, ich kümmere mich um den Rest. Und ich frage dich nicht wirklich, ob du kommen willst. Ich sage dir, dass du kommst – für einen langen Besuch. Dein Vater hätte gewollt, dass du das tust."

Ich schwieg einen Moment und überlegte. Was hält mich für die nächsten Monate auf der Ranch? „Ich habe heute einen alten Cowboyhut von ihm gefunden, Galen." Ich dachte, das könnte ein Omen sein. Normalerweise suchte ich nicht in kleinen Dingen nach Sinn, aber dieses Mal fühlte sich etwas anders an. „Ich werde morgen aufbrechen."

„Gut." Er klang glücklich darüber, dass ich so schnell zugestimmt hatte. „Bis bald, Pitt."

Nun, das sollte interessant werden – ein Cowboy im Paradies.

32

KAYLEE

„Wenn ich dir sagen würde, dass du einen schönen Körper hast, hättest du etwas dagegen?" Ich verdrehte die Augen über den Möchtegern-Casanova, als ich sein fünftes Bier auf den Tresen stellte.

Ich zeigte über seine Schulter. „Ist das nicht dein Mädchen dort drüben, Cowboy? Ich bezweifle, dass sie die Frage mag, die du mir gerade gestellt hast."

„Oh ..." Er blickte zurück zu der Blondine, die an dem Tisch saß, an dem er die ganze Nacht gesessen hatte. „Sie ist nicht mein Mädchen. Sie ist meine Cousine. Ja, sie ist nur meine Cousine. Sie tat mir leid, weil sie ganz allein zu Hause war, und ich habe sie gefragt, ob sie mit mir kommen möchte. Ich bin frei." Er zwinkerte mir mit einem blassgrünen Auge zu, während er eine fleischige Faust durch seine kastanienbraunen Locken schob. „Also zurück zu der Frage, die ich dir gestellt habe. Hättest du etwas dagegen?"

Ich arbeitete seit zwei Jahren in derselben Bar in der Sixth Street in Austin, Texas. Das *Dogwood* war vor allem für seine kreativen Cocktails bekannt und zog alle Arten von Kunden an. Ich hatte inzwischen alle Anmachsprüche gehört, die man sich vorstellen konnte, und für die meisten eine passende Retourkutsche vorbereitet.

„Wenn ich dich fesseln, dich in den Kofferraum meines Wagens stecken und dort lassen würde, hättest du etwas dagegen, Cowboy?" Ich sah sein Bier an. Es war das letzte, das ich ihm servieren würde. Er hatte bereits vier davon innerhalb von zwei Stunden heruntergekippt. „Und das ist das letzte Bier, das du von mir bekommst. Jetzt geh schon." Ich wedelte mit den Händen, als würde ich ein Tier wegscheuchen. „Verschwinde."

Er packte sein Bier und verdrehte die Augen. „Dir entgeht etwas."

„Oh, ich weiß, was mir entgeht." Ich wandte mich von ihm ab und ging nach hinten, weil ich dringend eine kurze Pause brauchte. „Jake, ich mache zehn Minuten Pause. Die Bar gehört dir."

„Mach zwanzig Minuten daraus", rief er hinter mir her. „Ich habe das Gespräch gehört, das du gerade hattest, und denke, du brauchst etwas mehr Zeit, um deinen gewohnten Charme wiederherzustellen."

„Halt den Mund", zischte ich, als ich die Bar durch die Schwingtür hinten im Raum verließ.

Tammy, unsere stellvertretende Managerin, sah zu mir hoch, während sie auf ihrem Computer herumtippte. „Warum schaust du so finster drein, Kaylee?"

Ich ließ mich auf den Stuhl vor dem Schreibtisch fallen und schüttelte den Kopf. „Ich bin mir nicht sicher. Dieser Idiot hat mich dumm angemacht, und ich musste daran denken, wie satt ich es habe, mir von betrunkenen Männern Sprüche aus den achtziger Jahren anhören zu müssen. Ich meine, können sie sich nichts Neues einfallen lassen?"

„Ich habe neulich einen gehört, den ich noch nicht kannte", sagte Tammy, als sie grinste und sich vorbeugte. „Ich zitiere: ‚Ich habe meine Nummer verloren, kann ich deine haben?' Kitschig, hm?" Sie lachte, und ich schloss mich ihr an.

„Hast du sie ihm gegeben?", fragte ich, weil sie dafür bekannt war, dass sie sich schon in einige Typen verliebt hatte, die die Bar besuchten.

„Nicht in dieser Nacht, nein." Ihre Wangen wurden rosig. „Aber er kam am nächsten Abend wieder und entschuldigte sich. Also habe ich ihm meine Nummer gegeben und wir haben im *Denny's* gegessen, nachdem ich die Bar für die Nacht geschlossen hatte."

„Und danach?" Ich wusste, dass sie mehr getan hatten. Tammy hatte den Ruf, ziemlich freigebig mit ihren Reizen zu sein.

Sie tippte wieder auf die Tastatur. „Kümmere dich um deine Angelegenheiten, Kaylee."

„Ich verstehe", sagte ich mit einem Lächeln, und mein Verdacht bestätigte sich.

Wir schwiegen einen Moment, als sie weiter am Computer arbeitete und ich meine Gedanken schweifen ließ. „Bist du die Bar jemals leid? Hast du dir einmal vorgestellt, dass du dich zu diesem Zeitpunkt deines Lebens an einem solchen Ort befinden würdest?"

Als sie den Ernst in meinem Ton hörte, schaute sie vom Bildschirm weg und blickte mich an. „Was meinst du? Diese Arbeit macht mir nichts aus. Ich war noch nie jemand, der den ganzen Tag in einem Büro sitzen konnte, also bin ich zufrieden hier. Warum fragst du?"

Ich nickte und verstand, was sie meinte. Mit einem tiefen Seufzer ließ ich sie wissen, wie ich mich in letzter Zeit fühlte. „Ich wünschte nur, ich könnte meine Berufung finden. Das ist alles." Ich hatte mich nie zu einer bestimmten Branche hingezogen gefühlt, aber ich wusste, dass die Arbeit in einer Bar nicht alles war, für das ich bestimmt war. „Ich habe gleich nach der High-School zwei Jahre das College besucht und jede Menge Grundkurse absolviert. Ich dachte, dass ich dabei herausfinden würde, was mir liegt, und ich den entsprechenden Abschluss machen würde, um in diesem Bereich Karriere zu machen. Aber das ist nie passiert, und ich habe das Studium abgebrochen. Und so bin ich hier gelandet. In dieser Bar. Wo ich Arschlöcher bediene."

Tammy schüttelte den Kopf und widersprach: „Sie sind nicht alle Arschlöcher, Kaylee. Du gibst nie irgendjemandem die Chance, dir zu zeigen, wer er wirklich ist."

„Weil es nichts zu zeigen gibt." Ich warf meine Hände in die Luft. „Ich sehe sie da draußen, Tammy. Sie gehen von Mädchen zu Mädchen, bis sie eine arme Idiotin finden, der ihren Mist glaubt. Nun, ich falle sicher nicht darauf rein."

Sie verdrehte die Augen. „Zunächst einmal weißt du, dass hier nicht der beste Ort ist, um nach einem zukünftigen Ehemann zu suchen. Niemand zeigt sich von seiner besten Seite, wenn er kurz vor Mitternacht betrunken in einer Bar sitzt. Außerdem musst du einfach nur endlich Sex haben, Mädchen. Das ist dein größtes Problem, und wir wissen es alle. Und du weißt, dass Jake dich nur zu gern entjungfern würde." Sie zwinkerte mir zu. „Das hat er schon mindestens eine Million Mal gesagt, seit du hier angefangen hast."

„Was?" Ich konnte spüren, wie mein Gesicht bei dieser Information heiß wurde. Konnte dieser Abend noch schlimmer werden? Gleich musste ich wieder nach draußen und mit dem Kerl zusammenarbeiten. „Ich muss wirklich einen neuen Job finden. Ich werde hier noch verrückt."

Tammy blickte eine Sekunde lang zur Decke, bevor sie mich ansah. „Weißt du, meine Cousine hat mich neulich angerufen. Sie hat mich gefragt, ob ich in einer der Bars des Resorts arbeiten möchte, das sie leitet."

Ich beugte mich erwartungsvoll vor. „Und du hast ihr Angebot nicht angenommen?"

„Nein." Ihr blonder Bob hüpfte um ihre Schultern, als sie den Kopf schüttelte. „Es ist mitten in der Karibik auf einer abgelegenen Insel. Ich studiere noch und mache meinen MBA. Ich kann jetzt nicht weg von hier."

Ich konnte förmlich spüren, wie sich die Räder in meinem Kopf drehten. *Ein Job in einem Inselresort? Das klingt wie das Paradies für mich!*

„Nun, was ist mit mir?", fragte ich, als ich aufstand und auf und ab ging. „Weißt du, hier gibt es nichts, was mich hält. Ich könnte den Job machen." Ich blieb stehen und sah sie an. „Warte. Welche Art von Job ist das? Ein normaler Servierjob? Und wo würde ich leben? Und wie komme ich jeden Tag dorthin? Und ...?"

„Entspanne dich", sagte sie, als sie aufstand und mich an den Schultern packte. „Und nimm Platz. Ich werde dir sagen, was sie mir erzählt hat."

Ich setzte mich und wartete, bis sie sich auf ihrem Stuhl niederließ. „Okay, okay. Es klingt einfach genau nach der Abwechslung, die ich jetzt brauche. Ich bin so aufgeregt."

„Das kann ich sehen." Sie öffnete eine Website und drehte den Bildschirm zu mir. „Das ist das *Paradise Resort*. Kennst du Galen Dunne, den Milliardär? Er besitzt es. Und meine Cousine Camilla leitet es für ihn. Sie hat mir erzählt, dass sie die Flugkosten nach Aruba bezahlen und dann eine Yacht schicken, die einen dort abholt. Die Mitarbeiter leben in einem Wohnheim, wo sie eine Art Hotelzimmer mit eigenem Bett und Bad haben. Es gibt einen zentralen Wohnbereich und eine Küche, die von allen genutzt werden kann. Und die Bezahlung ist großzügig. Außerdem gibt es eine Kranken- und Lebensversicherung sowie eine Altersvorsorge."

„Eine Karriere!" Ich stand wieder auf und klatschte in die

Hände, während ich auf und ab hüpfte. „Eine echte Karriere, Tammy." Als ich sie mit hoffnungsvollen Augen anblickte, fragte ich: „Würdest du ihr von mir erzählen?"

„Und was soll ich ihr sagen?", fragte sie, als sie ihre Brille abnahm und sie auf den Schreibtisch legte. „Dass du eine großartige Angestellte bist, bis ein Kunde anfängt zu flirten?" Sie schüttelte erneut den Kopf. „Das Resort ist auf die Oberklasse ausgerichtet – unhöfliches Verhalten würde dort niemals akzeptiert werden, Kaylee."

Ich wusste, dass die Gäste auf dieser Insel niemals so krass wären wie die Betrunkenen, die unsere Bar besuchten. „Ich kann mich wie ein normaler, netter Mensch verhalten, wenn ich mit anderen normalen, netten Menschen zusammen bin, Tammy. Und du weißt, dass ich ein Profi bin, wenn es um die Zubereitung von Cocktails geht. Verdammt, ich habe alle Bestseller des vergangenen Jahres kreiert."

„Setz sich", sagte sie und öffnete ein Bewerbungsformular auf der Website. „Ich werde dir helfen, das auszufüllen, und mich als Referenz eintragen. Morgen früh werde ich Camilla anrufen, um zu sehen, was sie denkt. Das ist alles, was ich tun kann, Kaylee. Aber ich denke auch, dass du eine Veränderung brauchst. Diese Bar wird dich niemals glücklich machen. Das kann ich sehen. Diese Jungs werden sich nicht mehr ändern."

„Ich weiß." Ich setzte mich wieder hin, und wir arbeiteten an der Bewerbung. Die ganze Zeit trug ich ein Grinsen auf meinem Gesicht.

Später am Abend ging ich nach Hause in meine Wohnung und ließ mich auf mein Doppelbett fallen. Dies würde vielleicht nicht mehr lange mein Zuhause sein. In ein paar Wochen würde ich vielleicht für die Reichsten der Reichen – Filmstars, Prominente, CEOs – Cocktails mixen. Wer wusste das schon?

Das Rauschen der Inselbrise füllte meinen Kopf. Der Duft

von süßer Meeresluft füllte meine Nase. Ich schloss die Augen und stellte mir die ganze herrliche Szene vor.

Die Bilder auf der Website waren wunderschön: Swimming-pools, Überwasser-Bungalows, wogende Palmen und vieles mehr. Die Vergünstigungen für die Mitarbeiter reichten von zwei freien Tagen in der Woche bis zu kostenlosen Mahlzeiten in den Restaurants des Resorts. Auch im Wohnheim wurden kostenlos Essen und Getränke angeboten.

Auf der Insel war alles zu Fuß erreichbar, sodass kein Auto benötigt wurde. Ich würde nichts anderes als meine Kleidung und meine persönlichen Gegenstände mitbringen müssen. Ich könnte meine Möbel und mein Auto verkaufen, in das Flugzeug nach Aruba steigen und eine richtige Karriere in einem echten Inselparadies beginnen.

Ich schlief mit all diesen aufregenden Gedanken in meinem Kopf ein und wurde am nächsten Morgen vom Klingeln meines Handys geweckt. Ich rieb mir die Augen und bemerkte, dass ich in meinen Kleidern eingenickt war. „Verdammt." Tammys Name leuchtete auf meinem Handy-Display, und ich setzte mich auf und spürte, wie Schmetterlinge durch meinen Bauch flatterten. „Tammy?"

„Ja, Mädchen", sagte sie. „Bist du schon wach? Ich weiß, es ist ein bisschen früh, aber ich dachte, du willst es vielleicht sofort hören."

Mit überkreuzten Fingern fragte ich: „Was denn?"

„Dass Camilla dich in einer Stunde anrufen wird, um ein Bewerbungsgespräch am Telefon zu führen." Sie lachte. „Sie hat gesagt, sie würde meiner Empfehlung vertrauen. Also ruinierst du es besser nicht, indem du unhöflich bist. Hörst du mich, Kaylee Simpson?"

„Oh mein Gott!", schrie ich. „Danke, danke, danke! Ich schwöre, ich werde mein Bestes geben! Ich muss mich auf den Anruf vorbereiten." Ich hüpfte aus dem Bett. „Ich muss duschen und mir die Zähne putzen. Oh, und mir etwas Schönes anziehen."

„Das Gespräch findet am Telefon statt, Kaylee." Tammy lachte. „Aber ich verstehe das. Lass mich wissen, wie es gelaufen ist und ob wir in der Bar nach einem Ersatz für dich suchen müssen."

„Das werde ich." Ich warf das Handy aufs Bett und rannte los, um mich fertig zu machen.

Um genau elf Uhr klingelte es wieder. Ich ging ran. „Kaylee Simpson. Was kann ich für Sie tun?" Ich fand, dass ich nett und hilfsbereit klang.

„Hallo, hier spricht Camilla Chambers." Sie zögerte. „Sie können mich Mrs. Chambers nennen. Meine Cousine Tammy hat mir von Ihnen erzählt, und ich habe das Bewerbungsformular gesehen, das Sie auf unserer Website ausgefüllt haben. Sagen Sie mir, warum Sie hier arbeiten wollen und warum Sie denken, dass Sie gut zu unserem Resort passen, Kaylee."

Also los.

Ich richtete mich auf, als würde ich tatsächlich vor der Frau stehen. „Ich kann exzellente Cocktails mixen und kenne das meiste der *Barkeeper-Bibel* auswendig. Ich liebe es, mit neuen Aromen zu experimentieren, und kann aus so ziemlich allem etwas Gutes machen. In beruflicher Hinsicht suche ich nichts Kurzfristiges. Ich würde Ihnen alles geben, was ich habe. Ich würde gut zu Ihnen passen, weil ich die Insel zu meinem Zuhause machen und meine Kollegen, das Management und die Gäste wie eine Familie behandeln würde."

Einen Moment lang herrschte Schweigen. „Ausgezeichnete Antwort", sagte sie schließlich, und ich atmete erleichtert aus. „Wie würde es Ihnen gefallen, als Barkeeperin in unserer populärsten Bar, der *Cantina Cordova*, zu arbeiten?"

„Das würde ich sehr, sehr gerne tun, Mrs. Chambers", sagte

ich und war kaum in der Lage, einen Freudenschrei zu unterdrücken.

„Freut mich, das zu hören. Ich werde alles arrangieren und
Ihnen eine E-Mail mit weiteren Informationen schicken. Sobald
Sie die unterschriebenen Dokumente zurücksenden und das
Gehalt akzeptieren, teile ich Ihnen die Reisearrangements mit.
Wir sehen uns bald, Kaylee Simpson. Bis dann."

„Bye", sagte ich und umarmte mich selbst. „Und vielen
Dank, Mrs. Chambers."

Sieht so aus, als ob ich ins Paradies gehe!

33

PITT

Ich stieg früh am nächsten Morgen in unseren Privatjet. Ich war schon immer ein Frühaufsteher gewesen – das gehört zum Leben eines Ranchers –, aber trotzdem war ich viel früher gestartet, als Galen erwartet hatte. Er war überrascht, als ich ihn anrief und ihm erzählte, dass ich in Aruba war. Er schickte eine Jacht, um mich abzuholen, und ich kam noch vor Tagesanbruch auf der Insel an.

Galen begrüßte mich persönlich am Dock. „Willkommen im *Paradise*, Pitt." Er klopfte mir auf den Rücken. „Es ist verdammt gut, dich zu sehen."

„Ich freue mich auch, dich zu sehen, Galen." Ich ging neben ihm her, als der Steward mein Gepäck vom Boot holte und uns zu dem Ort folgte, wo ich die nächsten drei Monate verbringen würde. „Ich habe dich seit Dads Beerdigung nicht mehr gesehen. Mom hat gesagt, ich soll dir Grüße ausrichten."

„Ich werde sie später anrufen." Galen zeigte auf eine Reihe von Bungalows über dem Wasser. Ich konnte sie vor dem Nachthimmel kaum erkennen. „Der erste gehört dir. Ich habe eine persönliche Hostess für dich ausgesucht. Sie wird sich um all deine Bedürfnisse kümmern."

„Nein, danke." Ich hatte keine Lust darauf, dass sich jemand um mich kümmerte. „Weißt du, ich bin nicht so ein Mann, Galen. Ich wurde nicht so erzogen."

„Nun, hier ist das Teil des Protokolls, Pitt. Sie wird dir deinen Aufenthalt sehr angenehm gestalten können." Er war beharrlich. „Alle Fragen, die du hast, alle Aktivitäten, die du organisieren musst – sie kann dir dabei helfen."

Ich hatte das Gefühl, er würde versuchen, mich zu verkuppeln. „Galen, das ist nett von dir. Aber nein danke. Du weißt, wie es mit mir und Frauen ist. Wir kommen nicht wirklich gut miteinander aus. Ich rede nicht viel und bin es gewohnt zu schweigen. Frauen verstehen das nicht immer. Wenn ich etwas brauche, werde ich danach fragen. Mach dir keine Sorgen um mich."

Mit einem Nicken akzeptierte Galen es schließlich. Er kannte mich gut genug, um zu wissen, dass ich es ernst meinte, wenn ich ‚nein danke' sagte. „Okay. Du hast meine Nummer, wenn du etwas brauchst. Ich werde dich selbst herumführen." Er öffnete die Tür. „Das ist dein Bungalow für die nächsten Monate. Fühle dich wie zu Hause, Pitt. Er ist bereits mit allen möglichen Dingen ausgestattet. Jetzt gehe ich noch ein paar Stunden in mein bequemes Bett zurück."

„Cool." Ich trat ein und drehte mich um, um dem Steward mein Gepäck abzunehmen. „Lassen Sie mich das tragen."

„Ich kann hereinkommen, und Ihre Sachen für Sie verstauen, Sir", sagte der Mann, während er die Taschen festhielt.

„Nein." Ich nickte Galen zu. „Sag ihm, dass ich allein zurechtkomme, Galen."

Galen lachte und klopfte dem Mann auf den Rücken. „Es besteht keine Notwendigkeit, diesem Gast zu helfen, Jack. Er mag es nicht, bedient zu werden."

„Ja, Sir." Er ließ meine Sachen los. Dann drehten sich die beiden um und verließen mich.

Ich machte mir nicht die Mühe, das Licht anzuschalten, als ich durch den dunklen Bungalow ging, ließ das Gepäck auf dem Sofa liegen und stellte fest, dass die Glastüren zur Terrasse bereits offen waren.

Als ich auf das Deck hinaustrat, beruhigte mich das einladende Rauschen des Wassers unter dem Bungalow sofort. Ich setzte mich auf einen der beiden Liegestühle und lehnte mich zurück, um die Sterne zu betrachten. „Hey, alte Freunde. Egal wo ich bin, ihr seid immer da, hm?" Ja, ich redete auch mit den Sternen, der Sonne und dem Mond, als ob sie Menschen wären.

Wenn man auf einer Ranch aufwuchs, oft allein herumsaß und das Vieh hütete, neigte man dazu, mit Dingen zu reden, mit denen die meisten Menschen nicht einmal in Gedanken ein Gespräch erwägen würden.

Die Stille tröstete mich. Sie entspannte mich mehr als gedacht.

Ich war nicht hergekommen, um heiße Frauen zu treffen. Ich war nicht hergekommen, um mich mit Milliardären zu verbrüdern. Ich war aus einem bestimmten Grund hergekommen.

Ich wollte endlich um meinen Vater trauern.

Aber als ich auf diesem Liegestuhl lag und die Sterne ansah, konnte ich praktisch die Stimme meines Vaters hören. *Junge, du bist nicht hier, um mich zu betrauern. Du weißt verdammt gut, dass es mir gutgeht, wo ich jetzt bin. So wie immer schon.*

„Das weiß ich, du störrischer Mann", sagte ich laut. „Aber ich vermisse dich, ob du es glaubst oder nicht. Ich vermisse dich, und ich vermisse deine sture Art."

Es ist Zeit, weiterzuleben, Pitt Zycan. Du hast die ganze Zeit auf deine eigene Weise getrauert.

Ich konnte nicht sagen, ob die Stimme in meinem Kopf

immer noch wie mein Vater klang oder ob sie sich mehr nach mir selbst anhörte.

Verdammt, ich hatte angefangen, um Dad zu trauern, noch bevor Gott ihn überhaupt zu sich geholt hatte. Von dem Moment an, als ich herausfand, dass er Lungenkrebs hatte, trauerte ich.

Das einzig Gute daran ist, dass du aufgehört hast Copenhagen-Zigaretten zu rauchen.

„Nun, Tabak hat dich umgebracht, Dad", erinnerte ich ihn – oder die Version von ihm, mit der ich in Gedanken sprach. Und dann fühlte ich mich irgendwie dumm, weil ich laut redete. „Ich hoffe, niemand ist wach, sitzt auf seinem Deck und denkt, ein Wahnsinniger ist nebenan eingezogen."

Ich schloss die Augen und wollte den Klang seiner Stimme abblocken. Mein Leben hatte sich in dem Moment, als mein Vater seine Diagnose bekam, drastisch verändert, und selbst ein Jahr nach seinem Tod hatte ich mein Gleichgewicht immer noch nicht wiedergefunden.

Es war an der Zeit, mit meinem Leben weiterzumachen – diesen Nebel, der sich über mich gelegt hatte, zu durchbrechen und wieder zu leben. Ich war kein Kind mehr – ich war zweiunddreißig Jahre alt und wurde nicht jünger. Wenn das letzte Jahr mich etwas gelehrt hatte, dann dass die Jahre immer schneller vergingen.

Es ist an der Zeit, eine Frau für dich zu finden. Die Stimme war wieder da und wieder konnte ich nicht unterscheiden, ob es meine eigene oder die meines Vaters war.

Tanya war nie das richtige Mädchen für dich. Deshalb fiel es dir so leicht, sie zu verlassen. Aber es gibt irgendwo die Richtige für dich, und ich möchte nicht, dass du so damit beschäftigt bist, mich zu vermissen, dass du sie verpasst.

Das konnte ich nicht bestreiten Die Tatsache, dass ich Tanya so verdammt leicht verlassen konnte, zeigte mir, dass unsere Liebe nicht echt gewesen war. Oder tief. Oder Schicksal.

Ich kannte sie schon so lange, dass sich irgendwie eine Beziehung ergeben hatte. Ich war mit ihr auf die High-School gegangen, und dann waren wir am selben College gelandet. Dann hatte sie die Leitung des Futtermittelladens übernommen, in dem ich das Futter für all unsere Tiere kaufte. Eines Tages fragte sie mich, ob ich zu ihr nach Hause kommen und Steaks mit hausgemachtem Kartoffelpüree und Creme-Sauce essen wollte. Sie sagte, sie würde sogar noch Eistee dazu machen.

Wie könnte ein Mann dazu Nein sagen?

Ein Abendessen führte zum nächsten, bis wir dateten und ich bei ihr übernachtete. Aber mein Herz gehörte ihr nie und ihres gehörte mir nie. Ich musste zugeben, dass sie verdammt fair war, als ich ihr sagte, dass ich keine Zeit für eine Beziehung hatte, als Dad krank wurde.

Ihre genauen Worte waren: „Das verstehe ich, Pitt. Tu, was du tun musst, Schatz."

Als ich an diesem Nachmittag aus ihrer Haustür trat, konnte ich nicht anders, als zu bemerken, dass sie nie etwas darüber erwähnt hatte, dass sie für mich da sein würde, wenn ich bereit war, zurückzukommen. Ich wusste, dass sie nicht auf mich warten würde, und sie war klug genug zu wissen, dass ich sowieso nicht zurückkehren würde.

Ich hatte danach nicht mehr nach ihr gefragt. Ich hielt mich vom Futtermittelladen fern und überließ die Einkäufe dort Lucy und ihrem Gefolge aus Ranch-Arbeitern.

Ich hatte Tanya seit dem Begräbnis meines Vaters kein einziges Mal mehr gesehen. Zu der Beerdigung war sie gekommen, aber das hatte der größte Teil der Stadt auch getan. Wir umarmten uns kurz und sie sagte mir, dass es ihr leidtue. Als wir uns voneinander lösten, sagte sie, ich solle auf mich aufpassen.

Sie nannte mich nicht mehr ‚Schatz' – so wie sie es immer getan hatte.

Und ich war nicht traurig darüber. Sie war sowieso nicht die Richtige für mich. Irgendwo – tief in mir – wusste ich das schon immer.

Dad würde nicht wollen, dass ich meine Zeit auf der Insel damit verbrachte, um ihn zu trauern, also wusste ich nicht, was ich sonst dort tun sollte – zumindest, bis die Sonne über dem klaren Wasser aufging.

„Hallo, Schönheit", flüsterte ich. „Sieh dich an." Die Farben sahen genauso aus wie auf der Ranch, nur dass sie auf dem glitzernden Wasser anstelle der schneebedeckten Berge funkelten.

Langsam füllten sich die Schatten über dem Wasser mit dem Sonnenlicht, bis kein einziger Schatten übrigblieb. Seevögel riefen allen, die zu dieser frühen Stunde wach waren, ihre Morgengrüße zu. Einige Fische tummelten sich fröhlich im Wasser.

Ich atmete tief die salzige Seeluft ein. „Ah, das ist schön. Das allein ist schon die Reise wert."

Sobald die Sonne ganz aufgegangen war, ging ich hinein, um zu sehen, was ich mir zum Frühstück machen konnte. Die Kaffeemaschine wirkte kompliziert, aber ich fand heraus, wie man sie benutzte, ohne die Anleitung zu lesen. Es gab Eier und Speck im Kühlschrank und einen Brotlaib im Brotkasten.

Ich holte die Pfanne aus dem Schrank und machte mich daran, meine erste Mahlzeit auf der Insel zuzubereiten. Bald fand ich heraus, dass der Duft von Speck genauso gut zu salziger Seeluft passte wie zu kalter Bergluft. „Ah."

Nach dem Frühstück machte ich mich an die Arbeit, packte meine Koffer aus und räumte alles weg. Dann duschte ich, rasierte mich und zog frische, gestärkte Bluejeans, ein weißes langärmliges Hemd mit Perlmuttknöpfen und meine Lucchese-Lederstiefel, die ich extra für die Insel gekauft hatte, an. Dazu trug ich einen brandneuen Stetson-Cowboyhut. Ich schaute in den Spiegel und sagte: „Nicht schlecht, Pitt Zycan. Überhaupt nicht schlecht."

Das Telefon im Wohnbereich klingelte, und ich ging ran. „Hier spricht Pitt."

„Ich weiß", sagte Galen. „Wir gehen zum Frühstück. Soll ich dich abholen? Oder glaubst du, du findest den Weg zum *Royal* allein? Es ist direkt am Weg und leicht zu finden."

„Ich habe schon gefrühstückt, vielen Dank." Ich wusste, dass ich dem Mann wahrscheinlich immer voraus sein würde, wenn es um die Essenszeiten ging. „Wie wäre es, wenn ich dich gegen elf Uhr zum Mittagessen treffe?"

„Ähm ... nein." Er lachte. „Vielleicht können wir uns zum Abendessen treffen. Wie wäre es um halb neun?"

„Das ist keine gute Zeit zum Abendessen, da ich dann wahrscheinlich schon ungefähr eine halbe Stunde schlafe. Ich gehe früh ins Bett und stehe früh auf, weißt du." Ich hatte keine Ahnung gehabt, wie unterschiedlich unser Tagesablauf war.

„Hier gibt es keine Tiere, um die du dich kümmern musst, Pitt." Er lachte. „Ich sage dir etwas. Wir können uns in einer der Bars hier auf einen Drink treffen. Wie wäre es mittags in der *Cantina Cordova*? Du verlässt einfach deinen Bungalow und biegst nach rechts ab, dann gehst du am Strand entlang bis zu der großen Freiluft-Bar. Du kannst sie nicht verfehlen."

„Ich werde da sein, Galen. Bis dann." Ich legte auf und suchte den Fernseher, nur um herauszufinden, dass es keinen gab. „Nun, was zum Teufel soll ich jetzt in meiner Freizeit machen?"

Es war zehn Uhr morgens. Ich hatte keinen Fernseher, um mich zu unterhalten. Aber es gab einen Strand, an den ich gehen konnte. Und offenbar eine Bar.

Ich ging aus dem Bungalow und entdeckte im Sand eine Gruppe von Menschen, die sich kaum bewegten. Alle trugen dunkle Sonnenbrillen, Shorts und kurzärmlige Hemden mit Flip-Flops. Als ich am Strand entlangging achtete ich darauf, meine Stiefel von den Wellen fernzuhalten, die ans Ufer wogten.

Nun, mal sehen, wo mich der heutige Tag hinführt.

34

KAYLEE

Die Bar um zehn Uhr morgens zu öffnen hätte an den meisten Orten vielleicht verrückt geklungen, aber das *Paradise Resort* war nicht wie die meisten Orte. Kurz nach dem Frühstück begannen viele Gäste, Spaziergänge zu machen, und die meisten fügten ihren Ausflügen einen oder zwei Cocktails hinzu.

„Morgen Ma'am", ertönte eine tiefe Männerstimme hinter mir, als ich eine Flasche Blue Curacao auf das oberste Regal stellte.

Ich drehte mich zu meinem allerersten Gast des Tages um. „Guten Morgen." Ich hielt überrascht inne, weil ich nicht erwartet hatte, dass am Tresen ein attraktiver Cowboy stehen würde. „Sir."

Ich arbeitete seit ein paar Wochen auf der Insel und hatte noch keinen Cowboy gesehen. Oder irgendjemanden, der Bluejeans und Cowboystiefel trug. Oder ein langärmeliges Hemd. Oder einen Cowboyhut.

„Können Sie mir etwas Exotisches machen, das nicht zu stark ist?" Er setzte sich auf den Barhocker, der mir am nächsten war. „Es ist eigentlich noch zu früh zum Trinken, aber ohne Fernseher bin ich mir nicht sicher, was ich sonst tun soll."

Dicke, dunkle Locken reichten bis zu seinen Ohrläppchen und die hellsten Augen, die ich je gesehen hatte, strahlten mich an, als er lächelte und weiße, gerade Zähne offenbarte. „Ich lasse mir etwas für Sie einfallen", sagte ich und ahmte seinen Südstaaten-Akzent nach, bevor ich darüber nachdachte. *Wenn ich weiterhin so frech bin, werde ich noch gefeuert.* „Es tut mir leid. Das ist eine schlechte Angewohnheit aus einer Bar in Austin, Texas, wo ich früher gearbeitet habe. Wir haben mit den Gästen dort gescherzt. Aber in jener Bar herrschte eine ganz andere Atmosphäre als hier im Resort."

„Es macht mir nichts aus." Er tippte mit einem starken, langen Finger auf den hölzernen Tresen. „Wie wäre etwas Blaues mit Kokosnuss?"

Es war eine Herausforderung, meine Augen von ihm zu lösen, aber ich schaffte es. „Das kann ich für Sie tun, Sir."

„Sir?" Sein Lachen ließ seine breite Brust und seine Schultern erzittern. „Ich bin Pitt. Nur Pitt. Okay?"

„Natürlich." Ich zeigte auf mein Namensschild. „Und ich bin Kaylee. Es ist schön, Sie kennenzulernen, Pitt." Ich mixte seinen Drink und stellte sicher, dass der Alkohol wie gewünscht auf ein Minimum beschränkt war.

„Also, was kann man auf dieser Insel machen, Kaylee?", fragte er mich.

Ich biss mir auf die Unterlippe und widerstand der Versuchung, eine freche Bemerkung darüber zu machen, dass es hier keine Viehherden zu hüten oder Pferde zu zähmen gab. *Hör auf, Mädchen!*

„Haben Sie gerade etwas über Fernseher gesagt?", fragte ich, anstatt einen Witz zu machen, der bei diesem Mann, den ich nicht einmal kannte, nicht gut ankommen könnte.

„Das habe ich." Er beobachtete mich intensiv, als ich seinen Drink mixte. „In meiner Hütte ist keiner. Ich meine, in meinem Bungalow."

„Wissen Sie, Sie müssen Ihrer Hostess nur sagen, dass Sie einen wollen, und sie wird sich so schnell wie möglich darum kümmern." Ich legte eine kleine Serviette auf den Tresen und stellte dann das hohe, schmale Glas darauf. „Bitte. Das ist wie ein *Blue Hawaiian* – nur besser. Ich nenne es *Paradise Blues*. Sagen Sie mir, was Sie denken, Pitt."

Er nahm einen Schluck und lächelte sie an. „Ich denke, es schmeckt nach dem Paradies. Sehr schön, Kaylee." Er stellte den Drink wieder hin und sah dann auf das Wasser. „Es ist wirklich hübsch hier draußen. Ich könnte den ganzen Tag das Wasser von meinem Deck aus beobachten. Was die Hostess angeht, habe ich Galen gesagt, dass ich so etwas nicht brauche."

Ich konnte es nicht glauben. Jemand hier wollte nicht bedient werden?

„Sie haben ihm gesagt, er soll Ihnen *keine* Hostess zuteilen?" Vielleicht zog er es vor, wenn ein Mann seinen Befehlen gehorchte. „Wissen Sie, er kann auch einen Host für Sie arrangieren, wenn Sie das wollen. Einen Kerl statt eines Mädchens."

Er schüttelte den Kopf und seine Locken tanzten. Ich fand die Bewegung überraschend sexy.

Whoa, was?

Ich war es offensichtlich nicht gewohnt, meine Kunden anzuschauen und solche Gedanken zu haben.

„Verdammt, ich brauche niemanden, der mich bedient." Er nahm noch einen Schluck. „Wow, das ist wirklich gut, Mädchen."

Ich war mir nicht sicher, wie ich das Thema anschneiden sollte, wenn überhaupt, aber ich wagte mich trotzdem vor und fragte: „Haben Sie zu Hause niemanden, der sich für Sie um alles kümmert?"

Er lehnte sich zurück und streckte seine langen Beine aus. Ich konnte nicht anders, als zu bemerken, wie muskulös sie unter seiner engen blauen Wrangler-Jeans waren. Ich konnte auch nicht anders, als zu bemerken, wie mir innerlich ganz heiß wurde.

„Nun, wir haben Cookie, schätze ich." Er schaute in die Ferne. „Er kocht. Und Mom hat Stella, die ihr beim Putzen des Hauses hilft. Es ist viel zu groß, als dass sie es allein reinigen könnte. Und es gibt auch ein paar Ranch-Arbeiter, die helfen. Aber wir haben niemanden, der sich um uns selbst kümmert. Weder Grandpa, noch Mom, noch ich oder meine drei Schwestern. Ich wette, wenn meine Schwester Lucy einen Diener haben könnte, würde sie die Chance definitiv ergreifen."

Ich fing an, mir ein Bild von diesem gutaussehenden Mann zu machen. „Also kommen Sie aus einer großen Familie?"

„Ja." Er nahm das Glas und trank noch einen Schluck. „Der Vater meiner Mutter hat vor über fünfzig Jahren die *Pipe Creek Ranch* gegründet. Wir leben und arbeiten immer noch dort. Sie liegt außerhalb von Gunnison, Colorado. Zweitausend Morgen und jede Menge Rinder, Hühner, Hunde, Katzen und meine Familie."

Ich hatte noch nie gehört, dass ein Rancher Milliardär war. Ich wusste, dass nur die reichsten Menschen der Welt in Mr. Dunnes Resort eingeladen wurden, und konnte mir nicht vorstellen, dass der Mann vor mir eine Ausnahme sein würde – unabhängig davon, wie sehr er sich von den anderen Gästen unterschied, die ich bislang getroffen hatte. Ich wusste auch, dass es mich nichts anging, fragte aber trotzdem. „Wie haben Sie es geschafft, genug Geld zu verdienen, um hierher eingeladen zu werden, Pitt?"

„Oh." Er nickte. „Das Geld kommt von meinem Vater." Er sah mich mit diesen verrückten, heißen blauen Augen an und ich sah, dass seine Mundwinkel nach unten wiesen. „Er ist vor etwas mehr als einem Jahr gestorben. Von den verdammten Zigaretten hat er Lungenkrebs bekommen. Bitte sagen Sie mir, dass Sie nicht rauchen, Kaylee."

„Ich rauche nicht. Und es tut mir leid, dass Ihr Vater gestorben ist." Ich konnte das Lächeln, das sich über meine Lippen schlich, nicht zurückhalten. „Danke für Ihre Fürsorge."

Er nickte und nahm noch einen Schluck, bevor er weitersprach. „Dad und Galen waren Geschäftspartner. Mein Vater half ihm, einen Schiffsmotor zu entwickeln, den Galen später an das Militär verkaufte. Sie haben dabei Milliarden verdient. Das Militär gibt weit mehr aus als die meisten privaten Unternehmen auf der Welt. Galen wusste das, aber er musste meinen Vater erst davon überzeugen. Meine Güte, haben die beiden deswegen gestritten. Aber Dad musste zugeben, dass Galen recht gehabt hatte, als er ihm zeigte, wie viel Geld sie mit seiner Idee verdienen konnten."

„Das kann ich mir vorstellen." Ich konnte nicht glauben, dass die Familie bei all dem Geld, das sie jetzt hatte, immer noch auf der Ranch arbeitete. „Warum haben Sie die Ranch behalten? Ist das nicht harte Arbeit? Oder haben Sie jemanden, der all die harte Arbeit für Sie erledigt?"

„Zur Hölle, nein!" Er schlug spielerisch mit der Hand auf die Theke. „Wir machen immer noch die ganze Arbeit selbst. Es ist schwer, ja. Aber es lohnt sich." Dieses charmante Lächeln zog wieder über seine Lippen, und ich spürte, wie meine Knie schwach wurden.

Hör auf!

Ich richtete mich zu meiner vollen Größe auf und versuchte, den gutaussehenden Mann nicht zu nahe an mich heranzulassen. Er war reich und etwas älter als ich – um die dreißig, dachte ich. Er musste schon jede Menge Frauen gehabt haben. Er würde mich verschlingen und ausspucken, wenn ich es zuließ.

„Also sagen Sie mir, dass Sie vor dem Morgengrauen aufstehen und das Vieh hüten und so weiter?", fragte ich, weil ich einfach nicht glauben konnte, dass ein Mann mit so viel Geld so etwas tun würde.

Er nickte. „Ich stehe jeden Morgen um vier auf und fahre mit einem Truck von unserem Haus zu der Scheune hinter dem Haus meines Großvaters. Dort suche ich mir ein Pferd für den Tag aus. Wir gehen raus auf die Weide, wo das Vieh übernachtet hat, und bringen es auf eine andere Weide."

„Warum stören Sie die armen Kühe so früh am Morgen?", musste ich fragen. „Und warum müssen sie überhaupt auf eine andere Weide umziehen?"

Er lachte. „Wir machen es so früh, weil es jeden Tag eine Menge zu tun gibt. Und wir bringen sie von einer Weide auf eine andere, damit das Gras nachwachsen kann." Er ergriff seinen Drink und nickte mir zu. „Ich mag die Fragen, die Sie mir stellen, Kaylee." Er nahm einen Schluck und stellte das Glas wieder ab. „Ich wette, Sie sind in vielen Dingen ziemlich schlau, hm?"

„Das freut mich." Ich nahm ein Handtuch, um ein paar Gläser abzutrocknen. „Ich hätte nie gedacht, dass ich für immer Barkeeperin sein würde, aber ich glaube, ich habe meine Karriere hier in diesem Resort gefunden. Barkeeperin in Austin zu sein war nicht mein Traum, aber hier? Ich denke, es wäre wunderbar, im Paradies zu leben und zu arbeiten. Außerdem sind die Leute, die ich hier bediene, viel netter. Nicht so krass wie viele Leute, die ich zu Hause bedient habe."

Der Klang seines Lachens erfüllte die Luft. „Ich wette, Sie mussten sich die Kerle mit Gewalt vom Hals halten."

„Ja, manchmal." Ich fühlte mich ein bisschen unbehaglich, mit ihm darüber zu reden, und ich spürte, wie meine Wangen sich erhitzten. „Wie auch immer, wenn Sie nicht wollen, dass Sie eine Hostess oder irgendjemand sonst deswegen belästigt, kann ich dafür sorgen, dass Sie einen Fernseher in Ihren Bungalow bekommen."

Die Art, wie ihm der Mund offenstand, als er mich ansah, ließ mein Herz höherschlagen. „Das machen Sie für mich?"

„Sicher", sagte ich und lächelte ihn an. „Warum nicht?"

„Oh, ja." Er nahm seinen Drink und leerte ihn, bevor er das Glas wieder auf den Tresen stellte. „Sie sind hier, um das Leben der Gäste angenehmer zu machen, richtig?"

„Ja, das bin ich." Er tat so, als wäre es eine Herkulesaufgabe. Es war zwar nicht unbedingt Teil meines Jobs als Barkeeperin, aber ich betrachtete es nicht als lästig. „Sie wirken wie ein fleißiger Mann, der eine Pause verdient hat. Außerdem sind Sie Rancher. Ich liebe Steaks. Sie machen Steaks möglich."

„Ja, das tue ich." Er stützte seinen Arm auf den Tresen und beugte sich näher zu mir. „Kaylee, was denken Sie darüber, mich heute Abend zum Essen zu begleiten? Da Sie jetzt arbeiten, werden Sie am Abend bestimmt freihaben. Sie sind ein nettes und interessantes Mädchen. Es wäre mir eine Freude, Sie besser kennenzulernen."

Macht er mich etwa an? Ich konnte es nicht glauben

Mein Kiefer spannte sich an, und ich war enttäuscht darüber, dass er mehr mit der Kundschaft von meinem alten Job gemeinsam hatte, als ich zuerst angenommen hatte. Sofort ging mein Mund in die Offensive. „Hören Sie, ich weiß, wonach Sie suchen, und ich bin nicht so ein Mädchen, Pitt. Ich stehe nicht auf Affären. Ich mag den Gedanken nicht, jemandem ein paar Monate Gesellschaft zu leisten, nur damit er mich am Ende seines Urlaubs verlässt. Ich lasse mich nicht benutzen. Ich warte auf mehr."

Seine Augen weiteten sich und nach einem kurzen Moment lächelten seine Lippen leicht. „Worauf, Kaylee?"

Ich schuldete ihm keine Antwort. Ich musste dem Mann kein weiteres Wort sagen. Niemand konnte von mir erwarten, dass ich mich selbst erklärte, wenn ich es nicht wollte. Ich hatte an einem Seminar über sexuelle Belästigung teilgenommen, als ich auf der Insel eintraf. Wir konnten uns mit jemandem verabreden, wenn wir wollten, und wir konnten Dates auch ablehnen, wenn wir wollten. Wir durften niemals etwas für Geld oder Geschenke tun. Und wir mussten unseren Gästen nichts erklären.

Aber ich öffnete trotzdem den Mund. „Ich warte auf die wahre Liebe."

35

PITT

Goldbraune Augen schossen von meinen weg, als ich die Worte verarbeitete, die die schöne Barkeeperin gerade ausgesprochen hatte. Ich war schon von ihr beeindruckt, aber dieser Satz haute mich wirklich um.

Ihr dunkles, lockiges Haar wurde in einem langen Zopf zusammengehalten, der über ihre Schulter schwang, als sie sich schnell von mir abwandte. Ich sah zu, wie sie anfing, die Likörflaschen hinter der Theke neu zu ordnen, und eindeutig versuchte, unser Gespräch zu beenden.

Bei der Art und Weise, wie ihr Tanktop mit Blumenprint ihr perfekt passte und ihre festen, prallen Brüste betonte, lief mir das Wasser im Mund zusammen. Sie hatte auch einen der schönsten Hintern, die ich je gesehen hatte, und er hüpfte ein wenig, als sie am Tresen entlangging, um mehr Flaschen aufzuräumen. Sie war an allen richtigen Stellen rund und ich wette, das wusste sie auch.

Es war offensichtlich, dass sie nicht mit mir über ein Abendessen sprechen wollte, aber ich musste mehr über ihre Antwort herausfinden. „Verdammt, Mädchen. Ich habe Sie nicht gebeten, meine Seelenverwandte zu sein. Es ist nur ein Abendessen und vielleicht ein paar Drinks. Wie wollen Sie jemals die wahre Liebe finden, wenn Sie sich weigern, jemanden bei ein paar Drinks kennenzulernen?"

Ich mochte, dass ihre Unterlippe voller war als ihre Oberlippe. Und ich mochte auch, wie sie sie zwischen ihre geraden weißen Zähne zog, als sie sich zu mir umdrehte. „Das weiß ich noch nicht. Und ich bin mir durchaus bewusst, dass Sie mich nicht darum gebeten haben, Ihre Seelenverwandte zu sein."

Ich schüttelte den Kopf und konnte nicht glauben, dass dieses Mädchen, das gerade eine so direkte Antwort gegeben hatte, keinen Plan hatte, wie sie die wahre Liebe finden wollte, von der sie sprach. „Ich hoffe, Sie haben nichts dagegen, dass ich das sage, aber ich denke, dass Ihr Plan, auf die wahre Liebe zu warten, einige Mängel aufweisen könnte. Er könnte sogar ein bisschen naiv sein. Wie alt sind Sie überhaupt?"

„Ich bin zweiundzwanzig", schnappte sie. „Und ich bin nicht naiv. Ich bin nur desillusioniert, wenn Sie es genauso wissen wollen – viel mehr als die meisten Menschen in meinem Alter. Und ich weiß einfach, dass ich keine lange Liste mit Namen haben möchte, wenn ich an all die Männer zurückdenke, die ich geküsst habe."

Das Mädchen hatte seine eigenen Standards und hielt daran fest. Das gefiel mir. „Wie lange ist diese Liste im Moment, Kaylee?"

Ein schiefes Lächeln verzog ihre Lippen. Sie trug ihr Makeup perfekt und verwendete gerade genug davon, um ihre natürliche Schönheit und ihre leicht gebräunte Haut hervorzuheben. „Diese Liste geht Sie nichts an, Pitt."

„Also so kurz", sagte ich mit einem Grinsen. Ich tippte an meine Hutkrempe und fügte hinzu: „Daran ist nichts falsch."

Ihre Brust hob und senkte sich, als sie tief einatmete. „Es gibt keine Liste."

Ich musste das eine Weile auf mich wirken lassen. „Keine

Liste? Sie haben noch nie einen Mann geküsst? Gar nicht?" Der Gedanke, dass diese wunderschöne junge Frau noch nie geküsst worden war, erschien mir unwirklich.

„Nein, ich bin noch nie geküsst worden." Sie verschränkte die Arme direkt unter ihren üppigen Brüsten. „Und ich habe nicht vor, einen Mann zu küssen, den ich nach nur einem Date kaum kenne. Ist das nicht das, was erwartet wird? Ein Date entspricht mindestens einem Kuss. Richtig?"

„Es muss nicht so sein. Aber so läuft es meistens, da haben Sie recht." Ich dachte daran, sie an diesem Abend zum Essen auszuführen und sie dann zu ihrer Unterkunft zurückzubegleiten. Ich würde an ihrer Tür stehen, mich vorbeugen und ihren vollen, weichen Lippen einen süßen Kuss geben. Einen Kuss, der von zärtlich zu leidenschaftlich werden würde. Und dann könnte sie mich zu einer dringend benötigten heißen Nacht in ihrem Bett einladen.

Ich schüttelte den Kopf. Sie hatte mir unmissverständlich gesagt, dass dies eine Fantasie war, die *nicht* Wirklichkeit werden würde.

„Sehen Sie, das würden Sie erwarten, wenn ich Ihr Angebot annehme." Sie legte eine Hand auf ihre runde Hüfte und streckte sie ein wenig zur Seite. Die Art und Weise, wie ihre Khaki-Shorts an einem Bein nach oben rutschten, verschaffte mir einen schönen Blick auf ihren durchtrainierten Oberschenkel. „Und dann erinnere ich mich immer an Sie als den ersten Mann, den ich geküsst habe. Und was, wenn danach nichts aus uns werden würde? Was, wenn wir uns nicht gut verstehen würden? Sie sind ein Cowboy. Ich bin eine Barkeeperin aus der Großstadt. Wir würden uns trennen, und ich hätte einen ersten Mann auf meiner Liste, den ich dort nie haben wollte. Ich will einen Mann – nur *einen* – auf dieser Liste."

Mein Schwanz pulsierte, als ich eine weitere Erkenntnis hatte. „Also sind Sie eine zweiundzwanzigjährige Jungfrau."

Sie nickte. „Und ich möchte das nicht so bald ändern. Fragen Sie also nicht, ob Sie mir dabei helfen können."

Ich konnte nur den Kopf schütteln. „So bin ich nicht." Aber ich war neugierig, warum sie länger als die meisten anderen an ihrer Jungfräulichkeit festgehalten hatte. „Sind Sie religiös oder so etwas?"

„Nicht wirklich. Ich bewahre meine Jungfräulichkeit nur für mich selbst." Sie sah nach unten, als Röte ihre Wangen bedeckte. „Und für einen Mann, dem ich vertrauen kann – einen Mann, von dem ich weiß, dass er der Einzige sein wird, den ich jemals lieben werde."

Sie hatte meiner Ansicht nach die richtige Idee, ging die Umsetzung aber falsch an. „Meine Liebe, wie wollen Sie jemals diesen einen Mann finden, wenn Sie nie mit jemandem ausgehen? Woher wollen Sie wissen, wer er ist, wenn Sie nicht ein paar andere Männer küssen, um einen Vergleich zu haben?"

„Lassen Sie mich Ihnen eine Frage stellen, Pitt", sagte sie und beugte sich ein paar Meter von meinem Stuhl entfernt über den Tresen. „Ich bin sicher, dass Sie schon mehr als ein paar Mädchen geküsst haben. Wie alt sind Sie? Um die dreißig?"

„Zweiunddreißig." Ich dachte, ich könnte dem Mädchen ein bisschen von mir erzählen. „Und ich habe meine Jungfräulichkeit verloren, als ich siebzehn Jahre alt war, an ein zwanzigjähriges College-Mädchen, das ich nie wiedergesehen habe. Ich habe ein paar Jahre Spaß gehabt – und nein, ich habe keine Liste darüber, mit wem ich Sex hatte. Ich habe ein paar Mädchen kurz gedatet, bevor ich ein Mädchen ein Jahr lang gedatet habe, aber daraus wurde nichts. Und die Wahrheit ist, ich bereue nichts davon. Kein bisschen."

„Ja, das tun die wenigsten Leute", sagte sie und nickte. „Aber ich bin nicht so. Vielleicht führen Sie keine Liste der Frauen, mit denen Sie Sex hatten, aber ich wette, Sie erinnern sich an sie alle. Ich wette, Sie haben zumindest eine ungefähre Zahl im

Kopf, mit wie vielen verschiedenen Mädchen Sie geschlafen haben. Und ich wette, Sie sind sogar ziemlich stolz darauf. Liege ich falsch?"

Ein kleiner Teil von mir wünschte, es wäre so. „Nein." Das Mädchen wusste überhaupt nichts über Sex. „Wäre es nicht schlimmer, wenn ich mich nicht an die Frauen erinnern würde, mit denen ich zusammen war? Natürlich erinnere ich mich an sie. Wenn man verschiedene Partner hat, kann man viele verschiedene Dinge über Intimität lernen. Und man kann seine Techniken beim Liebesspiel perfektionieren. Ich könnte Sie dabei unterstützen, wenn Sie möchten", neckte ich sie ein wenig. Ich konnte mich einfach nicht beherrschen.

„Kein Interesse", schnappte sie, als sie die Flaschen wieder herumschob und versuchte, beschäftigt zu wirken.

„Über Sex zu sprechen macht Sie nervös", sagte ich. „Das muss es nicht, Süße – es ist ein natürlicher Teil des Lebens."

Als sie sich wieder umdrehte, sah ich, wie sie an ihrer Unterlippe kaute und ein wenig gequält wirkte. „Okay, Pitt. Ich heiße Kaylee und nicht Süße. Und natürlich macht es mich nervös, wenn ich mit einem völlig Fremden über etwas so Intimes spreche. Und ehrlich gesagt, würde ich nichts lieber tun, als dieses Thema zu beenden. Wie wäre es, wenn wir darüber reden, welche Art von Fernsehsendungen Sie gerne sehen? Oder wir können darüber reden, wie blau der Himmel heute ist. Oder wir reden darüber, wie Ihre Anreise auf die Insel war. Über all diese Dinge rede ich normalerweise mit Leuten, die ich nicht kenne."

„Sie sind ungefähr so leicht kennenzulernen wie ein Kaktus, nicht wahr?", musste ich fragen. „Haben Sie etwas dagegen, wenn ich frage, wie viele enge Freunde Sie haben?"

Sie wischte den Tresen mit mehr Kraft als nötig mit einem Tuch ab, obwohl die Oberfläche makellos war. „Ja, ich habe etwas dagegen. Wie würde es Ihnen gefallen, wenn ich Sie etwas so Persönliches fragen würde?"

„Ich habe fünf enge Freunde." Ich hatte kein Problem, mit ihr darüber zu reden. Dann lehnte ich mich zurück und realisierte etwas Unglaubliches.

Ich habe kein Problem, mit ihr über irgendetwas zu sprechen.

Mein Großvater war ein Mann weniger Worte. Sehr weniger. Er sagte nie ‚Hallo', wenn jemand durch seine Tür kam. Manchmal sagte er ‚Verschwinde'. Manchmal sagte er ‚Geh weg'. Aber ich konnte mich nicht erinnern, jemals gehört zu haben, wie dieser Mann ‚Hallo' sagte. Zu niemandem.

Fast jede Frau, mit der ich jemals eine romantische Beziehung gehabt hatte, hatte mir gesagt, dass ich nicht genug redete. Sie beschuldigten mich, nicht wirklich zu versuchen, sie kennenzulernen, oder ihnen gegenüber gleichgültig zu sein. Und ich musste zugeben, dass dies teilweise die Wahrheit war. Keine von ihnen hatte mich je dazu inspiriert, sie kennenlernen zu wollen.

Was zur Hölle mache ich also mit diesem Mädchen?

Kaylees Ton wurde sarkastisch, als sie sagte: „Gut für Sie, Pitt. Sie haben fünf enge Freunde. Und ich dachte, hart arbeitende Cowboys hätten keine Zeit, Freunde zu finden."

„Die haben wir wirklich nicht." Ich stand auf, lehnte mich an die Theke und schaute sie an. „Sie sind alle aus meiner Kindheit. Bevor ich von Sonnenaufgang bis Sonnenuntergang arbeiten musste. Aber ich betrachte sie immer noch als enge Freunde, auch wenn Jahre vergehen, ohne dass wir miteinander reden oder uns sehen. Wenn es darauf ankommt und ich sie brauche, sind sie da. Das bedeutet mir viel. Und etwas stört mich an Ihnen, Kaylee." Ich trommelte mit den Fingern auf die Theke. „Es stört mich, dass Sie keine engen Freunde haben."

„Ich habe nicht gesagt, dass ich keine engen Freunde habe. Ich habe gesagt, dass ich die Frage nicht beantworten will. Ich möchte lieber nicht mit einem Fremden über mein Privatleben sprechen." Sie schnaubte und hob dann das leere Glas auf, das ich auf dem Tresen gelassen hatte. „Möchten Sie noch einen?"

„Ich möchte, dass Sie mit mir zum Abendessen kommen." Ich sah sie an und musterte sie intensiv. Es funktionierte bei störrischen Pferden und Vieh. Ich hoffte, dass es auch bei ihr wirkte.

„Nun, manche Leute bekommen nicht immer das, was sie wollen." Sie lächelte auf eine Weise, die mich wissen ließ, dass sie stolz darauf war, an ihrem *Nein* festzuhalten.

Ich wusste nicht, was zum Teufel ich da tat. Das Mädchen war schnippisch und wild entschlossen, seine Jungfräulichkeit zu bewahren. Ihre Kommentare sagten mir, dass sie höchstwahrscheinlich eine echte Hexe war, wenn es nicht nach ihren Vorstellungen lief.

Vielleicht war sie meine Zeit doch nicht wert. Warum sollte ich meine Zeit damit verbringen, jemanden zu daten, der eindeutig viel zu hohe Mauern um sein Herz errichtet hatte?

Ich drehte mich um, um zu gehen, aber bevor ich das tat, konnte ich nicht widerstehen, noch einen letzten Satz zu sagen. „Kein Wunder, dass Sie keine Freunde haben, Kaylee." Und dann verließ ich die schöne junge Frau, die mehr Worte aus mir herausbekommen hatte als jede andere vor ihr.

Die Insel war voll von wunderschönen Frauen. Da war ich mir sicher. Dann wollte Kaylee eben nicht mit mir zu Abend essen. Ich war sowieso nicht für eine Affäre auf die Insel gekommen.

Ich ging einfach weiter, ohne zurückzublicken. Und ich wusste mit Sicherheit, dass ich nicht wieder in diese Bar gehen würde. Ich würde meine Augen nicht auf sie richten, nicht nachdem ich wusste, wie entschlossen sie war, einsam zu sein.

Wer will so einsam sein?

Ich hatte die meiste Zeit meines Lebens im Sattel gesessen und ganz allein das Vieh beim Grasen gehütet. Aber ich hatte nichts dagegen, mit anderen Leuten zusammen zu sein, so wie Kaylee. Ich hatte nichts dagegen, jemanden kennenzulernen – selbst wenn ich noch niemanden gefunden hatte, von dem ich dachte, dass er die Mühe wirklich wert war.

Eines war jedoch sicher. Ich hatte genug Zeit in meinem Leben allein verbracht, um zu wissen, dass dieses Mädchen niemals Liebe finden würde, wenn es sich für immer von anderen Menschen fernhielt.

36

KAYLEE

„Verdammt, sein Hintern sieht in diesen Jeans großartig aus", murmelte ich vor mich hin und seufzte, als Pitt meine Bar verließ.

Als Barkeeperin in Austin hatte ich jede Menge geile Hintern in engen Jeans gesehen. Der von Pitt war jedoch der beste – zweifellos.

Die Arbeit auf einer Ranch war eindeutig eine großartige Möglichkeit, fit zu bleiben, weil sein Körper in perfektem Zustand war. Trotz der Art und Weise, wie das Gespräch zwischen uns geendet hatte, konnte ich nicht anders, als mich zu fragen, wie er nackt aussah, wenn er sich auf einem Bett ausstreckte. Vielleicht würde er mich mit diesen tiefblauen Augen ansehen. Vielleicht hätte er eine Erektion, die so groß war, dass sie mich erschrecken würde.

Ich schüttelte den Kopf und sah von dem Mann weg, als er den Strand hinaufging. *Warum denke ich so etwas?*

Es war nicht so, dass ich eine Heilige war. Ich hatte schon vorher attraktive Männer gesehen. Aber Pitt sah besser aus als jeder Mann, den ich je im wirklichen Leben getroffen hatte. Er hatte etwas Einzigartiges an sich, das ich nicht genau benennen konnte.

Und ich hatte ihm auf die gleiche Art und Weise eine Abfuhr erteilt wie allen anderen Männern auch. Er hatte jedoch den Nagel auf den Kopf getroffen. Er hatte recht – ich hatte keine engen Freunde.

Ich hatte Bekannte. Ich hatte Kollegen. Aber ich hatte keine engen Freunde. Und daran war niemand schuld außer mir selbst.

Immer mehr Gäste kamen in die Bar, und ich musste mich an die Arbeit machen und meine privaten Probleme vergessen. „Hallo, Mr. und Mrs. Jamison! Was kann ich heute für Sie tun?"

„Zwei Gin und Tonic", sagte Mrs. Jamison. „Wie ist das Wasser heute, Kaylee?"

„Das Wasser war schön warm, als ich meine Zehen heute Morgen vor der Arbeit hineingetaucht habe." Ich mixte ihre einfachen Drinks und stellte sie auf die Theke. „Haben Sie beide heute Morgen schon gefrühstückt?"

Mrs. Jamison lächelte, als sie ihr Getränk nahm. „Ich hatte französischen Toast. Es war köstlich." Sie schlang ihren Arm durch den ihres Mannes. „Wir werden uns in den Sand setzen und den warmen Sonnenschein genießen. Danke für die Drinks."

Ich beobachtete, wie das Paar davonging und leise miteinander sprach. Mrs. Jamisons Ehemann hielt ihre Hand, während sie am Sandstrand Platz nahm. Dann nahm sie seinen Drink und hielt ihn für ihn fest, während er sich neben sie setzte. Sie küssten sich, als sie ihm den Drink gab, dann legte er seinen Arm um ihre Schultern und sie lehnte ihren Kopf an seinen.

„Süß", flüsterte ich.

Ich begann, mich zu fragen, ob sie immer gewusst hatten, dass sie zusammengehörten.

Tief in mir begannen sich Zweifel auszubreiten. Zum ersten

Mal in meinem Leben fragte ich mich, ob meine Lebensweise wirklich die richtige für mich war.

Pitt hatte recht – es wäre sehr schwierig, den richtigen Mann für mich zu finden, wenn ich mich nie verabredete. Aber was, wenn ich am Ende dem falschen Mann meinen ersten Kuss schenken würde?

Vielleicht würde Pitt ein Gentleman sein und meine Wünsche respektieren, ohne mich am Ende eines Dates zu einem Kuss zu drängen. Er wusste immerhin, was ich wollte.

Was konnte es schaden, mit dem Mann auszugehen?

Er schien allerdings ziemlich sauer auf mich gewesen zu sein, als er ging. Und er hatte dabei diesen fiesen kleinen Kommentar abgegeben. Er könnte mich sogar abweisen, wenn ich mich bei ihm entschuldigen und ihm sagen würde, dass ich mich entschlossen hatte, seine Einladung zum Abendessen anzunehmen.

Sein Angebot galt vielleicht gar nicht mehr.

Aber ich musste gar nicht zu ihm gehen und ihm das alles erzählen. Ich könnte mit meinem eigenen Angebot zu ihm gehen. Vielleicht würde ihm das helfen, mir meine abrupte Ablehnung zu vergeben. Zumindest würde ich wissen, dass ich es versucht hatte.

Zum allerersten Mal hatte ich das Gefühl, ich wollte wirklich versuchen, einen Mann kennenzulernen. Und ich würde versuchen, *mich* von ihm kennenlernen zu lassen. Mein echtes Ich, das Mädchen, das ich vor fast allen anderen Menschen versteckte.

Er mochte mein wahres Ich vielleicht gar nicht. Vielleicht aber doch. Das war völlig ungewiss, weil ich furchtbar unsicher war, wenn ich meine Mauern herunterließ.

Meine Gedanken machten sich sofort an die Planung und versuchten herauszufinden, was ich tun würde, wenn meine

Schicht vorbei war. Und als mein Kollege Tony auftauchte, um für mich zu übernehmen, hatte ich meinen Plan festgelegt.

Ich eilte in mein Zimmer und zog weiße Shorts, süße Sandalen und ein pinkes Top an, das an der Taille gebunden wurde. Dann löste ich meinen Zopf und verpasste meinen Naturlocken einen Spritzer aus einer Wasserflasche, bevor ich mit den Fingern ein wenig Conditioner einarbeitete. Meine Haare rochen nach Kokosnuss und Limette und hingen glänzend über meinen Rücken. Ich fühlte mich hübsch und normalerweise fühlte ich mich nie so.

In der Küche fand ich einen Korb und machte mich daran, ein Picknick für uns vorzubereiten. Im Kühlschrank gab es Käse, Weißwein und etwas dünn geschnittenes Fleisch, das ich auf ein Tablett legte und dann mit Plastikfolie abdeckte. Nachdem ich zwei Weingläser und ein Tischtuch hinzugefügt hatte, das ich in einer Schublade gefunden hatte, packte ich all meine Vorräte ein und ging los, um Pitt zu finden. Ich hoffte, dass er niemand anderen getroffen hatte, mit dem er zu Abend essen konnte. Aber es war erst fünf, also hatte ich die Hoffnung, ihn zu erreichen, bevor er losging.

Ich hatte Mr. Dunne zuvor in der Bar gesehen und ihn gefragt, in welchem Bungalow sich Pitt aufhielt. Ich gab ihm keine Einzelheiten über unsere Begegnung, sagte ihm aber, ich wollte sicherstellen, dass Pitt den Fernseher bekommen hatte. Ich hatte Camilla deswegen angerufen, bevor ich die Bar verließ.

Wie erwartet, hörte ich, wie der Fernseher lief, als ich zu seiner Tür ging. Mein Bauch war voller Schmetterlinge, und ich wusste, dass ich jedes Recht hatte, nervös zu sein.

Ich ballte meine Faust, hob sie und klopfte dreimal. „Bitte mach, dass er mir die Tür nicht vor der Nase zuschlägt", murmelte ich vor mich hin.

„Kommen Sie rein", sagte er mit seinem Südstaaten-Akzent

hinter der Tür, als er sie öffnete. Dann sah er, dass ich davorstand. „Was wollen Sie?"

Ja, er ist immer noch sauer auf mich.

Ich hielt den Korb in meiner Hand hoch. „Es tut mir leid. Ich habe ein Friedensangebot mitgebracht. Ein Picknick, das ich vorbereitet habe. Wir können es als kleines Abendessen am Strand genießen. Ich habe mich gefragt, ob Sie es mit mir teilen wollen. Habe ich schon erwähnt, dass es mir leidtut?"

„Das haben Sie." Er atmete tief ein, als er mich ansah. „Und warum haben Sie sich entschieden, mit Ihrem Friedensangebot hierherzukommen?"

Ich zuckte mit den Schultern, weil ich nicht sicher war. „Ich weiß es nicht, Pitt. Ich weiß nur, dass ich es nicht mochte, als Sie von mir weggegangen sind. Und es gefiel mir nicht, wie ich mich fühlte, als ich Sie weggehen sah. Also habe ich den ganzen Tag darüber nachgedacht, wie ich mich entschuldigen und versuchen könnte, mich mit Ihnen anzufreunden, und das ist, worauf ich gekommen bin. Ein Picknick am Strand." Ich schüttelte den Korb. „Hier drin ist auch Wein."

Endlich erreichte ein Lächeln seine Lippen und erstreckte sich bis zu seinen Augen. „Ich habe Bier." Er deutete mit dem Kopf auf die Küche. „Kommen Sie rein." Er trat einen Schritt zurück, damit ich eintreten konnte.

„Ich habe gehört, dass der Fernseher geliefert wurde", kommentierte ich, als ich den Korb auf die Arbeitsplatte stellte.

„Ja. Ich vermute, ich muss Ihnen dafür danken." Er öffnete den Kühlschrank und holte zwei Bierflaschen heraus. Er machte eine auf und kam zu mir herüber. „Bitte sagen Sie mir, dass Sie Bier trinken, Kaylee."

Ich ergriff die Flasche und nahm einen schönen langen Schluck. „Ah. Ich trinke Bier, Pitt."

„Wein ist gut, aber Bier ist besser." Er ging ins Wohnzimmer und setzte sich auf das Sofa. „Kommen Sie rein und nehmen Sie

Platz. Nach diesem Bier können wir nach draußen gehen, den Wein trinken und das Abendessen genießen, das Sie für uns gemacht haben."

Ich nahm mein Bier und setzte mich an das andere Ende des Sofas. „Okay." Ich tippte mit den Fingern auf die kühle Glasflasche. Ich wusste nicht, was ich sagen sollte.

„Mögen Sie Football?", fragte er, als er mich aus den Augenwinkeln ansah.

„Ähm, ich habe schon jede Menge Spiele gesehen. Wenn man in einer Bar arbeitet, ist immer viel los, wenn Spiele laufen." Ich nahm einen Schluck von meinem Bier, bevor ich fortfuhr. „Die Wahrheit ist, ich kann nicht sagen, dass ich ein Team habe, das ich anfeuere. Aber ich finde Football spannend."

„Cool." Er nahm einen Schluck und lächelte. „Ich mag die Broncos."

„Hey, sie haben kürzlich den Superbowl gewonnen, nicht wahr?" Ich erinnerte mich daran, wie die Leute sie vor einem Jahr angefeuert hatten.

„Das haben sie." Er drehte seinen Kopf und sah mich an. „Würden Sie sie gern zu Ihrer Lieblingsmannschaft machen, Kaylee?"

„Warum nicht?" Ich nahm noch einen Schluck. „Wissen Sie, ich habe noch nie mit einem Kunden aus einer der Bars, wo ich gearbeitet habe, getrunken."

„Dann bin ich froh, der erste für Sie zu sein." Er hob seine Flasche und zwinkerte mir zu. „Darauf, dass wir zusammen abhängen."

Ich nickte und fand das ziemlich cool. Ich stieß mit meiner Flasche gegen seine. „Aufs Abhängen." Wir tranken einen Schluck von unseren Bieren, und ich mochte, wie ich mich fühlte. Als würden wir wirklich etwas gemeinsam machen. Im

Grunde mochte ich einfach die Art, wie ich mich bei ihm fühlte. „Sie sind in Ordnung, Pitt."

„Ich weiß." Er lächelte, stand auf und ging hinüber, um den Fernseher auszuschalten. „Es wurde wohl vergessen, die Fernbedienung mitzuschicken."

Ich stand auf und ging zum Telefon. „Nun, das ist überhaupt nicht okay." Ich sah ihn über meine Schulter an. „Wollten Sie auch einen Fernseher in Ihrem Schlafzimmer?"

„Hey, ich mag Sie", sagte er mit einem Lächeln. „Das wäre großartig."

„Nicht wahr?" Ich lachte, als ich Camilla anrief. „Hi, Mrs. Chambers. Mr. Zycan hat zwar den Fernseher erhalten, aber die Fernbedienung wurde vergessen. Und er braucht auch einen Fernseher für sein Schlafzimmer. Können Sie jemanden herschicken, um das zu ermöglichen? Und erinnern Sie ihn bitte daran, die Fernbedienungen nicht zu vergessen."

Sie versicherte mir, dass man sich sofort darum kümmern würde, und ich legte auf und ging in die Küche. „Möchten Sie rausgehen und mit dem Picknick beginnen? Ich weiß, es ist noch früh, aber ich bin am Verhungern. Ich habe seit dem Frühstück nichts mehr gegessen."

„Das ist perfekt. Ich esse immer um fünf Uhr, wenn ich zu Hause bin." Er ging an mir vorbei, als ich den Korb ergriff. „Ich bin normalerweise um neun im Bett."

Ich lachte. „Als ich in Austin arbeitete, bin ich nie vor drei oder vier Uhr morgens ins Bett gekommen. Seit ich hier bin und die Tagschicht habe, bin ich jeden Abend um neun Uhr im Bett und liebe es. Ich kann Ihnen nicht sagen, wann ich das letzte Mal in Austin den Sonnenaufgang gesehen habe. Aber hier stehe ich jeden Morgen rechtzeitig auf, um ihn nicht zu verpassen."

Er starrte mich einen Moment an. „Den Sonnenaufgang zu

beobachten ist eine meiner Lieblingsbeschäftigungen. Das
genieße ich noch mehr als Sonnenuntergänge."

Als wir zum Strand gingen, hatte ich das Gefühl, ich müsste
ihn wissen lassen, warum ich in der Bar so defensiv zu ihm
gewesen war. Ich war froh, dass er mein Friedensangebot angenommen hatte, aber ich hatte immer noch das Gefühl, etwas
erklären zu müssen – nicht um seinetwillen, sondern um
meinetwillen.

„Pitt, ich habe den ganzen Tag darüber nachgedacht, was Sie
heute Morgen zu mir gesagt haben, und ich glaube, Sie hatten in
vielerlei Hinsicht recht. Ich habe eine Mauer um mein Herz
errichtet, um mich vor Männern zu schützen, die mich nur
benutzen wollen. Ich weiß, dass es nicht richtig ist, jeden Mann
so zu behandeln, als wäre das alles, was er von mir will, aber an
einem bestimmten Punkt wurde es leichter, als mir immer
wieder neue Hoffnungen zu machen. Ich kann Ihnen nicht
versprechen, wie gut ich darin sein kann, aber ich habe das
Gefühl, dass ich versuchen möchte, mich Ihnen etwas zu öffnen.
Normalerweise mache ich das bei niemandem, nicht nur bei
meinen Kunden. Es liegt einfach nicht in meiner Natur."

„Ich weiß." Er trat einen Schritt von mir weg und legte ein
wenig mehr Abstand zwischen uns. „Und ich werde nicht leicht-
fertig damit umgehen, Kaylee. Versprochen."

37

PITT

Ich musste dem Mädchen eines lassen – Kaylee wusste, wie man sich entschuldigt.

Gemeinsam breiteten wir die Tischdecke aus, die sie mitgebracht hatte, und setzten uns hin. „Ich mag Picknicks", ließ ich sie wissen. „Ich habe kaum Gelegenheit dazu, seitdem ich kein Kind mehr bin. Aber ich mag sie."

„Das dachte ich mir." Kaylee goss den Wein ein und reichte mir ein Glas. „Ich weiß, dass es kein Bier ist, aber es ist gut für das Herz. Zumindest habe ich das gehört. Außerdem passt es gut zu Käse und Fleisch."

Ich sah mir die winzigen Speisen an, die sie vorbereitet hatte, und musste lachen. „Ja, das wird ein großartiger Snack."

Sie sah auf das Picknick und lachte. „Ja, ich habe das nicht wirklich gut durchdacht, hm?"

„Es ist der Gedanke, der zählt." Ich hob ein winziges Stück Käse auf und aß es. „Ich werde uns später Steaks in der Feuergrube auf dem Deck grillen. Es gibt ein paar im Kühlschrank in meiner Hütte – ich meine, meinem Bungalow –, die wirklich gut aussehen."

Sie lächelte mich an. Nicht bissig, so wie in der Bar, als sie mir eine Abfuhr erteilt hatte. Nein, dieses Lächeln war echt. „Ich würde Ihnen anbieten, beim Kochen zu helfen, aber ich bin nicht gut darin."

„Wissen Sie, da wo ich herkomme, nutzen Mädchen ihre Kochkünste, um einen Ehemann zu finden." Mir gefiel die Tatsache, dass sie das nicht bei mir versucht hatte. Verdammt, sie versuchte das bei niemandem.

„Vielleicht habe ich mich deshalb noch nie allzu sehr bemüht, es zu lernen." Sie lachte und ließ den Kopf zurückfallen. Ihre langen Haare wehten um ihr hübsches Gesicht, als sie sich ein wenig entspannte. „Ich mag das."

„Ich auch." Ich konnte sehen, dass sie sich in meiner Nähe wohler fühlte. „Es ist ziemlich angenehm, mit Ihnen zusammen zu sein. Ich wette, Sie sind voller Überraschungen."

„Oh, ich weiß nicht." Sie nahm einen Schluck Wein und aß ein Stück Schinken. „Ich bin irgendwie langweilig."

„Das bezweifle ich sehr." Ich hätte eine Million Dollar gewettet, dass das Mädchen nicht annähernd so langweilig war, wie es dachte.

Sie schüttelte den Kopf. „Nein, Pitt. Ich bin wirklich langweilig. Ich weiß nicht, ob es daher kommt, dass ich in einer aufregenden Atmosphäre arbeite, aber meine Vorstellung von Spaß ist einfach nicht das, was die meisten Leute in meinem Alter dafür halten."

„Erzählen Sie mir von etwas, das Ihnen Spaß macht." Ich lehnte mich auf meinen Händen zurück, streckte meine Beine aus und schaute sie an. Sie hatte meine volle Aufmerksamkeit.

Sie setzte sich auf, schlug ihre langen Beine übereinander und sagte: „Okay, ich liege gerne auf meinem Bett, schaue mir alte Shows wie *I Love Lucy* an und esse Sandwiches mit Erdnussbutter und Traubengele zu einem Glas Milch."

„Was ist daran falsch?", fragte ich. „Das klingt nach Spaß für mich. Sie haben gutes Essen, ein tolles Getränk und schauen sich komische Sachen an. Was ist daran nicht gut?"

Sie zuckte mit den Schultern. „Niemand, den ich je gekannt habe, hielt das für Spaß. Alle sagen, dass ich langweilig bin." Sie sah mich mit einer gewissen Intensität an. „Okay, ich werde Ihnen ein weiteres Beispiel davon geben, was mir Spaß macht. Aber ich will nicht, dass Sie mir sagen, was ich Ihrer Meinung nach hören möchte. Ich will, dass Sie ehrlich sind. Versprechen Sie es mir."

„Ich verspreche, dass ich ehrlich bin." Und dann dachte ich, ich sollte auch ehrlich über mich sein. „Ich bin manchmal zu ehrlich."

„Okay." Sie nickte und wappnete sich, als würde sie gleich ein großes Geständnis ablegen. „Als ich hier auf der Insel ankam, entdeckte ich einen Baum im Wald. Er ist riesig und muss wirklich alt sein. Ich habe ein paar Holzreste, Nägel und einen Hammer gefunden. An meinen freien Tagen, von denen ich bisher nur wenige hatte, baue ich ein Baumhaus. Ich habe es niemandem erzählt, weil ich sicher bin, dass alle mich für verrückt halten würden – wer baut schon ein Baumhaus in einem Inselresort?"

Ich konnte nicht anders, als zu grinsen. „Zeigen Sie es mir."

„Wirklich?", fragte sie.

„Wirklich." Ich stand auf und streckte meine Hand aus, um sie hochzuziehen. „Das muss ich sehen."

„Okay, dann kommen Sie." Sie zog ihre Hand aus meiner – ich hatte gedacht, dass sie das tun würde – und wir sammelten unsere Sachen ein. „Wir können unser Picknick in dem Teil des Baumhauses abschließen, den ich bisher gebaut habe. Es ist noch lange nicht fertig. Es wird vielleicht niemals fertig. Aber die Aussicht ist wunderschön."

„Zu Hause habe ich eine Scheune, die mein Großvater nicht mehr benutzt, weil das Dach undicht ist." Ich nahm ihr den

Korb ab, um ihn zu tragen. „Ich mache mir das zunutze, um Wasserfälle zu erzeugen. Jedes Mal, wenn es regnet, gehe ich in die Scheune, um sie mir anzusehen, und mache kleine Anpassungen, um das Wasser ein wenig anders fallen zu lassen. Ich liebe diese alte Scheune."

„Das hört sich cool an – und wunderschön." Sie lachte, als sie nach rechts abbog und den Weg verließ. „Hier entlang."

„Haben Sie keine Angst, allein durch diesen Dschungel zu gehen, Kaylee?", fragte ich und dachte, dass die meisten Frauen, die ich kannte, keinen Schritt vom Weg abgewichen wären.

„Warum sollte ich?" Sie sah mich an und ging voran. „Ein Einzelgänger zu sein ist nicht immer eine schlechte Sache. Ich habe gelernt, viele Dinge allein zu machen, schätze ich."

„Das kann ich mir vorstellen." Wir bogen um eine Kurve und da war es. „Wow!"

Es war nicht gerade spektakulär, aber vielleicht würde es das einmal sein. Und das wusste sie auch.

„Bis jetzt habe ich genug Holz gefunden, um den Boden und die Stufen an den Baum zu bauen, und das war es auch schon. Aber warten Sie, bis Sie die Aussicht von dort oben sehen." Sie schaute auf meine Stiefel und dann auf meinen Körper. „Können Sie in dem, was Sie tragen, klettern?"

„Ja, verdammt." Sie hatte keine Ahnung, mit wem sie zusammen war. „Steigen Sie auf den Baum. Ich bin direkt hinter Ihnen."

Sie kletterte nach oben, und ich versuchte, ihren fantastischen Hintern nicht anzustarren.

Sei ein Gentleman, Pitt.

Ich kletterte ebenfalls hoch und gesellte mich zu ihr auf den Boden ihres Baumhauses. Ich sah genau, warum sie es hier bauen wollte. „Wir überragen alles."

„Ja, es ist großartig, nicht wahr?", sagte sie und sah erst mich und dann den Korb an, den ich unten gelassen hatte. „Sie haben unser Picknick vergessen."

„Das ist kein großer Verlust, oder?" Ich lachte und legte meinen Arm um ihre Schultern. „Es ist cool hier. Was zur Hölle hat sie dazu gebracht, auf diesen Baum zu klettern?"

Sie zuckte mit den Schultern, schien aber nichts dagegen zu haben, dass ich sie umarmte. Das gefiel mir. „Der Baum war riesig. Er sah robust aus. Also bin ich hochgeklettert. Ich habe es immer geliebt zu klettern, als ich jünger war. Meine Mutter hat mich Äffchen genannt." Sie runzelte die Stirn. „Als ich sechzehn war, wurde bei mir ADHS diagnostiziert. Meine Eltern hielten es für das Beste, mir Medikamente dagegen zu geben. Ich hasste, wie ich mich dadurch fühlte, und als ich 18 wurde, hörte ich auf, sie zu nehmen. Ich machte es mir zur Aufgabe, damit aufzuhören, so hyperaktiv zu sein. Das war gar nicht so schwer. Ich habe einfach aufgehört, mich ständig zu bewegen – zumindest wenn ich mit anderen Leuten zusammen war. Wenn meine Gedanken wandern, finde ich etwas, worauf ich mich konzentriere, bis ich sie wieder unter Kontrolle habe. Nicht, dass ich sie immer unter Kontrolle habe. Aber ich versuche es. Und ich halte den Mund, wenn ich spüre, dass mir die Kontrolle zu entgleiten droht."

„Ich verstehe." Ich wusste, dass sie sich mir wirklich öffnete, genau wie sie gesagt hatte. „Wie viele Leute wissen das über Sie, Kaylee?"

„Nur vier oder fünf. Mom und Dad wissen es natürlich. Der Direktor meiner High-School und ein oder zwei Lehrer wurden informiert. Ich habe es keinem meiner College-Dozenten oder jemandem in der Bar in Austin erzählt. Und auch hier niemandem."

Zu sagen, dass ich das Gefühl hatte, etwas Besonderes zu sein, wäre eine Untertreibung gewesen. Aber seit sie angefangen hatte, darüber zu reden, hatte eine Veränderung an ihr stattgefunden. Ihr Kopf hatte sich gesenkt, als würde sie sich schämen. Das konnte ich nicht zulassen.

Ich zog meinen Arm von ihren Schultern und umfasste ihr Kinn, damit sie mich ansah. „Hey, an Ihnen ist nichts falsch. Sie sind großartig. Nun, Sie können großartig sein, sobald Sie verstanden haben, dass es vollkommen in Ordnung ist, der Mensch zu sein, der Sie sind. Ich wette, es ist verdammt schwer, ständig damit umzugehen. Und das auch noch ganz allein. Sie nehmen nicht einmal Medikamente zur Unterstützung. Scheiße. Ich bin beeindruckt, wie gut Sie es allein schaffen."

„Wirklich?", fragte sie, als sie meine Augen eindringlich betrachtete. „Meinen Sie das ernst?"

„Ja, natürlich." Plötzlich wusste ich, warum sie so handelte, wie sie es tat. Sie versuchte, jemand zu sein, der sie nicht war. „Ich wette, wenn Sie lernen, dass die Leute Sie so akzeptieren, wie Sie sind, werden Sie eine viel bessere Meinung über das Leben und die Menschen im Allgemeinen bekommen. Und ich habe die nächsten Monate Zeit, um Ihnen dabei zu helfen."

Sie lachte. „Pitt, ich glaube nicht, dass Sie eine Ahnung haben, worauf Sie sich mit mir einlassen. Ich kann ein echter Nerd sein." Sie deutete auf das Baumhaus. „Sie sehen, wie ich meine Freizeit verbringe. Und wenn Sie wüssten, was ich in den Swimmingpools tun möchte, anstatt auf Luftmatratzen herumzuliegen und mich von der Sonne bräunen zu lassen, würden Sie peinlich berührt den Kopf schütteln."

„Geben Sie mir eine Chance." Ich bewegte meine Hand hinunter, um ihre zu halten. „Ich werde bei Ihnen sein. Ich sage Ihnen eines – sobald Sie aufhören zu versuchen, wie jemand zu leben, der Sie nicht sind, wird sich alles für Sie ändern. Ihre Kollegen werden Sie richtig kennenlernen. Sie werden echte Freunde finden, Kaylee. Das verspreche ich Ihnen."

„Glauben Sie das wirklich?", fragte sie mit einem Stirnrunzeln. „Weil ich nicht glaube, dass das passieren wird, Pitt. Ich denke, jeder wird wissen, dass ich verrückt bin und diese Persönlichkeit die ganze Zeit nur vorgetäuscht habe."

„Erstens arbeiten Sie hier noch nicht so lange. Ich habe Galen gefragt und er hat gesagt, Sie hätten gerade erst vor ein paar Wochen angefangen."

Sie lächelte mich an. „Sie haben Mr. Dunne nach mir gefragt?"

„Ja. Ich habe all Ihre schmutzigen Geheimnisse herausgefunden." Ich zwinkerte ihr zu und drückte ihre Hand. „Und Sie müssen wissen, dass Sie hier sowieso niemand wirklich kennt. Niemand kann bereits eine vorgefasste Meinung darüber haben, wer Sie sind oder wie Ihre Persönlichkeit ist. Sie können allen zeigen, wer Sie wirklich sind. Und ich kann Ihnen schon jetzt sagen, dass Sie nach jemandem klingen, mit dem man verdammt viel Spaß haben kann."

„Pitt, ich schwöre bei Gott, wenn Sie mir das alles nur sagen, um mich ins Bett zu bekommen, bringe ich Sie um." Sie schlug mir auf den Arm, um zu beweisen, dass sie es ernst meinte.

Ich konnte sie nur anlächeln und ihr die Wahrheit sagen. „Süße, wenn ich Sie in meinem Bett haben will, werde ich Sie bekommen. Im Moment möchte ich nur Ihr Freund sein."

„Ach ja?", fragte sie mich zweifelnd. „Ich würde Ihnen so gerne glauben."

„Das können Sie." Ich bewegte mich vor und tat so, als würde ich sie küssen wollen. Die Tatsache, dass sie vollkommen stillhielt, sagte mir, dass sie immer noch Todesangst hatte. Als meine Lippen ihre Wange statt ihrer Lippen berührten, sackte ihr Körper vor Erleichterung zusammen. „Im Moment möchte ich nur Ihr Freund sein, Kaylee Simpson."

38

KAYLEE

Als Pitt seinen Kopf senkte, um mich zu küssen, geriet ich in Panik. Bei dem Gedanken, er würde meine Lippen küssen, erstarrte mein Körper, aber ich hielt ihn nicht auf.

„Im Moment möchte ich nur Ihr Freund sein, Kaylee Simpson."

Mein Körper ließ all die Anspannung los, die sich in ihm aufgebaut hatte, als sich seine Lippen gegen meine Wange drückten. „Gut", seufzte ich. Ich war nicht bereit für mehr als das. „Anscheinend haben Sie Mr. Dunne gefragt, wie mein Nachname lautet. Hat er Ihnen auch meine Sozialversicherungsnummer gegeben?"

„Nein, nur Ihren Nachnamen." Seine blauen Augen tanzten, als er seinen Kopf zurückzog und mir in die Augen sah. „Möchten Sie jetzt zu meinem Bungalow zurückkehren? Wir können die Steaks grillen, von denen ich Ihnen erzählt habe."

Ich nickte und kletterte dann den Baum hinunter, aber ich benutzte nicht die Stufen, die ich an den Baumstamm genagelt hatte. Ich hangelte mich stattdessen von Ast zu Ast, bevor ich zu Boden sprang.

Als ich aufblickte, starrte Pitt mich mit offenem Mund an. „Scheiße, Sie sind wirklich ein Affe, oder?"

Lachend nickte ich, als ich den Picknickkorb aufhob. „Ich denke, das könnte sein."

Er kletterte auf normalem Weg hinunter, dann gingen wir zurück zu seinem Bungalow. „Ich kann Ihnen das Kochen beibringen, wenn Sie wollen, Kaylee."

„Warum sollte ich das lernen wollen?", fragte ich, als ich ihn zurück zum Hauptpfad führte.

„Weil jeder wissen sollte, wie man kocht." Ich spürte seine Hand an meiner Schulter, und er zog mich zurück, um vor mich zu treten. „Ich lasse niemanden sehen, wie ich von einem Mädchen aus diesem Dschungel geführt werde." Er nahm den Korb aus meiner Hand und trug ihn für mich.

„Was?" Ich schoss durch die Bäume, bis ich wieder vor ihm stand. „Sie kennen nicht einmal den Weg zurück."

„Doch." Er packte mich mit einer Hand an der Taille, hob mich hoch und warf mich mühelos über seine Schulter. „Sie werden schon sehen."

Lachend und atemlos entspannte ich mich. Ich fühlte mich wohler, als ich erwartet hatte. Und da mein Gesicht auf der Höhe seines Hinterns war, konnte ich mich wirklich nicht über die Aussicht beschweren. „Sind Sie wirklich so ein Neandertaler, Pitt?"

„Ich bin ein Mann, Süße, kein Neandertaler." Er stellte mich wieder auf die Beine, sobald wir den Dschungel verlassen hatten und wieder auf dem Weg waren. „Da sind wir." Er sah mich einen Moment an. „Ich weiß, Sie haben gesagt, dass ich Sie nicht ‚Süße' nennen soll, aber ich rede einfach so. Versprechen Sie mir, mich nicht dafür zu hassen?"

„Ich denke, Sie können mich so nennen, wenn Sie nichts dagegen tun können." Nun, da wir uns besser kennenlernten, gefiel es mir, wenn er mich so nannte. Niemand hatte mich jemals süß genannt.

Ich fühlte mich bei Pitt auf eine Weise wohl, die ich noch nie bei einem Mann erlebt hatte. Vielleicht lag es auch daran, dass wir uns schon gestritten und wieder versöhnt hatten. Es schien alles entspannter zu machen. Und ehrlich zu ihm über mein ADHS zu sein hatte sich gut angefühlt.

Vielleicht kann ich auf dieser Insel endlich ich selbst sein.

Als wir an seinem Bungalow ankamen, holte er zwei Flaschen Bier und führte mich dann zum Deck. „Nehmen Sie hier Platz und lehnen Sie sich auf diesem Liegestuhl zurück, während ich das Feuer anzünde. Es sind noch ungefähr zwanzig Minuten bis Sonnenuntergang und wir können ihn uns zusammen ansehen."

„Können Sie wirklich so genau einschätzen, wann die Sonne untergeht?", fragte ich.

„Ja." Er drehte den Gasgrill auf und schüttelte dabei den Kopf. „Verdammt, mit Gas grillt es sich nicht so gut wie mit Holzkohle, aber es geht nicht anders."

„Sie arbeiten also wirklich auf der Ranch, hm?" Es fiel mir schwer zu glauben, dass er bei all dem Geld seiner Familie tatsächlich so hart arbeiten würde.

Er sah mich mit offenem Mund an. „Haben Sie mir etwa nicht geglaubt?"

Ich schüttelte den Kopf und sagte: „Nicht wirklich."

Er nahm sein Bier und setzte sich auf den anderen Liegestuhl neben mir. „Ich weiß, dass es schwer zu glauben ist, aber das Geld, das meine Familie hat, hindert keinen von uns daran, das zu tun, was wir schon als Kinder getan haben. Es ist, als ob uns die Ranch im Blut liegt. Sie ist ein Teil von uns allen – außer von meiner jüngsten Schwester Harper. Es wäre ihr egal, wenn sie die Ranch niemals wiedersehen würde. Aber sie ist auch kein verwöhntes reiches Mädchen. Sie beschäftigt sich mit

Wissenschaft und dem Erfinden von Dingen, so wie unser Vater früher."

„Sie stehen also wirklich früh auf und machen die ganze Arbeit, weil Sie das wollen?", fragte ich, während sie ungläubig den Kopf schüttelte. „Sie stehen auf, steigen auf ein Pferd, sitzen den ganzen Tag darauf und beobachten die Kühe beim Fressen, weil Sie das mögen?"

„Süße, ich sitze nicht den ganzen Tag auf einem Pferd." Er lachte und nahm einen Schluck von seinem Bier. „Es gibt Morgen, an denen ich nicht wirklich aufstehen möchte, aber ich mache es trotzdem. Und an den meisten dieser Morgen sehe ich etwas Spektakuläres, das ich niemals sehen würde, wenn ich im Bett liegen und nichts tun würde, nur weil ich Geld auf dem Konto habe."

„Was zum Beispiel?" Ich wollte den Mann verstehen. Ich hatte noch nie Interesse daran gehabt, das bei irgendjemandem zu tun.

„Nun, eines Morgens hatte ich gar keine Lust. Ich musste mich aus dem Bett quälen, um an diesem Tag mit der Arbeit zu beginnen. Im Frühling bekommen wir manchmal schreckliche Gewitter aus dem Nichts. Auf dem Weg zur Scheune konnte ich in der Ferne Blitze sehen und wusste, dass ich mich beeilen musste."

„Wenn es regnen sollte, warum sind Sie dann überhaupt nach draußen gegangen?" Ich konnte Leute nicht verstehen, die in einem Sturm weiterarbeiteten.

„Wir hatten sechs Kühe, die jederzeit kalben konnten." Er nahm noch einen Schluck, während er in die Ferne blickte. „Wenn Stürme aufkommen, bekommen die Kühe oft Wehen. Wir mögen es nicht, wenn unsere Kälber mitten in einem Sturm draußen geboren werden. Wir möchten, dass sie in einer sicheren Umgebung zur Welt kommen. Also mussten wir diese sechs Kühe zusammentreiben und in die Scheune bringen. Ich traf dort die anderen Ranch-Arbeiter. Sobald meine Schwestern das Donnergrollen hörten, stiegen sie auch auf ihre Pferde. Dann machten wir uns auf die Suche nach den Kühen."

„Und es war wahrscheinlich immer noch dunkel, oder?" Ich konnte mir alles lebhaft vorstellen. „Sehen Ihre Schwestern so aus wie Sie, Pitt?"

„Wir haben alle das gleiche Haar, aber unsere Augen sind ein bisschen unterschiedlich." Er lachte. „Stellen Sie sich das etwa alles vor, Kaylee?"

„Ja." Ich schaute nach unten. „Ist es seltsam, dass ich eine sehr lebendige Fantasie habe?"

Er schüttelte den Kopf. „Nein, es ist großartig, wenn Sie mich fragen."

„Danke." Er hatte ein Talent dafür, mir das Gefühl zu geben, dass alles an mir in Ordnung war.

„Wie auch immer, wir haben uns alle getrennt, um eine größere Fläche absuchen zu können. Und mir bot sich ein ziemlich ungewöhnlicher Anblick." Er schüttelte den Kopf, als hätte er ihn wieder vor Augen. „Es gab ein lautes Knistern, und dann sah ich einen Baum, der in Flammen aufging, als der Blitz ihn traf. Die Flammen waren so gewaltig, dass auch die Bäume ringsherum in Brand gerieten."

„Oh, verdammt." Ich setzte mich auf. Die Geschichte nahm eine Wendung, die ich nicht erwartet hatte. „Was haben Sie gemacht?"

„Was konnte ich schon tun?" Er drehte sich zu mir um. „Alles, was ich tun konnte, war, das Vieh von dort wegzubringen. Das hört sich vielleicht einfach an, aber das war es nicht. Alle waren vom Blitz und vom Feuer in Panik geraten. Mein Pferd wurde von allen Seiten angerempelt, sodass es ebenfalls panisch wurde."

„Verdammt!" Ich umklammerte meine Bierflasche. „Wurden Sie verletzt?"

„Zum Glück nicht." Er sah zum Himmel auf. „Ich glaube, Dad hat über uns gewacht. Er war erst einen Monat tot, als das passierte. Mein Pferd bekam von einem Stier, der völlig durchdrehte, einen Tritt in die Rippen. Es ging auf die Hinterbeine, und ich hielt mich daran fest, als ob mein Leben davon abhinge. Ich gebe zu, ich habe geschrien: „Hilf mir!" Und dann fiel plötzlich strömender Regen und löschte das Feuer, sodass sich die Herde beruhigte. Das Vieh folgte meinem Pferd und mir bis zur Scheune. Zwei der Kühe bekamen an diesem Morgen ihre Kälber. Wenn ich geschlafen hätte, hätte ich das alles verpasst."

Ich schnaubte. „Wissen Sie, Pitt, ich denke, die meisten Leute würden sagen, dass das, was Sie durchgemacht haben, schrecklich ist. Sie müssen bis auf die Knochen durchnässt gewesen sein. Es war sicher eiskalt."

„Ja." Er nahm einen Schluck. „Aber es hat sich gelohnt. Ich würde an diesem Morgen nichts ändern. Überhaupt nichts." Er stand auf und ging hinein. „Ich hole die Steaks. Der Grill sollte inzwischen heiß genug sein."

Ich stand auf, um ihm zu folgen, und dachte, ich sollte etwas zum Essen beitragen. „Ich kann einen Salat machen."

„Wozu?" Pitt nahm die Steaks aus dem Kühlschrank.

„Essen Sie keinen Salat?", fragte ich und stellte mich auf die andere Seite der Theke.

„Sehe ich aus wie ein Kaninchen?" Er ging mit den Steaks nach draußen und schüttelte den Kopf. „Legen Sie stattdessen eine Kartoffel für mich in die Mikrowelle."

„Okay." Ich hätte wissen müssen, dass der Mann sich von Fleisch und Kartoffeln ernährte. „Was für ein Neandertaler."

„Das habe ich gehört", rief er mir von außen zu. „Hey, die Sonne geht unter. Kommen Sie."

Ich ging wieder nach draußen und blieb vor den offenen Glastüren stehen. „Sie ist heute Abend wirklich hübsch. Aber das ist sie immer über dem Wasser."

Pitt schloss den Deckel des Grills und stellte sich neben mich. Er legte seinen Arm um meine Schultern. „Heute Morgen habe ich allein meinen ersten Sonnenaufgang auf der Insel beobachtet. Und jetzt kann ich meinen ersten Sonnenuntergang hier mit Ihnen ansehen. Ich muss sagen, Kaylee, dass ich diese Erfahrung viel lieber mit Ihnen teile."

Ich wusste nicht, warum ich es tat, aber ich lehnte meinen Kopf an seine Schulter. „Wissen Sie was? Ich habe die Sonnenuntergänge allein beobachtet, seit ich hergekommen bin. Und ich muss zugeben, dass dieser hier viel bunter und heller erscheint als die anderen. Glauben Sie, das liegt nur daran, dass ich hier bei Ihnen stehe, Pitt?"

Seine Lippen drückten sich gegen meinen Kopf. „Ich glaube schon."

Wir standen so, bis die letzten Farben den Himmel verließen. Und dann ließ er mich los. Ich konnte nicht glauben, wie schnell ich seine Berührung vermisste, als er die Steaks wendete. „Ich gare jetzt besser die Kartoffeln für Sie."

Mir war schwindelig, und mein Herz fühlte sich schwer an.

Was machst du da, Mädchen?

Pitt Zycan konnte *nicht* der richtige Mann für mich sein. Er und ich waren nicht annähernd in derselben Liga. Als Barkeeperin aus der Stadt konnte ich nicht erwarten, dass sich ein milliardenschwerer Rancher in mich verliebte.

Und ich gab meine Träume von wahrer Liebe nicht auf, egal wie verlockend Pitt wirkte. Ich wusste, dass ich auf mich aufpassen musste. Ich musste meine Mauern wenigstens ein bisschen aufrechterhalten. Wenn nicht, wusste ich, dass ich verletzt werden würde.

Ich hatte mich lange Zeit schützen können. Warum sollte ich jetzt mein Herz aufs Spiel setzen?

„Hey, Sie wollen Ihr Steak kurzgebraten, oder?", rief er von draußen.

„Gibt es eine bessere Art?", entgegnete ich. Seine Frage riss mich aus meinen Gedanken.

„Meiner Meinung nach nicht." Er kam mit den Steaks auf einem Teller herein. „Sie und ich sind uns sehr ähnlich. Wissen Sie das?"

„Ich glaube, ich fange an, es zu begreifen", flüsterte ich vor mich hin und hoffte, dass er es nicht hörte.

39

PITT

„Ich weiß nicht, wie Sie das essen können." Ich schaufelte mir eine Gabel Kartoffeln in den Mund.

Sie sah ihren Salat an und zuckte mit den Schultern. „Es schmeckt gut."

„Kommen Sie schon, das Zeug hat überhaupt keinen Eigengeschmack." Ich zeigte auf die Flasche Ranch-Dressing, die neben ihr auf dem Tisch stand. „Sie mögen das Ranch-Dressing, nicht den Salat."

Sie spießte ein Salatblatt ohne Dressing auf ihre Gabel. „Nein, ich mag den Salat auch so. Sehen Sie?"

Sie kaute den Bissen, und ich rümpfte die Nase, als ich mir den Geschmack vorstellte – beziehungsweise sein Nichtvorhandensein. „Das ist widerlich."

„Mmhhh." Sie schloss die Augen und stöhnte, als würde sie das Zeug wirklich mögen.

Sie saß mit dem Rücken zum Deck, sodass sie nicht sehen konnte, was ich draußen sah – einen Blitz in der Ferne. Ein Sturm schien auf uns zuzukommen. Wenn es anfing zu regnen, würde sie hier eine Weile festsitzen. Und ich dachte, das wäre ein Zeichen des Himmels, dass ich aktiv werden sollte.

Sicher, vorhin hatte ich gedacht, dass es toll wäre, nur mit ihr befreundet zu sein, aber sie gefiel mir immer besser. Außerdem hatte ich das Gefühl, dass sie mir langsam genug vertraute, um dieses Freundschaftsding zu vergessen und direkt zu den guten Sachen zu kommen.

Ich nahm die Fernbedienung und schaltete den Fernseher ein, um die Donnergeräusche zu übertönen. „Ich hasse es, ohne Hintergrundgeräusch zu essen. Ich hoffe, es macht Ihnen nichts aus."

Sie schüttelte den Kopf, sodass ihre dunklen Locken um ihr hübsches Gesicht hüpften. „Es macht mir überhaupt nichts aus. Ich hasse es, wenn es ganz still ist und man hören kann, wie die Menschen kauen und schlucken."

„Ja, das ist ziemlich ekelhaft." Ich sah zu, wie der Blitz immer näher einschlug und dann der Regen begann.

Kaylees Kopf wirbelte herum, als der Regen lauter wurde als der Fernseher. „Verdammt!"

„Was ist los?", fragte ich, als ob ich es nicht wüsste.

„Es regnet, und ich muss zurück in mein Zimmer, das ist los." Sie biss sich auf die Unterlippe und sah besorgt aus.

„Sie müssen nicht gleich jetzt dorthin zurückkehren, oder?", fragte ich und stand auf, um meinen leeren Teller wegzustellen. „Wir können uns hier ausruhen und fernsehen. Keine große Sache."

Sie aß den letzten Bissen ihres Steaks und stand auch auf, um ihren Teller wegzutragen. „Ich werde das Geschirr für Sie spülen. Sie haben gekocht – es ist nur fair, dass ich aufräume."

Ich würde deswegen nicht streiten. „Cool."

„Und wenn das erledigt ist, mache ich mich auf den Weg." Sie begann, die Spüle mit Seifenwasser zu füllen, und ich dachte, ich hätte mich verhört.

„Aber erst wenn es aufhört zu regnen." Ich setzte mich auf

das Sofa und nahm die Fernbedienung, um etwas zu finden, das wir beide gerne ansehen würden.

„Ich warte nicht so lange. Ich kann durch den Regen laufen." Sie fing an, das Geschirr abzuspülen, und ich dachte, dass sie Angst hatte, mit mir allein zu sein, weil sie sich vom Regen gefangen fühlte.

„Es ist keine große Sache, wenn Sie hierbleiben, bis es aufhört, Kaylee. Sie müssen nicht hinausstürmen." Ich stand auf, holte eine Flasche Wasser aus dem Kühlschrank, öffnete den Gefrierschrank und entdeckte Eiscreme darin. „Außerdem gibt es Eiscreme. Wir können warten, bis wir die Steaks verdaut haben, und dann ein Dessert essen."

„Ich denke nicht, dass das eine gute Idee ist." Sie sah über ihre Schulter und ich hätte schwören können, dass ich in ihren hübschen goldbraunen Augen Panik sah.

Ich umfasste ihr Kinn und hob ihr Gesicht an, damit sie mich ansah. „Sie müssen keine Angst haben, hier bei mir zu sein. Das wissen Sie, oder?"

Sie zog meine Hand von ihrem Gesicht. „Ich weiß, dass es dumm erscheint, aber ich mag es nicht, nicht weggehen zu können, wenn ich will." Sie holte ein Tuch aus einer Schublade und trocknete das Geschirr ab.

„Sie sollten es nicht so sehen." Ich nahm den abgetrockneten Teller aus ihrer Hand, um ihn wieder in den Schrank zu stellen. „Hauptsächlich deshalb, weil Sie nicht gefangen sind. Genau wie Sie sagten, können Sie durch den Regen laufen. Sie können gehen, wann immer Sie wollen. Niemand zwingt Sie zu bleiben, obwohl ich es lieben würde, wenn Sie das täten."

Ihre Brust hob sich, als sie schwer seufzte. „Ich glaube, Sie haben recht."

„Das glaube ich auch." Ich stellte den Rest des Geschirrs weg, als sie alles abgetrocknet hatte. Dann nahm ich ihre Hand und führte sie zum Sofa. Ich setzte mich neben sie und bewegte meinen Arm so, dass er auf der Rückseite des Sofas hinter ihr ruhte. „Sie haben gesagt, Sie mögen lustige Shows, also habe ich diese ausgewählt. Wenn sie Ihnen nicht gefällt, können wir umschalten."

Ihr Körper fühlte sich steif neben meinem an, und ihr Rücken war wie ein Brett neben mir. „Schon in Ordnung."

Der verdammte Regen schien sie wirklich zu belasten. Das ergab nicht viel Sinn für mich. Ich legte meinen Arm um ihre Schultern und zog sie näher an mich heran. „Entspann dich einfach, Baby."

Sie drehte ihren Kopf, um mich anzusehen. „Pitt, wenn Sie ..."

„Wollen wir uns nicht duzen, Kaylee?"

Sie seufzte. „Also gut. Wenn du mich Süße nennst, klingt es ganz natürlich, als würdest du viele Leute so nennen. Aber *Baby* hört sich nach etwas ganz anderem an."

„Du hast recht. Ich nenne nicht alle so." Ich lächelte sie an. „Aber es klingt richtig für dich. Ich mag dich."

„Oh Gott." Irgendwie wurde ihr Körper noch starrer. „Ich wusste, dass das eine schlechte Idee war."

„Das ist keine schlechte Idee." Ich verlor sie. Ich konnte es daran erkennen, wie wild ihre Augen wurden.

„Das ist zu sehr wie ein Date, Pitt." Sie zog sich von mir zurück und stand auf. „Wir hängen nicht nur ab. Wir sind nicht nur befreundet. Denkst du, nur weil ich nicht viele Freunde habe, weiß ich nicht, dass Freunde sich nicht plötzlich umarmen? Dass sie sich nicht auf die Wange oder sonst irgendwo küssen? Freunde sitzen auch nicht auf der Couch und schmiegen sich aneinander, während sie einen Film ansehen."

Ich fuhr frustriert mit meiner Hand über mein Gesicht. „Ja, du hast recht." Ich zeigte auf das andere Ende des Sofas. „Setz dich dorthin. Wenn es das ist, was du willst."

Sie schüttelte den Kopf. „Ich muss gehen. Ich werde am Ende nur verletzt, wenn ich hierbleibe." Dann ging sie zur Tür.

Ich sprang auf, noch nicht bereit, sie gehen zu lassen. „Kaylee, bleib einfach. Ich werde meine Hände bei mir behalten, wenn du das willst. Sag es mir einfach, und ich werde es tun. Das verspreche ich."

Sie sah mich mit Angst in ihren schönen Augen an. „Pitt, warum magst du mich? Ich meine, abgesehen von der Tatsache, dass du dich körperlich zu mir hingezogen fühlst."

„Und geistig", sagte ich zu ihr.

„Aber du kennst mich nicht wirklich." Sie seufzte. „Und ich kenne dich nicht."

„Schau mal, ich bin ein einfacher Mann. Meine Freunde nennen mich einen Cowboy mit einem Herzen aus Gold." Ich lachte, um die Stimmung aufzuhellen. „Und du bist eine Barkeeperin, die versteckt, wer sie wirklich ist. Du bist viel interessanter als jeder andere Gast hier – Menschen, die wahrscheinlich noch keinen Tag in ihrem Leben hart gearbeitet haben. Ich kann dir helfen, während ich hier bin, und du kannst mir helfen. Wir können uns gegenseitig helfen. Niemand wird verletzt werden. Du kannst mir vertrauen." Ich drehte eine Locke ihres Haares. „Schau mal, wir haben sogar den gleichen Haartyp. Wir sind einfach dazu bestimmt, Freunde zu sein." Ich nahm meinen Hut ab und setzte ihn ihr auf. „Außerdem siehst du mit meinem Hut süß aus."

Sie streckte die Hand aus und fuhr damit durch mein Haar. „Du solltest den Conditioner ausprobieren, den ich auch nehme."

Ich zog ihre Locke an meine Nase. „Das riecht zu mädchenhaft", neckte ich sie. „Gibt es das auch mit einem männlicheren Duft?"

„Wahrscheinlich." Sie stand da und sah mich an. „Du bist so

ungefähr der schönste Mann, den ich je gesehen habe, Pitt. Und das macht mir Angst."

„Mir wurde noch nie gesagt, dass mein Anblick jemanden erschreckt." Ich bewegte meine Fingerknöchel über ihre rosa Wange. „Und du bist so ungefähr das hübscheste Mädchen, das ich je gesehen habe. Und ich habe keine Angst vor dir." Das war nicht ganz richtig. Ich hatte Angst, dass ihre Nervosität sie davon abhalten würde, mir jemals eine richtige Chance zu geben. Und ich wollte aus irgendeinem verrückten Grund eine richtige Chance bei ihr haben.

Ihre Augen verengten sich. „Du willst nur meine Jungfräulichkeit."

„Das ist nicht alles, was ich will." Ich zog sie näher zu mir und schlang meine Arme um sie, als ich in ihre Augen sah. „Das ist ein Teil des Pakets – ein Teil von dir –, aber es ist nicht alles, was ich will. Ich dachte, ich wollte nur dein Freund sein, aber es hat sich herausgestellt, dass ich mehr will. Aber wenn ich nur deine Freundschaft haben kann, möchte ich darauf auch nicht verzichten."

Sie legte ihre Hand auf meine Brust. „Das ist alles, was ich dir jetzt anbiete – Freundschaft. Ich bin nicht annähernd bereit, meinen Traum, die wahre Liebe zu finden, aufzugeben."

„Woher willst du wissen, dass wir sie nicht zusammen finden können?" Ich strich mit meiner Fingerspitze über ihr Kinn.

Sie nickte, während sie mir weiterhin in die Augen sah. „Das weiß ich nicht. Was ich weiß, ist, dass ich dich im Moment nicht liebe. Und du liebst mich nicht. Und ich möchte nicht mehr tun als das, was wir bisher getan haben, zumindest nicht, bis ich dich besser kenne. Und ehrlich gesagt, könnte ich mit viel weniger von den Umarmungen, Berührungen und freundlichen kleinen Küssen, die du mir gegeben hast, auskommen."

„Aber das alles fühlt sich für mich richtig an", sagte ich.

„Und du ziehst dich auch nicht gerade angewidert zurück. Fühlt es sich für dich überhaupt nicht richtig an?"

Sie hielt ihre Handfläche flach gegen meine Brust gepresst und fuhr mit ihrer freien Hand über meinen Bizeps. „Pitt, du bist ein gut gebauter, sehr attraktiver Mann. Wer würde nicht in deine starken Arme sinken wollen?"

„*Du* offenbar." Ich lächelte sie an. „Aber wie ich schon sagte, du stößt mich auch nicht wirklich von dir."

„Ich möchte mit dir befreundet sein. Du hast mir das angeboten. Und das ist alles, was ich will." Sie leckte sich über die Lippen. Ihre Augen wanderten zu meinen, und ich wusste, dass sie mehr wollte, als sie zugab. Ihr Körper sagte ihr etwas anderes als ihr Herz.

„Bist du sicher?" Ich gab ihr die Chance, ihre Meinung zu ändern. „Glaubst du, ich kann nicht spüren, wie sich dein Körper erwärmt, seit ich angefangen habe, dich so zu halten? Glaubst du, ich kann nicht spüren, wie dein Herz in deiner Brust schlägt? Glaubst du, ich kann nicht sehen, wie du meine Lippen betrachtest?"

Ihre Augen wanderten zu meinen. „Wie ich schon sagte, du bist sehr attraktiv."

„Ja, ungefähr der schönste Mann, den du je gesehen hast, hm?" Ich wollte sie so sehr küssen, dass mein Mund schmerzte.

„Ja." Sie streckte die Hand aus, nahm meinen Cowboyhut von ihrem Kopf und warf ihn dann auf die Theke. „Und ich könnte mir vorstellen, dass du daran gewöhnt bist, deinen Willen zu bekommen, wenn es um Frauen geht."

„Das stimmt. Aber ich wollte schon lange nicht mehr mit jemandem zusammen sein. Nicht, seit bei meinem Vater vor mehr als zwei Jahren Krebs diagnostiziert wurde. Ich war seither mit keiner Frau mehr zusammen – ich wollte es nicht."

Ihre Augenbrauen hoben sich, als sie mich mit ungläubigen

Augen anblickte. „Lüg mich nicht an, Pitt. Dafür gibt es keinen Grund."

„Es ist wahr." Es war der richtige Zeitpunkt, um ihr etwas mehr über mich zu erzählen. „Ich hatte damals eine Freundin und eine feste Beziehung, aber ich habe sie verlassen, als ich herausfand, dass mein Vater sterben würde. Und ich bin seitdem nicht wieder auf die Suche nach einer anderen Frau gegangen. Ich habe auch nicht nach einer Frau gesucht, als ich hierhergekommen bin. Aber jetzt, da ich dich gefunden habe, möchte ich mehr als nur Freundschaft. Bei *dir* will ich mehr."

„Und ich will Liebe", erinnerte sie mich. „Wahre Liebe."

„Dann lass uns sehen, ob wir sie finden können." Ich beugte mich vor und hielt sie fest. Unsere Münder waren nur wenige Zentimeter voneinander entfernt, und ihr Atem war heiß auf meinem Gesicht.

Und dann machte sie eine seltsame Bewegung und floh aus meinen Armen und meiner Tür.

40

KAYLEE

Nach einer Nacht, in der ich mich schlaflos hin und her geworfen hatte, stand ich auf und bereitete mich auf den Tag vor, bevor ich zum Frühstück ins *Royal* ging. Es war das einzige Restaurant auf der Insel, das Eier so servierte, wie ich sie mochte.

Als ich an dem Tisch Platz nahm, wo ich bis jetzt jeden Morgen verbracht hatte, nickte die Kellnerin in meine Richtung. Sie wusste, was ich wollte, und ging los, um es mir zu holen. Ich schaute aus dem Fenster und sah den Wellen zu.

„Morgen", erklang eine vertraute tiefe Stimme.

Ich drehte mich um und sah Pitt, der mit seinem Hut in den Händen dastand. Dann setzte er sich unaufgefordert an meinen Tisch. Ich musterte ihn: Cowboystiefel, gestärkte Bluejeans, ein langärmeliges hellblaues Hemd. Ich konnte nicht anders, als ihn zu necken. „Bist du für das Rodeo in der Stadt, Pitt?"

Sein Lächeln war verheerend, so strahlend war es. „Lustig."

Ich dachte, er könnte sauer auf mich sein, weil ich ihn einfach verlassen hatte. „Du sitzt bei mir. Ich nehme an, das bedeutet, du bist nicht allzu böse auf mich wegen gestern Abend."

„Böse?" Er schüttelte den Kopf. „Nicht auf dich. Ich habe mir selbst die ganze Nacht Vorwürfe gemacht."

„Und du hast herausgefunden, dass es falsch war, mich zu bedrängen, richtig?" Ich lächelte, um meine Worte abzumildern.

Er nickte und grinste, als Petra, unsere Kellnerin, hinter ihn trat und mir zuzwinkerte. „Guten Morgen." Sie stellte zwei Gläser Wasser vor uns. „Ich habe Sie noch nie hier gesehen, Cowboy. Neu in der Stadt?"

Er lächelte sie an. „Ja." Er sah mich an. „Hast du schon bestellt?"

„Ich nehme jeden Morgen das Gleiche, also hat sie meine Bestellung bereits in der Küche abgegeben." Ich schob die Speisekarte zu ihm.

„Das brauche ich nicht." Er sah Petra an. „Bringen Sie mir das Gleiche, was sie bekommt. Ich bin sicher, dass es mir schmecken wird." Er sah mich an. „Es ist kein Salat, oder?"

Ich musste lachen „Nein, es ist kein Salat. Ich bin mir sicher, dass du es magst." Ich hatte den Tag frei, also dachte ich, ich könnte etwas hinzufügen, um meine Nerven zu beruhigen, die sich bei Pitts Ankunft bemerkbar gemacht hatten. „Und wie wäre es mit einem Mimosa? Willst du einen, Pitt?"

„Orangensaft und Champagner, richtig?", fragte er.

„Ja." Ich hielt zwei Finger hoch. „Zwei bitte, Petra."

„Kommt sofort." Sie ging weg, und ich war überrascht, als Pitt sie nicht ansah. Die Frau war schließlich umwerfend.

„Hast du nur solche Sachen auf die Insel mitgebracht, Pitt?" Ich fragte mich, wie er die Hitze in einem solchen Outfit aushalten konnte.

„Ich besitze keine Flip-Flops, Shorts oder Kurzarmhemden, wenn du das meinst." Er fuhr mit der Hand über sein gestärktes Hemd. „Und ich glaube, ich sehe um hundert Prozent besser aus als sonst irgendjemand hier, um ehrlich zu sein."

„Du siehst großartig aus." Ich bewunderte seinen Country-

Look. „Aber du musst in diesen Kleidern verbrennen. Ich habe heute frei. Wie wäre es, wenn wir auf ein Boot steigen und nach Aruba fahren, um dir Kleidung zu besorgen, die besser für die Insel geeignet ist?"

Die Art, wie sich seine Lippen nur auf einer Seite hoben, brachte mich zum Grinsen. „Hast du keine Angst, mit mir allein zu sein? Das hört sich an, als würde es den ganzen Tag dauern."

Ich wusste, dass er mich dafür necken würde, dass ich wie ein verängstigtes Kaninchen vor ihm weggelaufen war. „Du hast dich als harmlos erwiesen. Ich habe mir letzte Nacht auch irgendwie Vorwürfe gemacht. Vielleicht habe ich überreagiert."

„Glaubst du?" Sein Lachen kam tief aus seiner Brust.

Petra kam mit unseren Getränken zurück, und ich nahm schnell einen Schluck von meinem Mimosa. „Mmmhhh."

„Ich komme gleich mit dem Essen", sagte sie und ließ uns dann wieder allein.

Ich stellte das langstielige Glas auf den Tisch und schaute aus dem Fenster. „Heute ist es draußen ziemlich schön. Ich denke, die Bootsfahrt zur nächsten Insel sollte Spaß machen."

„Also machen wir das?", fragte Pitt mich. „Du willst mir wirklich Shorts und alberne Schuhe kaufen?"

„Ja." Ich wollte nicht zulassen, dass mir das, was am Vorabend geschehen war, dabei im Weg stand, mich mit dem Mann anzufreunden. „Ich denke, du wirst dich in lässigerer Kleidung besser fühlen. Deine Haut muss sich nach Sonnenschein sehnen."

„Sie sehnt sich ganz sicher nach *etwas*." Die Art und Weise, wie sein sexy Grinsen mein Inneres zum Zittern brachte, war einfach nicht richtig.

Petra kam mit unseren Tellern zurück, und seine Augen weiteten sich. „Ähm, was ist das?"

„Eier Benedict", antwortete Petra. „Mit Spinat."

Er sah zu mir auf. „Da ist Grünzeug auf diesen perfekten Eiern."

„Hm." Ich nickte Petra zu. „Vielen Dank. Es sieht wie immer köstlich aus."

Sie wartete, ob Pitt seine Meinung ändern würde. „Ich kann Ihnen etwas anderes bringen, wenn Sie möchten, Sir."

„Nein. Ich probiere es. Wenn Kaylee sagt, dass es mir schmecken wird, werde ich es versuchen." Er sah mich an. „Und du denkst, ich werde das mögen, hm?"

„Das wirst du." Ich wusste nicht, ob er es mögen würde oder nicht, aber ich dachte, dass es hilfreich sein könnte, ihn zu ermutigen. „Normalerweise werden Eier Benedict nicht mit Spinat serviert, aber ich mag es so. Spinat ist nicht wie Salat, er hat einen ausgeprägten Geschmack."

„Ja", murmelte er. „Das ist, wovor ich Angst habe. Ich hoffe, dass das Ei den grünen Geschmack, den das Zeug sicher hat, überdecken wird." Er probierte einen Bissen und seine Augen weiteten sich wieder. „Nicht schlecht. Du hattest recht."

„Ich weiß." Ich wusste es nicht wirklich, war aber froh, dass es ihm schmeckte. „Was isst du normalerweise zum Frühstück? Steak?"

„Nur weil wir Rinder züchten, bedeutet das nicht, dass wir zu jeder Mahlzeit Steak essen." Er trank einen Schluck Wasser. „Aber du hast recht. Wir essen oft Steaks und Eier zum Frühstück."

Ich musste lachen. „Wer hätte das gedacht."

„Cookie kocht das aber nie zum Mittagessen", fuhr er fort. „Dafür packt er uns Sandwiches ein. Normalerweise Schinken-Sandwiches."

„Seit ich auf die Insel gekommen bin, habe ich aufgehört, zu Mittag zu essen." Ich schnitt in das Ei und ließ das Eigelb über den kanadischen Speck tropfen. „Ich esse dieses große, herzhafte Frühstück, und es macht mich satt, bis ich um vier Uhr Feierabend habe."

„Kein Wunder, dass du um fünf Uhr am Verhungern bist." Er schüttelte den Kopf. „Du musst mehr als zweimal am Tag essen. Und das ist kein herzhaftes Frühstück. Zu Hause macht Cookie ein wirklich herzhaftes Frühstück. Wenn du nach seinem Essen den Tisch verlässt, brauchst du ein Nickerchen."

„Nun, ihr seid wahrscheinlich alle erschöpft vom Aufstehen um vier Uhr morgens." Ich nahm einen Bissen und stöhnte bei dem guten Geschmack.

Er hielt inne bei dem, was er tat, um mich anzusehen. „Du solltest damit aufhören. Es fällt mir sonst schwer, mich auf unser Gespräch zu konzentrieren."

Ich spürte, wie meine Wangen vor Verlegenheit heiß wurden. „Du bist unmöglich."

„Ich weiß." Er lächelte mich an und nahm noch einen Bissen.

Ich fing an zu denken, dass es vielleicht eine schlechte Idee war, den Tag mit dem Mann zu verbringen. „Ich höre auf zu stöhnen, während ich esse, und du versuchst, es nicht so sehr zu genießen."

Die intensive Art und Weise, wie er mich ansah, schickte einen Schauer durch mich. „Ich glaube nicht, dass ich aufhören kann, den Klang deines Stöhnens zu genießen, Süße."

„Würdest du das lassen?" Ich spürte, wie meine Wangen noch heißer wurden.

„Wenn du das wirklich willst, werde ich es tun." Er sah wieder auf seinen Teller. „Igitt. Ich hätte nicht hinschauen sollen, während ich esse. Das Grün bekommt mir einfach nicht." Er kratzte den Rest des Spinats von den Eiern und legte eine Scheibe Toast darüber. „So ist es besser."

„Zumindest hast du es versucht." Ich zuckte mit den Schultern. „Das ist besser als nichts."

„Ich habe eine Idee." Er grinste mich an. „Ich versuche etwas, das du willst, und dann versuchst du etwas, das ich will. So ist es gerecht."

Ich blinzelte ihn an und wusste bereits, was für Dinge ich versuchen sollte. „Nein."

„Sag nicht so schnell Nein, Baby." Er lachte. „Und bevor du wieder wütend wirst, musst du dich auch daran gewöhnen. Ich werde dich *Baby* nennen."

Ich verdrehte die Augen. Der Mann war unglaublich. „Du bist verrückt. Weißt du das?"

„Ich bin ein bisschen verrückt." Er hob sein Glas hoch und sah mich über den Rand hinweg an, als er einen Schluck nahm, bevor er es wieder hinstellte. „Ich habe über nichts Sexuelles gesprochen. Ich habe darüber gesprochen, dich heute Abend auf einen Ausritt mitzunehmen."

„Einen Ausritt?", fragte ich, ohne zu wissen, was genau er meinte.

„Galen hat mir erzählt, dass es hier Pferde gibt." Er wies mit dem Daumen über seine linke Schulter. „Er hat letzte Woche ein paar herbringen lassen. Und er möchte, dass ich mit ihnen arbeite, damit die Gäste ausreiten können. Willst du heute Abend mit mir ausreiten? Wir können uns wieder den Sonnenuntergang zusammen ansehen."

„Ich soll mit dir auf einem Pferd am Strand entlangreiten, während die Sonne untergeht?" Ich wusste, dass ich dagegen keine Chance hatte. „Klingt nach einem Date, Pitt."

„Genauso wie in Aruba den Tag zusammen zu verbringen, Kaylee." Sein Lachen ließ mein Herz höherschlagen. Er hatte das beste Lachen aller Zeiten. Ich glaubte nicht, dass ich jemals müde werden würde, es zu hören.

Mit einem Seufzer musste ich fragen: „Kannst du mir versprechen, nicht noch einmal zu versuchen, mich zu küssen?"

Er sah mich stirnrunzelnd an. „Warum sollte ich dir so ein dummes Versprechen geben wollen?"

„Weil du willst, dass ich mit dir ausreite." Ich hob meinen Mimosa hoch. „Oh, und werde ich ein eigenes Pferd bekommen oder muss ich hinter dir reiten?"

Er schob seine Hand durch sein Haar, als er mich ansah. „Hast du schon einmal ein Pferd geritten, Süße?"

„Nein." Ich war noch nie in der Nähe von Pferden gewesen.

Mit einem Nicken sprach er weiter. „Dann wirst du mit mir reiten. Aber nicht hinter mir. Das mag ich nicht. Du wirst vorne sitzen."

„Dann werden deine Arme mich umschlingen." Ich wusste genau, was er vorhatte. „Und dein Atem wird auf mir sein."

„Ja." Das Lächeln, das er mir schenkte, schickte Wärme direkt in meinen Kern. „Mein heißer Atem wird überall auf deinem hübschen kleinen Hals sein. Aber ich bin bereit, für dich zu leiden."

„Ja, es hört sich so an, als würdest du es wirklich hassen." Ich musste lächeln. Der Mann war einfach zu verdammt charmant.

Und zu gefährlich.

Ich sollte nirgendwo mit ihm hingehen.

Ich saß da und schaute ihn an. Ich schien keine Kontrolle über mich zu haben, wenn er mir direkt in die Augen sah. „Also, reitest du mit mir aus?"

Ich wusste, dass ich nicht einwilligen sollte. Ich wusste genau, wohin es führen würde – direkt in eine weitere unangenehme Situation wie am Vorabend. Aber dann öffnete sich mein Mund. „Ich werde mit dir ausreiten, Pitt."

„Gut." Er aß den Rest seines Frühstücks, ohne ein Wort zu sagen. Ich hatte das Gefühl, dass er sich beeilte, den Tag hinter sich zu bringen, damit er mich endlich auf ein Pferd setzen konnte.

Armer Mann, er wird noch lange warten müssen.

„Ich denke, ich sollte mir Stiefel kaufen, während wir in Aruba sind. Ich besitze keine." Ich dachte an die Hosen, die ich hatte und von denen keine zu den Stiefeln passen würde. „Und ich hoffe, ich kann auch eine Jeans finden."

Er hörte auf zu essen, um mich anzusehen. „Du willst dich also wie ein Cowgirl anziehen?"

„Nun, ich glaube nicht, dass ich mit Shorts und Flip-Flops auf einem Pferd reiten sollte." Ich lachte und war irgendwie beunruhigt von dem Blick in seinen Augen.

„Himmel, du weißt nicht, wie sehr ich Mädchen mag, die Stiefel und Jeans tragen." Er erschauerte, und ich lachte. „Du willst es mir schwermachen, hm?"

„Das versuche ich nicht." Ich schaute zu ihm, und meine Haut fühlte sich unter seinem Blick glühend heiß an.

„Tut es dir leid, dass du gestern Abend nicht zugelassen hast, dass ich dich küsse?"

Ich drehte mich um und sah ihn an. „Das tut mir nicht leid."

„Verdammt noch mal." Er aß weiter, und ich fragte mich wieder, warum ich mit dem Feuer spielte.

Ich werde mich nur verbrennen.

„Du darfst nicht lachen, Kaylee." Ich wusste auch so, wie weiß meine Beine waren, weil ich die ganze Zeit Jeans trug.

„Es tut mir leid, Pitt." Sie unterdrückte ihr Gelächter. „Aber sie sind so blass, und der Rest von dir ist so braun. Es ist einfach lustig."

Ich stapfte in die Garderobe, zog die Shorts aus und meine Jeans wieder an. „Nun, ich wette, dein lockiges Haar sieht aus wie ein Vogelnest, wenn du morgens aufwachst."

Ich hörte sie, als sie sich an die Tür der Umkleidekabine lehnte. „Du hast recht. Mach dir keine Sorgen wegen deiner Beine. Sie werden in kürzester Zeit braun werden. Zumindest kannst du dich auf deinem privaten Deck ein wenig sonnen, bevor du in Shorts in die Öffentlichkeit gehst."

„Lass dich bloß nicht dabei erwischen, wie du heimlich Fotos von meinen bleichen Beinen machst. Das ist ein Anblick, den niemand sehen sollte." Ich zog meine Stiefel wieder an, öffnete die Tür und hielt ihr die Shorts hin. „Hilf mir, fünf weitere Shorts in dieser Größe zu finden, und wir sind mit dem Einkaufen fertig."

„Du solltest sie wirklich alle anprobieren, weißt du." Kaylee nahm die Shorts, faltete sie zusammen und klemmte sie unter ihren Arm, um sie für mich zu halten.

„Das werde ich nicht tun." Ich zeigte auf die Shorts. „Das ist meine Größe. Sie passt. Lass uns ein paar Shorts in verschiedenen Farben finden und wir sind hier raus."

Wir hatten bereits Shirts und diese verdammten Flip-Flops gefunden. Ich war müde vom Einkaufen und bereit, etwas zu essen und dann mit dem Boot zurück ins *Paradise* zu fahren.

„Ich muss noch Jeans und Stiefel kaufen", erinnerte sie mich.

„Oh ja." Ich musterte ihren Körper, während ich dachte, wie süß sie als Cowgirl aussehen würde. „Überlasse mir die Wahl." Jetzt würde ich sehen, wie sie alles anprobierte. „Ich kaufe sie dir."

„Nein" Sie suchte schwarze Shorts aus und steckte sie zu den Khaki-Shorts, die ich anprobiert hatte, unter ihren Arm.

„Doch." Ich packte marineblaue Shorts in meiner Größe und steckte sie unter meinen Arm.

„Ich kann nicht zulassen, dass du für meine Kleidung bezahlst, Pitt." Sie sah auf ein Hemd mit blauen Blumen auf weißem Hintergrund. „Das würde zu den Shorts, die du gerade ausgesucht hast, großartig aussehen." Sie legte den Bügel über ihr Handgelenk, um es ihrer Sammlung hinzuzufügen.

„Nun, ich werde aber dafür bezahlen, also finde dich damit ab, Kaylee." Sie ging auf rote Shorts zu, aber ich schüttelte den Kopf. „Nein, nichts Rotes."

„Warum nicht?" Sie hielt sie vor mich. „Du würdest gut darin aussehen."

„Ich möchte nicht die falsche Art von Aufmerksamkeit erregen." Ich nahm sie ihr ab und hängte sie zurück. „Bleib bei dunklen Farben und lass die hellen für einen anderen Kerl hier."

„Okay." Sie sah sich um. „Wir haben Khaki, Schwarz und Marine. Oh, wie wäre es mit Weiß?"

„Von mir aus." Shorts auszusuchen war nicht gerade aufregend. Aber eine Jeans für sie auszusuchen wäre es. „Ich werde dir jede Jeans kaufen, die gut an dir aussieht, Süße."

„Nein, das wirst du nicht." Sie schüttelte den Kopf und ihre Locken hüpften um ihre Schultern. „Ich darf von Resort-Gästen weder Geld noch Sachgegenstände annehmen."

„Nun, du kannst lügen, wenn dich jemand fragt, wer dafür bezahlt hat, oder?", fragte ich, weil ich nicht dachte, dass es eine große Sache war.

„Nein, ich werde nicht lügen." Sie lächelte mich an. „Ich habe moralische Grundsätze, Pitt."

„Wie du meinst." Ich ging auf die Kasse zu. „Das dürfte mehr als genug sein. Ich werde sowieso nicht allzu oft Shorts tragen."

„Wenn du das sagst." Sie folgte mir. „Ich bin nur froh, dass du jetzt etwas hast, in dem es nicht so heiß ist."

Es war schön zu hören, dass sie an mich und mein Wohlbefinden dachte. „Danke, Baby." Ich legte meinen Arm um ihre Schultern und küsste sie auf die Wange. „Du bist ein Schatz."

Sie hielt den Atem für eine Sekunde an und stieß ihn dann aus. „Gern geschehen."

Die Art, wie ihr Körper sich anspannte, ließ mich wissen, dass er auf mich reagierte. Ich ließ sie los, um meine Brieftasche hervorzuziehen und alles zu bezahlen. „Ich habe Hunger. Lass uns etwas essen, bevor wir nach Jeans und Stiefeln suchen."

„Ich habe auch Hunger." Kaylee nahm zwei der Tüten vom Tresen und ich unterschrieb die Quittung und nahm die anderen beiden. „Was möchtest du essen?"

„Meeresfrüchte." Ich ging voran zu einem kleinen Café, das mir aufgefallen war, als wir vorher in die Stadt gekommen waren.

„Klingt gut." Sie ging neben mir her und sah mich an. „Es tut mir leid, dass ich über deine Beine gelacht habe. Das war gemein." Angesichts der Art, wie sie an ihrer Unterlippe kaute, fragte ich mich, ob sie deswegen wirklich Schuldgefühle hatte.

„Das ist nicht wirklich etwas, für das du dich entschuldigen musst, Kaylee." Ich zuckte mit den Schultern. „Es ist nicht schlimm, einander ein bisschen zu necken."

„Bist du sicher?" Sie sah auf den Boden. „Mir wurde schon gesagt, dass ich gemein sein kann."

„Hört sich an, als hättest du zu viel Zeit mit kleinen Heulsusen verbracht." Ich lachte. „Ich bin nicht so empfindlich. Eine kleine Hänselei wird meine Gefühle nicht verletzen. Nicht viel schafft das."

Als sie wieder aufblickte, war ein Lächeln auf ihrem hübschen Gesicht. „Ich bin froh, das zu hören. Ich meine, ich versuche, nicht alles zu sagen, was mir in den Sinn kommt, aber manchmal rutschen die Worte einfach heraus. Ich kann ein Besserwisser sein."

„Ich auch." Ich deutete mit dem Kopf auf das Café. „Das sieht gut aus."

Nachdem wir hineingegangen waren, wurden wir zu einem kleinen Tisch für zwei Personen im hinteren Teil des Raums geführt. Die Lichter waren gedimmt und das Dekor dunkel gehalten. „Hallo, willkommen im Café Dumont", begrüßte uns der Kellner mit einem charmanten Akzent. „Unsere Spezialität des Tages ist Hummer in Weißweinsauce. Er wird mit Spargelspitzen in Knoblauchbutter und Kartoffelgratin serviert."

Kaylee sah etwas besorgt aus. „Wie viel kostet das?"

Ich hielt meine Hand hoch. „Das ist egal. Wir nehmen zwei davon, danke. Und Ihre beste Flasche Weißwein. Der Preis spielt keine Rolle."

„Das kann ich nicht zulassen, Pitt", flüsterte sie. „Ich werde die Hälfte der Rechnung bezahlen. Aber ich möchte kein

Wochengehalt dafür ausgeben." Sie sah den Kellner an. „Also, wie viel kostet das?"

„Egal." Ich scheuchte den Kellner weg. „Beachten Sie sie gar nicht. Ich werde mich darum kümmern. Bringen Sie uns bitte unsere Bestellung und den Wein."

Der Mann nickte und ging weg, und ich schaute zurück zu Kaylee, die mich mit vor der Brust verschränkten Armen anstarrte. „Pitt Zycan, ich kann dich nicht für mein Essen bezahlen lassen. Es ist gegen die Regeln."

„Und?" Ich verstand nicht, warum sie so hartnäckig sein musste. „Wer zum Teufel wird davon erfahren? Ich werde niemandem etwas sagen. *Du* bist die Einzige, die verraten könnte, dass ich für das Mittagessen bezahlt habe. Wenn du es nicht tust, wird uns nichts passieren." Ich lachte, als ich bemerkte, dass sie immer noch sauer aussah.

„Ich dachte, du hättest gesagt, du könntest manchmal zu ehrlich sein." Sie zwinkerte mir zu. „Scheinbar hast du überhaupt nichts dagegen zu lügen."

„Hör zu, was ich damit meinte, war, dass ich manchmal die Wahrheit etwas zu sehr strapazieren kann. Wenn zum Beispiel eine meiner Schwestern mich fragt, ob sie in etwas fett aussieht, sage ich ihr die Wahrheit." Ich hatte schon hitzige Diskussionen mit meiner Mutter gehabt, weil ich manchmal zu aufrichtig zu meinen drei jüngeren Schwestern war.

Kaylee verdrehte die Augen. „Also kannst du auch gemein sein, ich verstehe." Sie legte ihre Hände auf den Tisch und sah mich an. „Ich bin gern offen und ehrlich und mag es nicht, Geheimnisse zu haben."

Ich lachte und schüttelte den Kopf. „Kaylee Simpson, du bist nicht gerade ein offenes Buch, das jedem von sich erzählt. Ich glaube nicht, dass es dir schwerfallen wird, diese Sache für dich zu behalten."

„Freunde bezahlen normalerweise ihren Anteil selbst." Sie

lächelte, als hätte sie den Streit gewonnen. „Du weißt, dass wir nur Freunde sind, richtig?"

Oh, ich habe genug von diesem Freunde-Unsinn.

Ich entschied mich kurzerhand, ihr für eine Weile ihren Willen zu lassen und zu sehen, wie lange sie ‚nur Freunde' bleiben konnte. „Sicher, wir sind nur Freunde. Ich lasse dich die Hälfte bezahlen, und ich lasse dich selbst deine Kleidung kaufen. Ich möchte schließlich nicht, dass du denkst, du würdest mir mehr bedeuten als eine Freundin, oder?"

Ihr Gesicht schien jeden Ausdruck zu verlieren. „Danke. Das macht alles so viel einfacher."

„Großartig. Was immer ich tun kann, um dir das Leben leichter zu machen, tue ich liebend gern." Alles, was ich tun konnte, war, sie anzulächeln.

Keiner von uns redete danach viel. Wir aßen, dann hatte sie beinahe einen Herzinfarkt, als ihre Hälfte der Rechnung hundertfünfzig Dollar betrug. Nachdem wir unser Essen bezahlt hatten, gingen wir weiter einkaufen. Sie hatte fast wieder einen Herzinfarkt, als sie sah, dass das billigste Paar Cowboystiefel dreihundert Dollar kostete und die billigsten Jeans fast hundert Dollar. Aber sie bezahlte selbst dafür.

Nachdem wir ins Resort zurückgekehrt waren, stieg sie mit ihren Tüten aus dem Boot, und ich stieg mit meinen aus. Sie blickte zurück zu mir, als sie voran gng. „Ich werde in mein Zimmer gehen und mich umziehen. Wann soll ich dich treffen? Und wo?"

„Ich glaube, ich werde zu dir reiten und dich gegen sieben abholen." Ich wollte zu meinem Bungalow und beobachtete sie, während sie vor mir her ging.

Als sie stehenblieb, tat ich es auch. Sie drehte sich zu mir um. „Das wird wie ein Date aussehen, wenn du kommst, um mich abzuholen."

„Wie das?" Ich konnte nur seufzen. „Und wenn schon."

„Ich möchte nicht, dass jemand denkt, dass wir daten." Sie drehte sich um und ging weiter. „Ich werde dich an den Ställen treffen. Ich werde jemanden fragen, wo sie sind, und dich um sieben Uhr dort treffen. Bye. Danke, dass du mir heute Gesellschaft geleistet hast, Pitt. Ich hatte eine schöne Zeit."

Eine schöne Zeit?

Ich hatte eine angenehme Zeit gehabt, wusste aber, dass sie so viel besser hätte sein könnte.

Ich hatte ein paar großartige Ideen gehabt, wie unser Abend verlaufen könnte, aber das war, bevor sie mir mit der Freundesache auf die Nerven gegangen war. Ich dachte, wir hätten darüber geredet und sie wäre offen für mehr. Aber das würde niemals passieren, wenn sie ständig Mauern errichtete und alles abblockte, was nach mehr als Freundschaft aussah.

Aber jetzt hatte ich eine Mission. Ich würde Kaylee ihren Willen lassen und sehen, wie lange sie ihn aufrechterhalten konnte.

Der romantische Ausritt, den ich geplant hatte, würde sich nicht so entwickeln, wie ich es mir erhofft hatte. Aber vielleicht würde er Kaylee dazu bringen, mehr als nur meine Freundschaft zu wollen. Ich wusste, dass ich mehr wollte, und ich war mir ziemlich sicher, dass es ihr ebenso ging. Aber sie ließ mich nicht die Zügel übernehmen, so wie ich es bei den meisten anderen Frauen gewohnt war.

Als sie an diesem Abend vor der Scheune auftauchte, war sie verwirrt, als sie die zwei Pferde sah, die ich gesattelt hatte. „Ich dachte, ich würde mit dir reiten, Pitt."

„Ich dachte, du könntest vielleicht dein eigenes Pferd reiten. Ich werde es für dich führen, bis du den Dreh heraushast." Ich stieg in den Sattel und schnappte mir die Zügel des anderen Pferdes. „Steig auf und lass uns gehen."

„Ähm, okay." Sie sah etwas unsicher aus, als sie den Arm nach dem Sattelhorn ausstreckte. „So?"

„Ja. Jetzt stellst du deinen linken Fuß in den Steigbügel, ziehst dich hoch und wirfst dein rechtes Bein über den Sattel."
Ich versuchte, nicht zu bemerken, wie verdammt süß sie in ihren Stiefeln, den Jeans und ihrem eng anliegenden T-Shirt aussah. „Stelle jetzt beide Füße in die Steigbügel und wir machen uns auf den Weg."

42

KAYLEE

„Und das ist wichtig, weil Sie den Saft auspressen und das Beste aus der Frucht herausholen müssen." Ich zeigte dem neuen Mädchen, wie ich die Orangen für den *Paradise Blues*, meinen Spezialcocktail, in Stücke schnitt. Ich war an der Bar auf der Jacht des Resorts und bildete eine neue Mitarbeiterin aus.

„Okay", sagte Lorena mit einem Nicken. „Ich verstehe, was Sie sagen."

Ich blickte auf die Insel und sah, wie Pitt mit den Händen in den Taschen seiner Shorts den Strand entlangschlenderte. Sein dunkles Haar war feucht und hing in losen Locken herab. Er trug die Aviator-Sonnenbrille, die ich ihm ein paar Tage nach unserer Einkaufstour gegeben hatte.

Seit unserer kleinen Reise nach Aruba war eine Woche vergangen, und ich fragte mich, was mit dem Mann passiert war, der mehr als nur mein Freund sein wollte. Er und ich hatten uns jeden Tag gesehen und viel Zeit miteinander verbracht. Wir betrachteten die Sonnenuntergänge gerne zusammen und schienen die einzigen zwei Menschen auf der Insel zu sein, die um fünf Uhr zu Abend essen wollten. Wir nahmen diese Mahlzeit täglich zusammen ein.

Was wir *nicht* getan hatten, war, unsere Beziehung weiterzu-
entwickeln.

Er winkte mir zu, und ich winkte zurück. Er konnte sehen,
dass ich mit dem neuen Mädchen beschäftigt war, also wusste
ich, dass er nicht kommen und mit mir reden würde.

„Sehen Sie diesen Kerl?", fragte ich Lorena. Sie wirkte wie
ein nettes Mädchen, also dachte ich, ich könnte das ‚Offensein'
mit ihr ausprobieren. Ich hatte mich bei Pitt daran gewöhnt,
aber vielleicht war es an der Zeit, andere Freunde zu finden.

Sie sah auf und schaute ihn nur eine Sekunde lang an. „Ja."
Sie hielt mir eine Zitrone hin. „Zitronen werden auf die gleiche
Weise geschnitten, richtig?"

Ich nickte. „Nun, er hat mich am ersten Tag, als er hier
ankam, zum Essen eingeladen. Ich habe abgelehnt. Aber dann
fühlte ich mich schlecht deswegen und entschuldigte mich und
machte ein Picknick als Friedensangebot. Jedenfalls versuchte
er, mich an jenem Abend zu küssen, und ich rannte weg. Ich
sagte ihm, ich wollte nur mit ihm befreundet sein."

Sie betrachtete ihn, als er an der Jacht vorbeiging. „Sie
haben zu diesem Kerl Nein gesagt?" Eine ihrer Augenbrauen
hob sich. „Sind Sie verrückt?"

„Ja, ich glaube, ich bin vielleicht ein bisschen verrückt." Ich
biss mir auf die Unterlippe, als ich ihn weggehen sah. „Am
nächsten Tag waren wir wieder zusammen, und ich glaube, ich
habe vielleicht zu hartnäckig darauf bestanden, dass wir nur
Freunde sind. Seitdem ist er damit zufrieden und unternimmt
keine weiteren Schritte mehr."

„Also haben Sie bekommen, was Sie wollten." Sie nahm eine
Kirsche. „Wird sie ganz gelassen?"

Ich nickte, und sie warf sie in das Glas. „Ja. Wie auch immer,
das Problem ist jetzt, dass ich denke, ich könnte voreilig geur-
teilt haben. Ich glaube, ich will mehr von dem Mann. Wir
haben viel Zeit miteinander verbracht und ihn besser kennen-

zulernen, hat mir die Augen geöffnet. Und mein Herz auch, denke ich."

„Das kann ich mir vorstellen." Sie sah ihn wieder an. „Er sieht wie ein guter Fang aus, nicht wahr?"

„Ja, das tut er." Ich dachte über all die Gespräche nach, die er und ich in dieser Woche geführt hatten. Nichts Tiefgründiges oder Intensives wie in den ersten Tagen, sondern einfach nur, um uns kennenzulernen. Natürlich war er viel aufgeschlossener als ich, aber es fiel mir leichter, mit ihm zu sprechen, als mit allen anderen Menschen, mit denen ich je zusammen gewesen war.

„Haben Sie es ihm gesagt?", fragte sie mich, als sie die Flasche Kokosnuss-Rum vom obersten Regal nahm.

„Nein." Ich hatte nicht den Mut dazu gehabt. „Ich fürchte, er wird mir sagen, dass er mich nicht mehr auf diese Weise mag und ich meine Chance verpasst habe. Ich bin in seiner Nähe ich selbst gewesen, und manchmal bin ich ein bisschen albern."

„Ja, das habe ich schon bemerkt", sagte sie mit einem Lächeln. „Ich habe Sie neulich in einem der Swimmingpools gesehen. Sie sprangen von der Seite ins Becken und haben die Wasserrutschen getestet. Es sah aus, als hätten Sie eine gute Zeit."

„Ja." Ich fühlte, wie meine Wangen vor Verlegenheit heiß wurden. „Und ich habe auch andere alberne Sachen mit ihm gemacht. Ich habe ihn von seinem Deck geschubst, als er eines Abends gekocht hat. Er ist aus dem Wasser geklettert, hat mich hochgehoben und ist mit mir zurückgesprungen."

„Das hört sich romantisch an." Sie lachte leise. „Wer weiß? Vielleicht ist das seine Art zu flirten oder vielleicht betrachtet er Sie eher als eine kleine Schwester anstatt als eine potenzielle Geliebte."

„Denken Sie?" Ich suchte noch einmal nach Pitt, aber er war fast am Strand verschwunden.

Lorena zuckte mit den Schultern. „Ich habe den Kerl noch nie getroffen, also weiß ich es nicht. Es klingt aber so, als ob Sie nicht genau wissen, wie Sie sich bei einem Mann verhalten sollen, zu dem Sie sich hingezogen fühlen. Es ist nichts falsch daran, verspielt zu sein, wenn Sie sich so fühlen."

Sie hatte recht, dass ich keine Ahnung hatte, was ich tun sollte. „Ich habe Angst, dass ich mich irgendwie kindisch verhalten habe. Ich bin ohnehin ein bisschen jünger als er, aber wenn ich aufhören würde, so albern zu sein, würde er mich als Frau anstatt als verrücktes Kind sehen." Ich wusste, dass ich ihm mein wahres Ich gezeigt hatte. Und ich wusste, dass die meisten Leute nicht wirklich viel davon ertragen konnten.

Lorena sah mich an und schüttelte den Kopf. „Ich verstehe Sie nicht, Kaylee. Bei der Arbeit wirken Sie so zurückhaltend. Ich kann mir nicht vorstellen, dass Sie bei diesem Kerl so albern sind."

Ich zuckte mit den Schultern und wusste nicht, wie ich erklären sollte, wie wohl ich mich bei ihm fühlte. Aber vielleicht hatte ich mich zu wohl gefühlt. Vielleicht hatte ich alles ruiniert, indem ich bei Pitt ich selbst war. „Wissen Sie, was ich sonst noch getan habe und jetzt dumm finde?"

Sie sah mich stirnrunzelnd an. „Was denn?"

„Ich habe ihm einen Streich gespielt." Ich sah zu Boden, als mein Gesicht noch heißer wurde. „Ich habe einen Ballon unter eines der Sofakissen gelegt und als er sich setzte, knallte es und er sprang auf und schrie wie ein Mädchen."

Lorena stieß ein Lachen aus, als sie ungläubig den Kopf schüttelte. „Nein, das haben Sie nicht bei einem erwachsenen Mann getan!"

„Doch. Und ich habe noch mehr dummes Zeug gemacht." Ich rieb mir mit den Fingerspitzen die Schläfen. „Mein Gott, ich bin so eine Idiotin."

Lorena hörte auf zu lachen, um mir hilfreiche Ratschläge zu

geben. „Ich glaube, Sie haben diesem Kerl eine lustige Zeit beschert, und es hört sich an, als hätten Sie auch Spaß mit ihm gehabt. Wäre es wirklich so schlimm, wenn er Sie nur als eine Freundin betrachten würde?"

„Was, wenn ich ihn küssen würde?", platzte ich heraus. Ich hatte in den letzten Tagen darüber nachgedacht. Pitt brachte Dinge in mir zum Vorschein, die ich noch nie erlebt hatte, und in diesem Moment konnte ich mir keinen besseren Mann vorstellen, mit dem ich meinen ersten Kuss erleben könnte.

„Was, wenn er sich zurückgezogen hat?", warnte sie mich. „Würden Sie damit umgehen können? Besteht die Möglichkeit, dass es Ihrer Freundschaft ein Ende setzt?"

„Ich weiß es nicht. Er hat all meine dummen Streiche und Angewohnheiten ertragen, aber vielleicht wäre das der letzte Strohhalm." Ich fühlte mich so idiotisch dabei, das alles laut zu sagen. Ich konnte nicht glauben, dass ich mich wie ein Dumm-kopf verhalten hatte. „Ich frage mich, warum er noch mit mir zusammen sein will."

„Vielleicht ist er einfach zu nett, um Ihnen zu sagen, dass Sie verschwinden sollen", schlug sie vor.

Ich dachte, sie könnte recht haben. „Vielleicht sollte ich nicht mehr zu seinem Bungalow gehen. Wenn er nach mir sucht, ist das etwas anderes. Aber ich sollte ihn wahrscheinlich nicht mehr stören."

„Das könnte funktionieren. Vielleicht hilft es Ihnen dabei, eine bessere Vorstellung davon zu bekommen, ob er noch romantische Gefühle für Sie hat oder nicht." Sie stemmte die Hände in die Hüften, als sie den Drink bewunderte, den sie zubereitet hatte. „Hübsch, nicht wahr?"

Ich nickte. „Ja, er sieht toll aus."

Als meine Schicht endete, verließ ich die Bar und ließ Lorena allein die Abendschicht übernehmen. Und ich betete, dass sie niemandem von den Dingen erzählen würde, die ich ihr anvertraut hatte.

Als ich den Strand hinaufging, um zu meinem Zimmer zu gelangen, beschimpfte ich mich innerlich. *Warum musst du so eine Idiotin sein? Warum kannst du dich nicht wie ein normaler Mensch verhalten? Was ist los mit dir?*

Vielleicht musste ich dem Inselarzt einen Besuch abstatten, um darüber zu sprechen, ob ich Medikamente einnehmen sollte, die mir helfen könnten, mich ein wenig zu beruhigen. Beim Gehen sah ich zum Himmel auf und schrie, als ich plötzlich an der Taille gepackt und hochgehoben wurde, bis ich auf Pitts breiten Schultern saß. „Endlich hast du frei. Mir war so langweilig." Er lief an der Küste entlang und trug mich auf seinen Schultern, als ob ich nichts wiegen würde.

Ich hielt mich fest und kämpfte gegen den Drang zu lachen. „Pitt, du solltest mich absetzen! Das ist verrückt!"

Sein Gelächter traf meine Ohren. „Das ist verrückt?" Er rannte ins Wasser. „Willst du etwas wirklich Verrücktes sehen?"

„Pitt, nein!", schrie ich, als er immer weiter rannte, bis ihm das Wasser bis zur Brust reiche. Dann warf er mich hoch. Ich zog meine Beine an in der Hoffnung, dass ich mich mit einer kolossalen Wasserbombe bei ihm revanchieren könnte. Ich würde mir diese Chance nicht entgehen lassen.

Als ich aus dem Wasser kam, lachte er und schwamm auf mich zu. „Großartiger Sprung."

„Ich hatte nicht vorgehabt zu schwimmen." Ich fuhr mir mit der Hand durch die Haare. „Wie schlecht sehe ich aus?"

Er grinste. „Du siehst ein bisschen so aus wie eine ertrunkene Ratte." Dann stand er auf und tauchte mich ins Wasser.

Ja, er betrachtet mich definitiv als eine kleine Schwester.

Aber es machte Spaß, mit Pitt zusammen zu sein, also beschloss ich, es einfach dabei zu belassen – Freundschaft.

Er zog mich wieder aus dem Wasser, nahm mich in seine

starken Arme und trug mich ans Ufer. „Hey, ich habe in den Nachrichten gesehen, dass heute Nacht ein Meteoritenschauer erwartet wird. Du solltest heute Abend länger bleiben, damit wir ihn uns zusammen ansehen können."

Nachdem wir an Land gegangen waren, stellte er mich wieder auf die Füße, und wir gingen in Richtung des Mitarbeiterwohnheims. „Ich habe morgen frei. Ich kann lange aufbleiben, wenn ich will."

„Und ich habe keine Kühe, um die ich mich kümmern muss, sodass ich auch länger aufbleiben kann." Er lachte und schüttelte den Kopf. „Ich bin im Urlaub. Ich nehme an, dass es unsinnig ist, meinen strikten Zeitplan einzuhalten."

Ich blieb stehen und nahm seine Hand. „Pitt, ist das etwa mein Einfluss auf dich?"

Er grinste und kniff mir in die Nase. „Irgendwie schon. Mit dir hat man definitiv Spaß, Kaylee."

„Glaubst du wirklich?" Ich wollte ihn fragen, was er sonst noch über mich dachte. Aber ich tat es nicht, weil ich Angst vor der Antwort hatte.

„Ja, wirklich." Er ging weiter und ließ meine Hand los. „Du bist nicht wie die meisten anderen Frauen, mit denen ich Zeit verbringe. Du bist ein echter Kumpel."

Kumpel?

Verdammt.

„Ja, ich denke auch, dass du ein echter Kumpel bist." Ich legte meine Arme um mich, als eine Brise über meine nassen Kleider wehte und ich fröstelte. „Ich gehe besser nach Hause und ziehe mich um, bevor ich mich erkälte."

Wir hielten vor dem Wohnheim an. „Dann bis um fünf bei mir", sagte er. „Ich habe ein paar Hummer, die ich grillen werde. Und ich habe vorhin einen Salat vom *Royal* für dich besorgt."

„Das hast du für mich getan?" Ich lächelte ihn an. „Das war nett von dir."

„Ja, ich bin ein netter Kerl." Er fuhr mit den Fingern über meine Schulter. „Bis bald, du kleine nasse Ratte."

Ich gab ihm einen Klaps auf die Hand und drehte mich um. „Trottel. Wir sehen uns um fünf."

Ich ging hinein und blieb stehen, nachdem ich die Tür geschlossen hatte, um an dem Fenster daneben zu beobachten, wie er wegging. Die Art und Weise, wie das nasse T-Shirt an seinem Körper klebte, machte mich ganz benommen. Ich konnte die Umrisse eines Sixpacks und prächtige Brustmuskeln sehen.

Ich ging in mein Zimmer und gab mir innerlich einen Tritt dafür, dass ich ihm gesagt hatte, ich wolle nur mit ihm befreundet sein. *Warum musstest du ein Theater deswegen machen, du Idiotin?*

Jetzt musste ich einen langen Abend mit dem Mann verbringen und so tun, als wollte ich ihn nicht küssen.

43

PITT

In dieser Nacht, als wir den Meteoritenschauer beobachteten, war ich mir sicher, dass Kaylee mich küssen würde. Sie hatte sich so anders verhalten. Sie scherzte nicht und spielte mir keine Streiche. Es war, als würde ich mit einer anderen Person zusammen sein als mit dem lustigen, süßen Mädchen, das ich kennengelernt hatte.

Schließlich hatte ich sie gefragt, ob sie krank sei oder so, und sie schüttelte nur den Kopf und sagte, sie sollte besser nach Hause gehen.

In der folgenden Woche hatte sie sich auch nicht wie sonst benommen. Und jedes Mal, wenn sie anfing, sich wie sie selbst zu verhalten, hörte sie schnell wieder damit auf und wurde still. Mir gefiel es nicht, dass sie sich scheinbar vor mir zurückzog, also machte ich mich auf den Weg zu ihrer Bar, um mit ihr zu reden.

Ein paar Gäste saßen an einem Tisch, andere saßen am Strand. Kaylee winkte mir zu, als ich eintrat. „Hi, Pitt. Wie wäre es mit einem schönen kalten Bier?"

„Sicher." Ich setzte mich an den Tresen und zeigte auf eine Schüssel Erdnüsse auf der Theke hinter ihr. „Wie wäre es auch mit ein paar davon?"

Sie stellte die Schüssel und das Bier auf den Tresen vor mir. „Bitte sehr, Cowboy." Sie sah mich an. „Warum die Cowboy-Ausrüstung, Pitt? Heute ist es ziemlich heiß."

Ich hatte meine Gründe, an diesem Nachmittag keine Shorts zu tragen. „Ich wollte, dass du mich als den Mann siehst, der ich war, als wir uns das erste Mal trafen."

„Und warum?" Sie sah verwirrt aus, als sie ein Glas aufhob, um es abzuwaschen.

„Einfach so." Ich trank das kalte Bier. „Du hast dich in der letzten Woche ein wenig seltsam verhalten."

Sie seufzte. „Nun, die Medikamente, die der Arzt des Resorts mir gegeben hat, haben mich noch nicht ausgeglichen gemacht. Er sagte, es könnte ein paar Monate dauern, bis sich mein Körper an die Wirkstoffe gewöhnt hat, aber ich soll nicht damit aufhören, es sei denn, er sagt es mir."

Ich wusste, dass etwas nicht stimmt.

„Warum nimmst du überhaupt etwas, Kaylee? Ich dachte, dir geht es gut." Sie hatte sich überhaupt nicht bei mir darüber beschwert, wie die Dinge liefen, und nicht ein einziges Mal erwähnt, dass sie glaubte, sie brauche Medikamente zur Unterstützung.

„Mir ist aufgefallen, dass ich mich ein wenig zu aufgedreht benahm, also war ich wegen meiner ADHS beim Arzt." Sie stellte das Glas ab und nahm ein anderes. „Ich bin kein kleines Kind. Ich sollte mich nicht wie eines benehmen."

„Worüber redest du? Du scherzt gern und hast Spaß. Soweit ich weiß, ist Spaß haben kein Grund, Medikamente einzunehmen." Ich liebte es, in der Nähe des Mädchens zu sein, und fragte mich, wer ihr das Gefühl gegeben hatte, sich wie ein Kind zu benehmen. Ganz sicher nicht ich. „Und wer hat dich auf die Idee gebracht, dass du dich unangemessen verhalten hast?"

„Das ist nicht wichtig." Sie stellte das Glas in das Regal und seufzte. Sie hatte einen Hocker hinter dem Tresen, den ich erst bemerkte, als sie sich darauf setzte. „Ich hasse, wie ich mich fühle. Ich bin müde und kann nicht klar denken. Aber der Arzt sagte, das würde bald nachlassen, und ich kann nicht einfach aufhören, die Tabletten zu nehmen, die er mir verschrieben hat."

„Hör zu, ich bin mir sicher, dass der Arzt es gut meint, aber ich verstehe nicht, warum du etwas nehmen musst, Kaylee. Hast du wirklich Probleme mit deiner ADHS gehabt oder geht es um etwas anderes? Du hast mir gegenüber nichts erwähnt und vollkommen in Ordnung gewirkt. Du bist großartig, so wie du bist." Ich hasste es, die lebenslustige junge Frau so zu sehen. „Aber jetzt bist du nicht mehr dieselbe Person. Kannst du das nicht sehen?"

Sie nickte langsam. „Doch. Natürlich kann ich das. Aber ich muss die Anweisungen des Arztes befolgen, Pitt. Ich muss nur die anfänglichen Nebenwirkungen durchstehen, dann bin ich wieder mehr wie ich selbst. Irgendwann."

„Ich wünschte, du hättest das mit mir besprochen, bevor du zum Arzt gegangen bist, Kaylee." Ich trommelte mit den Fingern auf den Tresen, während ich sie streng ansah. „Es war überhaupt nichts falsch an dir. Was hast du dem Arzt überhaupt gesagt, dass er dir so etwas verschrieben hat? Es scheint einfach nicht richtig zu sein. Du hast selbst gesagt, dass du seit Jahren keine Medikamente mehr benötigst."

Sie sah auf den Boden, anstatt mich anzusehen. „Ich habe ihm gesagt, dass ich Schwierigkeiten habe, bei der Arbeit konzentriert zu bleiben, und dass ich etwas brauche, das mir dabei hilft. Nicht, dass es dir Sorgen machen sollte. Du trägst nicht die Verantwortung für mich, Pitt."

„Kaylee, ich bin fast jeden Tag hier, an dem du arbeitest. Du bist hier ein Rockstar." Ich fuhr mit meiner Hand über mein Gesicht und fragte mich, warum sie scheinbar wollte, dass ich

aufhörte, mich um sie zu kümmern. Dann dämmerte es mir.
„Denkst du, dass ich keine Verantwortung für dich habe, weil
ich nur ein Freund bin?"

Sie nickte langsam.

Ich ballte meine Hände zu Fäusten und schlug mit einer auf
den Tresen. „Verdammt, Kaylee! Als dein Freund ist es mein
Recht, um dich und deine Gesundheit besorgt zu sein."

Sie sah zu mir auf. „Ich bin körperlich gesund. Der Arzt
sagte, dass meine Vitalfunktionen normal sind."

„Nun, du benimmst dich nicht normal." Ich konnte nicht
glauben, dass sie wirklich glücklich damit war – dass sie das
wirklich wollte. „Ich vermisse das Mädchen, das ich kennenlernen durfte. Glaubst du wirklich, das ist das Beste für dich,
Süße?"

Tränen glitzerten in ihren Augen. „Können wir später
darüber reden? Nach Feierabend?"

Ich nickte, wohl wissend, dass dies nicht der richtige Ort für
diese Unterhaltung war. „Ich werde trotzdem heute hierbleiben.
Mal sehen, ob ich dich ein oder zwei Mal zum Lachen bringen
kann." Ich vermisste es, sie lachen zu hören.

Als sie aufstand, wandte sie sich von mir ab und ich konnte
sehen, dass sie sich die Augen abwischte. „Wie du möchtest, Pitt.
Aber ich habe in letzter Zeit nichts besonders komisch
gefunden."

„Seit du angefangen hast, diese verdammten Tabletten zu
nehmen." Ich trank mein Bier und sah sie dann wirklich an. „Du
hast auch etwas an Gewicht verloren."

„Ja, ich habe nur mit dir gegessen." Einige Gäste kamen
herein und setzten sich an einen Tisch und Kaylee ging schnell
zu ihnen, um ihre Bestellung aufzunehmen.

Ich hatte nichts dazu gesagt, dass sie so wenig aß, wenn wir
uns abends trafen, weil ich nicht sicher war, was mit ihr los
war. Aber bei dem Wissen, dass alles, was sie gegessen hatte,

das Wenige war, das sie bei mir gehabt hatte, wurde mir schlecht.

Wahrscheinlich gab es Leute, die tatsächlich Medikamente für ihre ADHS einnehmen mussten. Ich dachte nicht, dass niemand medizinisch behandelt werden musste. Aber Kaylee musste das nicht, davon war ich überzeugt. Sie war mehr als fähig, eigenständig zu funktionieren, und ich war mir sicher, dass sie das auch wusste – warum sollte sie dem Arzt sonst sagen, dass ihre Arbeit litt?

Ich musste sie dazu bringen, diese verdammten Tabletten abzusetzen. Sie hatten sie fast zu einem Zombie gemacht. Aber wie konnte ich das tun, wenn sie nicht ehrlich zu mir war und mich nicht näher an sich heranließ?

Es war an der Zeit, unsere Beziehung auf die nächste Stufe zu bringen – und ich meinte Beziehung, nicht Freundschaft. Mir war klar, was das bedeutete. Aber es war mir egal.

Es war unmöglich zu wissen, ob Kaylee darauf beharren würde, dass sie nur einen Mann auf ihrer Liste haben wollte. Ich wusste nur, dass ich die Frau in meinem Leben haben wollte. Jeden Tag.

Aber ich musste sie dazu bringen, zu sehen, dass es nicht richtig war, Medikamente zu nehmen. Wie ich das machen würde, war mein Problem.

Als sie hinter dem Tresen hervorkam, griff sie danach. Sie blieb eine Sekunde stehen und schloss die Augen. Ich sah, wie sie tief einatmete, bevor sie sie wieder öffnete und weiterging.

„Und was war das?", fragte ich.

„Ein bisschen Benommenheit. Der Arzt sagte, das sei eine häufige Nebenwirkung." Sie beugte sich vor, um eine Flasche Orangensaft aufzuheben, und richtete sich schnell wieder auf. Auf dem Weg zum Stuhl zuckte sie zusammen und schloss die Augen erneut.

„Kaylee, dieses Zeug macht dich krank. Bist du sicher, dass

du dem Arzt alles gesagt hast, was du gerade erlebst?" Ich hatte eine Ahnung, dass sie nicht ganz ehrlich zu ihm gewesen war.

„Es steht auf der Liste der bekannten Nebenwirkungen, Pitt. Er sagte, es würde irgendwann nachlassen oder ganz aufhören."

Sie sah außerdem blass und müde aus. „Kannst du gut schlafen?"

Sie schüttelte sehr langsam den Kopf. „Nein."

„Lass mich raten – eine weitere bekannte Nebenwirkung." Ich wusste alles, was ich wissen musste. „Ich sehe keine positive Wirkung, wenn du dieses Medikament nimmst, sondern genau das Gegenteil. Du bist nicht du selbst, du scheinst krank zu sein, und ich mag es nicht, dich so zu sehen. Du bist mir wichtig, Kaylee."

„Du sagtest, wir könnten später darüber reden." Sie stand auf und begann, ein paar Drinks zu machen. Sie wirkte aufgeregt, und ihr Körper war angespannt.

Ich sagte es nicht, aber ich hatte das Gefühl, dass dies auch eine Nebenwirkung sein könnte. „Also gut." Ich wusste, dass ich mich beruhigen musste.

In den nächsten Stunden beobachtete ich, wie sie sich langsam bewegte, Bestellungen aufnahm, einige davon durcheinanderbrachte und sich dafür entschuldigte. Mein Herz schmerzte tatsächlich für sie. Und ich wusste, dass mir dir Frau unheimlich viel bedeutete. Sie bedeutete mir zu viel, um zu ignorieren, was mit ihr geschah.

Galen betrat die Bar wenig später mit einem Lächeln auf dem Gesicht. „Hey, Pitt. Hast du eine schöne Zeit in meinem Resort? Ich habe nicht viel von dir gesehen."

Er setzte sich neben mich, als Kaylee eine Flasche dunkles Ale vor ihn stellte. „Guten Tag, Mr. Dunne."

„Guten Tag, Kaylee", begrüßte er sie. „Danke für das Bier, Mädchen."

Kaylee sah auf mein leeres Glas. „Möchtest du noch etwas, Pitt?"

Ich schüttelte den Kopf. „Nein." Ich brauchte einen klaren Kopf für das Gespräch, das wir haben würden, sobald sie Feierabend hatte. Ich wollte nicht, dass sie auch nur eine weitere dieser Tabletten einnahm.

Galen lächelte mich an, als Kaylee sich von uns entfernte. „Du sitzt also in einer Bar, trinkst aber nichts, hm?" Er zwinkerte mir zu. „Vielleicht ist das Bier gar nicht der Grund, warum du hier bist. Habe ich recht?"

Ich nickte und sah zu Kaylee. „Sie ist so ungefähr das hübscheste Mädchen, das ich je gesehen habe. Und mit ihr habe ich am meisten Spaß – bei Weitem."

„Ah", sagte er. „Ich sehe, was dich in den letzten Wochen beschäftigt hat."

„Ja." Galens Einladung hatte alles in meinem Leben verändert. „Weißt du, ich habe viel nachgedacht. Ich habe einen alten Hut von Dad gefunden und ihn aufgesetzt. Du hast angerufen und mir gesagt, ich solle noch am selben Tag in dieses Resort kommen. Bei meinem ersten Ausflug auf der Insel fand ich eine kleine Schönheit mit einer scharfen Zunge, die in einer Bar arbeitet. Und ich habe sie seitdem nicht mehr aus den Augen gelassen."

Galen lächelte, als er seine Hand auf sein Herz legte. „Hast du etwa dein Herz an das Mädchen verloren?"

„Nun, sie hat mich noch nicht so weit kommen lassen." Ich grinste, als sie mich ansah und sich dann abwandte.

„Spielt sie die Unberührbare?", fragte er.

„Nein, ich glaube, sie spielt nicht. Sie ist nur verwirrt und ziemlich hart zu sich selbst in bestimmten Dingen. Aber ich sehe etwas in ihr, von dem ich nicht den Blick abwenden kann." Ich seufzte und dachte noch einmal darüber nach, wie die Medikamente ihren lebendigen Geist beeinflussten. Die Art, wie sie sie verteidigte, brachte mich zu der Annahme, dass dies vielleicht der wahre Grund war, warum sie sie überhaupt einnahm.

„Und was denkt sie über dich, Pitt?", fragte er und ergriff die Flasche, um etwas zu trinken.

„Ich weiß es nicht genau." Und ich wusste, dass sie mir wahrscheinlich nicht sagen würde, was sie wirklich über mich dachte, solange sie diese Medikamente nahm. Sie machten sie so verschlossen wie bei unserer ersten Begegnung. „Aber ich werde es herausfinden – und zwar bald."

Eine Frau ging am Strand vorbei, und Galen entschuldigte sich schnell, um ihr zu folgen. Kaylee kam zu mir zurück, nachdem er gegangen war. „Ich hoffe, du hast ihm nicht erzählt, dass ich Medikamente nehme, Pitt."

„Das habe ich nicht getan." Hauptsächlich, weil ich wusste, dass sie das hassen würde. „Kaylee, es gibt etwas, das ich dich schon seit einiger Zeit fragen möchte."

Sie lehnte sich an den Tresen und legte ihr Kinn auf ihre Handfläche. „Was?"

Ich sah in ihre goldbraunen Augen, während ich ein paar lose Strähnen ihres lockigen braunen Haares zurückstrich. „Hast du endlich genug von diesem Freundschaftsmist?"

Sie sah mich mit ernsten Augen an. „Ich glaube nicht, dass ich jemals genug davon haben werde, mit dir befreundet zu sein, Pitt."

Scheiße.

44

KAYLEE

Pitt saß ruhig an der Bar, bis mein Ersatz kam, dann nahm er mich bei der Hand und führte mich zu einem langen Gespräch davon. Zumindest dachte ich das. Wir landeten vor dem Bungalow des Arztes und Pitt hämmerte an die Tür.

Ich war mir nicht sicher, was los war. Durch die Medikamente fühlte ich mich irgendwie seltsam. Ich hätte gedacht, dass es für mich das Beste wäre, etwas gegen meine ADHS zu nehmen. Aber es machte die Sache nur schlimmer. Ich hatte große Hoffnung, dass eines Tages die Nebenwirkungen aufhören würden und ich in der Lage wäre, wieder normal zu werden – nur ruhiger und weniger albern.

Aber Pitts Reaktion, als er erfuhr, dass ich Medikamente bekam, ließ mich daran zweifeln, ob ich das Richtige getan hatte.

Der Arzt kam zur Tür, und Pitt sagte ihm sofort, er solle mir von der Einnahme der Medikamente abraten. Er sagte ihm, er hätte mir nie etwas verschreiben sollen und dass es keinen Grund gab, warum ich etwas nehmen sollte.

Zu meiner Überraschung stimmte der Arzt zu, dass ich die Einnahme der Medikamente abbrechen sollte, aber er wollte, dass ich ein anderes ausprobierte. Pitt sagte, ich würde das ganz sicher nicht tun. Und dann gingen wir.

Ich nahm an, dass es an den Nebenwirkungen der Tabletten lag, dass ich ihm einfach folgte, ohne etwas zu sagen. Es sah mir nicht ähnlich, mir von anderen Leuten vorschreiben zu lassen, was ich tun sollte – aber die Tabletten gaben mir das Gefühl, ein anderer Mensch zu sein.

Pitt brachte mich zum Mitarbeiterwohnheim und verlangte, dass ich ihm die Tabletten gab, was ich tat. Er warf sie in die Toilette und spülte sie hinunter. Dann packte er eine Tasche und nahm mich mit zu seinem Bungalow.

„Du nimmst das Bett, und ich nehme die Couch." Er zog die Decke herunter und klopfte auf das Bett. „Du musst dich ausruhen. Ich werde Galen anrufen und ihm sagen, dass du dich erkältet hast und nächste Woche Urlaub brauchst. Ich denke, es wird ungefähr so lange dauern, bis der ganze Mist deinen Körper verlässt und du wieder funktionstüchtig bist."

Ich sah auf das Bett und dann auf ihn. „Warum tust du das alles?"

„Weil du mir wichtig bist, Kaylee." Er ging zur Schlafzimmertür. „Zieh deinen Pyjama an und leg dich ins Bett. Wenn du aufwachst, habe ich etwas zu essen für dich. Ich denke an eine schöne hausgemachte Hühnersuppe mit vielen Nudeln. Das sollte nach einer Woche, in der du kaum etwas gegessen hast, gut verträglich sein."

Er schloss die Tür und gab mir Privatsphäre zum Umziehen. Ich ging ins Bad und schaute in den Spiegel. Ich hatte dunkle Augenringe und war blasser denn je. „Du siehst aus wie ein Zombie", flüsterte ich meinem Spiegelbild zu.

Ich hatte sowieso nicht die Kraft, mit Pitt zu streiten. Also zog ich meinen Pyjama an und kroch in sein Bett. Ein Bett, das nach ihm roch, mit einem Kopfkissen, auf dem sein Kopf jede

Nacht ruhte – ich hatte mich noch nie wohler und sicherer gefühlt.

Ich schlief leicht ein und wachte erst auf, als Pitt mit einer Schüssel Suppe in den Raum kam. „Süße, es ist schon fünf Stunden her, dass du ins Bett gegangen bist. Du musst lange genug wachbleiben, um diese Suppe zu essen. Dann kannst du sofort wieder einschlafen."

Ich versuchte, mich aufzusetzen, und bemerkte, dass er die Schüssel auf den Beistelltisch stellte, bevor er mir half, die Kissen aufzuschütteln. „Danke."

Als ich mich aufgerichtet hatte und er mir die Schüssel geben wollte, sah er, wie meine ausgestreckten Hände zitterten. Mit einem Kopfschütteln setzte er sich neben mich. „Ich füttere dich."

„Schon gut. Ich schaffe das", protestierte ich schwach.

„Nein." Er hielt den Löffel an meine Lippen. „Aufmachen."

Die Wahrheit war, dass ich mich so schwach und müde fühlte, dass es tatsächlich einfacher war, mich von ihm füttern zu lassen. „Ich habe nicht einmal Hunger."

„Du musst essen."

Ich wusste, dass er das sagen würde, also öffnete ich meinen Mund und ließ mich füttern, bis die Schüssel leer war. „Kann ich jetzt wieder schlafen?", fragte ich, als ich fertig war.

Er nickte und stand mit der leeren Schüssel auf. „Ich lasse dich den Rest der Nacht allein, um zu schlafen, aber ich mache dir Frühstück und komme am Morgen zurück, um dich wieder zu füttern." Er ging hinaus, als ich mich wieder ins Bett kuschelte. Dann kam er mit einer Flasche Wasser zurück und stellte sie auf den Nachttisch. „Bitte. Du bekommst vielleicht in der Nacht Durst. Wenn du mich für irgendetwas brauchst, ruf mich einfach. Ich bin gleich auf der anderen Seite dieser Tür und schlafe auf der Couch."

„Okay." Ich schloss die Augenlider, die sich zu schwer

anfühlten, um sie offen zu halten. „Danke, Pitt. Niemand war jemals so nett zu mir."

Ich erinnerte mich an die High-School, als ich mit der Einnahme der Medikamente begonnen hatte. Meine Eltern hatten sich nicht annähernd so besorgt darüber gezeigt, wie die Tabletten mich beeinflussten, wie Pitt.

Seine Lippen drückten sich auf meinen Kopf, dann flüsterte er: „Du ruhst dich aus und wirst wieder das Mädchen, das ich so sehr vermisse, dass es wehtut. Gute Nacht. Träum süß, Baby."

Ich bin mir ziemlich sicher, dass ich einschlief, noch bevor er den Raum verließ. Als ich aufwachte, war es dunkel, und ich war allein. Als ich die Wasserflasche ansah, war ich plötzlich am Verdursten und leerte sie ganz.

Ich stieg aus dem Bett, um mir noch eine Flasche zu holen, und sah Pitt auf der Couch schlafen. Er war zu groß, um darauf zu passen, und seine Füße hingen über das Ende. Die Decke war von ihm gefallen, und er lag in seinen engen Boxerbriefs da. Sein muskulöser, schlanker Körper glänzte in dem schwachen Licht.

Ich wusste, ich sollte nicht auf seinen Körper starren, also nahm ich die Decke und deckte ihn zu. Dann küsste ich seinen Kopf. „Gute Nacht, süßer Prinz."

Am nächsten Morgen fühlte ich mich etwas besser, und jeden Tag ging es bergauf. Mit jedem Tag wusste ich, dass ich mich in den Mann verliebte, der nicht mehr getan hatte, als ein wenig mit mir zu flirten, während er sich um mich kümmerte.

Am Ende der Woche fühlte ich mich wieder wie ich selbst und wollte eine Weile am Sandstrand liegen. Pitt kam mit, und wir beobachteten gemeinsam den Sonnenuntergang. „Du bist der beste Mann aller Zeiten, Pitt Zycan", sagte ich, als wir auf dem weichen Sand lagen.

„Das bin ich sicher nicht", sagte er mit einem Grinsen. „Aber ich nehme das Kompliment trotzdem an."

„Doch, du bist der beste Mann aller Zeiten." Ich drehte meinen Kopf, um ihn anzusehen. „Ich kenne keinen anderen Menschen, der das alles für mich getan hätte. Nicht einmal meine Eltern haben das für mich getan, als ich sechzehn war und das Gleiche durchgemacht habe."

Seine blauen Augen senkten sich ein wenig. „Es tut mir leid, dass du das so lange ertragen musstest. Ein paar Jahre, richtig?"

Er erinnerte sich daran, was ich ihm über meine Vergangenheit erzählt hatte, und es ließ mein Herz höherschlagen. „Du erinnerst dich."

„Natürlich tue ich das." Er strich meine Haare zurück. „Du musstest diese Tabletten nehmen, bis du alt genug warst, um ihnen zu sagen, dass du das nicht mehr wolltest. Und jetzt, da ich gesehen habe, wie du dich damit fühlst, verstehe ich vollkommen, warum du keine Medikamente wolltest. Aber, Baby, warum hast du geglaubt, zu etwas zurückkehren zu müssen, durch das du so gelitten hast?"

Es gab nur einen Grund dafür, und ich schloss die Augen, als ich ihn endlich eingestand. „Ich habe es für dich getan."

„Was?" Er setzte sich auf und sah geschockt aus. „Für mich? Was habe ich damit zu tun?"

Es war an der Zeit, alles zu gestehen. Der Mann hatte mich bei sich übernachten lassen und mich eine ganze Woche lang gesund gepflegt. Er hatte es verdient, die Wahrheit zu erfahren.

„Ich wollte mehr als eine Freundin sein, aber du hast angefangen, mich wie eine kleine Schwester zu behandeln. Ich wollte etwas ändern und mich ... normaler machen. Ich dachte, wenn ich weniger impulsiv wäre und weniger wie ein albernes Kind, dann würdest du mich in einem anderen Licht sehen. Und ich wusste, dass ich Medikamente brauche, um das zu erreichen. Aber es hat auch dieses Mal nicht funktioniert, und diese Medikamente waren nicht die gleichen wie damals. Ich schätze, nichts kann mich reparieren, ohne mich krank zu machen."

„Wahrscheinlich, weil an dir gar nichts falsch ist." Er lehnte sich zurück und stütze sein Gewicht auf seinen Arm. „Du hast einfach einen freien Geist. Eine aktive Vorstellungskraft, viele Ideen und die Motivation zu ihrer Verwirklichung sind großartige Dinge. Ich weiß nicht, wer bei dir ADHS diagnostiziert hat oder warum, aber ich kann nicht erkennen, dass es etwas mit diesen Merkmalen zu tun hat. Das ist einfach deine Persönlichkeit, und daran gibt es nichts auszusetzen."

„Nun, ein Arzt hat mich mit sechzehn Jahren untersucht. Meine Noten waren schlechter geworden und mein Verstand hatte begonnen ständig abzuschweifen." Ich lachte, als ich mich daran erinnerte, wohin mein Verstand abgeschweift war. „Da war dieser Junge, Sean Nelson. Er saß im Algebra-Kurs vor mir. Er war in der Abschlussklasse, und ich war damals erst im zweiten Jahr. Er war weit außerhalb meiner Liga. Aber ich habe dauernd von diesem Kerl geträumt. Ich habe mehr an ihn gedacht als an alles andere."

„Du wusstest, dass das in diesem Alter völlig normal ist, richtig?", fragte er mich mit einem Lächeln auf seinem Gesicht.

„Nein, das wusste ich nicht. Und als meine Noten schlechter wurden, brachte mich meine Mutter zum Arzt. Sie erzählte ihm, dass ich ein sehr aktives Kind gewesen war und wie ich mich verändert hatte, als ich die Pubertät erreichte. Ich war nicht mehr so aktiv und scharfsinnig wie zuvor. Dieser Arzt stellte mir alle möglichen Fragen, und ich habe sie ihm ehrlich beantwortet– abgesehen davon, wohin meine Gedanken wanderten. Ich habe ihm nur gesagt, dass es mir schwerfällt, mich zu konzentrieren und dass mein Geist oft abschweift."

„Du hättest ehrlich zu ihm sein sollen, Kaylee. Ich bin mir sicher, dass er begriffen hätte, dass du nur ein verknalltes Teenager-Mädchen warst." Er lachte, und ich streckte die Hand aus, um ihm auf die Schulter zu schlagen.

„Hey!" Ich setzte mich auf und schüttelte den Kopf. „Schau mal, ich hatte mich über ADHS bei Teenager-Mädchen informiert und dachte, dass ich das auch hatte. Und es war wirklich so, dass ich nicht mehr an diesen Typen dachte, sobald ich mit der Einnahme der Medikamente anfing."

„Das liegt daran, dass diese Art von Medikamenten die Nebenwirkung hat, den Sexualtrieb zu hemmen. Das ist der einzige Grund, warum du aufgehört hast, an ihn zu denken." Seine Augen leuchteten auf. „Und ich wette, genau deshalb hast du so lange an deiner Jungfräulichkeit festgehalten. Du hast nicht wirklich auf Mr. Right gewartet. Du warst einfach nicht daran interessiert, Sex zu haben."

„Moment." Ich hatte jahrelang keine dieser Tabletten mehr genommen. „Pitt, ich habe sie nur ein paar Jahre genommen. Ich habe sie abgesetzt, als ich achtzehn wurde. Ich möchte mich für den richtigen Mann aufsparen – und das hat mehr mit meinem Herzen zu tun als mit meinem Sexualtrieb. Und ich glaube, dass ich auch noch ein wenig länger warten kann, bis es passiert."

„Warum denkst du das?", fragte er mit einem wissenden Grinsen.

Ich schloss meine Lippen fest. *Soll ich ihm sagen, wie ich empfinde?*

Ich malte mir aus, was dann passieren könnte. Was, wenn er mich auslachte? Was, wenn er nicht so empfand wie ich? Was, wenn ich mich komplett zum Narren machte?

„Warst du jemals verliebt, Pitt?", fragte ich ihn.

„Einmal dachte ich, ich wäre verliebt." Er sah zum Himmel auf, der dunkel geworden und voller Sterne war. „Aber als ich sie ganz leicht verlassen konnte, wusste ich, dass es nicht die

Liebe war, die es braucht, damit eine Beziehung für immer Bestand hat."

Also hatte er schon einmal eine Art Liebe empfunden. Ich wusste, dass er sie wieder spüren konnte – hoffentlich mit mir. Also fasste ich Mut und betete, dass er etwas Liebe für mich in sich trug.

„Pitt, ich weiß, dass ich auf den einen Mann, der für mich der Richtige ist, warten kann, weil ich jetzt bereit bin. Ich habe mich in dich verliebt."

45

PITT

Sie ist in mich verliebt!

Ich drehte mich um und nahm ihr Gesicht in meine Hände. „Ich bin auch in dich verliebt." Ich hatte das Gefühl, ich hätte so lange darauf gewartet, es zu sagen, dass ich nicht länger warten konnte.

Ihre Brust hob sich, als sie scharf Luft holte. „Mein Gott, ich bin froh zu hören, dass du das sagst."

Ich näherte mich der Stelle, wo sie im Sand lag. „Bedeutet das, dass ich endlich den Kuss bekomme, nach dem ich mich sehne?"

Aber ihre Hände bewegten sich, um meine Handgelenke zu ergreifen. „Pitt, du weißt, was das für mich bedeutet, richtig?"

„Dass ich der einzige Mann für dich bin." Ich nickte, als ich in ihre Augen sah. Augen, in die ich für immer sehen wollte. „Und du bist die einzige Frau für mich."

„Du wirst mich also nicht verlassen, wenn dein Urlaub vorbei ist?", fragte sie mit großen Augen.

„Wir werden eine Lösung finden. Ich möchte nicht, dass du dir darüber Sorgen machst, Baby. Jetzt sei still und lass mich deine süßen Lippen küssen."

„Okay", flüsterte sie und schloss dann die Augen.

Ich hatte noch nie so viel Adrenalin in mir gespürt wie in dem Moment, als ich Kaylee anblickte, die auf ihren allerersten Kuss wartete. Ich musste ihn mir einprägen.

Sanft berührte ich ihre Lippen mit meinen und ließ sie die Funken spüren, die genauso durch ihren Körper zischten wie durch meinen. Tief in mir war bereits ein Feuer aufgelodert, das schon ewig zu glühen schien.

Ich presste meine Lippen etwas fester auf ihre, dann teilte ich ihre Lippen mit meiner Zunge. Ihre Zunge traf meine und als sie sich zärtlich zusammen bewegten, stöhnte sie. Ihre Arme schlangen sich um mich und drückten mich fest an sie – als wollte sie mich niemals wieder gehen lassen.

Als ich mit meinen Händen über ihre Arme strich, wusste ich, dass ich sie gefunden hatte. *Die Richtige.*

Ich hatte noch nie über so etwas nachgedacht. Ich hatte immer gewusst, dass manche Leute an dieses Zeug glaubten – an Seelenverwandte und daran, dass es für jeden Topf einen Deckel gab. Ich hatte vorher nie viel darüber nachgedacht, aber als wir uns küssten und uns berührten, wusste ich, dass es wahr war. Ich zog meinen Mund von ihrem, um ihren Hals zu küssen. „Ich lasse dich nie wieder gehen, Baby. Niemals."

„Ich möchte nicht, dass du mich jemals gehen lässt." Sie stöhnte, als ich eine Spur von Küssen über ihren Nacken zog und dann an ihrem Ohrläppchen knabberte.

„Das wird legendär sein, Baby. Eine Liebe, die es wert ist, dass Bücher darüber geschrieben werden." Ich zog mich zurück und sah ihr in die Augen. „Du glaubst mir, nicht wahr?"

„Du bist mein süßer Prinz." Sie strich mit den Händen über meine Wangen. „Ich glaube alles, was du mir erzählst."

Ich hatte mich noch nie so glücklich gefühlt. Ich eroberte erneut ihren Mund und diesmal ließ ich den Kuss gehen, wohin er wollte. Unsere Hände waren überall, als wir einander berührten und streichelten. Und mein anschwellender Schwanz machte sich unangenehm bemerkbar.

Sie nahm meine Hand, schob sie unter ihr Shirt und bewegte sie dann unter ihren BH. Ich stöhnte bei dem Vergnügen, zum ersten Mal ihre pralle Brust und die harte Brustwarze zu spüren. „Oh, Baby. Du fühlst dich so gut an."

Ich rollte mich mit ihr herum und bewegte sie auf mich, sodass ihr weicher Kern an meinem geschwollenen Schwanz ruhte. Ihr Körper war heiß vor Verlangen, genau wie mein Körper. Ich schaute zuerst zu einer Seite, dann zur anderen, um sicherzugehen, dass wir an dem dunklen Strand allein waren.

Kaylee bemerkte, was ich tat, und lächelte, als sie sich auf mich setzte. „Ich denke, es hier draußen zu tun, wäre die erstaunlichste Erfahrung, die ich mir erträumen könnte." Sie bewegte ihren Körper hin und her und streichelte mich, um mich noch mehr zu erregen.

Aber ich musste sicher sein, dass sie wirklich bereit dafür war. Ich packte ihre Arme und stoppte ihre Bewegungen. „Kaylee, bist du dir hundertprozentig sicher, dass du das tun willst?"

Sie zog ihre Unterlippe zwischen die Zähne und nickte. „Ich bin sicher, dass ich will, dass du mich an diesem Strand liebst. Hundertprozentig sicher, Pitt."

Ich knurrte, als ich sie umdrehte und auf den Boden presste. Dann befreite ich schnell meine Erektion, bevor ich ihre Shorts öffnete und sie zusammen mit ihrem Höschen nach unten zerrte. Ich konnte schon die Hitze spüren, die von ihrem jungfräulichen Zentrum ausging.

„Scheiße!" Ich hatte mich gerade an eine entscheidende Tatsache erinnert.

Ihre Augen wurden groß. „Was ist?"

„Ich habe keine Kondome." Ich schlug mir gegen die Stirn. „Verdammt!"

Sie lächelte mich nur an. „Ich nehme die Pille."

„Heilige Scheiße. Das sind großartige Neuigkeiten, Baby. Und ich weiß, dass ich gesund bin." Ich küsste sie erneut, als ich ihr dabei half, aus ihren Shorts zu rutschen, sodass sie ihre Beine um mich schlingen konnte.

Ich ließ meine Erektion über ihre Nässe gleiten, und mein ganzer Körper erschauerte bei dem Wissen, dass sie so bereit für mich war. Dann drückte ich meinen harten Schwanz in sie, während sie meine Oberarme packte.

Ich küsste sie immer weiter, während ich mich in sie schob. Ich spürte, wie sich ihre Beine um meine Taille anspannten und sich leicht bewegten, damit sie sich an meine Größe anpassen konnte. Die Art, wie sich ihre Nägel in meine Arme bohrten, ließ mich wissen, dass sie ziemlich starke Schmerzen hatte, aber ich war mir sicher, dass sie schnell abklingen würden.

Sie war so eng, dass es auch mir ein bisschen wehtat. Wir würden beide am nächsten Morgen Schmerzen haben, soviel war sicher. Aber wir würden auch ziemlich glücklich sein, wenn wir am Morgen zusammen in meinem Bett aufwachten.

Als sie anfing, ihre Hüften im Rhythmus mit meinen zu bewegen, wusste ich, dass der Schmerz vorüber war und mein Mädchen Neuland erkundete. Ich wollte nicht aufhören, bis sie fast den Verstand verlor und ihren ersten Orgasmus hatte. Allein der Gedanke daran ließ das Ganze fast enden, bevor einer von uns bereit war.

Ich nahm meinen Mund von ihrem und küsste mich ihren Hals hinauf. „Bist du okay, Baby?"

Sie stöhnte, als sie ihre Hände über meine Arme und dann über meinen Rücken gleiten ließ, während ihr Fuß an meinem Bein auf und ab strich. „Jetzt schon. Der erste Teil war etwas gewöhnungsbedürftig, aber jetzt – jetzt ist es besser als alles, was ich mir jemals vorstellen konnte."

„Freut mich, das zu hören." Ich biss spielerisch in ihren

Nacken. „Ich muss zugeben, dass ich so etwas auch noch nie gefühlt habe."

„In meinem Inneren kribbelt es." Sie bewegte ihre Hände wieder zu meinem Bizeps. „Und deine Muskeln sind wahnsinnig sexy, Baby."

„Ich will dich glücklich machen." Ich küsste sie erneut, wohl wissend, dass ich sie höher und höher führte, bis sie zitterte und ihren Mund von meinem riss.

Sie schrie bei ihrer Erlösung. „Pitt! Scheiße! Oh Gott!" Dann stöhnte sie, und ich konnte mich nicht länger zurückhalten.

„Ja!" Ich schoss meine Ladung in sie, während ich die animalischsten Laute machte, die ich je ausgestoßen hatte. „Fuck!" Meine Hüften stießen immer noch sanft zu, und ich hatte keine Kontrolle mehr über die Intensität meiner Erlösung. „Was hast du mit mir gemacht?"

„Was hast *du* mit mir gemacht?", fragte sie zurück, als sie weiter stöhnte.

Nachdem unsere Körper aufgehört hatten zu pulsieren und zu kribbeln, rollte ich mich von ihr, legte mich auf den Rücken und sah die Sterne an. „Du musst vorsichtig sein, Baby."

Kaylee stand auf, nahm ihr Höschen und zog es an. „Vorsichtig? Womit?"

Ich stützte mich auf einen Ellbogen und beobachtete sie, als sie auch ihre Shorts anzog. „Vorsichtig mit meinem Herzen. Es gehört jetzt dir. Ich habe es noch nie verschenkt. Du musst vorsichtig damit umgehen. Versprich mir, dass du das tun wirst."

Sie lachte und streckte die Hand aus, um mir beim Aufstehen zu helfen. „Ich verspreche dir, dass ich sehr, sehr vorsichtig mit deinem Herzen umgehen werde, Cowboy."

Nachdem ich meine Shorts zugemacht hatte, nahm ich ihre Hand und ließ mich von ihr hochziehen. Dann hob ich sie hoch und trug sie zum Bungalow. „Du bleibst von jetzt an bei mir. Das weißt du, oder?"

Sie legte ihre Arme um meinen Hals und lehnte ihren Kopf an meine Brust. „Ich würde es nicht anders wollen. Wir haben ein paar Dinge zu klären, nicht wahr?"

„Was denn?", fragte ich und lächelte sie an. „Du kommst mit mir nach Hause."

„Nun, nicht sofort." Sie sah mit ernstem Gesicht zu mir auf. „Ich möchte nichts überstürzen."

„Wir werden sehen. Wir haben noch eine Weile Zeit, bis wir Entscheidungen treffen müssen." Ich küsste sie und sagte dann: „Vorerst bleibst du bei mir."

„Das ist eine Selbstverständlichkeit." Sie streckte die Hand aus, um die Tür zu öffnen. Dann gingen wir hinein. Kaylee drehte sich mit einem schlauen Lächeln zu mir um. „Und es ist auch eine Selbstverständlichkeit, dass wir noch viel mehr von dem machen werden, was wir gerade getan haben, richtig?"

„Oh, verdammt, ja." Ich trat die Tür zu und trug sie ins Badezimmer. „Zum Beispiel jetzt. Wir werden duschen und uns sauber machen."

„Und ich wette, dass du uns gleich danach wieder schmutzig machen willst", sagte sie mit einem sexy, wissenden Lächeln.

„Woher weißt du das?" Ich küsste sie erneut, bevor ich sie auf die Füße stellte.

Sie zog sich ihr T-Shirt über den Kopf und sah in ihrem BH verdammt sexy aus. „Ich glaube, ich kann Gedanken lesen." Sie schob ihre Shorts nach unten, ließ aber ihren Slip an.

Ich zog mein Hemd aus, und sie schnappte nach Luft, dann trat sie nach vorn und fuhr mit den Händen über meine Muskeln. „Gefällt dir das?"

„Sehr." Sie biss sich auf die Unterlippe. „Pitt, wir werden es schwer haben, dein Bett zu verlassen."

„Ich weiß." Ich ließ meine Shorts und meine Unterwäsche auf den Boden fallen und drehte meinen Finger, damit sie sich umwandte. „Lass mich deinen BH für dich öffnen."

Sie drehte sich von mir weg und hob ihre Locken hoch, damit ich an die Haken gelangen konnte, die ihre großen Brüste hielten. „Ich hätte nie gedacht, dass es so einfach sein könnte. Ich hätte nie gedacht, dass ich mich bei jemandem so frei fühlen würde. Ich hatte es mir ganz anders vorgestellt."

Ich küsste ihre Schulter, als ich den BH-Träger ihren Arm hinunterrutschen ließ. „Ich fühle mich auch frei bei dir. Es ist ganz einfach, hm?"

„So einfach." Sie drehte sich zu mir um, und ich packte beide Seiten ihres Höschens und riss es von ihr. „Pitt!"

„Was?" Ich schaute auf und sah, dass ihr Gesicht einen bezaubernden Rosaton angenommen hatte. Ich zog sie an mich, sodass unsere Körper sich aneinanderpressten. „Ich liebe dich, Kaylee Simpson. Ich will, dass du niemals daran zweifelst."

Sie fuhr mit den Fingerspitzen über meine Wange und sah mir in die Augen. „Ich liebe dich auch, Pitt Zycan." Ich konnte spüren, wie ihr Herz raste, als unsere Körper zum ersten Mal Haut an Haut waren. „Es ist verrückt, wie ich mich fühle. Soll es sich so anfühlen?"

„Wie?", fragte ich, aber ich wusste, was sie sagen würde.

„Als ob ich gleichzeitig fliege und brenne. Ich fühle mich aber auch sicher. Es ist eine Mischung aus all dem." Sie sah mich mit verwirrten Augen an. „Wie ist das überhaupt möglich?"

„Es ist nichts, was man zu verstehen versucht." Ich strich mit den Händen über ihre Haare. „Versuche nicht, es zu analysieren. Fühle einfach."

„Ich habe das Gefühl, als würde mein Herz aus meiner Brust springen." Sie schloss die Augen. „Ich habe das Gefühl, ich könnte vor Aufregung ohnmächtig werden."

„Ich bezweifle, dass du ohnmächtig wirst, Baby." Ich lachte und ließ sie los, damit ich die Dusche aufdrehen konnte. „Aber wenn du es tust, stehe ich zur Mund-zu-Mund-Beatmung bereit."

Ich nahm sie bei der Hand und zog sie mit mir unter die warme Dusche. Sie sah mich mit einem Ausdruck an, den ich noch nie bei ihr gesehen hatte. Reine Liebe – anders kann ich es nicht beschreiben. „Ich hoffe, das endet nie. Wirklich. Ich kann mir nicht vorstellen, wie schrecklich es sich anfühlen würde, wenn es jemals endet."

„Nun, du musst dir keine Sorgen machen, dass das jemals passiert." Ich zog sie in meine Arme und küsste sie sanft. Aber was sie gesagt hatte, ging mir nicht mehr aus dem Kopf. Ich hatte noch nie zuvor Liebeskummer gehabt.

Und ich hoffe, dass ich niemals Liebeskummer haben werde.

46

KAYLEE

Die Schreie der Möwen weckten mich. Schwaches Sonnenlicht drang durch die Jalousien, und ich drehte mich zu Pitt um, der neben mir schlief. Mein Atem stockte in meiner Kehle, und ich spürte, wie mein Herz einen Schlag aussetzte.

Die Sonnenstrahlen hoben sein hübsches Gesicht auf eine Weise hervor, die mein Herz zum Schmelzen brachte. Ich hätte mir nie vorstellen können, wie sich das anfühlen würde.

Wahre Liebe.

Es schien, als würde dieses Gefühl niemals enden. Ich wusste ohne jeden Zweifel, dass ich alle Differenzen, die wir in der Zukunft haben könnten, überwinden würde. Die Liebe, die ich für den Mann empfand, würde so viel größer als jede Meinungsverschiedenheit sein, die wir jemals haben könnten. Die Tatsache, dass er mich genauso liebte wie ich ihn, machte alles noch viel süßer.

Ich wollte an diesem Morgen, unserem ersten gemeinsamen Morgen, etwas Gutes für ihn tun. Obwohl ich mich eigentlich in seine Arme schmiegen und den ganzen Tag mit dem verbringen wollte, was wir schon die ganze Nacht getan hatten, wusste ich, dass ich aufstehen und uns etwas zu essen machen sollte.

Als ich meine Beine bewegte, spürte ich in meinem Unterleib starke Schmerzen und eine gewisse Steifheit. Ich unterdrückte ein lautes Stöhnen, um Pitt nicht zu wecken, biss die Zähne zusammen und schloss die Augen, als ich aus dem Bett stieg.

Ich humpelte ins Badezimmer und betete, dass ich nicht den ganzen Tag so laufen würde. Als ich in den Schrank sah, war ich dankbar, dort Ibuprofen zu finden, das gegen die Schmerzen und hoffentlich auch gegen die Steifheit helfen würde.

Nachdem ich mich frischgemacht und die Tabletten eingenommen hatte, ging ich in die Küche, um Frühstück zu machen. Ich war keine großartige Köchin, aber ich konnte Toast und Rührei machen. Also machte ich mich an die Arbeit, so gut ich konnte.

Pitt hatte etwas über Frauen gesagt, die kochen lernten, um einen Ehemann zu finden, und ich dachte, ich könnte anfangen zu lernen, mehr Dinge zu kochen. Nicht, dass ich jetzt schon versuchte, Pitt dazu zu bringen, mich zu heiraten, aber ich wusste, dass das kommen würde – irgendwann. Ich wollte nicht die Art von Frau sein, die erwartete, dass ihr Mann sie in jeder Hinsicht bediente.

Als ich mich daran machte, Eier aufzuschlagen und Toastbrot mit Butter zu bestreichen, fühlte ich mich zum ersten Mal in meinem Leben häuslich. Wie eine richtige Hausfrau. Und es fühlte sich gut an – überraschenderweise. Bei Pitt fühlte ich mich besser als je zuvor, selbst wenn ich etwas so Banales machte, wie ein kleines Frühstück zuzubereiten.

Ich stand da und rührte die Eier in der Pfanne um, als ich plötzlich spürte, wie sich Hände um meine Hüften bewegten und mich gegen einen harten Körper zogen. Warmer Atem strömte über meinen Hals, als weiche Lippen meinen Nacken küssten. „Morgen, meine Schöne."

Mein Körper verschmolz mit seinem. „Guten Morgen, mein süßer Prinz."

„Du kochst." Er lachte. „Und es sieht gar nicht schlecht aus."

Eine seiner Hände bewegte sich an mir vorbei, als er die Pfanne vom Herd nahm und sie abstellte. Dann drehte er mich um, sodass ich ihn ansah. „Also hast du keinen Hunger?", fragte ich.

„Ich habe Hunger auf dich." Er hob mich hoch und setzte mich auf die Arbeitsplatte. „Ich hatte letzte Nacht Spaß. Du auch?" Seine Hände bewegten sich auf und ab, während er in meine Augen sah.

In diesem Moment war ich wirklich dankbar dafür, dass ich vor ihm aufgestanden war und meine widerspenstigen Locken gebürstet, mein Gesicht gewaschen, meine Zähne geputzt und eines seiner T-Shirts und ein Höschen angezogen hatte. Er hatte es nur geschafft, Boxershorts anzuziehen und sich die Zähne zu putzen. Seine dunklen Locken waren zerzaust, aber das machte ihn nur noch verführerischer.

Ich fuhr mit meinen Händen durch sein dichtes Haar, als ich wieder in seine blauen Augen blickte. „Spaß? Ich nehme an, so könnte man es nennen." Meine Lippen sehnten sich danach, seine Lippen wieder zu spüren, und ich beugte mich vor.

Die Art und Weise, wie seine Hand an meinem Nacken ruhte, während sich die andere zur Mitte meines Rückens bewegte, ließ mich erzittern. Unsere Lippen trafen sich, und ich wurde sofort nass für ihn. Als er näherkam und seinen pulsierenden Schwanz gegen mein Geschlecht drückte, schnappte ich nach Luft, so schnell reagierte mein Körper, während jeder Nerv pulsierte.

Ich hatte keine Ahnung, ob Sex mit jemand anderem so gut gewesen wäre wie mit Pitt, aber ich musste sagen, dass Sex mit diesem Mann nicht von dieser Welt war. Und ich wollte es nie mit jemand anderem versuchen. Ich fühlte mich wie für ihn gemacht – nur für ihn.

Sein Mund verließ meinen und ließ meine Lippen kribbeln. Dann küsste er meine Schulter, während er mein T-Shirt nach oben schob, um eine meiner Brüste freizulegen. Ich stöhnte, als sich sein Mund darüberlegte und sanft daran leckte und saugte. Ich bewegte meine Hände über seinen muskulösen Rücken und konnte nicht glauben, was wir taten. Und ich konnte nicht glauben, dass wir es nicht schon seit unserer ersten Begegnung getan hatten.

Verdammt, ich habe etwas verpasst.

„Pitt, es tut mir so leid, dass ich am Anfang nur mit dir befreundet sein wollte. Das ist so viel besser."

Er bewegte eine Hand, um mit meiner anderen Brust zu spielen, als er stöhnte: „Mhmm."

„Wer hätte jemals gedacht, dass sich das so gut anfühlen würde?" Ich legte meine Handflächen auf die Arbeitsplatte hinter mir, lehnte mich zurück und streckte meinen Körper, um ihm so viel Zugang zu meinen Brüsten zu geben, wie er wollte.

Er zog seinen Mund von mir, stand auf und hob mich in seine Arme. „Lass mich dir etwas anderes zeigen, das sich gut anfühlt, Baby."

Ich schlang meine Arme um seinen Hals, als er mich zum Bett trug, auf das Fußende setzte und nach hinten drückte, damit ich mich zurücklehnte. Ich war etwas nervös, als er vor mir stand und meinen Körper betrachtete. „Was willst du tun, Pitt?"

„Schließe einfach deine schönen braunen Augen und entspanne dich." Er ging auf die Knie und zog meine Beine auseinander.

Ich konnte meine Augen nicht schließen. Ich musste sehen, was er als Nächstes tun würde. „Willst du …" Ich zögerte, die Worte zu sagen.

Er tat es für mich. „... dich auf die intimste Weise küssen?"

Ich schluckte und nickte. „Ist es das, was du willst?" Ich erschauerte, als ich daran dachte, dass er da unten mit seinem ganzen Gesicht auf meinem Zentrum war. Ich war mir nicht ganz sicher, wie ich das fand. „Vielleicht sollte ich zuerst ein Bad nehmen und mich rasieren. Ich bin nicht bereit dafür. Ich habe mich überhaupt nicht vorbereitet."

Pitt schüttelte den Kopf, dann packte er mein Höschen und riss es herunter. Wenn er so weitermachte, hatte ich bald keine Unterwäsche mehr übrig. „Nein. Du gehst nirgendwohin. Du bist perfekt, so wie du bist. Ich stehe nicht auf den ganzen haarlosen Mist. Ich mag Frauen, die keine Angst davor haben, natürlich zu sein, so wie Gott sie geschaffen hat."

„Ja, aber ..." Ich musste aufhören zu reden. Mein Atem stockte, als er seine Lippen gegen meine Klitoris drückte und mich vor Elektrizität zappeln ließ. „Oh Gott!"

Er streichelte die Innenseiten meiner Oberschenkel, während er seine Zunge über mein Zentrum zog, und ich konnte nicht anders, als meine Augen zu schließen und vor Verlangen zu stöhnen. Er stöhnte ebenfalls, und der Laut vibrierte durch mich auf eine Art und Weise, die mich noch mehr in Ekstase brachte.

„Oh, was habe ich nur alles verpasst ..." Ich konnte nicht glauben, dass ich so viele Jahre freiwillig darauf verzichtet hatte.

Ich hatte gedacht, Sex auf die übliche Art zu haben – in Missionarsstellung – wäre das Beste, was es geben könnte. Ich hatte nicht damit gerechnet, dass Pitt viel mehr tun würde. Und ich wäre vollkommen zufrieden mit dem gewesen, was wir die ganze Nacht getan hatten. Aber jetzt, da ich wusste, dass sein intimer Kuss meine Welt noch mehr erschüttern konnte, hatte ich alle möglichen verworrenen Ideen in meinem Kopf.

„Du machst mich zu einem bösen Mädchen, Pitt." Ich schlug mit beiden Händen auf die Decke, als er seine Zunge in mich steckte und auf die gleiche Weise in mich stieß, wie er mich mit seinem harten Schwanz bearbeitet hatte.

Er knurrte wieder, und es schickte noch mehr Schwingungen durch mich, bis ich schrie. Ich krümmte meinen Rücken, und die Schleusen öffneten sich, sodass meine Säfte direkt in seinen Mund flossen. Er leckte, saugte und schlürfte und ließ mich schockiert und atemlos zurück.

Er wischte sich den Mund mit dem Handrücken ab und sah mich an, als ich keuchend auf dem Bett lag. „Du schmeckst fantastisch, Baby. Würdest du gerne wissen, wie ich schmecke?"

Meine Augen flogen auf, als ich ihn überrascht anblickte. „Soll ich deinen Schwanz in den Mund nehmen?"

„Das würde mir sehr gefallen, sofern du es auch willst." Er lächelte, als er seine Unterwäsche auf den Boden fallen ließ.

„Pitt, ich habe keine Ahnung, wie ich das machen soll." Ich schüttelte den Kopf. „Was, wenn ich dich aus Versehen beiße?"

Mit einem tiefen Lachen sagte er: „Ich vertraue darauf, dass du das nicht tust."

Ich vertraute mir nicht. Aber er schien keine Zweifel zu haben, als er sich rücklings auf das Bett legte. Seine Erektion ragte empor, und ich schluckte. „Du bist so groß. Glaubst du, ich muss würgen?"

Das brachte ihn wieder zum Lachen. „Wenn ja, können wir aufhören. Du wirst nicht sterben, weißt du."

„Was ist, wenn ich mich übergeben muss?" Ich hatte alle möglichen Ideen, was passieren könnte. „Wenn dein Sperma in meinen Mund schießt ... Was, wenn mir davon schlecht wird?"

„Ich schätze, wir müssen einfach sehen, was passiert." Er setzte sich auf und zog mich hoch, sodass ich neben ihm lag. „Hey." Er streichelte meinen Rücken und zog meine Haare mit einer seiner Hände zurück, damit sie aus dem Weg waren. „Ich will sehen, wie du es tust."

„Verdammt, Pitt." Ich öffnete und schloss ein paar Mal den

Mund, um ihn zu dehnen. „Wenn ich etwas falsch mache, sag es mir einfach."

„Es gibt keine falsche Art, das zu tun, Baby. Wenn du mich berührst, wird es sich immer herrlich anfühlen. Bedecke deine Zähne einfach mit deinen Lippen und bewege deinen Kopf auf und ab. Ich helfe dir mit der Geschwindigkeit. Entspanne dich und genieße es, mich besser kennenzulernen." Er lächelte mich sexy an. „Ich wette, dass du es gerne tun wirst."

„Das hoffe ich." Ich wollte, dass Pitt mit mir zufrieden war. Aber noch mehr wollte ich meinen Körper mit ihm teilen, während er seinen Körper mit mir teilte – auf jede nur erdenkliche Weise.

Ich beugte mich vor, während er meinen Rücken streichelte, und gab ihm einen sanften Kuss auf die Spitze seiner Erektion. „Halte sie mit beiden Händen, Baby. Bewege deine Hände auf und ab und verwöhne mich mit deinem Mund."

„Okay." Ich tat, was er sagte, und bevor ich mich versah, gab ich meinen ersten Blowjob. Sobald ich mich auf einen Rhythmus eingelassen hatte, begann ich wirklich, Spaß daran zu haben. Tatsächlich liebte ich es.

Er knurrte und stöhnte und gab mir süße Namen, während ich ihn leckte. „Himmel, Kaylee, du bist fantastisch. Ich kann nicht glauben, dass du das noch nie gemacht hast. Du bist unglaublich, Baby. Mach weiter, immer weiter, ich bin fast soweit. Nur noch ein bisschen ..."

Er machte den verführerischsten Laut, den ich je gehört hatte – und ich hatte schon gehört, wie er viele großartige Laute machte –, dann schoss flüssige Hitze so schnell in meinen Hals, dass ich keine Zeit hatte, darüber nachzudenken, was ich tat. Ich trank alles davon, dann zog ich meinen Mund von ihm und wischte ihn mit meinem Handrücken ab.

Seine Augen waren geschlossen, als er seinen Kopf auf das

Kissen hinter sich legte. Ich konnte mich nicht daran erinnern, mich jemals so zufrieden gefühlt zu haben. „War das okay?"

Bei der Art, wie er langsam den Kopf schüttelte, klappte mein Unterkiefer herunter. „Das war nicht okay. Das war das Aufregendste, was ich je erlebt habe."

Oh, okay, ein Kompliment. Das ist besser.

47

PITT

Die Monate vergingen wie im Flug und Kaylee schlief jede Nacht in meinem Bett. Wir kamen uns näher, als ich für möglich gehalten hätte. Wir waren die Art von Pärchen, die die Sätze des jeweils anderen beenden konnte und Spaß daran hatte, alles zusammen zu tun.

Wir machten eine Hochseeangelfahrt, gingen Schnorcheln und schwammen sogar mit Delfinen. Und jeder Ausflug schien die beste Zeit meines Lebens zu sein. Und das alles, weil sie bei mir war.

Wir saßen nur ein paar Tage vor meiner Abreise auf dem Deck. Der Mond war aufgegangen, die Sterne funkelten, und ich zog Kaylee näher zu mir und umarmte sie, als wir zusammen auf einem der Liegestühle lagen. „Ich will dich nicht verlassen, Kaylee."

Sie lachte und küsste meine Wange. „Dann tu es nicht. Bleib hier bei mir im *Paradise*."

„Okay." Ich wusste, dass ich meine Familie in Colorado nicht einfach vergessen konnte. „Es gibt aber die Ranch zu bedenken."

Der Seufzer, der ihren Körper verließ, ließ mich denken, dass sie nicht begeistert darüber war, dass die Ranch mich von der Insel wegführte. „Ich verstehe dich immer noch nicht ganz, Pitt. Du hast mehr Geld, als du im Laufe deines Lebens ausgeben kannst, aber du bist dennoch entschlossen, auf dieser Ranch zu arbeiten."

„Ja." Ich küsste ihren Kopf. „Das liegt mir im Blut. Ich habe dir das schon einmal gesagt. Und es liegt auch im Blut meiner Familie. Mein Großvater wäre ohne mich überfordert."

„Ich kann verstehen, dass du ihn nicht im Stich lassen willst. Ich liebe meine Großeltern. Grandpa Richard ist der einzige, den ich noch habe. Er ist allerdings im Ruhestand, also braucht er niemanden, der ihm bei der Arbeit hilft."

Sie sah mich mit funkelnden Augen an. „Ich habe Glück, ihn noch zu haben. Er hat mich als Kind samstags immer zum Dollar-Laden gefahren. Dort ließ er mich zehn Dollar ausgeben für alles, was ich wollte. Danach sind wir im *Dairy Queen* in der Nähe seines Hauses essen gegangen, und ich habe bei ihm übernachtet, damit meine Eltern auf ihr Samstagabend-Date gehen konnten. Grandpa und ich blieben lange auf und sahen fern. Er liebte alte Western."

„Wann hast du ihn das letzte Mal gesehen?", fragte ich, drückte sie sanft und liebte die Art, wie ihr Körper mit meinem verschmolz.

„Kurz bevor ich auf die Insel gekommen bin. Ich habe ihn besucht, bevor ich zum Flughafen fuhr. Er sagte mir, ich soll zu Besuch kommen, wenn ich freihabe." Sie sah mich wieder an. „Aber jetzt denke ich, ich möchte meinen Urlaub bei dir auf deiner Ranch verbringen."

Das war süß von ihr – aber ich wollte viel mehr als das. „Wie wäre es, wenn du bei mir lebst und deine Familie so oft besuchst, wie du willst? Wir haben einen Privatjet. Du kannst sie jede Woche sehen, wenn du möchtest."

„Bei dir leben?" Sie hob den Kopf und schüttelte ihn. „Es ist noch zu früh, Pitt."

„Du wohnst jetzt auch bei mir." Ich verstand das Problem nicht. „Also, was macht es anders als das, was wir jetzt tun?"

„Ich habe meinen eigenen Job und mein eigenes Geld. Ich habe immer noch meine Freiheit." Sie schüttelte wieder den Kopf. „Ich bin nicht bereit, das aufzugeben."

„Wer verlangt das?" Ich würde sie nicht anders behandeln als hier auf der Insel. „Du musst nicht jede Minute des Tages an meiner Seite verbringen. Du hast deine Freiheit. Und du wirst diese Freiheit immer haben. Verdammt, Baby, ich habe dir gerade gesagt, dass du in den Jet steigen und deine Familie besuchen kannst, wann immer du willst. Ich kann nicht jedes Mal mit dir kommen. Ich denke, das gibt dir viel Freiheit. Und ich will dich sicher nicht gefangen halten."

Sie war immer noch nicht begeistert von der Idee. „Wir sind erst ein paar Monate zusammen, Pitt. Das geht viel zu schnell. Ich denke, wir sollten erst sehen, wie es läuft. Du kannst in deinen Jet steigen und mich so oft besuchen, wie du willst. Und ich kann meinen Urlaub mit dir verbringen. Meine Familie wird es verstehen."

„Hast du ihnen von mir erzählt, Kaylee?" Ich hatte keine Ahnung, ob sie es getan hatte oder nicht. Wir hatten das noch nie besprochen.

„Ich hatte keine Chance dazu." Sie lachte ein wenig. „Ich verstecke es nicht vor ihnen oder so. Ich werde es ihnen früh genug sagen. Ich war nur so damit beschäftigt, zur Arbeit zu gehen und den Rest meiner Zeit mit dir zu verbringen. Mom erwartet ohnehin nicht viele Anrufe. Ich habe noch nie gerne telefoniert."

Ich hatte meiner Familie auch nichts über sie erzählt. „Ich verstehe, was du sagst. Ich habe mir auch nicht die Zeit genommen, zu Hause anzurufen. Du hast meine Aufmerksamkeit von Anfang an vollständig beansprucht, du kleine Verführerin."

„Verführerin?" Sie lachte, als ich ihre Rippen kitzelte. „Nicht wirklich."

„Oh doch." Ich kitzelte sie noch mehr, und sie wand sich lachend. „Du bist eine sexy kleine Verführerin, die mit mir gespielt hat, bis ich sie erobert und zu meinem Besitz gemacht habe."

Ich hörte auf, sie zu kitzeln, und sah zu, wie sie nach Luft schnappte. „Du hast mich ganz und gar zu deinem Besitz gemacht." Sie strich mit ihrer Hand über meine Wange. „Wie wird das Leben ohne dich sein?"

„Unerträglich." Ich küsste ihre Nasenspitze. „Komm schon, Baby. Bei mir zu leben wird großartig sein, das verspreche ich dir."

„Selbst wenn ich wollte, ist es etwas komplizierter als nur Ja zu sagen. Du wirst in zwei Tagen abreisen, und ich muss meine Vorgesetzte mindestens zwei Wochen im Voraus benachrichtigen, wenn ich kündige." Sie schüttelte den Kopf. „Ich kann nicht einfach weggehen, bevor sie einen Ersatz für mich hat."

„Das ist nett von dir – und sehr rücksichtsvoll." Ich dachte allerdings, sie müsste an etwas erinnert werden. „Aber die meisten Gäste werden die Insel verlassen, wenn ich es auch tue. Also kannst du auch kurzfristig kündigen. Es gibt viele Barkeeper, die deine Schicht übernehmen können."

Besorgnis erfüllte ihre Augen, als sie hin und her wanderten. „Pitt, da ist immer noch das College. Ich möchte studieren und brauche dafür Geld. Und bevor du es mir anbietest – ich möchte nicht, dass du dafür bezahlst. Ich möchte es selbst schaffen."

„Du bist ein ehrgeiziges Mädchen, nicht wahr?" Ich musste ihre Einstellung bewundern. Aber ich hasste es irgendwie, dass sie mir bei dem, was ich wollte, im Weg stand.

„Das weiß ich nicht. Ich weiß nur, dass ich für mein Geld

arbeiten möchte. Ich möchte selbst für mich aufkommen und nicht von anderen Menschen finanziert werden." Sie seufzte, als sie sich an meine Brust schmiegte. „Ich weiß nicht, was richtig ist. Das gebe ich zu. Der Gedanke, auch nur eine Nacht ohne dich zu verbringen, macht mir Angst."

Mir auch.

Ich musste mir etwas ausdenken. Das Mädchen wollte für sich selbst aufkommen, und das gefiel mir. Niemand konnte ihr jemals vorwerfen, es nur auf mein Geld abgesehen zu haben. Meine Familie würde Kaylee dafür respektieren.

Aber ich wollte sie auf der Ranch bei mir haben. „Ich bin sicher, du könntest einen Job in Gunnison bekommen."

Sie sah mich mit gerunzelter Stirn an. „Keinen, der so gut bezahlt wird wie mein Job hier. Mein Gehalt ist sehr gut, Pitt. Ich meine, es ist viel mehr, als ich als Barkeeperin in den USA jemals verdienen könnte."

„Ich könnte zumindest einen Teil deiner Studiengebühren bezahlen, oder?" Ich musste etwas versuchen. „Ich meine, denkst du nicht, dass es okay ist, wenn ich dir als dein Partner helfe? Ich werde mir von dir helfen lassen, wenn es dir dann besser geht. Du könntest meine Wäsche waschen, wenn du willst, und ich würde dich dafür bezahlen."

„Eine gute Partnerin würde das ohnehin manchmal für dich tun, oder?" Kaylee würde sich nicht für so etwas Einfaches entscheiden, das konnte ich jetzt sehen. „Du kannst mir genauso gut sagen, dass du mich dafür bezahlst, unser Bett zu machen und unser Schlafzimmer sauber zu halten."

Ich musste lachen „Ja, das hört sich ziemlich schwach an, hm?" Aber ich wollte sie nicht hier zurücklassen. „Ich will dich so sehr bei mir haben. Willst du nicht mit mir zusammmen sein?"

„Doch." Sie holte tief Luft und stieß sie dann aus. „Pitt, ich bin erst zweiundzwanzig. Ich bin jung. Und da ich jung bin, weiß ich nicht, ob ich spontan eine so große Entscheidung treffen kann, wie mit dir den ganzen Weg nach Colorado zu ziehen und auf das Geld zu verzichten, das ich hier verdienen kann. Es könnte ein schrecklicher Fehler sein. Es ist noch zu früh, um zu wissen, ob wir für immer zusammen sein werden."

Ich hatte keine Ahnung gehabt, dass sie Zweifel an uns hatte. Es schockierte mich ein wenig – und machte mich ein bisschen sauer. „Kaylee Simpson, sagst du etwa, dass du denkst, ich könnte nicht der richtige Mann für dich sein? Weil ich dich wissen lassen muss, dass es höllisch wehtut, wenn du so etwas zu mir sagst. Du hast mir gesagt, du würdest auf den einen Mann warten, der für immer in deinem Leben sein wird. Als ich dich in jener Nacht am Strand geküsst habe, nahm ich an, dass ich dieser Mann wäre."

„Ich denke, dass du das bist. Das tue ich wirklich." Sie setzte sich auf und sah mich mit aufrichtigen Augen an. „Bitte, verstehe das nicht falsch, Baby. Ich liebe dich über alles. Ich würde für dich töten und für dich sterben. Ich sage nur, dass ich jung bin. Was, wenn sich die Dinge zwischen uns ändern? Was dann?"

Ich hatte keine Ahnung, was ich dazu sagen sollte. Ich hätte gedacht, dass wir von dem Moment an, als ich sie geküsst hatte, für immer zusammen sein würden. „Ich glaube nicht, dass das passieren wird, Baby. Ich habe noch nie so für jemanden empfunden. Das, was wir haben, ist selten, das kann ich dir versprechen. Ich weiß, dass ich nicht mehr zwanzig bin, aber ich war es einmal. Ich verstehe, was du sagst. Wirklich. Du willst nicht auf mein Geld angewiesen sein. Du willst nicht finanziell an mich gebunden sein und keine Möglichkeit haben, dich eigenständig zu finanzieren, wenn die Dinge nicht so laufen, wie wir jetzt erwarten."

Sie nickte und lächelte mich an. „Ja, genauso ist es. Ich möchte mein Studium selbst bezahlen. Ich möchte meine eigene Karriere haben. Ich möchte immer das Gefühl haben, dass ich für mich selbst sorgen kann. Ich möchte nicht, dass sich jemand finanziell um mich kümmert. Und ich bin froh, dass du verstehst, was ich sage."

Ich hatte eine Idee, aber ich musste sie richtig formulieren, oder ich wusste, dass sie sie ablehnen würde. „Nun, was wäre, wenn du einen Job in Gunnison bekommst, der dir nicht nur genug Geld für dein Studium einbringt, sondern den du später zu einem Unternehmen ausbaust, das du mithilfe dieses Abschlusses führen kannst?"

Sie sah ein wenig verwirrt aus. „Weißt du von einem Job dort, der mir das ermöglichen würde?"

„Nun, es gibt momentan keinen, aber ich könnte mir etwas für dich einfallen lassen." Ich musste die richtigen Worte finden, aber das war nicht leicht. „Ich könnte eine Bar kaufen. Du könntest sie für mich leiten. Ich würde dir ein gutes Gehalt zahlen – genauso viel wie du hier verdienst. Und wenn du deinen Abschluss gemacht hast, könntest du mir die Bar abkaufen und sie würde dir gehören."

Sie sah mich nur an, als ihr Gehirn das alles aufnahm. Aber dann schüttelte sie den Kopf. „Nein danke. Dann würde ich mir immer noch von dir helfen lassen. Ich möchte das alles alleine schaffen, Pitt. Bitte verstehe das."

„Das ist also deine letzte Antwort? Du kommst nicht mit mir nach Hause?"

Wie kann ich diesen Ort ohne sie verlassen?

48

KAYLEE

Als ich am nächsten Morgen aufwachte, lagen Pitts Arm und eines seiner Beine über mir. Ich war mit einem Mann im Bett gefangen, dem es offenbar schwerfiel, mich loszulassen – wenn auch nur für kurze Zeit.

Ich schob seinen Arm von mir, versuchte das Gleiche mit seinem Bein und scheiterte. Er schnaubte, als er aufwachte. „Was machst du da, Baby?"

„Ich muss pinkeln. Lass mich aufstehen." Ich war nicht begeistert darüber, ihm sagen zu müssen, warum ich so dringend aus dem Bett steigen musste, aber er war in den letzten Tagen furchtbar anhänglich geworden.

„Oh, okay." Er hob sein Bein von mir und drehte sich dann um, um wieder einzuschlafen.

Ich ging ins Badezimmer und schaute in den Spiegel. „Was soll ich nur machen?"

Ich hatte keinen Zweifel, dass ich Pitt vermissen würde. Ich fürchtete mich vor dem nächsten Tag – dem Tag, an dem er gehen würde. Aber irgendwo in mir wusste ich, dass er bei mir bleiben könnte, wenn er es wirklich wollte. Es gab andere Leute, die auf der Ranch arbeiten konnten. Jemand könnte angeheuert werden, um seinen Platz einzunehmen.

Als ich die Dusche anstellte, wurde ich sauer, dass ich an diesem Tag zur Arbeit gehen musste, während ich den nächsten Tag – den Tag, an dem Pitt aufbrechen musste – freihatte. Sobald er gegangen war, würde ich ganz allein sein, und das störte mich mehr, als ich je gedacht hätte.

Ich würde in mein Zimmer zurückkehren und wahrscheinlich den ganzen Tag dort verbringen – höchstwahrscheinlich weinend. Und das alles, weil er nicht bei mir bleiben wollte.

Sicher, er hatte mir vorgeschlagen, zu ihm nach Hause mitzukommen, und er hatte die verrückte Idee, mir eine Bar zu kaufen, aber für mich wäre das so, als würde ich zulassen, dass er sich um mich kümmerte.

Ich war ziemlich schnell nach meinem High-School-Abschluss, als ich 18 wurde, von zu Hause ausgezogen. Ich wollte immer unabhängig sein und hatte nie die Absicht, für den Rest meines Lebens von jemand anderem finanziert zu werden.

Mein Grandpa Richard hatte viel darüber geredet, wie wichtig es für eine Frau war, ihre Unabhängigkeit zu bewahren. Auf diese Weise würde sie niemals in einer Beziehung feststecken. Er hatte in seinen fünfzig Jahren als Eheberater schon zu viele Frauen gesehen, die in missbräuchlichen Beziehungen gefangen waren. Also musste ich die Worte des Mannes ernst nehmen. Er hatte es schließlich mit eigenen Augen gesehen.

Ein Teil von mir hoffte, dass Pitt zu seiner Ranch zurückkehrte, merkte, dass er nicht dort sein musste, und dann zu mir zurückkam. Vielleicht konnte er Galen einen Bungalow abkaufen und wir könnten hier auf der Insel glücklich zusammenleben.

Dann dachte ich darüber nach, wie egoistisch diese Idee war, und fühlte mich schlecht wegen meiner Hoffnungen. Es schien keinen Kompromiss für uns zu geben. Und das machte mir Sorgen.

Ich war so schon nicht in der besten Verfassung. Angst hatte sich seit Anfang der Woche in mir aufgebaut, während ich versuchte herauszufinden, was wir tun sollten. Ich wollte Pitt nicht verlieren und wusste, dass er mich auch nicht verlieren wollte. Andererseits war unsere Trennung nicht für immer. Wir würden nur eine gewisse Zeit nicht zusammen sein.

Vielleicht brauchten wir das, um sicherzustellen, dass wir zusammen sein sollten. Wenn er mich verließ, in seine Heimat zurückkehrte und merkte, dass er kaum an mich dachte, war er nicht so in mich verliebt, wie er glaubte. Und ich dachte das Gleiche über mich. Wie sollte ich wissen, ob ich ihn wirklich liebte, wenn ich nicht etwas Zeit ohne ihn verbrachte? Ich war mir sicher, dass mir das helfen würde.

Die Badezimmertür öffnete sich, und Pitt ging zur Toilette und fing an zu pinkeln. „Sind wir wirklich schon so weit, Pitt?" Ich drehte ihm den Rücken zu, damit ich ihn nicht so sehen musste.

„Das sind wir." Er lachte und drückte dann die Spülung. „Du kannst manchmal zimperlich sein, Baby." Er ging mit mir unter die Dusche. „Lass mich deine Haare waschen. Ich liebe es, das zu tun."

„Du hast mich gerade zimperlich genannt, weil ich dich nicht beim Pinkeln beobachten wollte – als wäre das irgendwie komisch." Ich gab ihm einen Klaps auf die Hand, als er nach dem Shampoo griff.

„Ich habe dich nicht gebeten, mich dabei zu beobachten. Ich denke, es ist in Ordnung, wenn du dich daran gewöhnst, dass ich das tue, während du im Badezimmer bist. Und ich möchte, dass du dich frei fühlst, das Gleiche zu tun, wenn ich im Badezimmer bin. Daran ist nichts falsch – vor allem, wenn wir den Rest unseres Lebens zusammen verbringen. Ich bin mir sicher, dass wir einander mit der Zeit in viel schlimmeren Situationen sehen werden." Er nahm die Shampoo-Flasche und goss etwas davon in seine Handfläche. „Jetzt dreh dich um und lass mich deine Haare für dich waschen."

Mit einem Seufzer drehte ich mich um und dachte darüber nach, was er gesagt hatte. „Glaubst du wirklich, dass wir den Rest unseres Lebens zusammen verbringen werden, Pitt?"

„Nun, wir müssen erst einige Hindernisse überwinden." Er küsste meine Schulter. „Zum Beispiel, dass du nicht mit mir nach Hause kommen willst."

Ich seufzte und versuchte, darüber nachzudenken, wie ich ihm noch erklären konnte, warum es mir so wichtig war, auf der Insel zu bleiben. „Findest du nicht, dass das, was du willst, ein bisschen egoistisch ist? Ich würde mein gesamtes Leben aufgeben müssen, während du nichts ändern musst."

„Ich sehe das überhaupt nicht so." Er massierte das Shampoo in meine Haare ein, und es fühlte sich wunderbar an.

Ich werde das so sehr vermissen.

„Nun, ich hätte wissen sollen, dass du das sagen würdest." Natürlich glaubte der Mann nicht, dass er auch nur einen selbstsüchtigen Knochen in seinem großartigen Körper hatte.

Er zog meinen Kopf zurück und spülte das Shampoo aus meinen Haaren, während ich die Augen schloss. Als ich spürte, wie seine Lippen meine berührten, reagierte mein Körper wie immer, wenn er mich küsste – meine Beine wurden schwach, und ich fühlte mich, als würde ich dahinschmelzen.

Seine Arme wanderten um mich und zogen mich an sich, als er mich hielt. Als sich unsere Lippen voneinander lösten, sah er mich mit seinen strahlend blauen Augen an. „Würdest du dich wohler dabei fühlen, mit mir nach Hause zu kommen und mich bezahlen zu lassen, wenn du und ich verheiratet wären?"

Was?

„Pitt, nein." Ich stieß gegen seine Brust. „Lass mich los. Es fällt mir schwer zu denken, wenn wir Haut an Haut sind."

„Ich weiß nicht, ob ich will, dass du nachdenkst." Er ließ mich trotzdem los. „Und warum sagst du so schnell Nein dazu, mich zu heiraten?"

„Es ist zu früh." Ich ergriff den Conditioner, nur damit Pitt ihn mir wieder aus den Händen nahm.

Er goss etwas davon in seine Hand und gab mir die Flasche zurück. „Ich weiß, dass ich von jetzt an immer bei dir sein möchte. Warum sollen wir es nicht offiziell machen? So hättest du die Hälfte meines Geldes. Es würde auch dir gehören. Ich kann sogar ein Konto einrichten, das nur für dich bestimmt ist."

„Das will ich nicht." Er hatte keine genaue Vorstellung davon, was ich wollte, egal wie oft ich versuchte, es ihm zu sagen. „Das ist sehr nett von dir, aber das will ich nicht."

Er massierte den nach Kokosnuss duftenden Conditioner in meine Haare ein, als er seufzte. „Ich weiß. Es ist nur so, dass ich morgen gehen muss und deswegen ganz durcheinander bin. Ich werde langsam verzweifelt. Können wir uns wenigstens darauf einigen, wann wir uns wiedersehen werden?"

„Nun, ich muss noch eine Woche arbeiten, nachdem alle Gäste gegangen sind, und dann habe ich zwei Wochen Urlaub." Ich dachte, eine Woche lang getrennt zu sein, wäre genug Zeit, um zu sehen, wie die Trennung unsere Gefühle füreinander beeinflusste. „Wie wäre es, wenn ich dich für diese zwei Wochen besuche?"

„Okay." Er drehte mich zu sich und küsste mich zärtlich.

Es fühlte sich gut an, dies entschieden zu haben. Ich mochte die Anspannung nicht, die zwischen uns getreten war, weil nicht sicher war, wann wir uns wiedersehen würden.

Aber ihn zu sehen bedeutete, dass ich meine Familie nicht besuchen konnte. Das war der einzige Nachteil der Entscheidung.

Er zog seinen Mund von meinem und lächelte, als er meinen Kopf zurückschob, um meine Haare auszuspülen. Ich wusste, dass ich etwas darüber sagen musste, meine Familie zu besuchen, wusste aber nicht, wie ich es sagen sollte. „Denkst du, wir könnten mit deinem Jet für ein paar Tage zu meiner Familie fliegen, bevor ich zur Arbeit hierher zurückkommen muss? Wäre das okay?"

Ein Lächeln breitete sich über seinem Gesicht aus. „Natürlich wäre das okay. Mehr als okay. Ich möchte deine Familie kennenlernen, Kaylee."

„Gut." Ich war erleichtert. „Ich möchte auch, dass du sie kennenlernst. Ich kann es kaum erwarten, deine Familie zu treffen." Das meinte ich ernst, obwohl ich ein bisschen Angst hatte, dass sie denken würden, ich wäre nicht gut genug für ihn. „Glaubst du, sie werden mich akzeptieren, obwohl ich nicht so reich bin wie ihr?"

„Verdammt noch mal, Baby, niemand in meiner Familie denkt so. Sie werden dich lieben. Das kann ich dir versprechen." Er zog mich zurück in seine Arme und wiegte mich hin und her. „Nur damit du es weißt, ich werde nicht einfach mit dem Thema Heiraten aufhören, falls du das denkst."

„Warum willst du so schnell heiraten, Pitt?" Ich konnte ihn nicht verstehen. Ich dachte, die meisten Männer wollten sich nicht in die Ehe stürzen. Ich hatte gehört, dass Frauen ihren Bräutigam zum Altar schleppen mussten, nicht umgekehrt.

„Ich habe meine Gründe, Süße." Er gab mir einen Klaps auf den Hintern, und das Geräusch hallte von den Duschwänden wider.

„Pitt!", schrie ich.

Alles, was er tat, war, mich anzugrinsen. „Ich dachte mir, dass wir nach deinem Feierabend den Rest unserer Zeit damit verbringen könnten, einander zu verwöhnen, bis ich mich auf die Abreise vorbereiten muss. Was denkst du darüber?"

Ich dachte, mein Körper würde spontan verbrennen. Hitze erfüllte mich, als ich an all die Dinge dachte, die wir tun konnten. „Du wirst es mir heute bei der Arbeit schwermachen, weißt du das? Ich werde nur daran denken können, was du für mich geplant hast."

„Gut." Er gab mir erneut einen Klaps auf den Hintern. „Weil ich dir noch ein paar Dinge zeigen will, bevor ich für eine Woche von dir getrennt sein muss. Dinge, die dafür sorgen werden, dass du unsere Trennung hasst und deine Entscheidung, nicht mit mir auf die Ranch zu ziehen, überdenkst."

„Du wirst es mir nicht leichtmachen, hm?" Ich musste ihn das nicht fragen. Ich wusste, dass er es nicht tun würde. Das lag nicht in seiner Natur.

„Süße, lass mich dir eines sagen: Ich habe das wirklich großartige Zeug für diese Nacht zurückgehalten." Seine Hände bewegten sich in langsamen Kreisen über meinen Hintern. „Du wirst mich anflehen, dich mit auf die Ranch kommen zu lassen, wenn ich mit dir fertig bin."

„Ich hoffe, du wirst nicht allzu traurig sein, wenn das nicht passiert." Ich musste lachen.

Er schüttelte nur den Kopf. „Ich meine es ernst. Du wirst dich fragen, wie zum Teufel du jemals einen Tag ohne mich leben sollst, Liebling. Das kann ich dir versprechen. Du hast keine Ahnung, was ich für dich tun kann."

Ich hatte eine sehr gute Vorstellung davon, was er für mich tun konnte. Er hatte bereits Wunder für mich vollbracht.

Was kann es sonst noch geben?

Er legte seine Hände auf meine Taille und hob mich dann an der gefliesten Wand hoch. „Ich gebe dir jetzt einen kleinen Vorgeschmack. Ich werde dich hochhalten und du wirst deine Beine über meine Schultern legen. Dann lecke ich deine süße Pussy, bis deine Säfte über mein Gesicht tropfen."

Ich schaute ihn ungläubig an. „Verdammt, Pitt."

Er nickte. „Und danach werde ich dich auf Händen und Knien auf das Bett setzen, dir den Hintern versohlen und dich unerbittlich von hinten ficken."

Ich konnte nicht glauben, wie er mit mir sprach. Und ich konnte nicht glauben, wie mein Körper vor Erregung zitterte. „Oh Gott."

„Ich werde dich Gott *sehen* lassen, Baby." Er stellte mich wieder auf meine Füße, und ich musste mich an ihm festhalten. Meine Beine waren zu schwach, um ohne fremde Hilfe zu stehen.

Ich weiß nicht, wie ich diesen Arbeitstag durchstehen soll.

49

PITT

Ich hatte es nie gehasst, den Sonnenaufgang zu sehen – bis zu diesem Morgen. Der Tag war gekommen, an dem ich die Insel verlassen und zur Ranch zurückkehren musste. Und Kaylee hatte ihre Meinung überhaupt nicht geändert.

Ich wusste, dass eine Woche nicht allzu lang war, aber von ihr getrennt zu sein, gefiel mir überhaupt nicht. Ich war mit einem Knoten im Hals aufgewacht. *Einem verdammten Knoten!*

Ich hatte noch nie in meinem Leben wegen eines Mädchens geweint, aber als ich aufwachte, hatte ich einen Knoten im Hals und Tränen brannten in meinen Augen. Es schien verrückt zu sein. Zumal sie in sieben Tagen zu mir kommen würde.

Tief in meinem Inneren flüsterte mir etwas zu, dass sie vielleicht gar nicht kommen würde. Etwas sagte mir, dass das, was ich wollte, niemals sein könnte. Und das brachte mich um.

Ich stand auf dem Deck und beobachtete den letzten Sonnenaufgang auf der Insel, den ich für die nächsten Monate sehen würde. Ich war mir nicht sicher, wie lange ich durchhalten könnte. Ich war mir auch nicht sicher, wie fair es gegenüber meiner Familie wäre, wenn ich die Ranch verlassen würde, um alle paar Monate ins *Paradise* zu kommen und Kaylee zu sehen.

Die Ranch war der Ort, wo ich hingehörte. Wenn Kaylee sich nicht damit abfinden konnte, hatte ich keine Ahnung, ob wir eine gemeinsame Zukunft hatten. Und bislang war sie dazu entschlossen, ihren Job zu behalten und genau dort zu bleiben, wo sie war – außer während ihres Urlaubs.

Ich wusste, dass wir niemals Bestand haben würden, wenn die Dinge so blieben. Ihr das zu vermitteln, war bisher jedoch unmöglich gewesen.

Kleine Hände schoben sich um meine Seiten, und ich spürte, wie sich ihr Körper hinter mir bewegte. „Du hättest mich wecken sollen, Pitt. Ich wollte mit dir den Sonnenaufgang ansehen."

„Du hast im Schlaf so friedlich ausgesehen." Ich drehte mich um, nahm sie in meine Arme und küsste sie sanft.

Kaylee stellte sich auf die Zehenspitzen und als ich sie hochhob, schlang sie ihre Beine um mich. Sie trug eines meiner T-Shirts, von dem ich gesagt hatte, dass sie es behalten konnte, um darin zu schlafen, nachdem ich gegangen war – damit sie jeden Abend an mich denken konnte. Ich ging mit ihr hinein und küsste sie währenddessen die ganze Zeit.

Dann setzte ich mich auf das Sofa, sodass sie auf meinem Schoß saß. Erst in diesem Moment fiel mir auf, dass sie kein Höschen anhatte. Sie zog den Bund meiner Unterhose nach unten und fuhr mit ihren Händen über meinen Schwanz, bis er steinhart war.

Unsere Münder öffneten sich, als sie in meine Augen sah, ihren Körper anhob und auf meiner Erektion nach unten glitt. „Ein letztes Mal, bevor du gehen musst."

Ich wollte nicht an meine Abreise denken. Der Knoten bildete sich wieder in meinem Hals. Ich drückte meine Stirn gegen ihre, als sie ihre Schenkel anspannte, sodass sich ihr

Inneres um meinen Schwanz zusammenzog. „Baby, du hast keine Ahnung, wie schwer das ist."

„Doch." Sie zog ihren Kopf zurück und hielt mein Gesicht in ihren Händen. „Lass mich dich nur anschauen. Ich möchte mich an jedes Detail deines schönen Gesichts erinnern. Diese Woche wird unglaublich langsam vergehen, das weiß ich einfach."

Ich wollte nicht wie ein liebeskranker Idiot wirken, also versuchte ich, sie nicht anzubetteln, mit mir zu kommen. Und ich konnte nicht glauben, wie schwer es war, nicht zu weinen. Aber ein männlicher Teil von mir hielt diese Tränen zurück. „Ich liebe dich, Kaylee Simpson. Bitte vergiss das nicht. Ich liebe dich mehr, als ich jemals für möglich gehalten hätte. Ich werde jede Sekunde zählen, bis ich dich wiedersehe."

Sie lächelte. „Anscheinend verbringst du die Zeit, die wir getrennt sind, sinnvoll." Ihre Hände bewegten sich von meinem Gesicht und strichen durch meine Haare. „Du wirst sie wahrscheinlich schneiden lassen, bis ich dich wiedersehe. Ich möchte all die Locken genießen, bevor du sie abschneidest."

„Ich könnte sie für dich so lassen." Ich dachte darüber nach. „Oder noch besser, du könntest einfach mit mir kommen. Auf diese Weise kannst du sicherstellen, dass ich sie nicht abschneide."

Ihre Augen funkelten, als sie den Kopf schüttelte. „Das wird gut für uns sein. Ich kann es spüren."

„Ich denke, du liegst falsch. Ich möchte dich nicht hierlassen. Alles in mir sagt, dass ich dich über meine Schulter werfen und mitnehmen soll." Ich zog ihre Hände an meine Lippen und küsste jeden Knöchel.

„Neandertaler." Eine Träne fiel über ihre Wange, und mein Herz hörte auf zu schlagen.

Ich konnte es nicht ertragen, sie weinen zu sehen. Und diese eine Träne erweckte den Beschützer in mir wieder zum Leben.

„Hey, es ist nur eine Woche, Baby." Ich wischte die Träne weg. „Dann werde ich in Aruba sein, um dich abzuholen. Der Jet bringt uns zurück zur Ranch und später in der darauffolgenden Woche fliegen wir nach Austin, um deine Familie für ein paar Tage zu besuchen. Es wird Spaß machen. Wir werden sie zu edlen Abendessen und so etwas einladen."

Sie zwang die Tränen zurück. „Ja?"

Ich nickte. „Ja."

Sie küsste meine Wange. „Du weißt, dass ich nicht zulassen kann, dass du sie verwöhnst. Du sollst kein Geld für mich ausgeben, erinnerst du dich?"

„Ich werde kein Gast mehr sein", erinnerte ich sie. „Wenn ich die Insel verlasse, kann ich so viel Geld für dich ausgeben, wie ich will. Ich kaufe dir alles, was ich will."

„Pitt, du bist verrückt." Sie lachte, als ich ihre Hüften schneller auf und ab bewegte.

„Verrückt nach dir." Sie würde sehen, dass ich sie nicht alles kontrollieren ließ, sobald ich von der Insel abgereist war. „Wir müssen noch unsere Handynummern austauschen, bevor ich gehe. Lass mich das nicht vergessen."

Keuchend nickte sie. „Verstanden, Boss. Jetzt sei still." Sie legte ihre Hände auf meine Schultern, um sich festzuhalten, als sich ihr Körper um mich herum zusammenzog. „Pitt!"

Ihre süßen Säfte ergossen sich über meinen Schwanz. „Oh ja, Baby. Gib es mir."

Ich machte weiter, bis meine Hoden sich verengten und mein Schwanz zuckte, als ich hart in ihr kam. Sobald sie wieder atmen konnte, hörte ich sie leise kichern. „Gut, dass ich die Pille nehme", flüsterte sie, „oder ich wäre jetzt mit Sicherheit schwanger."

Als ich sie ansah, wusste ich, dass es mir nichts ausmachen würde, sie zu schwängern. „Vielleicht können wir darüber nachdenken, in nicht allzu ferner Zukunft ein Baby zu haben. Es könnte nett sein, wenn eine Miniatur-Version von mir durch die Gegend läuft."

„Noch jemand von deiner Sorte?" Sie lachte, küsste mich und fügte hinzu: „Ich denke auch, dass sich das gut anhört. Wir müssen aber sehen, wie sich die Dinge zwischen uns entwickeln, bevor wir Babypläne machen."

Ich umfasste ihre Wangen und versuchte, mir jeden Zentimeter dieses hübschen Gesichts einzuprägen. „Wir werden dafür sorgen, dass es funktioniert. Ich schwöre dir, dass wir das tun werden. Ich werde alles tun, um dich in meinem Leben zu haben. Und ich werde dich zu meiner Frau machen. Darauf kannst du dich verlassen, Kaylee Simpson. Eines Tages nimmst du meinen Nachnamen an, und wir haben ein Haus voller Kinder mit diesem Nachnamen."

„Weißt du, was ich noch nie hatte, Pitt?", fragte sie mich lächelnd.

„Nein." Ich hob sie hoch. „Sag es mir, und ich werde sicherstellen, dass du es bekommst."

„Ich hatte noch nie einen Hund. Mom war allergisch." Sie griff nach unten und fuhr mit den Fingern durch meine Haare.

Ich zog ihren Hintern auf meinen Schoß und schob meine Hand durch ihre widerspenstigen Locken. „Ich bin sicher, ich kann dir einen Welpen besorgen. Er wird unser Übungskind sein. Wenn wir uns gut um ihn kümmern, lasse ich dich ein richtiges Baby haben."

Sie schlug mir auf die Schulter, so wie ich es erwartet hatte. „Du *lässt* mich gar nichts haben, Pitt Zycan."

Ihr Temperament war wie immer erfrischend. „Oh ja?" Ich stand auf und warf sie über meine Schulter. „Das werden wir sehen. Im Moment ist es aber Zeit für eine Dusche. Wir müssen aufräumen, und ich muss packen. Und dann kommt der schwierige Teil. Du solltest mich besser nicht zum Weinen bringen, wenn du dich am Dock von mir verabschiedest." Ich gab ihr einen Klaps auf den Hintern, der sie aufschreien ließ.

„Pitt!" Ich stellte sie nach dem Einschalten der Dusche auf den Boden und zog ihr das T-Shirt aus, während sie sich auf die Unterlippe biss.

„Weißt du was?", fragte ich sie. „Ich möchte, dass du all meine Sommerkleidung hierbehältst. Ich brauche sie nicht zu Hause. Und so habe ich immer ein paar Klamotten hier, wenn ich dich besuche. Was sagst du dazu?"

Sie schüttelte den Kopf. „Dafür habe ich nicht genug Platz. Mein Schrank ist ziemlich klein, weißt du. Und es gibt nur drei Kommodenschubladen. Du musst sie einpacken und mitnehmen. Aber ich möchte ein T-Shirt behalten. Ich muss es tragen, wenn ich schlafen gehe, oder ich werde noch verrückt."

Ich wusste ganz sicher, dass ich ohne sie in meinem Bett verrückt werden würde. „Und wie soll ich einschlafen? Und biete mir bloß kein Höschen zum Anziehen an. Das wäre wirklich sonderbar."

Das Wasser lief über uns, als wir duschten, und sie schien tief in Gedanken darüber versunken zu sein, was sie mir geben sollte. Dann leuchteten ihre Augen auf und sie zog ein Armband aus winzigen Muscheln von ihrem Handgelenk. „Streck deine Hand aus." Ich tat es und sie legte mir das Armband um. „Hier. Du kannst dir das ansehen und an mich denken. Ich hoffe, es schenkt dir süße Träume."

Das hoffte ich auch. Ich war mir ziemlich sicher, dass ich nur von ihr träumen würde. „Danke."

Lange bevor ich bereit war, kam der Anruf, dass Galens Jacht gleich abfahren würde. Ich musste ihn am Dock treffen und Kaylee zurücklassen. Wir hielten uns an den Händen, als wir zum Dock gingen, und mir wurde klar, dass ich immer noch Shorts und ein T-Shirt trug. „Meine Familie wird einen Lachanfall haben, wenn ich nach Hause komme."

Kaylee legte ihren Kopf an meine Schulter. „Das kann ich mir vorstellen. Ich kann es kaum erwarten, sie kennenzulernen. Richte ihnen das von mir aus."

„Das werde ich." Ich küsste ihren Kopf. „Sei brav, okay?"

„Okay." Sie zog ihr Handy aus der Hosentasche. „Das habe ich fast vergessen."

„Scheiße. Ich auch." Ich zog mein Handy ebenfalls heraus, und wir tauschten Nummern aus und gaben unsere Informationen in die Kontaktliste des jeweils anderen ein.

Als sie mir mein Handy zurückgab, sah ich, dass sie ihren Namen als *Kaylee, das Mädchen, das du am Strand entjungfert hast* gespeichert hatte. Ich nickte lächelnd zu ihrem Handy, das sie jetzt hielt. „Okay, Kaylee, das Mädchen, das ich am Strand entjungfert habe. Sieh dir an, als was ich mich gespeichert habe."

Sie schaute auf ihr Handy und lachte. „Okay, *Cowboy-Liebhaber.*"

Es fühlte sich gut an, mit ihr zu lachen, wenn ich nur noch weinen wollte. Ich steckte das Handy in meine Tasche und sah auf die angedockte Jacht. „Ich wette, Galen ist bereits an Bord." Der Steward kam, um mein Gepäck zu holen. Ich wusste, dass die Zeit des Abschieds gekommen war.

Ein süßer Kuss, dann ließ ich sie los. „Ich liebe dich."

Sie nickte und biss sich auf die Unterlippe, um die Tränen zurückzuhalten. „Ich liebe dich auch." Ihr Kopf senkte sich. „Das ist viel schwieriger als erwartet, und ich dachte mir schon, dass es verdammt hart wird." Sie lachte traurig. „Wie sich herausstellt, ist es unheimlich hart."

„Ich weiß." Ich wollte sie nicht zu sehr unter Druck setzen, aber die Worte kamen trotzdem heraus. „Ich hoffe, dass dies unser letzter Abschied ist. Nimm dir diese Woche bitte Zeit, um darüber nachzudenken, ob du bei mir leben möchtest."

Sie sah mich mit funkelnden Augen an. „Ich verspreche,

darüber nachzudenken, Pitt. Ruf mich an, wenn du sicher zu Hause angekommen bist. Es ist mir egal, wie spät es dann ist. Ich kann nicht schlafen, bis ich weiß, dass du sicher auf dem Boden gelandet und wieder zu Hause bist."

„Ah, du liebst mich wirklich." Ich lächelte sie an und drehte mich dann um. „Ich rufe dich an. Mach dir keine Sorgen. Sobald ich durch meine Haustür trete, melde ich mich. Ich liebe dich, Baby."

„Wir sehen uns in einer Woche. Ich liebe dich auch, mein süßer Prinz." Als ich zurückblickte, sah ich, dass sie sich abgewandt hatte und so schnell sie konnte davonrannte. Ich wusste, dass sie weinte und nicht wollte, dass ich es sah.

Dieser verdammte Knoten kehrte in meinen Hals zurück, aber ich wusste, dass ihre Tränen ein gutes Zeichen für unsere Zukunft waren.

50

KAYLEE

Mein Herz tat so weh, dass ich dachte, ich würde sterben. Ich konnte nicht atmen, so heftig weinte ich, und es war fast eine Stunde her, dass Pitt gegangen war. „Warum kann ich nicht aufhören zu weinen?"

Ich legte ein Kissen über mein Gesicht, als ich mich auf mein Bett warf, und kickte frustriert mit den Füßen. Ich wusste, dass ich den Mann in einer Woche wiedersehen würde. Wie konnte seine Abwesenheit mich so fertigmachen?

Ich stand auf und ging ins Badezimmer, um mein Gesicht zu waschen. Als ich in den Spiegel sah, keuchte ich. „Verdammt! Was zum Teufel soll das?" Meine Augen waren geschwollen, gerötet und mit Tränen gefüllt. „Kaylee Simpson, du musst dich zusammenreißen. Du wirst ihn wiedersehen. Er wird dich anrufen, wenn er nach Hause kommt." Ich hatte keine Ahnung, wie spät es sein würde, aber ich wusste, dass er anrufen würde. Und dann konnten wir jeden Tag telefonieren.

Das half mir ein bisschen. Jedenfalls hörte ich auf zu weinen. Sicher, mein Herz fühlte sich immer noch an, als hätte ich einen Schlaganfall, aber zumindest hatte ich aufgehört zu weinen. Ich sah allerdings immer noch furchtbar aus.

Ich dankte Gott, dass ich an diesem Tag nicht arbeiten musste. Jeder, der mich so sah, würde denken, ich wäre ein bisschen verrückt oder sogar völlig gestört. Und wenn mich jemand fragte, warum ich weinte, und ich ihm sagte, dass ich Pitts Heiratsantrag und die Möglichkeit, mit ihm zusammenzuleben, abgelehnt hatte, würde er mit Sicherheit wissen, dass ich wahnsinnig war.

Und vielleicht war ich das wirklich. Ich fühlte mich irgendwie verrückt, weil ich ihn allein weggehen ließ. Ich fragte mich für einen Sekundenbruchteil, ob er noch vor Ablauf der Woche zu mir zurückkommen würde. Aber ich wusste, dass er es nicht tun würde. Er hatte die Ranch, um die er sich kümmern musste.

Vielleicht war ich dumm gewesen, nicht zu realisieren, dass er ein Teil dieser Ranch sein musste. Und wer war ich, mich zwischen ihn und seine Familie zu stellen?

Ich konnte einen Job in Gunnison finden und fürs College sparen. Ich konnte das alles dort bei ihm tun. Aber ich war stur gewesen und hatte gehofft, dass er beschließen würde, bei mir auf der Insel zu bleiben. Dabei könnte er hier niemals richtig glücklich sein.

Wie kann ich das erst jetzt realisiert haben?

Sicher, mein Job brachte mir mehr Geld als jeder andere Job als Barkeeper, von dem ich je gehört hatte. Aber war es das wert, ohne meine wahre Liebe zu leben?

Hölle nein, das ist es nicht.

Ich war dumm gewesen – und ja, sogar unreif. Aber ich war darüber hinweg. Ich würde in einer Woche zu ihm gehen und bei ihm bleiben. Ich musste Mrs. Chambers Bescheid sagen, aber das würde noch ein wenig länger warten müssen. Ich sah wieder mein Spiegelbild an. „Weil du absolut schrecklich aussiehst."

Als ich zu meinem Schlafzimmer zurückkehrte und mich

auf mein Bett setzte, fühlte sich mein Herz etwas weniger schwer an. Dann klingelte mein Handy und mein Herz beschleunigte sich und hoffte, dass es Pitt war. Aber als ich das Telefon aus der Tasche zog, sah ich, dass er es nicht war.

„Mom?", sagte ich, als ich ranging. „Ich wollte dich anrufen. Ich habe tolle Neuigkeiten."

„Schatz, es tut mir so leid, aber ich habe eine schreckliche Nachricht für dich", sagte sie, und ich konnte die Tränen in ihrer Stimme hören. „Dein Grandpa Richard ist tot."

Die Welt begann sich zu drehen, als eine Welle des Schocks durch mich zog und meinen ganzen Körper füllte. „Nein."

„Ich fürchte doch." Sie brach in Schluchzen aus, und ich hörte meinen Vater, als er ihr das Telefon abnahm.

„Dad?", rief ich.

„Ich habe die Fluggesellschaften bereits angerufen und dir für heute Abend einen Flug nach Aruba gebucht. Du wirst gegen drei Uhr morgens in Miami ankommen. Von dort aus fliegt ein Pendlerjet nach Austin. Du wirst morgen um halb sieben in Austin ankommen. Wir haben hier viel zu tun, wie du dir vorstellen kannst. Ich habe ein Auto für dich gemietet. Du hast immer noch deinen Schlüssel zu unserem Haus, richtig?"

„Ja", wimmerte ich.

„Okay, du solltest gerade genug Zeit haben, um nach Hause zu gehen und zu duschen, bevor du zur Beerdigung musst. Du erinnerst dich sicher noch daran, wo deine Großmutter bestattet wurde, oder?", fragte er mich.

„Ja". Ich konnte es nicht glauben. Mein Großvater war tot. Ich würde ihn niemals wiedersehen.

„Okay. Nun, du hast viel zu tun, Schatz. Beeile dich besser. Ich liebe dich, und wir sehen uns morgen früh."

„Bye, Dad. Ich liebe dich auch." Ich wischte über den Bildschirm, um das Gespräch zu beenden, und versuchte, nicht zusammenzubrechen, als ich mich beeilte, meine Sachen zu packen. Ich hatte so viel zu tun und nicht genug Zeit, um alles zu schaffen.

Ich packte alles in meinen Koffer und wusste, dass ich nicht wiederkommen würde. Die Beerdigung und alles, was dazu gehörte, würde die ganze Woche in Anspruch nehmen. Von Austin aus würde ich zu Pitt nach Colorado reisen. Ich könnte ihn sogar fragen, ob er nach Austin kommen würde, um in dieser schwierigen Zeit bei mir zu sein. Ich wusste, dass es vielleicht egoistisch war, aber ich wollte ihn bei mir haben. Ich brauchte ihn bei mir.

Grandpa und ich haben uns nähergestanden als es bei mir und meinen anderen Großeltern der Fall gewesen war.

Jetzt werde ich nie wieder mit ihm reden können.

Die Tränen liefen wieder. Diesmal für meinen Grandpa. Ich erinnerte mich daran, wie wir uns bei den alten Western unterhielten und er mir erzählte, wie er als kleiner Junge die ganze Zeit Pferde geritten hatte.

Ich hatte darüber nachgedacht, wie cool es wäre, Grandpa zu Pitts Ranch zu bringen, um ihm all die Tiere dort zu zeigen. Und jetzt würde das nie passieren. Er würde nie den Mann treffen, den ich liebte. Er würde nie die Kinder treffen, die wir irgendwann haben würden.

Wenn Pitt bei mir gewesen wäre, hätte ich mein Gesicht an seiner breiten Brust vergraben und mir von ihm durch all das hindurch helfen lassen. Aber ich hatte darauf bestanden, dass er mich zurückließ.

Mir fiel ein, dass er in einem Privatjet reiste. Wenn ich mit ihm gegangen wäre, hätten wir das Flugzeug einfach in Richtung Austin wenden lassen und wären viel früher dort gewesen als am nächsten Morgen. Aber ich war geblieben.

Ich fühlte mich töricht, und mir war schlecht. Zweimal musste ich auf die Toilette laufen, um mich zu übergeben.

Da ich wusste, dass ich etwas zurücklassen musste, um dem

Management zu sagen, wo ich hingegangen war und was ich tat, setzte ich mich an den kleinen Schreibtisch und holte einen Block Papier und einen Stift heraus. Ich schrieb, dass ich gehen musste und nicht wiederkommen würde. Ich bedankte mich für den Job und schrieb, dass ich einen wunderschönen Sommer gehabt hatte. Aber das war alles, was ich zustande brachte. Ich konnte nicht klar denken.

Nach dem Packen setzte ich eine Sonnenbrille auf und machte mich auf die Suche nach einem Boot, das mich nach Aruba bringen würde. Als ich das Dock erreichte, sah ich, wie die Jamisons ihre Jacht betraten. „Hey, glauben Sie, Sie können mich nach Aruba mitnehmen?"

Mrs. Jamison nickte und winkte. „Sicher, kommen Sie. Wir sind gerade dabei, abzureisen."

Ich beeilte mich, an Bord zu gehen, und stellte mein Gepäck auf das Deck. „Ich danke Ihnen."

Mr. Jamison sah mich besorgt an. „Geht es Ihnen gut?"

Ich schüttelte den Kopf. „Nein, Sir." Ich konnte nicht allzu gut sprechen, weil ich immer wieder weinen wollte, sobald ich meinen Mund aufmachte. „Es tut mir leid. Es ist schwer, darüber zu reden."

Mrs. Jamison schien es zu verstehen. „Schon okay, meine Liebe. Sie müssen nichts weiter sagen." Sie nahm meine Hand und führte mich zu der Kabine. „Bitte. Nehmen Sie hier Platz. Wir werden in etwa einer Stunde in Aruba anlegen. Brauchen Sie eine Mitfahrgelegenheit, wenn wir dort sind?"

„Zum Flughafen." Ich unterdrückte ein Schluchzen.

„Wir bringen Sie dorthin." Sie klopfte mir auf den Rücken. „Wir haben unseren Jet dort. Sollen wir Sie irgendwohin fliegen?"

„Nein. Ich habe ein Ticket, das auf mich wartet. Danke." Ich schloss die Augen und wünschte mir, ich wäre allein, damit ich noch mehr weinen könnte.

Mrs. Jamison schien zu spüren, dass ich Ruhe brauchte, und verließ mich. „Mein Mann und ich sind in unserem Schlafzimmer auf dem Unterdeck. Es sieht so aus, als könnten Sie etwas Zeit für sich gebrauchen."

Ich nickte, dann legte ich mein Gesicht in die Hände und versuchte, nicht zu laut zu weinen. Nichts lief so, wie ich es mir vorgestellt hatte.

Als wir in Aruba anlegten, nahmen mich die Jamisons zum Flughafen mit. Dann stieg ich in ein Flugzeug, gerade als die Sonne den Himmel verließ. Als sie uns sagten, dass wir unsere Handys in den Flugmodus versetzen sollten, wusste ich, dass ich Pitts Anruf verpassen würde, und das ließ mein Herz noch mehr schmerzen.

Ich saß auf meinem Platz neben dem Fenster und schaute hinaus, als wir den Boden verließen. Erst dann wurde mir klar, dass ich Pitt eine SMS hätte schicken können, dass er mich am Flughafen in Austin treffen sollte.

Ich brauchte ihn so sehr, dass es fast keinen Sinn ergab. Alles, woran ich denken konnte, war, dass es nicht mehr so weh tun würde, wenn er mich in seine Arme nahm. Wenn er bei mir wäre, wäre alles in Ordnung. Aber er war es nicht, und ich war so aufgebracht, dass ich an nichts anderes denken konnte.

Irgendwie schlief ich auf dem Flug nach Miami ein. Die Stewardess weckte mich, nachdem alle anderen Passagiere aus dem Flugzeug gestiegen waren. „Entschuldigung, Miss, wir sind in Miami angekommen."

Meine Augen flogen auf. „Scheiße!" Ich wusste, dass ich mich beeilen musste, wenn ich meinen Anschlussflug erwischen wollte.

Ich musste zum Gepäckterminal und meine Koffer holen, bevor ich zum nächsten Gate rannte, das sich am anderen Ende des Flughafens befand. Als ich das Gate erreichte, war ich außer Atem, und ich war der letzte Passagier, der an Bord ging.

Als ich meinen Platz einnahm, betete ich, dass mein Gepäck es auch an Bord geschafft hatte. Ich tätschelte meine Handtasche. „Zumindest habe ich das. Meinen Ausweis, meinen Hausschlüssel und mein Handy."

Die Stewardess kam zu mir, als ich das Telefon herauszog. „Nein, nein, Miss." Sie zeigte auf das Symbol, das gerade aufgeleuchtet hatte. „Keine Handys, bis wir landen."

Ich nickte, als ich es wieder in meine Handtasche steckte.

51

PITT

Als ich zu Hause auf der Ranch in mein Schlafzimmer zurückkehrte, hatte ich mich nie einsamer gefühlt. Ich vermisste
Kaylee bereits und wusste, dass es noch schlimmer werden
würde, wenn ich die Nacht allein verbringen musste.

Ich hatte es sicher nach Hause geschafft und wollte sie anrufen, um sie das wissen zu lassen. Ich zog das Handy aus meiner
Tasche, machte mich bereit, ihre süße Stimme zu hören und
hoffte, es würde ausreichen, um mich durch die Nacht zu
bringen.

Als der Anruf direkt an die Mailbox ging, konnte ich es nicht
glauben. „Was zur Hölle soll das?"

Ich versuchte noch einmal anzurufen, nur um sicher zu sein.
Wieder ging der Anruf zur Mailbox, ohne dass es klingelte. Ich
wusste, das bedeutete, dass sie ihr Handy ausgeschaltet hatte,
aber ich wusste nicht, warum sie es getan hatte.

Es war neun Uhr abends bei mir. Das hieß, dass es dort, wo
sie war, elf Uhr abends war. Sicher, das war etwas spät, aber sie
hatte mir gesagt, dass ich sie jederzeit anrufen konnte. *Warum
hat sie ihr Handy ausgeschaltet?*

Ein unheimliches Gefühl drängte sich in meinen Bauch. Ich

ging duschen und machte mich fertig fürs Bett. Mein Verstand spielte eine Reihe beunruhigender Szenarien durch, warum ich Kaylee nicht erreichen konnte. Ich fragte mich, wann ich eine so aktive Vorstellungskraft entwickelt hatte – vielleicht war es eine weitere Eigenart, die ich von Kaylee übernommen hatte. Ich dachte über alles nach, von einem Haiangriff bis hin zu der Möglichkeit, dass sie ihre Meinung über uns geändert hatte – dass sie mir nur gesagt hatte, was ich hören wollte, bevor ich sie verließ.

Beim Abtrocknen schüttelte ich den Kopf, als ich mein Spiegelbild betrachtete. „Nein, sie liebt dich. Denke nicht, dass sie es nicht ernst gemeint hat. Sie ist das ehrlichste Mädchen, das du je getroffen hast."

Ich ging zurück zum Bett und schaute auf mein Handy, das auf dem Nachttisch lag. Ich hob es auf und betete, dass ich einen entgangenen Anruf von ihr sehen würde. Aber es gab keinen.

Als ich sie noch einmal anrief, stellte ich fest, dass sich nichts geändert hatte. Ich hatte das Gefühl, als würde ein Pfeil direkt durch mein Herz gehen, als ich noch einmal ihre Mailbox hörte. Da ich nichts anderes zu tun hatte, stieg ich in mein Bett und schaute auf die leere Stelle neben mir, von der ich gehofft hatte, dass Kaylee bald dort sein würde.

Ich drehte meinen Kopf und starrte mein Handy kurz an, bevor ich es ergriff und eine Nachricht an sie verfasste. Ich schrieb, dass ich gut nach Hause gekommen war und dass ich mich freute, am Morgen von ihr zu hören, wenn sie aufwachte. Dann beendete ich die Nachricht mit den Worten *Ich liebe dich und werde es immer tun*.

Ein Teil von mir dachte, sie hätte sich vielleicht selbst in den Schlaf geweint und vergessen, ihr Handy aufzuladen. Nur so konnte ich einschlafen – mit dem Gedanken, dass sie in ihrem Zimmer lag, das Telefon in der Hand hielt, leise Schnarchgeräusche von sich gab und völlig ahnungslos war, dass der Akku leer war.

Das muss es sein.

Vier Uhr kam viel zu schnell, und es war schwierig, nach monatelangem Ausschlafen so früh aufzustehen. Ich gähnte, streckte mich und schaute auf mein Handy auf dem Nachttisch. Das Erste, was ich tat, war zu überprüfen, ob ich Kaylees Anruf verpasst hatte, dann versuchte ich erneut, sie anzurufen.

Direkt zur Mailbox.

„Fuck!" Es war früh, und ich wusste, dass sie vielleicht noch nicht wach war. Aber mein Herz schmerzte immer noch, und ich machte mir immer noch Sorgen, was in den Stunden, seit ich sie verlassen hatte, möglicherweise passiert war.

Nachdem ich mich angezogen hatte, machte ich mich auf den Weg, um meinen üblichen Arbeitstag zu beginnen. Mom saß am Küchentisch und wartete mit einer Kaffeekanne auf mich. „Morgen, Fremder." Sie stand auf und umarmte mich.

„Morgen, Mom." Ich schlang meine Arme um sie und hob sie vom Boden hoch. „Ich habe dich vermisst."

„Ich habe dich auch vermisst, Pitt." Sie fuhr mit der Hand über meine Wange, sobald ich ihre Füße wieder auf den Boden gestellt hatte. „Sieh nur, wie braun du geworden bist. Und ich sehe auch eine Veränderung in deinen Augen. Du hast alles losgelassen, nicht wahr, mein Sohn?"

Mit einem Nicken machte ich mich daran, mir eine Tasse Kaffee einzuschenken. „Ich hatte endlich die Chance, richtig um Dad zu trauern." Ich grinste. „Er – oder besser gesagt seine Stimme – kam zu mir, als ich auf der Insel eintraf. Er sagte mir, dass ich meine Zeit dort nicht damit verschwenden sollte, um ihn zu trauern – dass ich weitermachen musste. Es stellte sich heraus, dass er recht hatte. Genau das musste ich hören, um Frieden zu finden. Und ich habe dort jemanden kennengelernt, Mom."

„Ein Mädchen?" Sie klatschte in die Hände. „Ein besonderes Mädchen?"

„Das besonderste Mädchen der Welt, Mom." Nachdem ich meinen Becher gefüllt hatte, setzte ich den Deckel darauf, damit ich ihn mitnehmen konnte, und drehte mich dann um, um die Reaktion meiner Mutter zu sehen. „Sie ist die Richtige, Mom."

Moms Kinnlade senkte sich, und sie legte die Hände über den Mund. „Die Richtige?"

„Ja." Ich nahm einen Schluck von dem heißen Kaffee. „Sie wird nächste Woche hierherkommen. Und wenn ich sie zum Bleiben bringen kann, behalte ich sie für immer bei mir. Ich werde dieses Mädchen heiraten."

„Weiß sie das? Hast du ihr schon einen Antrag gemacht? Hat sie Ja gesagt?" Sie setzte sich an den Tisch und sah aus, als würde sie gerade ernsthaft mit der Hochzeitsplanung beginnen. „Wir können die Hochzeit hier feiern. Der Ballsaal wäre dafür perfekt. Ich dachte, dein Vater wäre verrückt, als er sagte, dass er diesen Raum hinzufügen wollte, aber jetzt ergibt alles Sinn. Welchen besseren Ort gibt es, um eine Ehe zu beginnen? Oh, Pitt." Sie stand auf und rannte zu mir, um mich erneut zu umarmen. „Ich freue mich so für dich!"

„Ich habe sie gebeten, mich zu heiraten, aber sie sagte, es sei zu früh. Also würde ich noch nicht allzu viele Pläne machen." Ich ließ sie los, wohl wissend, dass ich gehen musste. „Aber sie wird nächste Woche hier sein, und wir werden sehen, ob ich sie davon überzeugen kann, mich so schnell wie möglich zu heiraten. Ich kann es kaum erwarten, ihren Nachnamen zu ändern."

„Du wirkst glücklicher, als ich dich seit langem gesehen habe, Pitt." Mom ging zurück und setzte sich wieder an den Tisch. „Ich kann es kaum erwarten, sie kennenzulernen."

„Sie kann es auch kaum erwarten, euch kennenzulernen. Sie hat mir gesagt, ich soll euch das ausrichten." Mit einem kurzen

Nicken ging ich zur Tür hinaus und stieg in einen Truck, um zur Scheune zu gelangen.

Es sah aus, als wäre ich der Letzte, der aufgetaucht war, da die meisten Pferde weg waren. Ich entdeckte Ol' Red, einen zehn Jahre alten Wallach, der mich anstarrte, als ich in die Scheune kam. „Hey, Ol' Red, wie geht es dir, Junge?"

Er wieherte mich an, und ich wusste, dass er sich freute, mich zu sehen. Nachdem ich ihn gesattelt hatte, stieg ich auf und machte mich auf den Weg, um zu sehen, was der Morgen für uns bereithalten würde.

Ich überprüfte mein Handy ungefähr jede halbe Stunde und beschloss, Kaylee erneut anzurufen, wenn es sechs Uhr war. Dann wäre es bei ihr acht Uhr morgens. „In Ordnung, Ol' Red, mal sehen, ob mein Mädchen schon aufgewacht ist."

Wieder die Mailbox.

Jetzt wurde ich noch besorgter. Kaylee stand normalerweise um sechs auf. Sie liebte die Sonnenaufgänge genauso wie ich. Sie hatte nie länger als bis acht Uhr geschlafen, als wir zusammen waren. Warum war sie noch nicht auf? Warum hatte sie nicht gesehen, dass ihr Handy aus war?

Ich wartete noch zwei Stunden und versuchte dann, sie erneut anzurufen. Immer noch nichts. Also ging ich noch einen Schritt weiter und rief die Managerin des Resorts an. Galen hatte mir die Nummer des Resorts gegeben, als wir auf seiner Jacht nach Aruba gefahren waren. Er sagte, wenn ich aus irgendeinem Grund Schwierigkeiten hatte, Kaylees Handy zu erreichen, könnte ich die Managerin anrufen, und sie würde Kaylee für mich holen.

„Camilla Chambers, *Paradise Resort*. Was kann ich für Sie tun?", antwortete sie.

„Camilla, hier spricht Pitt Zycan."

„Oh ja. Sie haben uns gerade erst gestern verlassen. Ich

hoffe, Ihre Heimreise ist gut verlaufen." Sie klang, als würde sie lächeln.

„Das ist sie." Ich versuchte, die Sorge nicht in meine Stimme dringen zu lassen. „Ich habe versucht, Kaylee Simpson anzurufen. Sie sagte mir, ich soll sie anrufen, wenn ich sicher nach Hause gekommen bin, aber sie geht nicht ran. Ich glaube, ihr Handy-Akku ist möglicherweise leer, und sie hat es noch nicht gemerkt. Glauben Sie, Sie könnten jemanden zu ihr schicken, um ihr mitzuteilen, dass ich versuche, Kontakt zu ihr aufzunehmen?"

„Oh, es tut mir leid. Ich kann Ihnen nicht helfen, Mr. Zycan." Ihre Antwort verwirrte mich noch weiter.

„Und warum ist das so?" Ich konnte nicht glauben, dass sie meine Bitte abschlagen würde. „Sie wissen, dass wir die letzten paar Monate zusammen verbracht haben, richtig? Wir sind zusammen. Wir haben uns nicht getrennt oder so."

„Ja, ich wusste, dass Sie beide zusammen waren." Sie seufzte. „Hören Sie, ich weiß nur, dass sie nicht in ihrem Zimmer war, als eines der anderen Mädchen heute Morgen nach ihr gesucht hat."

Mein Herz blieb stehen, und ich stützte meinen Ellbogen auf das Sattelhorn, damit ich meinen Kopf in meine Handfläche legen konnte. Ich fühlte mich plötzlich schwach „Sie war nicht da?"

„Nein, Sir", antwortete sie. „Sie hat aber eine Nachricht hinterlassen."

„Eine Nachricht?" Ich konnte nicht glauben, was ich hörte. „Ist sie nicht in ihrem Zimmer? Oder ist sie nicht einmal auf der Insel?"

„Sie ist nicht auf der Insel. Sie ist gegangen und hat ihren Job gekündigt." Camilla seufzte erneut. „Ich weiß nicht, was passiert ist, oder ich würde es Ihnen sagen."

„Können Sie mir sagen, was in der Nachricht steht?", fragte

ich und suchte nach Hinweisen, warum sie gehen würde, ohne mir mitzuteilen, was sie vorhatte.

Camilla seufzte erneut. „Da steht nur, dass es ihr leidtut, dass sie gehen musste, und dass sie nicht wiederkommt. Niemand hat sie weggehen sehen, also sind wir hier alle ratlos. Und ich mache mir Sorgen. Die einzige Nummer, die ich für sie habe, ist ihr Handy, und ich habe nur ihre Mailbox erreicht."

„Haben Sie keine Nummer, die Sie im Notfall oder so anrufen können?" Ich wusste, dass die meisten Arbeitgeber so etwas hatten, und ich dachte nicht, dass das *Paradise* anders wäre.

„Doch", sagte Camilla und gab mir Hoffnung. „Es ist die Nummer ihres Großvaters. Sie sagte, ihre Eltern würden viel reisen und wären keine großartigen Kandidaten für Notrufe. Ich habe ein paar Mal die Nummer ihres Großvaters angerufen, aber es klingelt und klingelt. Ich bin mir ziemlich sicher, dass es ein Festnetzanschluss ist, und es gibt keinen Anrufbeantworter."

„Gibt es eine Adresse?", fragte ich und betete, dass es eine gab.

„Nun, sie hat mir ihre Heimatadresse gegeben." Wieder weckte sie meine Hoffnungen. „Aber das war das Apartment, in dem sie gewohnt hat, bevor sie hierherkam. Sie hatte mir gesagt, dass sie es kündigen würde, da sie hier wohnen wollte. Ich habe sonst nichts in ihrer Mitarbeiterakte. Wenn wir anderswo wären, würde ich darüber nachdenken, sie als vermisst zu melden. Aber wir befinden uns auf einer abgelegenen Insel, und es ist offensichtlich, dass sie von sich aus gegangen ist."

„Wie hätte sie die Insel verlassen können, Camilla? Jemand muss sie auf das Festland gebracht haben." Ich packte mein Handy fester, als die Angst in mir wuchs. „Etwas stimmt hier nicht. Ich kann es fühlen."

„Um wie viel Uhr sind Sie gegangen?", fragte sie. „Sie hat sich von Ihnen verabschiedet, oder?"

„Sie war mit mir am Dock, ja." Ich versuchte, mich an die genaue Uhrzeit zu erinnern. „Es war zehn nach eins nachmittags. Also muss sie irgendwann danach mitgenommen worden sein. Wissen Sie, wer nach diesem Zeitpunkt noch übrig war? Und wissen Sie, wie man diese Personen kontaktieren kann? Ich muss mit demjenigen reden, der sie von dort weggebracht hat. Ich muss wissen, wo sie ist." Ich wurde noch verrückt, wenn ich nicht wusste, wo sie war und was passiert war.

Ich hörte ein Geräusch, als ob Camilla mit einem Bleistift auf ihren Schreibtisch tippte. „Ich werde herumfragen. Bei uns muss man nicht auschecken wie in einem normalen Resort."

„Vielleicht sollten Sie das ändern", riet ich hier. „Fragen Sie herum und melden Sie sich dann bitte wieder bei mir. Ich bin in Colorado, in den Bergen, und manchmal habe ich keinen Empfang. Texten Sie mir bitte die Informationen und eine Nummer, die ich anrufen kann, sobald Sie mehr wissen."

„Das werde ich." Sie zögerte. „Mr. Zycan, ich bin genauso besorgt wie Sie. Aber ich denke, dass sie vielleicht nach Hause wollte. Das war vielleicht zu viel für sie."

„Ich hoffe, Sie haben recht. Ich freue mich darauf, von Ihnen zu hören, Camilla." Als ich den Anruf beendete, wusste ich, dass etwas definitiv nicht stimmte.

Was hätte sie dazu bringen können, die Insel zu verlassen?

52

KAYLEE

Sobald ich in Austin aus dem Flugzeug stieg, musste ich die nächste Toilette aufsuchen, um mich wieder zu übergeben. Ich war ein nervöses Wrack, und mein Bauch fühlte sich an, als ob eine Million Schmetterlinge und jede Menge Vampirfledermäuse darin herumflatterten und immer wieder zubissen.

Ich sah kaum in den Spiegel und wusste doch, dass mein Spiegelbild schrecklich war. Die Schwellung um meine Augen war kaum zurückgegangen. Das Weiß meiner Augen war blutunterlaufen, ansonsten war ich blass.

Ich durchwühlte die Tasche, die ich gepackt hatte, und zog eine Baseballmütze hervor, um meine schrecklich zerzausten Locken zu bedecken. Dann fand ich meine Sonnenbrille und setzte sie auf, um meine Augen zu verbergen. Ich musste zu der Autovermietung am Flughafen und danach zum Haus meiner Eltern, um mich so vorzeigbar wie möglich zu machen.

Mein Magen knurrte und ließ mich wissen, dass er Nahrung brauchte. „Keine Zeit."

Auf dem Weg zur anderen Seite des Flughafens fragte ich mich, warum zur Hölle alles schiefzugehen schien. Auf jedem verdammten Flughafen musste ich kilometerweit zu den Gates laufen. Zu sagen, dass ich Pech hatte, wäre eine Untertreibung.

Ich bekam Kopfschmerzen, wahrscheinlich weil ich so lange nichts gegessen hatte. Ich rieb mir die Schläfen und versuchte, den Schmerz zu lindern, während ich mich der Autovermietung näherte. Plötzlich fiel mir ein, dass ich mein Gepäck noch nicht abgeholt hatte. „Scheiße!"

Als ich mich wieder umdrehte, musste ich den ganzen Weg zurück zur Gepäckausgabe gehen, wo ich feststellte, dass meine beiden Koffer die einzigen waren, die noch übrig waren. Ich fühlte mich wie eine echte Idiotin, weil ich etwas so Wichtiges vergessen hatte, und mir wurde klar, dass ich irgendwie benommen war.

Ich wurde langsamer, packte die Griffe meines Gepäcks und zog es auf seinen Rädern hinter mir her.

Gott sei Dank gibt es Koffer mit Rädern.

Ich fühlte mich so schwach, dass ich nicht wusste, was ich tun würde, wenn ich einen anderen Koffer gehabt hätte. Zu diesem Zeitpunkt wäre es mir fast unmöglich gewesen, zwei schwere Koffer bis zur anderen Seite des Flughafens zu schleppen.

Als ich am Schalter des Mietwagenverleihs ankam, fand ich niemanden in der Nähe. Ich sah in alle möglichen Richtungen und konnte niemanden entdecken. Schließlich klingelte ich an der Theke und war schockiert, als ein Mann aus dem Nichts erschien. „Morgen. Was kann ich für Sie tun?"

Ich sah auf die Wand, aus der er scheinbar herausgekommen war. „Dort ist eine Tür?"

Er nickte. „Ich weiß. Seltsam, nicht wahr?" Er tippte etwas in den Computer ein und sah mich an. „Also, was kann ich für Sie tun, Miss?"

„Ähm, mein Vater hat einen Wagen für mich reserviert."

Mein Magen knurrte, und meine Wangen wurden rot vor Verlegenheit. „Tut mir leid."

Der Typ lächelte nur. „Kein Problem. Wie ist sein Name?"

Ich stand da und versuchte, mich an den Namen meines Vaters zu erinnern, konnte es aber nicht. „Oh Gott, ich habe Dads Namen vergessen."

„Langstreckenflug?", fragte mich der Typ mit einem wissenden Ausdruck.

„Mehrere Langstreckenflüge." Das war nicht der einzige Grund, warum ich so benommen war. „Ähm, der Nachname ist Simpson. Hilft das?"

Er klickte wieder und lächelte. „Ja, wenn der Name Ihres Vaters Gary Simpson ist."

„Oh." Ich nickte. „Gary – ja. Das ist Dad."

„Okay, er hat einen Kleinwagen für Sie gebucht." Seine Finger flogen über die Tastatur. „Ich muss Ihren Führerschein sehen."

Ich zog ihn aus meiner Handtasche und wartete darauf, dass der Mann alle Informationen übernahm, die er brauchte. „Was für ein Auto ist es?"

„Es ist das sparsamste Auto, das wir haben." Er tippte noch eine Weile herum und gab mir dann meinen Führerschein zurück. „Vielen Dank. Das Auto ist elektrisch. Es ist ein Smart Car."

„Eines dieser winzigen Autos?", fragte ich ihn.

„Ja. Es bietet Platz für zwei Personen und hinten ist genug Raum für Ihr Gepäck." Er druckte ein Blatt Papier aus und schob es zu mir. „Unterschreiben Sie das einfach, und Sie können starten."

Ich unterschrieb, und er brachte mich zu meinem Auto. Ich schaffte es, meine Sachen selbst einzuladen, bevor ich mich auf den Fahrersitz setzte und das Haus meiner Eltern ansteuerte.

Als ich mich vom Flughafen entfernte, wurde mir klar, dass ich seit vielen Stunden das erste Mal allein war.

Meine Gedanken wanderten zu meinem Großvater. Er hatte mich und einige meiner Cousins zu einem Angelausflug mitgenommen, als wir alle in unseren frühen Teenagerjahren waren, und es war eine Erinnerung, die ich immer wertgeschätzt hatte. Damals lebte unsere Großmutter noch, aber sie wollte nicht zu dem Ausflug mitkommen.

Meine Cousine Lacy und ich waren die einzigen Mädchen. Unsere anderen drei Cousins waren Jungen und älter als wir. Grandpa hatte dafür gesorgt, dass sie uns nicht allzu sehr ärgerten. Lacy hatte an diesem Tag den größten Fisch gefangen und ich den kleinsten. Wir erhielten beide Preise dafür. Sie durfte sich aussuchen, wo wir am Abend essen gingen, und ich durfte mir aussuchen, wo wir danach Eiscreme kauften. Mein Cousin Jeff sagte zu unserem Grandpa, dass wir jedes Mal, wenn er uns irgendwohin brachte, eine tolle Zeit hatten. Wir alle bestätigten, dass man mit Grandpa immer den größten Spaß hatte. Das Lächeln des alten Mannes verließ sein Gesicht den ganzen Abend nicht.

Die Vorstellung, zum Begräbnis zu gehen und mit meinen Verwandten in Erinnerungen zu schwelgen, war quälend. So viele Tränen würden vergossen werden. Ich war mir nicht sicher, wie ich es ertragen sollte, so viel zu weinen. Ich war nie jemand gewesen, der viel weinte – zumindest nicht bis vor Kurzem.

Ich war mir ziemlich sicher, dass ich nach Pitts Abreise mehr geweint hatte als in meinem ganzen Leben. Und mir standen noch viel mehr Tränen bevor.

Ein Auto hupte mich an, als ich gedankenverloren an einer Ampel stand. Ich drückte auf das Gaspedal, fuhr weiter und versuchte, der Straße und dem Verkehr um mich herum mehr

Aufmerksamkeit zu schenken. Das Letzte, was ich gebrauchen konnte, war ein Unfall mit dem Mietwagen.

In Austin war der Verkehr um acht Uhr dreißig morgens ein Alptraum. Es gab überall Autos und die Ampeln schienen ständig rot zu sein. Ich hatte es noch nicht einmal auf den Highway geschafft, nicht, dass sich der Verkehr dort viel schneller bewegen würde. Ich wusste, dass es auch dort voll wäre.

Als ich an einer anderen roten Ampel wartete, wanderten meine Gedanken zurück in eine stürmische Nacht, als Grandpa spät zu uns gekommen war. Er hatte an die Tür geklopft und uns alle geweckt. Es war das einzige Mal, dass ich den Mann aufgebracht und weinend gesehen hatte.

Mom und Dad halfen ihm, sich an den Esstisch zu setzen, und beide fragten ihn, was los sei. Ich hatte diesen Instinkt, der mir sagte, was er nicht herausbrachte. „Es ist Grandma", sagte ich.

Als mein Grandpa nickte, wurden meine Eltern noch besorgter. Mom fragte ihn: „Was ist passiert, Dad?"

„Ich bin aufgewacht", brachte Grandpa mit Mühe heraus. „Sie war nicht im Bett." Er vergrub sein Gesicht in seinen Händen. „Ich hörte ihre Stimme im Wohnzimmer und wollte nachsehen, was sie dort tat." Er brach in unkontrollierbares Schluchzen aus, und ich weinte mit ihm.

Ich streckte die Hand aus und strich damit über seinen Rücken. Er zog die Hände von seinem Gesicht. „Ist sie verletzt, Grandpa?"

Er schüttelte den Kopf. „Nicht mehr. Sie wird nie wieder Schmerzen haben."

Mom keuchte, und Dad fing sie auf, als sie umfiel. „Whoa. Ich habe dich."

Ich sah in die tränenden Augen meines Großvaters und fragte: „Ist sie tot?"

Er nickte. „Sie hat sich Einbrechern in den Weg gestellt. Ein Mann hat sie erschossen. Er hat ihr direkt in die Brust geschossen."

Mein Herz hörte auf zu schlagen. Mein Verstand setzte aus. Meine Großmutter war ermordet worden. Ich war erst zehn Jahre alt und hatte nicht die geistige Reife, um mit all dem fertig zu werden.

Dad fragte: „Hast du die Polizei gerufen?"

Grandpa nickte. „Unser Nachbar hat sie gerufen, als er sah, wie jemand in unser Haus einbrach. Bevor der Mörder fliehen konnte, haben sie ihn erwischt. Sie haben ihn getötet. Er hat sich der Polizei nicht ergeben. Sie hatten keine Wahl. Zumindest weiß ich, wer er war und dass er nie wieder jemanden verletzen kann."

„Haben sie Mom ins Krankenhaus gebracht?", fragte meine Mutter.

„Ja. Sie wurde bei ihrer Ankunft für tot erklärt." Er brach erneut zusammen. „Sie brachten sie in die Leichenhalle."

Das war das einzige Mal in meinem Leben, dass ich unkontrolliert schluchzte. Tränen liefen mir über das Gesicht, und ich geriet in einen Zustand von Schock und Taubheit, sodass ich die Blitze und den Donner draußen kaum bemerkte.

Ein Teil von mir versuchte, alle Erinnerungen zu sammeln, die ich an meine Großmutter hatte, während der andere Teil unter Schock stand. Ich konnte mich nicht einmal daran erinnern, was danach geschehen war. Einzelne Szenen der Beerdigung waren alles, was von dieser dunklen Zeit in unserem Leben übrigblieb.

Die Ampel schaltete um, und ich kam plötzlich in die Gegenwart zurück. Ich schaute in den Rückspiegel und sah, dass unter meiner Sonnenbrille Tränen herausströmten. „Noch mehr Tränen?" Das Erste, was ich im Haus meiner Eltern vorhatte, war, so viel Wasser wie möglich zu trinken. Ich musste etwas von dem Wasser zurückgewinnen, das ich durch das Weinen verloren hatte.

Ich schaute auf meine Handtasche und dachte darüber nach, mein Handy herauszunehmen und wieder einzuschalten, damit ich Pitt anrufen konnte. Natürlich hatte Austin strikte Gesetze, was Telefonieren während der Fahrt betraf, und der morgendliche Verkehr war fürchterlich, was es noch gefährlicher machte, anzurufen – freihändig oder nicht.

Aber mein Herz schmerzte so sehr, und ich wusste, dass mir nur eine Person durch diese Zeit helfen konnte.

Pitt.

Ich wusste nicht, ob er überhaupt zu mir kommen konnte, da er so lange von seiner Ranch weggewesen war. Aber ich dachte, er würde vielleicht alles stehen und liegen lassen, um für mich da zu sein.

Das Einzige, was ich sicher wusste, war, dass ich ihn anrufen musste, sobald ich im Haus meiner Eltern ankam, um ihm zu erzählen, was passiert war. Ich hoffte, dass er nicht allzu sauer auf mich sein würde, weil ich nicht in der Lage gewesen war, seine Anrufe anzunehmen und die SMS zu beantworten, die er wahrscheinlich gesendet hatte.

Ich war mir sicher, dass er es verstehen würde, sobald ich Zeit hatte, ihm alles zu erklären, also entschied ich mich dafür, mein Handy in der Tasche zu lassen. Der Verkehr war einfach zu dicht, um einen Unfall zu riskieren. Und ich war auch so schon abgelenkt.

Die letzte Ampel vor dem Highway war direkt vor mir. Als ich näherkam, stellte ich fest, dass ich die Erste in der Reihe war.

Ein Schluchzen kam aus dem Nichts, und ich brach erneut zusammen. Ich weinte und keuchte und versuchte mein Bestes, um mich unter Kontrolle zu bringen. „Hör auf! Du musst dich beruhigen!"

Irgendwo hinter mir hörte ich jemanden hupen und glaubte,

dass die Ampel grün geworden war. Ich wischte mir verzweifelt die Augen ab, als ich Gas gab.

Wieder hupte jemand – laut – und ich hatte keine Ahnung, was los war. Dann hörte ich ein Hupen, das tiefer klang als der Rest. In einem Blitz aus Rot und Chrom sah ich endlich den Grund für den Lärm.

Woher zum Teufel kommt dieser Truck?

53

PITT

„Warum das lange Gesicht, Pitt?", fragte mich mein Großvater, als wir draußen auf seiner Veranda saßen und den Februarschnee am Nachmittagshimmel beobachteten.

Ich lehnte mich auf dem alten weißen Schaukelstuhl zurück und wünschte mir, dass sich die Dinge nicht so entwickelt hätten, wie sie es getan hatten. „Sie sollte hier bei mir sein, Grandpa. Stattdessen habe ich keine Ahnung, wo Kaylee Simpson ist."

„Machst du dir immer noch wegen dieses Mädchens Gedanken, Junge?" Er schüttelte den Kopf. „Du hast alles getan, was du konntest. Du hast dir die Telefonnummer dieser Leute besorgt, oder?"

„Ich habe die Telefonnummer der Jamisons bekommen." Camilla Chambers hatte herausgefunden, wer Kaylee mit nach Aruba genommen hatte, damit sie am Flughafen ihre Maschine erreichen konnte. „Aber sie sagten, dass sie überhaupt nicht viel erzählt hat. Das war also eine Sackgasse."

„Nun, es ist gut, dass sie dir das gesagt haben. Zumindest weißt du, dass sie nicht entführt wurde oder dergleichen", sagte Grandpa.

„Nein, es sieht nicht so aus, als ob an ihrer Abreise etwas faul war." Ich klopfte mit den Fingern auf die Armlehne des Stuhls und versuchte, darüber nachzudenken, was ich sonst noch tun könnte, um Kaylee zu finden. „Die Notfallnummer, die Camilla mir gegeben hat, hat auch nicht funktioniert. Ich habe sie eine ganze Woche lang angerufen und nie eine Antwort bekommen. Und dann, als ich eines Tages anrief, teilte mir eine Stimme vom Tonband mit, dass die Nummer abgeschaltet worden war."

„Hast du mir nicht gesagt, dass diese Notfallnummer die Nummer ihres Großvaters war?", fragte Grandpa, als er eine weiße Augenbraue hob.

„Ja, Sir. Das habe ich." Ich schaute ihn an, um zu sehen, ob er eine neue Idee hatte.

„Nun, was, wenn sie ihm gesagt hat, dass er seine Nummer ändern soll, damit du sie nicht finden kannst?" Bei seiner Frage wurde mir das Herz schwer.

„Wir waren verliebt, Grandpa." Ich musste es jedem erzählen, aber keiner schien mir zu glauben.

Grandpa nickte. „Ich bin sicher, dass du verliebt warst. Bei ihr bin ich mir nicht so sicher. Es ist schon sechs Monate her, und das Mädchen hat nicht einmal versucht, dich zu kontaktieren."

Aber ich wusste, dass sie mich nicht getäuscht hatte. „Nun, ob du es glaubst oder nicht, sie hat mich geliebt. Sie hat auf den einen Mann gewartet, den sie für immer lieben würde. Und dieser Mann war ich, Grandpa."

Er schüttelte den Kopf, als ob er mir nicht glauben würde. „Junge, lass mich dir etwas über Geld erzählen. Manche Leute haben es schwer damit. Manche Leute fühlen sich von Reichtum eingeschüchtert, und du bist verdammt reich."

„Ich glaube nicht, dass sie von meinem Geld eingeschüchtert war, Grandpa." Sie hatte sich jedenfalls nie so verhalten.

„Vielleicht war sie nicht glücklich darüber, dass du Rancher bist", sagte er und sah mich mit weisen Augen an.

Sie hatte mir ihre Meinung dazu gesagt. „Sie hat mich mehrmals gefragt, warum ich noch so hart arbeite, wenn ich Geld von meinem Vater geerbt habe. Ich dachte, ich hätte meine Liebe für die Arbeit auf eine Weise erklärt, die sie verstehen konnte. Aber vielleicht hast du recht. Die Sache ist, ich will – nein, vergiss das – ich *muss* hören, dass sie mir sagt, warum sie uns das angetan hat."

Mit einem Schnauben sagte er: „Ich bezweifle, dass du jemals eine Erklärung von dem Mädchen bekommen wirst. Anscheinend hat sie ihre Spuren sehr gut verwischt."

Die Art, wie er das formulierte, brachte mich auf eine neue Idee. „Vielleicht sollte ich einen Privatdetektiv beauftragen."

„Ich denke nicht, dass du das tun solltest." Grandpa schüttelte den Kopf, als er die Stirn runzelte. „Das Mädchen will nicht gefunden werden. Was soll es bringen, sie aufzuspüren? Willst du, dass sie es dir ins Gesicht sagt? Ich würde nicht hören wollen, wie eine Frau mir sagt, dass sie einfach nicht so empfindet wie ich und dass sie lieber weggelaufen ist, als mir das zu gestehen."

Ich konnte nicht glauben, dass Kaylee nicht mehr bei mir sein wollte. „Sie hat geweint, als ich ging. Ich sah, wie sie wegrannte, und wusste, dass sie weinte."

„Vielleicht ist sie in ihr Zimmer gerannt, um zu packen und zu verschwinden. Sie hatte vielleicht Angst, dass du deine Meinung ändern und auf die Insel zurückkehren würdest. Vielleicht wollte sie ein glückliches Ende für dich, anstatt dich beim Abschied traurig sehen zu müssen."

„Vielleicht hast du recht." Ich konnte nicht leugnen, dass etwas passiert war, auch wenn ich mein Bestes gegeben hatte, um optimistisch zu bleiben.

Ich stand auf, um wieder aufzubrechen und nach der Herde

zu sehen. „Ich habe einfach das Gefühl, dass es ihr nicht gut geht, und ich fürchte, es wird nicht verschwinden, bis ich eine Chance habe, mit ihr zu sprechen. Was, wenn ihr etwas zugestoßen ist, Grandpa?"

Ich drehte mich zu ihm um und sah, wie er mit den Schultern zuckte. „Was, wenn es wirklich so ist? Was könntest du überhaupt tun?"

„Für sie da sein." Ich drehte mich wieder in Richtung Scheune um. „Ich denke, ich werde einen Privatdetektiv anheuern, um sie aufzuspüren. Ich kann ihm sagen, dass er sich nicht mit ihr in Verbindung setzen soll. Ich möchte nur wissen, ob es ihr gut geht. Ich habe das Gefühl, sie ist zurück in Austin, wo sie gearbeitet hat, bevor sie ins Resort kam."

„Was, wenn dieser Privatdetektiv mit Informationen zurückkommt, die dir wehtun, Pitt?", fragte er mich, als er aufstand, um ins Haus zu gehen. „Was, wenn er dir sagt, dass er sie gefunden hat und sie mit einem anderen Mann zusammen ist? Ich wette, das würde sich noch viel schlimmer anfühlen."

Ich nickte und wusste, dass er recht hatte. „Ich werde weiter darüber nachdenken, bevor ich irgendetwas tue. Danke für den Rat, Grandpa."

Ich seufzte, als das vertraute Gefühl der Leere mich erfüllte. Nichts machte mich mehr glücklich, und ich wurde das Gefühl nicht los, dass ein Teil von mir fehlte. Kaylee war während des Sommers zu einem Teil von mir geworden, und ich fühlte mich ohne sie nicht vollständig.

Wie konnte sie uns das antun?

Ich hatte nie daran gezweifelt, dass ich auch in Kaylees Herz war. Ich konnte es in ihren goldbraunen Augen sehen – sie hatte mich wirklich geliebt. Es war egal, dass mir in meiner Familie niemand glaubte. Ich wusste, dass sie mich geliebt hatte. Ich wusste nicht, ob sie es noch tat oder nicht, aber sie hatte mich damals geliebt.

Sechs Monate waren vergangen, seit ich sie das letzte Mal gesehen hatte. Es waren sechs verdammt lange Monate gewesen, in denen ich nicht wusste, wo sie war oder wie es ihr ging. Ich wusste nicht, wie viel ich noch ertragen konnte.

Grandpa hatte recht. Wenn ich herausfand, dass sie weitergezogen war, würde es mein Herz zerreißen. Aber was, wenn das nicht der Fall war? Was, wenn ich herausfand, dass sie einfach Angst bekommen hatte und weggelaufen war?

Kann ich ihr das verzeihen?

Ich nahm meinen Sattel und legte ihn auf Dusty, einen neuen Wallach, den wir vor einem Monat erworben hatten. „Hey, Dusty. Willst du mir heute Nachmittag mit dem Vieh helfen?"

Er atmete aus, und seine Nüstern bebten. Ich interpretierte die Geste als ein Ja.

Nach dem Festziehen des Gurts stieg ich auf den Sattel und ritt in den verschneiten Tag hinaus. Die schneebedeckten Berge funkelten im Sonnenlicht. Es war einer dieser Tage, die ich immer genossen hatte. Kalt, aber nicht eisig, mit frischer, angenehmer Luft. Es war fast windstill, sodass der Schnee friedlich auf den Boden fiel.

Wie immer dachte ich an Kaylee und daran, wie wohl der Winter in Austin war. Ich hatte mir den Wetterkanal angesehen, um herauszufinden, was sie erleben könnte, wenn sie dort wäre. Ich stellte mir vor, wie sie etwas mit langen Ärmeln und eine Jeans mit Stiefeln trug. Vielleicht auch einen leichten Pullover, da die Temperatur in Austin an diesem Tag bei siebzehn Grad liegen sollte.

Als ich auf die mittlere Weide ritt, hatte ich eine Idee. Kaylee war Barkeeperin. Es gab viele Bars in Austin. Ich musste nur bei jeder anrufen und nach Kaylee Simpson fragen. Wenn ich herausfand, wo sie arbeitete, könnte ich mich an sie heranschleichen.

Mir war klar, wie sehr diese Idee nach Stalking klang, aber das war mir egal.

Ich zog mein Handy aus der Tasche und machte mich an die Arbeit. Im Internet suchte ich nach den Telefonnummern und machte die Anrufe.

Den Rest des Nachmittags rief ich eine Bar nach der anderen an, aber nirgendwo sagte man mir, dass sie dort arbeitete. Nachdem ich die Herde zur hinteren Weide gebracht hatte, ritt ich zurück zum Stall und bemerkte, dass ich eine Bar auf der Liste vergessen hatte.

Die Art und Weise, wie mein Magen zu kribbeln begann, machte mich aufgeregt, und ich hatte das Gefühl, dass dies die richtige Bar sein würde. Ich drückte die Telefonnummer auf dem Bildschirm und atmete tief durch, um meine Nerven zu beruhigen. „Danke für Ihren Anruf im *Dogwood*. Hier spricht Jake. Wie kann ich Ihnen behilflich sein?"

„Hi, Jake, Sie können mir helfen, indem Sie mich mit Kaylee Simpson sprechen lassen." Ich hoffte, dass ich endlich Glück hatte. „Wir sind alte Freunde von der High-School." Ich dachte, ich hätte bessere Chancen, mit ihr zu sprechen, wenn sie nicht wusste, dass ich es war.

„Dafür sind Sie etwa ein Jahr zu spät dran", sagte er zu mir. „Sie hat uns letzten Mai verlassen, um in einem Inselresort zu arbeiten. Tut mir leid."

„Also hat sie bei Ihnen gearbeitet, tut es aber nicht mehr?", fragte ich. Meine Schultern sanken vor Enttäuschung.

„Ja, das ist richtig", sagte der Typ. „Das Resort heißt *Paradise Resort* oder so ähnlich, wenn Sie versuchen wollen, sie dort zu finden. Ich bin mir sicher, dass sie gerne von einem alten Freund hören würde."

Also wusste er nicht, dass Kaylee ihren Job auf der Insel gekündigt hatte. Es fiel mir schwer zu glauben, dass sie wirklich wieder in Austin war. „Sie haben sie nicht in der Nähe gesehen, oder?"

„Nein." Er lachte. „Haben Sie mich nicht gehört? Sie ist auf einer Insel. *Paradise Resort.* Sie finden die Telefonnummer online, aber das ist alles, was ich Ihnen sagen kann. Den Rest müssen Sie selbst herausfinden."

„Ich verstehe. Danke." Ich beendete das Gespräch, und meine Besorgnis wuchs.

Wo zur Hölle ist diese Frau?

Wenn sie nicht in ihre Heimatstadt zurückgekehrt war, wo ihre Familie lebte, wohin war sie dann gegangen? Und warum hatte ich nicht daran gedacht, mir die Telefonnummer ihrer Eltern zu besorgen?

Es gab so viele Dinge, die ich bereute: Dass ich nicht geblieben war, dass ich sie nicht mitgenommen hatte und dass ich keine Telefonnummern verlangt hatte – außer ihrer Handynummer –, die mir helfen würden, mit ihr in Kontakt zu treten.

Einen Privatdetektiv nach Austin zu schicken, um nach ihr zu suchen, klang jetzt nach einer schlechten Idee. Es gab keinen anderen Ort, über den sie jemals gesprochen hatte. Und es fühlte sich höllisch an, sie nicht finden zu können.

Lucy war in der Scheune, als ich dort ankam. „Hey, Pitt." Sie sah mich an und musste feststellen, dass ich schlechte Laune hatte. „Was zum Teufel ist dir heute da draußen passiert?"

Sie hatte mir geraten, über Kaylee hinwegzukommen, also wusste ich nicht, was ich sagen sollte. „Nichts."

„Komm schon, Pitt", sagte sie. „Du siehst aus, als ob dir der Wind aus den Segeln genommen worden ist."

So könnte man es nennen. Aber ich war nicht in der Stimmung für einen Vortrag darüber, dass ich Kaylee vergessen sollte. „Es ist nichts."

„Wie du meinst, Sturkopf." Sie ging aus der Scheune, blieb stehen und drehte sich zu mir um, als ich vom Pferd stieg. „Ich bin sicher, dass sie weitergezogen ist, Pitt. Das solltest du auch tun."

Als ich sie ansah, wusste ich nicht, wie ich meiner Familie meine Gefühle erklären sollte. „Ich bin müde, Lucy. Lass mich einfach in Ruhe, okay?"

Ich war in meinem ganzen Leben noch nie so müde gewesen. Ich hatte mich auch noch nie so allein gefühlt.

Wo zum Teufel bist du, Kaylee Simpson?

54

KAYLEE

„Kaylee ... Kaylee. Kaylee, können Sie mich hören?", rief eine sanfte Frauenstimme.

Ich konnte nur Dunkelheit sehen. Ich konnte nur Pieptöne und summende Geräusche hören. Und ich konnte nicht viel spüren.

Ich wusste, dass ich dalag, aber das war alles, was ich wusste. Als ich versuchte, meinen Mund zu öffnen und zu sprechen, stellte ich fest, dass ich es nicht konnte.

Auch meine Arme zu bewegen schien unmöglich zu sein. Und dann geriet ich in Panik, aber nur in meinem Kopf. Mein Körper bewegte sich überhaupt nicht.

„Wackeln Sie mit den Fingern, Kaylee", sagte die Frau.

Es kostete mich all meine Kraft, aber ich konnte die Finger meiner rechten Hand heben. Dann tat ich das Gleiche mit den Fingern meiner linken Hand. Eine andere Stimme – diesmal eine Männerstimme – ermutigte mich.

„Gute Arbeit, Kaylee." Eine Hand strich über meine Zehen. „Können Sie jetzt das Gleiche mit Ihren Zehen machen?"

Es ergab keinen Sinn für mich, warum Dinge, die immer so einfach gewesen waren, plötzlich so schwierig waren. Es brauchte so viel Konzentration, um auch nur meine kleinsten Körperteile zu bewegen.

Sobald ich meine Zehen bewegte, lobte mich die Frau wieder. „Sehr gut, Kaylee. Möchten Sie versuchen, Ihre Augen für uns zu öffnen?"

Seltsamerweise fühlte sich die Dunkelheit für mich wie zu Hause an. Wie ein Ort, an dem ich schon sehr lange war. Der Gedanke, wieder Licht zu sehen, störte mich so sehr, dass es schwierig wurde, das zu tun, worum sie mich gebeten hatte.

Ich fühlte, wie ich zurück in die tiefe Dunkelheit rutschte, und war nicht gewillt, meine Augen für irgendjemanden zu öffnen. Dann kam ein attraktives Männergesicht auf mich zu. Blaue Augen funkelten darin und dunkle Locken umgaben es. Der Mann hob eine Augenbraue, als sich seine Lippen bewegten. „Tu es für mich, Kaylee. Öffne deine Augen für mich, Baby."

Er schien so vertraut zu sein, aber ich konnte mich nicht an seinen Namen erinnern. Ich wusste jedoch eines: Ich wollte diesen Mann sehen.

Obwohl sich meine Augenlider schwerer anfühlten als je zuvor in meinem Leben, konnte ich sie öffnen. Alles war verschwommen und es war immer noch ziemlich dunkel. „Wir haben die Lichter gedimmt, Kaylee", sagte die Frau zu mir. „Ich weiß, dass im Moment wahrscheinlich alles ziemlich verschwommen aussieht, aber das wird bald verschwinden." Sie machte eine Pause und fügte dann hinzu: „Hoffentlich."

Etwas wanderte über meinen Fuß und ich bewegte mein Bein, um ihm auszuweichen. „Gut", sagte der Mann im Raum. „Sie spüren etwas in den unteren Extremitäten. Das ist sehr gut, Kaylee."

Nach und nach wurde meine Sicht klarer und ich konnte den Mann und die Frau erkennen. Was ich sah, ergab keinen Sinn für mich. Sie trugen blaue Kittel und es schien, als ob ich in einem Krankenhausbett wäre.

Wie bin ich hierhergekommen?

Ich wollte die Frage stellen, aber die Worte kamen nicht heraus. Mein Mund funktionierte überhaupt nicht. Ich versuchte wieder, die Lippen zu bewegen, und erkannte dann, was los war. Etwas steckte in meinem Mund.

Als ich versuchte, meinen Arm zu bewegen, um mit der Hand das Ding zu entfernen, das dort war, spürte ich, dass er festgeschnallt war. Ich zog an beiden Händen und stöhnte leise. Mein ganzer Körper schmerzte bei der Anstrengung.

„Ganz ruhig", sagte der Mann, als er nach vorn kam. „Sie sind zu Ihrem eigenen Wohl fixiert worden, Kaylee."

Warum?

Was war hier los? Warum war ich in einem Krankenhaus festgebunden? Nichts ergab Sinn.

Ich wollte wissen, wo meine Familie war. Dann sagte mir etwas in meinem Kopf, wo sie war.

Mein Großvater ist tot.

Mein Herz klopfte und ich hörte, dass das Piepen schneller wurde. „Wir müssen ihr ein Beruhigungsmittel geben", sagte die Frau.

„Warten Sie. Lassen Sie mich versuchen, sie zu beruhigen", sagte der Mann. Er kam mir sehr nahe. „Kaylee, Sie müssen sich für uns beruhigen, okay? Lassen Sie mich erklären, was Ihnen passiert ist. Es ist wichtig, dass Sie ruhig bleiben, oder wir sind gezwungen, Sie wieder zu betäuben. Sind Sie nicht bereit aufzuwachen?"

Ich wollte wissen, wie lange ich geschlafen hatte. Ich wollte wach bleiben. Aber ich wollte frei von den Fesseln sein und das Ding in meinem Mund loswerden, damit ich reden konnte.

Die Frau im Raum kam ebenfalls näher. „Kaylee, Sie hatten einen Autounfall. Sie lagen zwölf Monate lang im Koma. Wir dürfen nichts überstürzen. Sie müssen langsam machen."

Zwölf Monate? Ein Jahr?

Ich verstand gar nichts. Ich zog wieder an den Fesseln und stöhnte, damit sie verstanden, dass sie sie entfernen sollten. Die Frau sah den Mann an, der ihr zunickte. „Betäuben Sie sie."

Ich riss meine Beine so fest ich konnte nach oben und dachte, sie wären frei. Ich hatte mich geirrt. Sie hatten mehr Spielraum als meine Arme, aber sie waren auch fixiert. Je mehr ich mich bewegte, desto deutlicher wurde mir bewusst, wie gefangen ich war. Ein Gurt reichte über meinen Bauch und hielt mich fest.

Ich brauchte meine Eltern. Warum waren sie nicht bei mir? Und der Mann, den ich in meinem Kopf gesehen hatte, wo war er?

Nach und nach bewegte sich mein Körper nicht mehr, und ich begann, wieder in den benommenen Zustand zurückzukehren. Es war angenehm im Dunkeln. Dort störte mich nichts.

Ich konnte immer noch die Leute im Raum sprechen hören, als ich weiter wegdriftete. „Ich denke, wir sollten ihr die Fesseln abnehmen. Dann wird sie weniger ängstlich reagieren, wenn sie wieder aufwacht", sagte die Frau.

„Und wir können sie auch von dem Beatmungsgerät nehmen", fügte der Mann hinzu. „Das wird helfen. Können Sie ihre Eltern anrufen und ihnen sagen, dass sie morgen früh hierherkommen sollen? Es wäre besser, wenn sie hier sind, wenn sie wieder zu Bewusstsein kommt."

Ich hörte, wie die Tür geöffnet wurde, und versuchte wachzubleiben und nicht wieder einzuschlafen. „Wer hat Ihnen gesagt, dass Sie versuchen sollen, sie aufzuwecken?", rief ein Mann.

„Doktor Wendell, Sir", antwortete die Frau.

„Er ist nicht ihr Arzt. Das bin ich." Ich hörte, wie seine Schuhe auf dem Boden klapperten. „Es gibt immer noch zu viele Schwellungen an ihrem Gehirn, um sie zurückzuholen."

„Ihre Eltern haben sie an Doktor Wendell übergeben, Sir",

sagte der Mann. „Sie machen sich Sorgen wegen ihrer langsamen Fortschritte und möchten seinem Rat folgen."

„Niemand hat mich deswegen kontaktiert. Sie ist immer noch meine Patientin, bis ich das Gegenteil von ihren Eltern höre", bellte er. „Bis dahin bin ich ihr Arzt und ich fühle mich nicht wohl dabei, sie jetzt schon zurückzuholen."

„Ihre Familie denkt, dass es Zeit dafür ist", argumentierte sie. „Sie ist stabil, die Schwellung ist zurückgegangen und sie hat eine Menge verpasst. Ich muss ihrer Familie zustimmen. Sie muss zurückgeholt werden und mit der Rehabilitationstherapie beginnen."

Als ich den Ärzten zuhörte, wie sie über mich sprachen, fragte ich mich, wie ich in einen solchen Zustand geraten war. Ich erinnerte mich, dass ich in einem Flugzeug gewesen war und dann in einem winzigen Auto. Aus irgendeinem Grund wirkte alles verschwommen. Ich hatte geweint. Und dann hatte jemand gehupt.

Ein roter Truck!

Er musste mich gerammt haben. Ich konnte mich an nichts erinnern, nachdem ich den roten Blitz gesehen hatte. Und ich war seit einem Jahr im Koma.

Plötzlich wollte ich aufwachen. Ich wollte sehen, was ich verpasst hatte.

Die Frau hatte gesagt, ich hätte eine Menge Dinge verpasst. Könnte der Mann in meinem Kopf eines dieser Dinge sein?

Ich wackelte mit den Fingern und versuchte mein Bestes, um zu sagen: „Aufwachen."

Meine Augen waren geschlossen und öffneten sich nicht mehr. Aber die Frau hatte mich verstanden. „Sie versucht wieder zu sprechen. Sie will aufwachen, Doktor Sealy. Wir denken, dass es am besten wäre, die Gurte und das Beatmungsgerät zu entfernen. Ohne diese Dinge wird sie ruhiger sein."

„Niemand tut etwas, bis ihre Eltern mich persönlich kontaktieren und sagen, dass sie meine Dienste nicht länger benötigen." Ich hörte, wie die Schuhe des Mannes schnell aus dem Raum klapperten.

„Rufen Sie sofort Ihre Familie an", sagte der andere Mann, der im Zimmer geblieben war. „Sagen Sie ihnen, was sie tun müssen."

„Ich werde mich gleich darum kümmern." Ich hörte die Schritte der Frau, als sie mein Zimmer verließ.

Dann spürte ich, wie Finger meinen Arm hochglitten. Ich hörte den Mann, als er sagte: „Wir bringen Sie wieder zurück und machen Sie gesund, Kaylee Simpson. Sie können auf uns zählen. Sie haben so viel, wofür es sich zu leben lohnt. Machen Sie sich keine Sorgen. Schlafen Sie. Morgen werden Sie zu einem brandneuen Tag erwachen."

Als er zu Ende gesprochen hatte, rissen mich die Medikamente wieder fort. Ein Traum nach dem anderen führte zu einem unruhigen Schlaf. Der Mann, der in meinem Kopf zu mir gekommen war, war wieder da, rief nach mir und forderte mich auf, zu ihm zurückzukommen.

Immer wieder rief er nach mir, und ich versuchte, zu ihm zu gelangen, aber es war, als steckte ich in einem Sumpf fest. Egal wie sehr ich mich bemühte, ich konnte ihn nicht erreichen, und er kam mir nie näher.

Frustration erfüllte mich. Schließlich hörte der Mann auf, nach mir zu rufen, und wandte sich ab. Ich versuchte, ihn anzuschreien, dass er nicht weggehen sollte, aber es kam nichts heraus.

Er ging in die Dunkelheit und ließ mich dort zurück, wo ich war. Ich fing an zu weinen und fühlte mich hilflos und verloren.

„Kaylee, geht es dir gut?", fragte mich eine Frauenstimme.

Mir war schwindelig, als mein Bewusstsein zurückkehrte. Ich konnte noch nicht kommunizieren, aber ich konnte hören, und ich konnte ein wenig nicken.

„Oh mein Gott, sie hat ihren Kopf bewegt!", hörte ich meine Mutter sagen.

Mein Herz beschleunigte sich, als ich daran dachte, dass meine Eltern da waren, und ich hörte, wie auch das Piepen schneller wurde.

Die Krankschwester warnte sie. „Okay, wir müssen sie ruhig halten. Sie scheint ziemlich nervös zu sein. Ich möchte sie nicht wieder betäuben müssen. Sie wird wahrscheinlich einige Tage nicht sprechen können, vielleicht sogar länger. Ich möchte nicht, dass Sie sich deswegen Sorgen machen. Es wird ein langsamer Prozess sein, sie vollständig zu heilen."

Dad meldete sich zu Wort: „Das wissen wir. Wir haben uns über diese Dinge informiert." Ich fühlte eine Hand auf meinem Bein, die es sanft tätschelte. „Wir werden sie ruhig halten. Mach Sie sich keine Sorgen. Wir können es kaum erwarten, sie nach Hause zu bringen, aber wir wissen, dass nichts übereilt werden darf."

Eine Stimme schien zu fehlen. Die Stimme des Mannes, der in meinen Träumen gewesen war.

Wo ist er?

Langsam öffnete ich meine Augen und sah, wie drei Personen um mein Bett herumstanden. Zuerst waren sie nur Schatten für mich, aber dann kamen sie ganz langsam in den Fokus.

Tränen liefen über die Wangen meiner Mutter, und sie beugte sich mit ihren Händen auf meinen Wangen über mich. „Da ist sie ja. Kaylee, es ist wundervoll zu sehen, wie deine schönen Augen sich öffnen. Bald geht es dir wieder besser. Ich möchte nicht, dass du dir Sorgen machst."

Das Einzige, worüber ich mir Sorgen machte, war der Verbleib des Mannes in meinem Kopf. Ich nickte und brachte Mom zum Lächeln.

Sie zog sich zurück und ließ Dad nach vorn. Er strich meine

Haare zurück und lächelte mich an. „Wir freuen uns sehr, dich wach zu sehen. Wir haben dich vermisst."

Eine Träne fiel mir aus den Augen, als ich darüber nachdachte, dass ich die Beerdigung meines Großvaters verpasst hatte. Dad wischte sie weg und trat zurück.

Die Krankenschwester beugte sich als Nächstes über mich. „Kaylee, wir werden heute ein paar Tests durchführen. Nichts Anstrengendes, also kein Grund zur Sorge. Wenn Sie sich müde fühlen, schlafen Sie. Kämpfen Sie nicht dagegen an. Es wird Zeit brauchen, und Sie müssen auf Ihren Körper hören. Wir müssen alle geduldig sein. Ihre Eltern werden Sie bei jedem Schritt des Weges begleiten."

Gut. Aber was ist mit dem Mann aus meinen Träumen? Wo ist er?

55

PITT

Gerade als ich nach draußen ging, um meinen Tag zu beginnen, sah ich Scheinwerfer in unserer Einfahrt. „Wer ist jetzt um vier Uhr morgens außer uns wach?"

Ich schirmte meine Augen ab, als das Auto vor mir zum Stehen kam, und musste lächeln, als Galen Dunne hinten ausstieg. „Morgen, Fremder."

„Du hast mich wirklich überrascht, Galen", gab ich zu, als ich seine Hand schüttelte. „Morgen."

„Hat deine Mutter dir nicht gesagt, dass ich heute komme?", fragte er mit gehobener Augenbraue. „Das ist seltsam."

„Nein, sie hat kein Wort darüber gesagt, dass du zu Besuch kommst." Ich drehte mich um, um ihn ins Haus zu führen, blieb dann stehen und winkte seinem Fahrer zu. „Kommen Sie auch rein. Mom wird Ihnen beiden Frühstück machen."

Der Fahrer wartete, bis Galen nickte. Dann stieg er aus, um sich uns anzuschließen. „Danke, Mr. Zycan."

Meine Schwester Janice kam gerade aus der Tür, als wir hineingehen wollten. „Hoppla."

„Hey, Schwesterherz." Ich deutete mit dem Kopf auf Galen. „Du erinnerst dich an Mr. Dunne, nicht wahr?"

„Sicher", sagte sie und umarmte den Mann. „Wie geht es Ihnen, Mr. Dunne? Wir haben Sie hier vermisst. Es ist lange her."

Galen ließ sie los. „Mir geht es gut. Ist bei Ihnen auch alles in Ordnung?"

„Oh ja." Sie zeigte auf den Golfwagen hinter uns. „Ich muss los, aber ich sehe Sie zum Mittagessen, wenn Sie dann noch hier sind."

„Ich werde hier sein. Ich verbringe den Tag mit Ihrer Mutter. Sie wird mir mit ein paar Dingen helfen." Er drehte sich um und ging hinein.

Ich entschied, noch eine Weile zu bleiben. „Janice, sag den Jungs, dass ich heute etwas später komme. Sie sollen sich keine Sorgen machen."

„Sicher, Pitt." Janice setzte sich auf den Fahrersitz des Golf-wagens und fuhr los.

„Womit wird Mom dir helfen, Galen?" Ich führte die Männer in die Küche, wo Mom an Cookies freien Tagen Früh-stück machte. Der Duft von Speck und Kaffee wehte an meinen Nasenlöchern vorbei, als wir uns der Küche näherten.

„Ich brauche ihren Rat. Ich glaube, ich habe eine Frau getroffen, die mich für immer glücklich machen kann. Aller-dings bin ich schon so lange eingefleischter Junggeselle, dass ich nicht weiß, ob ich meinem eigenen Urteil trauen kann. Aber ich habe noch nie für jemanden in meinem Leben so empfunden." Das Lächeln, das er zeigte, war unbezahlbar. „Ich habe sie diesen Sommer im Resort getroffen." Er blieb stehen und sah mich streng an. „Übrigens, wo warst du im Sommer? Ich weiß, ich habe dich eingeladen, auf die Insel zurückzukehren."

„Glückwunsch, Galen. Gut für dich. Und ich bin diesen Sommer nicht auf die Insel gereist, weil ich keine Lust dazu hatte." Ich hatte außer der Ranch auf so gut wie nichts Lust gehabt.

„Und warum nicht?" Galen war hartnäckig.

Also erzählte ich ihm alles. „Das Mädchen, mit dem ich zusammen war ... Kaylee. Sie verließ die Insel am selben Tag wie ich, ohne es mir zu sagen. Wir hatten geplant, dass sie mich besuchen würde, sobald sie Urlaub bekam, aber ich hörte nie mehr ein Wort von ihr, nachdem ich gegangen war. Ihr Handy funktioniert nicht mehr, genau wie die Notfallnummer, die sie Camilla gegeben hat. Es ist ein ganzes Jahr her – und immer noch nichts."

Wir hatten die Küche erreicht, wo Mom eine Pfanne Eier umrührte. Sie verließ den Herd, um Galen zu umarmen. „Da ist er ja."

Galens Arme breiteten sich aus. „Hier bin ich." Die beiden umarmten sich, und er küsste ihre Wange. „Fannie, wie geht es dir?"

„Ich komme ganz gut zurecht." Mom ging zurück zum Herd. „Es ist fast fertig. Pitt, bleibst du auch zum Frühstück?"

„Ja, Ma'am." Ich nahm meinen Hut ab und holte Kaffee für alle. „Kaffee?"

„Gerne", sagte der Fahrer.

„Für mich auch", sagte Galen, als er an der Küchentheke Platz nahm, hinter der Mom arbeitete. „Du siehst großartig aus, Fannie."

„Danke. Du auch." Sie nickte und schüttete die Rühreier in eine Schüssel. „Du siehst anders aus. Vielleicht ist das die Liebe, Galen."

„Das ist schwer zu sagen, wenn man sich sein ganzes Leben lang eingeredet hat, dass es keine Liebe gibt." Er nahm den Kaffee, den ich vor ihn gestellt hatte, und blies darauf, um ihn abzukühlen.

Nachdem ich dem Fahrer seine Tasse gegeben hatte, fragte ich: „Wie heißen Sie?"

„Calvin." Er ergriff die Tasse und nahm einen Schluck. „Vielen Dank."

Ich setzte mich. „Vielleicht gibt es Liebe wirklich nicht. Ich dachte, was Kaylee und ich hatten, wäre Liebe." Ich nahm einen Schluck heißen Kaffee und stellte die Tasse auf die Theke. „Aber hört nicht auf mich." Moms finsterer Blick sagte mir, dass ich den Mund halten sollte.

„Ja, hör nicht auf Pitt." Mom sah Galen an. „Ich glaube, er war mehr in sie verliebt als sie in ihn."

Galen trommelte mit den Fingern auf die Theke. „Sie war seltsam, das gebe ich zu."

„Sie war großartig, nicht seltsam", verteidigte ich sie. „Abgesehen von den paar Wochen, in denen ihr der Inselarzt Medikamente gegen ADHS verabreicht hat. Da war sie seltsam – sie haben sie zu einem Zombie gemacht. Ich habe dafür gesorgt, dass sie sie wieder absetzte."

Moms Kinnlade klappte herunter. „Was hast du getan?"

Galen schüttelte den Kopf. „Du hast darauf bestanden, dass sie etwas absetzte, das ihr vom Arzt verschrieben worden war?"

„Du hast sie nicht gesehen, Galen. Sie war ein Schatten ihrer selbst. Und sie war schwach, ihr war schwindelig, und sie hatte überhaupt keinen Appetit." Ich wusste, dass ich das Richtige getan hatte. Kaylee hatte mir zugestimmt, als der durch die Medikamente verursachte Nebel abgeklungen war. „Ich bereue nicht, was ich getan habe. Sie musste diese Tabletten absetzen. Sobald sie es getan hatte, war sie wieder wie früher und dann verliebten wir uns Hals über Kopf ineinander."

Galen warf ein: „Zumindest hast du das gedacht."

Ich zuckte mit den Schultern und musste zugeben, dass er recht hatte. „Ja. Ich dachte, wir wären verliebt. Anscheinend war ich der Einzige."

Mom servierte unser Essen, während sie mich tadelnd ansah. „Das hast du mir nie erzählt, Pitt. Dieses ganze letzte Jahr hast du mir nie erzählt, dass du sie dazu gebracht hast, keine Medikamente mehr zu nehmen. Jetzt verstehe ich es."

„Was denn?", fragte ich, ohne zu wissen, worauf sie hinauswollte.

„Warum sie weggelaufen ist." Sie gab einen Löffel Rührei auf meinen Teller. „Du hast sie dazu gebracht, Dinge zu tun, die sie nicht wollte. Du warst schon immer so. Erinnerst du dich daran, wie du deine Schwester Lucy, als sie fünfzehn war, überredet hast, sich auf den Stier zu setzen? Du hast sie gedrängt und geneckt, bis sie nachgegeben hat. Und was ist als Nächstes passiert, Pitt?"

„Sie ist heruntergefallen und hat sich das Bein gebrochen." Ich fuhr mit der Hand über mein Gesicht, als ich an den schrecklichen Schrei dachte, den sie an diesem Tag ausgestoßen hatte. „Aber weißt du, was noch passiert ist, Mom?"

Sie hob die Augenbrauen und wusste es genau. „Sie war sofort wieder auf dem Stier, sobald ihr der Gips abgenommen worden war."

„Ja, und schließlich hat sie sieben Wettbewerbe im Bullenreiten gewonnen. Sie ist das einzige Mädchen in diesem Bundesstaat, das so etwas jemals geschafft hat." Ich klopfte mir innerlich auf die Schulter. „Und das alles nur meinetwegen."

„Und wegen ihres starken Willens", fügte Mom hinzu. „Aber das ist egal. Wir reden über Kaylee. Vielleicht wusste sie nicht, wie sie dir sagen sollte, dass sie wieder diese Medikamente nehmen wollte, Pitt. Du bist so fordernd, dass es manchmal schwer ist, zu dir durchzudringen."

Als ich dort saß, fragte ich mich, ob Mom recht hatte. Hatte ich Kaylee zu stark gedrängt? Sie schien glücklich darüber zu sein, dass ich sie so liebte, wie sie war.

Galen bot seinen Rat an. „Pitt, ich sage, du musst damit abschließen."

„Ja, es ist Zeit, das alles hinter dir zu lassen", stimmte Mom zu. „Es ist ein Jahr her. Zeit, sie hinter dir zu lassen."

Aber das wollte ich noch nicht. „Ich könnte einen Detektiv beauftragen, um sie zu finden. Ich will nur – nein, ich *muss* wissen, dass es ihr gut geht."

„Dein Großvater hat mir erzählt, dass du darüber nachgedacht hast." Mom legte ein paar Speckstreifen auf meinen Teller. „Ich habe es nicht angesprochen, da du nie mit mir darüber geredet hast. Ich dachte, dass du seinem guten Rat gefolgt bist und dir diese Idee aus dem Kopf geschlagen hast."

„Sie ist immer noch da." Ich trank einen weiteren Schluck heißen Kaffee. „Und je mehr Zeit vergeht, desto mehr scheint es das Richtige zu sein."

„Sie hat Ihre Nummer, nicht wahr?", fragte mich Calvin.

Ich nickte. „Ja."

„Nun, dann will sie nicht gefunden werden", fügte er hinzu.

„Was, wenn sie irgendwo verletzt wurde?", fragte ich. „Ich denke immer noch, dass sie irgendwo verletzt wurde und niemand ihr helfen kann. Warum denke ich das immer?"

Mom schnaubte. „Weil du dir nicht vorstellen kannst, dass sie dich nicht geliebt hat, Pitt."

„Sie hat mich geliebt." Ich wusste, dass Kaylee mich geliebt hatte. Sie musste mich geliebt haben. Sie hatte mir ihre Jungfräulichkeit geschenkt. Ich wusste, wie viel ihr das bedeutete.

Aber ich hatte sie dazu gebracht, die Tabletten abzusetzen. Ich kaute auf meiner Unterlippe herum, als ich darüber nachdachte, was die anderen gesagt hatten, und fühlte mich schrecklich.

Galen griff nach seiner Gabel. „Das sieht wundervoll aus, Fannie. Danke, dass du uns Frühstück gemacht hast."

Die drei aßen mit Appetit, während ich das Essen auf meinem Teller herumschob. Kaylee hatte mich vor einem Jahr geliebt, aber es war klar, dass sie es nicht mehr tat.

Wenn sie mich immer noch liebte, hätte sie inzwischen angerufen. Niemand lässt so viel Zeit verstreichen, wenn es für ihn nicht vorbei ist.

In diesem Moment wusste ich, dass ich niemanden anheuern würde, um nach ihr zu suchen. Was auch immer er herausfand, würde mir das Herz sicher noch mehr brechen. Ich war bereits ein Schatten meines früheren Selbst. Ich wollte nicht noch mehr von dem verlieren, was sie zurückgelassen hatte.

„Ist schon einmal jemand an einem gebrochenen Herzen gestorben?", fragte ich.

Galen sagte schnell: „Nein, zumindest habe ich das noch nie gehört. Das Beste, was du jetzt tun kannst, ist, wieder in den Sattel zu steigen."

„Ich nehme an, du meinst, dass ich mir ein anderes Mädchen suchen soll." Ich wollte kein anderes Mädchen.

„Ja, das meine ich." Galen legte seine Gabel hin und sah mich an. „Ein Jahr ist viel zu lange, um auf jemanden zu warten."

„Ja, Pitt", stimmte Mom zu. „Hör auf zu warten. Das Mädchen kommt nicht zu dir zurück. Das musst du in deinen Kopf bekommen. Sie hat deine Nummer. Wenn sie bis jetzt nicht angerufen hat, ist die Wahrscheinlichkeit groß, dass sie es auch nicht mehr tun wird."

Sie hatten recht. „Ja, ich weiß." Ich stand auf, um meinen Tag fortzusetzen. „Wir sehen uns zum Mittagessen."

Als ich zur Tür ging, spürte ich, wie sich das Gewicht in meinem Herzen verlagerte. Ich musste Kaylee gehen lassen. Zu meinem eigenen Wohl musste ich alles loslassen. Nach und nach verließ die Liebe mein Herz und hinterließ tiefe Löcher – Löcher, von denen ich wusste, dass niemand sonst sie jemals auffüllen könnte.

Jemand neuen zu finden würde nicht für mich funktionieren. Niemand konnte Kaylee jemals ersetzen. Sie war einzigartig. Aber vielleicht würde eines Tages – in ferner Zukunft – eine andere Frau in meinem Herzen Platz finden. Im Moment ließ ich nicht zu, dass jemand es auch nur versuchte.

Ich musste eine Weile allein sein. Ich brauchte Zeit, um zu trauern. Ich hatte so lange an der Idee festgehalten, Kaylee zu finden, dass ich nicht um den Verlust ihrer Liebe getrauert hatte. Es war an der Zeit, das zu tun und sie hinter mir zu lassen. Sie hatte keinen Platz in meiner Zukunft.

Leb wohl, Kaylee Simpson.

56

KAYLEE

Nach einem Monat Rehabilitation hatte ich endlich genug Kraft in meinen Armen, um allein zu essen, ohne alles schmutzig zu machen. „Schau mal, Dad. Ich habe noch nichts verschüttet. Ich mache Fortschritte."

„Das tust du." Er stand von dem Schaukelstuhl auf, in dem er gesessen hatte. „Deine Mutter und ich haben heute eine Überraschung für dich. Jetzt, da du Dinge halten kannst, ohne sie fallen zu lassen, denken wir, dass du bereit dafür bist."

„Mom kommt heute?", fragte ich überrascht. Sie hatten mich seit dem ersten Mal nicht mehr zusammen besucht. „Ich dachte, ihr wollt den Hund nicht allein lassen."

„Ähm, ja." Er wandte sich von mir ab, als er weitersprach. „Wir haben gar keinen Hund."

Sie haben darüber gelogen, einen Hund zu haben?

„Warum solltet ihr wegen so etwas lügen?" Ich legte den Löffel hin und schob das Tablett weg. „Warum solltet ihr mich überhaupt anlügen?"

Als er sich wieder zu mir umdrehte, zeigte mir sein Gesichtsausdruck, wie verzweifelt er war, dass er mich aufgebracht hatte.

„Beruhige dich. Es ist alles in Ordnung. Deine Mutter ist unterwegs. Du wirst in Kürze alles erfahren."

„Dad, du hast gesagt, dass ihr einen Hund habt." Ich wollte wissen, warum sie wegen einer scheinbar unbedeutenden Sache gelogen hatten. „Mom hat gesagt, dass ihr einen Hund habt. Wenn es keinen Hund gibt, warum muss dann einer von euch immer zu Hause bleiben?"

Er konnte nur mit den Schultern zucken. „Du wirst es verstehen."

„Ich werde es verstehen?" Mit einem Schnauben nahm ich die Fernbedienung, um den Fernseher einzuschalten. Ich beschloss, ihn zu ignorieren, bis er mir die Wahrheit sagte.

Aber Dad beugte sich vor und nahm mir die Fernbedienung aus der Hand. „Ich habe gesehen, wie deine Mutter das Auto vor dem Fenster geparkt hat. Lass den Fernseher aus."

„Ich verstehe nicht, warum." Ich verschränkte die Arme und dachte, dass er sich seltsam benahm. „Du benimmst dich sehr sonderbar, Dad."

„Ja, ich weiß." Er ging zur Tür. „Ich werde deiner Mutter helfen. Wir sind gleich zurück."

Ich bemerkte, dass er die Fernbedienung auf den Tisch gelegt hatte, wo ich sie nicht erreichen konnte. „Großartig." Ich hatte es satt, in diesem Krankenhausbett bleiben zu müssen. Ich hatte große Fortschritte mit meinem Oberkörper gemacht, aber es würde länger dauern, bis mein Unterkörper wieder funktionstüchtig war.

Und dies war nicht der einzige Bereich, in dem die Fortschritte langsam waren. Der Mann in meinem Kopf blieb namenlos. Ich erinnerte mich nur daran, dass wir uns auf einer Insel getroffen hatten. Und dass wir uns verliebt hatten. Aber ich hatte weder meinen Eltern noch sonst jemandem etwas über den Mann gesagt, an dessen Namen ich mich nicht erinnern konnte. Ich wollte nicht, dass meine Eltern erfuhren, dass ich nicht mehr Jungfrau war. Es gab Dinge, die Eltern einfach nicht über ihre Kinder wissen mussten.

Obwohl ich mich nicht an seinen Namen erinnern konnte, waren meine Erinnerungen an das, was auf der Insel geschehen war, lebendig. Alles war lebendig – bis zu dem Moment, als der rote Truck in mein Blickfeld raste.

Ich wusste, dass ich geplant hatte, den Mann, in den ich mich verliebt hatte, bei sich zu Hause zu besuchen. Aber ich konnte mich auch nicht mehr erinnern, wo das war.

Meine Eltern kamen wieder herein, und Dad trug ein Baby. „Was ist das? Seid ihr jetzt Babysitter?"

Mom nickte. „Ja, das könnte man sagen."

Ich sah das kleine Mädchen an, das entzückende dunkelbraune Locken hatte. „Sie ist süß. Wessen Baby ist das?"

Die Augen des Babys waren auffallend blau. Ich konnte meinen Blick nicht von ihnen lösen, als Dad näher zu mir kam. „Wir haben großartige Neuigkeiten für dich, Kaylee. Zumindest hoffen wir, dass du sie genauso gut findest wie wir."

Ich riss meine Augen von denen des Babys los und sah meinen Vater an. „Ihre Augen erinnern mich an jemanden." Sie hatten die gleiche Farbe wie die Augen des Mannes, an den ich ständig dachte. Und ihre Haare hatten die gleiche Farbe wie seine.

Mom setzte sich auf das Bett, und Dad reichte ihr das Baby. „Das ist Karen", sagte sie.

Ich streckte die Hand aus und fuhr durch ihre dicken Locken. Ich konnte mir nicht helfen – es fühlte sich so natürlich an, sie anzufassen. „So habe ich die Babypuppe genannt, die ich jahrelang herumgetragen habe."

„Das ist richtig", sagte Mom mit einem Grinsen. „Wir dachten, du würdest dich vielleicht daran erinnern. Und dein Vater und ich dachten, es würde dir gefallen, wenn wir sie so nennen."

Jetzt war ich wirklich verwirrt. „Warum sollte jemand

wollen, dass ihr einen Namen für sein Baby aussucht? Ihr habt kein Baby adoptiert, oder?"

Dad räusperte sich. „Okay, wir haben lange genug um den heißen Brei herumgeredet. Hier sind die Fakten für dich, Kaylee."

„Großartig. Ich will nur zu gern die Fakten erfahren." Das Baby nahm meinen Finger und hielt ihn fest, während es mich ansah. „Sie ist wirklich süß. Und so liebenswert."

„Das denke ich auch", sagte Mom. Sie sah meinen Vater an. „Lass mich anfangen. Das ist etwas, das sie von ihrer Mutter hören sollte."

„Einverstanden." Er setzte sich und sah erleichtert aus. „Lasst uns das zu Ende bringen."

Das Gefühl, dass etwas schwer in der Luft lag, war fast überwältigend. „Okay, Mom. Sag mir, was los ist."

„Dieses wunderschöne Mädchen ist deine Tochter, Schatz", kamen die Worte aus ihrem Mund, aber meine Ohren lehnten es ab, sie zu hören.

Wie zum Teufel kann das sein?

„Mom, nein. Auf keinen Fall gehört dieses Baby mir." Ich sah meinen Vater an. „Dad, das ist unmöglich."

Mom legte ihre Hand auf meine Schulter, um mich zu beruhigen. „Bleib ganz ruhig, Schatz. Erinnerst du dich daran, mit jemandem zusammen gewesen zu sein, während du auf der Insel warst?"

Ich wollte nicht mit ihnen über mein neuentdecktes Sexualleben sprechen. Aber scheinbar musste ich es. „Ja. Aber ich habe die Pille genommen, Mom. Das ist unmöglich. Und ich lag ein Jahr im Koma. Wie habe ich sie zur Welt gebracht?"

„Die Ärzte haben kurz vor dem Geburtstermin einen Kaiserschnitt gemacht." Sie legte das Baby in meine Arme. „Du warst im zweiten Monat schwanger, als du den Unfall hattest. Die Ärzte fanden es sofort heraus, und es war ein

Wunder, dass das Baby überlebt hat. Ich weiß nicht, wie du schwanger geworden bist, wenn du die Pille genommen hast. Hast du auf der Insel noch andere Medikamente eingenommen?"

Das Baby in meinen Armen zu halten fühlte sich so richtig an. „Ich habe eine Woche lang ADHS-Medikamente genommen, aber sie haben mich krank gemacht. Ich habe dann Antibiotika genommen, damit es mir wieder besser ging."

Mom lächelte mich an. „Hast du dem Arzt gesagt, dass du die Pille nimmst?"

Ich schüttelte den Kopf und antwortete: „Nein, das habe ich nicht. Ich habe nicht darüber nachgedacht."

Mit einem Nicken fuhr sie fort: „Bestimmte Medikamente führen dazu, dass andere aufhören zu wirken, wenn man sie gleichzeitig einnimmt. Das muss dir passiert sein. Wir haben also unsere Antwort darauf, wie du schwanger geworden bist, hm?"

„Ich denke schon." Auf keinen Fall konnte ich meine Augen von dem Baby lösen, von dem ich jetzt wusste, dass es mir gehörte. „Oh mein Gott, du bist meine Tochter, Karen."

Sie lächelte mich an. „Oh, sie liebt dich schon." Mom legte ihren Arm um mich. „Sie ist ein braves Baby, Kaylee – so ruhig und pflegeleicht. Du wirst es lieben, ihre Mutter zu sein. Und wir helfen euch. Mach dir keine Sorgen."

Mein Vater räusperte sich und lenkte meine Aufmerksamkeit auf sich. „Ich muss das fragen, Kaylee. Weißt du, wer ihr Vater ist?"

„Ja, das tue ich." Ich nickte. „Und wir waren verliebt." Als ich das Baby wieder ansah, erkannte ich ihn darin so sehr wieder, dass es weh tat. Eine Träne fiel mir aus dem Auge. „Ich kann mich einfach nicht an seinen Namen erinnern."

Dad schien mit meiner Antwort zufrieden zu sein. „Nun, das ist okay. Du wirst dich mit der Zeit erinnern, da bin ich mir sicher. Dann können wir ihn finden und ihn wissen lassen, dass er Vater geworden ist."

Nichts davon schien real zu sein. Ich hatte ein Baby, ohne zu wissen, dass ich jemals schwanger gewesen war. „Das ist unglaublich. Du bist ein kleines Wunder, nicht wahr?" Ich küsste sie auf die Stirn und brachte sie dazu, ein wenig zu kichern. „Oh, wie süß du dich anhörst." Das Einzige, was fehlte, war der Mann, der sie mit mir gemacht hatte. „Mom, ich muss ihn finden. Ich kann ihn so klar in meinem Kopf sehen, aber ich kann mich einfach nicht an seinen Namen erinnern."

Plötzlich bekam meine Mutter diesen merkwürdigen Ausdruck in ihren Augen. „War der Mann auf der Insel zu Gast? Oder vielleicht jemand, mit dem du zusammengearbeitet hast?"

„Er war ein Gast." Ich konnte nicht sagen, woher das kam, aber ich war mir sicher, dass ich so viel über den Mann wusste, der mein Baby gezeugt hatte.

„Dann ist er reich", keuchte Mom.

Ich nickte. Ich wusste, dass er Geld hatte. „Er ist Rancher. Er hat sein Geld aber nicht so verdient. Sein Vater starb an Lungenkrebs, und er hat geerbt. Sein Vater hat aus irgendeiner Motorenerfindung ein Vermögen gemacht."

Dad stand auf und ging auf und ab. Ich wusste, dass er nachdachte, weil er immer auf und ab ging, wenn er mit einem Problem zu kämpfen hatte. „Okay, also war er ein Gast auf der Insel. Und er hat eine Ranch."

„Es ist nicht seine Ranch. Sie gehört seinem Großvater, und er liebt sie. Aber ich kann mich weder an den Namen noch an den Ort erinnern. Viele Namen sind einfach weg. Ich weiß nicht, wie ich mich an so viel erinnern kann, aber nicht an die Namen." Ich wusste, dass ich überhaupt nicht hilfreich war, also wurde ich still und konzentrierte mich auf mein Baby. „Wie viel Glück hatte ich, dass ich die Schmerzen, die mit Schwangerschaft und Geburt einhergehen, nicht durchmachen musste?"

Mom seufzte. „Sehr viel Glück. Wir waren aber mit den Nerven am Ende. Dein Leben und das Leben des Babys waren in Gefahr. Es war so nervenaufreibend, dass dein Vater und ich am Ende jeden Tages eine ganze Flasche Wein getrunken haben."

Ich schaute von meiner süßen kleinen Karen weg und konnte nicht anders, als Mitleid mit meinen Eltern zu empfinden. „Mein Gott, das muss für euch beide so hart gewesen sein. Vielen Dank für alles, was ihr getan habt." Ich begann zu begreifen, wie viel sie für mich geleistet hatten. „Ihr hättet mein Baby zur Adoption freigeben können." Ich blinzelte, als ich darüber nachdachte, was sonst hätte passieren können. „Ich bin sicher, ihr hättet das Baby abtreiben lassen können, als die Ärzte herausfanden, dass ich schwanger war."

„Das würden wir nie tun." Mom gestikulierte in der Luft, als ob sie meine Worte wegwischen wollte. „Du solltest uns besser kennen."

„Ja, ihr seid großartige Menschen." Ich wusste, wie viel Glück ich hatte, meine Eltern zu haben. „Ich werde nie vergessen, was ihr für Karen und mich getan habt." Ich lachte leise. „Meine Babypuppe ist lebendig geworden, wie es scheint." Ich schüttelte den Kopf und musste zugeben: „Das ist einfach zu seltsam. Es kommt mir nicht echt vor."

„Oh, es wird echt für dich werden – und zwar schnell, Schatz", sagte Mom, während sie mir auf den Rücken klopfte. „Du wirst jeden Tag kräftiger. Und du wirst dich jeden Tag um dein Baby kümmern. Wir bringen Karen hierher, um den Tag mit dir zu verbringen. Du wirst lernen, sie umzuziehen, ihre Windel zu wechseln, sie zu baden, sie zu füttern und sie zu lieben."

Ich sah zu meiner Tochter zurück. „Du siehst genauso aus wie dein Daddy." Ich spielte mit ihren Locken und stellte fest, dass mein Herz in meiner Brust schneller klopfte. „Ich vermisse ihn so sehr."

„Nun, warum hast du bisher nie ein Wort über ihn gesagt?", fragte Dad mich.

„Es schien sinnlos zu sein. Ich kann mich nicht an seinen Namen erinnern. Was hätte es gebracht, euch zu sagen, dass ich mich in diesen Kerl verliebt habe? Und wo ist er jetzt?" Ich hatte keine Ahnung, wie ich den Mann finden könnte, der ein Kind gezeugt hatte, von dem er nichts wusste. „Ich muss herausfinden, wie ich ihn finden kann. Ihr müsst mir beim Nachdenken helfen. Mein Gehirn ist immer noch ein bisschen benebelt."

Dad ging wieder auf und ab und fuhr sich mit der Hand über das Kinn. „Okay, du hast ihn auf der Insel getroffen. Wie können wir eine Telefonnummer von diesem Ort bekommen, damit wir nach dem Mann fragen können? Und wusste jemand, dass ihr beide zusammen wart?"

„Jeder wusste davon." Ich dachte darüber nach, wie wir mit dem Resort in Kontakt treten könnten, und fühlte mich wie eine Idiotin, als es mir endlich einfiel. „Ähm, das Internet. Wir können die Nummer suchen. Dort gibt es eine Managerin, die wissen sollte, wie man mit dem Mann in Kontakt treten kann." Ich sah mich um und entdeckte ein Telefon auf einem Schreibtisch in der Ecke. „Wenn ihr mir eines eurer Handys gebt, kann ich recherchieren. Mom, du erinnerst dich an den Namen des Resorts, richtig?"

Mom zog ein Flip-Phone hervor, und ich starrte es nur an. „*Paradise Resort.* Warum schaust du so? Das ist ein Handy."

„Es sieht aus wie das erste, das jemals hergestellt wurde." Ich schüttelte den Kopf. „Dad, bitte sag mir, dass du ein Smartphone hast."

Er schüttelte nur den Kopf. „Meines ist genauso wie ihres."

Ich schüttelte verwirrt den Kopf. Und dann traf mich eine Erkenntnis mit voller Härte.

„Ich bin Mutter." Tränen liefen wie Flüsse über meine
Wangen. „Ich habe ein Baby", keuchte ich. „Ich kann das nicht
glauben."

„Das hat eine Weile gedauert", kommentierte Dad.

„Sei still", verteidigte Mom mich. „Du weißt, wie ihr Gehirn
arbeitet." Sie klopfte mir auf den Rücken und tröstete mich.
„Schon gut. Du hast uns. Alles wird gut."

Aber ich habe schon so viel verpasst!

57

PITT

Meine Familie machte an Halloween immer eine Spukfahrt auf dem Heuwagen. Dieses Jahr war keine Ausnahme. Aber ich war einfach nicht in der Stimmung dafür. Kaylee ging mir immer noch nicht aus dem Kopf, also fuhr ich nach Gunnison, um meine Sorgen zu ertränken.

Es war schwer, ohne sie zu leben, aber es war noch schwerer, seit ich endlich die Idee losgelassen hatte, dass wir uns wiederfinden würden.

Ich saß an einem kleinen Tisch für zwei und nahm einen der Whiskys, die ich bestellt hatte, vom Tisch hoch. Eine vertraute Stimme erklang irgendwo hinter mir: „Schnaps, hm?"

Tanya, meine alte Flamme, nahm an meinem Tisch Platz, obwohl ich sie nicht dazu aufgefordert hatte. „Tanya, was machst du hier?"

„Hallo auch an dich, Pitt Zycan." Sie nahm einen Schluck aus der langhalsigen Flasche, die sie mitgebracht hatte.

„Tut mir leid." Es gab keinen Grund, unhöflich zu sein. „Ich bin nur in einer beschissenen Stimmung."

„Und warum ist das so?" Sie strich ihr blondes Haar zurück und steckte es hinter ihr Ohr.

Aus irgendeinem Grund wunderte es mich, dass ihr niemand von meiner unglücklichen Liebe erzählt hatte. Ich fühlte mich, als müsste die ganze Welt davon wissen. „Also hast du noch nicht von meinem Status als verschmähter Liebhaber gehört?"

„Verschmäht?" Sie schüttelte den Kopf, als sie ihr Bier auf den Tisch stellte. „Ich würde dich nicht so nennen. Ich würde sagen, dass du Glück hattest, davongekommen zu sein, bevor du dich richtig verliebt hast."

„Ich habe mich richtig verliebt." Ich nahm das nächste Glas in der Fünferreihe und kippte es herunter.

„Pitt, du bist nicht der Typ dafür." Sie fuhr mit dem Finger über den Rücken meiner Hand, die auf dem Tisch zwischen uns ruhte.

Ich bewegte meine Hand, um von ihrer Berührung wegzukommen, und schaute direkt in ihre blauen Augen. „Doch, das bin ich. Zumindest bin ich es bei ihr."

Bei meinen Worten sah ich Schmerz in ihren Augen aufblitzen. „Warum nicht ich, Pitt? Warum hast du mich nicht in dein Herz gelassen, wie du es bei diesem Mädchen getan hast? Bei diesem schwachsinnigen Mädchen, das nicht wusste, was es an dir hatte?"

„Nenne sie nicht schwachsinnig." Ich konnte nicht glauben, dass ich Kaylee immer noch verteidigte, nachdem sie mich verlassen hatte. Ein weiterer Schnaps floss durch meine Kehle, als ich mir in Gedanken einen Tritt dafür verpasste.

„Entschuldige." Tanya ergriff ihr Bier und nahm einen langen Schluck, während sie mich ansah. Sie stellte das Bier zurück und fuhr fort: „Pitt, du musst dieses Mädchen vergessen. Sie ist deine Zeit offensichtlich nicht wert, sonst wäre sie jetzt bei dir. Und ich glaube, ich kann dir helfen."

Eine meiner Augenbrauen hob sich, als ich sie anlächelte. „Bietest du mir deine Gesellschaft an, Tanya?"

Bei ihrem Nicken und ihrem verführerischen Grinsen hatte ich meine Antwort. „Wir hatten nie Probleme im Schlafzimmer. Nur außerhalb davon. Die Tatsache, dass du mich nie mit nach Hause genommen hast, war eines dieser Probleme. Du wolltest auch nie mit mir auf die Partys meiner Firma gehen. Das waren die Dinge, die uns im Weg standen."

„Vielleicht war es falsch von mir, dich so zu behandeln." Das war das erste Mal, dass ich hörte, wie sie mir sagte, warum sie es so leicht gefunden hatte, von mir wegzugehen.

„Vielleicht?" Sie lächelte. „Das war definitiv falsch. Ich bin eine gute Frau, weißt du."

„Das bist du", stimmte ich ihr zu. „Und ich war nicht sehr gut zu dir, hm?"

„Nicht wirklich." Ihre blauen Augen glitzerten, und ich dachte, dass darin ein paar Tränen lauerten. „Ich fühlte mich eher wie eine heimliche Affäre als eine richtige Freundin – und das war einfach nicht genug."

„Ich musste mich um die Ranch kümmern, Tanya." Wir hatten diese Diskussion schon oft gehabt. „Ich muss vor Morgengrauen aufstehen und bis nach Einbruch der Dunkelheit arbeiten. Erinnerst du dich? Wenn ich nach Hause kam, aß ich zu Abend, duschte und zog mich um. Dann war es schon neun oder zehn. Es dauerte noch etwa eine Stunde, ein paar Bier zur Entspannung zu trinken. Und dann bin ich zu dir gegangen. Und ich bin die ganze Nacht geblieben, wie du weißt."

Sie lachte laut und ließ den Kopf zurückfallen. „Pitt, du hast mein Haus um halb drei verlassen, wenn du vorbeigekommen bist. Du bist nie vor Mitternacht aufgetaucht. Zweieinhalb Stunden einmal pro Woche reichen nicht aus, um zu sagen, dass wir eine Beziehung hatten."

Sie hatte recht, und das wusste ich auch. „Tanya, wir hatten einfach diesen Funken nicht – den, den wir gebraucht hätten, um uns zu einer Priorität zu machen. Du kannst jetzt nicht die ganze Schuld auf mich schieben, Mädchen. Was ist mit dir? Du hättest jederzeit auf die Ranch kommen können. Du hättest mitkommen können, während ich die Herde hüte. Du hättest jederzeit kommen können, um Zeit mit mir zu verbringen. Aber du hast es nicht getan."

„Du hast mich nie darum gebeten." Sie begegnete meinem Blick.

„Sollte ich mein Mädchen bitten müssen, Zeit mit mir zu verbringen?" Ich leerte noch ein Glas, sodass nur noch eines übrig war.

Sie schüttelte den Kopf und gab zu: „Wir haben beide versagt. Keiner von uns ist mehr schuld als der andere. Aber wir waren gut im Bett. Das ist alles, was ich sage, Pitt. Du musst mit deinem Leben weitermachen. Ich sage nicht, dass du mit mir weitermachen sollst, aber ich kann dir helfen, aus dieser Krise herauszukommen. Warum kommst du nicht mit mir nach Hause und lässt es dir von mir zeigen?"

„Weil ich sie immer noch liebe." Ich trank den letzten Schnaps und fragte mich, warum ich Kaylee immer noch so sehr liebte, dass es wehtat.

„Verdammt, sie hat dir wirklich das Herz gebrochen, Süßer." Sie hob die Hand, um dem Barkeeper ein Zeichen zu geben, und rief: „Bring ihm Nachschub, Jimmy."

„Ich sollte aufhören." Ich schaute auf die fünf Gläser, die ich auf dem Tisch vor mir auf den Kopf gestellt hatte.

„Ich fahre dich nach Hause." Sie zog ein paar Zwanzig-Dollar-Scheine aus der Tasche, um den Barkeeper zu bezahlen, als er fünf weitere Schnapsgläser vor mich stellte. „Ich übernehme das."

Ich schüttelte den Kopf. Ich konnte sie nicht für meine Getränke bezahlen lassen. „Nein, Tanya." Ich sah Jimmy an. „Setze das auf meine Rechnung."

Tanya gab nicht auf. Sie drückte Jimmy das Geld in die Hand. „Nimm es. Setze nichts auf seine Rechnung. Ich kümmere mich heute Nacht um ihn."

Als Jimmy wegging, musste ich fragen: „Tanya, denkst du, du kannst mich betrunken machen, nach Hause mitnehmen und in dein Bett zerren?"

Mit einem unheimlichen Lachen nickte sie. „Das ist die Idee."

Ich lehnte mich auf meinem Stuhl zurück und sah sie an. Lange Beine, schmale Taille, lange blonde Haare, hübsche blaue Augen. An Tanya gab es nichts auszusetzen. Nur hatten wir keine richtige Chemie, nicht die Art, wie Kaylee und ich sie hatten.

Ich zog mein Handy hervor und tat das Richtige, indem ich meine Schwester Lucy anrief. „Hey, Lucy, rufe Janice. Ihr müsst mich ihm *The Last Stand* abholen. Eine von euch kann meinen Truck nach Hause fahren. Ich habe zu viel getrunken."

„Schon auf dem Weg, Pitt." Lucy beendete den Anruf, als ich in Tanyas enttäuschtes Gesicht blickte.

„Nun, ich kann sehen, dass du mir nicht vertraust." Sie trank von ihrem Bier. „Ich habe nur Spaß gemacht, als ich sagte, dass ich dich in mein Bett zerren will. Ich hoffe, du weißt das."

Das wusste ich nicht. Und ich wollte nicht so betrunken werden, dass ich etwas tat, das ich später bereuen würde. „Es ist besser so."

„Sicher." Sie seufzte. „Wir können nicht einmal Freunde sein, oder?"

„Um ehrlich zu sein, nein." Ich steckte mein Handy wieder in die Tasche. „Du warst nicht für mich da, als Dad krank war. Du warst nicht für mich da, nachdem er gestorben war. Ich verstehe nicht, warum du wegen meines gebrochenen Herzens für mich da sein willst."

„Vielleicht dachte ich nicht, dass du mich brauchst." Der

Schmerz in ihren Augen verriet mir, dass ich einen wunden Punkt getroffen hatte. „Du hast mich nie gebraucht, Pitt. Du hast mich weggestoßen, als dein Vater krank wurde. Du erinnerst dich daran, richtig?"

„Ja, das tue ich." Ich rieb mir die Schläfen und dachte, dass es eine schlechte Idee gewesen war, etwas trinken zu gehen. „Und ich sollte dir nicht die Schuld dafür geben, dass du getan hast, was ich von dir wollte. Aber ich brauchte damals jemanden. Und es fiel dir so leicht, wegzugehen, dass ich wusste, dass du nicht diejenige warst, die ich brauchte. Ich hatte die Frau, die ich brauchte, noch nicht getroffen."

„Sie klingt wie eine Heilige." Sie hob die Augenbrauen. „Bist du sicher, dass du sie nicht glamouröser siehst, als sie ist?"

„Kaylee Simpson hat nichts Glamouröses an sich. Sie ist nur ein Mädchen mit viel Charakter." Über sie zu sprechen fühlte sich gut an. Es ließ mein Herz auf die richtige Weise schlagen, leicht und frei. „Ich hatte noch nie so viel Spaß in meinem Leben. Sie und ich haben ein Baumhaus gebaut. Sie hatte schon vor meiner Ankunft auf der Insel damit begonnen, aber wir haben es gemeinsam fertiggestellt. Wir haben wie Kinder im Wasser gespielt. Wir neckten uns, ohne dass jemand beleidigt war. Sie spielte mir die besten Streiche, und ich musste mich anstrengen herauszufinden, wie ich ihr einen Streich spielen konnte."

„Und dann hat sie dich verlassen." Tanyas Worte trafen mich genau dort, wo es wehtat.

„Ja." Ich stand auf und ging zur Tür.

„Wohin gehst du?", fragte sie. „Deine Schwestern können unmöglich schon hier sein."

„Das weiß ich. Ich möchte nur allein sein." Ich konnte nicht mehr mit ihr sprechen. Ich schaute Jimmy an und ließ ihn wissen, was ich tat: „Ich fahre nirgendwohin. Ich werde mich

einfach auf den Beifahrersitz meines Trucks setzen, bis meine
Schwestern kommen, um mich abzuholen."

Er nickte. „Gut. Es war schön, dich zu sehen, Pitt. Du bist
hier immer willkommen."

„Es war auch schön, dich zu sehen, Jimmy." Ich würde die
Bar aber nicht so bald wieder besuchen. „Ich denke, es ist am
besten, wenn ich künftig meine Sorgen zu Hause ertränke."

„Ja." Er nickte mir zu und machte sich dann wieder an die
Arbeit.

Obwohl es über ein Jahr her war – um genau zu sein, vierzehn Monate –, war ich immer noch nicht in der Lage, in der
Öffentlichkeit zu trinken. Wenn nicht Tanya, würde mich eine
andere Frau in meinem schwachen Zustand finden, und ich
könnte etwas tun, das ich für immer bereuen würde.

Irgendwo tief in meinem Innern hatte ich die Idee, dass
Kaylee mich anrufen würde und die Dinge wieder so werden
würden, wie sie eigentlich sein sollten. Ich sagte mir immer
wieder, ich sollte loslassen, aber tief in mir konnte ich das nicht.
Und ich wollte nicht alles ruinieren, wenn es doch irgendwann
passierte.

Als ich die Bar verließ, sah ich Schneeflocken in der Luft
tanzen. Der erste Schneefall des Jahres galt als Glücksbringer.
Ich streckte meine Zunge heraus und fing ein paar Flocken auf.
Vielleicht würde es mir Glück dabei bringen, meine Frau
wiederzufinden.

Ich kletterte auf die Beifahrerseite meines Trucks, stellte den
Sitz zurück, schloss die Augen und wünschte mir inständig, dass
mein Handy klingeln würde und Kaylee am anderen Ende der
Leitung wäre.

Als sich die Tür öffnete, riss ich die Augen auf. Lucy kletterte
auf den Fahrersitz. „Okay, großer Bruder, Zeit für ein Gespräch
unter vier Augen."

Ich legte meinen Arm über mein Gesicht und stöhnte.
„Nein."

„Doch." Sie legte den Rückwärtsgang des Trucks ein, verließ
den Parkplatz und fuhr nach Hause. „Weißt du, du musst über
dieses Mädchen hinwegkommen. Sie hat dich verrückt gemacht.
Und ehrlich gesagt, ist es kein Vergnügen, in deiner Nähe zu
sein. Du musst endlich wütend auf sie werden. Ich meine, sie
hat dich *verlassen*."

„Aber warum hat sie mich verlassen? Das will ich wissen",
stöhnte ich.

„Das ist egal. Du bist ein toller Kerl", sagte sie. Das erregte
meine Aufmerksamkeit, und ich setzte mich auf, weil Lucy mir
noch nie gesagt hatte, dass ich ein toller Kerl war.

„Bist du okay?", musste ich fragen.

„Mir geht es gut." Sie sah mich besorgt mit ihren blauen
Augen an. „Pitt, wenn dieses Mädchen dich jetzt anrufen würde,
würdest du es zurücknehmen."

„Ja, das würde ich", sagte ich. Ich hatte keinen Zweifel daran.

„Das solltest du nicht." Lucy schüttelte den Kopf. „Es ist
schon eineinhalb Jahre her."

„Vierzehn Monate", korrigierte ich sie.

„Okay, vierzehn Monate." Sie sah mich stirnrunzelnd an.
„Pitt, niemand wartet so lange auf jemanden. Versprich mir, dass
du ihr sagst, dass du kein Interesse mehr hast, wenn sie anruft.
Gib ihr keine Chance, dir etwas zu erklären. Du musst nicht
wissen, warum sie dich so verletzt hat. Ich würde gerne sehen,
dass du wieder der Mann wirst, der du warst, bevor du zu dieser
verdammten Insel gereist bist. Und der einzige Weg, das zu
erreichen, ist, dir in den Kopf zu setzen, dass du sie niemals
zurücknehmen wirst, was auch passiert."

„Glaubst du wirklich, dass ich mich besser fühle, wenn ich
mich darauf fokussiere?" Ich dachte irgendwie, dass sie viel-

leicht recht hatte. Was seltsam war, weil ich kaum jemals dachte, dass Lucy recht hatte.

Sie nickte, als sie in die Einfahrt einbog. „Es ist der einzige Weg, Pitt."

Nun, es kann nicht schaden, es zu versuchen.

58

KAYLEE

Der zwanzigste November war mein erster Tag zu Hause. Dad fuhr mich in einem Rollstuhl ins Haus, da ich noch nicht viel laufen konnte. Ich konnte zehn Schritte machen und das war immerhin schon etwas, aber ich war noch nicht vollständig mobil. „Es ist schön, dich wieder hier zu haben, Schatz."

„Danke, Dad. Es ist gut, zu Hause zu sein." Es war nicht mein eigenes Zuhause, aber es war besser als das Krankenhaus.

Mom kam zu mir und setzte Karen auf meinen Schoß. „Schau mal, wer zu Hause ist, Karen. Deine Mommy."

Mein kleines Mädchen legte seine Hände auf mein Gesicht, dann bekam ich einen sabbernden Kuss. „Oh, ich habe dich vermisst, Kleine." Ich küsste ihre mollige Wange und suchte nach dem Telefon. „Dad, wo ist euer Telefon?"

Sie waren umgezogen, seit ich zurück in Austin war. Ich wusste nicht, wo irgendetwas war. Obwohl ich bei meiner Familie war, fühlte ich mich immer noch fehl am Platz.

Dad ging zum Festnetztelefon und reichte es mir. „Ich nehme an, du willst wieder versuchen, das Resort anzurufen."

„Ja." Ich tippte die Nummer ein, die ich auswendig konnte, nachdem ich sie in den letzten Monaten einmal täglich gewählt hatte. „Ich schätze, dass sie aus irgendeinem Grund für eine Weile geschlossen haben. Ich habe es mir zur Aufgabe gemacht, jeden Tag anzurufen, bis ich jemanden erreiche."

„*Paradise Resort*, hier spricht Nova Christakos. Was kann ich für Sie tun?", fragte mich eine Frau.

Mein Herz klopfte so heftig, dass ich fast nicht atmen konnte. „Mom, kannst du Karen nehmen? Endlich ist jemand rangegangen."

Mom hob das Baby hoch, als Dad einen Stift und Papier holte. „Ich werde dir etwas zum Schreiben bringen, Kaylee."

„Ma'am?", fragte die Dame.

„Oh, tut mir leid." Ich war so aufgeregt, dass ich mich nur schwer fokussieren konnte. „Ich suche einen Mann."

Sie lachte. „Oh ja?"

Eins. Zwei. Drei. Atmen.

„Okay, tut mir leid. Ich bin nur ein bisschen aufgeregt. Ich habe im Resort gearbeitet. Nicht im letzten Sommer, sondern in dem davor. Ich weiß, das ist lange her."

„Ja", sagte sie. „Also, wie kann ich Ihnen helfen? Und wenn Sie mir Ihren Namen nennen könnten, wäre das großartig."

„Ich bin Kaylee Simpson. Ich habe im *Cantina Cordova* gearbeitet." Es war seltsam, dass ich mich plötzlich an den Namen der kleinen Bar erinnern konnte, in der ich gearbeitet hatte. Das war mir all die Monate unmöglich gewesen.

„Sie sind das Mädchen, das sich auf- und davongemacht hat", sagte sie. „Camilla war so besorgt um Sie."

„Ja." Ich fühlte mich schlecht, weil Camilla sich Sorgen gemacht hatte. Und dann wurde mir klar, dass ich mich auch an den Namen meiner Vorgesetzten erinnerte. „Ich hatte einen Anruf wegen des Todes meines Großvaters. Ich habe eine Notiz hinterlassen, nicht wahr?" Ich war mir sicher, dass ich eine Notiz hinterlassen hatte.

„Das haben Sie, aber darin stand nicht, warum Sie gegangen

sind. Sie war sehr kurz", sagte sie mir. „Also, warum rufen Sie an?"

„Ich war mit einem Mann zusammen, als ich dort war. Einer der damaligen Gäste. Ich brauche seine Kontaktdaten." Ich hoffte, dass es keine Regeln gab, die sie daran hinderten, mir diese Informationen zu geben.

„Es tut mir leid, Kaylee, das kann ich nicht tun." Ich hörte, wie sie auf etwas tippte, das wie eine Computertastatur klang. „Sehen Sie, wir hatten hier einen furchtbaren Sturm. Ich befürchte, dass wir alle Daten auf unseren Computern verloren haben. Deshalb haben wir seit drei Monaten geschlossen."

Ich wusste nicht, was ich sonst tun sollte. Mein Herz fühlte sich an, als würde es direkt aus meiner Brust gerissen werden. „Nein, Nova. Ich bin schon so weit gekommen. Ich brauche seine Nummer. Oder zumindest seinen Namen. Ich hatte einen Unfall und habe einige meiner Erinnerungen verloren. Sein Name war eine davon."

„Es tut mir so leid, das zu hören." Sie legte die Hand auf das Telefon und alles, was ich hörte, waren gedämpfte Worte, als sie mit jemandem sprach. Dann kam sie zurück. „Der Besitzer ist hier bei mir. Ich sagte ihm, wer am Telefon ist, und er wusste genau, wer Sie sind."

„Er kennt ihn!" Aufregung durchflutete meinen Körper. „Er und der Mann, mit dem ich zusammen war, sind Freunde. Hat er seine Telefonnummer, damit ich ihn anrufen kann?"

„Ja", sagte sie und mir wurde schwindelig. „Der Mann, nach dem Sie suchen, heißt Pitt Zycan. Sagt Ihnen der Name etwas?"

„Pitt!", rief ich. „Ja, Pitt Zycan! Oh Gott, danke, danke! Sie haben keine Ahnung, wie glücklich Sie mich gemacht haben!" Ich konnte die Freudentränen in meinen Augen spüren.

„Sie klingen wirklich glücklich. Mr. Dunne sagt, Sie sollen Pitt sofort anrufen. Er hatte keine Ahnung, dass Sie einen Unfall hatten. Er dachte, Sie wären einfach weggerannt und hätten ihn verlassen. Mr. Dunne tut es leid, dass er Pitt bei ihrem letzten Treffen gesagt hat, er soll mit Ihnen abschließen."

„Nein, nein, ich wollte ihn nie verletzen." Ich fühlte mich gleichzeitig schrecklich und glücklich. „Okay, geben Sie mir seine Nummer, und ich mache den Anruf. Und sagen Sie Mr. Dunne, er soll sich keine Sorgen machen. Wenn Pitt mit mir abgeschlossen hat, werde ich ihm deswegen keine Vorwürfe machen. Und ich werde auch nicht versuchen, Pitt Probleme zu machen. Ich liebe den Mann. Ich hatte nie vor, ihn zu verletzen, und ich werde ihn auch jetzt nicht verletzen, wenn er sein Leben weitergeführt hat. Ich verstehe das. Es ist lange her."

„Sie sind eine bessere Frau als ich", sagte sie.

Ich notierte seine Nummer und versuchte, mich zusammenzureißen, bevor ich den wichtigen Anruf machte. Mom und Dad starrten mich an, und es machte mich nervös. „Ähm, kann ich das Telefon in mein Schlafzimmer mitnehmen? Und könnt ihr auf Karen aufpassen, während ich telefoniere?"

Mom nickte und streckte die Hände nach meinem Baby aus. „Sicher." Sie deutete den Flur hinunter. „Dein Zimmer ist die zweite Tür links."

Ich fuhr mit dem Rollstuhl in mein Zimmer und setzte mich aufs Bett. Ich bewegte mich langsam und ruhig, um nicht zu fallen. Nachdem ich ein paar Mal tief durchgeatmet hatte, um mich zu entspannen, wählte ich seine Nummer und hoffte inständig, dass er auf mich gewartet hatte.

Unsere Liebe war wahr und tief gewesen. Ich hatte daran geglaubt. Er konnte mich nicht vergessen haben.

„Hier spricht Pitt Zycan", sagte er, als er ranging.

Ich konnte nicht sprechen. Seine Stimme zu hören erschütterte mich bis ins Innerste. Ich versuchte zu reden, aber nur mein Atem kam heraus.

„Hallo?", fragte er. „Ist da jemand?"

„Wer ist das?", hörte ich eine Frauenstimme fragen.

„Ich weiß es nicht", antwortete er. „Vielleicht ein Scherzanruf. Ich werde auflegen, wenn Sie nichts sagen."

„Leg auf, Pitt", sagte sie zu ihm.

„Pitt", brachte ich durch meinen zugeschnürten Hals heraus. Ich musste mich beherrschen, um beim Klang seiner Stimme nicht zu schluchzen.

Aber ich hörte lange nur das Rauschen des Windes im Hintergrund. Dann hörte ich die Frau fluchen. „Verdammt! Pitt, leg den Hörer auf."

„Kaylee?", fragte er.

„Ja." Mein ganzer Körper zitterte, und ich musste meinen Arm um mich legen, um zu versuchen, das Zittern zu stoppen. „Pitt, ich habe dich vermisst."

„Kaylee, warum?", war alles, was er sagte.

„Kaylee?", hörte ich die Frau schreien. „Lass das, Pitt! Leg sofort auf!"

„Pitt, wer schreit da im Hintergrund?", musste ich fragen. Sie klang besorgt um ihn.

„Das ist egal." Seine Stimme klang zittrig. „Kaylee, es ist fünfzehn Monate her. Das weißt du, richtig?"

„Ja, das weiß ich, aber ..."

Ich musste aufhören zu reden, als er mich unterbrach. „Kaylee, es ist zu lange her. Du hast nicht gedacht, dass ich einfach warte, oder?"

Die Art, wie sich mein Herz anfühlte – als würde es in meiner Brust sinken –, tat weh. „Nein. Ich habe nicht gedacht, dass du wartest."

„Ich habe so viele Fragen", sagte er.

Ich hörte die Frau wieder schreien. „Nein! Nein, Pitt. Keine Fragen. Sag es ihr. Sag es ihr gleich!"

„Pitt, sag es mir einfach." Ich schloss die Augen, um mich auf das vorzubereiten, was er bestimmt gleich sagen würde.

„Kaylee, ich habe mit uns abgeschlossen." Nichts als Stille folgte diesen schrecklichen Worten.

„Okay. Es tut mir leid. Ich wünsche dir nur das Beste, Pitt." Ich schluckte den Knoten herunter, der sich in meinem Hals gebildet hatte, und bereitete mich darauf vor, zu sagen, was ich nie zu dem Mann sagen wollte, den ich mehr liebte als das Leben selbst. „Leb wohl. Ich werde dich nicht mehr belästigen."

„Kaylee, warte", flüsterte er. „Wo bist du? Bist du in Sicherheit?"

„Ich bin in Austin. Ich bin jetzt in Sicherheit." Ich konnte kaum sprechen, da sich meine Brust mit Tränen füllte, die ich nicht mehr lange zurückhalten konnte. „Wenn du mich jemals finden willst, dann schaue in den sozialen Medien nach. Aber ich verstehe, wenn du es nicht tust. Ich wollte dich niemals verletzen. Ich hoffe wirklich, dass du ein wundervolles Leben mit ihr hast." Ich konnte es nicht mehr ertragen und musste den Hörer auflegen.

Ich brach zusammen, legte mein Gesicht auf das Kissen und weinte alle Gefühle heraus. Wut, Feindseligkeit, Frustration und Angst kamen alle auf einmal zum Vorschein. Es tat alles so verdammt weh, dass ich dachte, ich könnte sterben.

Nichts hätte mich darauf vorbereiten können, zu hören, wie Pitt sagte, dass er mit uns abgeschlossen hatte. Nichts auf der Welt hätte mir geholfen, diese Nachricht besser aufzunehmen.

Mom kam allein in mein Zimmer. „Schatz, ist es schlecht gelaufen?"

Ich konnte nicht reden. Alles, was ich tun konnte, war zu weinen und zu nicken. Ihre Arme schlangen sich um mich, als sie versuchte, mich mit sanften Worten zu trösten. Aber nichts konnte mich trösten.

Pitt will mich nicht mehr.

Als ich weinend dalag, wusste ich, dass ich es nicht ertragen konnte. Ich hatte gedacht, dass ich es könnte, aber jetzt, da es passiert war, wusste ich, dass ich es nicht konnte. „Ich hätte bei dem Unfall sterben sollen."

Mom riss mich an meinen Schultern hoch, damit ich sie ansah. „Ich will nie wieder so etwas von dir hören, Kaylee Simpson! Ich weiß, dass es wehtut, aber du hast überlebt und ein wunderschönes kleines Mädchen, für das du am Leben bleiben musst. Ihr beide seid Geschenke Gottes. Denke niemals, dass ein Mann es wert ist, zu sterben. Es gibt noch andere Fische im Meer, weißt du."

„Nicht für mich." Ich ließ mich zurück auf das Kissen fallen.

Sie zog mich wieder hoch, und ich sah durch verschwommene Augen, dass Dad mit Karen hereingekommen war. „Schatz, du lebst jetzt für sie", bekräftigte er Moms Worte. „Gib nicht auf, nur weil du ihren Vater verloren hast."

„Hast du ihm von ihr erzählt?", fragte Mom.

Ich schüttelte den Kopf. „Nein. Er war mit einer anderen Frau zusammen. Ich wollte nichts für ihn ruinieren. Wir werden ohne ihn zurechtkommen müssen."

Als ich mir die Augen abwischte, ertappte ich meine Eltern dabei, wie sie einander ansahen. „Schatz, er muss von seiner Tochter erfahren", wagte sich Dad vor. „Ob ihr beide zusammen seid oder nicht, er muss wissen, dass er ein Kind hat."

„Ich kann es ihm jetzt nicht sagen." Ich schniefte und suchte nach einem Taschentuch.

Mom nahm eine Schachtel aus der Kommode und reichte sie mir. „Bald ist Thanksgiving und danach kommt Weihnachten. Wie wäre es, wenn wir dir bis zum Beginn des neuen Jahres Zeit geben, um ihm von ihr zu erzählen? Wenn du es ihm bis Januar nicht erzählt hast, werden dein Vater und ich es tun. Er hat es verdient, Bescheid zu wissen, Kaylee."

„Und wenn er es weiß, was dann?" Ich sah zwischen ihnen

hin und her. „Er ist reich, erinnert ihr euch? Er kann sie ihrer verkrüppelten Mutter wegnehmen und sie zusammen mit dieser anderen Frau großziehen. Nein danke."

Haben sie das überhaupt durchdacht, bevor sie mit dieser Drohung zu mir gekommen sind?

59

PITT

Thanksgiving war in unserem Haus immer eine große Sache gewesen. Seit Dad die Villa bauen ließ, kam die gesamte Familie aus den ganzen Vereinigten Staaten, um das viertägige Urlaubswochenende dort zu verbringen. Am Morgen vor Thanksgiving stand ich wie üblich um vier Uhr auf und machte mich auf den Weg zur Arbeit. Als Rancher hatte man auch an Feiertagen viel zu tun.

Seit Kaylees Anruf konnte ich nachts nicht lange schlafen, höchstens eine oder zwei Stunden. Das Mädchen angelogen zu haben, gefiel mir einfach nicht.

Und ihr zu sagen, dass ich mit uns abgeschlossen hatte, war eine Lüge gewesen. Ich wusste, was sie denken musste, als sie die Stimme einer anderen Frau hörte. Und ich hatte sie in dem Glauben gelassen.

Lucy trat hinter mich, legte ihre Hände auf meinen Rücken und schob mich vorwärts. „Komm schon, Cowboy. Lass uns anfangen. Wir müssen uns um das Vieh kümmern, damit wir die Familie treffen können. Wir sehen sie nur einmal im Jahr, also beeile dich.“

Ich blieb stehen und drehte mich zu meiner Schwester um – die Person, die bei mir gewesen war, als Kaylee angerufen hatte. „Etwas daran, was ich getan habe, fühlt sich falsch an."

„Du meinst, was du dem Mädchen erzählt hast, das dich sitzengelassen hat?" Sie stemmte die Hände in die Hüften. „Pitt, du hast das Richtige getan. Denk darüber nach. Sie hat dich kurz vor den Feiertagen angerufen. Sie möchte wieder mit dir zusammenkommen, damit sie Geschenke bekommt. Sie ist geldgierig, mehr nicht."

Feuer schoss durch mich. „Das ist sie nicht! Nimm das zurück, Lucy."

„Nein." Sie drehte sich um und ging von mir weg.

„Sie wollte nie mein Geld. Sie ist nicht auf Geld aus", rief ich ihr nach.

Sie blieb stehen und sah mich an. „Warum ruft sie dich dann aus heiterem Himmel an?"

„Ich weiß es nicht." Der Anruf war erst vor ein paar Tagen gewesen. Ich hatte nicht wirklich die Zeit gehabt, ihn zu analysieren. „Ich muss noch einmal mit ihr reden." Es war das Richtige. „Ich muss ihr sagen, dass ich gelogen habe."

Lucy sah geschockt aus. „Damit sie dich wieder um den Finger wickeln kann? Du bist verrückt. Wirklich."

„Vielleicht bin ich das." Ich drehte mich um und ging zurück in mein Schlafzimmer. „Ich werde sie aber nicht nur anrufen. Ich werde mehr tun als das."

„Wohin gehst du, Pitt Zycan?", rief Lucy mir nach.

„Mach dir keine Sorgen." Ich hätte mich selbst treten können, weil ich auf Lucy gehört hatte. Warum hatte ich mich davon überzeugen lassen, dass dies das Beste für mich war? Wenn es das Richtige war, warum konnte ich dann nicht essen, schlafen oder an etwas anderes als Kaylee denken?

Ich warf meinen Koffer auf das Bett und packte genug Kleidung für eine Woche ein. Ich war mir nicht sicher, warum, aber ich wollte uns genug Zeit geben, um uns wirklich auszusprechen. Ich wusste nicht, wie ich es ertragen sollte, wenn sie mit einem anderen Mann zusammen war, aber ich wusste, dass ich sie sehen musste. Ich musste sie berühren und ihren süßen Duft riechen, wenn auch nur ein letztes Mal.

Ich rief den Piloten unseres Privatjets an, und er machte sich auf den Weg zum Flughafen, um die Abreise vorzubereiten. Dann ging ich durch die Küche, wo Mom mit ein paar ihrer Schwestern bereits das Frühstück für die ganze Familie vorbereitete.

„Morgen, Mom." Ich küsste ihre Wange. „Morgen, Ladys."

Sie sah den Koffer in meiner Hand an. „Gehst du irgendwohin?"

„Ich gehe nach Austin. Mein Mädchen hat mich vor ein paar Tagen angerufen. Nur Lucy weiß davon." Der schockierte Ausdruck auf Moms Gesicht war unbezahlbar. „Ja, ich weiß. Es ist sonderbar, dass ich mich Lucy anvertraut habe, richtig? Was für ein Fehler. Oder zumindest hoffe ich, dass es das war. Ich habe Kaylee gesagt, dass ich mit uns abgeschlossen habe. Aber ich werde sie treffen, um ihr zu sagen, dass ich gelogen habe. Und ich werde ihr sagen, dass ich sie immer noch liebe, und sehen, wie sie reagiert."

Tante Linda lächelte mich an, als sie mir auf den Rücken klopfte. „Wie aufregend. Geh und hol sie dir, Cowboy."

Mom sah ihre Schwester mit zusammengekniffenen Augen an. „Dieses Mädchen hat meinen Jungen ohne ein Wort verlassen, Linda. Ich bin nicht sicher, ob er sie herholen sollte."

„Lass ihn tun, was er tun muss, Fannie", schimpfte Tante Linda ihre jüngere Schwester. „Und gib ihm deinen Segen."

Mom seufzte. „Okay, du hast meinen Segen, Pitt. Nimmst du den Jet?"

„Ja, Pete macht ihn gerade bereit." Ich wollte schon gehen, da fühlte ich eine Hand auf meiner Schulter.

„Wo willst du hin, ohne deine Mutter zu umarmen, Junge?" Mom drehte mich um und zog mich in ihre Arme. „Ich liebe dich, Pitt. Und ich wünsche dir viel Glück. Ruf mich an, sobald du sicher gelandet bist. Und wenn sich herausstellt, dass dieses Mädchen einen guten Grund hatte für das, was sie getan hat, würde ich sie gern treffen."

„Großartig." Ich ging hoffnungsvoll davon aus, dass alles besser werden würde als bei meiner Abreise von der Insel.

Als ich im Hangar saß und darauf wartete, dass der Jet aufgetankt wurde, suchte ich in den sozialen Medien nach Kaylee und fand sie leicht. Ich war überrascht, ihre Adresse in ihrem Profil zu finden, war aber zu aufgeregt, um zu fragen, warum sie sie dort hinterlegt hatte. Ich schickte ihr keine Freundschaftsanfrage. Ich wollte sie überraschen. Außerdem wollte ich ihr nicht die Zeit geben, jemanden zu verstecken, mit dem sie vielleicht zusammen war.

Beim Durchstöbern ihrer Facebook-Seite fiel mir eines auf. Sie hatte das Konto erst einen Monat zuvor eröffnet und nur ihre Mutter und ihren Vater als Freunde.

Immer noch eine Einzelgängerin.

Ihr Beziehungsstatus war leer und ich fühlte mich optimistisch. Und da kein Mann auf ihrer Freundesliste stand, fühlte ich mich noch besser.

Pete winkte mir zu, und ich stieg in den Jet. Obwohl mein Herz voller Hoffnung war, gab es einen Teil, der kalt blieb und versuchte, sich zu schützen. Ich versuchte, mich daran zu erinnern, dass Kaylee fünfzehn lange, höllische Monate absichtlich meinem Leben ferngeblieben war. Dafür musste es einen Grund geben – und ich würde den Grund vielleicht nicht mögen.

Der Schnee fiel, kurz nachdem unser Flugzeug gestartet war. Pete meldete sich über den Lautsprecher: „Pitt, wir müssen am

Flughafen von Denver anhalten und abwarten. Laut Radar sollte es nicht mehr als ein paar Stunden dauern."

„Ein paar Stunden?" *Scheiße.*

Es gab nichts, was irgendjemand wegen des Wetters tun konnte, also versuchte ich, mir davon nicht die Stimmung verderben zu lassen. Nachdem wir in Denver angehalten hatten, ging ich in den Flughafen, um etwas zu essen zu besorgen. Es war zwei Tage her, dass ich wirklich etwas in den Magen bekommen hatte. Ich wollte nicht vor Kaylee vor Hunger ohnmächtig werden.

Der Hamburger, den ich in einem kleinen Café bestellte, war genau das Richtige. Ich tauchte Pommes Frites in den Ketchup und schaute gerade rechtzeitig auf, als Tanya lächelnd auf mich zukam. „Hallo, Hübscher. Wohin gehst du?"

Die Art, wie mein Herz einen Schlag aussetzte, störte mich. Ich wollte ihr nicht sagen, wohin ich ging. Ich befürchtete, sie würde mir das Gleiche erzählen wie meine Schwester. „Nur eine kleine Reise, das ist alles. Geschäftlich."

„Am Tag vor Thanksgiving?" Sie nahm eine Pommes Frites von meinem Teller, tauchte sie in meinen Ketchup und aß sie.

„Ja, es ist eine spontane Sache." Ich schob den Teller weg und fühlte mich nicht mehr hungrig. „Du kannst den Rest haben. Ich bin fertig."

Sie sah den halb verzehrten Burger mit einer hochgezogenen Augenbraue an. „Du hast genug davon?"

„Ja." Ich sah über ihre Schulter und bemerkte, wie mein Pilot mir zuwinkte. „Sieht aus, als hätte der Schnee nachgelassen. Ich muss los." Ich stand auf und ging davon.

„Wohin fliegst du, Pitt?", fragte Tanya.

„Texas", war alles, was ich sagte.

„Willst du wissen, wohin ich will?", fragte sie.

„Nein." Ich ging weiter und wollte nicht mehr mit ihr reden.

Wenn sie wüsste, was ich tat, würde sie mir einen Vortrag halten, der mich nur ärgern würde.

„Ich will nach Dallas", rief sie. „Es wäre gut zu wissen gewesen, dass du auch in der Gegend unterwegs bist. Ich hätte in deinem Privat-Jet mitkommen können, anstatt jede Menge Geld für ein reguläres Ticket zu bezahlen."

Da ich nicht länger warten wollte, winkte ich zum Abschied und ging weiter. „Wir sehen uns, Tanya."

Sobald wir wieder in der Luft waren, wurde der Flug noch drei Mal wegen Schnee, Eis und Schneeregen unterbrochen. Ich hätte es als Wink des Schicksals sehen können, aber das wollte ich nicht.

Wir kamen um drei Uhr morgens in Austin an – keine Zeit, zu der man eine alte Flamme besuchte. Ich nahm mir ein Hotelzimmer und versuchte ein wenig zu schlafen, bevor ich sie am nächsten Tag treffen wollte.

Vielleicht lag es daran, dass ich in derselben Stadt wie Kaylee war, keine Ahnung, aber ich schlief, bis mich die Sonne weckte. Ich stand auf und machte die Kaffeemaschine an, bevor ich unter die Dusche trat. Rasiert und angezogen, trank ich den Kaffee und ging zu dem Mietwagen, den ich mir am Flughafen besorgt hatte.

Ich hatte die Adresse in das Navigationssystem eingegeben und war auf dem Weg zu Kaylee. Mein Herz wurde einfach nicht langsamer. Ich wusste, ich würde dieses Mädchen in den Armen halten, sobald ich es wiedersah, und es herumschwingen, bis es vor Lachen quietschte.

Was auch immer sie mir entrissen hatte, würde uns nichts mehr anhaben können. Jedenfalls betete ich dafür. Wenn wir wieder zusammen waren, würde sie mich bestimmt genauso lieben wie einst.

Sie muss es tun.

Ich hielt bei einem kleinen Laden an und kaufte Rotwein

und Weißwein. Es war Thanksgiving, und ich konnte nicht mit leeren Händen auftauchen. Ich hatte keine Ahnung, was mich erwartete. Vielleicht war sie nicht einmal zu Hause.

Hör auf damit!

Ich musste positiv denken. Wenn sie nicht zu Hause war, würde ich meine Pläne ändern. Das war alles, was nötig war, ein paar kleine Anpassungen.

Das Navigationssystem sagte mir, dass ich noch drei Minuten von meinem Ziel entfernt war. Erst dann dachte ich darüber nach, wie dumm es von ihr war, ihre Adresse in ihr Profil aufgenommen zu haben.

Das ist wie eine Einladung für Ärger.

Dann dachte ich, dass sie das vielleicht nur für mich getan hatte. Sie hatte keine anderen Freunde außer ihren Eltern hinzugefügt. Es war ein Gedanke, der mich tröstete.

Ich nahm die letzte Kurve in die Straße, wo sie lebte. Ich schaute aus dem Fenster und hörte auf zu atmen, als ich von Haus zu Haus fuhr und die Nummern betrachtete.

Noch sechs.

Nur noch sechs Häuser, dann würde ich ihres erreichen. Es war eine belebte Nachbarschaft, und die Häuser standen eng nebeneinander. Auf beiden Seiten parkten jede Menge Autos in den Einfahrten und entlang der Bordsteine.

Ich hatte keine Ahnung, was für ein Auto Kaylee fuhr. Ich hatte keine Ahnung, was Kaylee in Austin machte. Ich wusste, dass sie zumindest nirgendwo als Kellnerin gearbeitet hatte. Ich hatte jede Bar in der Stadt angerufen.

Auf der gegenüberliegenden Straßenseite konnte ich hinter einem Ford Bronco das Haus mit der Adresse sehen, die Kaylee auf ihrem Profil angegeben hatte. Ich wandte mich um und holte die Weinflaschen vom Beifahrersitz. Als ich mich wieder umdrehte, sah ich, wie jemand aus der Haustür kam.

Kaylee in einem Rollstuhl mit einem Baby auf dem Schoß. „Ich brauche frische Luft, Mom."

Ich konnte nicht von ihr wegschauen. Sie strich mit der Hand über den Kopf des Babys und küsste seine Wange. Es schien, als hätte sie einen Unfall gehabt – und ein Baby. Ich hatte keine Ahnung, warum sie mich dann angerufen hatte. Sie hatte eindeutig jemanden kennengelernt.

Sie hat wirklich mit uns abgeschlossen.

60

KAYLEE

Die Hitze aus der Küche zusammen mit dem Feuer im Kamin wurde mir zu viel, und ich musste mich abkühlen. Ich zog Karen einen Pullover über und nahm sie mit auf die Veranda, um frische Luft zu schnappen. Die Temperatur war etwas unter zwanzig Grad – eigentlich zu warm für den Kamin, aber Mom hatte darauf bestanden, dass Dad ein Feuer für den Feiertag machte.

Etwas später am Nachmittag würden einige Verwandte vorbeikommen, um Thanksgiving mit uns zu verbringen, und Mom arbeitete in der Küche auf Hochtouren.

Ich hatte ihr meine Hilfe angeboten, aber ich konnte immer noch nicht lange stehen und der Rollstuhl kam ihr in die Quere. Also half ich, indem ich auf das Baby aufpasste und ihr aus dem Weg ging.

Das Quietschen der Fliegengittertür machte meine Mutter darauf aufmerksam, dass jemand das Haus verließ. „Wer geht wohin?"

„Ich brauche frische Luft, Mom", rief ich, als ich mein Baby und mich durch die Haustür fuhr.

„Du brauchst eine Decke, wenn du Karen nach draußen mitnimmst", rief sie. „Lass mich dir eine bringen."

Ich dachte nicht, dass es kalt genug für einen Pullover und eine Decke war, aber Mom tat es, also wusste ich, dass Karen beides bekommen würde. Ich strich mit meiner Hand über den Kopf meines Babys und küsste seine Wange. „Deine Grandma ist ein bisschen übervorsichtig, hm?"

Das Motorengeräusch eines Autos ließ mich aufblicken, und ich sah einen schwarzen Sedan hinter dem alten Ford Bronco, der den Parkplatz an der Straße nie verließ.

Ich blinzelte und konnte nicht glauben, was ich sah. „Pitt!" Ich winkte mit den Händen, aber er fuhr weiter.

Mom kam mit der Decke heraus. „Was hast du gesagt?"

„Mom, es ist Pitt. Ich habe ihn gesehen." Ich sah zu, wie er so schnell es ging die Straße hinunterfuhr. Es war nicht allzu schnell, da überall Autos geparkt waren. Und weiter vorn war ein Stoppschild. „Mom, kannst du ihn einholen?"

Sie sprang von der Veranda und rannte mit voller Geschwindigkeit los, viel schneller als ich je für möglich gehalten hätte. „Ich werde ihn erwischen."

Ich konnte nicht atmen, bis sie ihn am Stoppschild einholte. Er ließ sein Fenster herunter, und ich sah, dass sie redeten. Dann drehte sich Mom um und winkte mir zu. Er legte den Rückwärtsgang ein, fuhr die Straße hinauf und parkte direkt vor unserem Haus.

Dad kam aus der Haustür. „Was soll der Aufruhr hier draußen?"

„Dad, das ist Pitt!" Ich gab ihm das Baby, stemmte mich hoch und ging langsam auf das Auto zu.

Pitt stieg aus und rannte mit ausgebreiteten Armen auf mich zu. „Baby! Oh Gott, es tut mir so leid." Seine Arme schlangen sich um mich, als er mich vom Boden hochhob, und ich spürte, wie seine Brust zitterte, als er weinte. „Kaylee, ich hatte keine

Ahnung. Ich hätte dir diese Lüge nie erzählt, wenn ich es gewusst hätte. Bitte vergib mir, Baby. Bitte."

„Ich vergebe dir", schluchzte ich und hielt mich so gut wie möglich an ihm fest. „Ich liebe dich."

„Baby, ich liebe dich auch." Er küsste die Seite meines Kopfes. „Du hast keine Ahnung, in welcher Hölle ich seit jenem Tag auf der Insel lebe. Und ich hatte keine Ahnung, was zum Teufel du durchgemacht hast. Ich will nie wieder von dir getrennt sein."

Ich dachte, mein Herz könnte direkt aus meiner Brust springen. „Ich möchte auch nie wieder von dir getrennt sein."

Er trug mich die Treppe zur Veranda hinauf und setzte mich dann in meinen Rollstuhl zurück. Wir wischten uns die Augen ab, dann stellte sich meine Mutter vor. „Entschuldige, dass ich dich so überfallen habe, Pitt. Mein Name ist Phyliss Simpson, und das ist mein Mann Jack. Und diese Kleine hier ist deine Tochter. Wir haben sie Karen genannt."

Pitts Hände zitterten, als er zum ersten Mal nach seiner Tochter griff. „Hey, Karen. Anscheinend bin ich dein Daddy." Tränen liefen über seine Wangen und ließen meine zurückkehren, als ich sah, wie er seine Tochter in seine starken Arme nahm.

Unser Baby berührte zum ersten Mal das Gesicht seines Vaters, dann beugte es sich vor und gab ihm einen Kuss auf die Wange.

„Sie liebt dich jetzt schon", sagte ich und weinte. „Wir haben dich so sehr vermisst, Pitt. Ich rede die ganze Zeit mit ihr über dich. Ich erzähle ihr, wie sehr ich ihren Daddy liebe."

„Und dein Daddy liebt deine Mommy, Schatz. Daddy liebt dich auch, hübsches Mädchen." Pitt sah meinen Vater an. „Mr. Simpson, ich möchte Ihre Tochter heiraten. Ich würde mich besser fühlen, wenn ich zuerst Ihre Erlaubnis erhalten könnte."

Dad lachte. „Nenne mich einfach Jack, Junge. Und es wäre

mir eine große Ehre, dein Schwiegervater zu werden." Dad schüttelte Pitts Hand, und Mom fing auch an zu weinen.

„Vielleicht sollten wir alle hineingehen, damit die Nachbarn nicht alles mitbekommen", riet sie uns.

Nachdem er beim Thanksgiving-Essen meiner Familie alles, was passiert war, erzählt hatte, brachte Pitt unsere Tochter und mich in sein Hotelzimmer, um dort die Nacht zu verbringen. Er sang unsere Tochter in den Schlaf und legte sie in die Wiege, die das Personal uns gebracht hatte, bevor er zu mir ins Bett stieg. „Ich muss einen Anruf machen. Ich habe meiner Mutter versprochen, sie wissen zu lassen, wie es läuft."

Nachdem er ihre Nummer gewählt hatte, reichte er mir das Handy. „Sag ihr, wer du bist und was passiert ist."

„Pitt, nein." Ich fühlte mich seltsam dabei, das zu tun. Er nickte nur und legte mir dann das Telefon in die Hand.

„Hallo?", sagte seine Mutter.

„Ähm, Mrs. Zycan, hier spricht Kaylee Simpson." Ich sah Pitt an, um etwas Hilfe zu erhalten.

Er schüttelte nur den Kopf, als seine Mutter fragte: „Also, was ist passiert, Kaylee?"

Nachdem ich ihr meine Geschichte erzählt hatte, fing sie an zu weinen und sagte mir, wie glücklich sie war, dass Pitt unser Baby und mich gefunden hatte. Sie freute sich auf ein Treffen mit uns und sagte, ich solle sie Mom nennen.

Ich gab ihm das Handy zurück und wischte mir die Tränen aus den Augen. „Sie ist glücklich."

„Ich wette, dass sie das ist." Er legte das Handy weg und bewegte seine Hand über meinen Arm. „Möchtest du dort weitermachen, wo wir waren, bevor wir die Insel verlassen haben, Süße?"

Es war, als hätte er meine Gedanken gelesen – mein Körper brannte für den Mann. Ich wusste nicht, wie lange ich noch warten konnte. „Du solltest wissen, dass ich die Pille nehme.

Und ich habe nichts anderes genommen, das die Wirkung abschwächen könnte. Wir sollten also kein Baby bekommen, aber wenn doch ... dann ist es eben so."

„Okay." Er lachte. „Es ist gut, dich wieder da zu haben, wo du hingehörst, Kaylee. Zurück in meinen Armen, in meinem Bett und in meinem Leben. Und danke, dass du mir den kleinen Schatz in der Wiege geschenkt hast. Sie ist ein Segen, nicht wahr?"

„Das denke ich auch." Ich bewegte meine Hände über seine muskulösen Arme. „Ich habe das vermisst, Baby."

„Das kann ich mir vorstellen." Er sah mich eine Weile an und unsere Augen sagten einander, dass alles in Ordnung sein würde, jetzt, da wir uns wiedergefunden hatten. Dann näherte er sich langsam, bis sich unsere Lippen trafen.

Mein Körper verschmolz mit seinem, und ich spürte wieder diese Verbindung – als wären er und ich eins. Er war mein Zuhause. Endlich wurde mir klar, warum ich mich bei meinen Eltern nicht wohlgefühlt hatte. Pitt war mein Zuhause. Wo auch immer er war, sollte ich auch sein.

Obwohl mein Körper immer noch heilte, war jeder Nerv lebendig geworden, als sich unsere Haut berührte. Jede Bewegung, die er machte, heizte das Feuer an, das in mir brannte. Er rollte sich herum, legte seinen Körper über meinen und drückte dann meine Beine auseinander. Als er in mich sank, stöhnten wir beide erleichtert.

„Verdammt, ich habe das vermisst", flüsterte er. „In dir zu sein, dich unter mir zu spüren, deine süßen Lippen zu küssen. Ich habe alles vermisst. Das wird nie wieder passieren."

Ich hielt sein schönes Gesicht zwischen meinen Händen und sah ihn einfach nur an, als wir miteinander verbunden dalagen. „Ich habe so lange von dir geträumt. Dich hier bei mir zu haben fühlt sich unwirklich an. Unser Baby in einer Wiege am Fußende unseres Bettes zu haben fühlt sich an wie ein Märchen. Du bist wirklich mein süßer Prinz, weißt du das?"

Sein Lächeln raubte mir den Atem. „Ich weiß, dass ich dich liebe und es immer tun werde. Ich weiß, dass ich so schnell wie möglich deinen Nachnamen und den unserer Tochter ändern will. Und ich weiß, dass wir die glücklichste Familie der Welt sein werden. Glaubst du mir?"

Er bewegte sich ein wenig und rutschte tiefer in mich hinein. Ich strich mit dem Fuß über sein Bein. „Ich glaube dir."

Sein Mund kam zu mir zurück und unser Kuss nahm ein Eigenleben an.

Wir hatten Leidenschaft gekannt. Wir hatten Sehnsucht gekannt. Aber so viel hatten wir noch nie davon erlebt.

Wir wussten beide, was wir fast verloren hätten. Es war offensichtlich, dass keiner von uns den anderen für selbstverständlich hielt. Wir würden niemals das Glück der Familie riskieren, die wir geschaffen hatten.

Sein Mund entfernte sich von meinem und wanderte meinen Hals hoch, bevor er mich spielerisch biss. „Du wirst eine großartige Rancherin sein, Kaylee. Genau wie unsere Tochter. Und eines Tages wird auch unser Sohn ein Rancher sein."

Ich lachte. „Wie viele Kinder werden wir haben, Big Daddy?"

Er stieß hart zu, als er seinen Kopf hob, um mich anzusehen. „Das weiß ich noch nicht. Mein Plan ist, dafür zu sorgen, dass du die meiste Zeit barfuß und schwanger bist."

Ich wusste, dass er scherzte. „Ach ja?" Ich reckte ein wenig die Hüften. „Nicht, wenn ich dich nicht reiten darf, Cowboy."

„Mach weiter so, Mädchen." Er küsste meine Lippen. „Ich mag das."

Lachend versuchte ich, nicht an die Vergangenheit zu denken. Aber sie kam mir trotzdem in den Sinn. „Kannst du glauben, dass ich schwanger war, Pitt? Wir wussten es nicht einmal, aber wir hatten ein Baby."

„Und du wurdest fast getötet, aber irgendwie hat unser Baby überlebt." Er blickte zur Decke hinauf. „Gott, ich glaube, ich habe vergessen zu sagen, dass ich dir für alles, was du getan hast, danke. Du hast meine Familie für mich beschützt. Ich übernehme das von nun an."

„Ich fühle mich sicher bei dir." Ich zog seinen Kopf zurück, um ihn zu küssen. Es gab keinen Ort, an dem ich lieber gewesen wäre, als bei ihm.

Unsere Körper bewegten sich zusammen und nahmen einander in Besitz. Durch die Tatsache, dass er auf mich gewartet hatte – obwohl er geglaubt hatte, ich hätte ihn verlassen –, liebte ich ihn nur noch mehr.

Unsere Liebe war echt. Unsere Liebe war wahr. Unsere Liebe war unzerstörbar.

Mein Cowboy hatte mich noch einmal gerettet. Und diesmal würde er unsere Tochter und mich für den Rest unseres Lebens beschützen. Daran hatte ich keinen Zweifel.

Am nächsten Tag würden wir uns mit seiner Familie treffen und sein Zuhause zu unserem machen. Es war fast zu schön, um wahr zu sein, dass endlich alles für uns passte.

So viel Zeit war vergangen. So viele falsche Ideen waren uns in den Sinn gekommen. Aber jetzt war es so klar wie der Himmel über Colorado – wir hatten unser Happy End gefunden.

ENDE.

TRAGISCHE GEHEIMNISSE ERWEITERTER EPILOG

Hochzeitstag: Pipe Creek Ranch, Gunnison, Colorado

PITT

„Was meinst du damit, dass du sie nicht finden kannst?", fragte ich meine Schwester Lucy.

Sie schob ihre Hände durch ihr glattes dunkles Haar und schenkte mir einen Blick, der besagte, dass sie mir alles erzählt hatte, was sie wusste. „Pitt, ich kann Kaylee nicht finden. Was willst du mehr von mir? Ich bin zum Ankleideraum hinten in der Kirche gegangen, und sie war einfach nicht mehr da."

„Hast du auf der Toilette nachgesehen?" Sie musste irgendwo sein. Kaylee würde mich nicht allein vorm Altar stehen lassen.

„Das habe ich." Lucy drehte sich um und verließ meinen Ankleideraum. „Ich werde Janice und Harper holen und sie bitten, mich bei der Suche nach deiner vermissten Braut zu unterstützen." Ihre Hände flogen in die Luft. „Verdammt, sie klettert vielleicht zum Spaß auf dem Dach herum. Dein Mädchen ist ziemlich speziell, weißt du?"

„Ja, das weiß ich." Ein gewisser Stolz erfüllte mich bei diesen Worten. „Ich würde helfen, aber du weißt, dass es Unglück bringt, die Braut vor der Hochzeit zu sehen. Danke, Lucy. Für eine Nervensäge bist du gar nicht so übel."

Ihr ausgestreckter Mittelfinger sagte mir, dass sie meine Zuneigung erwiderte. Ich versuchte wieder, meine Fliege zu binden. Ich hatte mir einen Smoking gekauft, hatte mich aber dafür entschieden, nur die obere Hälfte des Anzugs zu tragen. Und die Fliege könnte das Nächste sein, was ich ablegte.

Eine neue Wrangler-Bluejeans, kombiniert mit einem weißen Hemd und einer schwarzen Smokingjacke, ließ mich wie einen Cowboy aussehen. Die neuen Stiefel aus echtem Krokodilleder komplettierten den Look, und ich fühlte mich ziemlich gut mit meinem Aussehen, als ich in den Hafen der Ehe einlief.

Wenn Kaylee nicht vermisst werden würde, wäre alles perfekt gewesen. Aber so etwas hätte ich erwarten sollen. Sie hatte im letzten Monat auf Nadeln gesessen. Mit einer großen Hochzeit fühlte sie sich nicht wohl.

Ihre Mutter und meine Mutter hatten Kaylee beiseite genommen und ihr erklärt, dass es auf beiden Seiten viele Verwandte gab, die bei unserer Hochzeit anwesend sein wollten. Wir hatten viele Leute, denen wir und unsere Tochter Karen wichtig waren. Schließlich hatten sie sie dazu gebracht einzusehen, dass es nicht schön wäre, jemanden an unserem Hochzeitstag auszuschließen.

Wir hatten unseren Hochzeitstag auf Karens ersten Geburtstag gelegt. Der März war ohnehin eine großartige Jahreszeit in Colorado. Nach der kirchlichen Trauung würden wir uns auf den Weg zur Ranch machen, um in unserer Ranch-Villa in dem Ballsaal, den wir noch nie zuvor benutzt hatten, ein riesiges Fest zu feiern.

Alle waren aufgeregt, und ich konnte sie in der großen

Kirche flüstern hören. Mein Ankleideraum befand sich in der Nähe der Vorderseite der Kirche. Ich konnte also einfach hinausgehen, am Altar stehen und darauf warten, dass meine Braut den Gang zu mir herunterkam.

Da Kaylee keine Brautjungfern hatte, hatte ich mich entschieden, keine Trauzeugen zu haben, was meinen Freunden gar nicht gefiel. Aber ich musste meinem Mädchen zumindest etwas von dem geben, was es wollte.

Die Tür zu meinem Ankleideraum öffnete sich und Harper, die Jüngste in unserer Familie, kam herein. „Pitt, es tut mir leid. Wir können sie nirgendwo finden. Ich denke, wir müssen den Gästen sagen, dass die Hochzeit ausfällt."

„Das werden wir ganz sicher nicht tun." Ich nahm mein Handy vom Tisch und rief Kaylee an.

„Pitt, ich kann das nicht", sagte sie, als sie ranging.

„Du willst mich nicht heiraten?" Ich wusste, dass sie mich heiraten wollte. Es war die Hochzeit, die sie in Panik versetzt hatte.

„Du solltest mich besser kennen. Ich liebe dich, du Trottel. Es ist die Menschenmenge. Ich kann das nicht ertragen." Ich hörte, wie sie schluckte.

„Was trinkst du da?" Mein Kopf fing an zu schmerzen bei all dem Stress, die perfekte Hochzeit für mein Mädchen abzuhalten.

„Champagner", sagte sie. „In meinem Ankleideraum stand eine Flasche, und ich hatte ein Glas."

„Und dann?" Ich wusste, dass sie mehr als ein Glas getrunken hatte.

„Und dann habe ich das Glas weggestellt und einfach direkt aus der Flasche getrunken." Sie hatte Schluckauf. „So ist es einfacher."

„Nun, ich hoffe, du bist nirgendwohin gefahren." Ich rieb

mir die Schläfen und versuchte, die Kopfschmerzen zu vertreiben, die immer stärker wurden.

„Nein." Ein weiterer Schluckauf drang aus ihrem Mund. „Ich habe dein Pferd genommen."

„Du hast Jasper genommen?" Jetzt wurde ich wirklich sauer. „Wir sollten ihn nach der Hochzeit zusammen reiten – als verheiratetes Paar. Du kannst ihn nicht einfach ohne mich reiten. Das ist einfach nicht richtig, Kaylee."

„Es ist schrecklich laut." Sie gab ein weiteres Hicksen von sich. „Warum hat jemand Dosen an langen Schnüren hinten am Sattel befestigt? Die Dosen klappern über den Bürgersteig und machen jede Menge Lärm."

Ich stellte mein Handy stumm und gab Harper eine Aufgabe. „Steige in dein Auto und suche in den umliegenden Straßen nach Jasper und Kaylee. Bring sie hierher zurück, und ich werde alles in Ordnung bringen."

Mit einem genervten Augenrollen machte Harper das, was ich ihr gesagt hatte. „Also gut. Was für ein Durcheinander!"

Ich wusste, dass sie damit recht hatte. Und ich wusste, dass ich einige bedeutende Änderungen vornehmen musste, wenn Kaylee meine Frau werden sollte. „Baby, wie wäre es, wenn du Jasper wendest und zu mir zurückkommst?"

„Wie wäre es, wenn du von einer Klippe springst?" Sie lachte. „Nicht wirklich. Ich liebe dich. Ich möchte nicht, dass du von einer Klippe springst. Ich möchte nur nicht vor all diesen Leuten stehen müssen."

„Sie sind unsere Familie, Baby. Es ist keine große Sache. Niemand wird dich verurteilen oder sich über dich lustig machen." Ich musste herausfinden, wie dieser Tag für alle funktionieren könnte. „Was, wenn wir ein paar Dinge ändern? Ich kann dich anstelle deines Dads den Gang hinunterbegleiten. Würde das helfen?"

Ich hörte das Klirren von Glas. „Scheiße! Ich habe die Champagnerflasche fallen gelassen."

Ich hoffte, dass sich das Pferd nicht an dem Glas geschnitten hatte. „Wenn das Pferd nicht verletzt ist, sehe ich das nicht als schlecht an, Kaylee. Jetzt dreh um und komm zu mir zurück. Das wird schon. Versprochen."

„Hey, Harpers Auto kommt hierher." Sie hickste, dann endete der Anruf abrupt.

Kaylee

„Nein, ich bin okay." Harper hatte direkt vor mir angehalten und stieg aus ihrem Auto. „Ich reite nur zurück zur Ranch."

„Kaylee, du solltest in der Kirche sein. Du hast dein Brautkleid noch nicht einmal angezogen", sagte Harper. „Alle warten. Komm jetzt. Ich werde dir zurück folgen und dir helfen, dein Kleid anzuziehen."

Das Brautkleid, das meine Mutter ausgesucht hatte, war riesig und voller Rüschen, und ich hasste es. „Nein. Das will ich nicht, Harper. Ich wollte nie eine große Hochzeit, und das habe ich auch allen gesagt."

„Ja, ich weiß." Harper fuhr sich mit der Hand über die Stirn. „Aber dann hast du zugestimmt, und jetzt sind wir hier. Also lass uns das einfach hinter uns bringen und zum Partyteil der Hochzeit übergehen, okay?"

„Nein." Ich würde nicht nachgeben. Ich hatte so etwas wie diese Hochzeit nie gewollt. Ich hatte mich von Mom und Pitts Mutter dazu überreden lassen, aber jetzt, da es soweit war, konnte ich mich nicht dazu bringen, vor allen Leuten zum Altar zu schreiten.

„Liegt es an deinem Hinken, Kaylee?", fragte Harper.

„Was denkst du?" Ich verdrehte die Augen. Ich hatte ein

ziemlich übles Hinken zurückbehalten. Die Ärzte sagten, durch die Therapie würde es höchstwahrscheinlich verschwinden. Aber das war noch nicht geschehen, und ich wollte nicht wie ein Affe aussehen, wenn ich den Gang hinunterhumpelte. „Willst du nicht hinkend zum Altar gehen, während dich alle anstarren?"

„Weißt du was, du hast recht." Endlich verstand mich jemand.

Jeder hatte mir gesagt, dass es egal sei, wie ich ging. Niemand würde mich dafür verurteilen oder mich hinter meinem Rücken auslachen. Und ich war mir ziemlich sicher, dass sie das auch nicht tun würden. Was ich dachte, war, dass sie mich alle bedauern würden. *Das arme Mädchen, das vor einigen Jahren beinahe bei einem Autounfall ums Leben gekommen wäre, muss den Gang hinunterhinken, um ihre wahre Liebe und den Vater ihres Babys zu heiraten.*

Tragisch.

Als eine Tragödie betrachtet werden wollte ich ganz sicher nicht. Bei der Art, wie die Leute mich ansahen, wurde ich verlegen. Und bei der Art, wie die Leute Pitt und unsere Tochter mit Mitleid in den Augen ansahen, fühlte ich mich schrecklich.

Sicher, beide hatten mehr verdient als einen Beinahe-Krüppel, aber ich wusste, dass ich eines Tages mehr sein könnte als das, was ich geworden war. Mit viel, viel Arbeit würde ich zu meinem früheren Ich zurückkehren. Aber bis dahin wollte ich im Hintergrund bleiben.

Das war mir aber nicht vergönnt. Nicht nur Pitt erlaubte es mir nicht, niemand tat das. Ich dachte, der Umzug auf die Ranch würde mir das geben, was ich wollte – Abgeschiedenheit. Ich hatte so falsch gelegen.

Seine Familie war groß und überall. Und auch sehr hilfsbereit. Ich hatte sie alle sehr zu schätzen gelernt, wirklich. Obwohl ein Teil von mir alleingelassen werden wollte, um die Übungen zu machen, die ich brauchte, um wieder ganz gesund zu werden. Es war schließlich irgendwie demütigend.

Harper parkte ihren Wagen, stieg aus und nahm mir die Zügel ab. „Ich werde Jasper und dich zurück zur Kirche führen. Ich habe eine Idee, von der ich glaube, dass sie dein kleines Problem lösen wird, Kaylee."

„Und die wäre?" Ich hoffte, die Idee war, dass ich nichts davon tun musste. „Gehen wir zurück, um Pitt abzuholen, damit er und ich zum Büro des Friedensrichters reiten und dort heiraten können? Dann kann die Party weitergehen und alle sind glücklich."

„Nein, das machen wir nicht." Sie lächelte, als sie mich ansah. „Weißt du, ich möchte auch sehen, wie du und mein großer Bruder heiratet. Ihr seid für mich wie ein Wunder. Ich denke, das seid ihr für die meisten Hochzeitsgäste. Und Karen ist das größte Wunder von allen."

„Das denke ich auch." Karen hatte sich seit ihrer wundersamen Geburt prächtig entwickelt. „Und sie wird heute ein Jahr alt."

„Wir feiern auch ihren Geburtstag auf der Party, Kaylee. Du würdest nicht wollen, dass sie ihre riesige Geburtstagsparty verpasst, oder?"

„Natürlich nicht." Ich war nicht herzlos. „Wir können trotzdem die Party feiern. Ich möchte nur nicht den Teil mit dem Heiraten, das ist alles."

„Nun, das ist eine große Sache für uns alle." Harper wendete das Pferd, um durch einen Park zu laufen, anstatt auf der Straße.

„Weißt du was?" Ich sah mich um und bemerkte das Fehlen von Autos, die die Straße an der Kirche hinauf und hinunter fuhren. „Hier draußen ist niemand."

„Ja, ich weiß", sagte sie mit einem Lachen. „Sie sind alle drinnen und warten auf dich, Kaylee. Deine und Pitts

Geschichte ist eine Liebesgeschichte, die jeder miterleben möchte. Ich wünschte, du könntest das verstehen."

„Aber warum?" Ich hatte wirklich keine Ahnung, warum so viele Leute sich dafür interessierten, was uns passiert war.

„Eineinhalb Jahre vergingen, ohne dass Pitt wusste, wo du warst." Sie blieb stehen und sah mich mit Überzeugung in ihren grünen Augen an. „Kaylee, du hast im Koma ein Baby bekommen. Ein Baby, bei dem niemand eine Ahnung hatte, dass du es unter dem Herzen trägst. Das ist an sich schon erstaunlich. Dazu kommt, dass du herausgefunden hast, wie du mit Pitt in Kontakt treten könntest, sobald du wieder rational denken konntest. Und dann hat er dir eine Lüge erzählt. Aber er hat dich trotzdem besucht. Und dann war alles klar und die Klarheit brachte alles wieder in Ordnung. Und ihr beide habt euch sofort verlobt und wolltet so schnell wie möglich heiraten. Es ist eine süße Geschichte und so viele Leute möchten dabei sein, wenn sie ihren Höhepunkt erreicht."

„Aber ich will nicht wie ein Freak aussehen, wenn ich zum Altar gehe." Es war mir egal, was alle anderen wollten.

PITT

Ich ging in meinem Ankleideraum auf und ab und wartete darauf, dass jemand etwas von meiner Verlobten hörte. Als sich die Tür wieder öffnete, stand dort meine Mutter, die Karen trug. „Wie geht es ihr, Pitt?"

Ich schüttelte den Kopf und griff nach meinem Baby. „Nicht gut." Ich küsste Karens Kopf. „Wie geht es Daddys Mädchen?"

Karen nahm mein Gesicht zwischen ihre Handflächen und drückte einen feuchten Kuss auf meine Wange. Mom lächelte. „Karen geht es gut. Sie ist herumgereicht worden und hat sich nicht einmal darüber beschwert. Sie ist wie eine kleine Puppe. Ich bin stolz darauf, ihre Großmutter zu sein."

„Ich bin stolz darauf, dein Sohn zu sein." Mom war immer für uns da gewesen, seit wir nach Hause kamen. Kaylees Eltern waren auch mitgekommen. Sie hatten eine starke Bindung zu Karen, da sie sich um sie gekümmert hatten, bis Kaylees Zustand sich besserte und ich vorbeikam. Es wäre grausam gewesen, sie zurückzulassen. Jetzt gehörten Jack und Phyliss genauso zu unserer Familie wie jeder unserer Blutsverwandten.

Mom musste eine kleine Tatsache hervorheben: „Weißt du, wir alle dachten, die Zeremonie hätte schon begonnen. Willst du mir sagen, warum ich Kaylee nicht in ihrem Ankleideraum finden konnte? Und wo ist Harper überhaupt?"

„Sie ist bei Kaylee." Ich setzte Karen ab, damit sie herumlaufen und sich alles ansehen konnte. „Und sie sind auf dem Weg hierher. Zumindest hoffe ich das."

Mom sah etwas geschockt aus. „Wo sind sie hingegangen, Junge?"

„Um ... Kaylee musste etwas finden." Etwa ihren Willen, die Zeremonie durchzuziehen.

„Was hat sie vergessen?" Mom war hartnäckig.

„Ich weiß es nicht. Ich sollte sie heute nicht sehen, bis sie den Gang herunterkommt. Erinnerst du dich an dieses kleine Detail, Mom?" Ich drehte mich um und sah, wie Karen auf den einzigen Stuhl in dem kleinen Raum kletterte. „Mein kleines Affenbaby, was machst du da?" Ich küsste ihre runde Wange. „Du bist deiner Mommy so ähnlich."

„Ist es das, Pitt?", fragte Mom, als sie ihre Hände auf die Hüften stemmte.

Ich verstand sie nicht. „Was ist was?"

„Kaylee hinkt", sagte Mom. „Sie nennt sich selbst einen Affen, seit sie das Hinken entwickelt hat. Das arme Ding kann so selbstkritisch sein."

„Ja, das kann sie." Als ich unsere Tochter anblickte, fragte ich mich, ob wir Kaylee alle dazu drängten, etwas zu tun, was sie überhaupt nicht wollte. „Mom, wäre es schlimm, wenn wir diese Hochzeit drastisch ändern würden?"

„Wie meinst du das?" Mom sah ein wenig besorgt aus. „Pitt, hier in der Kirche wurde so viel vorbereitet. Es wäre eine Schande, wenn das alles umsonst gewesen wäre."

„Es wäre eine Schande, wenn sich die Frau, die ich liebe, an einem Tag, an dem sie gefeiert wird und sich selbstbewusst fühlen soll, schämen würde." Ich wusste, dass ich für Kaylee alles in Ordnung bringen musste.

„Aber was ist mit den Gästen, Pitt?", jammerte Mom.

„Sie werden trotzdem eine Show bekommen." Ich lachte, als ich Karen meiner Mutter zurückgab. „Ich muss einen Anruf machen. Du kannst allen erzählen, dass ihnen eine Überraschung bevorsteht. Eine angenehme Überraschung."

Ich war mir nicht sicher, wie ich in so kurzer Zeit alles schaffen sollte, aber ich war mir sicher, dass ich es schaffen musste. Kaylee bedeutete mir die Welt, und ich hatte sie bei der Hochzeit im Stich gelassen. Sie war wichtiger als jeder andere an diesem Tag. Nun, sie und unsere Tochter, die an diesem Tag ein Jahr alt wurde.

Ich musste es für meine beiden Mädchen richtig machen.

Als Mom ging, rief ich Beaux an, der in der Kirche saß und auf den Beginn der Zeremonie wartete. „Hey, Pitt. Was zum Teufel soll das, Mann? Werdet ihr zwei heute heiraten oder nicht?"

„Ja, aber ich brauche deine Hilfe dabei." Ich war nicht sicher, wie schnell ich diese schwierige Aufgabe erledigen konnte, aber ich musste es trotzdem tun. „Verlasse die Kirche. Steige in deinen Truck und fahre zurück zur Ranch. Du musst mir ein weiteres Pferd bringen, das gesattelt und bereit für einen Ausritt ist. Es muss großartig aussehen. Es ist mir egal, welches du herbringst. Stelle nur sicher, dass es gut genug aussieht, um an dieser Hochzeit teilzunehmen."

„Nun, du hast Jasper schon hier, erinnerst du dich?", fragte er mich.

„Ja, ich erinnere mich. Aber ich brauche noch ein Pferd." Ich wusste, dass Kaylee meine Idee lieben würde. „Beeil dich und komm so schnell du kannst hierher zurück. Alle warten schon lange genug auf diese Hochzeit. Ich möchte nicht, dass sie zu lange warten müssen."

„Ich bin jetzt in meinem Truck. Du kannst auf mich zählen, Pitt. Ich werde innerhalb einer halben Stunde zurückkommen." Er beendete das Gespräch, und ich war zuversichtlich, dass ich mich darauf verlassen konnte, dass der Ranch-Arbeiter die Aufgabe erledigte, die ich ihm zugewiesen hatte.

Ich hätte mich selbst treten können, weil ich nicht früher diese Idee gehabt hatte. Aber ich musste nachsichtig mit mir sein. Kaylees Mutter und meine Mom hatten eine traditionelle Hochzeit im Sinn gehabt, und sie waren es, die die ganze Sache organisiert hatten.

Kaylee wollte nicht einmal das Kleid, zu dem ihre Mutter sie überredet hatte. Also beauftragte ich meine Schwester Janice damit, sich darum zu kümmern. Ich rief sie an und gab ihr Anweisungen, zu uns nach Hause zu fahren und ein paar Dinge aus Kaylees Schrank zu holen.

Ich warf die Smokingjacke und das weiße Hemd beiseite, zog mein schwarzes Hemd mit den Perlmuttknöpfen an und setzte meinen schwarzen Filzhut auf. Kaylee hatte sich in einen Cowboy verliebt, nicht in irgendeinen Stadtbewohner.

Und ich hatte mich in die perfekte Frau für mich verliebt. Warum sollte ich mich nicht so kleiden, wie ich wollte? Warum sollten wir diese Hochzeit nicht so gestalten, wie es uns beiden gefiel?

Ich hoffte nur, dass Kaylee endlich die Hochzeit bekommen würde, die sie verdiente.

. . .

Kaylee

Harper bekam einen Anruf, als sie mich auf dem Pferd zur Kirche führte. „Oh ja. Pitt, das ist die beste Idee, die ich je gehört habe. Natürlich, ich kann Kaylee helfen, sich fertig zu machen." Sie sah mich an. „Sieht so aus, als hättest du doch eine Brautjungfer, Kaylee. Jemand hat eine Überraschung für dich, und ich muss dir jetzt helfen."

„Es ist Pitt, der eine Überraschung hat, hm?", fragte ich und fühlte, wie Aufregung durch mich schoss. „Er wird das in Ordnung bringen, oder?"

Harper lächelte. „Dein Mann ist gerade dabei, alles für dich in Ordnung zu bringen, Kaylee. Du wirst *nicht* den Gang hinuntergehen. Er wollte, dass ich dir das sage. Du sollst dir um nichts Sorgen machen. Er versteht es jetzt. Und er sagte, es tut ihm leid, dass er nicht vorher darüber nachgedacht hat."

„Ich wollte ihm nicht sagen, wie ich mich bei dem Gedanken fühle, den Gang hinunterzuhinken." Ich war beeindruckt von meinem Mann. „Die Tatsache, dass er es selbst herausgefunden hat, macht es noch süßer."

Harper nickte. „Ja, wer hätte gedacht, dass mein großer Bruder so viel Herz hat?"

„Ich." Ich wusste, dass Pitt mehr Herz hatte als die meisten Menschen.

Als wir zurück in die Kirche kamen, schlüpften Harper und ich in meinen Ankleideraum, wo sie das riesige Hochzeitskleid aus dem Schrank zog. „Das wirst du nicht tragen."

„Gut." Bislang hatte Pitt all meine Abneigungen berücksichtigt. „Er hat mich bisher beeindruckt, das muss ich sagen."

„Ich glaube, er wird dich mit allem beeindrucken, Kaylee." Harper drehte sich um und sah, wie Janice ins Zimmer kam. „Großartig. Du hast es in Rekordzeit geschafft, Janice."

„Nun, ich habe Constable Jones dazu gebracht, mich zur Ranch zurückzufahren. Er kann legal mit überhöhter Geschwindigkeit fahren, wisst ihr." Janice zog einige Kleidungsstücke aus einem Kleidersack und ich seufzte erleichtert. „Ich kann sehen, dass du mit dem, was Pitt für dich ausgesucht hat, zufrieden bist."

„Das bin ich." Ich zog mich aus und wollte endlich mein Hochzeits-Outfit anziehen. Meine beste Bluejeans, ein fließendes rosa Seiden-Shirt und Cowboystiefel, die perfekt dazu passten, ließen mein Herz singen.

Janice drehte sich um, um zu gehen. „Ich muss noch etwas aus dem Streifenwagen holen, dann bin ich gleich wieder da und wir können mit der Hochzeitsfeier beginnen."

Als ich mich anzog, musste ich fragen: „Heiraten wir doch nicht in der Kirche?"

„Du wirst hier nicht heiraten, Kaylee." Harper strich ihr geglättetes Haar zur Seite, während sie in den Spiegel sah. „Sondern in dem kleinen Park da draußen."

„Im Park?" Ich hatte keine Ahnung, was Pitt vorhatte, aber es klang wunderbar. „Er und ich lieben die Natur. Es passt viel besser zu uns, nicht wahr?"

„Ich denke schon." Harper umarmte mich, gleich nachdem ich mich angezogen hatte. „Ich bin so glücklich, dass du meine Schwester wirst. Ich liebe dich inzwischen, weißt du."

„Wirklich?" Ich hatte keine Ahnung gehabt.

„Ja, das tun wir alle. Sogar Lucy." Harper ließ mich los und als sie es tat, wurde mir klar, dass ich einen Fehler gemacht hatte, als ich keine von ihnen gebeten hatte, an unserer Hochzeit teilzunehmen.

„Ich liebe euch auch alle. Weißt du, da wir ohnehin alles verändern", sagte ich, als meine Gedanken sich überschlugen, „warum sollten wir nicht noch etwas hinzufügen?"

„Was denn?", fragte Harper mit einem Lächeln.

„Zum Beispiel Brautjungfern." Ich hielt das für eine großartige Idee. „Alle drei meiner neuen Schwägerinnen können einen

Blumenstrauß den Gang hinuntertragen. Was auch immer für einen Gang Pitt im Sinn hat. Es gibt viele Blumensträuße zur Auswahl, weil am Ende jeder Kirchenbank einer als Dekoration angebracht ist."

Harper klatschte und ging zur Tür. „Ich werde gleich drei davon holen und Lucy die großartigen Neuigkeiten überbringen."

„Ich hoffe, sie wird die Idee mögen." Niemand wusste jemals, was Lucy mögen könnte und was nicht.

Harper blieb stehen und drehte sich zu mir um. „Wie wäre es, wenn die Ranch-Arbeiter Beaux, Joe und Rick uns begleiten, Kaylee? Ich wette, sie würden das lieben."

„Großartige Idee. Warum sollen wir sie nicht auch mit einbeziehen?" Ich liebte, wie alles zusammenkam. *Jetzt* macht es Spaß."

„Ja, das macht es." Harper stürmte hinaus, um alles in die Wege zu leiten.

Janice kam mit einem weißen Cowboyhut aus Filz zurück. „Das ist meiner. Aber ich denke, er wird dir passen und gut aussehen. Es ist kein Schleier oder so, aber irgendwie so ähnlich."

Ich nahm ihn von ihr entgegen und setzte ihn auf. „Er passt perfekt. Vielen Dank. Also habe ich etwas Geliehenes." Ich fuhr mit meinen Händen über meine engen Bluejeans. „Und ich habe etwas Blaues. Aber was ist mit etwas Neuem?"

Janice hielt einen Finger hoch. „Ich habe noch etwas für dich, Schwester." Sie zog eine Schachtel aus ihrer Handtasche und reichte sie mir. „Pitt hat das für dich gekauft. Ich wollte es dir geben, um es mit deinem Hochzeitskleid zu tragen. Es ist ziemlich elegant, aber ich denke, es wird auch mit diesem Outfit funktionieren."

Ich stellte die Schachtel auf den Schminktisch und öffnete

sie, nur um eine Diamantkette zu finden, die mir den Atem raubte. „Oh Gott."

„Ich weiß, richtig?" Janice erzählte mir mehr über das funkelnde Ding. „Er hat es bei *Tiffany's* online gekauft. Es hat fünfundzwanzig Diamanten in verschiedenen Formen und Größen. Ich möchte nicht, dass du darüber nachdenkst, was es kostet. Aber sei vorsichtig damit. Lege es am besten in den Safe, wenn du es nicht trägst."

Sie legte es mir um und ich konnte nicht aufhören zu lächeln. „Was für ein perfektes Geschenk für unseren Hochzeitstag. Ich kann es eines Tages an Karen weitergeben. Pitt muss der wundervollste Mann der Welt sein."

„Das weiß ich nicht", sagte Janice. Sie neigte ihren Kopf, als sie die Halskette bewunderte. „Aber ich muss zugeben, dass mein großer Bruder nicht mehr derselbe Mann ist, der er ohne dich und eure Tochter war."

„Ich denke, du solltest besser Harper finden. Sie hat Neuigkeiten für dich." Ich schickte sie davon, während ich in den Spiegel schaute und mochte, was ich sah. „Hey, Cowgirl. Bist du bereit, die Ehefrau des Cowboys zu werden, in den du dich verliebt hast?"

Ich wusste, dass ich mehr als bereit war, den Mann zu heiraten, den ich auf jener Insel gefunden hatte.

Kaylee

„Hey, meine Schöne", sagte Pitt kurz darauf zu mir, als er die Tür zu meinem Ankleideraum öffnete.

Er hatte mich überrascht. „Pitt, ich dachte, du wolltest mich vor der Zeremonie nicht sehen."

„Das ist abergläubischer Unsinn." Er kam zu mir, hob mich in seine starken Arme und küsste mich sanft. „Es tut mir leid, dass ich so lange gebraucht habe, um zu realisieren, was dich so nervös dabei gemacht hat, den Gang hinunterzugehen. Ich sehe dein Hinken gar nicht."

„Ja, ich weiß, dass du das nicht tust. Keiner von euch tut das." Ich liebte das an meiner und seiner Familie. „Aber ich wollte nicht den Gang hinuntergehen, wo andere mich sehen würden."

„Ich verstehe dich, Baby." Er hob mich hoch und trug mich durch die Tür.

Ich bemerkte, dass die Kirche leer war. „Sind all unsere Gäste jetzt im Park?"

„Ja", sagte er grinsend. „Sie warten nur noch darauf, dass du und ich auch kommen."

„Sie warten schon lange. Ich hoffe, dass uns niemand böse ist." Ich wollte niemanden verärgern. Aber ich konnte mich einfach nicht dazu durchringen, diesen langen Weg zu gehen. Nicht einmal mit meinem Vater an meiner Seite.

Pitt trug mich durch die Eingangstür und nickte den beiden Pferden zu, die draußen standen und geduldig auf uns warteten. „Ich dachte, wir könnten nebeneinander den Gang hinunterreiten. Was denkst du?"

„Ich denke, du bist ein Genie." Ich küsste ihn, bevor er mich auf Jasper setzte. Als ich auf den Sattel sah, bemerkte ich etwas. „Du hast all die Dosen abgenommen."

„Ja." Er kletterte auf das andere Pferd. „Das wäre nicht besonders elegant gewesen."

„Du hast recht." Ich nahm die Hand, die er mir anbot, und wir ritten nebeneinander in den Park.

Jubeln und Klatschen ertönte, als wir hinter seinen Schwestern und den Ranch-Arbeiter, die sie begleiteten, den Pfad erreichten, der zu einer riesigen alten Ponderosa-Kiefer führte, unter der wir heiraten würden.

Wir saßen während der gesamten Zeremonie auf den Pferden und ritten dann zu Pitts Truck zurück.

Er und ich setzten uns als frischvermähltes Ehepaar in seinen Truck und strahlten beide wie noch nie zuvor. Seine schwielige Hand bewegte sich über meine Wange. „Hey, Mrs. Zycan."

Errötend schmolz ich innerlich dahin. „Ich bin deine Ehefrau." Es war verrückt, sich innerhalb weniger Minuten so anders zu fühlen. „Du bist mein Ehemann."

„Ja." Er küsste mich sanft. „Wir sind verheiratet, Baby." Er griff um mich herum und ließ den Beifahrersitz zurück, bis ich ganz auf dem Rücken lag. „Ich denke, wir sollten die Ehe jetzt vollziehen."

Er parkte hinter der Kirche und stellte sicher, dass wir nicht erwischt wurden. Alle anderen waren für die Party auf dem Weg zur Ranch, daher fühlte ich mich ziemlich sicher. „Ich mag deine Art zu denken, Mr. Zycan."

Es machte ein bisschen Mühe, die Jeans aus dem Weg zu räumen, aber wir schafften es. Pitt kletterte über mich und sank in mich, während wir beide lange seufzten. „Eins", flüsterte er.

„Ja, ich fühle mich jetzt, als wären wir eins." Ich wackelte ein wenig mit den Hüften und er glitt tiefer hinein. „Gott, ja."

„In einem Jahr möchte ich damit anfangen, noch ein Baby zu machen." Er küsste mich, als er sich in mir bewegte.

Ich umklammerte seine muskulösen Arme und stöhnte. Ich fühlte mich bei ihm besser, als ich es je für möglich gehalten hatte. „Das würde mir gefallen."

„Die Schwangerschaft mitzuerleben wäre schön, oder?", fragte er und lächelte mich an. „Für dich und für mich."

„Ja." Ich wölbte meinen Rücken, um ihn noch tiefer in mir aufzunehmen. „Was du mit mir machst, ist verrückt."

„Was du mit mir machst, ist ein Wunder." Sein Mund presste sich auf meinen, als er sich schnell und hart bewegte. Bei unseren heißen Atemzügen beschlugen die Fenster des Trucks in Windeseile.

Er strich mit seiner Hand über meinen Arm, nahm dann meine Hand und zog sie über meinen Kopf. Unsere Zungen kämpften um die Kontrolle, und seine gewann, als ich mich ihr ergab. Er wusste, wie er meinen Körper verwöhnen konnte. Ich musste nichts tun, als seine Aufmerksamkeit zu genießen.

Sein Mund verließ meinen, als er an meinem Hals knabberte. „Ich kann nicht glauben, dass ich endlich deinen Nachnamen geändert habe. Es hat eine Weile gedauert, aber ich habe es geschafft."

„Dein einziges Ziel." Ich lachte.

„Nein, ich habe eine Menge davon." Er hob seinen Kopf und sah mir in die Augen. „Und jedes Ziel habe ich dir zu verdanken. Ich will gar nicht daran denken, wo ich jetzt wäre, wenn wir uns nie getroffen hätten."

„Mit ziemlicher Sicherheit allein auf einem Pferd auf einer Weide." Ich hob den Kopf, um erneut seine Lippen zu erobern.

Zusammen bewegten wir uns mit genug Reibung, um mich zu den Sternen zu schicken. Und bei meinem Höhepunkt fand er auch seinen. Leise stöhnte er. „Wir müssen nach Hause fahren und eine schöne, lange, heiße Dusche nehmen. Dann gehen wir zur ersten Geburtstagsparty unserer Tochter."

„Was für ein Tag, hm?" Ich lächelte, und er küsste mich wieder, als könnte er nicht genug von mir bekommen.

„Ganz genau, was für ein Tag." Er umfasste mein Gesicht, und seine blauen Augen betrachteten mich. „Du gehörst mir. Für immer und ewig gehörst du mir. Niemand außer mir hat dich jemals berührt, geküsst, gehalten oder ein Kind mit dir gezeugt. Nur ich."

Und nur er würde all diese Dinge jemals tun, weil wir unser Happy End für die Ewigkeit gefunden hatten.

ENDE

BRENNENDE BEGIERDE

EIN MILLIARDÄR GEHEIMES BABY ROMANZE (INSEL DER LIEBE
BUCH 3)

**Er war mein Held, als ich dachte, ich hätte alles verloren, aber
er wollte mehr, als ich geben konnte ...**

Niemals hatte mich ein Mann so angezogen wie er.

Intensiv, animalisch und leidenschaftlich brachte er meine
innere Göttin zum Vorschein.

Aber ich hatte einen neuen Job und ein neues Zuhause, und er
war mein Chef.

Mein viel älterer Chef mit viel mehr sexueller Erfahrung als ich.

Aber oh, wie mein Körper für ihn brannte.

Wie mein Herz sich danach sehnte, von Liebe für den Mann
erfüllt zu sein.

Ich war nicht in seiner Liga, und er glaubte nicht an die Liebe.

Und ich glaubte nicht daran, ein Leben ohne sie zu führen ...

61

ARIEL

Obwohl es hart war, bot das Klappbett unter mir etwas, das ich lange Zeit nicht gehabt hatte – einen anderen Schlafplatz als den Bürgersteig.

„Bist du wach, Liebes?" Die Stimme meiner Mutter klang kratzig. So war es schon eine ganze Weile, und mit der Zeit wurde es immer schlimmer. Ich hatte mir nichts dabei gedacht, als ihre einst klare Stimme immer rauer wurde. Ich hätte definitiv nie gedacht, dass sie Kehlkopfkrebs haben könnte. Aber genau das hatte es bedeutet.

„Ja, Mum." Ich setzte mich auf und dehnte meine schmerzenden Muskeln. „Brauchst du irgendetwas?"

„Eine Dusche." Sie lächelte schwach. „Und noch zehn Jahre Lebenszeit oder so."

Sie scherzte für meinen Geschmack ein bisschen zu oft über ihren bevorstehenden Tod, aber ich zwang mich zu einem Lächeln. „Wollen wir das nicht alle, Mum?" Ich stieg aus meinem kleinen Bett, das direkt neben ihrem Krankenhausbett stand. „Ich mache die Dusche an und helfe dir dann dabei, aufzustehen. Kein Grund, die Krankenschwester um diese Zeit zu belästigen."

Ihre hellblauen Augen suchten das schwach beleuchtete Krankenzimmer ab. „Wie spät ist es, Ariel?"

Ich schaute auf meine Uhr. „Vier Uhr morgens."

„Oh, ich sollte dich so früh nicht wegen einer Dusche stören, Liebling. Geh wieder schlafen." Meine Mutter machte anderen nicht gern Umstände.

Aber ich wollte ihr diesen kleinen Komfort nicht vorenthalten. „Nein, das ist kein Problem. Du hast so viel geschlafen, dass deine innere Uhr durcheinander sein muss. Ich bin gleich wieder da."

Im Badezimmer machte ich das Licht an und betrachtete mich im Spiegel. Oh Gott! Ich sah aus wie ein Zombie.

Nachdem ich die Dusche aufgedreht hatte, wusch ich mein Gesicht am Waschbecken und putzte mir dann die Zähne. Die Krankheit meiner Mutter hatte mich hart getroffen. Andererseits war das Leben für uns beide in den letzten Jahren immer hart gewesen.

Ich war gerade einundzwanzig geworden, aber mein Gesicht sah so aus, als wäre ich näher an meinem dreißigsten Geburtstag – erschöpft, bevor mein Leben wirklich begonnen hatte.

Der Tod meines Vaters vor drei Jahren hatte unser Leben auf den Kopf gestellt. Er war ein bisschen zu gut darin gewesen, sich um all unsere Bedürfnisse zu kümmern. Als er und sein Gehaltsscheck weg waren, hatten Mum und ich keine Ahnung, was wir tun sollten.

Der Räumungsbescheid kam, kurz nachdem der Strom abgestellt worden war. Das Auto meiner Mutter wurde nicht lange danach beschlagnahmt. Wir hatten es als Zufluchtsort genutzt, nachdem wir aus unserem Zuhause geworfen worden waren, und ohne das Auto mussten wir auf der Straße leben.

Piccadilly Circus in London wurde unser neues Heim. Genauer gesagt, wurden die Obdachlosenunterkünfte und

Gassen rund um den Platz zu den Orten, an denen wir uns jeden Abend schlafen legten. Tagsüber liefen wir herum, sammelten Kleingeld und taten alles, um ein paar Pfund zu verdienen.

So schrecklich es auch klingen mag, Mums Ohnmacht in einem der Läden hatte uns ein Dach über dem Kopf, Essen in unseren Bäuchen und ein Bett unter unseren geschundenen Körpern verschafft. Das Krankenhaus kümmerte sich um uns beide. Aber sobald Mum starb – und ich wusste, dass es nicht mehr lange dauern würde –, würde ich keine Unterkunft mehr haben.

Ich testete, ob sich das Wasser genug erwärmt hatte, und ging meine Mutter holen. „Deine Dusche ist bereit." Ich half ihr aus dem Bett und hielt sie vorsichtig an meine Seite gedrückt, damit sie die wenigen Schritte laufen konnte, die es brauchte, um vom Bett zum Badezimmer zu gelangen. Die allgegenwärtige Infusion erschwerte die Sache ein wenig, aber ich hatte gelernt, mit dem sperrigen Ständer und dem Schlauch, der in der Brust meiner Mutter steckte, umzugehen. Der zentralvenöse Katheter war eine Notwendigkeit, wenn sie die meiste Zeit schmerzfrei sein wollte.

In Bezug auf die Behandlung ihrer Krebserkrankung hatten die Ärzte inzwischen keine Optionen mehr. Am Vortag hatte der Arzt beschlossen, sowohl die Bestrahlung als auch die Chemotherapie abzubrechen, da sie nicht dabei halfen, den Tumor in ihrem Hals schrumpfen zu lassen.

„Ariel, ich fühle mich irgendwie seltsam." Mum versuchte, sich zu räuspern. „Es fühlt sich an, als würde er größer werden."

Mein Herz schmerzte für sie. „Versuche, nicht darauf zu achten, Mum. Konzentriere dich auf etwas anderes als diesen Kloß in deinem Hals."

„Das ist ein bisschen schwierig." Sie fuhr sich mit der Hand über die Kehle. Sie war auf eine Größe angeschwollen, die ich nicht fassen konnte – und das in so kurzer Zeit.

„Versuche es einfach, Mum." Ich ergriff den abnehmbaren Duschkopf, um ihre Haare zu waschen. Oder das, was davon noch übrig war. „Vielleicht kommen deine Haare zurück, nachdem sie die Chemo gestoppt haben."

„Glaubst du das wirklich?" Sie lächelte ein wenig. „Wäre das nicht nett?" Sie ergriff plötzlich mein Handgelenk, und ich sah sie an. „Ariel, ich möchte nicht so begraben werden wie dein Vater. Bitte lass nicht zu, dass sie mir das antun. Ich möchte eingeäschert werden. Meine Asche soll über seinem Grab verstreut werden. Versprich mir, dass du dich darum kümmerst."

Ich hasste es, wenn sie so sprach, aber ich wusste, dass es ihr wichtig war. „Ich verspreche dir, dass ich tun werde, was auch immer du willst, Mum."

„Danke." Sie schloss die Augen, als ich mit dem Waschen ihrer Haare fertig war und den Schwamm nahm, um den Rest ihres dünnen und schwachen Körpers zu reinigen. „Du bist eine sehr gute Tochter, Liebling. Aber du musst dir überlegen, was du tun wirst, wenn es soweit ist. Du kannst nicht in diesem Krankenhaus leben. Du musst dir einen Job suchen. Ich möchte nicht, dass du allein auf der Straße lebst. Es ist viel zu gefährlich. Sogar als ich bei dir war, um dich zu beschützen, sind Dinge passiert, die ich mir nicht gewünscht hätte."

„Ich weiß." Ich hatte keine Ahnung, wo ich einen Job finden sollte. Ich hatte in der Schule nur die elfte Klasse abgeschlossen und wusste nicht, welche nützlichen Fähigkeiten ich haben könnte. Als mein Vater starb, hörte ich auf, zur Schule zu gehen, um für meine Mutter zu sorgen. Schon vor ihrer Erkrankung war sie immer gebrechlich gewesen, und ohne meinen Vater war sie völlig hilflos. Sie wusste nicht, was sie mit sich anfangen sollte, und weinte die ganze Zeit. Ich konnte sie nicht allein lassen.

Nach der Dusche drehte ich das Wasser ab und wickelte sie in ein Handtuch. „Ich hole dir eine frische Patientenrobe." Ich ließ sie auf dem kleinen Stuhl in der ebenerdigen Dusche sitzen und beeilte mich, um sie nicht zu lange allein zu lassen. Sie konnte in ihrem gegenwärtigen Zustand keinen Sturz verkraften.

Das Geräusch ihres Hustens sorgte dafür, dass ich mich noch mehr beeilte. Als ich mit der Robe in der Hand zurückkam, schnappte sie nach Luft, während der Hustenanfall immer weiterging.

Ich schaltete die Dusche wieder ein und hielt den heißen Wasserstrahl von ihr weg. Dampf erfüllte bald die Luft, und der Husten ließ allmählich nach. Sie zitterte, und ihre Augen waren voller Angst, als sie sich an meinen Arm klammerte. Sie musste kein Wort sagen. Ich konnte es in ihren Augen lesen: Der Tod rückte von Minute zu Minute näher.

Als meine Mutter wieder angezogen war und sicher im Bett lag, schlief sie gleich ein. Die ganze Tortur hatte sie zermürbt. Ich kletterte zurück auf mein Klappbett, fand aber keinen Schlaf.

Was sollte ich tun?

Ich war es so leid, mir diese Frage immer wieder zu stellen. Ein paar Antworten fielen mir ein, aber keine, die sofort funktionieren würde. Ich musste für Mum da sein. Ich konnte sie nicht verlassen, um einen Job zu finden, geschweige denn, einen Job auszuüben.

Die Dinge standen für mich still. Während ich darauf wartete, dass das Unvermeidliche geschah, konnte ich nichts anderes tun, als für meine Mutter da zu sein.

Ich musste eingeschlafen sein, als ich einige Zeit später eine

Hand auf meiner Schulter spürte, die mich sanft wachrüttelte. „Miss Pendragon?"

Ich öffnete meine Augen, sah etwas unscharfes Weißes und rieb mir den Schlaf aus den Augen, nur um zu sehen, wie Mums Arzt über mir stand. „Doktor Ferguson?"

„Ja, ich bin es." Er ging auf die andere Seite des kleinen Raums zur Tür. „Können Sie nach draußen kommen, um mit mir zu reden?"

Als ich aufstand, versuchte ich, mein Kleid zu glätten, und fuhr mir mit der Hand durch die Haare, um sie ein bisschen zu zähmen. „Ja, Sir." Ich wusste, dass ich mehr tot als lebendig aussah, aber ich folgte ihm trotzdem vor die Tür.

Dort angekommen, sah mich der ältere Mann an. „Miss Pendragon, ich mache mir Sorgen um Sie. Meine Frau und ich haben über Ihre Situation gesprochen."

„Ach ja?" Ich war überrascht. Ich hatte keine Ahnung, dass er überhaupt an mich gedacht hatte, geschweige denn, dass er sich um mich sorgte.

„Ja." Er nahm seine schwarz umrandete Brille ab, griff in die Tasche seines weißen Mantels und reichte mir ein Blatt Papier. „Das ist die Nummer eines Mannes, von dem ich denke, dass er Ihnen helfen kann. Ich habe ihn letzte Nacht angerufen, um ihm von Ihnen zu erzählen. Er glaubt, in seinem Resort eine Stelle für Sie finden zu können. Er besitzt eine Insel in der Karibik und hat Besucher aus der ganzen Welt. Seine Gäste sind in der Regel wohlhabende Leute, die ihren Aufenthalt genießen wollen und Privatsphäre verlangen, während sie dort sind."

„Und Sie denken, er wird mir einen Job geben?", fragte ich, als ich die Nummer auf dem Zettel ansah. Ein Name – Galen Dunne – war direkt darüber geschrieben. „Galen Dunne? Warum kommt mir dieser Name bekannt vor?"

„Er ist ein äußerst wohlhabender Ire und berühmt für seine Erfindungen und Investitionen." Der Arzt zog sein Handy aus der Tasche und zeigte mir einen Nachrichtenartikel mit dem Bild des Mannes. „Das ist er."

Blaue Augen, die mich sogar von einem bloßen Foto aus direkt ansahen, leuchteten auf dem Bildschirm. Dunkle wellige Haare hingen auf seine breiten Schultern. Der Anzug, den er trug, sah teuer aus und schien extra für ihn gemacht worden zu sein. Seine Muskeln waren unter dem dunklen Stoff leicht zu erkennen.

„Sie sagten, Sie haben bereits mit ihm gesprochen?" Ich war nicht sicher, was ein solcher Mann von einer Angestellten erwarten würde.

„Das habe ich." Der Arzt schaute den Flur hinab, als ein Piepen seine Aufmerksamkeit auf sich zog. „Hören Sie, ich muss gehen. Ihre Mutter wird heute in ein Hospiz gebracht. Das bedeutet, dass Sie nicht mehr bei ihr bleiben können. Sie werden allein sein, Miss Pendragon. Mr. Dunne hat mir versprochen, dass er sich um Sie kümmert – er gibt Ihnen einen Job und eine Unterkunft. Er wird Sie sogar auf seine Insel bringen. Aber Sie müssen ihn selbst anrufen. So ist er einfach. Er hilft gern Menschen, aber er möchte zuerst wissen, ob sie bereit sind, sich selbst zu helfen."

Mit einem Nicken fragte ich: „Kann ich das Telefon in Mums Zimmer benutzen?"

Der Arzt seufzte und gab mir sein Handy. „Nein. Das ist ein Ferngespräch, und das Krankenhaus wird dafür nicht bezahlen. Verwenden Sie mein Handy, während ich nach meinen Patienten sehe."

Ich nahm sein Handy, wählte die Nummer und hoffte, dass ich zu dem einzigen Menschen, der mir helfen konnte, das Richtige sagen würde.

Nachdem es ein paar Mal geklingelt hatte, nahm eine Frau ab. „Galen Dunnes Büro. Wie kann ich Ihnen behilflich sein?"

Ich erstarrte und konnte nicht sprechen.

„Hallo? Ist da jemand?"

Im Hintergrund hörte ich eine Männerstimme: „Nova, wer ist das?"

„Ich bin nicht sicher. Vielleicht ist die Verbindung schlecht. Ich kann nichts hören", sagte sie zu ihm.

„Geben Sie mir das Telefon", sagte der Mann. „Galen Dunne hier. Was kann ich für Sie tun?"

Seine tiefe irische Stimme war so sanft und gebieterisch. Mein Mund öffnete sich und endlich kamen Worte heraus. „Ich bin Ariel Pendragon, Sir. Doktor Ferguson hat mir gesagt, ich soll Sie anrufen. Er hat gesagt, er hat mit Ihnen über mich gesprochen."

„Ah, Ariel Pendragon aus London." Sein Tonfall war ein wenig besorgt. „Wie geht es Ihrer Mutter, meine Liebe?"

„Nun, es wird nicht besser, Sir." Ich ballte meine Faust an meiner Seite, immer noch wütend über die Ungerechtigkeit von allem. „Sie schicken sie heute auf eine andere Station. Ins Hospiz, was auch immer das ist. Der Arzt sagte, ich kann nicht mit ihr gehen."

„Er hat mir auch gesagt, dass Sie und Ihre Mutter obdachlos sind." Er zögerte, bevor er fortfuhr: „Ist das wahr?"

„Ja, Sir, es ist wahr. Ich weiß nicht, wohin ich gehen soll, wenn sie meine Mutter verlegen." Tränen brannten in meinen Augen. „Der Arzt hat gesagt, Sie könnten mir einen Job in Ihrem Resort geben. Ich würde alles machen, Sir. Kein Job ist unter meiner Würde."

„Haben Sie überhaupt Erfahrung?", fragte er.

„Nein, Sir, ich habe keine Erfahrung. Ich habe die Schule nach der elften Klasse abgebrochen und pflege seitdem Mum. Das ist alles, was ich habe, Sir." Es war demütigend, ihm das sagen zu müssen.

„Keine Sorge, meine Liebe." Er klang so nett. „Ich kann

Ihnen helfen. Sie möchten Ihre Situation verbessern, nicht wahr?"

„Ja. Ich werde alles tun, Sir – alles, was Sie wollen." Ich dachte darüber nach, was ich gesagt hatte. „Außer Ihnen irgendwelche körperlichen Gefälligkeiten zu erweisen, Sir. Ich hoffe, Sie verstehen, was ich sage?" Ich konnte spüren, dass ich rot wurde, aber ich wollte, dass er wusste, dass es einige Dinge gab, zu denen ich nicht bereit war – egal wie verzweifelt ich war.

Er lachte. „Meine Liebe, ich bin es nicht gewohnt, für die Gesellschaft einer Frau bezahlen zu müssen. Keine Sorge, ich denke an etwas anderes. Ich brauche hier im Resort ein persönliches Dienstmädchen. Mein bisheriges Dienstmädchen hat jemanden kennengelernt und vor Kurzem gekündigt. Also, wann können Sie anfangen?"

„Sobald Sie mich dort hinbringen können." Ich konnte kaum atmen. „Meine Mutter wird so erleichtert sein, Sir. Vielen Dank."

„Ich werde einen Jet chartern, um Sie sofort nach Aruba zu bringen. Von dort holt Sie meine Yacht ab und bringt Sie zur Insel." Bei ihm klang alles so einfach. „Und machen Sie sich keine Sorgen darüber, welche Kleidung und welche anderen Dinge Sie mitbringen sollen. Ich verstehe, was es bedeutet, obdachlos zu sein. Sie erhalten all die Kleidung, Schuhe und Toilettenartikel, die Sie benötigen, von uns. Ich werde ein Bankkonto für Sie einrichten, sobald Sie hier sind. Geben Sie mir Ihre Telefonnummer, meine Liebe."

„Ich habe kein Handy, Sir." Ich betete, dass er sein Angebot deswegen nicht zurückziehen würde.

„Ich sage Jeffrey, dass er Ihnen eines besorgen soll. Schreiben Sie mir eine SMS unter Ihrer Nummer, sobald Sie eine haben, damit ich sie speichern kann." Er hatte mein Problem so schnell gelöst.

„Danke, Mr. Dunne. Aber wer ist Jeffrey?", fragte ich, weil ich keine Ahnung hatte, über wen er sprach.

„Doktor Ferguson", erklärte er mir. „Ich sende Ihnen eine SMS, wann Sie zum Flughafen kommen können. Bis bald, Miss Pendragon."

„Ja, Sir. Vielen Dank – ich werde Sie nicht enttäuschen. Auf Wiederhören." Ich beendete den Anruf und ging den Arzt suchen, um ihm sein Handy zurückzugeben.

Ich konnte es kaum erwarten, Mum die fantastischen Neuigkeiten zu erzählen!

62

GALEN

Das Mädchen hatte am Morgen so zerbrechlich geklungen. Mein Herz schmerzte für das arme Ding, und ich wusste sofort, dass ich ihr helfen musste.

Jeffrey und ich waren vor einigen Jahren Freunde geworden, als wir zusammen an einem medizinischen Projekt arbeiteten. Als er mich anrief, um mich zu fragen, ob ich einen Job für eine arme, obdachlose junge Frau hätte – die zudem auch den einzigen Elternteil verlieren würde, den sie noch hatte –, hatte ich gespürt, wie mein Herz für diese Fremde brach.

Als ich im Büro saß, klingelte mein privates Handy, und ich sah, dass Jeffrey anrief. „Hallo, Jeffrey. Ich habe dich gebeten, mich anzurufen, weil ich dich um einen Gefallen bitten möchte."

„Nur zu, mein Freund", sagte er gut gelaunt.

„Du musst Miss Pendragon ein Handy kaufen. Es kann eines dieser Prepaid-Dinger sein. Sie wird es nur brauchen, bis sie hier ankommt. Ich möchte nicht, dass sie ohne Kommunikationsmittel auf Reisen ist." Ich dachte an all die schrecklichen Dinge, die der jungen Frau passieren könnten, und wollte nicht, dass ihr noch mehr Unglück widerfuhr.

Jeffrey war sehr hilfreich. „Ich besorge ihr eines. Hier im Krankenhaus ist ein Geschenkeladen, der auch Prepaid-Handys verkauft. Sie ist gerade bei ihrer Mutter im Zimmer. Ihre Mutter war überglücklich, als Ariel ihr die Neuigkeiten erzählte. Mrs. Pendragon ist dir sehr dankbar, Galen. Seit Ariel ihr die großartige Nachricht überbracht hat, hat sie mindestens hundert Mal gesagt, dass du für sie und ihre Tochter ein wahrer Segen bist."

Obwohl ich mich freute, dass sie so dankbar waren, fühlte ich mich traurig über ihre Situation. „Ich bin derjenige, der gesegnet ist, ihnen überhaupt helfen zu können. Sag mir, Jeffrey, denkst du, dass es Ariel gutgehen wird, wenn sie ihre Mutter zurücklässt?" Ich hatte viel darüber nachgedacht, seit wir uns unterhalten hatten. „Sie muss ihre Mutter nicht sofort verlassen, um zu mir zu kommen. Ich möchte ihr nicht die Zeit wegnehmen, die ihr noch mit ihrer Mutter bleibt."

„Um ehrlich zu sein, ist es vielleicht das Beste für Ariel und ihre Mutter, wenn sie jetzt geht", sagte er. „Ihre Mutter wird gleich ins Hospiz gebracht, und es wird ihr von nun an nur noch schlechter gehen. Es ist kein schöner Prozess, und ihre Tochter wird bessere Erinnerungen an ihre Mutter haben, wenn sie jetzt geht. Manchmal ist es für Menschen, die so krank sind, einfacher, wenn sie sich nicht darum sorgen müssen, für ihre Lieben stark zu bleiben. Ich habe bereits mit beiden gesprochen, und Mrs. Pendragon hat mir gesagt, was nach ihrem Tod geschehen soll. Ich habe Ariel versprochen, dass ich persönlich dafür Sorge tragen werde, dass der Wunsch ihrer Mutter nach einer Einäscherung erfüllt und ihre Asche über dem Grab ihres Mannes verstreut wird."

„Das ist sehr nett von dir, Jeffrey." Ich dachte, dass sein Engagement Gutes für die Integrität von Mutter und Tochter verhieß. „Ich würde vermuten, dass diese beiden Frauen dich so berührt haben, weil ihre Herzen rein sind. Es ist eine Schande, was ihnen passiert ist."

Er seufzte. „Sie sind so nett, Galen. Sie haben mir erzählt,
wie sie in diese Lage gekommen sind. Mrs. Pendragon heiratete,
als sie noch sehr jung war – gleich nach der Schule – und ihr
Ehemann verwöhnte seine Mädchen ein bisschen zu sehr. Er
ließ sie niemals einen Finger rühren, um zu helfen, wenn es
darum ging, die Rechnungen zu begleichen. Er hat seiner Frau
noch nicht einmal erlaubt, Lebensmittel zu kaufen. Sie hatte nie
ein Bankkonto und konnte nicht einmal Auto fahren, bis sie ihr
einziges Kind bekamen. Erst dann hat Mrs. Pendragon es
gelernt, damit sie Ariel zur Schule bringen konnte."

„Es hört sich so an, als hätte er sie wirklich geliebt, aber er
hat seiner Familie einen schlechten Dienst damit erwiesen, ihre
Unabhängigkeit nicht zu fördern." Ich fand es etwas archaisch
für die heutige Zeit, aber ich schätzte, dass es so etwas hier und
da immer noch gab.

Jeffrey stimmte mir zu: „Ja, er liebte sie, aber er brachte
ihnen nicht viel über das Leben bei. Ariel scheint klug zu sein.
Ich denke, sie kann es lernen. Hoffentlich nutzt sie die Gelegenheit, die du ihr gibst – damit sie sich ein neues Leben aufbauen
kann. Es wäre gut, wenn du jemanden dazu bringen könntest,
ihr die Grundlagen wie das Bezahlen von Rechnungen, das
Budgethalten und so weiter beizubringen."

„Ich werde dafür sorgen, dass sie die Hilfe bekommt, die sie
braucht." Ich hatte noch nie ein solches Mitgefühl für eine
Person empfunden, ohne sie überhaupt zu kennen. „Wenn du
ihr das Handy gegeben hast, erinnere sie daran, mir eine SMS
zu schicken. Da du es für das Beste hältst, dass sie ihre Mutter
verlässt, und sie damit einverstanden zu sein scheint, chartere
ich jetzt einen Privatjet. Wie lange braucht sie wohl, bevor sie
aufbrechen kann?"

„Gib ihr noch ein paar Stunden. Ihre Mutter wird sich bis
dahin im Hospiz eingelebt haben, und danach wird sie hier
sowieso keine Unterkunft mehr haben." Er lachte. „Weißt du, sie

waren bei diesen Neuigkeiten so glücklich, wie ich sie noch nie gesehen hatte. Das ist eine große Erleichterung für Mrs. Pendragon. Ich kann sehen, dass sie jetzt Frieden gefunden hat. Du bist wirklich ein Held, Galen."

„Nun, du bist derjenige, der daran gedacht hat." Ich fand, dass ihn das auch zu einem Helden machte. „Ich denke, deshalb sind wir so gute Freunde. Große Männer denken gleich."

„Das könnte sein." Ich hörte ein seltsames Piepen im Hintergrund. „Ich muss gehen. Ich besorge ihr das Handy, sobald ich einen Moment Zeit habe. Bis bald."

Ich legte auf und schaute dann meine Resort-Managerin an, die die ganze Zeit meine Seite des Gesprächs mitgehört hatte. „Also, wir haben ein neues Mädchen, Nova. Kann ich mich darauf verlassen, dass Sie alles besorgen, was sie braucht, und es zum Mitarbeiterwohnheim bringen?"

Nova tippte mit einem Stift auf ihren Schreibtisch. „Können Sie sie nach ihren Kleider- und Schuhgrößen fragen, wenn Sie Ihnen eine SMS schreibt? Das mag etwas übertrieben erscheinen, aber Sie haben gesagt, das Mädchen ist obdachlos, also fragen Sie sie auch nach ihrer BH- und Slipgröße."

Ich fuhr mit der Hand über mein Gesicht und nickte. „Das könnte ich machen. Oder noch besser, ich gebe Ihnen einfach ihre Nummer und Sie können ihr diese Fragen per SMS stellen. Ich möchte nicht, dass sie mich für einen Perversen hält."

„Sie haben recht." Nova lachte. „Ich kann das Zimmer jetzt fertig machen. Der Flug von London nach Aruba dauert ungefähr dreizehn Stunden, oder? Ich vermute, sie wird irgendwann morgen hier sein. Ich habe also genügend Zeit, um alles zu besorgen, was sie braucht."

Ich wollte, dass Ariel Pendragon mehr als nur das Nötigste hatte. „Ich möchte, dass Sie zu den Boutiquen hier auf der Insel gehen und ihr ein paar schöne Sachen zum Anziehen kaufen. Warum nicht auch Schmuck und Parfüms? Ich möchte, dass sie sich besonders fühlt. Ich bin mir sicher, dass sie sich nach den letzten Jahren auf den Straßen von London alles andere als besonders fühlt."

Nova lächelte mich an. „Was für ein großes Herz Sie haben, Galen. Ich hatte ja keine Ahnung." Sie wurde rot. „Ich meine nicht, dass Sie ein Tyrann sind oder dergleichen. Ich meine nur, dass ich diese Seite von Ihnen noch nie gesehen habe."

„Um ganz ehrlich zu sein, war ich noch nie in dieser Situation, also habe ich diese Seite von mir auch nie wirklich gesehen." Es könnte Neuland sein, aber es fühlte sich richtig an – sogar natürlich. „Als ich gestern Abend den Anruf von Jeffrey bekam, hat er etwas mit mir gemacht. Ich träumte die ganze Nacht von diesem armen Mädchen und ihrer Mutter und stellte mir vor, wie sie jahrelang auf der Straße gelebt haben. Es hat mich, ganz offen gesagt, krank gemacht. Der Gedanke, dass die Gesellschaft es zulassen könnte, dass unschuldigen Menschen so etwas widerfährt, hat etwas in meinem Herzen berührt. Ich weiß nur, dass ich das Leben dieser jungen Frau zum Besseren wenden werde, das ist alles."

„Wie ehrenwert von Ihnen, Galen." Nova stand auf, um das Büro zu verlassen. „Ich gehe zum Mitarbeiterwohnheim. Ich möchte mich selbst darum kümmern. Ihre Gefühle bezüglich dieser Sache müssen ansteckend sein, und ich möchte sicherstellen, dass sie mehr als die Basisausstattung bekommt. Wir werden sie in unserem kleinen Stück vom Paradies richtig willkommen heißen, einverstanden?"

Ich liebte Novas Einstellung. „Ich bin froh, dass Sie diesen Job angenommen haben. Camilla war meine rechte Hand in diesem Resort, und ich war mir nicht sicher, wie sich ihr Weggang auf den Ort auswirken würde. Aber sie hat Sie so gut ausgebildet, und Sie haben eine so natürliche Begabung dafür, sich um andere zu kümmern, dass Sie unsere Welt noch besser gemacht haben."

Sie sah mich kurz vor dem Verlassen des Büros über die Schulter an. „Danke, Chef. Es ist immer schön, zu wissen, dass ich einen Unterschied mache."

Vom ersten Moment an, als ich über die Eröffnung des Resorts nachgedacht hatte, wusste ich, dass ich ein Arbeitsumfeld schaffen wollte, das nicht nur anderen diente, sondern auch dafür sorgte, dass sich die Mitarbeiter wie zu Hause fühlten. Ich war so erfreut, dass ich diese Vision verwirklichen konnte, und jetzt würden wir unserem kleinen Inselparadies eine weitere Person hinzufügen. Ich konnte nur beten, dass sie hier Frieden fand, so wie wir alle. Es wäre meine persönliche Mission, ihr zu helfen, ihn zu finden.

Ich konnte mir nicht vorstellen, keine Familie zu haben, an die ich mich wenden konnte – das klang für mich schrecklich. Ich hatte eine so große, liebevolle Familie und keine Ahnung, wie es sich anfühlen würde, allein auf der Welt zu sein, noch wollte ich wissen, wie sich das anfühlte.

Als eine Textnachricht bei mir einging, sah ich mir die Nummer an und speicherte sie unter ‚Ariel Pendragon' in meinen Kontakten. Dann schickte ich die Nummer an Nova, bevor ich das Mädchen anrief. „Hallo?", antwortete Ariel.

„Es ist schön, Ihre Stimme zu hören, Miss Pendragon. Ich wollte Sie nur wissen lassen, dass der Jet am Flughafen Heathrow wartet. Sie können jederzeit starten. Aber es besteht überhaupt keine Eile." Ich wollte nicht, dass sie sich gezwungen fühlte, ihre Mutter sofort zu verlassen.

Sie schniefte ein wenig. „Mum wurde gerade abgeholt. Sie und ich haben uns verabschiedet, Sir. Ich gehe jetzt zum Flughafen. Jeder, den ich hier hatte, ist weg oder wird bald weg sein, also habe ich keinen Grund mehr, in London zu bleiben. Doktor Ferguson hat mir versichert, dass meine Mutter keine Schmerzen hat und sich wohlfühlt. Ich danke Ihnen für diese Gelegenheit, mir ein neues Leben aufzubauen, Mr. Dunne. Das ist nicht nur für mich, sondern auch für meine Mutter eine große Hilfe. Jetzt kann sie in Ruhe diese Welt verlassen und muss sich keine Sorgen mehr machen, was aus mir wird."

Die Art, wie sich meine Kehle verengte, überraschte mich. Emotionen tobten in mir, und ich spürte, wie meine Augen brannten. „Dies hier wird jetzt Ihr Zuhause sein, Miss Pendragon. Gute Reise, mein liebes Mädchen. Bitte melden Sie sich bei mir, wenn Sie in das Flugzeug steigen. Ich möchte wissen, wo Sie sind und dass Sie sich in Sicherheit befinden."

„Vielen Dank. Ich halte Sie auf dem Laufenden, Sir. Und bitte nennen Sie mich Ariel. Auf Wiederhören." Ihre Stimme stockte, als sie das letzte Wort sagte. Ich wusste, dass sie zusammengebrochen war.

Ich legte das Telefon auf den Schreibtisch und nahm mein Gesicht in meine Hände, als ich zuließ, dass der Kummer mich überwältigte. Mich solchen Gefühlen hinzugeben, sah mir nicht ähnlich, aber es schien, als ob ich mich der jungen Ariel Pendragon schon verbunden fühlte.

63

ARIEL

Obwohl mein Herz für meine Mutter schmerzte, fand ich Trost in der Tatsache, dass ich endlich eine Richtung für meine Zukunft hatte. Ich war noch nie in einem normalen Flugzeug gewesen, und jetzt saß ich plötzlich in einem Privatjet. Solcher Luxus war mir völlig fremd, aber ich konnte sehen, dass sich das ändern würde.

Ich konnte ruhig in dem bequemen Bett im hinteren Teil des Jets schlafen. Nachdem ich aufgewacht war, duschte ich mich, kämmte meine Haare und schminkte mich sogar mit den Toilettenartikeln, die sich an Bord befanden.

Die Stewardess hatte mich bei meiner Ankunft im Jet herumgeführt. Kleidung zum Wechseln, komplett mit einem BH, einem Höschen und einem Paar Sandalen, war im Schrank gewesen. Ich hatte Nova, der Managerin des Paradise Resort, meine Größe erst eine Stunde vor meiner Ankunft am Flughafen mitgeteilt. Bei dem Gedanken, dass sie es geschafft hatte, all das in so kurzer Zeit für mich zu besorgen, wurde mir schwindelig.

Nova hatte mir auch versichert, dass genügend Kleidung und alles andere, was nötig war, auf der Insel auf mich warten würde. Sie schickte mir sogar Bilder von der Schlafzimmersuite, in der ich wohnen würde.

Meine neue Realität war so viel besser als jeder Traum, den ich mir jemals hätte ausmalen können. Und ich hatte Doktor Ferguson und Mr. Dunne dafür zu danken. Sie waren meine Engel auf Erden. Ich würde nie vergessen, was sie für mich getan hatten.

Meine Mutter in dem Wissen verlassen zu können, dass es mir gut gehen würde, war ein Geschenk, das ich nie erwartet hätte. Mein Leben veränderte sich zum Besseren, und ich war bei dem Gedanken an das, was kommen würde, vollkommen aus dem Häuschen.

Gleichzeitig verlor ich meine Mutter und war todtraurig. Das Gefühlschaos war schwer zu ertragen. Ich fühlte mich ein bisschen verrückt, als ich versuchte, mit so vielen extremen Emotionen fertigzuwerden.

Als der Pilot den Lautsprecher einschaltete, riss ich meinen Kopf von dem weichen Kissen hoch. „Wir werden in Kürze in Aruba landen, Miss Pendragon. Können Sie sich bitte auf Ihren Platz begeben und sich anschnallen?"

Ich stand vom Bett auf und warf einen letzten Blick in den Spiegel. Das Spiegelbild, das mich anstarrte, sah ganz anders aus als in den letzten Jahren. Die ausgefallenen Seifen, Shampoos und Conditioner, die ich gefunden hatte, hatten es erheblich verbessert.

Ich ging in die Kabine, nahm Platz und schnallte mich an. Die Stewardess kam, um nach mir zu sehen. „Haben Sie gut geschlafen?"

„Sehr gut, danke." Ich nahm die Flasche Wasser, die ich im Getränkehalter neben dem Sitz gelassen hatte, bevor ich mich hinlegte. „Also sind wir im Begriff zu landen. Ist es seltsam, dass sich mein Magen so anfühlt, als würde etwas darin herumspringen?" Ich nahm einen langen Schluck, um meinen Durst zu stillen.

Sie lächelte mich an. „Ich denke, mir ginge es nicht anders, wenn ich in Ihrer Situation wäre. Sie sind dabei, ein wahres Abenteuer anzutreten."

Ein Abenteuer?

Ja, so könnte man es wohl nennen. „Mein ganzes Leben wird sich verändern. Ich hoffe, ich schaffe das."

„Das hoffe ich auch." Sie setzte sich mir gegenüber und schnallte sich an. „Ich habe viel über Galen Dunne gehört, aber ich habe ihn noch nie persönlich getroffen. Er ist den Fotos nach zu urteilen ziemlich gutaussehend. Ich glaube, ich habe letztes Jahr gelesen, dass er immer noch überzeugter Junggeselle ist und bald vierzig werden würde. Er sieht überhaupt nicht so alt aus, nicht wahr?"

Ich hatte nur das eine Bild von ihm gesehen, aber ich musste ihr zustimmen. „Nein, er sieht wirklich nicht alt aus." Wenn er vor einem Jahr vierzig geworden war, bedeutete das, dass er jetzt höchstwahrscheinlich einundvierzig war – zwanzig Jahre älter als ich. Nicht, dass das eine Rolle spielte. Er würde mein Chef sein, mehr nicht. „Er war jedes Mal sehr nett, wenn wir uns unterhalten haben. Ich denke, es wird schön sein, für ihn zu arbeiten."

„Ich wette, dass es das sein wird", stimmte sie mir zu. „Ich habe nur Gutes über ihn gehört."

Das Flugzeug begann den Landeanflug, und ich klammerte mich an die Armlehnen, als ich die Augen schloss. „Gleich bin ich da", flüsterte ich mir zu.

Sobald das Flugzeug den Boden berührte, öffnete ich meine Augen wieder und lachte. Die Stewardess lachte ebenfalls. „Wir haben es geschafft."

Ich nickte und konnte nicht aufhören zu lächeln. „Ich muss

jetzt gleich ein Boot besteigen, das mich in mein neues Zuhause bringen wird. Das ist so surreal."

„Ja, nicht wahr?" Sie löste ihren Sicherheitsgurt, als das Flugzeug anhielt. „Sind Sie bereit, Ihr Abenteuer zu beginnen?"

„Mehr als bereit." Mein Bauch drehte sich immer noch, aber das würde mich nicht zurückhalten. „Ich hoffe, meine Nervosität verschwindet bald. Ich hasse es, mich so zu fühlen."

„Sie sollten Mr. Dunne anrufen, um ihn wissen zu lassen, dass Sie hier sind", sagte sie, als sie aufstand. „Ich öffne die Tür, damit Sie sich auf den Weg machen können."

Ich holte mein neues Handy heraus, schaltete es ein und rief ihn an. „Ariel?", antwortete er.

„Ja, Sir, ich bin es. Ich bin gerade in Aruba gelandet. Was soll ich als Nächstes tun?" Ich folgte der Stewardess aus der Tür des Jets und ging die Treppe auf den Landeplatz hinunter.

„Sie sollen genau dort stehenbleiben. Ich komme zu Ihnen, um Sie abzuholen." Die Sonne war so grell, dass ich meine Augen schützen musste, als ich mich nach ihm umsah. Dann fühlte ich eine Hand auf meiner Schulter, als sich jemand hinter mich stellte. „Hi."

Ich drehte mich um und sah den Mann zum ersten Mal von Angesicht zu Angesicht. Er sah so gut aus, dass mir fast die Worte im Hals steckenblieben.

„Mr. Dunne, es ist so schön, Sie kennenzulernen. Ich hätte sicherlich nicht erwartet, dass Sie hierherkommen, um mich abzuholen. Was für eine angenehme Überraschung."

„Nun, ich wollte nicht, dass Sie sich Sorgen machen müssen, wie es jetzt weitergeht." Er nahm meine Hand und legte sie in seine Armbeuge. „Hier entlang. Ich habe ein Auto, das darauf wartet, uns zu meiner Yacht zu bringen." Er sah mich einen Moment an und zog dann etwas aus der Tasche seiner Shorts. „Hier, Sie können das haben. Es ist hier eine Notwendigkeit."

Ich nahm die Sonnenbrille, die er mir reichte, und setzte sie auf. „Danke, Sir. Wie rücksichtsvoll von Ihnen."

„Ah, es ist schön, Ihren englischen Akzent zu hören." Das Lächeln, das er trug, war aufrichtig. „Ich bin so froh, dass Sie hier sind, Ariel."

„Ich auch." Ich schaute ihn aus den Augenwinkeln an und wusste, dass meine Neugier durch die dunkle Brille verborgen war. Er war etwa dreißig Zentimeter größer als ich. Sein Körper war noch muskulöser, als es auf dem Bild, das ich von ihm gesehen hatte, den Anschein hatte, und er roch nach Sonnenschein und Meeresbrise. Sein Haar bewegte sich in dunklen Wellen über seine breiten Schultern, als der Wind es um sein wunderschönes Gesicht peitschte. Ich war noch nie mit einem so attraktiven Mann zusammen gewesen. Es fühlte sich sonderbar an, aber zugleich auch fantastisch.

Ich stieg auf die Rückbank eines Wagens und fühlte mich etwas unbehaglich, als Mr. Dunne neben mich glitt. Das Auto war so klein, dass sich unsere Beine berührten. „Hier gibt es nichts Größeres. Tut mir leid, Ariel", entschuldigte er sich.

„Schon in Ordnung." Ich schaute aus dem Fenster, als der Fahrer Gas gab. „Dieser Ort ist hübsch. Ganz anders als London."

„Ich hoffe, Sie lernen, ihn so zu lieben wie ich." Er legte seinen Arm über die Rückenlehne des Sitzes. „Hoffentlich macht es Ihnen nichts aus, wenn ich das tue. Ich muss mich ein bisschen strecken. Dieses Auto ist so eng, und ich habe kleine Räume noch nie gemocht."

Seine Knie reichten fast bis zu seinem Kinn, also wusste ich, dass er es nicht als Ausrede benutzte. „Nein. Das ist in Ordnung."

„Ich möchte keine schlechten Gefühle in Ihnen hervorrufen, aber ich muss fragen, wie Sie mit dieser ganzen Sache umgehen", sagte er mit einem mitfühlenden Unterton in seiner tiefen

Stimme. „Ich möchte nicht, dass Sie zögern, mir zu sagen, wie Sie angesichts dessen, was Ihre Mutter durchmacht, empfinden. Und in Bezug auf den Job. Ich möchte, dass Sie sich frei fühlen, mit mir über alles zu sprechen. Ihre Situation wäre für jeden Menschen schwierig, Ariel. Ich möchte nicht, dass Sie sich damit alleingelassen fühlen."

„Ähm, danke." Ich wusste nicht, was ich sagen sollte. „Im Moment bin ich ein bisschen überwältigt."

„Ich denke, das wäre ich an Ihrer Stelle auch." Die Art, wie er lächelte, gab mir das Gefühl, in Sicherheit zu sein – ein Gefühl, das in den letzten Jahren meines Lebens selten geworden war. „Wenn das überwältigende Gefühl verschwunden ist, können Sie sich gerne mit mir unterhalten."

„Ja, Sir." Ich fuhr mit meiner Hand über das gelbe Kleid. „Und danke für das Kleid und die Schuhe und den Rest." Ich wollte die Unterwäsche ihm gegenüber nicht erwähnen. „Ich hatte das nicht erwartet, aber es war mir sehr willkommen. Ich sah furchtbar aus, bevor ich geduscht habe und all die edlen Dinge im Badezimmer benutzen durfte."

Er nahm eine Strähne meiner Haare zwischen Zeigefinger und Daumen. „Diese kastanienbraunen Locken müssen beim Leben auf der Straße schwer zu zähmen gewesen sein. Ich bin froh, dass Sie sie jetzt richtig waschen konnten."

Die Art und Weise, wie sein Handgelenk auf meiner Schulter ruhte, als er mit meinen Haaren spielte, erweckte in meinen unteren Regionen seltsame Gefühle. Das war kein gutes Zeichen. Der Mann war mein Chef. Mehr konnte er nie sein.

Ich hatte jetzt einen Job und ein Zuhause. Ich konnte das nicht riskieren, weil ich mich zu dem Mann hingezogen fühlte, der mir all das gegeben hatte. Das Einzige, was ich tun konnte, war, die Feuchtigkeit zu ignorieren, die sich in meinem neuen Höschen gesammelt hatte. Dem Höschen, das er für mich gekauft hatte.

Oh, verdammt, ich musste damit aufhören.

„Hier sind wir. Wir sind an der Anlegestelle, wo meine Yacht wartet." Das Auto hielt an, und Mr. Dunne stieg aus und griff nach meiner Hand. „Kommen Sie, geben Sie mir Ihre Hand, Ariel. Ich kann es kaum erwarten, Ihnen meinen Stolz und meine Freude zu zeigen. Die Lady Killer ist die neueste Yacht, die ich meiner Sammlung hinzugefügt habe. Es ist alles dabei. Whirlpool, Dampfbad, Eismaschine ... Und der Koch hat uns ein fabelhaftes Mittagessen gemacht. Ich hoffe, Sie mögen frische Meeresfrüchte."

„Ich habe noch nie welche gegessen." Er ließ meine Hand nicht los, als er mich zu seinem Boot führte. „Jedenfalls nicht frisch, sondern nur gefroren."

„Oh, daran hatte ich nicht gedacht." Er zog mich an seine Seite und hielt immer noch meine Hand. „Nun, ich denke, sie werden Ihnen schmecken. Mein Koch kann selbst aus einem Zweig ein Festmahl machen. Er ist ein Genie."

„Ich bin sicher, dass ich alles lieben werde, was er zubereitet." Ich konnte nicht aufhören, all die großen Boote zu betrachten, die das Dock säumten, das wir hinuntergingen. Dann hielten wir vor der Lady Killer, deren Name stolz auf das hintere Ende der Yacht gemalt war. „Mein Gott! Sie ist wunderschön, Mr. Dunne."

„Vielen Dank! Das denke ich auch, Ariel." Er betrat das Deck der Yacht. „Kommen Sie an Bord, meine Liebe. Jetzt beginnt Ihr neues Leben."

Und was für ein Leben es werden sollte!

64

GALEN

Ich hatte angefangen, mich auf eine Weise zu verhalten, die sich von meinem üblichen Selbst unterschied. Die Frau – die viel jüngere Frau – machte mich aus irgendeinem Grund leicht nervös. Ich hielt immer noch ihre Hand, also ließ ich sie los. „Tut mir leid. Ich wollte Sie nicht so lange festhalten."

Sie wurde rot, als sie sich in die Yachtkabine setzte. „Kein Grund, sich zu entschuldigen, Sir."

Ich nahm ihr gegenüber Platz und beschloss, einen gewissen Abstand zwischen uns zu halten. Ariel hatte sich nur notdürftig zurechtgemacht, und ich fand sie bereits äußerst attraktiv – eine Sache, über die ich nicht einmal hätte nachdenken sollen. Die arme Frau war emotional nicht erreichbar, wenn die Krankheit ihrer Mutter und ihr bevorstehender Tod so schwer auf ihr lasteten. Ganz zu schweigen davon, dass ich ihr Arbeitgeber war.

Nein, alle Gedanken an Ariels körperliche Vorzüge sollten weit weg sein.

In dem Versuch, etwas Tröstliches zu sagen, fragte ich: „Sie haben dem Hospiz Ihre Handynummer gegeben, nicht wahr?"

„Das habe ich, Sir", antwortete sie mit einem Nicken. „Sie haben versprochen, mich anzurufen." Sie verstummte und sah weg. Ihr Handrücken fuhr über ihre Wange und wischte eine einzelne Träne ab. „Wenn sie stirbt."

Gott, ich war so ein Idiot!

Ich sprang von meinem Platz auf, setzte mich neben sie und legte meinen Arm um ihre schmalen Schultern. „Es tut mir leid. Ich weiß nicht, warum ich nicht das Richtige sagen kann, Ariel. Natürlich möchten Sie jetzt nicht darüber sprechen. Ich werde aufhören, darüber zu reden, was Sie gerade durchmachen."

Sie schüttelte den Kopf und schniefte. „Nein, nein. Mir tut es leid, Sir. Sie haben mir diese wundervolle Gelegenheit gegeben, und ich lasse mich von meinen Gefühlen überwältigen. Ich muss stärker werden und aufhören, mir alles zu Herzen zu nehmen, was die Leute sagen."

Sie irrte sich so sehr. „Ariel, bis es Ihnen besser geht, möchte ich, dass Sie als mein Gast im Resort sind, nicht als Angestellte. Sie arbeiten nicht, bis Sie Zeit hatten, richtig um Ihre Mutter zu trauern."

Sie nahm die Sonnenbrille ab und sah mir direkt in die Augen. Ich hatte noch nie zuvor Augen wie ihre gesehen – so tief und grün. „Sir, erlauben Sie mir bitte, gleich an die Arbeit zu gehen. Es wird mir guttun. Allein herumzusitzen und in meiner Trauer zu ertrinken ... das klingt schrecklich. Ich brauche etwas, das mich von meiner Mutter ablenkt. Ich weiß, das mag mich oberflächlich oder wie eine schlechte Tochter klingen lassen, aber ich muss arbeiten. Ich hatte noch nie die Gelegenheit zu arbeiten und einen Job zu erlernen. Ich denke, es ist an der Zeit, dass ich mich zu der Person entwickle, die ich sein soll. Aber Ihr Angebot rührt mich zutiefst, Sir. Wirklich."

Die Weichheit ihrer Stimme beruhigte mich auf eine Weise, die ich noch nie erlebt hatte. Die Verlegenheit darüber, sie zum Weinen gebracht zu haben, verschwand. „Okay. Was auch immer Sie für das Beste halten, Ariel. Sie sollen nur wissen, dass ich will, dass Sie hier glücklich sind. Ich will, dass diese Erfahrung Ihr Leben auf eine Weise bereichert, wie Sie es sich niemals vorgestellt hätten."

„Es hat sich bereits in etwas verwandelt, wovon ich nicht einmal träumen konnte, Sir, und das alles dank Ihnen und Doktor Ferguson. Sie beide sind meine Schutzengel." Sie schüttelte den Kopf und lachte ein wenig, als ob sie glaubte, ihre Worte wären weit hergeholt. „Ich nehme an, mein Vater hat daran mitgewirkt. Ich dachte immer, dass er von da oben auf uns aufpasst und versucht, die Lage für mich und meine Mutter zu verbessern. Vielleicht wollte er sie wieder bei sich haben, und sie wurde deshalb krank. Und vielleicht wollte er, dass ich ein besseres Leben habe – eines, das ich in London niemals hätte haben können. Was auch immer es ist, ich bin einfach nur dankbar, Sie zu haben."

Ich fuhr mit einem Finger über ihre Wange. Trotz meiner früheren Entschlossenheit, die Dinge professionell zu halten, fühlte ich mich von ihren Worten fasziniert. Ich konnte mir nicht helfen. „Ich bin auch dankbar, Sie zu haben, Ariel Pendragon", flüsterte ich und schaute in ihre smaragdgrünen Augen.

Ihre rosa Lippen hoben sich auf einer Seite und ihre Augenwinkel zogen sich ein wenig zusammen. „Das ist schön zu wissen. Ich denke, ich werde hier sehr glücklich sein."

„Ich hoffe es." Mein Finger verließ ihr Gesicht, als mein Blick zum Assistenten des Küchenchefs wanderte, der die Krabbencocktails servierte. „Hallo, Paolo. Das ist Ariel Pendragon. Sie wird auf der Insel arbeiten."

Nachdem er die Platte auf den Tisch gestellt hatte, streckte er Ariel seine Hand entgegen, die sie mit einem leisen Gruß nahm.

„Ich freue mich, Sie kennenzulernen, Ariel." Er war in ihrem Alter. Ich konnte nicht anders, als es zu bemerken. „Ihr Akzent ist britisch, nicht wahr?" Er schenkte ihr ein charmantes Lächeln, bei dem ein Grübchen auf einer Wange erschien.

„Ich komme aus London." Sie lächelte ihn an und meine Brust schwoll ein wenig an mit etwas, das sich wie Eifersucht anfühlte – eine Emotion, von der ich nicht gedacht hatte, dass ich sie haben könnte. „Und Sie hören sich spanisch an."

„Weil ich aus Spanien komme." Er lachte und zwinkerte ihr dann zu. „Ich wohne im Mitarbeiterwohnheim, genau wie Sie. Ich zeige Ihnen alles auf der Insel, sobald Sie sich eingelebt haben, Ariel. Wenn Sie Fragen haben, können Sie sich gerne an mich wenden. Aber ich denke, Sie werden gut zurechtkommen. Alle sind sehr nett. Wir haben kein Drama auf unserer Insel."

Ich nahm eine Garnele und tauchte sie in die Cocktailsauce. „Sie ist gerade ein bisschen aufgebracht, Paolo. Ich denke, wir sollten Ariel erlauben, soziale Kontakte zu haben, wenn sie dazu bereit ist. Ich möchte nicht, dass sie zu irgendetwas gezwungen wird." Ich sah den jungen Mann an. „Sie verstehen mich, nicht wahr?"

Er sah Ariel an und seine braunen Augen wirkten betroffen. „Es tut mir leid zu hören, dass es Ihnen nicht gut geht. Wenn Sie bereit sind, zögern Sie nicht, es mir zu sagen."

„Meine Mutter stirbt an Kehlkopfkrebs." Ariel rutschte ein wenig auf ihrem Stuhl herum, und ihre Hand streifte die Oberseite meines Oberschenkels, was eine sofortige körperliche Reaktion bei mir auslöste. Mein Schwanz wurde halb hart, und ich konnte nur hoffen, dass niemand davon Notiz nahm. Wie schrecklich, eine Erektion zu bekommen, während das Mädchen über den bevorstehenden Tod ihrer Mutter sprach. „Mr. Dunne wurde vom Arzt meiner Mutter kontaktiert und hat mir hier eine Stelle angeboten. Ich hoffe, dass ich mich schnell eingewöhnen werde und mein neues Leben beginnen kann. Wenn ich bereit bin, sage ich Bescheid, Paolo. Vielen Dank für Ihre Gastfreundschaft. Ich weiß das zu schätzen."

Paolos Gesicht wurde blass, als er den Ernst ihrer Lage erkannte. „Oh, ich hatte keine Ahnung. Keine Sorge, ich werde niemandem von Ihren schrecklichen Umständen erzählen. Und wenn Sie jemals einen Freund oder jemanden zum Reden brauchen, können Sie gerne zu mir kommen."

„Es ist okay, wenn Sie mit anderen über mich sprechen, Paolo", sagte sie. „Ich verstecke nichts. Es ist in Ordnung, wenn Ihnen Fragen gestellt werden. Es ist nur natürlich, dass die Leute fragen, wer ich bin."

Ich konnte sehen, dass der junge Mann von Ariels Geschichte erschüttert war, als er nickte und dann davonging. In diesem Moment bemerkte ich, dass ich der jungen Frau wieder viel zu nahe gekommen war.

Ich ergriff die Kristallschale mit dem Krabbencocktail, den ich bereits gekostet hatte, stand auf und setzte mich ihr gegenüber. „Ich nehme an, dass ich aus Sorge um Sie Dinge tue, die für Leute, die sich gerade erst kennengelernt haben, etwas seltsam sind. Tut mir leid, Ariel."

Sie beugte sich vor, nahm die andere Schale und lehnte sich zurück. „Bitte machen Sie sich keine Sorgen um mich, Sir. Mit solchen Dingen müssen sich jeden Tag Millionen von Menschen auseinandersetzen. Ich bin nichts Besonderes."

„Ich denke, es ist an der Zeit, dass Sie sich besonders fühlen, Ariel." Ich schaute zur Seite und versuchte, die richtigen Worte zu finden. „Ihr Leben war alles andere als gewöhnlich – nicht jeder muss auf der Straße leben. Nicht jeder verliert seinen Vater, sein Zuhause und all seine Besitztümer. Nicht jeder verliert so schnell seine Mutter. Und Sie sind etwas Besonderes. Viele andere junge Frauen in einer ähnlichen Situation würden sich Kriminalität, Drogen, Alkohol und sogar Prostitution zuwenden. Sie haben nichts davon getan. Wissen Sie, was ich für den Grund dafür halte, Ariel?"

Achselzuckend flüsterte sie: „Dass ich etwas Besonderes bin?"

„Genau." Ich aß noch eine Garnele. „Ich könnte mir denken,

dass jemand mit Ihrer seltenen Schönheit vielen Angeboten von schmierigen Männern ausgesetzt war. Habe ich recht?"

Sie nickte. „Meine Mutter hat sie verjagt und ihnen mit Schlägen gedroht, wenn sie mich nicht in Frieden ließen."

„Hätten Sie sie selbst abgewehrt, wenn sie nicht dagewesen wäre?", fragte ich neugierig.

„Ich habe es nicht in mir, meinen Körper zu verkaufen, Sir. Genau deshalb habe ich Ihnen das am Telefon gesagt, bevor ich hergekommen bin." Sie steckte sich eine Garnele in den Mund und schloss die Augen, als sie daran kaute.

Ich konnte sehen, dass sie sie mochte. „Das schmeckt erfrischend, nicht wahr?"

Sie nickte. „Es ist köstlich."

Lorena, die Barkeeperin, die ich für die Reise mitgebracht hatte, näherte sich mit einem Krug unseres typischen Cocktails auf einem Tablett mit zwei Highball-Gläsern.

„Hallo! Ich habe mir etwas Besonderes ausgedacht, um Sie bei Ihrem neuen Job und in Ihrem neuen Zuhause willkommen zu heißen, Ariel. Paolo hat mir ein wenig über Ihre Geschichte erzählt, und ich wollte nur Hallo sagen und Ihnen mein Mitgefühl für Ihre Mutter aussprechen. Ich bin Lorena und arbeite in den verschiedenen Bars des Resorts. Und ich wollte Ihnen auch meine Freundschaft anbieten. Wenn Sie dafür bereit sind, natürlich." Sie stellte das Tablett auf den Tisch zwischen Ariel und mir und sah mich dann an. „Ist das in Ordnung für Sie, Mr. Dunne? Oder soll ich Ihnen einen schönen Scotch bringen?"

„Schon gut, Lorena." Ich sah Ariel an. „Der Paradise Blues ist das Markenzeichen des Resorts. Er ist sehr erfrischend. Probieren Sie ihn. Lassen Sie mich wissen, was Sie davon halten."

Neugierig betrachtete sie die blaue Flüssigkeit. „Wie viel Alkohol ist da drin?"

Lorena goss etwas von dem Getränk in ein mit Eis gefülltes

Glas. „Es ist mild. Ein Glas davon wird keine große Wirkung auf Sie haben. Es reicht sicher nicht, um betrunken zu werden."

„Ich hatte noch nie Alkohol." Ariel nahm das Glas, das Lorena ihr anbot. „Es sieht lecker aus."

„Das ist es auch", schwärmte Lorena. „Es enthält frisch gepresste Fruchtsäfte und Kokosnusswasser, und der einzige Likör ist Kokosnussrum. Es hat einen niedrigen Alkoholgehalt. Wenn Sie es langsam trinken, vertragen Sie es bestimmt."

Ariel führte das Glas an ihre rosa Lippen und nahm einen Schluck. „Oh, Himmel, das ist das köstlichste Getränk, das ich je probiert habe." Ariel lachte, als sie mich ansah. „Ich probiere so viele neue Dinge aus – Dinge, von denen ich nie etwas geahnt hätte, wenn ich Sie nicht getroffen hätte, Mr. Dunne. Ich danke Ihnen sehr. Sie haben keine Vorstellung davon, wie sehr ich alles zu schätzen weiß, was Sie für mich getan haben."

Ihr Lächeln war ansteckend, und ich konnte nicht anders, als es zu erwidern. „Es gibt noch so viel mehr, das ich Ihnen zeigen möchte, junge Dame. Sie sind dabei, die schönsten Dinge auf der ganzen Welt zu sehen. Ich möchte nicht, dass Sie jemals denken, ich hätte Sie hierher in mein Inselparadies gebracht, nur um Sie hier zu halten. Ich sehe großes Potenzial in Ihnen, Ariel, und ich möchte Ihnen helfen, es zu erforschen. Sie werden mit mir um die Welt reisen. Es wird mir ein großes Vergnügen sein, Ihnen Dinge zu zeigen, die Sie in Ihrem alten Leben niemals gesehen hätten."

Lorenas dunkle Augen weiteten sich, als sie Ariel ansah. „Verdammt, Mädchen. Sie haben hier mit Mr. Dunne den Jackpot gewonnen. Er nimmt normalerweise niemanden auf diese Weise unter seine Fittiche."

Ariel betrachtete mich voller Anbetung. „Das kann ich sehen."

Ich hatte keinen Mangel an Bewunderung in meinem Erwachsenenleben gehabt – ob verdient oder nicht, das brachte der Reichtum mit sich –, aber zu wissen, dass diese junge Frau mich bewundernswert fand, sorgte dafür, dass ich mich plötzlich verdammt viel besser fühlte.

Wenn ich es jetzt noch schaffte, die Anziehungskraft, die sie auf mich ausübte, zu zügeln, könnte alles in Ordnung sein.

65

ARIEL

Ein paar Wochen waren vergangen, und ich begleitete immer noch Francesca, die leitende Haushälterin, bei der Arbeit. „Ein Spannbetttuch zu falten ist eine Kunstform, Ariel. Jede gute Haushälterin weiß, wie man das perfekt durchführt." Sie hielt ein weißes Laken vor sich und machte dann einige schnelle Bewegungen, bevor sie das Bündel – das jetzt so aussah, als wäre es gerade aus der Verpackung gekommen – auf den Klapptisch legte. „Haben Sie gesehen, was ich gemacht habe?"

Ich schüttelte den Kopf und fühlte mich ein wenig verloren. „Nein", gab ich zu. „Sie waren ein bisschen zu schnell für mich."

Mit einem schweren Seufzer, bei dem sich ihre Brust senkte, nahm sie ein weiteres Laken und faltete es zehnmal langsamer. „Haben Sie dieses Mal gesehen, was ich getan habe?"

„Ja." Ich nahm ein Laken und probierte es aus. „Oh, warum geht es jetzt nicht mehr?" Ich konnte ihre dunklen Augen fühlen, die sich in mich bohrten. „Und das ist auch nicht richtig." Ich legte das Ding auf den Klapptisch. „Darf ich Ihnen noch einmal zusehen? Ich werde es hinbekommen. Das verspreche ich."

„Sie haben einen Anfängerfehler gemacht, als Sie versucht

haben, es zu falten, während es auf der rechten Seite war. Sie müssen es umdrehen." Francesca wies auf die inneren Nähte und zeigte mir, wie ich anfangen sollte. „Sehen Sie?"

„Ja." Ich hob mein Laken hoch, um ihrer Führung zu folgen. „Okay, von innen nach außen. Ich habe es."

„Ja, das ist großartig." Sie steckte ihre Hände in zwei gegenüberliegende Ecken. „Ziehen Sie mit Ihren Händen daran, bis die Ecken abgeflacht sind."

Ich machte es ihr nach, hatte aber immer noch keine Ahnung, wie wir zum nächsten Schritt kommen würden. „Und jetzt?"

Sie musterte mich. „Passen Sie gut auf. Hier kann es schwierig werden." Sie bewegte die rechte Hand zu ihrer linken. „Sie drehen eine Ecke um und verbinden dann beide Ecken zu einer fast flachen Ecke. Versuchen Sie es."

Ich machte genau das Gleiche. „Nun, so weit, so gut."

„Sie sehen die anderen Ecken, die lose heraushängen und immer noch von innen nach außen weisen, oder?", fragte sie, als sie das Laken ein wenig schüttelte, um es in Bewegung zu versetzen.

„Ja, ich sehe sie." Ich beobachtete sie aufmerksam und wollte es nicht vermasseln, nachdem ich so weit gekommen war.

„Jetzt machen Sie mit ihnen genau das Gleiche wie mit den ersten beiden Ecken. Sie legen jede über die vorige und drehen sie mit der rechten Seite nach außen." Sie nahm sich eine Ecke nach der anderen vor, bis alle vier richtig ausgerichtet waren.

Ich schaffte das Gleiche, obwohl mein Ergebnis nicht so ordentlich war wie ihres. „Okay, und was jetzt?"

Sie legte das Laken auf den Klapptisch, also machte ich es ihr nach und beobachtete immer noch aufmerksam ihre Hände, damit ich keinen Schritt verpasste. „Jetzt falten Sie es. Lassen Sie uns das Gummiband verstecken, indem wir jede Kante nach innen falten."

Ich ahmte es nach. „Es fängt an, richtig auszusehen."

Sie lächelte, und ich fühlte mich stolz. „Jetzt falten wir es nur noch zu einem sauberen Rechteck. Und da haben wir unser perfekt zusammengelegtes Spannbetttuch!"

Als ich fertig war, rief ich: „Ja! Ich habe es geschafft." Ich drehte mich zu ihr um und umarmte sie. „Danke, Francesca!"

„Ich wurde noch nie von jemandem umarmt, weil ich ihm gezeigt habe, wie man ein Laken faltet." Sie lachte, als sie meinen Rücken tätschelte. „Gern geschehen, Ariel."

„Ich kümmere mich um den Rest der Laken. Ich möchte solange üben, bis ich sie so schnell zusammenlegen kann wie Sie." Ich machte mich an die Arbeit, während sie andere Aufgaben übernahm. „Ist es dumm, dass ich so glücklich darüber bin, etwas zu lernen, das andere wahrscheinlich lästig finden würden?"

„Nein, Sie sind wunderbar", versicherte sie mir. „Es ist eine Freude, jemanden in der Nähe zu haben, der sich nicht über die Arbeit beschwert, für die er bezahlt wird."

„Ich bin niemand, der sich beschwert, egal bei welcher Aufgabe." Ich dachte nach. „Ich mag es nur nicht, Toiletten zu putzen. Kein bisschen."

„Das mag keiner", murmelte Francesca.

Sofort fühlte ich mich besser. Ich wollte nicht jammern, aber es war eine unangenehme Aufgabe. Nicht dass ich irgendwelche Erfahrungen damit gemacht hätte. Rückblickend wurde mir klar, dass mein Vater sich auch darum gekümmert haben musste, ohne mich oder meine Mutter zu bitten, einen Finger zu krümmen. Und doch waren unser Haus und unsere Toiletten immer sauber gewesen.

Es wurde Mittag, und ich sah, dass Mr. Dunne in die Waschküche spähte. „Ariel, möchten Sie mit mir zu Mittag essen?"

Er hatte mich in den ersten zwei Wochen auf der Insel oft gebeten, mit ihm zu essen. Ich mochte seine Gesellschaft sehr und nahm sein Angebot an. „Ich würde mich gerne zu Ihnen gesellen, Mr. Dunne. Wo essen wir heute?"

„Ich habe mir das Mittagessen in meinen Bungalow bringen lassen. Ich wusste, dass Sie heute Morgen die Wäsche machen, und dachte, Sie könnten sich eine Stunde Zeit nehmen, um sich auszuruhen." Seit ich ihn getroffen hatte, war mein Chef immer um mich bemüht gewesen.

Dann bemerkte ich den Seitenblick, den ich von Francesca bekam. Ich wusste, dass er noch nie jemand anderen vom Hauswirtschafts-Team zu irgendetwas eingeladen hatte. Ich biss mir auf die Unterlippe, als ich sie und dann wieder ihn ansah. „Vielleicht möchte Francesca auch mitkommen?"

Bevor er ein Wort sagen konnte, sagte sie: „Nein, danke. Ich treffe mich heute mit einer Freundin zum Mittagessen."

„Nun, das ist schön", sagte Mr. Dunne. „Genießen Sie es, Francesca." Er winkte mir zu. „Kommen Sie mit, Ariel."

Meine Kollegin schien es nicht zu stören, dass ich allein mit unserem Chef aß, also ging ich zu ihm. „Mit was für einem Essen überraschen Sie mich heute?"

Sein Lächeln war teuflisch. „Foie Gras, unter anderem."

Wir gingen Seite an Seite zu seinem Bungalow. „Hört sich interessant an. Ich bin mir sicher, dass es mir schmecken wird, wenn Sie es mögen. Sie haben einen ausgezeichneten Geschmack."

„Ich bin froh, dass Sie so denken." Er öffnete die Tür seines Bungalows für mich. „Nach Ihnen."

Unsere Arme berührten sich kaum merklich, als ich an ihm vorbeiging. „Danke, Sir." Ein Funke schoss bei der Berührung durch meinen Körper bis in mein Innerstes. Egal wie sehr ich versucht hatte, die Anziehungskraft, die er auf mich hatte, zu ignorieren, sie ging nicht weg. Aber ich hatte nie auch nur ein Wort zu irgendjemandem darüber verloren, wie ich in seiner Nähe empfand.

Die Meeresbrise strömte durch die offenen Türen, die zum Deck führten, in das Wohnzimmer. „Ich habe das Essen auf dem Deck servieren lassen, Ariel."

Ich sah, dass ein Tisch für zwei Personen mit einem weißen Tischtuch und einem Herzstück aus glänzenden Muscheln und einer Vase mit Blumen geschmückt war. „Wow. Wie hübsch."

„Ich wünschte, ich könnte sagen, dass ich das so arrangiert habe", scherzte er, als er meinen Stuhl hervorzog. „Bitte setzen Sie sich."

Ich tat, was er sagte, und betrachtete die dekadenten Speisen, die auf diversen Platten auf dem Tisch verteilt waren. „Alles sieht so lecker aus. Ich habe keine Ahnung, was die meisten dieser Dinge sind, aber ich bin mir sicher, dass ich alles lieben werde."

„Lieben?" Sein Lachen ließ seine breite Brust zittern, als er seinen Platz einnahm. „Liebe ist eine flüchtige Emotion, denken Sie nicht?"

Ich schenkte uns beiden Rotwein ein, der in einem Kühler an einer Seite des Tisches stand. „Flüchtig, Sir? Warum sollte ich das denken?"

„Nun, zum Beispiel magst du vielleicht, wie ein Gericht schmeckt, wenn du es zum ersten Mal isst. Zum Beispiel die Foie Gras", sagte er. „Es kann entweder ein anerzogener Geschmack sein oder ein Geschmack, den man spontan mag, aber nach einer Weile wird man seiner müde. Ich habe festgestellt, dass dies auf die meisten Dinge im Leben zutrifft. Sogar auf romantische Beziehungen."

„Wollen Sie damit sagen, dass Sie noch nie über einen längeren Zeitraum hinweg verliebt waren?" Ich hatte von einigen meiner Kolleginnen gehört, dass er nie eine richtige Beziehung gehabt hatte. Ich konnte nichts dagegen tun, mich bei jeder Gelegenheit nach ihm zu erkundigen – er hatte mich von Anfang an fasziniert.

Nickend nahm er einen Schluck Wein. „Ich habe Frauen getroffen, die mich angezogen haben – sogar Frauen, die mir so gut gefallen haben, dass ich dachte, es könnte Liebe sein. Aber dann passierte etwas. Normalerweise nichts Schlimmes, nur etwas, das meine Aufmerksamkeit auf etwas anderes lenkte. Wenn die Liebe echt wäre, würde meine Aufmerksamkeit nicht so leicht abschweifen. Und ich meine auch nicht von einer Frau zu einer anderen. Ich meine von einer Frau zu einem Projekt oder einem Auto. Wissen Sie – alles, nur nicht sie.“

„Da ich noch nie Liebe erfahren habe, bin ich nicht in der Lage, eine gegenteilige Meinung zu vertreten, Mr. Dunne. Aber ich weiß, dass meine Eltern sich sehr geliebt haben – vielleicht zu sehr, wenn man bedenkt, wie sich die Dinge für Mum und mich entwickelt haben –, und ich glaube gern, dass wahre Liebe für alle existiert.“ Es machte mich ein wenig unruhig, mir Mr. Dunne mit einer Frau vorzustellen, aber ich fügte hinzu: „Und ich hoffe, Sie finden eines Tages die Frau, die für Sie bestimmt ist, Mr. Dunne. Es wäre eine Schande, wenn Sie das nicht tun würden. Sie sind ein sehr netter Mann.“

Und verdammt gutaussehend.

Meine Augen wanderten zu meinem Teller, als ich spürte, wie sich mein Körper erhitzte.

Ich musste damit aufhören!

Er fing lächelnd an, Essen auf meinem Teller anzurichten. „Danke, Ariel. Ich bin froh, dass Sie mich nett finden. Ich finde Sie auch nett. Tatsächlich habe ich mich gefragt, ob Sie das Gefühl haben, dass Sie gut genug ausgebildet wurden, um Ihre Position als mein persönliches Dienstmädchen anzutreten.“

„Es gibt so viel zu lernen.“ Ich nahm einen Bissen von dem Gericht auf meinem Teller und stöhnte, als es in meinem Mund schmolz. „Ist das das Zeug, von dem Sie gesprochen haben?“

Er nickte. „An Ihrem Stöhnen kann ich erkennen, dass Sie zu den Menschen gehören, die es schon beim ersten Bissen lieben – aber merken Sie sich meine Worte: Irgendwann werden Sie es satthaben."

„Das bezweifle ich." Ich nahm noch einen Bissen. „Es ist so gut."

„Ich wette, dass es das ist." Er nahm auch einen Bissen. „Ich war einer von denen, die sich erst an den Geschmack gewöhnen mussten."

„Aber jetzt lieben Sie es, nicht wahr?" Ich stach in eine reife Erdbeere und steckte sie mir in den Mund.

„Ich mag es sehr." Er grinste mich an, als er mir mit seiner Gabel zuwinkte, auf die er eine Blaubeere gespießt hatte. „Ich glaube nicht an die Liebe, erinnern Sie sich?"

Aus irgendeinem Grund störten mich seine Worte. Nicht, dass sie mich überhaupt berühren sollten – wir waren nichts weiter als Arbeitgeber und Arbeitnehmerin.

Mein Handy klingelte in meiner Tasche, und ich erstarrte bei dem Geräusch. „Oh Gott."

Mr. Dunne stand auf und trat an meine Seite, während er seine Hand ausstreckte. „Dieser Anruf kann nur eines bedeuten. Lassen Sie ihn mich für Sie annehmen, Ariel."

Er hatte recht. Niemand außer dem Hospiz hatte meine Nummer. Und sie waren angewiesen worden, erst nach ihrem Tod anzurufen.

Ich gab ihm mein Handy, nachdem ich es aus meiner Schürzentasche gezogen hatte. „Danke, Sir."

Er legte eine Hand auf meine Schulter, als er den Anruf entgegennahm: „Hier spricht Galen Dunne. Haben Sie Neuigkeiten über Miss Pendragons Mutter?" Er schwieg einen Moment und sagte dann: „Ich verstehe. Vielen Dank. Ich werde es ihr sofort ausrichten."

Er nahm seine Sonnenbrille ab und legte sie zusammen mit meinem Handy auf den Tisch. Ich musste es ihn nicht sagen hören. „Sie ist gestorben."

Langsam rieb er meine Schultern und zog mich dann von meinem Stuhl hoch, um mich zu umarmen. Die Art und Weise, wie sich seine Arme um meinen Körper legten und mich an ihn zogen, gab mir das Gefühl, umsorgt zu werden. „Kommen Sie her, meine Liebe. Ich halte Sie fest, Ariel. Jetzt ist nicht die Zeit, allein zu sein."

Weinend fand ich Trost in seinen Armen. Ich war jetzt ganz allein auf der Welt. Aber zumindest war dieser wundervolle Mann hier und kümmerte sich in meinem Moment der Trauer um mich.

Ich hoffte, er würde nie aufhören, sich um mich zu kümmern.

66

GALEN

Ich hielt Ariel fest, als sie über den Tod ihrer Mutter weinte, und konnte nicht leugnen, wie richtig es sich anfühlte. Ich wusste in diesem Moment, dass ich für sie da sein würde, egal was passierte. „Ariel, es wird alles gut. Ich hoffe, Sie wissen, dass ich Ihnen auf jede erdenkliche Weise helfen werde. Sie sind nicht allein."

Sie riss sich zusammen und unterdrückte ihr Schluchzen, als sie ihren Kopf von meiner Schulter zog, um mich mit Tränen in den Augen anzusehen. Sogar voller Tränen waren ihre Augen unbeschreiblich schön. „Ich kann Ihnen nicht genug danken, Mr. Dunne. Das Wissen, dass ich Sie auf meiner Seite habe, bedeutet mir die Welt."

Ich hatte das Gefühl, dass sie mehr brauchte, als ich ihr gegeben hatte. Außerhalb dieses Resorts hatte sie überhaupt nichts – keine Familie und keine anderen Besitztümer als das, was wir ihr zur Verfügung gestellt hatten. Sie brauchte etwas Eigenes. „Ariel, ich möchte Ihnen ein Zuhause geben. Ein echtes Zuhause."

„Das haben Sie getan, Sir." Sie sah nach unten, als sie sich aus meinen Armen löste. „Mir geht es gut."

Meine Finger strichen über ihre Arme, als sie zurücktrat. Ich wollte nicht aufhören, sie zu berühren. Aber ich wusste, dass das, was ich wollte, nicht richtig war. „Ich meine ein Haus, Ariel. Nicht nur ein Zimmer mit angeschlossenem Bad. Einen Bungalow, der Ihnen gehört."

Sie schüttelte den Kopf und sagte: „Ich habe nichts, womit ich einen Bungalow einrichten könnte. Das Angebot ist unglaublich, Sir, aber ich bin einfach noch nicht bereit, ein eigenes Haus zu haben."

„Doch, das sind Sie." Ich nahm sie bei der Hand und führte sie in den Wohnbereich. Ich wusste, dass das Essen nicht gut zu ihrer Trauer passen würde. „Der Bungalow, den ich Ihnen geben werde, ist bereits mit allem eingerichtet, was Sie brauchen. Ich denke, ein eigenes Haus zu haben wird Ihnen guttun. Ich akzeptiere kein Nein als Antwort." Ich half ihr, sich auf das Sofa zu setzen. „Hier, setzen Sie sich." Ich zog den Couchtisch dicht an sie heran. „Legen Sie Ihre Füße hoch." Dann holte ich ihr ein Glas Rotwein vom Tisch und schob es in ihre Hände. „Nippen Sie daran. Ich werde Nova anrufen, um alles zu organisieren."

Sie sah mit traurigen Augen zu mir auf. „Mr. Dunne, Sie müssen das alles wirklich nicht tun."

„Ich weiß, dass ich es nicht tun muss." Ich beugte mich vor, um ihren Kopf zu küssen. „Ich möchte es aber tun. Ich möchte Sie in Ihrem eigenen Zuhause sehen."

Sie nahm einen Schluck Wein, als ich ihr eine Schachtel Taschentücher holte. Das traurige, anerkennende Lächeln, das sie zeigte, als sie die Schachtel aus meiner Hand nahm, ließ mein Herz dahinschmelzen.

„Danke, Sir." Sie tupfte sich die Augenwinkel ab und holte tief Luft. „Ich wusste, dass dieser Tag kommen würde. Warum tut es also so weh? Ich weiß, dass es meiner Mutter jetzt viel besser geht."

„Sie werden sie vermissen." Ich nahm den Hörer ab, um

Nova anzurufen. „Nova, ich möchte, dass der Bungalow neben meinem gereinigt wird. Stellen Sie sicher, dass er voll funktionsfähig und mit allem ausgestattet ist, was Ariel benötigt. Ich gebe ihn ihr. Ihre Mutter ist heute gestorben, und ich möchte nicht, dass sie sich eine Unterkunft mit jemandem teilen muss."

„Ich werde mich gleich darum kümmern, Sir. Der Bungalow wird in ein paar Stunden bereit sein", versicherte mir Nova.

Zufrieden damit, dass Nova sich um alles kümmern würde, setzte ich mich neben Ariel. Sie sah mich mit funkelnden Augen an, als sie einen weiteren Schluck von ihrem Wein nahm. „Ich weiß nicht, was ich ohne Sie tun würde", flüsterte sie.

„Ich möchte nicht, dass Sie darüber nachdenken." Ich wollte ihr nur helfen. „Erzählen Sie mir von Ihren Eltern, Ariel. Ich möchte mehr über sie wissen. Wie sind Sie drei miteinander ausgekommen?"

Sie schluckte, und ihre Hand flog an ihre Brust. „Oh, ich weiß nicht, Mr. Dunne. Ich kann nicht verlangen, dass Sie sich damit beschäftigen. Sie sind mein Chef. Ich glaube nicht ..."

Ich stoppte sie, indem ich einen Finger auf ihre rosa Lippen legte. „Ich bin mehr als nur Ihr Chef. Sicher wissen Sie das inzwischen. Lädt eine Person, die nur Ihr Chef ist, Sie so oft zum Essen ein?"

Sie schloss die Augen, als sie den Kopf schüttelte und sich Strähnen ihres kastanienbraunen Haares aus ihrem Zopf lösten. „Mein Vater hatte Haare wie ich. Ich sehe ihm ähnlicher als meiner Mutter. Aber ich verhalte mich eher wie sie."

Erleichtert darüber, dass sie mich verstand, nahm ich ihre Hand in meine und hielt sie an meine Brust. „Und wie war sie?"

Ihre Augen öffneten sich und ihre Lippen verzogen sich zu einem Lächeln. „Meine Mutter war eine aufrichtige Frau. Ruhig, treu, ihrer Familie ergeben. Sie erlaubte meinem Vater, sie zu verwöhnen, aber niemandem sonst. Sie bat nie um Hilfe, egal wie dringend sie oder ich Unterstützung benötigten. Ich bin auch so. Wenn meine Umstände nicht so schlimm wären, hätte ich Sie nie angerufen. Ich habe es für sie getan. Mum konnte keine Ruhe finden, nicht bis ich ihr erzählte, was Sie mir angeboten hatten. Sie hat mir gesagt, ich soll Ihr Angebot annehmen und niemals zurückblicken."

„Und ich bin froh, dass sie das getan hat." Ich zog ihre Hand hoch und küsste die Oberseite. „Ich bin froh, Sie kennengelernt zu haben. Ich bin froh, dass Sie mir erlaubt haben, Ihnen zu helfen."

Sie starrte auf ihre Hand, wo ich sie geküsst hatte, und seufzte, bevor sie mir in die Augen sah. „Ich auch. Wirklich. Zum ersten Mal in meinem Leben habe ich ein Ziel."

Ich musste lachen. „Ich hoffe, dass Ihre Ziele weiter reichen, als mein Dienstmädchen zu werden."

Sie blinzelte und sah dann zu Boden. „Es ist albern, nicht wahr?"

„Nein." Ich umfasste ihr Kinn und zog ihr Gesicht wieder hoch. „Es ist ehrenvoll, zu arbeiten. Egal was für eine Arbeit. Ich möchte nur, dass Sie sich höhere Ziele stecken. Und mit meiner Hilfe werden Sie sie erreichen. Möchten Sie Ihren Schulabschluss nachholen?"

Sie sah ein wenig verwirrt aus und fragte: „Was würde mir das nützen? Ich meine das nicht sarkastisch. Würde es mir wirklich etwas bringen?"

„Bildung ist immer gut." Ich hatte keine Ahnung gehabt, wie sehr das arme Ding von der Welt isoliert gewesen war. „Meine Liebe, wie haben Ihre Eltern mit Ihnen über Ihre Zukunft gesprochen?"

Achselzuckend gab sie zu: „Gar nicht. Erst als Mum krank wurde. Dann machte sie sich Sorgen um meine Zukunft." Sie lachte kurz. „Rückblickend ist es ziemlich weltfremd. Wie konnte sie denken, dass sie sich gut um mich kümmerte, während wir auf der Straße lebten? Wie konnte mein Vater

denken, dass es uns in irgendeiner Weise helfen würde, nichts
selbst zu machen?"

„Ich bin mir sicher, dass er es gut gemeint hat, aber er muss
sich darin geirrt haben, was es bedeutet, ein guter Ehemann
und Vater zu sein", bot ich an. „Vielleicht hatte er keine Vaterfi-
gur, die ihm zeigte, was zu tun war?"

„Ah", überlegte sie laut. „Sie haben recht. Er hatte keine
Familie. Er ist als Kind in einem Waisenhaus aufgewachsen."

„Also muss er gedacht haben, dass seine Aufgabe darin
bestand, alles für seine Frau und sein Kind zu tun." Ich fühlte
mich gut dabei, ihr zu helfen, das zu erkennen. „Aber das
Einzige, was dabei herauskam, war, dass es denjenigen, die
unter seinem Schutz standen, die Chance nahm, sich zu entwickeln. Er hat nie zugelassen, dass Sie beide lernten, auf sich
selbst aufzupassen."

„Heute ist mir aufgefallen, dass mein Vater sich sogar um
den Haushalt gekümmert hat. Meine Mutter und ich haben
nicht einmal die Toilette geputzt. Er muss derjenige gewesen
sein, der das Haus sauber gehalten hat." Ihre Augen weiteten
sich und sahen verwirrt aus. „Können Sie sich vorstellen, den
ganzen Tag zur Arbeit zu gehen, nur um nach Feierabend das
Haus zu putzen, die Wäsche zu waschen und das Abendessen zu
kochen? Und die ganze Zeit haben meine Mutter und ich ferngesehen oder gelesen, ohne einen Finger zu rühren. Und dabei
sind wir nur seinen Anweisungen gefolgt. Ich fühle mich jetzt
schrecklich. Er tat alles, um für uns zu sorgen – um zu beweisen,
dass er uns liebte. Und was haben wir getan, um zu beweisen,
dass wir ihn liebten?"

Es hörte sich an, als hätte ihr Vater es sich nicht leichtge-
macht. „Ich bin nicht sicher, was ich sagen soll, Ariel. Ich nehme
an, die Tatsache, dass Sie und Ihre Mutter ihm erlaubt haben,
all diese Dinge zu tun, ließ ihn auf gewisse Weise wissen, dass
Sie ihn geliebt haben."

„Im Ernst?", fragte sie verwirrt. „Ich habe das noch nie so gesehen."

Offensichtlich hatte sie keine Ahnung, wie zufrieden es einen machen konnte, sich um jemand anderen zu kümmern – besonders jemanden, den man zutiefst liebte. „Nun, sagen wir, ich würde versuchen, alles für Sie zu tun. Wie würden Sie reagieren?"

„Nun, ich denke, Sie haben das am Anfang wirklich versucht." Sie nickte, als sie zurückdachte. „Zum Beispiel, als Sie wollten, dass ich als Gast hierherkomme, bis ich mich mit meinen Problemen auseinandergesetzt habe. Aber das habe ich nicht zugelassen. Ich glaube, irgendwo tief in meinem Inneren wollte ich nicht mehr umsorgt werden."

„Aber wenn Ihr Vater noch am Leben gewesen wäre, als alles für Sie und Ihre Mutter zusammengebrochen ist, hätten Sie ihn bestimmt weiter auf sich aufpassen lassen, so wie er es immer getan hat. Jede Wette."

Sie runzelte bei diesem Gedanken die Stirn. „Vielleicht wenn ich die gleiche Person wäre wie vor seinem Tod. Aber ich glaube nicht, dass ich jemals wieder diese Person sein möchte. Diese Person wusste nicht einmal, wie hilflos sie war – und sehen Sie nur, wohin mich das gebracht hat." Sie sah entschlossen aus, und ich konnte nicht anders, als stolz auf sie zu sein.

Wir sprachen noch eine Weile über sie und ihre Familie, während sie unter Gelächter und Tränen Geschichten über ihre Mutter erzählte. Ich wusste nicht, dass ein paar Stunden vergangen waren, bis Nova an meine Tür klopfte und rief: „Mr. Dunne, Ariels Bungalow ist bereit."

Ich stand auf, um die Tür zu öffnen, und sah, wie Nova lächelte. „Haben Sie ihre Sachen aus ihrem Zimmer im Mitarbeiterwohnheim geholt?"

„Natürlich, Sir." Nova schaute auf den Bungalow, der keine

sieben Meter von meinem entfernt war. „Soll ich Ariel ihr neues Zuhause zeigen?"

„Ich werde das tun. Danke, Nova." Als ich die Tür schloss, stellte ich fest, dass Ariel auf dem Deck stand und sich an das Geländer lehnte, während sie in den Abendhimmel blickte. „Ihr neues Zuhause ist bereit für Sie."

Sie drehte sich zu mir um und wischte sich dabei die Augen ab. „Mein neues Zuhause. Das klingt seltsam."

„Ich hoffe, Sie gewöhnen sich bald daran." Ich nahm sie bei der Hand und führte sie zurück ins Haus und dann über den Steg zu ihrem Zuhause. Ich öffnete die Tür und atmete den frischen Duft ein. „Hier riecht es wunderbar."

Ariels Hand begann, in meiner zu zittern. „Das ist zu viel." Sie sah sich im Raum um und nahm alles in sich auf. Die Türen zum Deck standen offen und kühle Abendluft strömte ins Zimmer. „Ich kann das nicht annehmen."

Ich hielt sie davon ab, ihre Hand aus meiner zu ziehen, und nahm sie stattdessen in meine Arme. „Doch, das können Sie."

Die Art, wie ihre Augen von meinen wegschossen, sagte mir, dass sie nervös war. „Ich werde es versuchen. Vielen Dank. Es tut mir leid, dass ich mich so verhalte. Sie haben mir so viel gegeben."

Es gab noch so viel mehr, das ich ihr geben wollte. „Nova, Sie sind mir wichtig. Ich möchte, dass Sie glücklich sind. Vielen Dank, dass Sie heute so viel mit mir geteilt haben. Es ist das beste Geschenk, das mir jemals jemand gemacht hat."

„Dass ich mich an Ihrer Schulter ausgeweint habe?", fragte sie mit geweiteten Augen. „Dass ich Ihnen erzählt habe, aus was für einer chaotischen Familie ich komme? Das ist ein Geschenk für Sie? Ich muss mich mehr anstrengen, wenn ich Ihnen das nächste Mal ein Geschenk mache." Sie lächelte mich an. Es war ein großzügiges Lächeln, das zeigte, wie sehr sie mich mochte.

Ich bewegte eine Hand zu ihrem Nacken und konnte nur an

ein Geschenk denken, das die Stunden, die wir zusammen verbracht hatten, übertreffen könnte. Ich hielt sie fest und beugte mich näher zu ihr. Dabei bewegte ich mich langsam genug, um ihr die Möglichkeit zu geben, Nein zu sagen, wenn sie wollte.

Ihre Lippen teilten sich ein wenig, als sie mir in die Augen sah. Dann schlossen sich ihre Augen, und ich nahm ihre Lippen mit einem sanften Kuss in Besitz. Ein Blitz durchfuhr mich wie nichts, was ich jemals zuvor erlebt hatte.

Mein Blut lief heiß durch meine Adern, als unser Kuss an Intensität zunahm. Als ihre Arme nach oben wanderten und sich um meinen Hals legten, hob ich sie hoch, ging mit ihr zur Bar und setzte sie darauf.

‚Endlich‘, hörte ich tief in mir eine Stimme flüstern. ‚Endlich habe ich sie.‘

67

ARIEL

Hitze durchströmte mich, als Galen mich mit einer Leidenschaft küsste, die ich noch nie zuvor gefühlt hatte. Ich war schon einmal geküsst worden. Ich hatte sogar schon einmal Sex gehabt. Der Kerl und ich waren damals erst sechzehn Jahre alt und diese Erfahrung war nicht annähernd so heiß gewesen wie der Kuss, den ich mit meinem Chef teilte.

Oh, Himmel, er war mein Chef!

Ich legte meine Hände auf seine Brust und übte sanften Druck aus, um ihn dazu zu bringen, den Kuss abzubrechen. Er schien aber nicht dazu bereit zu sein. Stattdessen nahm er meine Hände und legte sie um seinen Hals, während er leise stöhnte.

Sein Mund eroberte meinen mit Leichtigkeit. Unsere Zungen bewegten sich in sanften Wellen zusammen, als unsere Hände begannen, unsere Körper zu erkunden. Mein Kopf fühlte sich so leicht an – seine Berührung berauschte mich anscheinend. Ich dachte nicht, dass die kleine Menge Wein, die ich konsumiert hatte, dafür verantwortlich sein könnte.

Feuchtigkeit sammelte sich in meinem Satinhöschen. Meine Brustwarzen wurden so hart, dass sie Glas hätten zerschneiden können. Ich war mir sicher, dass er spürte, wie sie durch meinen dünnen Satin-BH und das Baumwoll-Shirt drangen. Er hielt mich so nah bei sich, dass unsere Körper aneinandergepresst waren.

Galen Dunne war ganz Mann. Mehr Mann, als ich jemals in meinem Leben erwartet hatte. Wohlhabend, wahnsinnig gutaussehend und verführerischer, als es erlaubt sein sollte, übernahm er leicht die Kontrolle über mich.

Kein Wunder, dass seine Yacht Lady Killer hieß.

Galen Dunne musste ein Casanova sein. Er wusste, dass er jede Frau haben konnte, die er wollte. Aber in diesem Moment schien er nur mich zu wollen. Bei dem Gedanken wurde mir heiß.

Er zog an meinem Shirt, zerrte es aus meinen Shorts und schob dann seine großen Hände darunter. Seine Handflächen streichelten die Haut auf meinem Rücken, und dann zog er mich noch näher, sodass sich meine Knie teilten.

Mein Hintern glitt auf die Granitoberfläche der Bar, bis sich sein geschwollener Schwanz gegen mein pulsierendes Zentrum drückte. Ein Stöhnen drang aus meinem Mund, aber sein Kuss verschlang es sofort.

Mein Gott, er konnte küssen!

Ich war Wachs in den Händen des Mannes und wusste es auch.

Wachs?

Was machte man mit Wachs? Alles, was man wollte.

Ich nahm meinen Mund von seinem und drehte meinen Kopf, während ich meine Hände gegen seine Brust drückte. „Halt."

Er legte seine Stirn an meine und murmelte: „Warum willst du aufhören? Du kannst mir nicht sagen, dass sich das nicht gut anfühlt."

Ich hatte eine Karte auszuspielen, von der ich wusste, dass

sie ihn davon abhalten würde, in diesem Moment mit mir über irgendetwas zu streiten. „Meine Mutter ist gerade gestorben. Das erscheint mir unangemessen."

„Scheiße!" Seine Hände glitten unter meinem Shirt hervor, dann wandte er sich frustriert ab. „Es tut mir leid. Du hast recht."

Ich war auch frustriert. Aber mein Körper würde sich abkühlen, und das Gefühl würde verschwinden. Es war ein gefährliches Spiel, das ich spielte. Nach nur einem Kuss war ich bereit, alles zu sein, was dieser mächtige Mann wollte. Das konnte ich nicht zulassen. Ich hatte mein neues Leben kaum begonnen und wollte die Kontrolle darüber nicht an ihn oder sonst jemanden verlieren. „Mir tut es leid. Ich hätte es nicht so weit kommen lassen sollen."

Er ließ sich auf das Sofa fallen und sah mich an, während ich immer noch auf der Bar saß. „Magst du mich, Ariel?"

Ich nickte und zog mein Oberteil zurecht. „Ich mag Sie, Mr. Dunne."

„Mr. Dunne?", fragte er und zwinkerte mir lächelnd zu. „Ich denke, dafür sind wir uns schon zu nahe gekommen, nicht wahr? Zumindest können wir uns künftig beim Vornamen nennen."

„Ich weiß nicht, ob das eine gute Idee ist." Ich sprang von der Bar. Meine Beine waren schwach nach allem, was zwischen uns passiert war. Während ich mich bemühte, aufrecht zu bleiben, bemerkte ich seinen hochmütigen Gesichtsausdruck – als ob er wüsste, dass er mir das in so kurzer Zeit angetan hatte. Ich setzte mich auf den Stuhl gegenüber von der Stelle, wo er auf dem Sofa lag. Er sah höllisch einladend aus und schien darauf zu warten, dass ich in seine starken Arme sank.

Wo er mich gleich wieder in diesen hilflosen Zustand versetzen konnte? Nein!

„Sag ihn, Ariel Pendragon. Sag meinen Namen. Ich möchte

ihn von deinen vollen, süßen Lippen hören. Lippen, die sich unter meinen wie Satin-Kissen anfühlen." Seine Worte ließen mich erschauern.

Ich schlang meine Arme um mich. „Sir, das ist unangemessen."

Er legte sich auf die Seite, hob den Oberkörper an und lehnte seine Wange in seine Hand. „Unangemessen? Ich denke nicht, dass zwei Menschen, die sich mögen – und die eine erstaunliche Anziehungskraft teilen, so wie wir es tun –, das als unangemessen betrachten sollten. Das sind keine normalen Umstände, Ariel. Diese Art von Anziehung kommt nicht jeden Tag vor. Ich weiß, dass du jung und unerfahren bist, aber ich kann Letzteres für dich ändern. Alles, was du tun musst, ist, es zuzulassen. Jetzt sag meinen Namen."

„Das werde ich nicht tun, Sir." Ich wusste, dass er hartnäckig und dominant war, aber ich konnte das Lächeln, das über meine Lippen zog, dennoch nicht unterdrücken. Die Tatsache, dass der Mann mich so sehr wollte, machte es mir schwer, standhaft zu bleiben.

„Dein Lächeln verrät dich, mein Schatz." Er setzte sich auf, legte die Ellbogen auf die Knie und stützte dann das Kinn auf seine gespreizten Finger. „Vielleicht solltest du mir erklären, warum du nicht auf diese Anziehung zwischen uns reagieren möchtest. Ich würde es lieben, zu wissen, was du denkst."

„Lieben?" Ich hob eine Augenbraue. Wie ironisch, dass er es so formuliert hatte. „Aber Sie lieben nichts. Sie mögen nur Dinge – bestimmte Dinge, nicht alle Dinge – und selbst dann nur vorübergehend."

„Ah." Er hielt seine durchdringenden Augen auf mich gerichtet. „Also das ist das Problem, hm? Liebe ist keine Voraussetzung für Sex, Süße. Du musst nicht auf die Liebe warten, bevor du Befriedigung beim Sex suchst."

„Da bin ich anderer Meinung." Ich wollte nicht zulassen,

dass er mich dazu überredete, die Dinge auf seine Weise zu sehen.

„Du bist keine Jungfrau", sagte er rundheraus.

„Und woher wollen Sie das wissen?", fragte ich, da ich niemandem etwas über meine sexuelle Vergangenheit erzählt hatte – so wenig es davon auch gab.

„Du hast nicht wie eine Jungfrau geküsst, daher wusste ich es." Er sank zurück auf das Sofa und legte seinen Arm auf die Rückenlehne. „Du solltest herkommen und dich zu mir setzen. Wir können gleich hier reden, weißt du?"

„Sie wollen mich nur bei sich haben, damit Sie mich anfassen können." Ich war nicht begeistert von seinen Spielchen. „Und woher wollen Sie wissen, wie eine Jungfrau küsst?"

„Ich hatte schon ein paar Jungfrauen in meinem Leben." Darauf schien er stolz zu sein, und ich verzog das Gesicht. Sein sexy Grinsen verwandelte sich in ein Stirnrunzeln. „Wofür ist dieser Blick?"

„Dafür, dass Sie stolz darauf sind, nicht einem, sondern mehreren Mädchen ihre Unschuld – ein Geschenk – genommen und ihnen nichts dafür gegeben zu haben." Ich fand es ekelhaft und egoistisch, dass er sich über so etwas freuen würde.

„Sie haben viel dafür bekommen. Mach dir keine Sorgen um sie. Sie haben nicht geweint, als ich sie verlassen habe, falls du das denkst. Wir haben uns alle einvernehmlich getrennt." Er bewegte den Arm von der Lehne des Sofas und legte seine Hand auf seinen Oberschenkel – verdammt nahe an der Wölbung unter seinen Khaki-Shorts.

Ich löste meinen Blick von dieser Wölbung, um ihm in die Augen zu schauen. „Seien Sie ehrlich. Sie haben sich getrennt, als Sie etwas anderes gefunden haben, das Sie mehr interessierte, und sind weitergezogen."

„Aber es kommt darauf an, dass niemandem wehgetan wurde. Dir wird auch kein Schmerz zugefügt werden. Vertrau mir." Er krümmte seinen Finger, als wollte er mich zu sich locken. „Komm schon, setz dich zu mir."

„Ich denke, das wäre eine schreckliche Idee." Sein unnachgiebiger Blick ließ mich auf dem Stuhl zappeln. „Alle, mit denen ich zusammenarbeite, halten unsere gemeinsame Zeit für unorthodox. Und jetzt haben Sie mir einen Bungalow ganz für mich allein gegeben. Direkt neben Ihrem! Ich gehe davon aus, dass sich alle den Mund über uns zerreißen werden."

„Und?", fragte er, als er mich anlächelte.

„Und ich werde nicht das tun, was sie uns unterstellen. Ich möchte mich darauf konzentrieren, das zu tun, wofür ich hergekommen bin – zu arbeiten und dafür bezahlt zu werden und mein Leben selbst zu gestalten. Mein Leben, Mr. Dunne. Kein Leben, in dem Sie mich und das, was ich tue, kontrollieren."

„Dich kontrollieren?" In seinen Augen war plötzlich Schmerz, und es tat mir weh, ihn so zu sehen. „Ich versuche nicht, so etwas zu tun, Ariel. Das schwöre ich dir. So ein Mensch bin ich nicht. Ich habe nicht die Absicht, dich dazu zu bringen, etwas zu tun, das du nicht willst. Nicht einmal dazu, Sex mit mir zu haben. Ich denke, wir hätten fantastischen Sex, und ich möchte nichts mehr tun, als mit dir zusammen zu sein, aber ich habe keinerlei Verlangen, dich zu kontrollieren. Ich will nur Zeit mit dir verbringen. Und wenn wir einen Teil dieser Zeit im Bett verbringen könnten, wäre es umso besser. Wenn du verstehst, was ich meine." Er zwinkerte mir zu.

„Ja, ich verstehe vollkommen, was Sie meinen. Sie wollen mit mir Liebe machen", sagte ich absichtlich. Ich wusste, dass es ihn erreichen würde.

Die Art, wie er seine Augen verengte, sagte mir, dass es funktioniert hatte. „Ich möchte Sex mit dir haben. Liebe machen ist für verknallte, irregeleitete Softies, was ich nicht bin."

„Vielleicht bin ich das aber." Unsere Diskussion machte mich durstig, also stand ich auf und ging zum Kühlschrank. „Ich hoffe, hier drin sind Wasserflaschen. Ich habe Durst. Hätten Sie auch gern eine Flasche Wasser, Sir?"

Mein Rücken war ihm zugewandt, also hatte ich keine Ahnung, dass er aufgestanden und mir gefolgt war. Seine Hände an meiner Taille und sein Atem an meinem Nacken ließen mich innehalten. Das unglaubliche Gefühl brachte mich dazu, mich an seine breite Brust zu lehnen und zu seufzen. Ich konnte fühlen, wie seine Lippen sich zu einem zufriedenen Lächeln krümmten. „Siehst du, du magst mich."

„Ich habe nie gesagt, dass es nicht so ist." Ich legte meine Hände über seine, wo sie um meine Taille geschlungen waren. „Ich möchte aber nicht Ihr Spielzeug sein."

„Warum nicht?", fragt er lachend, und wir zitterten beide, als seine Brust vibrierte. „Mein Spielzeug zu sein kann viel Spaß machen. Lass uns Spaß haben, nur du und ich. Ich gebe dir Exklusivität, wenn du möchtest."

Als ich mich zu ihm umdrehte, musste ich fragen: „Und was bedeutet das genau?"

„Solange wir miteinander ins Bett gehen, werden wir keine anderen Menschen daten." Er küsste meine Nasenspitze. „Ich bin kein Monster, Ariel. Ich habe immer nur eine Frau. Ich bin nicht ganz der Casanova, für den du mich wohl hältst."

„Miteinander ins Bett gehen", flüsterte ich. „Wie überaus einladend." Ich rollte mit den Augen, drehte mich um und schlüpfte aus seinen Armen. „Damit werde ich mich nicht zufriedengeben, Mr. Dunne."

„Sag einfach einmal meinen Namen, Ariel. Verdammt, das ist gar nicht so schwer." Er sprang hoch und setzte sich auf die Theke.

Ich holte zwei Flaschen Wasser aus dem gut gefüllten Kühlschrank und reichte ihm eine, bevor ich ein paar Schritte zurücktrat. „Ich verstehe nicht, was das bringen würde, Sir. Wenn Sie denken, ich sage Ihren Namen und verliebe mich magischerweise in Sie und bin bereit, Ihre ..." Ich suchte nach den passenden Worten, um zu beschreiben, welche Art von Beziehung er wollte, und konnte nur einen vulgären Ausdruck finden: „... Fickfreundin zu werden, dann steht Ihnen ein ziemlicher Schock bevor."

„Ich bin einundvierzig, Ariel, kein unerfahrener Junge. Und ich bin nicht der Typ Mann, der eine Fickfreundin hat." Seine Augen wurden ernst. „Ich bin ein Mann. Du bist eine Frau. Eine hinreißende, schlagfertige, süße Frau, die meinen Schwanz so hart macht, dass ich kaum stillsitzen kann."

Als ich bei seinem Geständnis nach Luft schnappte, spürte ich wieder, wie sich Hitze in meinem Höschen sammelte. „Oh Gott!"

„Ja, oh Gott." Er stieg von der Bar und kam auf mich zu. Ich hatte das Gefühl, erstarrt zu sein, fixiert von seinen Augen, die meine niemals verließen. Sie schienen mich für ihn vollkommen still zu halten. „Ich will dich, Ariel. Ich will dich mehr, als ich jemals jemanden gewollt habe. Und das ist die Wahrheit. Ich kann dich an Orte bringen, an denen du körperlich und geistig noch nie warst. Ich kann dich das Paradies sehen lassen, Ariel. Lass mich das für dich tun."

„Und Sie denken, ich kann das Gleiche für Sie tun?" Ich wusste, dass ich etwas Macht über ihn hatte. Wenn er mich wollte, konnte er mich haben. Aber nur, wenn er alles von mir wollte – Leib und Seele.

„Ich bin sicher, dass du das könntest." Er ging langsam vorwärts – es schien fast, als würde er sich überhaupt nicht bewegen. „Lass es zu. Lass uns Trost ineinander finden. Du wirst es nicht bereuen. Ich verspreche dir, dass du es niemals bereuen wirst."

„Wenn ich es ohne Liebe tun würde, würde ich es bereuen, Sir." Meine Handflächen lagen auf der Edelstahloberfläche des Kühlschranks, als ich versuchte, mich gegen ihn zu behaupten,

obwohl ich mit dem Rücken im wahrsten Sinne des Wortes zur
Wand stand. „Ich habe das schon einmal gemacht und mir
geschworen, es nie wieder zu tun. Sie können sich nicht einfach
aussuchen, welche Teile von mir Sie haben möchten. Wenn Sie
mich wollen, ist es alles oder nichts. Ich werde mich nicht
wieder ausnutzen lassen."

Er trat drei Schritte zurück, aber seine Augen verließen
meine nie. „Erzähle mir von den sexuellen Erfahrungen, die
dich dazu veranlasst haben, diese Mauer um dich zu errichten."

Über meine schreckliche sexuelle Erfahrung zu sprechen
war nichts, was ich mit ihm tun wollte. „Lieber nicht."

Ich rutschte zur Seite, ging zurück zu meinem Stuhl und
nahm dabei die Wasserflasche vom Tresen. Er blieb genau dort,
wo er war.

Als ich meinen Platz einnahm, gefiel mir nicht, dass er mir
den Rücken zuwandte. Und es kam mir ziemlich plötzlich der
Gedanke, dass er einfach aus der Tür gehen und mich verlassen
könnte. Ich wollte nicht wirklich allein sein. Aber ich sagte ihm
das nicht.

Sein Kopf fiel nach vorne, und er legte sein Gesicht in seine
Hände. „Ich bin ein Idiot."

Ich wusste nicht, wie ich darauf reagieren sollte, also wartete
ich einfach darauf, zu sehen, an welchem Trick er jetzt arbeitete.
Ich konnte nicht aufhören, ihn zu beobachten, als er mit dem
Gesicht in den Händen dastand. Als er langsam den Kopf hob,
seine Hände an seine Seiten sanken und er den Kühlschrank
öffnete, hatte ich keine Ahnung, was er tat.

Er holte einen Karton Eier und eine Packung Speck heraus.
Ohne ein weiteres Wort zu sagen, fing er an, Töpfe und Pfannen
aus den Schränken zu holen, und in kürzester Zeit lag der
Geruch von Speck in der Luft. Er kochte sogar eine Kanne
Kaffee, ohne ein Wort zu sagen.

Als er fertig war, verteilte er das Essen auf zwei Tellern,

schenkte uns Kaffee ein und stellte alles auf den kleinen Esstisch. Erst dann kam er zu mir und streckte mir seine Hand entgegen. „Du musst etwas essen. Du hattest recht. Deine Mutter ist gerade gestorben, und jetzt ist nicht der beste Zeitpunkt für dieses Gespräch. Komm, ich habe Rührei, Speck und Toast für dich gemacht. Leichte Kost für deinen Magen. Ich bin sicher, dass es dir im Moment nicht gutgeht, sowohl wegen deiner Trauer als auch wegen dem, was ich gerade mit dir gemacht habe. Ich hoffe, du kannst mir verzeihen."

„Kein Grund, sich zu entschuldigen, Mr. Dunne. Es ist wirklich etwas zwischen uns. Das weiß ich auch." Ich nahm seine Hand und ließ mich von ihm zu dem kleinen Tisch für zwei führen. „Das sieht toll aus. Vielen Dank. Ich habe keinen großen Hunger, aber Sie haben recht, ich muss etwas essen oder ich werde krank. Und danke, dass Sie dieses Essen mit mir teilen. Das ist sehr nett von Ihnen."

Er nickte, als er sich mir gegenüber hinsetzte. „Es ist sehr nett, nicht wahr? Anscheinend kann ich ein netter Mann sein, wenn ich will."

Netter, als er wahrscheinlich ahnte – jedenfalls die meiste Zeit.

68

GALEN

Ich saß allein auf meinem Deck, beobachtete, wie der Mond über dem Wasser leuchtete, und fragte mich, wann ich den Bezug zur Realität verloren hatte – und meinen Verstand.

Ariel hatte gerade die Nachricht erhalten, dass ihre Mutter gestorben war, und ich hatte ausgerechnet zu diesem Zeitpunkt versucht, sie herumzukriegen.

Was zum Teufel hatte ich mir dabei gedacht?

Ein Teil von mir dachte, wir würden eng umschlungen auf den Boden sinken und uns in einer schnellen Abfolge sexueller Stellungen, die den Verfasser des Kamasutras zum Erröten bringen würden, das nehmen, was wir voneinander brauchten. Offensichtlich war das nicht passiert. Ich hatte nicht erwartet, dass sie sich so von mir zurückziehen würde.

Ich schämte mich, dass es so lange gedauert hatte, bis meine Libido in den Hintergrund gerückt war und mein Herz eingegriffen hatte. Sie hatte gerade ihre Mutter verloren. Sie dachte nicht rational. Sie brauchte einen Freund, keinen Sexpartner.

Zumindest hatte ich irgendwann das Richtige getan. Ich hatte ihr eine einfache Mahlzeit zubereitet und aufgeräumt, nachdem wir gegessen hatten. Dann hatte ich sie in Ruhe gelassen, damit sie sich ihrer Trauer hingeben konnte.

Ich hätte sie das von Anfang an tun lassen sollen, aber ich war aus irgendeinem Grund von Verlangen erfüllt gewesen. Es hatte mich egoistisch gemacht, und ich schämte mich dafür.

Als ich mein fast leeres Glas Scotch anhob, hörte ich leise Schritte hinter mir. „Ich wollte Ihnen danken, Mr. Dunne."

Mein Schwanz zuckte bei dem bloßen Klang ihrer Stimme. Ich musste damit aufhören!

Sie war gekommen, um Danke zu sagen, mehr nicht.

„Gern geschehen", sagte ich, ohne mich umzudrehen und sie anzusehen. Ich wusste, dass ihr wunderschönes Gesicht, ihr wunderschöner Körper – der an allen richtigen Stellen kurvig war – und ihre verheerenden Augen mein Untergang sein würden. „Nacht."

„Okay." Ich hörte, wie sie sich zurückzog. „Nacht, Sir."

Das war es. Ich konnte es nicht mehr ertragen. „Verdammt, Ariel, nenne mich Galen!", schnappte ich.

„Nein, danke." Das Geräusch ihrer Schritte wurde schneller, und dann hörte ich, wie sich die Haustür meines Bungalows schloss.

Sie war schüchtern, und ich hatte langsam genug davon. Sie war erst einundzwanzig, und ich wusste, dass ich einen Weg finden musste, mit ihrem Alter und ihrer Unerfahrenheit umzugehen. Ich hatte aber keine Ahnung gehabt, wie schwer das sein würde.

Danach ging ich duschen. Frustration quälte mich, und ich wusste, dass ich Erleichterung brauchte, sonst würde ich noch größere Fehler machen, wenn ich sie am nächsten Morgen an ihrem ersten Arbeitstag in meinem Haus wiedersah.

Das warme Wasser floss über meine nackte Haut, als ich meine Augen schloss und nach unten griff, um meine Hoden zu umfassen. Ich stellte mir vor, es wäre ihre Hand anstelle meiner. Sie waren voll und schwer.

Ihre Stimme kam von der anderen Seite der Badezimmertür: „Sir, kann ich reinkommen?"

Ich schluckte schwer und konnte nicht glauben, dass sie gekommen war. „Ja."

Ariel betrat das schwach beleuchtete Badezimmer und trug nur einen weißen Bademantel, den sie schnell fallen ließ. Ihr nackter Körper leuchtete im spärlichen Licht. „Es tut mir leid wegen vorhin, Sir. Ich will Sie."

„Ich bin froh, dass du zur Vernunft gekommen bist, Ariel." Ich trat zurück, als sie in die Dusche kam. „Jetzt lass mich dir zeigen, wie großartig wir zusammen sein können."

Ihre Hände fuhren über meinen Sixpack und dann zu meinem Brustkorb, während sie sich auf die Unterlippe biss. „Sie sind so muskulös, Sir. Ich möchte jeden Zentimeter von Ihnen küssen."

„Bitte tu es." Ich lehnte mich gegen die warme Fliesenwand, als sie eine Spur von Küssen entlang der Linie zog, die meine Bauchmuskeln trennte. Ihre roten Nägel bewegten sich über meine Brustwarzen und ließen sie zum Leben erwachen, was mich zum Stöhnen brachte. „Ja, Ariel. Berühre alles von mir. Hinterlasse deine Spuren auf meinem ganzen Körper, dann mache ich das Gleiche bei dir."

Ihre Zunge glitt über die Linie, die sie gerade geküsst hatte, und dann ging sie auf die Knie. Ihr kastanienbraunes Haar war durchnässt und nach hinten gestrichen, als sie zu mir aufsah und dann meine Hoden mit einer Hand umfasste. „Kann ich Sie hier küssen?"

„Ja", stöhnte ich, als sie ihre rosa Lippen an die Spitze meiner Erektion legte.

Ihr Mund öffnete sich und sie ließ die ganze Länge meines Schwanzes hineingleiten, während sie mit meinen Hoden spielte. Geübt bewegte sie ihren Kopf auf und ab, während sie ihre Zungenspitze bei jedem Stoß über die Unterseite meines Schafts gleiten ließ. Während sie an mir saugte, öffnete sie ihre grünen Augen und sah zu mir auf. Ihre Lippen umschlossen mich dabei perfekt.

Während ich in ihre unergründlichen Augen sah, gab ich ihr Anweisungen: „Ein bisschen langsamer, Baby. Lass dir Zeit. Ich will nicht zu früh kommen."

Sie wurde langsamer und schloss die Augen. Dann stöhnte sie. Die Vibration ließ mich bis in mein Innerstes erzittern. Sie zog ihren Mund weg, kurz bevor ich kam, schob ihren Körper über meinen und griff mit ihren Händen nach meinen Schultern. „Ich bin bereit dafür, dass Sie mich jetzt ficken, Sir."

Ich hob sie hoch und ließ meinen harten Schwanz in ihren heißen Kanal gleiten, als wir beide erleichtert stöhnten, weil wir endlich miteinander verbunden waren. „Dich zu ficken gibt mir das Gefühl, dem Himmel so nah zu sein wie nie zuvor, Baby." Ich bewegte mich in ihr und drückte sie zurück an die Wand, damit ich härter zustoßen konnte. „Gefällt es dir, wie ich dich ficke?"

„Oh ja, Sir. Ficken Sie mich hart. Ich will Ihnen gehören. Ich hatte noch nie zuvor einen so großen Schwanz in mir." Sie quietschte vor Verlangen, als ich mich immer härter in sie rammte.

Ihre Nägel bohrten sich in meinen Rücken, als sie vor Lust wimmerte. „Magst du meinen großen Schwanz in dir? Willst du, dass ich dich die ganze Nacht ficke, kleine Schlampe?"

„Ja, ficken Sie mich die ganze Nacht. Ich bin Ihre Schlampe, Sir. Ich gehöre Ihnen und niemandem sonst. Mein Körper ist nur für Sie bestimmt. Ich wünschte, ich hätte meine Jungfräulichkeit für Sie bewahrt." Sie seufzte und beugte sich vor, um meinen wilden Stößen zu begegnen. „Ficken Sie mich! Härter, härter!"

„Du bist so viel ungezogener, als ich dir zugetraut habe." Ich bewegte meinen Finger von ihrer Hüfte zu ihrem Hintern, bevor ich ihn hineinschob und sie zum Wimmern brachte. Ihr Körper zitterte, und ihr Zentrum umklammerte gnadenlos meinen Schwanz, als sie um mich herum explodierte. „Komm für mich, du kleine Schlampe. Komm auf meinem Schwanz!"

„Ah!", schrie sie und verlor die Kontrolle. Ich schoss mein Sperma in sie, was sie noch nasser machte, und pumpte alles, was ich in mir hatte, in sie hinein. „Oh, Sir, geben Sie mir alles, was Sie haben. Ich will alles. Ficken Sie mich. Oh, nehmen Sie mich, wie Sie wollen. Ich bin Ihre Schlampe. Ihre Hure. Ich bin alles, was Sie wollen."

Lautes Keuchen und Knurren füllte meine Ohren, und ich öffnete die Augen und sah, dass dickes weißes Sperma den Duschabfluss hinunterlief. „Scheiße! Gottverdammt!"

Ich war allein. Ariel war überhaupt nicht bei mir gewesen.

Noch enttäuschender als die Tatsache, dass die heißeste Fantasie, die ich jemals gehabt hatte, genau das war – eine Fantasie – war die Tatsache, dass unser Status immer noch genauso war wie vor meiner Dusche. Meine Hand war um meinen erschöpften Schwanz geschlossen, und ich ließ ihn los und fühlte mich weniger befriedigt als sonst nach einer guten Fantasie.

Ich brauchte sie. Ich brauchte die echte Frau. Wenn ich sie nicht bekam, wusste ich nicht, was ich tun würde. Ich musste ihren weichen Körper in meinen Armen fühlen. Ich musste in ihr sein, so dringend, wie ich Luft zum Atmen brauchte.

Als ich aus der Dusche trat, wickelte ich mir ein Handtuch um die Taille und ging zum Bett. Ich ließ mich darauf fallen, schaute zur Decke hoch und redete mir ins Gewissen. „Sie kann nicht das sein, was du willst, Galen. Sie wird nicht deine Schlampe sein, und das weißt du auch. Sie wird mehr von dir verlangen."

Aber das war die einzige Art von Sex, die ich jemals hatte. Wilder, dreckiger Sex mit Frauen, die es erregte, ungezogen zu sein. Sogar die Jungfrauen hatten diese Tendenz gehabt. Ich war nur mit ihnen im Bett gelandet, bevor es ein anderer tat.

Ariel war alles andere als ein ungezogenes Mädchen. Sie war ein braves Mädchen. Ein sehr braves Mädchen, aus dem ich eine sexhungrige Schlampe machen wollte. Ich wollte, dass sie mir alles gab, was ich forderte. Ich wollte, dass sie meine Hure wurde, und ich wollte, dass sie das auch wollte.

Aber ich wusste jetzt, dass sie niemals ihre Beine für mich spreizen würde, wenn ich mit den Fingern schnippte, so wie es alle anderen taten. Ohne Zweifel wusste ich, dass Ariel nicht wie die anderen Frauen war, mit denen ich Sex gehabt hatte.

Ariel würde niemals mit mir zusammen sein, wenn sie nicht mein Herz haben und mir ihres anvertrauen könnte. Und das war nichts, was ich wollte oder brauchte.

Die Frau war zerbrechlich. Ihre Mutter war gerade gestorben, und hier war ich und träumte davon, sie auf die raueste, schmutzigste Art zu nehmen, während sich jede Faser meines Körpers wünschte, es wäre real.

Ich war ein Monster, und sie verdiente etwas Besseres als das.

69

ARIEL

Als ich am nächsten Morgen auf dem Deck meines Bungalows saß, durchlief mich ein aufgeregter Schauer. Das war mein Zuhause. Es gehörte mir allein.

Ich hatte noch nie ein eigenes Zuhause gehabt, und nicht einmal in meinen verrücktesten Fantasien hatte ich mir vorgestellt, ein so schönes zu haben. Das hatte ich Mr. Dunne zu verdanken.

Ich war immer noch hin und her gerissen wegen dem, was zwischen uns passiert war. Es gab keinen Zweifel, dass es Hitze zwischen uns gab, aber es war eine Hitze, die ich dämpfen musste. Ich wollte weder die Insel noch meine Arbeit verlassen, und ich wollte meine Position hier nicht gefährden, indem ich mit dem Chef herummachte. Ich wusste, dass ich ihm sagen musste, dass es keine Chance gab, dass ich eine sexuelle Beziehung mit ihm eingehen würde. Wenn ich diese Sache nicht sofort im Keim erstickte, würde ich vielleicht die Chance auf mein Happy End, die ich hier bekommen hatte, verspielen.

Abgesehen von dem Konflikt, der entstehen würde, wollte ich nicht, dass meine Kollegen mich als Hure betrachteten, wenn ich anfing, Sex mit unserem Chef zu haben. Ich hatte bereits bemerkt, dass einige Leute mir Seitenblicke zuwarfen. Ihnen den Beweis für das zu geben, was sie bereits vermuteten, würde in einer Katastrophe enden.

Während meine Beine seitlich vom Deck hingen, trank ich einen Schluck Kaffee und versuchte, mich auf den Tag vorzubereiten. Mr. Dunne hatte mir gesagt, dass ich keine weitere Ausbildung benötigte und noch an diesem Tag als sein persönliches Dienstmädchen anfangen würde.

Ich wusste nicht, wie ich ein normales Gespräch mit dem Mann führen sollte, ohne sein Ego zu verletzen – ein Ego, von dem ich wusste, dass es durch seine bisherigen Erfahrungen mit viel zu vielen Frauen aufgeblasen war.

Er würde ohnehin nur enttäuscht von mir sein.

Nachdem ich mich in seinem Bungalow für das Essen bedankt hatte, das er für mich zubereitet hatte, war ich nach Hause zurückgekehrt und hatte einen Laptop auf dem Schreibtisch in meinem Schlafzimmer gefunden. Spontan hatte ich beschlossen, über meinen Arbeitgeber zu recherchieren.

Im Internet gab es ein Bild nach dem anderen von Galen mit diversen schönen Frauen, die an seinem Arm hingen. Und jede Frau auf jedem Bild trug ein entwaffnendes, verführerisches Lächeln. Ein Lächeln, von dem ich wusste, dass ich es ihm niemals schenken könnte.

Er hatte einen bestimmten Typ.

Ich wollte nicht das tun, was dieser Mann im Schlafzimmer erwarten würde, und dachte auch nicht, dass ich es tun könnte. Und das musste er wissen. Je früher, desto besser, dachte ich.

Ich stand auf, nahm meine Kaffeetasse und ging hinein, um aufzuräumen, bevor ich zur Arbeit ging. Nach dem, was ich am Vortag von seinem Haus gesehen hatte, war es in keinem schlechten Zustand. Aber ich würde es trotzdem putzen müssen. Wenn er etwas essen wollte, musste ich auch für ihn kochen.

Ich atmete tief durch, trat nach draußen und ging über den Steg zu seiner Tür. Nachdem ich kurz angeklopft hatte, wartete ich.

„Bist du das, Ariel?", fragte er von innen.

„Ja, Sir."

„Nun, komm rein. Du musst nicht anklopfen, meine Liebe."

Die Tür war unverschlossen, und ich öffnete sie und ging hinein. Er saß in einem weißen Morgenmantel auf einem Stuhl mit hoher Rückenlehne und las die Zeitung. Aus einer weißen Kaffeetasse auf dem Beistelltisch zu seiner Linken stieg Dampf auf.

„Guten Morgen, Sir. Haben Sie schon gegessen?", fragte ich, als ich in die Küche ging. Dann sah ich die Pfanne in der Spüle und wusste die Antwort. „Oh, sieht ganz so aus. Ich werde das aufräumen. Wollen Sie, dass ich heute Ihr Mittag- oder Abendessen zubereite? Ich möchte nur wissen, wie ich meinen Tag planen soll."

„Ich werde nicht hier sein, Ariel. Ich werde dich heute deiner Arbeit überlassen und dir aus dem Weg gehen." Er stand auf, legte die Zeitung auf den Stuhl und ging zu seinem Schlafzimmer. „Wirf die Zeitung nicht weg. Lege sie bitte zu den anderen."

Ich hätte überglücklich sein sollen. Der Mann behandelte mich endlich wie eine Angestellte. Das überwältigende Gefühl, das ich empfand, war jedoch Verwirrung.

Aber ich sagte nichts, als ich die Pfanne abwusch, die Putzutensilien unter dem Waschbecken fand und mich an die Arbeit machte. Leise räumte ich die Küche auf und erhaschte einen Blick auf Mr. Dunne, als er aus seinem Schlafzimmer kam.

Er trug einen Anzug, den seine starken Finger gerade zuknöpften. „Und wo wollen Sie hin, Sir?" Ich hatte kein Recht, ihn das zu fragen, und wusste das auch.

„Aruba." Er sah sich nach etwas um, und ich entdeckte sein Handy auf dem Couchtisch.

Ich ging es holen. „Dann werden Sie das brauchen, nicht wahr, Sir?"

„Das werde ich." Er lächelte, als er es aus meiner Hand nahm. Unsere Finger berührten sich kaum, dennoch spürte ich ein Kribbeln in meinen unteren Regionen. „Danach habe ich gesucht, danke, Ariel."

„Gern geschehen, Sir." Ich wandte mich ab, um zu versuchen, die Beherrschung wiederzuerlangen. Die Türen zum Deck standen offen, und ich holte tief Luft.

„Es ist schön draußen, nicht wahr?", fragte er direkt hinter mir.

Ich trat ein paar Schritte von ihm weg, bevor ich mich zu ihm umdrehte. „Aber ist es nicht immer schön hier im Paradies?"

„Meistens schon." Er sah an mir vorbei auf das Meer hinaus. „Wenn Stürme aufkommen, kann es ein bisschen beängstigend sein. Das kommt aber nicht oft vor."

„Soll ich Ihre Bettlaken waschen?", fragte ich ihn und versuchte zu ignorieren, wie verdammt gut er in seinem schwarzen Anzug aussah.

„Wenn du willst." Er holte seine Kaffeetasse und trug sie zum Spülbecken, wo er den Wasserhahn aufdrehte, um sie auszuspülen. „Ich habe heute ein Treffen in Aruba. Ich habe keine Ahnung, wann ich zurückkomme. Schließ nicht ab, wenn ich nicht zu Hause bin, bevor du gehst. Auf der Insel gibt es keine Kriminalität, daher haben wir keine Probleme mit der Sicherheit. Ich schließe hier nie etwas ab."

Mein Herz blieb stehen, als ich mich fragte, mit wem er sich wohl traf. Mit einem Mann oder einer Frau? Ich wollte nicht seltsam klingen, musste aber fragen – obwohl ich kein Recht dazu hatte. „Oh, und mit wem treffen Sie sich, Mr. Dunne?"

„Priscilla Bowling", antwortete er, und mein Herz schmerzte. „Sie ist die Direktorin einer Mädchenschule in Schottland. Sie möchte einige dringend benötigte Verbesserungen an der Schule vornehmen und hat nicht die gesamte Finanzierung erhalten, die sie benötigt. Ich treffe mich mit ihr, um herauszufinden, ob ich ihr Budget aufstocken möchte oder nicht."

Das klang wie etwas, das am Telefon erledigt werden konnte, und die Worte kamen aus meinem Mund, bevor ich es verhindern konnte. „Müssen Sie das wirklich persönlich besprechen? Sie sollten auf sich aufpassen, Mr. Dunne. Sie wollen sich nicht zu etwas hinreißen lassen." Irgendwie bewegte sich mein Mund weiter. „Und ein ganztägiges Treffen? Klingt ziemlich intensiv für etwas, das wahrscheinlich per E-Mail oder Telefon geklärt werden könnte." Mit einem Seufzer presste ich endlich meine Lippen zusammen.

Das ging mich nichts an. Ich war nur sein Dienstmädchen, sonst nichts.

„Nun, dann solltest du mich vielleicht begleiten, um sicherzustellen, dass ich mich zu nichts hinreißen lasse, Ariel Pendragon." Ich drehte mich zu ihm um und sah, dass er lächelte.

„Sie scherzen." Ich nahm die Dose mit der Holzpolitur und ein Tuch und machte mich daran, den Beistelltisch zu säubern, der dort, wo seine Tasse gestanden hatte, einen ringförmigen Abdruck hatte. „Es tut mir leid, dass ich mich eingemischt habe. Ich weiß nicht, was ich mir dabei gedacht habe. Ich wünsche Ihnen einen schönen Tag, Sir."

„Ich meine es ernst, Ariel. Komm mit." Er streckte die Hand aus und legte sie auf mein Handgelenk. „Ich würde deine Gesellschaft sehr schätzen. Du kannst als meine Assistentin mitkommen, nicht als mein Dienstmädchen."

„Dafür bin ich nicht qualifiziert." Ich schüttelte den Kopf. Ich hatte endlich das bekommen, was ich wollte – er behandelte mich wie sein Dienstmädchen. Und was machte ich? Ich erlag wieder seiner Anziehungskraft, die meinen gesunden Menschenverstand durcheinanderbrachte. „Ich kenne meinen Platz, Sir."

Mit einem Schmunzeln schlang er seine Finger um mein Handgelenk und zog mich zu sich. „Dein Platz ist dort, wo ich es sage." Seine Augen durchbohrten meine, dann schlossen sie sich, und er ließ mich los. „Es tut mir leid. Ich sollte gehen. Ich weiß nicht, warum ich dir das weiterhin antue. Wirklich nicht. Ich werde aber damit aufhören. Das verspreche ich dir."

Ich wollte nicht, dass er aufhörte. So sehr ich mir auch sagte, dass er mich wie eine Angestellte behandeln sollte, meinte es ein großer Teil von mir nicht wirklich so. „Ich habe schon viel Schlimmes erlebt, Mr. Dunne ..."

Er hielt bei seinem Rückzug inne, um mich anzusehen. „Das ist mir bewusst, Ariel. Genau deshalb muss ich mich beherrschen – weil du eine gute Frau bist."

Seine Worte verwirrten mich ein wenig. „Eine gute Frau, Sir?"

Die Art und Weise, wie sich seine Brust hob und senkte, als er lachte, erregte meine Aufmerksamkeit. Die Erinnerung daran, wie es sich anfühlte, an dieser Brust zu sein, wenn sie sich bewegte, überflutete meinen Verstand. Meine Knie wurden schwach, und ich musste mich auf der Suche nach Halt an den Stuhl lehnen.

„Ich habe dich schlecht behandelt." Er ging auf mich zu und verringerte die Distanz zwischen uns, bis er mich erreichen konnte. Sein Knöchel berührte meine Wange. „Ich habe Lust zwischen uns treten lassen. Du bist keine Frau, die man nur körperlich begehren sollte. Leider ist das alles, was ich zu geben habe."

Ich schwieg einen Moment und versuchte herauszufinden, wie ich die Worte zusammensetzen sollte, um ihm meine Geschichte zu erzählen. „Ein Mann hat mich einmal gepackt, als

Mum und ich in einer Gasse vor dem Piccadilly Circus geschlafen haben. Es ist ihm gelungen, mich über die Schulter zu werfen und in eine andere Gasse zu tragen, wo er mich gegen die Wand presste und meinen Rock hochschob."

Mr. Dunnes Gesicht wurde blass. „Das musst du mir nicht erzählen, Ariel."

„Ich glaube schon, Sir." Jedes Mal, wenn ich an jene schreckliche Nacht dachte, schluckte ich den vertrauten Kloß herunter, der sich in meinem Hals bildete. „Er bewegte seine Finger über meinen Körper, während er mir seinen stinkenden Atem ins Gesicht blies. Er sagte mir, ich solle ihn Meister nennen. Er sagte mir, er würde mich schonen, wenn ich das tat, was er mir befahl – was auch immer er mir befahl –, und dass er viele Forderungen an mich stellen würde. Er sagte mir, ich wäre seine Hure und er würde mich an jeden verkaufen, der mich wollte, und ich würde ihm dafür danken müssen."

Mr. Dunne sank auf den Stuhl. Sein Gesicht war aschfahl und sein Mund stand offen. „Ariel, es tut mir so leid."

„Ich habe Ihnen das nicht gesagt, damit Sie Mitleid mit mir haben, Sir. Ich habe es Ihnen gesagt, damit Sie verstehen, dass ich keine Spielchen spiele, wenn es um Sex geht. Ich möchte auch nicht das Spielzeug von jemandem sein. Sex ist nicht nur Sex für mich. Sex kann verwendet werden, um Menschen zu verletzen. Aber Liebe machen ... nun, das kann eine schöne Sache sein, die zwei Menschen miteinander teilen, zwischen denen eine Bindung besteht." Ich ballte die Hand an meiner Seite zur Faust und reckte sie in die Luft. „Zum Glück habe ich meine Faust in das Gesicht dieses elenden Mannes geschlagen, mein Knie in seinen Schritt gerammt und ihm einen Hieb in die Magengrube verpasst. Er ließ mich gerade lange genug los, damit ich zu meiner verängstigten Mutter zurückrennen konnte, die mich festhielt und mir sagte, wie froh sie war, dass ich in Sicherheit war."

Seine blauen Augen hielten meine fest. „Du bist wirklich bemerkenswert, Ariel Pendragon. Eine seltene Frau."

Ich konnte die Bewunderung in seinen Augen sehen, aber sie wurde von etwas gedämpft, das ich nicht erwartet hätte. Er sah fast ängstlich aus.

70

GALEN

Nachdem ich Ariels Geschichte gehört hatte, hielt ich mich völlig zurück. Ich behandelte sie immer noch wie eine Freundin und hörte auf, zu versuchen, sie zu ködern, wie ich es bei dem angeblichen Treffen mit einer anderen Frau getan hatte, von dem ich wusste, dass es Eifersucht auslösen würde.

Das hatte es auch und es hatte sie dazu gebracht, mir von ihrer schrecklichen Erfahrung auf den Straßen von London zu erzählen. Ich wurde das Gefühl nicht los, das ihre Geschichte in mir ausgelöst hatte.

Ariel war nicht nur eine gute Frau mit festen Überzeugungen, sondern sie war auch stark und widerstandsfähig. Sie war so ambitioniert, dass man leicht vergaß, dass sie ein schwieriges, unkonventionelles Leben geführt hatte. Ich hatte keinen Zweifel, dass sie niemals dem Druck oder dem Charme erliegen würde, die ich bei ihr anwendete, es sei denn, Liebe war ein Teil davon.

Da ich nicht wusste, was uns die Zukunft bringen würde, wollte ich, dass Ariel die Unabhängigkeit hatte, die sie verdiente. Also plante ich etwas, von dem ich dachte, dass es dafür sorgen würde. Ich hatte zusammen mit ihrem wöchentlichen Gehalt eine erhebliche Einzahlung auf ihr Bankkonto getätigt.

Sie hatte einen Monat lang gearbeitet und es gut gemacht. Ich wollte es als Bonus bezeichnen, wenn sie fragte – und ich wusste, dass sie fragen würde.

Mein Herz raste, als sie nach einer kurzen Pause bei sich zu Hause in meinen Bungalow zurückkam und direkt zu mir auf das Deck marschierte. Ich wusste, dass sie ihr Bankkonto überprüft haben musste, da es Zahltag war. Was ich nicht erwartet hatte, war der schrecklich finstere Ausdruck auf ihrem hübschen Gesicht. „Was ist das?" Sie wedelte mit einem Blatt Papier in der Luft herum.

Ich nahm an, dass es ein Ausdruck ihres Kontoauszugs war. Aber ich tat so, als hätte ich keine Ahnung. „Was ist was, meine Liebe?"

„Das hier", schrie sie und knallte dann das Papier vor mir auf den Tisch. „Sehen Sie das, Mr. Dunne? Diesen Betrag?"

Ich sah auf die sechsstellige Zahl und lächelte sie an. „Oh das. Es ist ein Bonus für all deine harte Arbeit."

„Nein!" Sie schlug mit der Faust auf das Papier. „Das ist eine Schande. Ich sollte noch gar keinen Bonus bekommen. Glauben Sie, ich habe nicht mit den anderen Mitarbeitern hier gesprochen, Mr. Dunne? Wir bekommen einen Bonus zu Weihnachten und einen am Ende des Sommers, das ist alles."

„Nun, keiner von ihnen ist mein persönliches Dienstmädchen." Ich packte sie am Handgelenk, damit sie aufhörte, mit den Händen herumzufuchteln. „Ariel, hör auf. Ich wollte, dass du dich sicher und unabhängig fühlst. Das ist alles, worum es mir geht."

„Ich möchte mir mein Geld selbst verdienen. Ich möchte nicht, dass es mir geschenkt wird." Sie zog ihre Hand aus meinem Griff. „Mein Vater hat mich mit all seiner Hilfe fast verkrüppelt. Ich will nie wieder so behandelt werden. Auch wenn Sie die besten Absichten haben, Mr. Dunne, werde ich mich nicht wieder verkrüppeln lassen."

Ich hatte nicht bemerkt, dass ich so etwas machte. „Es tut mir leid, Ariel. Ich hätte nicht gedacht, dass du das so sehen würdest."

„Nun, das tue ich aber. Und ich kann nicht verstehen, wie Sie denken konnten, dass ich es anders auffassen würde." Sie stemmte die Hände in die Hüften und verlagerte ihr Gewicht auf einen Fuß. „Ich habe Ihnen alles über meinen Vater und darüber, wie er uns behandelt hat, erzählt. Und ich hasse ihn nicht dafür, aber ich werde nicht noch einmal darauf hereinfallen."

Sie hatte recht, und ich wusste es auch. „Ich nehme das zusätzliche Geld zurück. Und ich werde versuchen, künftig überlegter zu handeln, was dich angeht."

„Ich weiß, dass ich Ihnen schwierig vorkomme." Sie drehte sich um und ging von mir weg. „Aber so bin ich eben."

„Nein, du bist nicht schwierig. Ich bin derjenige, der alles falsch macht. Ich hätte mich an die Dinge erinnern sollen, die du mir erzählt hast." Ich hatte mich verkalkuliert und konnte die Verantwortung dafür tragen. „Wie wäre es, wenn du mir erlaubst, es wiedergutzumachen?"

Sie wirbelte herum und sah mich mit offenem Mund an. „Warum haben Sie das Gefühl, dass Sie etwas wiedergutmachen müssen? Sie haben mir einen exorbitanten Geldbetrag geschenkt. Ich habe Ihnen gesagt, dass ich ihn nicht annehme. Sie sagten, Sie würden ihn zurücknehmen. Das Problem wurde behoben, Sir. Sie schulden mir keine Wiedergutmachung." Sie nahm den Eimer mit dem Mopp und machte sich auf den Weg, um das Badezimmer zu putzen. „Ich mache jetzt die Arbeit für heute fertig."

So viel Stolz, so viel Leidenschaft, sich zu behaupten und für sich selbst aufzukommen ... Niemand sonst, den ich kannte, war so integer. Das Lächeln auf meinem Gesicht wollte nicht verschwinden, und ich stand auf, um mit dem Blatt Papier hineinzugehen.

Da ich das Gefühl hatte, dass ich es schnell erledigen musste, holte ich meinen Laptop und stornierte die Überweisung, um das Geld wieder auf mein Konto zu übertragen. Ich hatte ihr mein eigenes Geld geschenkt, nicht das Geld des Resorts. Wenn sie das gewusst hätte, wäre sie wirklich ausgeflippt.

Ich musste bei dem Mädchen auf mich aufpassen. Sie war voller Überraschungen. Nicht, dass ich mich beschwert hätte. Obwohl ich sehen konnte, dass sie sich selbst als Problem ansah, war sie alles andere als das. Zumindest für mich war sie überhaupt kein Problem – sie war bemerkenswert.

Als ich am Schreibtisch im Wohnbereich saß, sah ich, wie Ariel aus meinem Schlafzimmer kam und dann auf das Deck ging, um den Mopp auszuspülen und das schmutzige Wasser ins Meer zu kippen. Danach stand sie da und betrachtete etwas. Sie holte ihr Handy aus der Tasche und machte ein paar Fotos von den Seevögeln, die direkt über die Oberfläche des klaren Wassers schwebten.

Sie steckte das Handy wieder in die Tasche, drehte sich um und bemerkte, dass ich sie anstarrte. Umgehend zog sie das Handy wieder hervor und machte ein Foto von mir. „So. Jetzt habe ich eines von Ihnen. Meinem Engel. Sie haben mich ins Paradies gebracht und mein Leben auf eine Weise verändert, die ich mir nie hätte vorstellen können, nicht einmal in meinen wildesten Träumen." Bei ihrem Lächeln bekam ich Gänsehaut. „Vielen Dank für alles, was Sie für mich getan haben, Sir. Denken Sie niemals, dass Sie noch mehr für mich tun müssen. Ich stehe für immer in Ihrer Schuld."

„Nein, du stehst nicht in meiner Schuld." Es machte mich wütend, dass sie das überhaupt dachte. „Du hast einen Job, und du machst diesen Job sehr gut, was bedeutet, dass du alles verdient hast, was dir gegeben wurde. Ich möchte nicht, dass du mir für mehr als diese Gelegenheit dankst – die du sehr gut genutzt hast. Du hast es geschafft, Ariel. Ich bin so stolz auf dich. Du hast keine Ahnung, wie stolz ich bin."

Mit einem Achselzucken steckte sie das Handy wieder in die Tasche. „Ich weiß nicht, warum Sie auf mich stolzer sein sollten als auf sonst jemanden, der hier für Sie arbeitet. Wir geben alle unser Bestes."

Sie sah es nicht einmal. Das war es, was sie so besonders machte. Keiner meiner anderen Angestellten auf dieser Insel hatte ihre einzigartige und harte Vergangenheit. Für mich hatte sie ihnen allen so viel voraus, und sie wusste es nicht einmal.

Es war eine Weile her, dass sie und ich zusammen gegessen hatten. Nach unserer jüngsten peinlichen Erfahrung, dachten wir beide, es wäre eine schlechte Idee. Aber ich wollte etwas Besonderes mit ihr machen. „Ja, hier geben alle ihr Bestes. Ich weiß das zu schätzen. Was sagst du dazu, heute Abend in Aruba mit mir zu Abend zu essen? Wir können hier aufräumen, auf die Yacht steigen und losfahren."

Wie ich vermutet hatte, schüttelte sie den Kopf. „Ich halte das für keine gute Idee."

„Nun, das solltest du aber." Ich hatte eine Idee, die definitiv funktionieren würde. „Weil ich deine Hilfe bei der Planung eines Tages zur Wertschätzung der Mitarbeiter, den wir alle in Aruba verbringen werden, brauche. Wir können uns die Casinos und Hotels ansehen und herausfinden, welche die besten sind. Gemeinsam werden wir einen Tag für all diejenigen organisieren, deren harte Arbeit das Resort zu dem macht, was es ist."

Sie lächelte mich an und nickte. „Das kann ich machen. Ich ziehe mich kurz um und treffe Sie dann am Dock." Sie lief zu ihrem Bungalow und, ich lachte, als ich sie weggehen sah.

Nicht viel später waren sie und ich auf der Yacht und fuhren nach Aruba. „Ich will nicht, dass du einer Menschenseele erzählst, was wir hier tun. Es soll eine Überraschung sein."

Ariel legte ihre Hand auf meinen Arm, als wir an Deck nebeneinanderstanden und der Wind durch unsere Haare peitschte. „Das habe ich mir schon gedacht. Ich werde es niemandem erzählen." Sie schaute über ihre Schulter und dann zurück zu mir. „Und was glaubt die Crew, weshalb wir nach Aruba fahren?"

„Versprichst du, dass du nicht sauer auf mich sein wirst?", fragte ich, weil ich etwas hatte, das ich bei ihr testen wollte.

„Sicher, warum nicht?", fragte sie. „Was haben Sie ihnen gesagt?"

„Ich habe ihnen gesagt, dass du und ich auf ein Date gehen." Ich sah, wie ihre Augenbrauen sich zusammenzogen. Und ich wusste, dass einige wütende Worte aus ihrem hübschen Mund sprudeln würden. „Das war nur Spaß. Du hättest dein Gesicht sehen sollen." Ich lachte, als ich die Reaktion sah, mit der ich fest gerechnet hatte.

Sie hob drohend ihre Faust und sagte: „Sie sind unmöglich, Mr. Dunne." Sie ließ ihre Faust fallen und sah ein wenig seltsam aus, als sie sagte: „Eines der anderen Dienstmädchen hat mich neulich, als wir zusammen in der Waschküche waren, etwas gefragt."

„Was denn?" Ich hatte eine ziemlich gute Vorstellung davon, wollte aber sichergehen.

„Sie hat gefragt, ob Sie und ich romantisch involviert sind." Sie errötete. „Ich habe ihr gesagt, dass wir so etwas nicht machen. Und wissen Sie, was sie zu mir gesagt hat, Mr. Dunne?"

Ich hatte wieder eine gute Vorstellung, täuschte aber Unwissenheit vor. „Ich habe keine Ahnung, Ariel. Was hat sie gesagt?"

„Sie sagte, dass sie Roger von der Grundstückspflege datet." Ariel sah ein wenig schockiert aus. „Und sie hat mir erzählt, dass Francesca Joel von der Buchhaltung datet. Den Mann, der ihre Gehaltsschecks ausstellt. Können Sie das glauben?"

Ich lachte. „Ariel, die Insel ist klein. Natürlich gibt es Affären unter den Mitarbeitern. Und manchmal gibt es Affären zwischen dem Personal und den Gästen. Es ist nur natürlich, wenn man darüber nachdenkt."

Ich legte meinen Arm um ihre Schultern und schaute auf den Sonnenuntergang, der hinter der Yacht mit dem Wasser verschmolz. „Du lebst im Paradies, Ariel. Du solltest wirklich versuchen, es mehr zu genießen."

Sie sah mich mit einem sonderbaren Ausdruck an. „Vielleicht haben Sie recht."

„Ich habe immer recht." Ich sah sie an. „Nun, die meiste Zeit jedenfalls", musste ich mich selbst korrigieren. Ich hatte bei dieser Frau mehr falsch gemacht als in meinem ganzen Leben. „In dieser Sache habe ich aber recht. Wie ist es damit?"

Sie nickte und legte dann ihren Kopf auf meine Schulter. „Manchmal denke ich über unser Leben nach, Mr. Dunne. Einer von uns wurde für große Dinge geboren, und einer wurde dafür geboren, arm zu sein. Wie kommt das?"

„Du wurdest ganz sicher nicht dafür geboren, arm zu sein. Dazu haben Umstände geführt, die außerhalb deiner Kontrolle lagen." Ich umarmte sie sanft. „Und ich wurde nicht für große Dinge geboren. Ich habe mich hochgearbeitet. Das kannst du auch. Nichts hält dich an deinem Platz. Du musst nicht für immer ein Dienstmädchen sein. Du kannst auch wachsen. Du kannst so viel wachsen, wie du willst. Jetzt liegt alles an dir. Es gibt nichts, was dich in irgendeiner Weise einschränkt."

Ihre Augen bohrten sich in meine. „Im Moment fühle ich mich aber eingeschränkt – ich habe das Gefühl, dass es Dinge gibt, die mich davon abhalten, alles zu haben, was ich im Leben will. Warum ist das wohl so?"

Ich hatte eine sehr gute Vorstellung davon, warum sie sich

eingeschränkt fühlte. Sie wollte etwas, von dem sie dachte, dass sie es niemals bekommen würde – mein Herz. Aber das erwähnte ich nicht.

„Ich denke, du musst deine Flügel noch weiter ausbreiten, damit du weißt, dass du fliegen kannst. Dann wirst du diese Einschränkungen nicht mehr spüren."

„Und was ist mit Ihnen, Sir?", fragte sie mit einem sexy Grinsen. „Was ist mit Ihren Flügeln? Sollten Sie sie auch ausbreiten?"

Vielleicht sollte ich das.

71

ARIEL

Einige Tage später, nach unserem Ausflug nach Aruba, befand ich mich allein in meinem Bungalow. Auf der Suche nach dem richtigen Weg, mit meinen Gedanken über Galen umzugehen, sah ich zum Himmel auf, um Hilfe von oben zu erhalten. „Mein Kopf sagt mir, dass ich aufpassen muss, weil er kein Mann für eine feste Beziehung ist. Er sagt mir auch, dass ich einen sicheren Arbeitsplatz, mein eigenes Zuhause und eine Zukunft im Resort habe. Wenn ich unserer Anziehung nachgebe, riskiere ich möglicherweise dieses unglaubliche Leben und die Sicherheit, die ich hier gefunden habe."

Die einzige Antwort war das Kreischen der Möwen. Ich drehte mich zu meinem Bungalow um und wäre fast über eine meiner Sandalen gestolpert.

Als ich mich bückte, um sie aufzuheben, sah ich einen kleinen Schatten durch den Wohnbereich huschen. Ich griff nach dem Schuh und hielt ihn bereit, um mich gegen alles zu verteidigen, was in mein Haus gelangt sein könnte.

Ein seltsames Klappern erreichte meine Ohren, und das Geräusch brachte mich dazu, ins Haus zu schleichen, um zu sehen, was dort war. „Raus! Was auch immer du bist, du musst von hier verschwinden."

Die Haustür öffnete sich ein wenig, und ein Lichtstrahl schoss durch den Wohnbereich. Und dann sah ich, was in mein Haus eingedrungen war – dasselbe, das es jetzt schnell und aufgeregt kreischend wieder verließ.

Ein Affe?

Ich rannte los, um die Tür hinter dem Eindringling zu schließen, und verriegelte sie fest. Erst dann hörte ich, wie Galen auf seinem Deck neben meinem rief: „Ariel, habe ich dich jemanden anschreien hören? Bist du in Ordnung?"

Als ich mit meiner Sandale in der Hand auf das Deck zurückging, keuchte ich atemlos. „Ja, alles okay. Mr. Dunne, wussten Sie, dass es auf dieser Insel Affen gibt?"

„Affen?" Galen beugte sich zu mir vor und wirkte verwirrt. „Nein. Ich habe noch nie einen Affen hier gesehen, Ariel. Bist du sicher, dass du das richtig gesehen hast?"

„Es hatte weiße Haare auf dem Kopf. Und kleine schwarze Augen und scharfe weiße Zähne." Oder doch nicht? Ich war mir jetzt nicht mehr so sicher. Ich hatte einen so kurzen Blick darauf geworfen, dass ich mich fragte, ob die Kreatur in meiner Vorstellung verzerrt sein könnte. „Wie auch immer, es war ein Affe. Ich werde im Internet nachsehen, um welche Art es sich handelt."

„Ich bezweifle, dass du einen echten Affen gesehen hast." Galen lachte und legte dann den Kopf schief. „Willst du, dass ich mich für dich umschaue?"

Außerhalb der Arbeitszeit mit Galen allein zu sein war etwas, das ich unbedingt vermeiden wollte. Seine Augen, sein Körper und sein Duft versetzten mich in einen Zustand, von dem ich wusste, dass ich eines Tages nicht mehr in der Lage sein würde, dagegen anzukämpfen. „Nein. Ich bin mir sicher, dass ich ihn vorerst verscheucht habe. Aber Sie sollten die Security alarmieren, damit sie ihn finden und sich um ihn kümmern."

„Meinst du etwa, du willst, dass sie den Affen töten?", fragte Galen mit einem fassungslosen Ausdruck auf seinem Gesicht.

„Nein." Das hatte ich überhaupt nicht gemeint. „Ich wollte ihn in einen Zoo bringen lassen oder so."

„Hier gibt es nirgendwo Zoos." Er legte den Kopf schief und zwinkerte mir zu. „Was sagst du dazu, dass wir das kleine Ding einfach frei herumlaufen lassen?"

„Dann haben wir künftig einen guten Grund, unsere Türen abzuschließen, Mr. Dunne. Meine Haustür war zu, aber es scheint, als hätte er die Klinke gedrückt und wäre einfach hereinspaziert. Es wäre schrecklich, eines Nachts mit einem knurrenden Affen auf der Brust aufzuwachen." Ich warf den Schuh ins Haus und setzte mich dann auf das Deck. „Meine Tür ist jetzt abgeschlossen, aber ich wette, Sie können nicht das Gleiche über Ihre sagen. Er ist auf freiem Fuß, wissen Sie, der kleine Eindringling."

Die Art und Weise, wie der Mann mich anlächelte, als ob ich verrückt wäre, hätte mich wütend machen sollen. Aber er war zu verdammt süß, um sauer zu werden. Und dann drehte sich sein Kopf, als ich einen Knall aus seinem Haus hörte. „Scheiße!"

Ich musste lachen, als er sein Deck eilig verließ. Aber mein Lachen veränderte sich augenblicklich, als ich Krachen und Schreie hörte. Ich sprang auf, rannte durch mein Haus zu der Pantryküche, schnappte mir einen Besen und ging dann zur Tür.

Ich lief zum Bungalow nebenan, stellte fest, dass die Tür offenstand und ging hinein. „Ich bin hier, um zu helfen, Mr. Dunne. Jagen Sie ihn in meine Richtung, und ich werde den Besen benutzen, um ihn zu verscheuchen."

„Er ist schnell, Ariel. Pass auf, ich habe ihn im Schlafzimmer gehört." Die Laute des Affen erfüllten die Luft, als er auf mich zukam, und ich hielt die Tür offen und benutzte den Besen, um dem Ding auf seinem Weg nach draußen zu helfen. Das kleine

Wesen blieb stehen, um sich umzudrehen und mich finster anzustarren, weil ich seinen Spaß ruiniert hatte, aber dann eilte es davon. Ich beobachtete den Affen, als er zu der Baumreihe huschte, wo der Dschungel begann, und dann verschwand.

„Ich glaube, er ist jetzt nach Hause gegangen", flüsterte ich, während ich die Stelle, wo er in den Dschungel zurückgekehrt war, im Auge behielt.

Eine Hand legte sich auf meine Schulter, und mir wurde innerlich so heiß, dass ich dahinschmolz. „Danke für die Hilfe. Ich hatte nicht damit gerechnet, nachdem ich dich deswegen geneckt hatte."

„Das würde jeder gute Nachbar tun." Ich trat aus der Tür und entfernte mich bewusst von seiner Berührung. „Vielleicht haben wir das Ding ordentlich erschreckt. Vielleicht bleibt es jetzt dort, wo es hingehört."

Er packte mich am Arm und stoppte meinen Rückzug. „Wie wäre es, wenn du und ich in die Cantina Cordova gehen und ein oder zwei Cocktails trinken? Heute ist dein freier Tag. Du könntest genauso gut ein bisschen mehr tun, als den ganzen Tag auf deinem Deck zu sitzen."

Ich hielt das für keine gute Idee. „Ich kann nicht. Ich muss heute mein eigenes Haus putzen." Es war nicht einmal schmutzig, aber ich brauchte eine Ausrede.

„Hmm." Er ließ mich los. „Ich sehe, du hast immer noch Angst."

Es gefiel mir nicht, dass er dachte, ich hätte Angst vor ihm. „Hören Sie, wir beide sehen die Dinge sehr unterschiedlich. Als wir an jenem Tag nach Aruba gingen, sagten Sie mir, ich solle meine Flügel ausbreiten. Ich weiß, was Sie damit gemeint haben. Sie denken, meine Flügel sollten über Ihrem Bett ausgebreitet sein."

Er nickte lachend. „Das sollten sie wirklich."

Ich schüttelte den Kopf und wusste nicht, wie ich zu dem

Mann durchdringen sollte. „Ich möchte nicht so ein Mädchen sein. Eine, die mit ihrem Chef schläft und woanders arbeiten muss, um ihr Leben wiederaufzubauen, nachdem alles zusammengebrochen ist."

„Du willst Versprechen, die dir niemand geben kann, Ariel." Er umfasste mein Kinn. „Du weißt nicht, was zwischen uns passieren wird."

„Aber ich weiß, was passieren wird, wenn ich *nicht* nachgebe", sagte ich und trat einen Schritt zurück, sodass seine Hand von meinem Gesicht fiel und keine Funken mehr durch mich schossen. „Wenn ich nicht nachgebe, werde ich meinen Job, mein Zuhause und meinen Verstand behalten."

Er legte seinen Kopf schief. Seine blauen Augen funkelten vor Neugier, als er fragte: „Wem oder was willst du nicht nachgeben, Ariel? Mir oder der Anziehung, die du für mich empfindest?"

Er hatte den Nagel auf den Kopf getroffen, und ich hasste es. Ich warf meine Hände in die Luft, drehte mich um und ging zurück zu meinem Bungalow. „Verdammt! Warum verstehen Sie das nicht?"

Sein Gelächter folgte mir zu meiner Tür. „Ich bin in der Cantina, wenn du dich entschließt, die Dinge weniger verbissen zu sehen."

Ich machte mir nicht die Mühe, ihn anzusehen. Ich ging einfach hinein und direkt zu meinem Sofa, wo ich mich hinlegte und meinen Kopf unter den Kissen vergrub. „Er ist so verdammt sexy und gutaussehend. Und so nervig!"

Ich setzte mich auf und fuhr mir mit der Hand durch die Haare, um die widerspenstigen Locken etwas zu glätten. Überall auf der Insel sah ich Paare. Niemand schien sich über die Konsequenzen ihrer Liebesbeziehungen allzu viele Sorgen zu machen. Niemand schien sich Sorgen zu machen, ob er einen Ort hatte, wo er seine Wunden lecken könnte, wenn die Beziehung vorbei wäre. Warum machte ich mir also Sorgen darüber, was passieren könnte? Warum konnte ich nicht so entspannt sein?

Hatten der Tod meines Vaters und das, was danach passiert war, mich so geprägt? Hatten sie mich auf eine Weise gebrochen, die mich von so vielen anderen unterschied?

Wenn das die Wahrheit war, dann waren Galen Dunne und ich uns ähnlicher, als ich gedacht hatte. Er glaubte nicht an eine Liebe, die für immer Bestand haben könnte, und vielleicht glaubte ich das auch nicht, zumindest unbewusst. Wenn ich so besorgt darüber war, dass alles enden könnte, bedeutete das, ich war nicht sicher, ob die Dinge in Stein gemeißelt waren.

Diese Offenbarung machte mich jedoch nicht traurig, sondern munterte mich auf.

Nichts hält ewig.

Ich ging in mein Zimmer, um mich zu erfrischen. Ich wollte mit dem Mann etwas trinken gehen. Ich würde mir keine Sorgen um die verrückte Chemie machen, die ich bei ihm fühlte, und ich würde von der Vorstellung ablassen, dass wir so viel Liebe zwischen uns haben mussten, dass es garantiert niemals enden würde. Denn wenn er diesbezüglich zu sich selbst ehrlich sein konnte, dann konnte ich das auch.

Als ich den Strand entlang zur Cantina ging, bemerkte ich, dass Mr. Dunne an der Bar saß und mit einem Mann sprach. Ich wollte ihn nicht stören, also lief ich weiter.

Aber je weiter ich ging, desto mehr schwand mein Selbstvertrauen.

Vielleicht war das doch eine schlechte Idee.

Ich war barfuß unterwegs, also machte ich ein paar Schritte mehr, um in die Brandung zu laufen. Mein Kopf war voller Zweifel. Was, wenn ich falsch lag? Was, wenn ich mir das alles einbildete, nur um eine Kostprobe von dem Mann zu bekommen, nach dem ich mich sehnte? Was, wenn ich verletzt wurde?

Was, wenn er verletzt wurde? Was, wenn wir beide verletzt wurden?

„Ariel?" Galens tiefe Stimme dröhnte an meinem Ohr, als er meine Schulter packte. „Bist du meinetwegen gekommen?"

„Vielleicht." Wir hielten inne und sahen uns einen Moment an.

„Ich habe ein Geschenk für dich." Er nahm meine Hand und führte mich zurück zu den Bungalows. „Es ist bei mir im Haus. Komm."

Ohne ein Wort zu sagen, ging ich mit und erlaubte mir, den Moment zu genießen und nicht darüber nachzudenken, was in der Zukunft passieren könnte.

Er führte mich hinein und nahm eine rosa Tüte von dem Schreibtisch im Wohnbereich. „Ich habe es heute Morgen im Geschenkladen gesehen, und du bist mir in den Sinn gekommen."

Ich nahm die Tüte und schaute hinein, um eine Schachtel zu finden. „Was ist das?" Ich nahm die Schachtel aus der Tüte und sah, dass es sich um eine Kamera handelte – eine sehr teuer aussehende Kamera. „Mr. Dunne? Ich kann nicht ...“

„Du kannst." Er nahm die Schachtel aus meinen Händen und öffnete sie mit einem Messer, das er aus seiner Tasche gezogen hatte. „Du machst die ganze Zeit Fotos mit deinem Handy. Ich dachte, du solltest das haben, damit du bessere Bilder machen kannst. Wer weiß, vielleicht findest du als Fotografin deine Berufung."

Ich liebte es, Fotos zu machen. „Sie sind definitiv sehr aufmerksam in Bezug auf das, was ich tue, Mr. Dunne."

Er zog die Kamera aus der Schachtel und stellte sie auf die Arbeitsplatte, während wir an der Bar standen, die das Wohnzimmer und die Küche trennte. „Das ist tatsächlich so, Ariel. Ich denke mehr an dich als an irgendetwas anderes."

„Tun Sie das?" Er hatte nie die Tatsache verborgen, dass er

sich zu mir hingezogen fühlte – dass er mich wollte –, aber ich dachte nicht, dass es etwas war, das so viel Zeit oder Gedanken in Anspruch nahm.

„Das tue ich." Ein Finger fuhr über meine Wange. „Dein Lieblingsessen ist frischer Salat mit geräuchertem Truthahn. Das einzige Dressing, das du verwendest, ist Olivenöl und Balsamico-Essig. Du ziehst Wasser jedem anderen Getränk vor. Und ich glaube, deine Lieblingsfarbe hat den gleichen Ton wie deine Augen – smaragdgrün. Wie du siehst, schenke ich dir wirklich viel Aufmerksamkeit. Ich finde dich faszinierend, Ariel Pendragon."

Ich wusste auch ein oder zwei Dinge über Mr. Dunne. Ich hätte nicht allein mit ihm in seinem Haus gestanden, wenn dem nicht so wäre. „Sie bevorzugen Rotwein gegenüber Weißwein. Aber das ist nicht Ihr Lieblingsgetränk – Ihr Lieblingsgetränk könnte viele Leute überraschen. Sie trinken Milch lieber als alles andere. Ihre Hauptnahrungsmittel sind die Proteinriegel, die Sie überall verstaut haben. Und ich denke, Ihre Lieblingsfarbe ist die gleiche wie meine."

Seine Knöchel berührten meine Wange, als er mir in die Augen sah. „Ja. Seit ich in deine erstaunlichen Augen gesehen habe."

Mit einem Seufzer gab ich ihm nach. Während ich seine Wärme genoss, fuhr ich mit meinen Händen über seine Arme und presste meinen Körper näher an seinen. Er blieb still und ließ mich in meinem eigenen Tempo zu ihm kommen.

Unsere Augen hielten einander fest, bis sich unsere Lippen so nah kamen, dass ich spüren konnte, wie sein warmer Atem über mich strich. Dann legte ich meine Lippen an seine und der Boden gab unter meinen Füßen nach.

Ich betete zu Gott, dass es kein Fehler war.

72

GALEN

Nichts hatte sich jemals besser angefühlt, als Ariel in meinen Armen zu halten – ihre Lippen waren an meine gepresst und unsere Körper glühten. Nichts war mit diesem Gefühl zu vergleichen. Und diesmal hatte sie mich geküsst. Ariel verlor den Kampf, den sie mit sich selbst geführt hatte, und ich hätte nicht glücklicher darüber sein können.

Ich nahm jeden Aspekt von ihr wahr: Die Art, wie sich ihre Locken zwischen meinen Fingern wie Satin anfühlten, als meine Hand durch ihre Haare fuhr; die Art, wie ihre Hüftknochen herausragten und meinen Bauch berührten; die Art, wie sich ihre Hände über meine Schultern bewegten, um dann auf meinem Bizeps zu ruhen.

Ihre Lippen teilten sich und ließen meine Zunge an einen Ort gelangen, nach dem sie sich so lange gesehnt hatte. Sie wusste es nicht, aber sie wickelte mich mit jeder leichten Berührung ihrer Zunge langsam aber sicher um den Finger.

Obwohl Ariel jung und unerfahren war, wusste sie, wie sie zu mir gelangen konnte. Ich verstand es nicht einmal selbst, aber sie wusste – instinktiv – wie sie jeden Knopf drücken konnte, den ich hatte.

Sie ließ eine Hand nach unten gleiten, um meine zu ergreifen, die ihren Rücken hinunterwanderte, um ihren runden Hintern zu umfassen. Sie zog sie zwischen uns und drückte sie gegen ihre Brust. Ich konnte ihren Herzschlag fühlen, als sie meine Hand fester an sich drückte.

Sie löste ihren Mund von meinem, und ich stöhnte protestierend. „Spürst du das?"

Ich nickte. „Ja. Dein Herz klopft. Meines auch." Ich zog unsere gefalteten Hände an meine Brust, die genauso heftig vibrierte.

Ihr Lächeln, schüchtern und schlau, ließ mein Herz noch schneller schlagen. „Warum schlagen die Herzen schneller, wenn sich die Leute küssen? Wenn sie sich berühren?"

„Erregung", antwortete ich. „Was sonst?"

Sie blinzelte einige Male mit ihren langen Wimpern. „Nicht Liebe?"

Oh, das schon wieder.

„Ariel, nicht ..."

Sie legte einen Finger auf meine Lippen. „Ich habe schon einmal einen Mann geküsst. Ich habe sogar schon einmal Sex gehabt. Mein Herz hat aber nie so geschlagen. Hat deines das getan?"

Ich hatte schon viele Dinge getan, um mein Herz so schnell schlagen zu lassen wie jetzt. Aber es war auch noch etwas anderes im Gange. „Baby, können wir uns nicht einfach fallenlassen und sehen, was passiert? Können wir das Wort Liebe vorerst nicht weglassen?"

Sie schloss die Augen. Ich dachte, sie würde sich aus meinen Armen lösen, und ich hätte alles getan – außer dem Mädchen Versprechen zu machen, die ich nicht halten konnte –, damit sie genau dort blieb, wo sie war.

„Wenn ich dir sage, dass wir dieses Wort vorerst nicht

erwähnen, kannst du mir dann sagen, dass du die Liebe in dein Herz lassen wirst, wenn sie in dein Leben tritt?"

Wie sollte ich ihr antworten? Ich dachte nicht, dass Liebe einen Unterschied machte – dass sie von Dauer sein würde, selbst wenn sie in mein Leben trat. Wie konnte ich ihr sagen, dass ich das um jeden Preis vermied? Ich wollte keinen Herzschmerz fühlen. Das hatte ich nie getan, und ich hoffte, dass ich es nie tun würde.

„Ich kann dir eines sagen, und es ist die Wahrheit, Ariel. Du musst deinen Job hier niemals aufgeben, auch wenn es mit uns nicht funktioniert. Ich meine es ernst. Ich würde dir nie etwas davon wegnehmen. Dein Leben hier liegt in deiner Hand." Ich dachte, das könnte ihr helfen.

Aber sie sah mir nur tief in die Augen und durchbohrte meine Seele. „Wenn es mit uns beiden nicht funktioniert, will ich nicht mehr hier arbeiten. Ich will dein schönes Gesicht nicht mehr sehen, wenn ich es nicht mein Eigen nennen kann."

Noch nie hatte jemand den Mut gehabt, so etwas zu mir zu sagen. Ariel wollte mich ihr Eigen nennen. Das hatte ich noch nie einer Frau erlaubt. Bei ihr könnte ich jedoch bereit sein, die Dinge ein wenig zu ändern. Allerdings könnte das ein schrecklicher Fehler sein.

„Ich habe dir bereits gesagt, dass wir exklusiv sein können." Ich dachte, ich sollte die Dinge für sie kristallklar machen. „Das heißt aber nicht, dass einer von uns den anderen besitzt. Verstehst du, was ich sage?"

„Ich glaube, du sagst, wenn einer von uns diese Anziehung nicht mehr spürt, können wir unbeschadet auseinandergehen." Ihre schmollende Unterlippe brachte mich zum Lächeln.

„Auf diese Weise sind die Dinge viel einfacher." Ich überlegte, was sie darüber gesagt hatte, nicht mehr im Resort arbeiten zu wollen, wenn es zwischen uns nicht funktionierte.

„Und wenn es schiefläuft, kann ich dir einen Job bei einem meiner Freunde beschaffen. Wie klingt das?"

„Schrecklich." Langsam bewegte ihre Hand sich meinen Arm hinauf, bis sie ihre Handfläche auf meine Wange legte. „Deine Augen sind das, was ich sehen möchte, wenn ich meine öffne. Dein Blick ist der, den ich auf meinem Gesicht spüren möchte. Ich sehne mich danach, dass deine Hände jeden Zentimeter meiner Haut streicheln. Ich will in deinem Herzen zu Hause sein, und ich will, dass du in meinem zu Hause bist. Und ich will, dass niemals irgendetwas davon aufhört."

Sie raubte mir den Atem. „Das klingt wie ein Eheversprechen, Ariel Pendragon."

„In gewisser Weise ist es nicht viel anders. Ich schwöre, dass ich an unserer Beziehung arbeiten werde. Schwörst du das Gleiche? Oder ist das zu viel verlangt?" Ihre Augen funkelten und ließen meine keine Sekunde los.

Ich hatte schon gehört, wie Leute von Arbeit sprachen, wenn sie von ihren Beziehungen erzählten. Ich wollte Romantik nicht als Arbeit ansehen. Vor allem, weil sie keine lästige Pflicht sein sollte. Aber Ariel sprach nicht von einer einfachen Romanze – sie sprach von einer vollwertigen Beziehung. Etwas, auf das ich nicht vorbereitet war.

„Du bist viel zu süß und unschuldig, als dass ich dir nur das sagen könnte, was du hören möchtest." Ich dachte, das allein sollte sie wissen lassen, dass ich nicht bereit war, mich auf mehr als etwas Körperliches festzulegen. Ich dachte, sie hätte das bereits verstanden.

Sie bewegte ihre Hand von meinem Gesicht, und ihr sanfter Blick ruhte auf meinen Lippen. „Dein Kuss verspricht mir eine gute Zeit im Bett. Deine Berührung verspricht mir unglaubliche Chemie. Die Art, wie dein Herz schlägt, verspricht mir, dass du mich hineinlassen könntest, aber nur, wenn dein Verstand es zulässt. Ich möchte nur das Versprechen, dass du nicht dagegen ankämpfst, wenn es soweit ist – dass du dich von diesem Gefühl da hinführen lässt, wo es hingehört. Dass du zulässt, dass es uns dort hinbringt, wo auch immer wir sein sollen."

Ich machte keine Versprechen. Niemandem.

Aber ich wusste, dass sie uns nicht geben würde, was wir brauchten, bis ich ihr dieses Versprechen gemacht hatte. Wäre es eine Lüge, ihr zu sagen, was sie hören wollte? Oder wäre es genau das, wonach sie gefragt hatte – ein aufrichtiges Versprechen?

„Und wenn ich niemals Liebe empfinde, Ariel?", fragte ich sie, als ich ihre Hände nahm und sie zwischen meinen festhielt. „Wird das unser Ende sein?"

„Ich weiß es nicht." Wenigstens log sie auch nicht. „Ich bitte nur darum, dass du dieser Sache die Chance gibst zu wachsen, so wie ich es auch tun werde. Ich liebe dich jetzt nicht, wenn das hilft. Ich bin dir nicht einen Schritt voraus oder so. Ich kann einfach nicht in diese Sache hineingehen mit der Vorstellung, dass es nur um Sex und Spaß geht. Ich brauche mehr als das."

„Du brauchst Liebe", flüsterte ich, als ich über ihre Forderung nachdachte.

Sie schüttelte den Kopf. „Nein. Ich brauche das Versprechen, dass du dich der Liebe nicht verschließt, wenn sie in dein Leben tritt. Das ist alles. Und wenn das nicht passiert, werden wir es beide wissen, oder?"

„Und wenn sich einer von uns verliebt und der andere nicht, was dann?" Ich musste es wissen. Was, wenn ich sie lieben würde, sie mich aber nicht? Was dann?

Mit einem Achselzucken sagte sie: „Ich nehme an, wir müssten der anderen Person die Chance geben, zu sehen, ob es sie auch erwischt hat oder nicht. Ich möchte nur, dass dieses Wort, dieses Gefühl, nicht von vornherein Tabu ist. Das ist alles, was ich sage."

Es war besser als ein Nein. „Du weißt, dass dies meine erste

Fast-Beziehung sein wird, oder? Ich habe noch nie mit jemandem, mit dem ich Sex hatte, so viel gesprochen."

„Fast?" Sie sah durch dieses Wort verstört aus. „Ich möchte nicht, dass du uns auf diese Weise einschränkst. Was wir haben werden, wird eine Beziehung sein. Nichts daran wird halbherzig sein."

Für jemanden, der so jung war, übernahm sie mit Sicherheit leicht die Zügel. Ich musste lachen. „Wann ist diese furchterregende Frau in dir aufgestiegen, meine süße Ariel?"

Röte bedeckte ihre Wangen. „Als ich darüber nachdachte, wie schwer es sein würde, mich von deinen starken Armen fernzuhalten. Weißt du, ich muss mich selbst schützen – und dich auch, selbst wenn du es nicht merkst. Ich muss für uns beide stark sein. Sonst bin ich genauso wie jede andere Frau, die du in deinem Leben hattest. Ich werde mich nicht so behandeln lassen."

„Das sehe ich." Die Art, wie sie mich immer wieder überraschte, ließ mich denken, ich sollte sie definitiv die Zügel übernehmen lassen. Sie könnte uns beide an einen Ort führen, an dem wir sehr glücklich sein würden.

Oder war es dumm von mir, einem jungen Ding wie ihr zu erlauben, uns den Weg zu einem Ort zu weisen, an dem keiner von uns jemals gewesen war?

Etwas sagte mir, ich sollte das Kommando übernehmen. „Du bist ein bisschen jung. Du hast noch nicht so viel erlebt wie ich. Wie wäre es, wenn du dich zurücklehnst und dich von mir führen lässt? Ich verspreche dir, dass ich dich sehr glücklich machen kann. Zumindest für eine Weile."

Mit einem Seufzer glitt sie aus meinen Armen. „Nein, danke." Als sie sich umdrehte, um mein Haus zu verlassen, spürte ich, wie die Erde unter mir bebte, und stellte dann fest, dass meine Beine zitterten.

Ihre Schultern fielen herab, und ihr Kopf senkte sich, als sie zur Tür ging und den Griff in ihre kleine Hand nahm.

Bevor sie ihn drehen konnte, trat ich hinter sie und legte meine Hände auf ihre schmalen Schultern, während ich mich an ihr weiches, nach Lavendel duftendes Haar schmiegte. „Zur Hölle damit. Lass es uns auf deine Art machen. Was kann es schaden, mich neuen Dingen zu öffnen? Ich verspreche, die Liebe in mein Herz zu lassen, wenn sie zu mir kommt. Ich verspreche, an dieser Beziehung zu arbeiten, wenn es sein muss. Ich verspreche, dir alles von mir zu geben."

Sie drehte sich zu mir um und lächelte. „Und ich verspreche, dir auch alles von mir zu geben."

Ich spürte, wie mein Herz wieder in meiner Brust raste. „Bedeutet das, dass wir jetzt zum guten Teil kommen können?"

„Ja." Und da war es – das, worauf ich schon seit Wochen wartete.

„Du wirst es nicht bereuen." Überwältigt von Freude nahm ich sie in meine Arme und trug sie in mein Schlafzimmer, wo ich mich sofort daran machte, das Versprechen, sie glücklich zu machen, zu erfüllen.

Als ich sie auf mein Bett warf, quietschte sie entzückt. „Wir machen das wirklich, oder?"

„Ziehe dich aus." Ich begann, mich auszuziehen.

Sie schüttelte nur den Kopf. „Moment, Sir ..."

„Du hörst jetzt auf, mich so zu nennen", informierte ich sie, als ich meine Shorts auf den Boden fallen ließ. „Ich bin Galen."

„Okay, Galen." Sie beugte sich über ihre Ellbogen und beäugte mich, als ich nur in meinen engen schwarzen Boxerbriefs vor ihr stand. „Nett. Sehr schön. Jetzt sag mir bitte, dass du hier ein Gummi hast."

„Ein Gummi?", fragte ich verwirrt, bevor es klickte. „Oh, ein Kondom."

Sie nickte. „Ich nehme die Pille nicht. Es war nicht so

einfach, an so etwas zu kommen, während ich auf der Straße lebte."

„Ja, ich habe welche hier." Ich sah, wie sie sexy lächelte, als ich zu der Schublade ging, in der eine Schachtel hinter den Socken steckte.

„Das dachte ich mir." Sie rollte sich auf den Bauch und beobachtete mich, als ich ein Kondom herauszog. Dann überlegte ich es mir anders und zog zwei weitere heraus.

Erst dann knöpfte sie ihre weiße Bluse auf und sah mich dabei die ganze Zeit an.

Ich war mir nicht sicher, was ich getan hatte, aber ich war verdammt froh darüber, dass ich es getan hatte.

73

ARIEL

Als wir endlich Haut an Haut waren, küsste Galen mich, während er seinen Körper bewegte, um meinen zu bedecken. Nach der wochenlangen Vorfreude dauerte es nicht lange, bis wir zum Hauptereignis kamen. Er wusste, dass ich mehr als bereit war. Ich spreizte eifrig meine Beine für ihn, und er sank nach unten, bis die Spitze seines harten Schwanzes den äußeren Rand meines Geschlechts berührte.

Das Feuer, das in mir tobte, brachte mich dazu, meinen Rücken zu wölben und mein Geschlecht nach oben zu schieben, damit er in mich eindringen konnte. Die Spitze seines Schafts glitt hinein, dann bewegte er sich langsam tiefer. Eine Woge von Empfindungen überflutete mich – Verlangen, Vergnügen, Angst und schließlich pure Glückseligkeit.

Ich fuhr mit meinen Nägeln über seinen Rücken und stöhnte. „Galen, das fühlt sich unglaublich an."

Er beugte sich über mich, während er geschmeidige, gleichmäßige Stöße machte. „Du fühlst dich unglaublich an. Wie nichts, was ich je zuvor gefühlt habe." Galen hob den Kopf und sah mir in die Augen. „Ich habe das Gefühl, dass ich mein ganzes Leben auf diesen Moment gewartet habe."

Ich betete, er würde mehr wollen als nur diesen einen Moment. Ich war sehr besorgt darüber, wie er reagieren würde, nachdem wir uns das erste Mal geliebt hatten. Würde er wegrennen? Würde er schon fertig mit mir sein? Würde sein Ego die Kontrolle, die ich forderte, hassen und ihn in jemanden verwandeln, den ich niemals lieben könnte?

Diese Fragen quälten mich, als wir zum ersten Mal miteinander schliefen, bis er etwas tat, das mich völlig davon ablenke. Seine Hand fuhr durch mein Haar, und dann packte er ein paar Strähnen und zog daran, als er plötzlich seine Geschwindigkeit und Intensität änderte. „Scheiße, Baby, du bist so eng!"

Galen war wild auf mich. Zuerst hatte ich Angst und packte ihn an den Armen, um mich festzuhalten, während er sich mit solcher Kraft bewegte, dass ich das Bett hinaufgeschoben wurde. „Galen!", keuchte ich.

Er schob einen Arm unter mein Knie und zog es hoch, bis es sich neben meinem Ohr befand. Ich konnte spüren, wie ich mich dehnte, als der neue Winkel ihm erlaubte, noch tiefer zu gehen. „Sag es noch einmal, Baby."

„Galen", stöhnte ich, als sein Schwanz mich vollständig ausfüllte. „Oh Gott, Galen."

Die anhaltende Angst, die jetzt von purer Lust verdrängt worden war, machte mich benommen und berauscht, als unsere Körper kollidierten. Dies war überhaupt nicht so, wie ich es zuvor erlebt hatte. Was ich mit meinem ersten Liebhaber gemacht hatte, schien überhaupt kein Sex gewesen zu sein, verglichen mit dem, was Galen mit meinem Körper tat.

Meine Beine begannen zu beben, und Galen bewegte seinen Arm und ließ mein Bein los, bevor er sich vollständig aus mir herauszog. Ich zitterte und war verwirrt. Er grinste mich an, als er meinen fragenden Gesichtsausdruck sah. „Geh auf die Knie."

Ich bewegte mich, um zu tun, was er verlangte, und er lachte, als ich mich hinkniete. „Was?"

Er fuhr sich mit einer Hand über das Gesicht. „Auf Hände und Knie, Baby."

„Oh, Doggy-Style. Ich verstehe." Ich fühlte mich wie eine Anfängerin. Aber andererseits war ich das auch. Ich nahm die Position ein und keuchte wieder, als er meinen Rücken hinabdrückte, bis meine Brust und mein Kopf auf der Matratze lagen. Ich fühlte mich verletzlich und ausgeliefert, als mein Hintern nach oben gereckt war. „Galen?"

Er stieß so fest in mich, dass es meinen ganzen Körper erschütterte. Seine Hand verpasste mir einen lauten Klaps auf den Hintern, und ich schrie überrascht: „Galen!"

Seine Stimme war rau und schroff geworden: „Sag das noch einmal. Sag meinen Namen."

„Galen!", kreischte ich, als er immer härter in mich eindrang, und meinem Hintern Schlag um Schlag versetzte. Und dann fing das Zittern wieder an, und dieses Mal wurde es von einer Welle puren Vergnügens begleitet, die tief aus meinem Inneren kam. „Galen", stöhnte ich lustvoll. „Oh, Galen, nimm mich. Nimm mich, Baby. Nimm mich ganz." Meine Worte verwandelten sich in ein heulendes Stöhnen, als mein Körper immer höher schwebte und ich meinen ersten Orgasmus hatte.

Ich dachte, ich hätte schon Orgasmen gehabt – Masturbation war mir nicht fremd. Aber jene Empfindungen waren nichts im Vergleich hierzu. Galen trug mich den ganzen Weg zum Höhepunkt und hielt mich dort fest.

Sein tiefes Lachen füllte meine Ohren, als mein ganzer Körper pulsierte und mein Geschlecht unglaublich feucht wurde. „Gib es mir, Baby."

Ich konnte kaum atmen, als er sich aus mir zurückzog und ich auf das Bett fiel. Aber dann nahm er mich an der Schulter und rollte mich auf meinen Rücken. Er zog meine schwachen Knie hoch, trat zwischen meine Beine und drang mit einem sexy Grinsen auf seinem hübschen Gesicht wieder in mich ein.

Ich hielt sein Gesicht zwischen meinen Händen und sah in seine durchdringenden blauen Augen. „Es scheint, als hättest du ein ganz besonderes Talent."

„Ich weiß." Er küsste mich sanft und zog sich dann zurück, um mich anzusehen, während er anfing, sich langsamer in mir zu bewegen. „Du machst mich wilder als je zuvor. Ich glaube, ich kann das die ganze Nacht machen. Was denkst du?"

Ich wollte nie aufhören, mich so zu fühlen – all diese intensiven Empfindungen und Emotionen. „Ich bin dabei."

Ein Finger fuhr über mein Schlüsselbein und dann zwischen meine Brüste. „Hast du etwas dagegen, wenn ich sie koste?"

Noch nie hatte jemand an meinen Brüsten gesaugt. Und ehrlich gesagt, hätte ich nicht gedacht, dass es etwas war, das ich wollte. „Ich weiß es nicht."

„Wenn du es hasst, dann sag mir einfach, dass ich aufhören soll." Er wusste immer genau, was er sagen musste, damit ich einwilligte.

Ich sah ihm zu, wie er seinen heißen Mund auf meine linke Brust legte. Als seine Lippen die Spitze meiner Brustwarze berührten, strömte Adrenalin durch mich. Seine Zunge strich über die Knospe und machte sie noch härter. Ich konnte fühlen, wie sie vor Erregung größer wurde.

Ich fuhr mit meinen Händen durch sein dichtes dunkles Haar, als er anfing, sanft zu saugen. „Ah, Himmel, das ist gut." Alles, was er tat, fühlte sich besser an, als ich es jemals erwartet hätte.

Während er saugte, bewegte er langsam seine Hüften, bis mein Körper wieder in Flammen stand und ich keine andere Wahl hatte, als mich einem weiteren Orgasmus hinzugeben.

Mein Körper zitterte wieder, und er hob seinen Kopf, um mich anzusehen, als ich unter ihm die Kontrolle verlor. „Mein

Gott, du bist noch schöner, wenn du kommst, Ariel. Ich möchte, dass du die ganze Nacht lang kommst."

Meine Brust hob sich, als ich versuchte, zu Atem zu kommen, während er kaum aufgewühlt wirkte. „Wie kannst du dich so leicht zurückhalten?", musste ich fragen. Bisher gab es ein ernsthaftes Ungleichgewicht im Hinblick auf Orgasmen.

„Es ist überhaupt nicht leicht." Er küsste meine Nasenspitze. „Du bist so eng. Und wenn du zum Orgasmus kommst, ziehst du dich um meinen harten Schwanz zusammen und bringst mich dazu, auch kommen zu wollen. Aber auf meine Bedürfnisse einzugehen ist nicht Teil meiner Mission. Meine Mission ist, dass du mehr von mir willst. Ich möchte dir zeigen, was ich für dich tun kann, Ariel. Ich möchte dich dazu bringen, dich danach zu sehnen. Du sollst dich nach Sex sehnen."

„Sollte das so sein?", fragte ich. „Sehnsucht nach Sex?"

„Nun, in dieser Situation, ja." Er eroberte meine Lippen zuerst sanft und küsste sie dann härter.

Er bewegte seine Zunge immer tiefer in meinen Mund und bald streichelte er meine Zunge mit seiner. Er rammte seinen Schwanz in dem gleichen Tempo in mich, in dem er seine Zunge bewegte, und schließlich verstand ich, was er tat. Er zeigte mir, wie es sich anfühlen würde, ihm Oralsex zu geben.

Meine Nägel bohrten sich in seinen Rücken, und ich fand es unheimlich aufregend, dass er wollte, dass ich das bei ihm tat. So unerfahren ich auch war, er vertraute darauf, dass ich ihn in meinen Mund nahm und das Richtige tat.

Galen würde mich an meine Grenzen bringen. Das wusste ich jetzt. Er würde mir alles beibringen, was er wusste, und ich hoffte, ich könnte ihm auch einige Dinge beibringen. Wie man alles losließ und sich hingab zum Beispiel.

Ich wusste nicht, wie ich das machen sollte, da ich es vorher noch nie getan hatte. Aber es war etwas, von dem ich in meiner

Seele wusste, dass ich es konnte. In diesem Moment wusste ich, dass ich es mit niemand anderem als Galen Dunne machen wollte. Und ich wollte auch nicht, dass er es mit jemand anderem machte.

Ich fuhr mit meinem Fuß über sein Bein und stöhnte, als er sein Becken gegen mich presste. Das tat er noch ein paar Mal, und meine Klitoris pulsierte, als eine weitere Welle des Vergnügens auf mich zu rollte.

Dieser Orgasmus war noch intensiver und diesmal konnte er sich nicht beherrschen. Er zog seinen Mund von meinen Lippen, während er keuchte und knurrte und so tiefe, gutturale Laute ausstieß, dass sie seinen Körper erbeben ließen, als er kam.

Das Kondom verhinderte, dass ich seinen heißen Samen spürte, als er aus ihm heraussprudelte. Ich war enttäuscht, als ob mir etwas entgangen wäre. Unsere Körper waren bis dahin eins gewesen. Erst dann fühlte es sich an, als hätte man mir etwas verweigert.

Sobald er aufgehört hatte zu stöhnen, öffnete er seine Augen und schaute auf mich herab. „Alles okay?"

Ich nickte. „Bei dir auch?" Ich fuhr mit meinen Händen durch seine Haare. „Du hast ziemlich wilde Geräusche gemacht."

„Du hast das Tier in mir zum Vorschein gebracht." Er küsste mich auf die Wange. „Ich werde dich jetzt kurz verlassen. Ich muss dieses Kondom loswerden."

Ich fühlte mich plötzlich allein, als er sich von mir löste. Er ging ins Badezimmer und als er zurückkam, hatte er ein Tuch in der Hand und gab es mir. „Ich nehme an, du willst, dass ich mich saubermache."

„Wenn du willst. Ich weiß, dass wir es geschafft haben, dich ziemlich nass zu machen.", sagte er mit einem Augenzwinkern, bevor er den Raum verließ. Er blieb stehen, um sich umzudrehen und mich anzusehen. „Ich hole uns etwas zu trinken. Und ich muss etwas wissen."

„Was?" Ich hatte keine Ahnung, was er wissen wollte, aber ich war mir sicher, dass es mit Sex zu tun hatte.

„Hattest du vorher schon einmal einen richtigen Orgasmus?" Er musterte mich, wahrscheinlich um zu sehen, ob ich lügen würde.

„Ich hatte mir vorher schon welche verschafft." Ich musste zugeben, dass er darin viel besser gewesen war, als ich es jemals gekonnt hatte. „Aber keiner hat sich jemals so gut angefühlt wie die, die du mir gegeben hast. Das waren echte Geschenke."

Das Lächeln, das sich über seine Lippen bewegte, ließ mein Herz rasen. „Gut. Ich bin gleich wieder da. Ich bin noch lange nicht mit dir fertig, Baby."

Ich war froh zu hören, dass er noch nicht bereit war, diese Nacht enden zu lassen.

Das alles schien ein bisschen zu schön, um wahr zu sein. Aber ich hoffte, dass es niemals aufhörte.

74

GALEN

Es vergingen drei glorreiche Monate, in denen ich und Ariel sowohl unsere Nächte als auch unsere Tage miteinander verbrachten. Ich war länger auf der Insel geblieben als in den Vorjahren. Das Wetter dort war immer gleich – warm mit klarem Himmel und jeder Menge Sonne.

In Portland, Oregon, wo ich ein Anwesen gekauft hatte, in dem meine Eltern leben konnten, war das Wetter im Herbst kühler geworden. Ein Anruf meiner Mutter an Thanksgiving brachte mich zum Lächeln, als ich ans Telefon ging. „Ma, es ist so gut, von dir zu hören. Wie geht es dir an diesem Thanksgiving?"

Meine Familie hatte eifrig damit begonnen, die nordamerikanischen Feste zu feiern, sobald sie in die USA ausgewandert war, und ich liebte sie auch.

„Sehr gut. Die Köchin hat all die üblichen traditionellen Gerichte zubereitet. Die ganze Familie kommt zu uns. Wir vermissen dich, Galen. Und ich erwarte, dass du zu Weihnachten hier bist, mein Sohn. Du wirst dieses Jahr nicht jeden Feiertag verpassen." Meine Mutter sorgte dafür, dass sich unsere

Familie an den meisten Feiertagen versammelte, aber ich konnte es nicht immer schaffen. Weihnachten war das eine Mal, dass sie meine Anwesenheit ausdrücklich verlangte.

„Ich werde da sein. Ich wage es nicht, deinen Zorn auf mich zu ziehen." Ich lachte, als ich daran dachte, wie meine 1,50 Meter große Mutter mir mit ihrer kleinen Faust drohte, während sie schimpfte, dass niemand sonst jemals zu beschäftigt war, um Zeit mit seiner Familie zu verbringen.

„Gib uns eine Woche, einverstanden?", bat sie.

Das konnte ich nicht versprechen. Wenn Ariel bereit wäre, mit mir nach Portland zu gehen, würde ich das vielleicht in Betracht ziehen. Wenn nicht, würde ich nicht länger als eine Nacht bleiben. Ariel war jemand geworden, auf den ich angewiesen war. Ohne sie zu schlafen, wäre die reinste Hölle. Warum sollte ich mir das antun?

„Ich werde es versuchen, Ma." Ich wollte ihr keine falschen Hoffnungen machen.

„Tu das, Junge." Ihre Stimme war scharf. „Ich lasse mich nicht ewig vertrösten. Ich glaube, das weißt du auch. Ich möchte eine Woche von der Zeit meines ältesten Sohnes. Das ist nicht zu viel verlangt – zumal ich das ganze Jahr über keinen einzigen Tag deine Gesellschaft hatte."

Sie hatte recht. Ich musste ihr und dem Rest meiner Familie mindestens eine Woche meiner Zeit schenken. „Ich werde da sein, Ma. Vielleicht bringe ich dieses Jahr eine besondere Freundin mit nach Hause."

„Eine besondere Freundin?" Ich hatte ihr Interesse geweckt. „Hast du endlich ein Mädchen gefunden?"

„Du wirst dich damit gedulden müssen, das herauszufinden." Ich liebte es, sie zu überraschen. „Ich werde es dich wissen lassen, wenn ich nächsten Monat komme. Genieße dein Thanksgiving. Liebe Grüße an dich und den Rest der Familie. Bis bald."

„Ich liebe dich auch, Galen. Bye."

Nach dem Anruf verließ ich meinen Bungalow, um zu Ariel zu gehen. Sie freute sich darauf, ihr erstes Thanksgiving zu feiern – viele der Gäste und Angestellten auf der Insel waren Amerikaner, daher waren alle in den letzten Wochen in Festtagsstimmung gekommen. Ariel hatte beschlossen, unser erstes Thanksgiving-Dinner selbst zuzubereiten. Ich willigte sofort ein und liebte den Gedanken, dass sie sich bemühen würde, ein besonderes Mahl mit mir zu teilen.

Aber als ich durch ihre Tür kam, wurde ich von einer Rauchwolke und ihrem Schnauben und Keuchen empfangen.

Das Aroma von verbranntem Essen hing in der Luft. „Ah, das scheint ein großartiger Zeitpunkt zu sein, um dir mitzuteilen, dass es heute im Royal ein Buffet gibt."

Ihr kastanienbraunes Haar war zu einem Zopf geflochten, hatte sich jedoch etwas gelöst und hing ihr ins Gesicht. Sie blies die losen Strähnen zur Seite. „Galen, ich wollte das unbedingt für dich tun. Aber alles ist entweder verbrannt oder roh."

Ich nahm sie bei den Schultern und führte sie in ihr Schlafzimmer. „Geh duschen und ziehe dir etwas Schönes an. Ich werde aufräumen, während du dich für unser Thanksgiving-Dinner im Royal fertigmachst."

„Es ist ein echtes Durcheinander, Galen. Mach dir keine Umstände. Ich werde mich darum kümmern, wenn wir zurück sind. Das tut mir so leid." Sie schüttelte den Kopf, als ich sie vorwärts schob.

„Tu einfach, was ich dir gesagt habe." Ich brachte sie in ihr Schlafzimmer, schloss die Tür hinter ihr und machte mich an die Arbeit, um das Chaos zu beseitigen, das sie angerichtet hatte.

Armes Ding. Sie hatte das alles für mich getan. Das Mindeste, was ich tun konnte, war, die Überreste ihres Versuchs, ein unvergessliches Essen zuzubereiten, zu beseitigen.

Eine Stunde später tauchte sie wieder auf, als ich gerade mit dem Abwischen der Arbeitsplatten fertig war. „Galen!" Ihre Hände flogen zu ihren Hüften. „Ich habe dir gesagt, du sollst nicht aufräumen."

„Nun, ich wollte es tun, also habe ich es getan. Verklag mich." Ich ging zu ihr und schlang meinen Arm um ihre Taille. „Komm, lass uns dieses Essen genießen. Ich habe auch eine Frage an dich."

„Und diese Frage ist?" Sie sah mich mit großen Augen an.

„Es sind drei Monate vergangen, seit wir uns kennengelernt haben." Ich hatte das Gefühl, ich sollte das Gespräch mit einem Rückblick auf unsere aufkeimende Beziehung beginnen. Es könnte entscheidend für ihre Antwort sein.

„Ja, das ist eine kurze Zeit." Mir gefiel nicht, wie sie das formulierte.

„Und in dieser Zeit haben wir viel voneinander erfahren. Sowohl Gutes als auch Schlechtes." Unsere Lebensgewohnheiten hatten nicht immer zusammengepasst, was den Großteil des ‚Schlechten' ausgemacht hatte. Sie wollte sich nicht bei mir im Badezimmer fertigmachen, also ging sie jeden Morgen, nachdem wir aufgestanden waren, zu sich nach Hause. Darüber hatten wir uns einige Male gestritten.

„Ja, das haben wir." Sie und ich verließen ihren Bungalow, um zum Restaurant zu gehen. „Aber wir sind immer noch genauso unsicher wie am Anfang. Ich würde also sagen, dass wir noch einiges vor uns haben, bevor wir wissen, ob diese Sache irgendwo hinführt oder nicht."

Es gefiel mir nicht, wie das klang. „Wohin soll sie führen, Ariel?" Wenn sie einen Heiratsantrag wollte, war ich noch nicht soweit.

„Ich möchte nicht darüber reden", antwortete sie. „Ich bin immer noch ein wenig erschrocken über meine Katastrophe in der Küche. Können wir nicht Wein trinken und gutes Essen genießen und sehen, wie sich dieser Tag entwickelt?"

„Also gut." Ich zog sie näher an meine Seite und entschloss mich, zu tun, was sie sagte, und das Thema fürs Erste ruhen zu lassen. „Solange ich dich an meiner Seite habe, kann ich für alles dankbar sein." Ich küsste sie auf die Seite ihres Kopfes und brachte sie zum Lachen.

Ihre Hand legte sich auf meine Brust, als sie mich ansah. „Du machst mich glücklich."

„Du tust das Gleiche für mich." Ich küsste sie sanft auf die Lippen, und wir gingen weiter in Richtung Restaurant.

Es gab keine Gäste und nur wenige Mitarbeiter auf der Insel. Alle anderen waren über die Feiertage nach Hause gegangen. Ich gab jedem, der es wollte, zwei Monate frei, um Thanksgiving und Weihnachten zu genießen.

Da Ariel nirgendwo anders hinmusste, wollte ich nicht weggehen und sie alleinlassen. Sie war für mich etwas ganz Besonderes geworden. So besonders, dass ich mich fragte, ob ich jemals wieder ohne sie leben könnte.

Aber selbst wenn ich mich so fühlte, war ich nicht bereit, ernste Verpflichtungen einzugehen. Wir ließen die Dinge schön langsam angehen. Damit waren wir beide glücklich.

Der Duft von gebratenem Truthahn kam mir entgegen, als wir durch die Glastüren traten. „Ah, so riecht Thanksgiving, mein Schatz."

„Vielleicht werde ich es nächstes Jahr besser hinkriegen", sagte sie mit einem Stirnrunzeln. „Das riecht wunderbar. Nicht ein einziges Mal hat meine Küche so gerochen. Nie." Ihr kleiner Schmollmund war bezaubernd und ich gab ihr schnell einen Kuss auf die Lippen.

Der leitende Hausmeister und seine Frau saßen an einem Tisch. Sie winkten, als wir eintraten und zum Buffet gingen. Mehrere Weinflaschen waren bereits geöffnet worden, und ich nahm eine und stellte sie auf einen Tisch in der Nähe. „Ich habe mich schon um die Getränke gekümmert."

Ariel lud sich Essen auf ihren Teller. „Das sieht so lecker aus."

Ich mochte, wie die Frau aß. Sie hatte keine Angst vor dem Essen, so wie viele Frauen, mit denen ich schon zusammen gewesen war. Ariel war weder Haut und Knochen noch war sie dick. An den richtigen Stellen war sie angenehm rund – so würde ich sie beschreiben.

Ich füllte meinen Teller und setzte mich an den Tisch für zwei, wo sie auf mich wartete. Als sie nach meiner Hand griff, nahm ich ihre. „Heißt das, ich soll vor dem Essen für uns beten?"

Sie nickte. „Mein Vater hat in meiner Kindheit immer ein Gebet gesprochen. Würdest du das heute, vor dieser besonderen Mahlzeit, auch tun?"

Ich musste zugeben, dass ich nicht viel von Gebeten hielt, seit ich erwachsen geworden war. Ich hatte diese Traditionen mit meiner Kindheit hinter mir gelassen. Aber als sie mich bat, etwas zu tun, das ihr Vater getan hatte, war mein Herz voller Freude. „Ja."

Wir senkten den Kopf und schlossen die Augen. Ich sprach ein kurzes Gebet, dann öffneten wir unsere Augen und betrachteten einander. Sie lächelte mich so hübsch an. „Danke, Galen. Das war sehr nett."

„Sollen wir jetzt essen?", fragte ich, als ich meinen Blick von ihr abwandte, um auf den übervollen Teller vor mir zu schauen.

„Das sollten wir wirklich." Sie lachte, als sie mit ihrer Gabel in ein Stück Truthahn stach. „Ich bin so hungrig! Danach werde ich vollgestopft sein."

„Nur zu, Baby. Wir machen später ein schönes langes Nickerchen." Ich steckte mir eine Gabel grüner Bohnen in den Mund.

Wir sagten wenig, während wir aßen, dann kehrten wir zu meinem Bungalow zurück und ließen uns auf das Sofa fallen. Wir seufzten beide, als wir uns entspannten. Die Türen zur Terrasse standen offen, ließen die warme Luft herein und gaben uns einen herrlichen Blick auf den Abendhimmel über dem klaren Wasser.

Ich legte meinen Kopf zurück auf das Sofa und drehte mich zu ihr. Sie hatte auch schon ihren Kopf zurückgelehnt. „Ich möchte, dass du mit mir an Weihnachten zu meinen Eltern kommst."

„Nach Portland? Willst du mich zu dem Anwesen bringen, das du gekauft hast?", fragte sie ohne jede Spur eines Lächelns auf ihrem hübschen Gesicht. Ich fand das ein wenig alarmierend.

„Ja, und ich habe dort einen ganzen Flügel. Wir hätten viel Privatsphäre." Ich wollte nicht, dass sie glaubte, wir müssten auf einer ausziehbaren Couch schlafen oder so.

„Ich weiß nicht, Galen." Sie sah von mir weg, und ihre Augen wanderten zur Decke. „Es sind erst drei Monate vergangen. Ich weiß nicht, ob Leute, die so kurze Zeit zusammen sind, so etwas tun."

„Wir waren in diesen drei Monaten Tag und Nacht zusammen. Das ist viel Zeit mit einer Person. Und es ist egal, was andere Leute tun." Ich konnte sehen, dass ich sie überzeugen musste, wenn ich wollte, dass sie mit mir kam. „Und ich habe meiner Mutter bereits gesagt, dass ich an den Feiertagen eine besondere Person mit nach Hause bringen könnte."

Sie drehte sich um und sah mich wieder an. „Eine besondere Person?"

Ich streckte die Hand aus, um mit meinen Fingerknöcheln über ihre rosa Wange zu streichen. „Du bist etwas Besonderes für mich, Ariel Pendragon."

„Besonders genug, dass du sagst, ich sei mehr als nur etwas

Besonderes?" Sie grinste. „Würdest du mich sogar deine Freundin nennen?"

Ich hatte noch nie jemanden meine Freundin genannt. Ich war kein besonderer Fan dieses Begriffs. „Es ist gut, ‚besonders' genannt zu werden. Denkst du nicht?"

„Es ist nett." Sie sah wieder auf. „Aber wenn du mich deine Freundin nennst, wäre es noch schöner. Es würde mehr bedeuten, wenn du und ich Freund und Freundin wären. Nicht nur besondere Freunde. Verstehst du, was ich meine?"

„Verstehst du, dass ich über vierzig bin und der Gedanke, irgendjemandes Freund genannt zu werden, für mich lächerlich klingt?" Ich konnte sehen, wie jemand in ihrem Alter das toll finden würde, aber ich war mir nicht so sicher, ob jemand in meinem Alter das tat.

„Ich denke, ich könnte dich meinen Lebenspartner nennen." Sie grinste. „Nein, das klingt noch alberner."

„Bleiben wir vorerst bei besonderen Freunden. Was sagst du dazu?", fragte ich und fügte dann hinzu: „Kommst du also an Weihnachten mit mir nach Portland?"

„Du lässt mir keine andere Wahl, oder?" Sie zwinkerte mir zu. „Ich nehme an, Weihnachten auf der Insel wäre ziemlich einsam ohne dich."

Ich nahm ihre Hand und rieb mit meinem Daumen darüber. „Es wäre sogar sehr einsam ohne mich hier."

„Und du könntest mich auch vermissen, während du weg bist", überlegte sie laut.

„Ich würde dich auf jeden Fall vermissen." Ich wusste das ganz sicher.

Sie hob eine Augenbraue. „Gehört deine Mutter zu den Leuten, die von den Frauen, die du nach Hause bringst, viel erwarten?"

„Ich habe keine Ahnung." Das war keine Lüge. „Ich habe

noch nie eine Frau mit nach Hause gebracht, um meine Familie kennenzulernen."

Die Art, wie ihre Augen leuchteten, ließ mein Herz tanzen. „Dann ist meine Antwort auf jeden Fall Ja. Tausendmal Ja."

Das waren die besten Worte, die ich seit langer Zeit gehört hatte.

75

ARIEL

„Ich habe noch nie zuvor jemandes Eltern getroffen." Ich verdrehte nervös meine Hände auf meinem Schoß, als wir durch das riesige Eisentor fuhren, das zum Anwesen seiner Eltern führte. „Ist es normal, so nervös zu sein, Galen?"

„Ich habe keine Ahnung." Er legte seinen Arm um meine Schultern, als der Chauffeur seiner Eltern uns zu dem Herrenhaus fuhr, das er vor ein paar Jahren für seine Familie gekauft hatte. „Ich bin überhaupt nicht nervös. Ich weiß, dass sie dich lieben werden. Du bist einfach liebenswert, weißt du? Bezaubernd. Habe ich dich nicht schon einmal so genannt?"

Er hatte mich einmal so genannt. Als ich auf der Toilette saß und er hereinkam, ohne anzuklopfen. Ich hatte ihm meine Faust entgegengestreckt und gedroht, ihn umzubringen, wenn er nicht aufhörte zu lächeln und sofort verschwand.

Galen hatte die seltsame Idee, dass es überhaupt keine große Sache war, gleichzeitig im Badezimmer zu sein. Er sagte oft zu mir, dass wir ohnehin zusammen duschten – was machte es aus, noch intimer zu werden? Nun, ich dachte, die anderen Dinge, die ich im Badezimmer tat, gingen niemanden außer mir selbst etwas an, und ich plante, es so zu lassen.

„Das hast du, aber es macht mich nicht ruhiger." Ich griff nach seiner Hand, als wir am Eingang anhielten, der so beeindruckend war, dass ich dachte, wir hätten vor einem großen Hotel und nicht vor einem Haus angehalten. „Galen, das ist einfach umwerfend."

„Das finde ich auch." Er stieg aus, als der Fahrer die Tür öffnete. Die Tatsache, dass er meine Hand in seiner hielt, gab mir keine andere Wahl, als mitzugehen, obwohl ich lieber auf dem italienischen Ledersitz der Limousine geblieben wäre.

„Galen, vielleicht ist das zu früh." Ich klammerte mich an ihn, als wäre er mein Lebensretter in stürmischer See.

„Es gibt nichts, worüber du dir Sorgen machen musst, mein süßes Mädchen." Er schlang seinen Arm um meine Schultern und küsste mich auf die Wange.

Ich hatte noch ein bisschen mehr im Kopf als nur das Treffen mit seiner Familie. Mutter Natur hatte es für angebracht gehalten, meine Periode um zwei Wochen zu verzögern. Sie war bei mir noch nie regelmäßig gewesen, und wir hatten nie Sex ohne Kondom gehabt, aber ich wusste, dass Kondome nicht hundertprozentig wirksam waren. Und ich wusste auch, dass es ein paar Mal extra rutschig gewesen war ... und wir ein paar Mal verantwortungslos gehandelt hatten.

Ich musste zugeben, dass das meine Schuld war. Ich wollte, dass Galen mir zeigte, wie es sich anfühlte, seinen nackten Schwanz in mir zu haben, also hatten wir uns eine Weile ohne Kondom geliebt. Erst nach ein paar Minuten, als er seinem Orgasmus näherkam, hatte er sich eines übergestreift. Wir mochten beide die Empfindungen so sehr, dass wir es ein paar Mal so gemacht hatten. Seitdem hatte ich mich ein wenig mit dem Thema beschäftigt und festgestellt, dass bei dieser Methode schon mehr als ein Paar schwanger geworden war.

Ich war schon nervös, seine Familie zu treffen, und der Gedanke, dies mit einem Kind unter dem Herzen zu tun – von

dem Galen nichts wusste –, war beinahe unerträglich. Ich hatte
also noch keinen Schwangerschaftstest gemacht. Ich wollte
Mutter Natur noch etwas länger die Chance geben, alles wieder
normal werden zu lassen.

„Meine Mutter kann es kaum erwarten, dich zu treffen,
Ariel. Bitte reagiere genauso herzlich. Sie war ganz aufgeregt
wegen der Tatsache, dass ich endlich eine Frau mit nach Hause
bringe, um sie zu treffen." Galens Worte trugen nur dazu bei,
meine Nervosität noch schlimmer zu machen.

Schmetterlinge flatterten durch meinen Bauch, als sich die
Tür öffnete und ein Butler mit einem stoischen Blick in seinen
hellblauen Augen vor uns stand. „Mr. Dunne. Wie schön, Sie
wiederzusehen. Ihre Mutter und Ihr Vater haben so geduldig
wie möglich auf Sie und Ihre Begleiterin gewartet."

Galen verschwendete keine Zeit, mich ihm vorzustellen.
„Das ist Miss Ariel Pendragon, James. Sie ist meine besondere
Freundin."

Der große ältere Mann nickte mir zu. „Es ist mir ein Vergnügen, Miss Pendragon." Er trat einen Schritt zurück, um uns
hereinzulassen. „Wenn Sie mir folgen möchten, bringe ich Sie
in den Wintergarten."

Ich folgte dem Mann und flüsterte Galen zu: „Was ist ein
Wintergarten?"

Er flüsterte zurück: „Ein Raum mit vielen Fenstern, auch an
der Decke. Meine Mutter mag es, viele Pflanzen zu haben, und
sie liebt es, sich dort aufzuhalten."

Also hatte sie einen grünen Daumen. Ich hatte endlich
einen Ausgangspunkt auf der Suche nach einem Geschenk. Ich
hatte Galen um Ideen gebeten, aber er hatte mir gesagt, ich solle
mir keine Sorgen machen. Sein persönlicher Assistent hatte sich
bereits um die Geschenke gekümmert, die er seiner Familie
geben würde, und mein Name war auf allen Karten direkt
neben seinem eingetragen worden.

Galens Fürsorge bewies mir, dass ich ihm wichtiger war als am Anfang. Unsere Beziehung war gewachsen, genauso wie unsere Gefühle. Ich hoffte nur, dass nichts davon enden würde, wenn ich schwanger wäre.

Ich hatte keine Ahnung, wie Galen solche Neuigkeiten aufnehmen würde. Aber ich wusste, dass es für mich keine andere Option gab. Ich würde unser Baby behalten, ob er nun Vater werden wollte oder nicht.

Obwohl ich zuerst bei dem Gedanken ausgeflippt war, fand ich die Idee immer besser, je länger meine Periode auf sich warten ließ.

Als wir eine Reihe von Zimmern durchschritten hatten, kamen wir endlich zu dem, in dem seine Eltern waren. Seine Mutter sah nicht so aus, wie ich sie mir vorgestellt hatte. Ich hatte mir eine Frau mit dunklen Locken vorgestellt, ähnlich wie die ihres Sohnes. Mit weit geöffneten Armen und lauter Stimme begrüßte sie uns. „Er ist endlich da! Unser Ältester ist zu Hause, Johnathon."

Sogar als sie Galen umarmte, sah sie mich mit ihren hellgrünen Augen an. Ihr rotes Haar war zu einem Knoten hochgesteckt. Ich lächelte sie schüchtern an und winkte ein wenig. Eine weitere ausgelassene Stimme hinter mir rief: „Und Sie müssen Miss Ariel Pendragon von den Londoner Pendragons sein."

Ich drehte mich um und entdeckte einen großen Mann mit weißen Haaren neben mir. „Und Sie müssen Mr. Dunne sein."

Seine Arme hüllten mich ein und zerquetschten mich fast an seiner Brust. „John, meine Liebe. Einfach John."

Ich antwortete, sobald er mich losließ und ich endlich wieder zu Atem kommen konnte. „Es ist mir ein Vergnügen, John."

Galen nahm meine Hand, und ich wandte mich wieder seiner Mutter zu. „Ariel, das ist meine Mutter, Felicity Dunne."

Ich streckte meine Hand aus. „Es ist mir eine Freude, Sie

kennenzulernen, Ma'am." Ich wusste nicht, wie ich sie nennen
sollte, und wagte es nicht, sie beim Vornamen zu nennen.

Sie zog eine Augenbraue hoch. „Ma'am? Nein, nein – ich bin
Felicity. Und darf ich dich Ariel nennen?"

„Natürlich! Ich würde es nicht anders haben wollen." Als sie
ihre Arme einladend öffnete, umarmte ich sie.

„Freut mich, das zu hören, meine Liebe." Galens Mutter roch
nach Rosen und Pfefferminze, ein liebenswerter Duft, bei dem
ich meine eigene Mutter vermisste. Als sie mich aus ihrer Umarmung entließ, tätschelte sie meine Hand, die sie nicht losgelassen hatte. „Galen hat uns von dem unglücklichen Tod deiner
Mutter vor nicht allzu langer Zeit erzählt. Und von dem Tod
deines Vaters davor. Ich hoffe, es macht dir nichts aus, wenn wir
dich wie einen Teil der Familie behandeln."

Mein Herz schwoll an. „Das wäre sehr nett. Und könnte ich
das auch tun?"

Johns Hand ruhte auf meiner Schulter und veranlasste mich,
ihn anzusehen. „Nur zu gern, Mädchen."

Galen hätte nicht glücklicher aussehen können, als ich
zwischen seinen Eltern stand. „Das fängt gut an. Wie wäre es
mit Scotch?"

Ich dachte nicht, dass ich Alkohol trinken sollte, bis ich
wusste, ob ich schwanger war oder nicht. „Ich hätte gern eine
Limonade. Von dem Flug habe ich einen leichten Jetlag. Ich
möchte ihn nicht mit Alkohol verschlimmern."

Felicity lächelte mich an. „Ich nehme auch eine Limonade.
Überlassen wir den Scotch den Herren." Sie hakte sich bei mir
unter, zog mich von Galen und seinem Vater weg und behielt
mich eine Weile bei sich. „Magst du die Gesellschaft von Pflanzen, Ariel?"

„Ich kenne mich kaum damit aus." Ich sah eine Pflanze mit
großen rosa Blüten an. „Aber deine Sammlung ist außerge-

wöhnlich. Diese Pflanzen sind nicht alle in Amerika beheimatet, oder?"

„Bei weitem nicht." Sie brachte mich zu einem Rattan-Sofa mit geblümtem Polster. Es knarrte unter unserem kombinierten Gewicht, aber es war stabil, sobald wir es uns gemütlich gemacht hatten. „Ich habe hier sogar Pflanzen aus dem Nahen Osten und Australien."

Ich wusste, dass ich Nachforschungen anstellen musste, um ihr etwas zu besorgen, das sie noch nicht hatte. „Oh, das ist ziemlich weit weg."

„Und ich liebe es, zu reisen, um mir meine Schätze selbst abzuholen." Nun, damit war diese Geschenkoption hinfällig.

Ich war wieder bei null.

Ich hatte noch nie genug Geld gehabt, um jemandem ein Geschenk zu kaufen. Es war eines der Dinge, von denen ich gedacht hatte, dass ich es genießen würde – bis ich Weihnachten mit der Familie eines Milliardärs verbrachte.

Vielleicht etwas Selbstgebackenes.

Wem machte ich etwas vor? Ich war eine Katastrophe in der Küche.

Vielleicht würde ich mich einfach damit abfinden müssen, mit Galen auf den Geschenkkarten zu sein.

„Es ist schön, die Menschen kennenzulernen, die den bemerkenswerten Galen Dunne großgezogen haben. War er als Kind schon außergewöhnlich begabt?" Ich hatte das Gefühl, dass es so sein musste.

„Galen war schon drei Jahre alt, als er sein erstes Wort gesagt hat." Sie klopfte mit dem Finger an ihr Kinn, als sie ihn ansah, während er mit seinem Vater sprach. „Nach seinem ersten Wort lernte er aber ziemlich schnell. Es dauerte nicht lange, bis wir einen vollständigen Satz von ihm hörten. Ich werde ihn nie vergessen", erzählte sie mit einem mütterlichen Lächeln. „Er sagte: ‚Ma, kann ich einen Kuchen haben?' Und ich fragte ihn: ‚Du willst einen ganzen Kuchen? Nur für dich?' Er nickte, also machte ich ihm einen Kuchen. Ich habe ihn kleiner gemacht als üblich, und er hat ihn bis zum letzten Stück aufgegessen. Er hat sich danach sogar bedankt."

Ich wusste nicht, was ich zu einer solchen Geschichte sagen sollte. „Das ist ungewöhnlich für ein Kind in diesem Alter, oder?"

„Keines meiner anderen Kinder hat jemals so etwas getan." Ein Dienstmädchen in einer schwarz-weißen Uniform kam herein und bot uns Limonade auf einem Tablett an. Felicity reichte mir ein Glas und nahm sich das andere. „Danke, Sharon. Das ist übrigens Ariel. Sie wird die Feiertage bei uns verbringen. Sie ist Galens besondere Freundin."

Die Augen des Dienstmädchens fielen auf mich und dann auf den Boden. „Es ist mir ein Vergnügen, Ariel. Lassen Sie mich wissen, wenn Sie etwas brauchen."

„Es freut mich, Sie kennenzulernen, Sharon. Ich werde mich melden, wenn ich etwas brauche." Ich dachte, ich sollte sie warnen, dass wir ihre Dienste womöglich nicht in Anspruch nehmen würden. „Ich bin Galens persönliches Dienstmädchen, also bin ich es gewohnt, mich um mich selbst und um ihn zu kümmern."

Die Augen der jungen Frau weiteten sich. „Sie sind sein Dienstmädchen? Selbst jetzt?"

Ich nickte. „Ja."

Die Art, wie Galens Mutter die Stirn runzelte, ließ mich überlegen, ob ich etwas gesagt hatte, das ich für mich behalten sollte. „Du bist immer noch sein Dienstmädchen, Ariel?"

Ich sah sie besorgt an. „Ist das ein Problem?"

„Das sollte es für dich sein." Sie sah Sharon an, die davonhuschte. „Seid ihr beide nicht … ähm … intim miteinander?"

Ich war sprachlos bei der Frage. Ich hätte nie gedacht, dass ich mit Galens Mutter über Sex sprechen würde, sobald ich sie kennenlernte. Aber die Wahrheit schien die richtige Antwort zu sein. „Ja, das sind wir."

„Und er bezahlt dich?" Sie schüttelte tadelnd ihren Kopf.

„Nicht dafür", stellte ich klar.

„Nun, du solltest nicht länger für ihn arbeiten." Sie war nicht damit einverstanden, dass ich in irgendeiner Form von ihm bezahlt wurde – das war klar.

„Felicity, ich brauche meine Unabhängigkeit. Ich möchte von niemandem finanziert werden. Ich möchte mein eigenes Geld verdienen. Und weder Galen noch ich wollen, dass ich für immer sein Dienstmädchen bin – oder das Dienstmädchen von jemand anderem. Er hat mir vor einiger Zeit eine Kamera geschenkt, und ich habe angefangen, viele Fotos zu machen, um meine Fähigkeiten zu verbessern. Ich glaube, ich möchte vielleicht Fotografin werden. Sobald ich damit Geld verdienen kann, kündige ich den Dienstmädchen-Job bei ihm." Zumindest war das ein Plan, den ich vage im Kopf hatte.

„Gut." Sie tätschelte meinen Handrücken. „Ich denke nur nicht, dass du jedem von deinem Job erzählen solltest. Es klingt ein bisschen sonderbar, wenn du weißt, was ich meine."

76

GALEN

Ariels kastanienbraunes Haar war über dem weißen Leinenkissenbezug ausgebreitet, und es sah zu einladend aus, um es nicht zu berühren. „Du hast noch nie schöner ausgesehen."

Ariel sah mich ohne ein Lächeln auf ihrem Gesicht an. „Glaubst du, sie mögen mich wirklich, Galen? Oder sind sie nur nett?"

„Sie mögen dich, dummes Mädchen." Ich beugte mich vor, um ihre rosa Lippen zu küssen. „Wer würde dich nicht mögen? Du bist wundervoll."

„Das sind sie auch." Ich hatte drei Tage mit seinen Eltern verbracht und jede Minute genossen. „Morgen ist Heiligabend, und der Rest deiner Familie kommt. Glaubst du, deine jüngeren Schwestern und dein Bruder werden mich auch mögen?"

„Nein", neckte ich sie. Ich überlegte es mir anders, als sie einen Schmollmund machte. Ich küsste sie noch einmal. „Ich mache nur Spaß. Natürlich werden sie dich mögen. Es ist sehr einfach, mit meiner Familie auszukommen. Aber ich muss dich warnen, dass Becca von dir erwarten wird, dass du ein Pint mit ihr teilst, wenn sie dir vertrauen soll."

Panik erfüllte ihre grünen Augen. „Ein Pint Bier?"

Ich musste lachen „Warum der panische Blick?" Es war nicht so, als hätte sie noch nie ein oder zwei Pints getrunken.

„Ich habe einfach keine Lust auf Alkohol." Sie fuhr sich mit der Hand über den Bauch. „Meine Nerven sind auch so schon angespannt, wenn ich es mit deiner Familie zu tun habe. Ich denke, Alkohol würde es nur schlimmer machen."

„Oder er könnte dich beruhigen." Ich fuhr mit meiner Hand über ihren nackten Bauch. Wir hatten unsere Kleider beide schon vor langer Zeit abgelegt. „Es wird nicht schaden, ein Pint mit ihr zu trinken, wenn sie dir eins anbietet."

Sie nickte und schluckte. „Sicher. Okay." Ihre Hände strichen über meine Arme, dann umfasste sie mein Gesicht. „Mir ist aufgefallen, dass deine Mutter deutlich jünger ist als dein Vater."

„Stimmt. Er ist siebzehn Jahre älter als sie. Sie haben sich kennengelernt, als sie noch ein Teenager war. Fünfzehn, denke ich."

Ariel lächelte. „Und ihr Haar ist rot, und ihre Augen sind grün. Galen, erinnere ich dich an deine Mutter?"

Das war mir noch nie aufgefallen. „Ist das seltsam?"

Sie schüttelte den Kopf und ließ ihre kastanienbraunen Locken auf dem Kissenbezug tanzen. „Ich denke nicht, dass es seltsam ist. Ich denke allerdings, es bedeutet mehr, als du glaubst."

Das dachte ich auch. „Könnte das der Grund sein, warum ich dich so besonders finde?"

Sie nickte. „Und der Grund, warum du mich mit so viel Emotionen in deinen blauen Augen ansiehst."

Vielleicht hatte sie recht. Ich hatte keine Ahnung, warum nur Ariel es schaffte, mich so viele Dinge fühlen zu lassen. Das hatte sonst nie jemand geschafft. Aber eines wusste ich: Ich wollte etwas ändern.

Meine Mutter hatte die Idee erwähnt, im Frühjahr, wenn das

Wetter am besten war, in unsere Heimat Irland zu reisen. Sie hatte Ariel eingeladen mitzukommen und als Ariel mich mit funkelnden Augen angesehen hatte, wusste ich, dass sie uns mehr als alles andere begleiten wollte.

Ich sagte ihr, dass wir weitersehen und meiner Mutter im neuen Jahr eine Antwort geben würden. Das Funkeln in Ariels Augen war verblasst. Ich hasste das Gefühl, das mich überkam, als ich diesen Ausdruck auf ihrem Gesicht sah. Aber ich wollte nicht, dass Ariel und meine Mutter alle möglichen Pläne schmiedeten, wenn sie nicht verwirklicht werden konnten. Besonders, wenn meine Mutter ihrer Natur treu war und anfing, jede Menge Einkäufe zu tätigen und alles im Voraus zu bezahlen.

Ich fuhr mit meinen Fingern über ihren langen Hals. „Deine Schönheit – innen und außen – ist der Grund, warum ich dich mit so vielen Emotionen ansehe. Ich hätte nie gedacht, dass ich jemanden ansehen und fühlen könnte, wie mein Herz rast. Manchmal finde ich es ein bisschen beängstigend, um ehrlich zu sein."

Ariels Gesichtsausdruck wurde neugierig. „War dein Vater schon einmal verheiratet, bevor er deine Mutter geheiratet hat?"

„Nein. Sie ist seine einzige Frau." Ich hatte keine Ahnung, worauf sie hinauswollte.

„Also brauchen die Dunne-Männer etwas länger, um die Frauen zu finden, die für sie bestimmt sind, hm?" Sie lächelte mich an, als ihre Nägel über meinen Rücken strichen.

„Oh, du denkst also, ich habe die richtige Frau für mich gefunden, oder?" Ich kitzelte sie und brachte sie zum Lachen.

„Halt! Du machst mich noch wahnsinnig. Hör auf!" Bei ihrem Gelächter fühlte ich mich herrlich unbeschwert.

Ich ließ mich neben ihr nieder und zog die Decke an mein Kinn. „Ariel, wir haben es langsam angehen lassen, und das gefällt mir wirklich gut an uns."

Sie drehte sich auf die Seite und legte ihren Kopf auf meine Brust. „Ich versuche nicht, dich zu drängen, Galen. Das war nie meine Absicht. Ich hoffe, du weißt das."

Ich zog ihre Hand an meine Lippen, knabberte daran und küsste dann ihre Handfläche. „Ich weiß. Du hast nie etwas getan, um mich zu drängen. Und das freut mich." Ich zog eine Spur von Küssen über ihren Arm. Dann hatte ich eine Idee und steckte meinen Kopf unter die Decke, bevor ich Ariel zurück auf das Bett schob.

„Oh, oh", sagte sie leise. „Willst du meine Welt erbeben lassen?"

Ich antwortete ihr nicht, als ich ihren Bauch küsste und mich dann zwischen ihre Beine bewegte, damit ich ihre süße Perle küssen konnte. Die Art, wie sie an meinen Lippen pulsierte, machte meinen Schwanz hart. Nichts schmeckte süßer als ihr Nektar.

Ich fuhr mit meiner Zunge über ihr warmes Zentrum, ließ mich gehen und machte ihr Vergnügen zu meinem einzigen Ziel. Meine Hände bewegten sich um ihren prallen Hintern und hoben sie hoch, damit ich sie inniger küssen konnte.

Ihre weiche Haut war perfekt in meinen Händen, als ich sie massierte und streichelte. Ariel hatte nicht nur wunderschöne Brüste, sondern auch einen prächtigen Hintern. Und ich hatte das Glück, sie in mein Bett gelockt zu haben.

Der Sex mit Ariel hatte meine bisherigen Vorstellungen übertroffen. Wir hatten viel Sex und viel Spaß im Bett. Sie gab mir genau das, was ich von ihr brauchte. Ich hätte nicht zufriedener sein können.

Ihr Eingang fühlte sich sogar um meine Zunge herum eng an, als ich sie hineinbewegte. Sie wand sich und stöhnte leise, als ich sie leckte und dann meine Zunge tiefer in sie drückte. Die Geräusche, die sie machte, erregten mich, wie sie es immer taten.

Selbst wenn wir nicht im Schlafzimmer waren, konnte der richtige Laut von ihr mich sofort hart machen. Eines Nachmittags auf der Insel war sie in der Küche gewesen, nachdem sie den Boden gewischt hatte. Die Art, wie sie stöhnte, als sie den schweren Wassereimer aufhob, versetzte meinen Schwanz sofort in einen steinharten Zustand.

Als sie sich über den Rand des Decks beugte, um das schmutzige Wasser wegzukippen, nutzte ich den Umstand, dass ihr Hintern in der Luft war, und zog ihr Kleid hoch. Ich riss ihr das Höschen herunter, bevor ich sie direkt auf dem Deck nahm.

Ich fickte sie so hart, dass ich vergaß, kein Kondom übergestreift zu haben. Aber ich schaffte es, mich rechtzeitig aus ihr herauszuziehen und auf dem Deck zu kommen, anstatt in ihrem engen Kanal.

Ich war fest entschlossen, sie zum Arzt zu bringen, bevor wir Portland verließen, um ihr die Pille verschreiben zu lassen. Danach konnte sie der Inselarzt weiter damit versorgen.

Ich sehnte mich nach dem Gefühl, ohne jegliche Barriere zwischen uns in ihr zu sein. Ich hatte noch nie in meinem Leben so etwas gewollt. Ariel brachte die ganze Zeit neue Dinge in mir zum Vorschein.

Als ihre Hände meinen Kopf packten und ihre Schreie immer lauter wurden, wusste ich, dass sie mir geben würde, was ich wollte. Süße Hitze sprudelte aus ihr heraus, und ich leckte sie und achtete darauf, genug davon an ihrem Eingang zu lassen, damit mein Schwanz leicht in sie gleiten konnte.

Ich bewegte mich ihren Körper hinauf und stieß meinen harten Schwanz in ihren immer noch zitternden Kanal, während sie mich ansah. „Vielleicht ist es zu riskant, wenn du ohne Kondom in mich eindringst, Baby. Vielleicht solltest du eines verwenden."

„Keine Sorge, Baby." Ich küsste ihre Lippen und schob dann meine Zunge in ihren Mund. „Koste das. Das bist alles du."

Ich machte einen langsamen Stoß und ließ meinen Schwanz genießen, wie sie sich anfühlte, als ich mich auf und ab bewegte. Ihre Nägel gruben sich in meine Arme, als ich immer weitermachte.

„Galen! Galen, oh Gott, hör nicht auf", stöhnte sie, als sie sich unter mir krümmte.

Ein weiterer Orgasmus brach in ihr aus, und ich wollte ihn ohne Kondom miterleben. „Mach es, Baby. Komm auf meinem harten Schwanz."

Ihre smaragdgrünen Augen öffneten sich und fingen das Licht hinter mir ein. „Aber was ist, wenn du dich nicht stoppen kannst?"

Ich keuchte vor Verlangen, aber ich wusste, dass ich mich beherrschen konnte. „Mach dir keine Gedanken um mich. Komm für mich, Baby. Ich will spüren, wie deine heißen Säfte meinen Schwanz bedecken." Es war kein allzu gefährliches Spiel, das ich spielte. Ich war noch nicht in ihr gekommen. Keiner von uns wollte eine Familie gründen, nicht wenn wir keine Ahnung hatten, wie unsere Zukunft aussah.

„Nur wenn du dir sicher bist", stöhnte sie, als sie sich mir entgegenwölbte.

„Ich bin mir sicher." Ich kam immer näher an meinen Orgasmus. „Beeile dich." Ich war zu nah dran. „Ich ziehe mich erst kurz, bevor ich komme, zurück. Los."

Als sie immer lauter stöhnte, wusste ich, dass sie gleich loslassen würde, und ich wurde nicht enttäuscht. Ihr Tunnel drückte sich hart und heiß um meinen Schwanz zusammen. Ich schnappte nach Luft und versuchte, mich unter Kontrolle zu halten, als ihr Körper meinen eng umschloss und mich dazu bringen wollte, ihm alles zu geben, was ich hatte.

Sie schlang ihre Beine um meine Taille, zog mich an sich und ließ mich nicht los, während sie immer wieder kam. „Oh Gott! Ich kann nicht aufhören!"

Sie musste mich loslassen. „Baby, nimm deine Beine von mir."

Sie wirkte fast widerwillig, ihre Beine von mir zu lösen, damit ich mich zurückziehen und meine Erlösung finden konnte. „Scheiße!" Endlich entfernte sie ihre Beine, und ich zog mich schnell zurück, bevor ich mich über ihren ganzen Bauch ergoss.

Schwer atmend blickten wir einander an, als ich neben ihr auf das Bett fiel. „Wir müssen dich zu einem Arzt bringen. Wir müssen dir die Pille besorgen."

Sie stand auf und ging ins Badezimmer, um sich sauberzumachen. „Ich nehme an, ein Baby wäre unerwünscht."

Ich sagte kein Wort. Ich dachte nicht, dass ich das musste. Und am nächsten Abend um Mitternacht würde sie verstehen, warum ich gerade nichts gesagt hatte.

Als sie zurückkam, warf sie mir ein feuchtes Tuch zu.

„Danke. Ich bin völlig erledigt", sagte ich.

„Das kann ich mir vorstellen. Das hat jede Menge Willenskraft gebraucht." Sie kletterte ins Bett und wandte sich von mir ab.

Nachdem ich mich gesäubert hatte, nahm ich meinen Platz hinter ihr ein und umarmte sie. Als ich ihren Nacken so küsste, wie ich es gewohnt war, verspürte ich den Drang, ihr mehr zu erzählen als sonst. Aber irgendwie wehrte ich mich dagegen. „Gute Nacht, mein Schatz."

„Gute Nacht, Baby. Bis morgen früh." Sie zog meine Hand, die ihre Brust umfasste, nach oben, um sie zu küssen. „Morgen ist ein großer Tag. Ich muss gut aussehen."

„Darüber musst du dir keine Sorgen machen. Du siehst immer schön aus, egal was passiert." Ich umarmte sie, um ihr mehr Selbstvertrauen zu geben.

Ich hatte überhaupt keine Bedenken, was der Rest meiner

Familie von ihr halten würde. Nicht, dass es mich wirklich interessierte, aber ich wusste, dass sie Ariel genauso mögen würden, wie sie war – so wie ich auch.

77

ARIEL

Kurz nach dem Frühstück am nächsten Morgen – Heiligabend – eilte ich zur Apotheke. Ich hatte nicht weit vom Anwesen entfernt eine gesehen und wusste, dass ich zu Fuß dorthin gehen könnte, ohne dass jemand davon erfuhr.

Galen half seinem Vater dabei, Strümpfe für alle Enkelkinder aufzuhängen. Galens Bruder hatte zwei Jungen und seine drei Schwestern hatten insgesamt zwölf Kinder, sodass das Herrenhaus, obwohl es groß – nun ja, riesig – war, bald voller Menschen sein würde. Ich hatte den geschäftigen Morgen genutzt, um mich hinauszuschleichen.

Die Luft war kalt, und Schneeflocken wehten um mich herum. Der Himmel war grau, und die Sonne war nirgendwo zu sehen. Ein bedrohliches Gefühl war über mich gekommen, und ich wusste nicht, was es genau bedeutete. Aber ich wusste, dass es aus der Angst vor Veränderungen und davor, was Galen und ich tun würden, wenn ich mit seinem Baby schwanger war, resultierte.

Ich musste es wissen – ich konnte nicht warten, bis wir das Haus seiner Eltern verließen. Und wenn das Ergebnis positiv ausfiel, würde ich Galen sofort von dem Baby erzählen. Wenn es negativ ausfiel, würde ich es überhaupt nicht erwähnen. So oder so, heute war ein monumentaler Tag in meinem Leben.

Ich zog meinen Mantel enger um mich, um die Kälte abzuwehren, und eilte weiter. Auf der anderen Straßenseite war das beleuchtete Schild der Apotheke mit seinen roten Buchstaben zu sehen. *Ben's Pharmaceuticals*. Ich würde mich immer an diesen Namen erinnern, ob ich schwanger war oder nicht.

Mein Bauch rumpelte vor Nervosität, also nahm ich eine Zitronen-Limonade aus dem Getränkeregal und suchte nach dem richtigen Schwangerschaftstest. Da ich nicht mehrere Monate überfällig war, musste ich einen für frühe Ergebnisse finden. Zum Glück stellte ich fest, dass fast jeder der vorrätigen Tests für mich funktionieren würde. Meine Hand zitterte, als ich meine Einkäufe auf die Theke legte. Eine ältere Frau stand an der Kasse und achtete darauf, den Test in eine braune Papiertüte zu stecken, damit niemand den Inhalt sehen konnte. Sie sah mich verschwörerisch an. „Ich nehme an, Sie wollen nicht, dass das jemand sieht."

„Sie haben recht. Es ist ein Geheimnis." Ich ergriff die Limonade, bevor sie sie ebenfalls in die Tüte stecken konnte. „Ich werde das auf dem Rückweg trinken."

Mit einem Nicken sagte sie: „Frohe Weihnachten."

„Das wünsche ich Ihnen auch." Ich verließ den Laden durch die automatischen Glasschiebetüren und öffnete dann meine Limonade. Während ich sie in großen Schlucken trank, wünschte ich mir, ich hätte etwas Stärkeres.

Meine Brust fühlte sich eng an, mein Herz war schwer, und ich konnte kaum denken. Als ich über die Straße eilte, sah ich die Limousine der Dunnes drei Autos entfernt und wusste, dass einige Mitglieder von Galens Familie mich dabei erwischen würden, wie ich hier herumlief. Ich betete, dass der Fahrer mich nicht erkennen und anhalten würde, um mich mitzunehmen.

Ich zog die Kapuze meines Mantels über meinen Kopf, um

meine Identität zu verbergen, und eilte weiter. Das Letzte, was ich brauchte, war, Galens Familie zu begegnen, während ich einen Schwangerschaftstest zu ihnen nach Hause brachte.

Das Auto fuhr vorbei, ohne langsamer zu werden, und ich atmete erleichtert auf, als ich weiterging. Der Schnee wurde dichter und als ich an der Hintertür des Herrenhauses ankam, war er so dicht geworden, dass ich kaum noch meine eigene Hand sehen konnte.

Das Personal war in der Küche beschäftigt, als ich eintrat. Niemand schien mich zu bemerken, und ich war dankbar für diese Tatsache, als ich die selten benutzte Hintertreppe nahm, um zu Galens Flügel zu gelangen.

Ich hatte die Tüte mit dem Test in meine Tasche gesteckt und war froh darüber, als Galen mich dabei ertappte, wie ich gerade die Treppe hinaufstieg. „Da bist du ja. Ich habe überall nach dir gesucht." Er sah auf meinen Mantel, den ich noch nicht ausgezogen hatte. „Warst du draußen? Bei diesem Wetter? Bist du verrückt geworden?"

„Ich wollte im Schnee spazieren gehen. Was ist daran verrückt?" Ich ging an ihm vorbei in sein Schlafzimmer. „Ich brauche nur eine Minute. Lass mich meinen Mantel ausziehen. Warum hast du mich gesucht?"

„Mein Bruder und seine Familie sind angekommen. Ich möchte dich ihnen vorstellen." Er trat neben mich, ging mit mir ins Schlafzimmer und vereitelte meine Pläne, den Test sofort zu machen. Galen zog mir den Mantel aus und warf ihn auf das Bett, bevor er meine Hand nahm. „Komm schon, lass uns jetzt gehen."

Meine Augen blieben auf den Mantel und den Inhalt der Tasche gerichtet. „Ich sollte ihn aufhängen, Galen."

„Unsinn, die Dienstmädchen werden das tun." Er zog mich mit sich, und ich konnte nichts tun, als zu beten, dass niemand in meinen Taschen stöberte.

Wir gingen die Treppe hinunter und dann durch die Zimmer, bis wir im Spielzimmer ankamen. Ich hatte diesen Raum noch nie gesehen. Er war mit Spielzeug aller Art und Videospielen sowie einem Billardtisch und sogar einem Flipperautomaten gefüllt. Und da waren sein Bruder und dessen Familie.

„Brax, Pamala", rief Galen und das Paar blickte zu uns auf. „Hier ist sie."

Sein Bruder schien nur ein paar Jahre älter zu sein als ich. Seine Frau sah jünger aus als ich und sie trug ein Baby auf der Hüfte, während ein Zweijähriger von einem Spiel zum anderen rannte. Das, was mir am meisten an Galens jüngerem Bruder auffiel, waren die blonden Haare, die in losen Wellen bis zur Mitte seines Rückens reichten.

„Hey, Ariel, freut mich, dich kennenzulernen. Galen hat uns gerade die Neuigkeiten erzählt. Mann, ich hatte keine Ahnung, dass mein großer Bruder jemanden datet." Ich bemerkte, dass Brax der irische Akzent fehlte, den Galen und seine Eltern hatten.

Ich streckte ihm die Hand entgegen. Er nahm sie und zog mich in eine Umarmung. „Oh, okay." Ich sah über seine Schulter zu seiner Frau, die mich anlächelte.

Sie klopfte ihm auf die Schulter. „Okay, Brax, ich bin dran." Er trat zurück und Pamala umarmte mich. „Es ist so schön, dich kennenzulernen. Ich habe schon begonnen, mich zu fragen, ob Galen jemals ein Mädchen nach Hause bringen würde."

Obwohl sie jung war, schien sie die Familie schon eine Weile zu kennen. „Eure Kinder sind entzückend." Ich fuhr mit meiner Hand über die blonden Locken des Jungen. „Und dein Name ist?"

Pamala antwortete: „Das ist Ty und der kleine Kerl dort drüben ist Blake."

Als das Baby nach mir griff, holte ich tief Luft. „Willst du zu mir?"

Pamala übergab ihn mir, obwohl ich überhaupt nicht bereit war. „Hier. Er ist ein echter Charmeur, genau wie der Rest der Dunne-Männer, also pass auf. Er liebt es, Küsse zu geben."

Galen schlang seinen Arm um mich und küsste mich auf die Wange. „Genau wie ich."

„Wie alt ist er?", fragte ich.

„Sechs Monate", sagte Brax. „Fast alt genug, um mit mir auf mein Surfbrett zu steigen."

Pamala schüttelte den Kopf. „Nein, das ist er nicht." Sie wandte ihre Aufmerksamkeit mir zu. „Brax ist Profi-Surfer. Wir leben die meiste Zeit in Hawaii. Wenn wir nicht dort sind, sind wir in LA. Wir haben ein Strandhaus in Malibu, genau wie Barbie und Ken." Sie lachte, also tat ich es auch.

Brax und Galen gingen weg, und ich nutzte die Gelegenheit, um Pamala ein paar Fragen zu stellen. „Also, wie lange seid du und Brax schon verheiratet?"

„Erst ein Jahr." Sie zeigte mir ihren fantastischen Ehering – Diamanten über Diamanten. „Aber wir sind schon seit der siebten Klasse zusammen. Er und ich waren in derselben Privatschule in LA. Er war damals dort hingezogen, um mit dem Surf-Unterricht zu beginnen. Er wollte immer Surfer werden. Er hat sogar seinen irischen Akzent abgelegt und spricht heute wie ein Surfer."

„Was für eine Transformation. Ich kann mir nicht vorstellen, meinen Akzent zu verlieren." Ich sah die Brüder an, deren Alter so weit auseinanderlag. „Wie alt ist Brax? Dreiundzwanzig oder so?"

„Zweiundzwanzig. Und ich bin neunzehn." Sie lächelte. „Ja, ich wurde schwanger von ihm, als ich sechzehn war. Das war ein hartes Jahr."

„Das kann ich mir vorstellen." Ich dachte darüber nach, wie

schwer das für sie und ihn gewesen sein musste. „Wie haben es eure Familien aufgenommen? Ich denke, manche Eltern würden es ihren Kindern noch schwerer machen, wenn sie in dieser Situation wären."

„Meine haben das getan, seine nicht. Und Galen hat uns gerettet. Er hat uns das Haus in Malibu gegeben und uns mit einem sogenannten ‚Baby-Fonds' versorgt. Ohne Galen wäre es wirklich schlimm gewesen." Sie tätschelte mir die Schulter. „Er ist ein netter Kerl. Ich weiß, dass er nicht der romantischste Mann ist, und er war nie besonders verbindlich, wenn es um Frauen ging, aber er ist ein guter Mensch. Er hat noch nie jemanden absichtlich verletzt. Verstehst du, was ich meine?"

Sie dachte, er könnte mich eines Tages fallen lassen, und wollte mich vorwarnen. „Ich bin mir seiner Vergangenheit bewusst. Und ich bin mir seiner Tendenz bewusst, etwas anderes interessanter zu finden als die Person, mit der er zusammen ist. Aber ich hoffe, dass er sich weiterhin für mich interessiert." Ich hielt meine gekreuzten Finger hoch und sie grinste mich an.

„Gut. Ich bin froh, dass du dir seiner Gewohnheiten bewusst bist. Ich hasse es, jemanden in Galens Leben zu sehen, der nicht weiß, wie er in einer Beziehung ist." Ty bewegte sich in meinen Armen und streckte die Hand nach seiner Mutter aus, also gab ich ihn Pamala zurück, als eine Horde von Menschen in den Raum kam. „Oh, die Schwestern sind hier. Jetzt geht es richtig los."

Dem lauten Chaos nach zu urteilen, würden seine Schwestern und ihre Familien höchstwahrscheinlich ziemlich überwältigend sein. „Es gibt so viele von ihnen. Wie soll ich mich an all ihre Namen erinnern?"

„Das wird schon." Pamala ging voran, um die Neuankömmlinge zu begrüßen.

Galen trat an meine Seite und legte seinen Arm um meine

Schultern. „Okay, das ist Ariel Pendragon. Sie kommt aus London. Ich habe sie angeheuert, um im Paradise Resort als mein persönliches Dienstmädchen zu arbeiten, also keine Witze über Bedienstete. Sie ist sehr begabt mit der Kamera, also wundert euch nicht, wenn ihr sie beim Fotografieren erwischt." Er sah mich an. „Gibt es noch etwas, das sie über dich wissen sollten, Baby?"

Mit einem Achselzucken sagte ich: „Ich glaube, du hast das Wichtigste erwähnt."

Und dann gab es noch mehr Chaos, als Namen gerufen wurden und auf Kinder und Erwachsene gezeigt wurde. Es gab viel zu viele Leute, als dass ich mir ihre Namen merken konnte. Am Ende der Vorstellungszeremonie, verkündete ich: „Wenn ich euch mit einem Namen anspreche, der nicht eurer ist, korrigiert mich bitte."

Alle lachten, was ich überraschend nett fand. Dann hatte ich den plötzlichen Drang, auf die Toilette zu gehen. Sobald Galen mich gehen ließ, damit er mit seinen Schwägern sprechen konnte, ergriff ich die Flucht.

Ich konnte diese Gelegenheit nutzen, um den Test zu machen – es gab keinen besseren Zeitpunkt dafür als diesen Moment.

Ich eilte die Treppe hinauf und ging geradewegs ins Schlafzimmer, nur um zu sehen, dass das Dienstmädchen es säuberte. „Oh, tut mir leid. Ich will Ihnen nicht in die Quere kommen." Ich bemerkte, dass der Mantel bereits weggeräumt war. „Ist der Mantel, der auf dem Bett lag, im Schrank?"

„Ja, das ist er." Sie deutete mit dem Kopf auf das Badezimmer. „Stella putzt gerade dort."

Sie musste bemerkt haben, dass ich pinkeln musste. „Oh."

Ich schaute auf den Schrank und eilte dorthin, um die braune Papiertüte zu holen. Sie hatte den Mantel in die hinterste Ecke gehängt, und es dauerte eine Weile, bis ich ihn gefunden hatte. Ich steckte meine Hand in die Tasche, fand die Tüte und zog sie heraus. Dann verbarg ich sie unter meinem Oberteil und verließ den Schrank.

In Galens Flügel befanden sich drei weitere Toiletten, also machte ich mich auf die Suche nach einer anderen. Jede davon würde ihren Zweck erfüllen, nahm ich an.

Ein romantischer Teil von mir wollte den Test in dem Badezimmer machen, in dem wir zusammen geduscht und uns geliebt hatten. Welcher Ort wäre besser, um die Neuigkeit zu erhalten, als ein Ort, an dem wir bereits großartige Erinnerungen geschaffen hatten? Das hieß, wenn die Neuigkeit darin bestand, dass ich ein Baby bekam. Ich hatte eine Liste von Dingen, von denen ich wusste, dass sie für immer in meinem Gedächtnis sein würden, wie etwa der Ort, an dem ich den Test gekauft hatte, und der Ort, an dem ich Galen sagen würde, dass ich ein Baby erwartete. Wie Schnappschüsse würden sie mir den Rest meines Lebens nicht mehr aus dem Kopf gehen.

Aber diese Schnappschüsse würden niemals Realität werden, wenn ich nicht all meinen Mut zusammennahm und den Test machte.

78

GALEN

Als Ariel weg war, befand ich mich inmitten der Ehemänner meiner Schwestern. Logan, Mark und Paul hatten einen Halbkreis um mich gebildet und mich nach Informationen über meine Beziehung zu Ariel gefragt. Ich steckte die Hände in die Taschen, wiegte mich auf den Fersen hin und her und blieb dann stehen. „Nein, wirklich. Das hat sich nicht geändert – ich bin immer noch überzeugter Junggeselle. Ich schwöre es."

Meine Schwäger wollten immer, dass ich ihnen in die Glückseligkeit – oder das Fehlen selbiger – der heiligen Ehe und Fortpflanzung folgte. Mark prahlte: „Du weißt, dass du nicht wirklich ein Mann bist, bis ein Zweijähriger auf dich gekotzt hat, richtig, Galen?"

Bevor das Gelächter aufhörte, fügte Paul hinzu: „Oder bis du die Hand deiner Frau während der Wehen gehalten hast und feststellst, dass sie die Stärke von zehn Männern hat, wenn sie deine Hand zerquetscht. Aber du bist dankbar, dass es deine Hand ist, die sie massakriert, anstatt den Teil von dir, der ihr das angetan hat."

Schon allein der Gedanke ließ meinen Schwanz zittern –

und das nicht auf eine angenehme Weise. „Und ihr fragt euch, warum ich so bleiben will, wie ich bin?"

Logan legte seine Hand auf meine Schulter und sprach ein wenig leiser. „Aber du verpasst den großartigen Teil davon, ein verheirateter Mann zu sein, Galen. Der Sex ist unglaublich."

Es fiel mir schwer, das zu glauben. Der Sex, den ich jetzt mit Ariel hatte, war unglaublich. Aber Mark informierte mich bald darüber, wie er das meinte. „Mit ‚unglaublich' ist gemeint, dass er so selten stattfindet, dass du es nicht glauben kannst, wenn es soweit ist." Wieder lachten sie alle über ihr Unglück, und ich fand es erstaunlich.

Brax trat hinter mich und schloss den Kreis, der mich umgab. „Machen sie dir das Leben schwer, großer Bruder?"

„Wie immer." Ich war an die spielerischen Scherze meiner Schwäger gewöhnt und erwartete sie sogar. „Ich wurde gerade darüber informiert, dass Sex für verheiratete Paare ein weit entfernter Traum ist. Aber ich bin ziemlich ratlos über diese Aussage, da jeder von ihnen eine Menge Kinder hat, die alle bemerkenswerte Ähnlichkeit mit ihren Vätern aufweisen. Also müssen sie Sex gehabt haben."

Brax gab mir eine Antwort auf dieses Rätsel: „Weißt du, wenn man Vater ist, ist man die ganze Zeit so verdammt müde vom Schlafmangel und dem ständigen Chaos, dass man nicht einmal merkt, wenn man tatsächlich Sex hat. Dann, ein paar Monate später, überreicht einem die Ehefrau einen weiteren Schwanger-schaftstest und man soll glücklich sein und lächeln und ihr sagen, wie dankbar man für sie und die stetig wachsende Familie ist."

Ich musste zugeben, dass mir das Angst machte. „Whoa. Jetzt möchte ich diesem Club wirklich nicht mehr beitreten."

Brax legte seinen Arm um meine Schultern. „Aber du musst eines Tages zu uns kommen. Unser Club braucht neue Mitglie-der. Und unsere Kinder brauchen mehr Cousins."

„Nicht von mir. Du musst woanders nach Cousins suchen." Ich hob meine Hände, als würde ich sie alle wegschieben. „Ich habe keine Lust, den ganzen Tag nach Babykotze zu riechen. Ich habe nicht vor, noch Wochen nach der Geburt eines Babys wie ein Zombie herumzulaufen. Ja, ich kann bezeugen, dass es bei jedem von euch nach jedem neuen Baby so ist. Ich meine, warum gewöhnt ihr euch nie daran, ein Neugeborenes nach Hause zu bringen? Wie schwer kann es sein, dass ihr nie herausfindet, wie ihr es euch einfacher machen könnt?"

Paul lachte nur, als er den Kopf schüttelte. „Oh Mann, du hast keine Ahnung. Ein Baby hat möglicherweise Koliken, und das ist ein Problem, das dich nachts wachhält. Ein anderes Baby hat vielleicht Verstopfung, und dann hält dich das nächtelang wach."

Logan übernahm: „Oder vielleicht hatte deine Frau eine besonders schwere Geburt und ihre Stiche jucken, besonders nachts. Sie wirft sich hin und her, bis du aufstehst und ihr eine Salbe besorgst, damit es aufhört." Er sah über seine Schulter, um sicherzustellen, dass niemand auf uns achtete, besonders nicht seine Frau. „Und lass mich dir etwas darüber erzählen, dass du dich nach der Geburt um die empfindlichen Stellen deiner Frau kümmern musst."

Ich hob kapitulierend die Hände. „Oh Gott, nein!"

Mark packte mich an der Schulter. „Nein, das musst du hören. Das erste Mal, als ich meiner Frau bei etwas ‚da unten' helfen musste, war nur eine Woche nach der Geburt unseres ersten Kindes. Sie weinte im Badezimmer, und ich ging hinein, um zu sehen, was los war. Ich fand sie, wie sie mit einem Handspiegel auf der Toilette saß und auf ihren Schritt schaute. Und lass mich dir sagen, als ich sah, was sich darin widerspiegelte, bin ich fast ohnmächtig geworden."

Alle Männer nickten, während ich spürte, wie die Farbe aus

meinem Gesicht wich. „Du weißt, dass du über den Schritt meiner Schwester sprichst, oder?"

Mark lächelte. „Ja. Tut mir leid. Aber ich habe sie nie mehr geliebt als in diesem Moment. Zu sehen, was sie durchgemacht hatte, um unser Baby zur Welt zu bringen ..." Er schüttelte den Kopf, als ob er es nach all den Jahren immer noch nicht glauben könnte.

Trotz dieser einen positiven Sache fühlte ich mich immer noch von der Informationsflut überwältigt. Ich trat einen Schritt zurück, um mir etwas mehr Platz zu verschaffen, aber die Jungs kamen näher und näher, bis mein Rücken direkt neben der Tür an der Wand war. „Bei all diesen Horrorgeschichten, die ihr mir immer erzählt, weiß ich, warum ich immer noch Single bin."

Brax sah mich stirnrunzelnd an. „Single? Warum bringst du dann Ariel mit, wenn du noch Single bist?"

„Sie und ich wissen, wo wir stehen." Ich wollte nicht auf die Realität meiner Beziehung zu Ariel eingehen, besonders nicht vor diesen neugierigen Kerlen.

„Und wo ist das?", fragte Paul.

„Nirgendwo. Wir leben im Moment. Wir tun, was wir wollen, und wenn wir keinen Spaß mehr haben, trennen sich unsere Wege." Ich steckte meine Hand in die Tasche und spielte mit der schwarzen Schatulle, die ich dort hatte. Ariel würde nicht die Einzige sein, die von meinem besonderen Weihnachtsgeschenk überrascht wurde. Meine Familie, besonders mein Bruder und meine Schwäger, würden völlig verblüfft sein.

Brax sah ein bisschen verärgert aus. „Warum bringst du sie dann her, Alter?" Er und sein albernes Surfer-Gerede.

„Wem schadet es denn?", fragte ich mit einem Grinsen.

„Die Mädchen werden ihr näherkommen. Deine Mutter wird ihr näherkommen. Und was ist mit den Kindern?" Logan erwärmte sich für das Thema, und ich bereute meine neckenden Worte.

„Was, wenn sie ihr näherkommen und sie lieben, und wenn wir dich das nächste Mal sehen, ist sie nicht mehr bei dir, und dann fragen sie nach ihr und du sagst ihnen, dass du sie gerade satthast? Nie mehr Tante Ariel, die schöne Rothaarige aus London."

Ich lachte. „Gut zu wissen, dass du sie schön findest."

Brax schüttelte den Kopf. „Wirklich, Alter. Es ist nicht cool, jemanden der Familie vorzustellen, wenn du nicht denkst, dass diese Person jemals mehr als ein Sexpartner sein wird."

Dass er nicht merkte, dass ich es tatsächlich besser wusste, überraschte mich. Ich hatte seit über zwanzig Jahren niemanden nach Hause mitgebracht. Warum glaubten sie, dass ich es mit Ariel nicht ernst meinte?

Aber ich machte trotzdem weiter, da ich wusste, dass meine Überraschung um Mitternacht wirklich alle aus dem Gleichgewicht bringen würde. „Ich glaube nicht, dass wir uns Sorgen machen müssen, dass jemand hier sich zu sehr an sie bindet. Wir reisen in ein paar Tagen wieder ab. Sicher, Ma mag sie gern, aber sie wird es verkraften, wenn es zwischen uns endet."

Pauls dunkle Augen wurden größer. „Glaubst du das wirklich? Denn ich kann dir etwas anderes sagen. Einmal kam deine Mutter für ein Wochenende zu Besuch, und wir nahmen die Katze der Nachbarn bei uns auf, während sie im Urlaub waren. Deine Mutter hat diese Katze das ganze Wochenende bei sich gehabt, sie gestreichelt und sie gefüttert. Ich nehme an, niemand hat ihr gesagt, dass wir nur die Katzensitter waren. Ein paar Monate später kam sie zurück, um ein weiteres Wochenende bei uns zu verbringen, und als sie feststellte, dass die Katze weg war, weinte sie. Ich meine, echte Tränen, Mann. Was wird sie tun, wenn sie herausfindet, dass die Frau, von der sie glaubte, dass sie ihre Schwiegertochter wird, verschwunden ist?"

„Ich glaube, ihr denkt zu weit in die Zukunft." Ich war mir nicht sicher, wie lange ich sie noch so weitermachen lassen konnte. Ich hatte angefangen, mich schlecht wegen des kleinen Streichs zu fühlen, den ich ihnen spielte.

Brax schüttelte den Kopf. „Du weißt, wie es Ma mit Pamala ging. Sie nahm sie unter ihre Fittiche, als ihre Familie sie verstieß, weil sie so jung schwanger wurde. Ma ist einfach so. Und sie hat mir erzählt, dass sie Ariel bereits liebt." Seine Augen wurden groß, als er ausrief: „Sie liebt sie jetzt schon, Alter!"

Es fühlte sich gut an, zu wissen, dass meine Mutter meine Gefühle für Ariel teilte. Mir hatte sie nichts so Spezifisches erzählt. Zumindest wusste ich jetzt, dass unsere Matriarchin meine Überraschung begrüßen würde. Ich spielte wieder mit der Schatulle in meiner Tasche.

Später an diesem Abend wollte ich mich neben den Kamin setzen und Ariel auf meinen Schoß ziehen. Ich wollte sie um etwas bitten, von dem ich wusste, dass sie es nie erwarten würde. Und hoffentlich würde sie das Gleiche wollen wie ich, und wir würden unser Happy End finden. Und meine Familie würde überglücklich für uns sein.

Ich konnte mir schon vorstellen, wie sich alles entwickeln würde.

„Du solltest versuchen, sie von nun an von Familienfesten fernzuhalten, wenn du sie nicht bei dir behalten willst, Galen", sagte Brax mit einem Stirnrunzeln.

Logan stimmte ihm zu. „Ja, es wird deine Mutter umbringen."

„Ah, Ma wird es überleben. Sie ist eine harte alte Lady." Ich lachte in dem Wissen, dass sie später alle erkennen würden, dass ich nur mit ihnen herumgealbert hatte. „Ariel weiß, was los ist. Ich war ehrlich zu ihr. Sie weiß, wie ich denke. Wenn ich etwas anderes finde, das meine Aufmerksamkeit erregt, gehe ich weiter. Kein Grund zu weinen. Kein Grund, sich aufzuregen. So bin ich eben. Sie versteht das."

„Mann, was für eine Schande. Ihr beide würdet wunderschöne Kinder haben", warf Mark ein. „Ihr habt beide Locken und ihre Haarfarbe ist bemerkenswert. Ist sie echt oder falsch?"

„Sie ist echt, das ist ihre natürliche kastanienbraune Haarfarbe." Ich dachte auch, wir würden wunderschöne Kinder haben. „Aber Kinder? Auf keinen Fall. Ich sehe in meiner Zukunft überhaupt keine dieser kleinen Monster. Sie stehlen einem die Energie, die Zeit und sogar die eigene Frau. Nein, Kinder sind nicht mein Ding, und ich will auch keine Ehefrau. Ich will mein Leben so frei wie ein Vogel führen. Schade, dass ihr das nicht versteht."

„Mark, wisch Stanley die Nase ab, okay?", rief meine Mutter. „Es ist wirklich schlimm, und ich kann nicht aufstehen. Samuel besteht darauf, auf meinem Schoß zu bleiben."

„Wo ist Mindy?", erkundigte sich Mark nach seiner Frau, als er unsere Gruppe verließ.

Ich konnte nur lachen. „Oh ja, sagt mir noch einmal, wie großartig es ist, Ehemann und Vater zu sein."

Brax und die anderen seufzten und unsere kleine Gruppe löste sich auf, als alle Männer davongingen, um sich um ihre Kinder zu kümmern. Ich lehnte mich gegen die Wand und dachte darüber nach, wie überrascht alle sein würden, wenn die Uhr Mitternacht schlug.

Dieses Weihnachten würde unvergesslich werden.

79

ARIEL

Die erste Toilette, die ich betrat, roch zu stark nach Reinigungsmittel, also schloss ich diese Tür wieder, weil ich nicht wollte, dass sich dieser Geruch in meiner Erinnerung festsetzte. Ich ging zum hinteren Teil des Flurs und öffnete die nächste Tür. Dahinter fand ich den perfekten Ort, um den Test durchzuführen.

Im Raum gab es ein Fenster, und ich konnte die Schneeflocken sehen, die vorbeizogen. Ein großer immergrüner Baum wehte in der Brise und der Ausblick war herrlich weihnachtlich. Es fehlten nur noch der Weihnachtsmann und sein Schlitten, der von acht winzigen Rentieren gezogen wurde.

Von der Toilette aus konnte ich auch aus dem Fenster schauen. Das war die Art von Erinnerung, die ich gesucht hatte. Diese Szene war hervorragend geeignet, um daran zurückzudenken.

Ich konnte mir vorstellen, auf einem Schaukelstuhl zu sitzen, unser erstes Kind auf meinem Schoß zu halten und ihm die Geschichte des ersten Tages zu erzählen, an dem wir von ihm erfahren hatten. Ich würde ihm sagen, dass es Heiligabend war und dass ich mich rausschleichen musste, um den Test bei

Ben's Pharmaceuticals zu kaufen. Dann würde ich ihm sagen, wie schön der fallende Schnee aussah und wie der Wind den Baum hin und her wiegte.

In meinem Kopf entstand bereits ein wundervolles Bild. Als ich endlich auf den Teststreifen pinkelte, hoffte ich tatsächlich auf ein positives Ergebnis.

Ich würde fünf Minuten warten müssen, aber selbst diese kurze Zeit schien eine Ewigkeit zu sein.

Ich ging auf und ab und trat schließlich ans Fenster, um meine Stirn an das kalte Glas zu lehnen. „Ich könnte Mutter sein, Mum. Ich hoffe, ich werde darin so gut sein wie du. Ich werde versuchen, noch besser zu werden, wenn es dir nichts ausmacht. Ich liebe dich. Ich vermisse dich. Und Dad auch. Es wird gut sein, wieder eine Familie zu haben. Ich hoffe nur, dass Galen sich genauso darüber freut wie ich." Ich machte eine Pause. „Ich rede, als ob ich schon wüsste, dass ich ein Baby bekomme."

Ich sah über die Schulter auf den Test, der am Rand des Waschbeckens lag. Wenn ich nicht schwanger wäre, würde ich es dann wagen, Galen zu fragen, ob wir ein Baby bekommen könnten?

Meine Hände falteten sich über meinem Bauch. Er war noch nie ganz flach gewesen, außer als ich in London auf der Straße lebte. Vorher war es immer ein bisschen rund gewesen. Nachdem ich meinen Job im Resort begonnen hatte und alles essen konnte, was ich wollte, war es in diesen runden Zustand zurückgekehrt. Nichts Riesiges, nur eine kleine Wölbung.

Ich stellte mir vor, dass sie größer wurde, wenn ein Baby in mir heranwuchs. Der Gedanke machte mich glücklicher, als ich jemals erwartet hätte. Ich wünschte, ich hätte mit Sicherheit wissen können, ob Galen genauso empfinden würde.

Wenn er und ich uns jemals wirklich darüber unterhalten hätten, eine Familie zu gründen, hätte ich mich viel besser gefühlt. Aber die Tatsache, dass wir das – abgesehen von unseren kurzen Kommentaren in der Nacht zuvor – nicht getan hatten, belastete mich. Ich hatte keine Ahnung, ob der Mann jemals Kinder wollte. Und ich war nicht lange genug mit ihm und seinen Neffen und Nichten zusammen, um zu sehen, wie er mit Kindern und Babys umging.

In meinen Augen wäre Galen ein außergewöhnlicher Vater. Er hatte Geduld und Verständnis, zwei Dinge, von denen ich wusste, dass ein guter Vater sie haben musste. Er hatte sich bereits als großartiger Versorger für eine Familie erwiesen. Und die Art und Weise, wie er mich behandelt hatte, als ich auf der Insel ankam, bewies mir, dass er der Typ Mann war, der in schwierigen Zeiten seiner Frau zur Seite stand. Ich konnte mir vorstellen, mit ihm an meiner Seite Wehen zu haben. Wir würden uns an den Händen halten, und er würde genau die richtigen Dinge sagen, um mich zu trösten, während ich diesen schwierigen Prozess durchlief.

Mein Tagtraum zerbrach, als der Timer auf meinem Handy ablief. Die fünf Minuten waren vorbei und die Zeit war gekommen, um zu sehen, ob ich Galen Dunnes Baby bekommen würde.

Meine Füße fühlten sich schwer an, als ich zum Waschbecken zurückging. Meine Augen schlossen sich von selbst, als ob ich die Ergebnisse noch nicht wissen wollte. Ich flüsterte: „Lieber Gott, lass es das sein, was du für mich willst. Ich werde es akzeptieren, egal wie das Ergebnis ausfällt." Meine Hände ballten sich zu Fäusten. „Aber ich hätte wirklich gerne ein Baby."

Ich öffnete die Augen und sah nach unten, nur um ein Pluszeichen zu finden. Tränen trübten sofort meine Sicht und ließen mich fragen, ob ich es richtig gesehen hatte. Ich nahm ein Taschentuch von der Theke, um mir die Tränen aus den Augen zu wischen, ergriff den Test und schaute ihn noch einmal an.

„Er ist positiv! Ich bekomme ein Baby!" Meine Hand zitterte, dann schloss sich ihr der Rest meines Körpers an und ich musste mich auf den Rand der Badewanne setzen. „Wir bekommen ein Baby. Galen und ich bekommen ein Baby. Oh Gott. Ich muss es ihm sagen."

Ich schob den Test fast in die Tasche meiner Strickjacke und erschauerte, als ich mich daran erinnerte, was auf dem Ding war. Ich wickelte es zuerst in ein paar Taschentücher und steckte es dann in die Tasche, bevor ich mir die Hände wusch.

Langsam ging ich aus der Toilette und war bereit, Galen alles zu erzählen. Ich holte tief Luft und versuchte, mich zu beherrschen. Ich wollte nicht in den Raum voller Dunnes stürmen und verkünden, dass Galen und ich ein Baby bekommen würden. Schließlich musste ich es zuerst dem Vater sagen.

Gerade als ich an der Tür des Spielzimmers ankam, hörte ich Galens tiefe Stimme: „Bei all diesen Horrorgeschichten, die ihr mir immer erzählt, weiß ich, warum ich immer noch Single bin." Ich erstarrte und lauschte.

Ich hörte die Stimme eines anderen Mannes, der die Frage stellte, die mich auch interessierte. „Single? Warum bringst du dann Ariel mit, wenn du noch Single bist?"

Ich lehnte mich direkt vor der Tür an die Wand, und mein Herz begann zu schmerzen.

Galen antwortete: „Sie und ich wissen, wo wir stehen."

Ich dachte, ich hätte ungefähr gewusst, wo wir standen, aber hatte ich mich geirrt?

„Und wo ist das?", fragte ein anderer Mann. Ich versteifte mich, als ich auf Galens Antwort wartete.

„Nirgendwo. Wir leben im Moment. Wir tun, was wir wollen, und wenn wir keinen Spaß mehr haben, trennen sich unsere Wege." Galens Worte machten mich fassungslos.

Ich blieb an der Wand stehen und konnte mich nicht bewe-

gen, als jede neue Behauptung, die Galen machte, mein Herz
ein wenig mehr brach. Es war wie bei einem Autounfall – ich
konnte mich nicht davon abwenden. Es war, als stünde alles still
und beschleunigte sich, als ich spürte, wie meine ganze Welt um
mich herum zusammenbrach.

Als ich dort stand und hörte, wie Galen unsere Beziehung in
Stücke riss und seiner Familie sagte, dass ich ihm nichts bedeutete, verspürte ich ein seltsames Gefühl der Distanziertheit. Ich
musste angefangen haben, mich innerlich zurückzuziehen, aber
dann fiel mir die Realität wieder ein, als ich hörte, wie jemand
Babys erwähnte.

„Kinder? Auf keinen Fall. Ich sehe in meiner Zukunft überhaupt keine dieser kleinen Monster. Sie stehlen einem die Energie, die Zeit und sogar die eigene Frau. Nein, Kinder sind nicht
mein Ding, und ich will auch keine Ehefrau. Ich will mein
Leben so frei wie ein Vogel führen. Schade, dass ihr das nicht
versteht."

Frei wie ein Vogel?

„Mark, wisch Stanley die Nase ab, okay?", hörte ich Felicity
rufen. „Es ist wirklich schlimm, und ich kann nicht aufstehen.
Samuel besteht darauf, auf meinem Schoß zu bleiben."

„Wo ist Mindy?", fragte der Typ, den ich als Galens Schwager
Mark erkannte, nach seiner Frau.

Galen lachte nur. „Oh ja, sagt mir noch einmal, wie großartig
es ist, Ehemann und Vater zu sein."

Nun, ich denke, du wirst niemals die Chance bekommen, es
herauszufinden, Galen Dunne!

So leise ich konnte, wandte ich mich ab und rannte schnell
zurück zu seinem Flügel und zu seinem Schlafzimmer. Ich war
dankbar, dass die Dienstmädchen die Reinigung beendet
hatten, damit ich meine Koffer packen konnte.

Es gab keinen Grund, noch mehr Zeit mit dem Mann zu
verschwenden. Er hatte sich seit Beginn unserer Beziehung

offensichtlich kein bisschen verändert – wenn ich es jetzt überhaupt noch *Beziehung* nennen konnte – und ein Teil von mir wusste, dass ich mir etwas vorgemacht hatte. Aber er hatte mich auch getäuscht.

Ich hatte gedacht, er würde tatsächlich anfangen, mich zu lieben. Und ich wusste, dass ich ihn liebte. Wir hatten es noch nicht ausgesprochen, aber es war so. Ich hatte bereits beschlossen, ihm zu sagen, dass ich ihn liebte, wenn ich ihm die Neuigkeiten über das Baby erzählte.

Jetzt würde er nie etwas von meiner Liebe oder unserem Baby erfahren. Ich hatte schon mit eigenen Ohren gehört, wie er darauf reagieren würde, dass er ein Kind gezeugt hatte. Es war klar, dass der Mann nicht am Leben dieses Babys teilhaben wollte – oder an meinem.

Ich holte mein Handy aus der Tasche, rief ein Taxi und bat darum, mich bei *Ben's Pharmaceuticals* abzuholen. Ich wollte nicht, dass es vor dem Herrenhaus hielt und es vor Galens Familie eine unschöne Szene gab. Sie bedeuteten mir zu viel, um das zu tun.

Ich nahm meinen Koffer und meine Handtasche und verließ den Raum mit der Absicht, Galen nichts davon zu sagen. Aber dann dachte ich an seine Familie und wollte nicht, dass sie sich Sorgen um mich machten.

Als ich in sein Schlafzimmer zurückkehrte, fand ich einen Stift und Papier in der obersten Kommodenschublade und verfasste eine kurze Notiz.

Galen,

ich gehe weg. Sag deiner Mutter, dass ich ihr für die Gastfreundschaft danke. Dies ist allein deine Schuld. Wenn du die Ereignisse und Gespräche des heutigen Tages Revue passieren lässt, wirst du sicher verstehen, warum ich abgereist bin. Und ich kündige. Ich denke, wir wären beide besser dran, wenn du einfach vergessen würdest, mich jemals gekannt zu haben. Für einen Mann wie dich sollte das nicht schwer sein.

Ich unterschrieb die Nachricht nicht und ließ sie auf dem Tisch neben seiner Seite des Betts liegen. Das Bett, in dem wir uns in jeder Nacht hier geliebt hatten.

Nach einem eiskalten Fußmarsch zur Apotheke wartete dort das Taxi auf mich. Bevor ich einstieg, ging ich zum Mülleimer vor dem Laden und warf mein Handy hinein. Ich wollte nicht, dass Galen sich mit mir in Verbindung setzte und versuchte, mich zur Rückkehr in das Resort zu überreden – oder schlimmer noch, dass er versuchte, mir einzureden, dass er anders empfand, als ich es von ihm mit meinen eigenen Ohren gehört hatte.

Oder vielleicht würde er aufgeben und sagen, dass er mit mir fertig war. Was auch immer es wäre, ich wollte es nicht hören. Ich wollte seine Stimme nie wieder hören. Ich könnte es nicht ertragen.

Nein. Von diesem Moment an gab es nur noch mich und mein Baby.

80

GALEN

Ich hatte keine Ahnung, wohin Ariel gegangen war, und nachdem ich sie eine Weile nicht gesehen hatte, wusste ich, dass ich sie suchen musste. Es war ein großes Haus, und sie könnte sich verlaufen haben.

Ich holte mein Handy heraus und rief sie an, weil ich wusste, dass sie ihres die ganze Zeit bei sich hatte. Der Anruf ging direkt zur Mailbox, also dachte ich, sie würde in unserem Zimmer ein Nickerchen machen und hätte ihr Handy ausgeschaltet.

Ich ging die Treppe hinauf und hoffte, dass sie sich nicht erkältet hatte. Sie hatte nur wenig gegessen und wollte keinen Alkohol trinken, also dachte ich, dass sie sich möglicherweise nicht gut fühlte. Und ich hasste die Tatsache, dass sie mir nicht genug vertraute, um mir davon zu erzählen.

Ich öffnete die Tür zu unserem Schlafzimmer und fand es leer vor. „Ariel?"

Ich ging ins Badezimmer, um zu sehen, ob sie dort war, aber auch dieser Raum war leer. „Ariel?"

Mir fiel ein, dass sie sich vielleicht entschlossen hat, wieder draußen spazieren zu gehen, also suchte ich im Schrank nach dem Mantel, den sie gekauft hatte, als wir in Portland angekommen waren. Mein Herz schlug mir bis zum Hals, als ich die Tür öffnete. „Nein."

Der Schrank war leer. Sie hatte Kleider, Schuhe, einen Mantel und Pullover dabeigehabt. Nichts davon war mehr da. Nicht einmal ihre Handtasche. „Was zur Hölle soll das?"

Ich drehte mich um und suchte im ganzen Raum nach Hinweisen darauf, wo sie all ihre Sachen hingebracht haben könnte. Ich hoffte, dass sie sie aus irgendeinem Grund in einem anderen Raum verstaut hatte, und rannte herum, um in jedem Raum in meinem Flügel nachzusehen, ob sie oder ihre Sachen dort waren. Aber da war nichts.

Mir war schwindelig, und ich fühlte mich außer Kontrolle, als ich zurück in unser Zimmer ging und noch einmal alles genau betrachtete. Sie musste etwas zurückgelassen haben, das mir einen Hinweis darauf gab, was zum Teufel sie vorhatte.

Und dann bemerkte ich etwas direkt unter dem Bett. Es musste auf den Boden gefallen sein. Eine Ecke davon ragte kaum unter der Bettdecke hervor. Ich beugte mich vor, um es aufzuheben, und stellte fest, dass es sich um eine Nachricht in ihrer Handschrift handelte.

Ich überflog schnell ihre Worte und fiel dann auf das Bett, als die Luft meine Lunge verließ. Dann las ich sie ein zweites Mal langsamer. „Sie ist gegangen?"

Wie konnte sie weggehen, ohne mit mir zu reden?

Sie musste gehört haben, wie ich mit den Jungs scherzte. Ich hatte kein Wort davon ernst gemeint. Es war nur ein Trick gewesen, um alle zu täuschen. Aber er hatte nicht funktioniert, und nun würde es niemanden überraschen, dass Ariel nicht mehr da war.

Sie musste zum Flughafen fahren, soviel wusste ich. Ich rannte zum Schrank, um meinen Mantel zu holen, und zog ihn an, als ich die Treppe hinunterlief. Ich sah Brax in der Küche, als ich daran vorbeikam. „Sag allen, dass ich bald zurück bin. Ich muss raus und etwas holen."

„Hey, Moment, Alter. Ich komme mit", rief er mir nach.

Ich hatte nicht die Absicht, meiner Familie mitzuteilen, dass Ariel gegangen war. „Nein. Ich werde bald zurück sein."

Ich lief zur Garage und griff nach einem der Autoschlüssel an den Haken an der Wand. Dann stieg ich in den BMW und machte mich auf den Weg, um meine Frau zurückzuholen.

Obwohl es Heiligabend war und niemand arbeiten sollte, hielten die Schneepflüge den fallenden Schnee davon ab, sich auf den Straßen anzusammeln. Aber das machte es mir nicht einfacher, so schnell zum Flughafen zu gelangen, wie ich wollte.

Ich wusste, dass Ariel genug Geld hatte, um dorthin zu gelangen, wo sie hinwollte. Aber ich wusste nicht, wo das war. Sie hatte ihren Job als mein Dienstmädchen gekündigt, daher bezweifelte ich, dass sie zurück in das Resort gehen würde.

Würde sie nach London gehen?

Wo sonst könnte sie hingehen? Würde sie wieder auf der Straße landen?

Sicher nicht. Sie hatte Geld und eine großartige Referenz, wenn sie anderswo Dienstmädchen werden wollte. Warum sollte sie auf der Straße landen, wenn sie all das hatte?

Der Flughafen kam in Sicht und ich trat aufs Gaspedal. Ich musste dorthin und sie finden.

Sie musste dort sein.

Ich parkte den Wagen, ging hinein und sprach die erste Mitarbeiterin vom Flughafenpersonal an, die ich sah. „Gibt es heute einen Flug nach London, England?", fragte ich.

Die Frau zeigte auf die Abflugtafel. „Er ist vor fünfzehn Minuten gestartet. Scheint so, als hätten Sie ihn verpasst. Er hatte bereits Verspätung, aber der Schneefall ließ gerade lange genug nach, dass er abheben konnte."

Ich konnte nur dastehen und auf diese verdammte Tafel starren. „Sie ist weg."

Ich sah mich um, bis ich einen Ticket-Schalter ohne Warteschlange entdeckte. Langsam machte ich mich auf den Weg dorthin. Ich war mir ziemlich sicher, dass die Angestellte mir auf keinen Fall etwas über einen Passagier erzählen würde, aber ich musste es versuchen. „Ma'am, können Sie mir bitte helfen?"

Sie sah von ihrer Computertastatur auf. „Ja, Sir. Womit kann ich Ihnen behilflich sein?"

„Der Flug nach London, der gerade gestartet ist ... können Sie mir sagen, ob eine Frau namens Ariel Pendragon an Bord ist?" Ich drückte mir die Daumen, aber der Ausdruck auf dem Gesicht der Frau sagte mir, dass es nicht funktionieren würde.

Sie schüttelte den Kopf. „Entschuldigen Sie, Sir. Es verstößt gegen unsere Datenschutzbestimmungen, Informationen unserer Kunden preiszugeben."

„Es ist sehr wichtig", bettelte ich.

„Ich bin mir sicher, dass es das ist." Sie konnte mich nur anlächeln. „Aber ich kann Ihnen nicht helfen. Mein Rat ist, nach Hause zu fahren und zu versuchen, Weihnachten zu genießen."

Als ich mich zum Gehen umdrehte, wusste ich, dass ich nichts genießen konnte, bis ich sie fand und ihr alles erzählte. „Bitte. Ich wollte ihr um Mitternacht einen Heiratsantrag machen. Sie hat das falsche Gespräch mitgehört und jetzt denkt sie, ich will keine Ehefrau. Sie ist weggelaufen, und ich kann nichts davon zurücknehmen. Ich kann ihr nicht sagen, wie ich wirklich empfinde."

Der Gesichtsausdruck der Frau musste sich geändert haben, da ihr Kollege sich warnend einmischte: „Das ist egal, Zelda. Du darfst ihm trotzdem nichts sagen."

Ich überlegte, es noch einmal zu versuchen, aber beide wandten sich einer Flughafenkonsole zu. Es gab keine Hoffnung mehr. Jetzt konnte ich nur noch nach Hause fahren, beten, dass sie ans Telefon ging, und Pläne schmieden, morgen früh mit meinem Jet nach London zu fliegen. Ich würde die Stadt absuchen, bis ich sie fand.

Als ich zum Parkplatz ging, versuchte ich, ihr eine SMS zu schicken: *Du musst mich anrufen. Was du gehört hast, war ein Witz. Ich schwöre bei Gott, es war alles ein Witz. Ruf mich an und ich erkläre dir alles. Ich liebe dich, Ariel Pendragon. Bitte ruf mich an.*

Ich dachte darüber nach, hinzuzufügen, dass ich sie heiraten wollte, entschied mich aber dagegen. Wenn sie die SMS las, würde sie mich anrufen. Ich wusste, dass sie das tun würde. Sie würde mir die Möglichkeit geben, ihr alles zu erklären.

Das Mädchen liebte mich, ich wusste es einfach. Und sie wusste es auch, obwohl wir es nie ausgesprochen hatten. Ich würde ihr die Welt zu Füßen legen, wenn sie es zuließ, aber das wollte sie nicht. Sie wollte immer alles allein schaffen. Und das liebte ich an ihr.

Als ich nach Hause fuhr, fragte ich mich, wie ich Ariels Abwesenheit meiner Familie erklären würde, ohne sie wie eine wankelmütige Person erscheinen zu lassen, die wenig bis gar kein Vertrauen in mich hatte.

Ich konnte mir nicht einmal eine Lüge über einen dringenden Anruf von ihren Eltern in London einfallen lassen. Ich hatte meiner Familie bereits ihre ganze Hintergrundgeschichte erzählt. Alle wussten, dass sie auf der Straße gelebt hatte, bevor ihre Mutter starb. Und sie wussten auch, dass ihr Vater tot war. Was sollte ich ihnen also als Grund für ihre Abwesenheit nennen?

Als ich in die Küche ging, nachdem ich das Auto geparkt hatte, sprach meine Mutter gerade mit der Köchin darüber, was sie für die Weihnachtsfeierlichkeiten wollte. „Diese winzigen Tortilla-Rollen mit Frischkäse und Radieschen. Sie wissen, was ich meine. Ich möchte eine Platte davon und etwas für die

Kinder. Aber kein Zucker. Überhaupt keinen. Sie sind so schon aufgeregt." Sie sah mich an. „Galen, wo bist du gewesen? Und wo ist Ariel? Ich möchte ihr Fotos von dir als Kind zeigen."

Ich wünschte, sie könnte das tun. „Ma, sie ist weg." Ich schluckte, als meine Beine schwach wurden, und setzte mich schnell auf einen Barhocker, bevor ich hinfiel.

„Weg?" Sie trat an meine Seite. „Galen, warum bist du so blass? Wohin ist sie gegangen?"

„Ich bin mir nicht sicher. London, vermute ich." Ich sah in die blassgrünen Augen meiner Mutter, und sie erinnerten mich an Ariels Augen. „Ma, ich habe mit den Jungs gescherzt, und sie muss mich belauscht haben. Ich hatte keine Ahnung, sonst hätte ich ihr die Wahrheit gesagt." Ich zog die schwarze Schatulle aus meiner Tasche und reichte sie ihr. „Ich habe mit den Jungs gescherzt, dass ich nicht zum Heiraten gemacht bin und so weiter. Aber ich wollte ihr heute Abend um Mitternacht einen Antrag machen. Das geht jetzt nicht mehr." Ich zog den Zettel, den Ariel mir hinterlassen hatte, hervor und reichte ihn meiner Mutter. „Das ist alles, was sie hiergelassen hat."

Sie las ihn und sah mich dann traurig an. „Oh, mein Sohn, was hast du getan?"

„Ma, ich weiß." Ich konnte mich nicht länger beherrschen. Ich packte meine Mutter und umarmte sie fest, während ich weinte. „Ich muss sie finden. Sie hat mein Herz. Ohne es kann ich nicht leben."

„Nein, das kannst du nicht." Sie tätschelte mir den Rücken. „Sie liebt dich, ich weiß es. Sie wird anrufen, wenn sich ihre Wut gelegt hat. Du wirst sehen. Sie wird dich anrufen."

Ich betete, dass sie das tun würde.

81

ARIEL

Das Jumeirah Carlton Tower Hotel in London wurde zu meinem Versteck. Dank der hohen Löhne, die ich während meiner Arbeit im Resort verdient hatte, war mein Bankkonto gut gefüllt. Da Galen mir bei der Einrichtung des Kontos geholfen hatte, als ich meinen Job in seinem Resort begann, war ich schlau genug gewesen, die Kontonummer zu ändern, sodass er meine Ausgaben nicht nachverfolgen und mich nicht finden konnte.

Der Tag nach Weihnachten war ein geschäftiger Tag für mich gewesen. Ich hatte an diesem Morgen als Erstes die Bank angerufen und dann meinen Laptop aufgeklappt, um nach einem Job zu suchen. Meine Ersparnisse würden für mehrere Monate reichen, aber nur, wenn ich eine Wohnung mit angemessener Miete finden konnte. Ich musste das Geld für die Zeit nach der Geburt des Babys sparen. Der Aufenthalt in dem Fünf-Sterne-Hotel war nur eine vorübergehende Lösung, wenn ich wollte, dass das Geld eine Weile genügte.

Ich hätte an einen billigen Ort gehen können, aber ich wusste nicht, warum ich mich selbst bestrafen sollte. Ich hatte nichts falsch gemacht, sondern Galen. Je mehr ich darüber nachdachte, desto mehr fragte ich mich, wie lange der Mann geplant hatte, mich in seiner Nähe zu halten. In Anbetracht der Dinge, die er gesagt hatte, wohl nicht mehr viel länger.

Als ich mir online die Stellenanzeigen ansah, fiel mir auf, dass in dem Hotel, wo ich wohnte, Zimmermädchen gesucht wurden. Ein Job an einem so edlen Ort würde zweifellos mit einem guten Gehalt und vielleicht auch ein paar Vergünstigungen einhergehen.

Aber ich konnte Nova nicht wissen lassen, woher die Anfrage kam, wenn ich sie als Referenz nutzte.

Wie sollte ich eine Stelle in einem so guten Hotel bekommen, wenn ich der Personalabteilung nicht erlauben konnte, meinen früheren Arbeitgeber zu kontaktieren?

Aber ich hatte meine Kontoauszüge mit den wöchentlichen Gehaltszahlungen des Paradise Resort, falls ich eine frühere Anstellung nachweisen musste. Hoffentlich würde das ausreichen, um bei dem Hotel eine Chance zu bekommen. Arbeit zu finden hatte für mich oberste Priorität. Ich musste jetzt an mehr als nur mich selbst denken. Mein Baby brauchte ein Zuhause. Und ich musste mich während meiner Schwangerschaft selbst versorgen können, um sicherzustellen, dass ich ein gesundes Baby bekam.

Ich zog mir einen schwarzen Rock, eine weiße Bluse und flache Schuhe an und steckte mir die Haare im Nacken hoch, um dann in die Lobby zu gehen und nach dem Manager zu fragen. „Entschuldigung", sagte ich zu der Frau an der Rezeption.

„Oh, tut mir leid", sagte sie. „Was kann ich für Sie tun?"

„Ich möchte mit dem Manager über den ausgeschriebenen Reinigungsjob sprechen. Wissen Sie, wann ich einen Termin bei ihm bekommen kann?", fragte ich.

Sie schüttelte den Kopf. „Er ist erst am nächsten Montag aus dem Urlaub zurück. Aber ich kann Sie auf jeden Fall auf seine

Terminliste setzen." Sie tippte auf ihrem Computer herum. „Er hat am Montagmorgen um 10:30 Uhr Zeit. Passt das für Sie?"

„Ja." Ich zog mein Portemonnaie heraus. „Kann ich für die nächste Woche im Voraus bezahlen? Ich habe Zimmer 215 unter dem Namen Ariel Pendragon gebucht."

Sie sah überrascht aus. „Sie übernachten hier in unserem Hotel?"

„Ja." Ich zog meine Bankkarte heraus. „Ist das ein Problem?"

„Nein." Sie schüttelte den Kopf, als sie meine Karte nahm, um die Transaktion zu tätigen. „Es ist nur so, dass unsere Zimmerpreise nicht billig sind und jemand, der einen Reinigungsjob sucht, es sich normalerweise nicht leisten kann, hier zu übernachten."

„Ich hatte vorher einen lukrativen Job in einem Inselresort. Dadurch konnte ich viel Geld ansparen." Ich hoffte, wenn ich die Frau über meine Arbeitserfahrung informierte, würde mir das einen Vorteil beim Manager verschaffen. Vielleicht würde sie ein gutes Wort für mich einlegen.

Sie schob die Quittung für meine Unterschrift zu mir und fragte: „Warum haben Sie dieses Resort verlassen, wenn ich fragen darf?"

Ich wusste nicht genau, was ich sagen sollte, fand aber schnell eine Begründung. „Das Leben auf einer winzigen Insel hat mir langfristig nicht zugesagt. Ich komme ursprünglich aus London und wollte nach Hause."

„Das kann ich verstehen." Sie sah mich an und fragte dann: „Da Sie bei uns übernachten, nehme ich an, dass Sie niemanden in London haben, bei dem Sie bleiben können."

„Nein, ich habe hier niemanden." Ich sah zu Boden und spürte den Drang zu weinen. Ohne Galen war ich wieder allein. Die Einsamkeit war kein willkommenes Gefühl. „Ich suche mir eine Mietwohnung, sobald ich eine Anstellung gefunden habe und weiß, wie viel ich verdienen werde."

Sie gab mir meine Quittung. „Wissen Sie, wenn Sie diesen Job bekommen, sind Sie berechtigt, hier in der obersten Etage zu wohnen. Eine unserer Vergünstigungen ist die Unterbringung in den Suiten dort oben. Sie bestehen aus einem kleinen Wohnzimmer und einer Küche mit einem Schlafzimmer und einem Badezimmer. Es wird eine Gebühr dafür erhoben, die jedoch weitaus geringer ist als die Miete für eine Wohnung in der Stadt."

„Das klingt wie ein wahr gewordener Traum. Hier zu leben und zu arbeiten wäre so ähnlich wie auf der Insel." Natürlich hatte ich dort einen ganzen Bungalow gehabt, aber eine Suite wäre auch großartig.

Sie nickte. „Ich habe drei Jahre hier gewohnt, als ich anfing, im Hotel zu arbeiten. Als ich geheiratet habe, bin ich ausgezogen. Eine weitere Vergünstigung ist die kostenlose Verpflegung. Wir bekommen eine kostenlose Mahlzeit während unserer Schicht. Und das Frühstück ist immer kostenlos, da wir ein Buffet für unsere Gäste haben, das auch die Mitarbeiter nutzen können. Alles in allem haben wir hier ziemlich viel zu bieten."

„Es klingt fast so gut wie das, was ich zurückgelassen habe." Schon allein zu sagen, dass ich etwas zurückgelassen hatte, ließ mein Herz schmerzen. Ich wollte nicht denken, dass ich Galen zurückgelassen hatte. Er hätte mich sowieso irgendwann verlassen.

„Wissen Sie was? Ich denke, ich kann Mr. Bagwell, den Manager, anrufen. Ich bin hier die stellvertretende Managerin, und ich kann Sie einstellen, bevor er zurückkommt." Sie musterte mich lächelnd. „Können Sie mir sagen, wo Sie vorher gearbeitet haben?"

Ich kaute auf meiner Unterlippe herum und sagte schließlich: „Das Paradise Resort in der Karibik. Haben Sie schon davon gehört?"

Sie schüttelte den Kopf. „Nein. Zu welchem Unternehmen

gehört es?"

„Es ist nicht Teil eines Unternehmens. Es ist ein privates Resort, das einem Mann gehört. Und er lädt die Gäste ein. Es ist sehr exklusiv und richtet sich in der Regel an die Ultra-Reichen. Und ich kann nicht erlauben, dass jemand eine Anfrage über mich an die Managerin stellt." Ich wusste, dass das nicht gut klang, und zuckte leicht zusammen.

Ihr Gesichtsausdruck sagte mir, dass sie das seltsam fand. „Wurde Ihnen gekündigt oder sind Sie freiwillig gegangen?"

„Ich bin freiwillig gegangen. Ich hatte meine Gründe." Ich wollte nicht, dass dies meiner Arbeitssuche im Wege stand, und dachte, ich müsste etwas dazu sagen. „Hören Sie, ich bin aus sehr persönlichen Gründen gegangen. Ich kann Ihnen die Einzahlungen auf mein Bankkonto zeigen, um zu beweisen, dass ich dort gearbeitet habe. Würde das helfen?"

„Vielleicht." Sie schrieb etwas auf ein Blatt Papier und schob es zu mir. „Ich bin Cherry. Ich werde sehen, ob Mr. Bagwell erreichbar ist, und dann werde ich Sie wissen lassen, was er sagt. Das hier ist das Gehalt für den Job. Könnten Sie davon leben?"

Ich betrachtete das kleine gelbe Blatt Papier mit einer Zahl, die nur ein Drittel von dem war, was ich auf der Insel verdient hatte. Aber wegen der niedrigeren Miete und den kostenlosen Mahlzeiten konnte ich damit auskommen. „Ja, das ist in Ordnung für mich. Solange ich hier günstig wohnen kann."

„Es gibt mehrere offene Stellen. Ich bin sicher, Sie können bei uns anfangen. Und wenn Sie eingestellt werden, wird Ihnen der Preis für das Zimmer, in dem Sie sich gerade befinden, erstattet. Sobald Sie den Arbeitsvertrag unterschrieben haben, können wir Sie in Ihre neue Suite ziehen lassen." Jemand trat hinter mich, und wir mussten unser Gespräch beenden. „Ich rufe Sie auf Ihrem Zimmertelefon an, wenn ich etwas herausfinde, Miss Pendragon."

„Vielen Dank. Und nennen Sie mich bitte Ariel." Als ich

mich umdrehte, um zu gehen, fühlte ich mich ein bisschen besser als zuvor. Zumindest hatte ich jetzt etwas, auf das ich mich freuen konnte.

Als ich am Frühstücksbuffet vorbeikam, wusste ich, dass ich etwas essen musste, obwohl ich keinen Appetit hatte. Ich hatte nicht gut geschlafen ohne Galen an meiner Seite. Ich vermisste diesen verdammten Mann so sehr, dass es körperlich wehtat.

Er wollte mich nicht mehr. Warum konnte ich ihn dann nicht einfach vergessen?

Nachdem ich etwas frisches Obst auf meinen Teller gelegt hatte, beschloss ich, mich künftig gesund zu ernähren, um bei bestmöglicher Gesundheit zu bleiben. Ich wusste, dass Stress mein Immunsystem negativ beeinträchtigen konnte, und schwor meinem Baby, dass ich mein Bestes geben würde, um gesund zu bleiben, egal wie ich mich fühlte.

Als ich mit einem Glas Apfelsaft an einem Tisch saß, bemerkte ich, dass eine Frau mich ansah und mir dann zuwinkte. „Entschuldigung, es tut mir leid, dass ich gestarrt habe. Es ist nur so, dass Ihre Haarfarbe und Ihre grünen Augen unvergesslich sind. Ich habe Sie schon einmal gesehen."

Mein Leben auf der Straße schien mich zu verfolgen. „Ach ja?" Ich erkannte die Frau und verspürte aus irgendeinem Grund einen Anflug von Panik.

„Sie und eine andere Frau waren vor etwas weniger als einem Jahr in meinem Laden. Sie brach zusammen. Ich erinnere mich, als wäre es gestern gewesen." Sie stand auf und setzte sich zu mir an den kleinen Tisch. „Ich habe oft an Sie beide gedacht. Sie sehen jetzt gut aus, aber wie geht es ihr?"

„Ich erinnere mich an Sie. Sie waren sehr nett zu uns." Ich streckte die Hand aus, um ihre Hand zu berühren, die sie auf den Tisch gelegt hatte. „Danke, dass Sie Hilfe gerufen haben. Wir hatten damals keine Ahnung, dass meine Mutter Krebs im fortgeschrittenen Stadium hatte. Sie ist vor einigen Monaten gestorben. Dank Ihnen war sie dabei in der Obhut von Ärzten, anstatt auf der Straße."

Sie sah weg, als ihre Augen von Tränen getrübt wurden. „Es tut mir leid. Sie haben keine Ahnung, wie oft ich an Sie beide gedacht habe." Sie sah mich an und wischte sich mit einer Serviette die Augen ab. „Und wie ist es Ihnen ergangen?"

„Der Arzt meiner Mutter hat einen Freund angerufen, der mir einen hervorragenden Job in einem Resort besorgt hat." Ich dachte darüber nach, wie Galen mich gerettet hatte, und fühlte mich schuldig, weil ich ihn verlassen hatte, ohne ihm die Möglichkeit zu geben, sich zu verabschieden.

„Klingt so, als hätten Sie nach so langer Zeit auf der Straße Ihr Glück gefunden." Sie runzelte die Stirn, als sie auf den Tisch sah. „Ich hatte Sie beide schon öfter auf der Straße gesehen, bevor Sie reinkamen. Ich wusste, dass Sie nirgendwo hingehen konnten, und hätte Ihnen beiden Jobs in meinem Geschäft anbieten können. Stattdessen habe ich Sie ignoriert. Das tut mir leid. Wie heißen Sie?" Sie sah wieder zu mir auf.

„Ariel", sagte ich. „Und ich möchte nicht, dass Sie sich wegen irgendetwas schuldig fühlen. Viele Dinge geschehen aus Gründen, die wir gar nicht verstehen sollen." Wie etwa ein Baby allein zu bekommen, weil der Mann, den man liebte, nicht in der Lage war, irgendjemanden zu lieben.

„Ich bin Abigail. Und wie gesagt, ich besitze diesen Laden." Sie stellte ihre Handtasche auf den Tisch, öffnete sie und holte eine kleine Visitenkarte und einen Stift heraus. Sie schrieb etwas auf die Karte und gab sie mir dann. „Wenn Sie einen Job suchen, kann ich Ihnen einen geben. Außerdem habe ich Ihnen für alle Waren, die Sie in meinem Laden kaufen möchten, ein Gratisguthaben ausgestellt."

Als ich den Guthabenbetrag betrachtete, den sie mir geschenkt hatte, schüttelte ich den Kopf. „Ich kann das nicht annehmen. Es ist sehr großzügig, und ich weiß es zu schätzen.

Aber ich habe es geschafft, viel Geld zu verdienen, während ich im Resort beschäftigt war. Ich brauche keine zusätzliche Hilfe, aber der Job wäre sehr willkommen. Ich bin auf der Suche nach einer Stelle als Zimmermädchen hier in diesem Hotel, aber ein zweiter Job wäre mir willkommen. Kann ich Sie anrufen, nachdem ich herausgefunden habe, ob ich diesen Job bekomme und in welcher Schicht ich arbeite? Wir können weiterplanen, wenn ich das weiß."

„Ja, natürlich." Sie lächelte mich so strahlend an, dass ich es nicht glauben konnte. Es war, als hätte ich sie überglücklich gemacht oder so, und ich wusste nicht, wie das sein konnte. Sie war diejenige, die mir einen Gefallen angeboten hatte. „Ariel, ich habe mir Vorwürfe gemacht, seit Ihre Mutter in meinem Laden gestürzt ist, weil ich nicht mehr getan habe. Es würde mir helfen, diese Schuldgefühle zu überwinden, wenn ich Ihnen einen Job geben dürfte."

„Wirklich, ich wünschte, Sie würden sich deswegen nicht schuldig fühlen." Es war klar, dass sie eine sehr einfühlsame Person war, und sie wäre bestimmt auch eine großartige Arbeitgeberin.

„Ich sollte Schuldgefühle haben, Ariel." Sie fuhr sich mit dem Handrücken über die Wangen, als Tränen darüber liefen. „Ich habe Menschen gesehen, die Hilfe brauchten, und nichts unternommen."

Ihretwegen und wegen Galens Verlust schmerzte mein Herz so sehr, dass ich wusste, dass es nicht gut für das Baby war. „Ich habe Ihnen oder anderen nie die Schuld an unseren Problemen gegeben. Aber wenn es Ihnen hilft, vergebe ich Ihnen, Abigail."

Ich wollte keine Trauer und keinen Groll in meinem Herzen tragen, aber ich wusste, dass es viel schwerer sein würde, Galen zu verzeihen.

Ich fragte mich, ob ich Galen das, was er getan hatte, überhaupt jemals vergeben könnte.

82

GALEN

Bei der feuchten Londoner Luft zog ich meinen Mantel enger um mich, als ich aus meinem Jet stieg. Dies war meine fünfte Reise in die Stadt und trotz des Mangels an Erkenntnissen war ich mir sicher, dass sich Ariel hier versteckte. Zwei Monate waren vergangen, seit sie mich verlassen hatte. Man könnte meinen, ich wäre es leid geworden, sie zu suchen, aber das war falsch.

Ich hatte mir geschworen, die Frau zu finden, egal wie lange es dauerte. Ich würde nicht weiterziehen und sie vergessen. Das war unmöglich.

Meine Träume waren erfüllt von ihr. Und so sehr die Erinnerung an sie mein Herz schmerzen ließ, war sie mein Antrieb, weiter nach ihr zu suchen. Ihr hübsches Gesicht und ihr wunderschönes Lächeln wiederzusehen – in Wirklichkeit, nicht nur im Traum – war mein einziges Ziel.

London war nicht der einzige Ort, an dem ich gesucht hatte. Ich hatte Portland durchforstet, um sicherzugehen, dass sie nicht nur in ein Hotel gegangen war, um von mir wegzukommen. Ich war zur Insel zurückgekehrt, um zu sehen, ob sie dort vorbeigekommen war, um den Rest ihrer Sachen abzuholen, und stellte fest, dass sie es nicht getan hatte.

Ariel wusste nicht viel über andere Orte. Also konzentrierte ich mich auf London – dort musste sie sein. Und dieses Mal würde ich die Stadt nicht verlassen, bis ich sie fand.

Ich ging zu dem Büro des Privatdetektivs, den ich kurz vor meiner Ankunft angeheuert hatte, und fand Dwayne Layton an seinem Schreibtisch, wo er Kaffee trank. Sein ganzes Büro roch danach. „Sind Sie Dunne?" Er machte sich nicht die Mühe aufzustehen.

Ich ging zu der Kaffeekanne, um mir eine Tasse einzuschenken. „Darf ich?"

„Nur zu." Er nahm einen Stift und legte ihn auf einen gelben Block Papier. „Sie haben gesagt, es ist ein paar Monate her, seit Sie sie gesehen haben, richtig?"

„Ja." Ich füllte eine kleine Tasse mit der schwarzen Flüssigkeit und setzte mich dann vor seinen Schreibtisch. „Zwei Monate. Sie heißt Ariel Gail Pendragon. Sie ist zweiundzwanzig. Ihr Geburtstag war am 17. Januar. Ihre natürliche Haarfarbe ist kastanienbraun und ihre Augen sind smaragdgrün. Sie hat helle, zarte Haut und ist etwa 1,60 Meter groß. Ihr Körperbau ist zierlich, aber kurvenreich."

Er hörte auf zu schreiben, um mir in die Augen zu schauen. „Ich weiß, das klingt krass, aber hat sie große Brüste?"

Ich nickte. „Doppel D. Und einen fantastischen Hintern. Sie ist eine Augenweide. Aber ich habe das Gefühl, dass sie sich die Haare gefärbt hat und vielleicht sogar Kontaktlinsen trägt, um die Farbe ihrer Augen zu verbergen. Sie will sich anscheinend wirklich vor mir verstecken. Ich habe ihr Handy lokalisieren lassen und es in einem Müllcontainer in Portland gefunden. Dort hat sie mich verlassen, in Portland, Oregon. Sie hat es in den Mülleimer vor einer Apotheke geworfen."

„Und Sie haben gesagt, dass sie weggelaufen ist, weil sie

gehört hat, wie Sie ein paar unsensible Dinge gesagt haben, die aus dem Zusammenhang gerissen wurden." Er musterte mich vorsichtig. „Und nichts weiter?"

„Nichts weiter als das." Ich nahm einen Schluck von dem heißen Kaffee und verzog das Gesicht bei dem starken Bittergeschmack.

„Sie haben sie also nie in irgendeiner Weise verletzt?" Er hörte nicht auf, mich anzusehen.

„Ich habe sie nie verletzt. Nur durch meine Worte an jenem Tag und das war nicht beabsichtigt." Ich blickte über meine Schulter, um zu sehen, ob ich den Zucker übersehen hatte, der möglicherweise neben der Kaffeemaschine stand, fand aber keinen. „Hören Sie, was ich von Ihnen brauche, ist Hilfe. Ich werde meinen Teil dazu beitragen und noch mehr. Sie hat höchstwahrscheinlich irgendwo einen Job im Reinigungssektor. Aber das kann von Krankenhäusern bis zu Hotels alles sein."

„Wie wäre es mit einem Job als Kellnerin?", fragte er, als er aufschrieb, was ich gesagt hatte.

„Ich bezweifle, dass sie diese Art von Arbeit machen würde. Sie ist jemand, der bei dem bleibt, was er kennt." Ich dachte an die Kamera, die ich ihr gegeben hatte, und wusste, dass sie sie mitgenommen hatte. „Wir könnten in Fotostudios nachsehen, ob es dort Aufnahmen gibt, die sie möglicherweise in Auftrag gegeben hat."

Sein Gesichtsausdruck wurde verwirrt. „Ein Dienstmädchen, das professionelle Fotos macht?"

„Nun, sie war sehr gut im Fotografieren und hat darauf als Karriere hingearbeitet. Ich möchte keinen Stein auf dem anderen lassen, nur für alle Fälle." Ich nahm einen weiteren Schluck von dem starken Kaffee, um den Jetlag zu lindern. „Ich muss sie finden, Mr. Layton. Ich gehe erst, wenn ich es tue. Ich habe eine Suite im Millennium in Knightsbridge."

Er legte den Kopf schief, als er das aufschrieb. „Sie sollten sich die ganze Gegend dort unten ansehen. Ich werde den Bereich um den Piccadilly Circus überprüfen, da Sie gesagt haben, dass sie in dieser Gegend auf der Straße gelebt hat."

„Das hört sich gut an." Ich stand auf, nahm meinen Kaffee und goss ihn in das kleine Waschbecken neben der Kaffeemaschine. „Je früher Sie damit anfangen können, desto besser."

„Ich habe im Moment nichts als Zeit. Ich werde noch heute Nachmittag anfangen." Er rieb sich die Schläfen. „London ist keine kleine Stadt. Ich möchte, dass Sie wissen, dass es eine Weile dauern kann, sie zu finden. Wenn sie ihren Namen und ihr Aussehen geändert hat, kann es sogar sehr lange dauern. Sind Sie darauf vorbereitet?"

Nicht wirklich.

Ich stopfte meine Hände in die Taschen. „Ich kann nicht aufhören, bis ich sie finde. Auch wenn es ewig dauert, höre ich nie auf, sie zu suchen."

Er nickte, dann verließ ich ihn, damit er seinen Teil des Jobs erledigen konnte. Ich wollte im Hotel einchecken, ein Nickerchen machen und mich dann duschen, um richtig wach zu werden, bevor ich mit der Suche begann. Ich wollte bei klarem Verstand sein, wenn ich nach ihr suchte.

Als ich in mein Hotel eincheckte, fragte ich die Frau an der Rezeption: „Arbeitet Ariel Pendragon zufällig hier?"

„Wer?", fragte sie und tippte wie verrückt auf ihrem Computer herum.

„Ariel Pendragon. Lockiges kastanienbraunes Haar, smaragdgrüne Augen." Ich zog meine Kreditkarte aus meinem Portemonnaie, als sie sich einen Moment Zeit nahm, um darüber nachzudenken.

Schließlich schüttelte sie den Kopf. „Nein. Wir haben hier niemanden, auf den diese Beschreibung passt. Wir haben eine Rothaarige, aber sie ist ungefähr fünfzig. Das ist sie wohl nicht."

„Nein. Ariel ist zweiundzwanzig. Sie haben sie vielleicht in der Stadt gesehen. 1,60 Meter groß, kurvig?" Ich versuchte, die Frau dazu zu bringen, weiter nachzudenken.

Aber es brachte nichts. „Nein. Ich kann mich an niemanden erinnern, der so aussieht. Andererseits kann ich mich nicht an alle erinnern, an denen ich auf der Straße vorbeigehe."

Und es waren so viele Leute auf den Straßen, dass es schwierig war, sich überhaupt jemanden zu merken. Ich wusste, dass ich jede Menge Arbeit vor mir hatte. „Sie haben eine Luxussuite für mich reserviert, oder?"

„Ja, Sir." Sie zog meine Kreditkarte durch den Scanner und gab mir die Schlüsselkarte für mein Zimmer. „Im obersten Stock, Sir. Genießen Sie Ihren Aufenthalt bei uns."

Sie hatte keine Ahnung, wie unangenehm mein Aufenthalt sein würde, bis ich die Frau fand, die ich liebte. „Danke. Hoffen wir, dass er nicht lange dauert." Ich betete, dass ich sie bald fand. Ich musste Ariel sehen, ihre süße Stimme hören und sie festhalten.

Als ich mein Zimmer erreichte, fiel ich auf das Bett. Der Flug von Portland hierher musste mich wirklich erschöpft haben, denn ich erwachte erst am nächsten Morgen wieder. Ein Klopfen an der Tür weckte mich. „Zimmermädchen", sagte eine Frauenstimme mit britischem Akzent.

In meinem schläfrigen Kopf klang sie wie Ariel, und ich sprang aus dem Bett und eilte zur Tür. Aber als ich sie aufriss, stand eine kleine Blondine vor mir und sah mich an, als würde sie mich für verrückt halten. „Ich brauche heute keinen Reinigungsservice. Danke."

Sie senkte den Kopf, als sie ihren Karren in Richtung des Nebenzimmers schob. „Verstanden, Sir. Ich wünsche Ihnen einen schönen Tag."

Ich nutzte die Gelegenheit, um sie nach Ariel zu fragen. „Hey, kennen Sie zufällig jemanden namens Ariel Pendragon? Sie hat langes, lockiges kastanienbraunes Haar und dunkelgrüne Augen. Sie sind so dunkel, dass sie wie Smaragde aussehen."

„Ich habe eine Cousine mit diesen Merkmalen, aber sie heißt nicht Ariel Pendragon." Sie lächelte mich an. „Suchen Sie diese Frau aus irgendeinem Grund?"

Ich dachte, sie könnte Ariel tatsächlich kennen und versuchen, mich einzuschätzen. „Sie ist meine Freundin. Sie hat gehört, wie ich einige dumme Dinge sagte, die ich nicht meinte, und ist weggegangen, ohne mit mir darüber zu reden. Wenn ich nur mit ihr reden könnte, würde ich ihr erklären, dass ich nur Spaß gemacht habe. Ich liebe sie."

Sie lächelte, als sie schüchtern den Kopf senkte. „Wie süß. Ich kenne die Frau nicht, aber wenn ich jemals jemanden mit diesem Namen treffe, werde ich sie fragen, ob sie einen hübschen Freund verloren hat."

Ich holte eine Visitenkarte aus meiner Tasche. „Und hier ist mein Name mit meiner Nummer, falls Sie sie zufällig treffen. Bitte lassen Sie es mich wissen. Ich muss sie finden. Ich verlasse London erst, wenn ich es tue."

Sie nahm die Karte und steckte sie in ihre Schürze. „Ich verspreche Ihnen, dass ich anrufen werde, wenn ich dieser Frau jemals begegne."

Ich beschloss, noch mehr von ihr zu verlangen. „Wenn Sie jemals eine Frau Anfang zwanzig sehen, die dieser Beschreibung entspricht, lassen Sie es mich bitte so schnell wie möglich wissen, damit ich mit eigenen Augen sehen kann, ob sie es ist. Ich bin wirklich verzweifelt."

„Das kann ich sehen." Sie nickte in Richtung meiner zerknitterten Kleidung. „Wenn Sie Ihre Kleidung in den Wäschesack legen und ihn vor die Tür stellen, holen wir ihn ab und lassen die Kleidung für Sie reinigen und bügeln. Sie wird am nächsten Morgen in Ihren Kleiderschrank zurückgebracht."

„Danke." Ich lächelte sie an, damit sie sich bei mir wohlfühlte. „Ich freue mich darauf, von Ihnen zu hören. Und Ihr Name ist ...?"

„Oh, den brauchen Sie auch, nicht wahr?" Sie lachte leise. „Ich bin Clara."

„Okay, Clara, vielen Dank für Ihre Hilfe." Ich trat zurück in mein Zimmer und schloss die Tür. Ich brauchte eine Dusche und eine Rasur, dann musste ich etwas essen, bevor ich zu den anderen Hotels in der Gegend ging.

Ich brauchte nicht lange, um mich fertig zu machen, und es gelang mir, mir einen Bagel und eine Flasche Saft vom Morgenbuffet des Hotels zu holen, bevor ich ging. Ich lief den Bürgersteig entlang zum nächsten Hotel und fand mich vor dem Jumeirah Carlton Tower Hotel wieder. Ich schluckte den letzten Bissen des Bagels herunter und trank den Rest des Safts. Dann warf ich die leere Flasche in den Abfalleimer vor der Tür, bevor ich eintrat.

Da es Morgen war, wusste ich, dass die Zimmermädchen damit beschäftigt waren, zu putzen. Dies wäre meine beste Chance, um zu sehen, ob Ariel hier beschäftigt war. Auch wenn sie nicht in einem der Hotels in der Umgebung arbeitete, hatte sie möglicherweise nach ihrer Ankunft in London dort übernachtet. Jemand könnte ihre Beschreibung erkennen, wenn auch nicht ihren Namen.

Ich ging zu der Rezeption und begrüßte die Frau, die dort stand. Ihr Namensschild sagte mir, dass sie Cherry hieß. „Guten Morgen, Cherry. Wie geht es Ihnen heute?"

Ihr Lächeln war breit, als sie mich begrüßte: „Wundervoll. Ihnen hoffentlich auch. Was kann ich für Sie tun, Sir?"

„Ich suche eine Frau, Cherry. Sie heißt Ariel Pendragon. Arbeitet sie zufällig in diesem schönen Hotel?" Ich schenkte ihr ein ebenso strahlendes Lächeln wie sie mir, damit sie sich entspannte.

Nur sah sie überhaupt nicht so aus, als würde sie das tun. „Oh, Sir, das kann ich nicht."

Die Tür hinter ihr öffnete sich und ein Gentleman kam heraus. „Guten Morgen, Sir. Habe ich Sie nach jemandem fragen hören?"

„Ja." Ich hoffte, dass er den Namen gehört hatte und mir eine willkommene Nachricht bringen wollte.

„Wir können keine Informationen über unsere Mitarbeiter herausgeben." Er nickte Cherry zu, und sie ging durch die Tür, aus der er herausgekommen war, und schloss sie hinter sich.

„Also arbeitet sie hier", sagte ich, als ich meine Hände in meine Taschen steckte, um nicht bedrohlich zu wirken.

„Das habe ich nicht gesagt", stellte er klar. „Ich sagte, wir können Ihnen nichts über unser Personal erzählen. Wir können Ihre Frage nicht beantworten, Sir."

„Die Antwort ist einfach nur Ja oder Nein." Ich wiegte mich auf den Fersen, um so auszusehen, als wäre alles in Ordnung, obwohl mein ganzer Körper zitterte. „Wir waren ein Paar, und sie hat etwas, das ich sagte, falsch verstanden."

Er hielt eine Hand hoch. „Bitte verschwenden Sie nicht Ihren Atem. Ich werde Ihnen nicht antworten. Wir geben keine Informationen weiter. Nie."

„Ich habe Sie gehört", antwortete ich. „Trotzdem danke." Ich drehte mich mit dem größten Lächeln um, das ich zustande gebracht hatte, seit ich Ariels Notiz gefunden hatte. Er hatte mir keine konkrete Antwort gegeben, aber ich wusste einfach, dass ich Ariel nähergekommen war.

83

ARIEL

Der Geruch von Alkohol erfüllte meine Nase, als die Krankenschwester mit einem Wattebausch über die Innenseite meines
Handgelenks strich. „Wir brauchen zunächst eine Blutprobe
von Ihnen, Miss Pendragon. Wird der Vater des Babys bei Ihrem
nächsten Besuch dabei sein? Sie sind dann am Anfang Ihres
zweiten Trimesters und können einen Ultraschall machen. In
der Regel können wir Ihnen dann sagen, welches Geschlecht
das Baby hat."

Mein erster Termin beim Gynäkologen verlief gut, sogar
besser als ich erwartet hatte. Aber ich hatte nicht damit gerechnet, dass mich jemand nach dem Vater des Babys fragte. „Zu
diesem Zeitpunkt und höchstwahrscheinlich für die Dauer der
gesamten Schwangerschaft wird der Vater des Babys nicht involviert sein."

Die Krankenschwester war ungefähr fünfzig, und ihre
Augen nahmen einen traurigen, mitfühlenden Ausdruck an. „Es
tut mir leid, das zu hören."

Die letzten zwei Monate waren einsamer gewesen, als ich
erwartet hatte, und ich musste mich jemandem anvertrauen. „Er
will keine Kinder, keine Ehefrau und noch nicht einmal eine

Freundin." Ich schniefte leise und sagte mir, dass ich bei meinem ersten Termin nicht deswegen weinen wollte. „Ich habe einen Fehler gemacht. Ich habe einem Mann vertraut, der mir von Anfang an gesagt hat, dass er nicht an Liebe oder Beziehungen glaubt. Ich übernehme also allein die volle Verantwortung für das Kind. Wahrscheinlich würde er mir nicht einmal zuhören, selbst wenn ich ihm von dem Baby erzählen würde."

Die Krankenschwester nahm eine lange Spritze, und ich wandte den Kopf ab, damit ich nicht sah, wie sie die Nadel in die Vene meines Handgelenks steckte. „Also haben Sie ihm nichts von dem Baby erzählt? Das ist eine schwierige Situation, meine Liebe. Wenn Sie meinen Rat hören möchten, würde ich vorschlagen, ihn zumindest zu informieren, solange er Ihnen oder Ihrem Kind nicht schadet. Meistens ist es besser, es dem Mann zu sagen, als zu warten, bis er es nach der Geburt selbst herausfindet. Ich habe schon einige Mütter gesehen, die vor Gericht gestellt wurden, weil sie den Vätern nichts von ihren Babys erzählt hatten."

Das wäre nur dann ein Problem, wenn Galen sich jemals die Mühe machen würde, mich aufzuspüren, und ich machte mir deswegen keine Sorgen. „Danke für Ihren Rat."

Durch ihren Gesichtsausdruck wusste ich, dass sie merkte, dass ich ihn nicht befolgen würde, aber ich hatte nicht den Eindruck, dass sie mich deswegen verurteilte. „Also, wir nehmen Ihnen Blut ab, führen einige Tests durch und geben Ihnen dann die Ergebnisse, wenn Sie im nächsten Monat wiederkommen. Das ist alles für heute."

„Und den Geburtstermin erfahre ich dann auch, nehme ich an", sagte ich, als ich aufstand.

„Ja." Sie öffnete die Tür des Untersuchungsraums und ging hinaus. „Folgen Sie mir. Ich zeige Ihnen den Weg durch dieses Labyrinth."

„Danke." Ich folgte ihr, bis ich mich wieder im Wartezimmer

befand.

Die Krankenschwester legte ihre Hand auf meine Schulter, bevor ich weggehen konnte. „Bitte denken Sie darüber nach, was ich Ihnen gesagt habe, meine Liebe."

Ich nickte, machte aber keine Versprechungen. Ich war seit fast drei Monaten schwanger, ohne Galen etwas zu sagen. Die Realität, dieses Baby allein großzuziehen, wurde immer einfacher zu akzeptieren.

Ich arbeitete viel härter als jemals zuvor im Resort und fiel jeden Abend erschöpft ins Bett. Ich ging früh schlafen, da ich früh aufstehen musste, um im Hotel zu arbeiten. Wenn meine Schicht dort endete, war es Zeit, in den Laden zu gehen und noch ein paar Stunden mehr zu arbeiten, bevor ich abends in meine Suite im Hotel zurückkehrte.

So schwer es auch war – das Geld, das ich auf meinem Konto ansparte, war es wert. Bald würde ich anfangen, Dinge für das Baby zu kaufen, und ich konnte es kaum erwarten. Ich hatte noch keiner Seele von meiner Schwangerschaft erzählt. Mein Babybauch begann gerade erst, sichtbar zu werden. Ich wusste, dass ich irgendwann keine andere Wahl hätte, als es meinen Arbeitgebern zu sagen, aber ich wollte es noch ein bisschen länger für mich behalten.

Galen hatte mich vielleicht nie behalten wollen, aber ich würde immer einen Teil von ihm haben. Das tröstete mich. Er hatte mich vielleicht nie geliebt, aber ich hatte ihn von Herzen geliebt. Das tat ich trotz seiner gefühllosen Worte immer noch.

Wäre ich nicht die ganze Zeit so müde gewesen, hätte ich immer noch um ihn geweint. Wahrscheinlich hätte ich auch kaum schlafen können. Ich war dankbar für die harte Arbeit, die mich beschäftigt hielt und meinen Körper müde machte.

Als ich zurück ins Hotel ging, sah ich den Manager hinter

dem Reservierungsschalter. Er winkte mir zu und bedeutete mir näherzutreten, also tat ich es. „Ich wünsche Ihnen einen schönen Nachmittag, Mr. Bagwell."

„Kommen Sie, Ariel, ich muss mit Ihnen über etwas reden." Er drehte sich zu seinem Büro um, und ich folgte ihm und fragte mich, worum es wohl ging.

Er deutete auf den Stuhl vor seinem Schreibtisch, und ich setzte mich, als er die Tür hinter uns schloss. „Habe ich etwas falsch gemacht, Sir?"

„Nein, überhaupt nicht, Ariel." Er nahm hinter seinem Schreibtisch Platz und sah mich besorgt an. „Heute Morgen war ein Mann hier. Er hat nach Ihnen gefragt. Gibt es einen Grund, warum jemand Sie suchen würde?"

Mein Herz schlug schneller. „Sir, hatte dieser Mann dunkle Haare, blaue Augen und einen irischen Akzent?"

„Ja." Sein Gesichtsausdruck wurde ernst.

Angst breitete sich in mir aus. „Haben Sie ihm etwas über mich erzählt, Sir?"

„Natürlich nicht." Mr. Bagwell schüttelte den Kopf. „Wir erzählen niemals Fremden etwas über unsere Mitarbeiter. Darf ich Sie fragen, warum dieser Mann Sie sucht?"

„Er und ich haben gedatet. Er sagte einige Dinge, mit denen ich nicht einverstanden war, und ich verließ ihn, bevor ich hierher nach London zurückkehrte." Ich hatte keine Ahnung gehabt, dass Galen so weit reisen würde, um nach mir zu suchen.

Das waren nicht die Handlungen eines Mannes, der niemanden lieben konnte.

Mr. Bagwell sah aus, als ob er es nicht ganz verstanden hätte. „Wollen Sie diesen Mann dann nicht sehen?"

„Nein, ich will ihn nicht sehen." Er versuchte vielleicht nur, mich aufzuspüren, damit er das Privileg hatte, die Dinge selbst zu beenden. Ich war mir sicher, dass es ein schwerer Schlag für sein Ego gewesen war, verlassen worden zu sein, anstatt selbst Schluss zu machen. „Bitte erzählen Sie ihm nichts von mir, falls er zurückkommt."

„Das werde ich nicht. Und sonst wird es auch niemand tun. Aber ich muss Ihnen raten, sich mit diesem Mann zu befassen, bevor er ein Problem für das Hotel wird. Und wenn Sie in Gefahr sind, lassen Sie es mich bitte wissen. Wir wollen Ihre Sicherheit hier nicht riskieren." Er klopfte mit den Fingern auf den Schreibtisch. „Wer ist er überhaupt? Er kommt mir bekannt vor."

Ich zögerte, ob ich es meinem Chef sagen sollte oder nicht, und entschied dann, dass ich es tun sollte. „Er heißt Galen Dunne. Sie erkennen ihn vielleicht, weil ..."

„Galen Dunne?", unterbrach er mich. „Er ist wahnsinnig reich!" Er schlug mit seinen Händen auf seinen Schreibtisch und sprang auf. „Ariel, Sie sind mit diesem Mann ausgegangen? Und Sie haben ihn verlassen?"

Ich wusste, dass Galen in der Öffentlichkeit einen hervorragenden Ruf genoss – er war nicht nur sehr reich, sondern auch für seine Spendenbereitschaft und seine Bodenständigkeit bekannt. Trotzdem erschütterte mich Mr. Bagwells Ungläubigkeit ein wenig.

Vielleicht fühlte ich mich während der Schwangerschaft ein bisschen dramatischer als sonst, aber je länger seine Fragen auf mich wirkten, desto mehr verunsicherten sie mich. „Es war ... eine komplizierte Situation. Jetzt wissen Sie also, wer er ist und was er für mich ist. Ich muss wissen, dass ihm niemand etwas über mich erzählen wird, auch wenn er Geld bietet."

Er nahm seinen Platz ein und nickte. „Niemand wird sein Geld für Information annehmen. Aber Sie sollten sich wirklich um den Mann kümmern. Er schien sehr hartnäckig zu sein, und das könnte schlecht für das Hotel sein, wenn er immer wieder zurückkommt. Er hat viel Geld, um seinen Willen durchzusetzen – ich bin sicher, dass Ihnen das klar ist."

Ich war mir auch sicher, dass es ihn bald langweilen würde, mich zu suchen. „Ich glaube, dass er aufhören wird, wenn er nicht bald irgendwelche Informationen über mich erhält."

Mr. Bagwells Schnauben sagte mir, dass er das überhaupt nicht glaubte. „Ich sollte Ihnen sagen, dass er mir erzählt hat, dass Sie etwas, das er gesagt hat, missverstanden haben. Alles, was er zu wollen schien, war die Gelegenheit, sich zu erklären."

Ihn missverstanden? Wie konnte das sein? Ich hatte ihn an jenem Tag klar und deutlich gehört.

Ich bezweifelte, dass irgendetwas, das er mir sagen könnte, mich vergessen lassen würde, was ich an jenem Tag gehört hatte.

Als ich aufstand, wusste ich, dass ich Abigail anrufen und sie vorwarnen musste, falls er mich in ihrem Laden suchen würde. „Wenn das alles ist, muss ich weiter, Sir. Danke für die Informationen und danke, dass Sie ihm nichts von mir erzählt haben." Ich ging zur Tür und spürte, wie er mich beobachtete, also drehte ich mich um, um ihn anzusehen. „Ich habe gehört, was Sie gesagt haben, und ich werde mit ihm sprechen, wenn er hier eine Szene macht. Das verspreche ich. Aber wenn er es nicht tut, dann möchte ich mich von ihm fernhalten."

„Also gut." Er nickte, und ich verließ sein Büro.

Jetzt hatte ich das Gefühl, dass ich sehr vorsichtig sein musste. Ich ging zurück zum Personalaufzug und beschloss, mich so weit wie möglich von der Hauptetage des Hotels fernzuhalten. Ich wollte nicht, dass Galen zu mir kam und in der Öffentlichkeit einen Streit anfing – vor allem nicht an meinem Arbeitsplatz.

Sobald ich mein Zimmer betrat, wurde ich von Tränen überwältigt und fiel auf das Bett, um mich auszuweinen. „Warum ist er gekommen? Kann er mich nicht einfach gehen lassen? Er wollte mich irgendwann ohnehin verlassen, warum also sollte er mich jetzt quälen?"

Ich hielt meinen Bauch umklammert, während ich auf dem Bett lag und mit tränennassen Augen zur Decke blickte. Ich musste mich fragen, ob ich das Richtige getan hatte, als ich ihn zurückgelassen hatte. Jetzt versuchte er, mich zu finden, und was würde passieren, wenn er es tat?

Was würde er tun, wenn er von dem Baby erfuhr? Würde er versuchen, es mir wegzunehmen?

Ich setzte mich auf und griff nach einem Papiertaschentuch, um mir die Augen abzuwischen und die Nase zu putzen, bevor ich Abigail anrief, um sie zu warnen. „Sunny Day Shop, hier spricht Abigail. Was kann ich für Sie tun?"

„Abigail, ich bin es, Ariel. Hören Sie zu, ich werde eine Weile nicht für Sie arbeiten können. Jemand, der mich nicht finden soll, ist hier auf der Suche nach mir. Er wird mich nicht finden können, während ich im Hotel arbeite, aber ich mache mir Sorgen, dass er mich in kürzester Zeit aufspüren wird, wenn ich es verlasse."

„Oh, Ariel. Heute Morgen hat schon ein Mann nach Ihnen gefragt." Ihre Worte versetzten mein Herz in Angst.

„Abigail, was haben Sie ihm gesagt?" Ich klammerte mich so fest an das Telefon, dass ich befürchtete, es könnte kaputt gehen.

„Nichts, meine Liebe. Ich habe ihm gesagt, dass ich keine Ariel Pendragon kenne", sagte sie, und ich atmete sofort erleichtert aus. „Er war ein übelriechender älterer Mann. Er stank nach abgestandenem Kaffee. Ich dachte, er könnte ein Mann aus Ihrer Zeit auf der Straße sein, mit dem Sie nichts zu tun haben wollen."

Ich hatte keine Ahnung, wer dieser Mann war. „Also war er kein gutaussehender Ire?"

„Überhaupt nicht." Sie lachte leise. „An ihm war nichts attraktiv. Er fragte mich nur, ob ich Sie kenne, und ich sagte Nein. Dann ging er wieder. Sie sind nicht in Gefahr, oder?"

„Nein, nein. Nicht so, wie Sie denken", antwortete ich.

Die einzige Gefahr bestand für mein Herz und meinen Stolz.

84

GALEN

Nach drei Wochen ohne Informationen und ohne Anhalts-punkte, um Ariel zu finden, entschied ich mich, auf soziale Medien zurückzugreifen, um sie aufzuspüren. Jemand würde mir Informationen über sie geben, da war ich mir sicher.

Der Privatdetektiv, den ich angeheuert hatte, erwies sich als ein Trunkenbold, der mein Geld nur nahm, um so viel Alkohol wie möglich zu kaufen. Nach ein paar Tagen war er in einem Zustand, in dem er mir nicht mehr helfen konnte, Ariel zu finden. Ich hatte ihn gefeuert, als ich ihn in einer Bar gefunden hatte, wo er fast von seinem Barhocker gefallen war.

Einmal mehr dachte ich, ich wäre der Einzige, der für diese Aufgabe infrage kam. Das war etwas, das ich allein tun musste. Ich brauchte keine Hilfe. Ich konnte eine kleine Frau allein finden, nicht wahr?

Sicher, seit ich Ariel gesehen hatte, waren fast vier Monate vergangen, aber ich war mir sicher, dass meine Idee, soziale Medien zu nutzen, unserer Trennung endgültig ein Ende setzen würde. Es musste so sein. Ihre Abwesenheit belastete mich sehr. Ich hatte Probleme beim Schlafen, Essen und Denken. Und ich hatte genug davon.

Zeit, meine Einstellung zu ändern – ich hatte kein Mitleid mehr mit mir. Das war für Verlierer. Und ich würde meine Frau nicht verlieren.

Ich tippte auf meinem Laptop herum und begann die Suche nach meinem vermissten Mädchen mit einem einfachen Beitrag: *Auf der Suche nach Ariel Pendragon aus London. Ich muss dringend mit ihr sprechen.*

Als ich ein Bild von ihr angehängt hatte, klickte ich auf Senden und überließ es dem Internet, sie oder jemanden, der sie kannte, aufzuspüren.

Ich hatte mir ein Truthahn-Sandwich zubereitet, bevor ich mich an die Arbeit machte. Ich nahm einen Bissen davon und wartete, während ich den Bildschirm betrachtete. Die Verwendung meines verifizierten Kontos sorgte dafür, dass mein Publikum riesig war. Ich hatte Follower auf der ganzen Welt – jemand musste sie kennen oder von ihr wissen.

Ich nahm das Glas Milch, das ich mir eingegossen hatte, um es zu meinem Sandwich zu trinken. Als ich auf das Glas sah, konnte ich mich nicht erinnern, wann ich das letzte Mal Milch getrunken hatte. Sie war lange Zeit mein Lieblingsgetränk gewesen. Ohne Ariel schien ich das vergessen zu haben.

Ich hatte mein ganzes Leben ohne sie oder andere gelebt. Zu denken, dass sie so sehr ein Teil von mir geworden war, schien nicht normal. Wie konnte es sein, dass ich erst niemanden gebraucht hatte und dann plötzlich mein ganzes Leben nach jemandem ausrichtete?

Mein Leben ergab für mich keinen Sinn. Nicht seit Ariel es betreten hatte. Sie hatte sich in mein Herz geschlichen. Sie war nicht nur eine Person geworden, die ich haben wollte, sondern eine Person, die ich haben musste. Ohne sie war ich nutzlos.

Eine Nachricht kam. Ich wurde gefragt, ob ich eine Freundschaftsanfrage von Pearl Onion annehmen wollte, und es gab kein Bild. Der Name war sicherlich falsch, aber ich nahm die

Anfrage trotzdem an. Etwas sagte mir, dass Ariel, wenn sie sehen wollte, was ich zu sagen hatte, nicht unter ihrer wahren Identität in meinen sozialen Medien auftauchen würde.

Eine halbe Stunde verging, ohne dass etwas Relevantes erschien. Dann schrieb Pearl Onion einen Kommentar: *Was ist so dringend, dass Sie nach dieser Ariel suchen, um es ihr zu sagen?*

Der Kommentar störte mich irgendwie. Zuerst wusste ich nicht, ob ich antworten sollte oder nicht. Aber dann tippte ich eine Antwort: *Kennen Sie Ariel Pendragon?*

Nein, kam die außerordentlich schnelle Antwort.

Das machte meine Antwort noch einfacher: *Dann habe ich Ihnen nichts zu sagen.*

Als Pearl Onion einen weiteren Kommentar verfasste, begann ich zu glauben, dass die Person tatsächlich Ariel sein könnte. *Sie sind sehr schnell bereit, die Kommunikation einzustellen, nicht wahr? Ich nehme an, sie ist die Mühe sowieso nicht wert.*

Ich fühlte mich geködert und musste dem Drang widerstehen, die Sitzung mit der Fremden dauerhaft zu beenden. *Ariel ist für mich alle Mühe der Welt wert, aber ich möchte meine Zeit nicht mit Leuten verschwenden, die mir nicht dabei helfen, sie zu finden.*

Es herrschte lange Zeit Stille, nachdem ich Pearl das geschickt hatte. Aber die Kommentare waren alles andere als leise, als sich alle anderen einmischten und mutmaßten, was ich von dieser Ariel wohl wollen könnte.

Als wieder eine Nachricht von Pearl auftauchte, konnte ich nicht anders, als sie in Ariels Stimme zu hören. *Und warum ist sie all diese Mühe wert?*

Es war, als wäre sie genau dort am anderen Ende des Bildschirms. Ich konnte sie fast sehen, wie sie an ihrem Laptop saß und tippte, während sie darüber nachdachte, wie sorgfältig sie die Dinge formulieren musste, damit ich nicht herausfand, dass sie es war.

Ariel und ich waren letztes Jahr ein paar Monate zusammen, aber sie hat mich an Weihnachten verlassen. Sie hat Dinge mitbekommen, die ich gesagt hatte, und sie hat sie für die Wahrheit gehalten, obwohl sie das nicht waren. Ich möchte nur die Gelegenheit haben, mit ihr zu reden. Persönlich. Ich dachte, das am Ende hinzuzufügen, würde verdeutlichen, dass ich sie nicht aufgeben würde.

Welche Art von Dingen hat sie mitbekommen? schrieb Pearl zurück.

Ich war bereit, alles zuzugeben. *Ich bin seit sehr langer Zeit überzeugter Junggeselle. Ich habe mit meinen Verwandten darüber gescherzt, dass ich so bleiben will, aber ich war nicht ehrlich zu ihnen. Es war ein Fehler. Wenn ich das ändern könnte, würde ich es tun.*

Zehn Minuten vergingen ohne ein Wort von ‚Pearl', und das machte mich noch sicherer, dass es Ariel war, mit der ich kommunizierte. Als die nächste Nachricht auftauchte, hätte ich fast gelacht – sie klang so sehr nach meinem vermissten Mädchen. *Wenn es Ihnen so wichtig ist, ein freier Mann zu sein, warum lassen Sie sich dann von dieser Frau herunterziehen?*

Ich antwortete sofort und wusste genau, was ich sagen musste. *Sie hat mich nie heruntergezogen. Diese Frau hat mein Leben nur besser gemacht. Wenn Sie wissen, wo ich sie finden kann, um persönlich mit ihr zu sprechen, könnte ich Ihnen eine Belohnung anbieten.* Ich wusste, das würde Ariel beunruhigen, wenn sie es wäre.

Ich lag richtig. *Nun gibt es also eine Belohnung für Informationen über diese Frau, die Sie so sehr verletzt haben? Meiner Meinung nach ist das unfair.* Ich konnte sehen, dass sie nicht wollte, dass so etwas passierte. Wenn Geld angeboten wurde, würde ich jede Menge Hinweise über ihren Aufenthaltsort bekommen.

Also beschloss ich, meine Drohung wahrzumachen, und bearbeitete meinen ersten Beitrag. *Alle Informationen, die dazu führen, dass ich Ariel Pendragon finde, werden mit einer Million Dollar belohnt.*

Jetzt überfluteten Kommentare meinen Bildschirm. Plötzlich

hatte jeder eine Idee, wo die Frau sein könnte. Und einige gingen sogar so weit zu sagen, dass sie sie gesehen hatten und mir mehr verraten würden, nachdem sie das Geld bekommen hatten.

Ich wusste, dass ich keinem von ihnen trauen konnte. Ich würde ihren Spuren nicht nachgehen. Aber Pearls Schweigen sprach Bände. Ich hatte sie mit dem Angebot erschreckt. *Pearl, sind Sie noch da?* schrieb ich ihr.

Eine Weile kam nichts außer noch mehr Kommentaren von Leuten, die schworen zu wissen, wo ich mein vermisstes Mädchen finden könnte. Dann endlich erschien eine weitere Antwort von Pearl. *Offenbar ist der Großteil der Bevölkerung bereit, für ein bisschen Geld Informationen herauszugeben, die ihnen nicht gehören. Wie schrecklich.*

Sie hatte recht, und das wusste ich auch. Ich wollte Ariel nicht verärgern, wenn sie es wäre. *Ich denke, Sie haben recht. Das war mein Fehler, und ich werde ihn beheben.*

Ich bearbeitete meinen Beitrag erneut und erklärte, dass ich mit einer Freundin gesprochen hatte, die darauf hingewiesen hatte, dass Geld anzubieten keine gute Idee sei. Ich beendete die Bearbeitung mit einer Entschuldigung und sagte allen, dass es keine Belohnung geben würde.

Die Leute reagierten nicht gut darauf. Es gab eine Menge hässlicher Kommentare über die ‚Freundin‘, die mir gesagt hatte, ich solle das Angebot zurückziehen.

Ich hoffte, dass Pearl die Kommentare nicht beachtete, aber ihre nächste Nachricht machte deutlich, dass sie es tat. *Scheint so, als wäre ich jetzt die Böse. Danke dafür. Ich habe genug von diesem Unsinn.*

„Nein!" Ich wollte sie nicht verlieren.

Als ich versuchte herauszufinden, wie ich sie dazu bringen könnte, mit mir zu reden, beschloss ich, so ehrlich wie möglich zu sein. *Pearl, es tut mir leid. Kümmern Sie sich nicht um meine*

Follower. Ich möchte wirklich mit Ariel sprechen. Das ist alles, woran ich denken kann. Ich vermisse sie mehr, als Worte ausdrücken können. Sie war ein unersetzbarer Teil von mir. Und ich habe den Fehler gemacht, ihr nicht zu sagen, wie ich für sie empfinde.

Ich starrte auf den Bildschirm und hoffte, dass sie wieder antworten würde. Zum Glück tat sie es.

Es spielt keine Rolle, wie Sie für sie empfinden, wenn Sie sie nie zu einem Teil Ihres Lebens machen wollten. Ich bin mir sicher, dass Sie eines Tages genug von ihr gehabt und sie trotzdem verlassen hätten. Ich habe einige Fakten über Sie recherchiert. Sie sind dafür bekannt, dass Sie solche Dinge schon Ihr ganzes Leben lang tun.

Sie hatte recht. Das bedeutete aber nicht, dass ich immer noch so ein Mann war. *Wo wohnen Sie? Ich sehe es nicht in Ihrem Profil.* Ich begann, ihr Profil zu durchsuchen, und stellte fest, dass es erst an diesem Tag erstellt worden war. *Wer sind Sie wirklich?*

Und das war es, Pearl Onion war fertig mit Reden. Sie sendete mir keine weiteren Nachrichten. Und das sagte mir mehr als alles andere, dass ich mit Ariel gesprochen hatte. Das Einzige, was ich wusste, war, dass sie definitiv meine sozialen Medien beobachtete. Aber sie würde meine Beiträge nicht mehr kommentieren. Sie war nicht dumm. Und ich wusste, dass sie vor mir verborgen bleiben wollte.

Ich hätte wieder Geld anbieten können, und sie wäre wahrscheinlich ohne viel Aufhebens zu mir gebracht worden. Aber ich wollte nicht, dass die Dinge so liefen. Ich hatte es schon einmal vermasselt. Das wollte ich nicht noch einmal machen.

Zurück auf meiner Seite verfasste ich einen neuen Beitrag:

Ariel Pendragon, wenn du irgendwo da draußen bist, sollst du wissen, dass ich nie die Worte gemeint habe, die du gehört hast. Meine Mission an jenem Tag war, alle glauben zu lassen, dass ich niemals mein Junggesellendasein beenden würde. Ich hatte eine Überraschung, die ich dir an Heiligabend um Mitternacht geben wollte.

Ich fügte dem Beitrag ein Bild des Verlobungsrings hinzu, bevor ich ihn veröffentlichte.

Jetzt wusste sie, dass ich einen Verlobungsring hatte, und es war an ihr, den nächsten Schritt zu machen. Wenn alles, was sie brauchte, die Bestätigung war, dass ich bereit war, eine Verpflichtung einzugehen, sollte das reichen.

Aber dann meldeten sich meine Ängste zu Wort. Was, wenn sie nicht so sehr an mich gedacht hatte wie ich an sie, während wir getrennt waren? Was, wenn sie über mich hinweggekommen war? Was, wenn sie dachte, dass sie ohne mich besser dran war?

Wenn sie ohne mich leben konnte, dann war unsere Liebe überhaupt nicht echt.

Während dieser ganzen Zeit hatte Ariel gedacht, ich wäre derjenige, der unfähig war zu lieben. Aber was, wenn sich herausstellte, dass sie das war? Würde ich wieder allein enden? Würde ich das ertragen können?

Ich betete, dass ich recht damit hatte, dass Pearl Ariel war. Ich betete, dass Ariel immer noch auf ihren Computerbildschirm schaute und meine Worte las. Und ich betete, dass sie glauben würde, was ich geschrieben hatte.

Es stand so viel auf dem Spiel. Die Chancen standen nicht zu meinen Gunsten und ich würde das akzeptieren müssen. Ariel hielt im Moment alle Karten in der Hand.

Das hatte sie eigentlich immer getan.

85

ARIEL

Ich konnte meinen Blick nicht von dem wunderschönen Verlobungsring auf meinem Computerbildschirm abwenden. Ich konnte mich nicht anlügen und behaupten, dass er mich kalt ließ. Mein Herz pochte, und ich spürte Tränen in meinen Augen.

Aber spielte Galen nur mit mir? Wenn ja, warum? Nur um sein Ego zu streicheln?

Ich legte meine Hand auf meinen Bauch und fragte mich, ob ich Galen gestehen sollte, dass ich ihm tatsächlich als Pearl geschrieben hatte. Als Schmetterlinge in meinem Bauch zu flattern begannen, entschied ich, dass es ein Zeichen war, es ihm nicht zu sagen.

Es war spät, fast Mitternacht. Als es an meiner Tür klopfte, hob ich den Kopf und starrte sie an. „Wer ist da?" Mein Körper spannte sich an und dachte, er wäre es.

„Ich bin es. Cherry", kam die Stimme meiner stellvertretenden Managerin.

Ich zog einen Morgenmantel über und bedeckte meinen leicht bekleideten Körper, um zur Tür zu gehen. Ich hatte angefangen, nur in meinem Höschen zu schlafen, weil ich mich in letzter Zeit so unruhig herumwälzte, dass sich meine Nachtwäsche um mich verhedderte, was sich unangenehm anfühlte.

Seit ich herausgefunden hatte, dass Galen in London war, reichten nicht einmal meine vielen Arbeitsstunden mehr aus, um mir beim Schlafen zu helfen. Ich hatte das Gefühl, er würde mich jederzeit finden, und das machte mich nervös.

Ich öffnete die Tür und trat zurück, damit Cherry eintreten konnte. „Was ist so wichtig, Cherry?"

„Ich musste heute Abend in der Nachtschicht an der Rezeption arbeiten und war online. Dieser Mann, den Sie meiden wollen, wird es Ihnen nicht leicht machen." Sie hielt ihr Handy hoch, um mir zu zeigen, dass auch sie in den sozialen Medien war. Und da war Galens Aufruf an mich. „Es scheint, als hätten Sie sich in diesem Mann geirrt, und ich wollte sicherstellen, dass Sie es sofort sehen."

Ich setzte mich auf das Sofa im Wohnbereich der Suite. „Danke, Cherry, aber das habe ich schon gesehen. Und ich weiß nicht, ob ich ihm glauben soll oder nicht."

Sie setzte sich neben mich und warf mir einen Blick zu, der besagte, dass ich ein bisschen verrückt sein könnte. „Ariel, wie können Sie ihm nicht glauben? Er hat einen Ring, oder? Was auch immer Sie gehört haben, hat er nur gesagt, um alle von der Überraschung, die er für Sie geplant hatte, abzulenken."

Ich schüttelte den Kopf und konnte einfach nicht glauben, dass das wahr war. Und wenn ja, wie könnte ich dann mit der Realität leben, dass ich tatsächlich die Ursache für die Verletzungen war, die wir beide erlitten hatten? „Alles, was er gesagt hat, passte so gut zu dem Mann, der er war, als ich ihn das erste Mal traf. Anfangs war er sehr ehrlich zu mir, und ich wusste, dass Galen nicht der Typ Mann war, mit dem ich zusammen sein sollte. Er hatte den Ruf, Frauen einfach fallen zu lassen, wenn seine Interessen anderswohin gingen. Ich hatte mich getäuscht, als ich dachte, er könnte für immer bei mir sein. Als ich dann hörte, wie er vor seiner Familie mit seinem Junggesellenleben prahlte und ihnen sagte, dass ich mir seiner Einstellung bewusst sei, konnte ich nicht bleiben. Es fühlte sich alles wie eine Scharade an, und ich konnte nicht länger so weitermachen."

Ihre Augen klebten an meinen, und sie gab nicht auf. Cherry und ich hatten eine Art Freundschaft aufgebaut, seit ich im Hotel arbeitete. Deshalb vertraute ich darauf, dass sie ehrlich zu mir war. „Hören Sie, ich weiß, es ist beängstigend, jemandem sein Herz zu schenken und zu hoffen, dass er gut damit umgeht. Aber das hier ist völlig übertrieben. Reden Sie wenigstens mit dem Mann. Sie haben über Ihre Beziehung zu ihm immer geschwiegen. Lassen Sie mich an Sie heran, Ariel. Lassen Sie mich Ihnen helfen. Ich bezweifle, dass Sie das sehen können, aber alle anderen können es. Sie sind überhaupt nicht glücklich. Sie sind ein Schatten Ihrer selbst. Sie erledigen Ihre Arbeit und verstecken sich dann in Ihrer Suite. Das ist kein Leben. Und ich kann nicht länger dabei zusehen, wie Sie sich das antun. Dieser Mann versucht auf jede erdenkliche Weise, Sie zu erreichen. Bitte sprechen Sie einfach mit ihm."

Ich wusste, wenn ich Galen sah, würde ich, ohne zu zögern, in seine Arme sinken. Sogar seine Stimme am Telefon zu hören, wäre zu verlockend. Cherry hatte keine Ahnung, wie viel von meinem Herzen er in seinen Händen hielt. Ich hatte das Gefühl, ihm genauso zu gehören wie er mir. Dass ich sein Kind erwartete, machte dieses Gefühl nur noch stärker.

Sie hielt ihr Handy hoch und zeigte mir das Bild des Rings. Ich nickte. „Ich habe ihn gesehen. Aber ich glaube nicht, dass er ihn schon an Weihnachten hatte. Er hätte ihn direkt hier in London kaufen können. Ich habe das Tiffany & Co-Logo gesehen, das auf der Innenseite des Rings eingraviert ist."

Cherry sah sich das Bild genauer an und lächelte dann.

„Nun, jetzt, wo wir das wissen, können wir ein wenig Detektivarbeit leisten."

„Ich sehe keine Notwendigkeit dafür." Immerhin war ein Tiffany's-Laden in London.

Cherry ließ sich jedoch nicht aufhalten. „Nur weil wir hier einen Laden haben, heißt das nicht, dass er diesen Ring auch hier gekauft hat. Tiffany's ist ein riesiges Unternehmen mit Filialen auf der ganzen Welt. Wo waren Sie an Weihnachten, Ariel?"

„In Portland, Oregon. Ich bezweifle, dass es dort eine Filiale gibt." Ich hatte keine Ahnung gehabt, dass es mehr Tiffany's-Läden gab als den einen, den ich in London gesehen hatte. Dadurch fühlte ich mich ein wenig ignorant. Es gab so viel über die Welt zu lernen und bisher hatte ich wenig gelernt. Ich konnte nicht anders, als eine Parallele zu meinem persönlichen Leben zu ziehen. Ich wusste auch so wenig über Männer und Beziehungen.

„Aha!" Jetzt klang sie wie Sherlock Holmes. „Es gibt einen in Portland, Oregon. Er hätte diesen Ring dort sicher kaufen können. Als sie beide in Portland waren ... ist er irgendwann plötzlich verschwunden?"

Ich musste darüber nachdenken. Ein paar Mal hatte er das Anwesen verlassen, um dies oder jenes zu tun. Und er war jedes Mal alleine gegangen. Aber das war egal. „Ich glaube immer noch nicht, dass er damals schon den Ring hatte. Ich glaube, er hat ihn gekauft, um mich auszutricksen."

„Und warum sollte er das tun wollen, Ariel?" Sie verdrehte die Augen. „Sie sind so eine Drama-Queen. Ich hatte ja keine Ahnung."

Sie hatte wirklich keine Ahnung. „Hören Sie, Galen war immer derjenige, der die Kontrolle über die Frauen hatte. Seine Affären enden, wenn er sie satthat. Es war noch nie anders herum. Ich habe ihn nach seinen anderen Beziehungen gefragt.

Er betrachtet das, was er mit diesen anderen Frauen gemacht hat, nicht einmal als Beziehungen. Und nicht ein einziges Mal hat sich eine dieser Frauen von ihm getrennt. Er war immer derjenige, der gegangen ist."

„Trotzdem verstehe ich nicht, warum Sie denken, dass er Sie betrügen will." Cherry hatte wirklich keine Ahnung, wie mächtige Leute sich verhielten. Ich hatte bei den Gästen auf der Insel schon häufig schlechtes Benehmen gesehen.

Also erklärte ich es ihr. „Cherry, denken Sie drüber nach. Ich war ein obdachloses Mädchen von den Straßen Londons. Er nahm mich auf, gab mir einen Job und Sicherheit. Er hätte mir beinahe sein Herz gegeben. Kurz davor hat er die Reißleine gezogen. Dabei war ich mir fast sicher, dass er begonnen hatte, mich zu lieben. Ich wusste, dass ich ihn liebte. Das tue ich immer noch."

„Dann hören Sie auf, eine Idiotin zu sein, und holen Sie sich Ihren Mann." Sie lächelte mich an. „Worauf warten Sie noch?"

Ich schüttelte meinen Kopf und sah, dass sie es immer noch nicht verstand. „Was, wenn er das nur macht, damit er wieder die Oberhand gewinnt? Was, wenn er denkt, dass ich ihn erniedrigt habe, indem ich weggelaufen bin, nachdem er mir so viel gegeben hat? Was, wenn er sich jetzt einfach nur an mir rächen will? Mein Herz kann das nicht ertragen. Ich vermisse den Mann so sehr, dass ich kaum schlafen oder essen kann. Ich muss mich zwingen, diese Dinge zu tun, und selbst dann ist es bei weitem nicht genug. Wenn er mich verlassen würde, nachdem wir wieder zusammenkommen, hätte ich Angst davor, was aus mir wird."

Die Art, wie ihre Augen auf den Boden starrten, sagte mir, dass sie mich endlich verstand. „Oh ja, ich kann verstehen, dass er gerade auch Wut empfindet. Er hilft einem armen Mädchen, nimmt es auf – sogar in sein Bett – und es verlässt ihn an Heiligabend. Das hört sich schlimm an, nicht wahr?"

Nickend stimmte ich ihr zu. „Ja, das tut es."

„Aber Sie können nicht sagen, dass Sie mit ihm fertig sind, Ariel." Sie sah mich noch einmal an. „Sie lieben ihn immer noch."

„Aber ich glaube nicht, dass er mich liebt. Nicht wirklich." Ich stand auf und öffnete die Tür. „Wenn es Ihnen nichts ausmacht, Cherry, muss ich jetzt allein sein. Darüber zu reden hat die Schleusen geöffnet, und die Tränen fließen gleich."

Cherry stand auf und kam zur Tür. Plötzlich warf sie ihre Arme um mich und umarmte mich. „Ariel, ich weiß, dass Sie mich nie als enge Freundin angesehen haben, aber Sie sind mir wichtig. Bitte lassen Sie sich von mir helfen. Ich hasse es, jemanden so unglücklich zu sehen."

„Danke, aber ich glaube, es wird eine Weile dauern, bis ich wieder glücklich sein kann." Ich wusste, dass ich nicht in der richtigen Stimmung war, um mit jemandem befreundet zu sein. „Vielleicht komme ich mit der Zeit über ihn hinweg und bin dann ich in der Lage, normale Beziehungen zu Menschen zu haben. Im Moment fällt es mir schwer, irgendjemandem zu vertrauen."

Sie ließ mich los und nickte dabei. „Ariel, das verstehe ich. Wirklich. Aber ich weiß auch, dass es ungesund ist. Sie haben eine Theorie über seine Absichten, die durchaus wahr sein könnte, aber Sie haben keinen wirklichen Grund, so zu denken. Wenn Sie wirklich darauf aus sind, ihn nie wieder zu kontaktieren, müssen Sie alles tun, um über diesen Mann hinwegzukommen. Und ich weiß, das hört sich verrückt an, aber mit ihm zu reden und ihn damit zu konfrontieren, was er Ihrer Meinung nach tut, wäre das Beste für Sie. Entweder erfahren Sie, dass Sie recht haben, und können wirklich mit ihm abschließen oder Sie erfahren, dass Sie unrecht haben."

Vielleicht hatte sie recht.

Ich nickte, als ich die Tür schloss. „Nacht, Cherry. Bis morgen."

Sie legte ihre Hand gegen die Tür, um mich davon abzuhalten, sie zu schließen. „Versprechen Sie mir, dass Sie darüber nachdenken, was ich gesagt habe."

„Ich verspreche es." Ich schloss die Tür und ließ den Tränen freien Lauf.

Weinend legte ich mich wieder ins Bett. In dieser Nacht würde ich keinen Schlaf finden. Ich wusste, dass ich den Rest der Nacht vor mich hin schluchzen würde.

Mein Herz tat mir weh, und ich wollte nichts mehr, als meinen Laptop zu öffnen und Galen zu kontaktieren. Einem Teil von mir war es egal, ob er mich nur zurücknahm, um mit mir Schluss zu machen. Zumindest hätte ich so ein bisschen mehr Zeit mit dem Mann, der zu einem Teil von mir geworden war. Und ich trug sein Baby unter dem Herzen – vielleicht hatte er es zumindest verdient, das zu erfahren.

Es gab eine eindeutige Verbindung zwischen uns. Wenn er also wüsste, dass wir bald ein Baby bekamen, würde er dann seinen Plan überdenken? Wenn er überhaupt einen hatte.

Selbst wenn es seinen Plan abbrechen würde, würde ich wollen, dass er nur wegen des Kindes bei mir blieb?

Nein, das würde ich nicht wollen.

Ich wollte sein Herz. Ich wollte seine Liebe. Ich wollte Galen und ich wollte ihn für immer.

Galen hatte eine echte Familie. Eine wundervolle Familie, die einander eindeutig liebte und füreinander sorgte. Ich hatte nichts. Er war das, was für mich seit dem Tod meines Vaters einer Familie am nächsten gekommen war. Mum und ich waren allein auf der Welt verloren gewesen.

Ich begann, mich zu fragen, ob ich und mein Baby eine Familie sein könnten. Mum war daran gescheitert. Würde ich auch scheitern?

Niemand hatte das verdient. Vor allem kein Baby, das Galens Familie haben könnte. Erwies ich unserem Kind einen schlechten Dienst damit, mich von Galen fernzuhalten?

Während ich tief in meinem Inneren wusste, dass es so war, wusste der verletzte und selbstsüchtige Teil von mir, dass das Leben unglaublich schwierig werden würde, wenn Galen nur wegen unseres Kindes bei mir wäre.

Nein, ich konnte momentan nicht mit dem Mann kommunizieren.

86

GALEN

Meine sozialen Medien waren einige Tage lang ruhig geblieben, und ich wusste, dass ich mich mehr anstrengen musste. Also dachte ich mir einen anderen Plan aus. Ariel musste gewusst haben, dass ich in London war. Ich stellte mir vor, dass diese Tatsache sie noch mehr veranlasst hatte, sich zu verstecken, als zuvor.

Ich ging zu den Orten, von denen ich mir ziemlich sicher war, dass sie dort arbeitete, und versuchte ein letztes Mal, etwas über sie herauszufinden. Und ich würde sie wissen lassen, dass ich in den nächsten Tagen London verlassen würde, um nach Portland zurückzukehren. Diese Nachricht würde definitiv zu Ariel gelangen, und sie würde aus ihrem Versteck kommen.

Zumindest hoffte ich das.

Ich fing im Jumeirah Carlton Tower Hotel an. Die Leute, mit denen ich in diesem Hotel in Kontakt gekommen war, hatten sich anders verhalten als alle anderen, mit denen ich gesprochen hatte. Ich war mir ziemlich sicher, dass sie dort angestellt war.

Schon als ich zur Rezeption ging, bemerkte ich, dass die Frau dort eilig an die Tür hinter sich klopfte. „Sir, er ist zurück."

Der Mann, mit dem ich zuvor gesprochen hatte, kam heraus und die Frau ging ins Büro. Er begrüßte mich freundlich: „Guten Morgen, Sir. Wie kann ich Ihnen behilflich sein?"

„Ich bin Galen Dunne. Ich war schon einmal hier auf der Suche nach Ariel Pendragon. Sind Sie sicher, dass sie hier nicht arbeitet?" Ich wusste, welche Antwort ich bekommen würde, aber das war in Ordnung für mich.

„Mr. Dunne, wie ich Ihnen bereits sagte, können wir über niemanden Auskunft geben." Er schaute zur Seite, und einen Moment lang dachte ich, er könnte mir etwas verraten. Aber dann sah er mich an und starrte mir direkt in die Augen. „Sie suchen schon ziemlich lange nach jemandem, der offensichtlich nicht will, dass Sie ihn finden, denken Sie nicht?"

Zu seiner Überraschung stimmte ich ihm nickend zu. „Ja, ich denke, es dauert schon zu lange. Vier Monate sind eine lange Zeit, um jemanden ausfindig zu machen. Die Tatsache, dass sie sich entschieden hat, im Verborgenen zu bleiben, ist bezeichnend. Ich denke, sie wird mir nie die Chance geben, alles wiedergutzumachen. Ich verlasse morgen früh London. Ich wollte nur eine letzte Chance haben, sie zu sehen. Wenn Sie die Frau kennen, wäre es schön, wenn Sie diese Informationen an sie weiterleiten würden."

Er schüttelte nur den Kopf. „Nochmals, Sir, ich kann Ihnen von niemandem …"

Ich wusste, dass dies seine Antwort sein würde, aber ich hoffte, dass die Informationen dennoch zu Ariel gelangten. „Schon in Ordnung. Auf Wiedersehen." Ich ließ meine Visitenkarte auf dem Schreibtisch liegen und wusste, dass er mit Ariel telefonieren würde, um ihr mitzuteilen, dass ich am nächsten Tag London verlassen würde. Zumindest hatte er meine Nummer, die er ihr geben konnte.

Nachdem ich die anderen Orte besucht hatte, an denen sie arbeiten könnte, machte ich mich an den nächsten Schritt meines Plans. Ich verbrachte den Rest des Tages damit, Werbeflächen für eine große Aktion zu mieten, die am nächsten Morgen beginnen würde.

Als ich in mein Hotelzimmer zurückkam, rief ich meine Mutter an. „Hallo?", antwortete sie.

„Ma, ich bin es, Galen. Ich rufe an, weil ich nicht möchte, dass du es in den Nachrichten einer deiner Klatschsendungen erfährst." Ich spielte mit dem Verlobungsring, den ich aus der Schatulle gezogen hatte. „Morgen früh mache ich hier in London ein bisschen Werbung nur für Ariel. Es wird auch einen Heiratsantrag geben. Ich bin sicher, die Paparazzi werden sich das nicht entgehen lassen."

„Einen Heiratsantrag, Galen?", fragte sie überrascht. „Bist du sicher, dass du einer Frau, die dich so leicht verlassen hat, die Ehe anbieten willst?"

Es mochte allen in meiner Familie leicht erscheinen, aber ich wusste, dass Ariels Herz bei dem, was ich gesagt hatte, gebrochen war. „Sie hat mich nicht leicht verlassen, Ma, das kann ich dir versichern. Sie hat mich geliebt. Ich weiß, ich habe ihr Herz zerschmettert, als sie mich mit den Jungs reden hörte. Sie versteckt sich irgendwo hier in London und leckt ihre Wunden, da bin ich mir sicher."

„Aber heiraten, mein Sohn? Ich sehe keinen Grund zur Eile." Ma verstand es immer noch nicht.

„Ariel weiß so viel über meine Vergangenheit mit Frauen", sagte ich. „Sie hat mir von Anfang an gesagt, dass sie mehr will, aber ich habe sie zu Kompromissen überredet. Ich bin nicht sicher, ob sie glaubt, dass meine Absichten ernst sind. Tatsächlich vermute ich, dass sie denkt, dass es mir nur um meinen Stolz geht. Ich muss ihr das Gegenteil beweisen. Außerdem geht es bei dem Antrag nicht nur darum, sie zurückzubekommen – ich wollte schon an Heiligabend um ihre Hand anhalten. Ich liebe sie immer noch und möchte den Rest meines Lebens mit ihr verbringen."

„Auch wenn sie dich einfach so zurückgelassen hat? Du willst Ariel immer noch heiraten?" Sie schnaubte und klang ein wenig verärgert darüber. „Galen, ich weiß nicht."

Ich wusste, wie sehr Ariel meine Mutter mochte, und wenn sie meinen Antrag annahm, nur um zu einer Familie nach Hause zu kommen, die sie jetzt nicht mehr mochte, würde sie das noch weiter zerstören. „Ma, du darfst das Ariel nicht zum Vorwurf machen. Sie hatte ein hartes Leben. Ich kann verstehen, warum sie das getan hat, und ich hoffe, dass auch du die Dinge aus ihrer Perspektive sehen kannst. Und du musst wissen, dass sie eine sehr hohe Meinung von dir hat. Wenn du gegen unsere Heirat bist, wird es sie sehr traurig machen und sie könnte das Ganze absagen."

Ein paar Momente lang herrschte Stille, als meine Mutter das alles in sich aufnahm. „Nun, ich nehme an, ich kann verstehen, warum sie das getan hat. Wenn sie denkt, dass du ein rachsüchtiger Mann bist – obwohl ich glaube, dass sie es besser wissen sollte –, muss sie Angst haben, was du tust, wenn du sie zurückbekommst. Das kann ich jetzt sehen. Wenn sie deinen Antrag annimmt, wird sie von uns allen hier mit offenen Armen empfangen. Ich werde mit dem Rest der Familie sprechen und sie dazu bringen, die Dinge so zu sehen, wie sie sind."

„Danke." Ich wusste, dass ich mich darauf verlassen konnte, dass meine Mutter die Dinge mit meiner Familie in Ordnung brachte. „Also, morgen übernehme ich den Piccadilly Circus. Oder länger, falls Ariel nicht sofort reagiert. Es wird dort ab sieben Uhr morgens keine anderen Anzeigen geben als meine."

Meine Mutter lachte. „Wie unkonventionell von dir, Galen. Andererseits hast du noch nie etwas auf herkömmliche Weise gemacht. Viel Glück, mein Sohn. Ich kümmere mich hier um alles. Du bekommst dein Mädchen. Ich liebe dich. Bis bald."

„Ich liebe dich auch. Bye, Ma." Ich beendete das Gespräch und schaute auf meinen Computer. Die Videos, die ich früher an diesem Tag gedreht hatte, wurden mir per E-Mail gesendet.

Als ich die Datei öffnete, sah ich zu, wie ich mit der schwarzen Schatulle in der Hand auf ein Knie fiel und den Ring darin präsentierte. Ich hatte einen Armani-Smoking angezogen und mich von einem Stylisten perfekt zurechtmachen lassen. Bis zum nächsten Nachmittag würde der Großteil der Welt diese Aufnahmen gesehen haben. Ich wusste, dass ich gut aussehen musste.

In dieser Nacht fand ich leichter Schlaf als sonst, seit sie mich verlassen hatte. Ich träumte davon, dass sie Ja sagen würde, nachdem sie die großen Bildschirme am Piccadilly Circus mit ihrem Namen und mir auf einem Knie, während ich ihr einen Heiratsantrag machte, gesehen hatte.

Als ich aufwachte, dachte ich, dass ich in der Anzeige nicht ganz ehrlich gewesen war. Ich hatte gesagt, ich hätte für sie ein Ticket am Flughafen hinterlegt, damit sie mit mir nach Portland kommen könnte. Sie hätte keine Ahnung, dass ich überhaupt nicht abgereist war. Es würde sie aus ihrem Versteck locken. Dann hätte ich meine Chance.

Obwohl meine Träume optimistisch gewesen waren, war ich mir ziemlich sicher, dass sie auf keinen Fall Ja sagen würde. Zumindest nicht jetzt.

Wenn Ariel dachte, ich wollte sie für das, was sie getan hatte, bestrafen, würde sie auf keinen Fall zu mir laufen, um Ja zu sagen. Aber das musste sie auch nicht.

Das war ein Trick. Der einzige Trick, den ich anwenden würde. Nach dem, was an Weihnachten passiert war, hatte ich genug von Tricks. Dieser hatte nur den Zweck, sie zu mir zu führen.

Jetzt musste ich mich nur noch zurücklehnen, zuschauen und abwarten.

Meine Augen waren in erster Linie auf das Jumeirah Carlton Tower Hotel gerichtet. Am Morgen, bevor die Werbetafeln um sieben Uhr morgens aufleuchteten, saß ich dort im Frühstücksraum und wartete.

Von diesem Raum aus konnte ich die Rezeption sehen. Ich war mir sicher, dass jemand von diesem Schreibtisch zu Ariel eilen würde, um sie zu fragen, ob sie die Nachrichten gehört hatte, sobald sie herauskamen.

Ariel wiederzusehen schien fast zu schön, um wahr zu sein. Ich vermisste sie seit einer Ewigkeit. Sie in meinen Armen zu halten schien eine weit hergeholte Fantasie zu sein. Ihr zu sagen, dass ich sie liebte und sie für immer zu meiner Frau machen wollte, erschien mir wie ein Traum.

Aber mit all dem Unglauben ging auch Optimismus einher. Es herrschte Liebe zwischen uns. Obwohl unausgesprochen, war sie in uns beiden gewachsen. Ich wusste das mit Sicherheit.

Wenn Ariel nicht in mich verliebt gewesen wäre, als sie meine Worte hörte, wäre sie nicht weggelaufen. Wenn in ihrem Herzen keine Liebe für mich wäre, hätte nichts, was ich sagte, sie so sehr verletzt, dass sie das Gefühl hatte, mich verlassen zu müssen.

Ich dachte nicht, dass ich noch eine Nacht ohne sie verbringen könnte. Ich machte mir Sorgen, was am nächsten Tag aus mir werden würde, wenn ich so weiterleben musste. Es war an der Zeit, diese Sache zu beenden.

Ich bezweifelte, dass einer von uns noch viel mehr aushalten konnte. Es musste ihr genauso elend gehen wie mir. Ihre Nächte mussten so schlaflos sein wie meine. Sie musste vermissen, dass ich sie die ganze Nacht im Arm hielt, nachdem wir uns leidenschaftlich geliebt hatten.

Ich hatte noch nie mit jemandem außer ihr Liebe gemacht. Sicher, ich hatte Sex mit vielen Frauen gehabt, aber das war nicht vergleichbar gewesen mit dem, was ich mit Ariel geteilt hatte. Sie hatte diesen romantischen Mann in mir zum Vorschein gebracht – einen Mann, von dessen Existenz ich keine Ahnung hatte. Ich wollte diesen Kerl nicht gehen lassen. Er war ein toller Kerl. Noch besser als derjenige, der vor ihm dagewesen war.

Ich lachte über mich selbst, schloss die Augen und hoffte, noch ein paar Stunden schlafen zu können. Der Morgen würde früh genug kommen, und ich hatte viel zu tun.

Als mein Wecker losging, stand ich auf. Nach dem Duschen zog ich meine Verkleidung an. Eine Baseballmütze, alte Jeans, ein graues T-Shirt, Turnschuhe und eine Brille, die ich in einem Second-Hand-Laden gekauft hatte. Ein falscher Bart und eine blonde Perücke rundeten meinen Look ab.

Niemand im Hotel würde wissen, dass ich es war. Sogar Ariel würde es schwer finden, mich durch all das Zeug zu erkennen.

Ich zog mir eine Jacke über, bevor ich aus meiner Suite trat. Niemand schaute mich zweimal an, als ich mein Hotel verließ und dann die Straße hinunterging zu dem Hotel, wo mit großer Wahrscheinlichkeit meine geliebte Ariel wohnte.

Als ich in den Frühstücksraum ging, holte ich mir einen Bagel und etwas Milch und setzte mich so, dass ich die Rezeption sehen konnte. Da war der Manager dieses feinen Etablissements. Er hatte mich gar nicht bemerkt, als ich eintrat. Wenn ich ihn täuschen konnte, dann konnte ich auch alle anderen täuschen.

Die Zeit ist um, Ariel Pendragon. Ich bin jetzt hier für dich.

87

ARIEL

Da ich heute frei hatte, plante ich, nach einer harten Nacht, in der ich mir Gedanken über den Ultraschall am nächsten Tag gemacht hatte, auszuschlafen. Nun, ich machte mir nicht nur Sorgen. Ich dachte auch daran, mein Baby zum ersten Mal zu sehen, und überlegte, was ich dabei empfinden würde – wohl in erster Linie Vorfreude.

Ich dachte wieder einmal, wie viel schöner es wäre, wenn Galen bei mir wäre, um das Baby zum ersten Mal zu sehen. Aber ich wusste, dass ich es ihm nicht sagen konnte. Noch nicht. Vielleicht nie.

Der Termin war erst um zwei Uhr nachmittags, also hatte ich viel Zeit, um mich fertig zu machen. Aus irgendeinem Grund fiel es mir in den frühen Morgenstunden ohnehin leichter, zu schlafen.

Der ganze Konflikt mit Galen ließ mich mehr als sonst von dem Mann träumen.

In meinem Traum lagen er und ich auf seinem Bett in seinem Bungalow. Das Wasser floss um die Pfähle unter dem Haus, als er meinen Hals küsste und sich seitlich hinter mich legte, so wie er es immer getan hatte. „Ich möchte morgen mit meiner Yacht die umliegenden Gewässer erkunden. Bist du dabei?"

Ich drehte mich in seinen Armen, um ihn anzusehen, und legte meine Handflächen auf beide Seiten seines hübschen Gesichts. „Ja. Ich würde überall mit dir hingehen, Baby." Ich eroberte seine weichen Lippen und öffnete meine, damit seine Zunge mit meiner spielen konnte.

Unsere nackten Körper bewegten sich zentimeterweise aufeinander zu, bis wir zusammenstießen. Sein Schwanz begann zu pulsieren, als wir uns küssten. Begierig, ihn aufzunehmen, bewegte ich meinen Körper gegen seinen, bis sich seine Erektion gegen meinen Bauch drückte. Er rollte sich auf den Rücken und zog mich auf sich. Dann hob er mich hoch und ließ mich auf seinen langen, harten Schwanz gleiten, während ich vor Vergnügen stöhnte.

„Himmel, du bist wunderschön, Ariel." Er beobachtete mich, als ich ihn ritt. Seine Hände bewegten sich, um meine Brüste zu berühren. „Werde ich jemals deiner herrlichen Brüste müde werden?"

„Hoffentlich nicht." Ich zog eine seiner Hände hoch, um an seinem Mittelfinger zu saugen, und tat so, als wäre er seine Männlichkeit.

Ich liebte, wie seine Augen sich schlossen, als er sich gehen ließ. „Baby, du fühlst dich so gut an. Ich will dich für immer bei mir haben."

Ich zog seinen Finger gerade lange genug aus meinem Mund, um zu sagen: „Du wirst mich für immer haben. Das war Teil unseres Ehegelübdes." Ich zog den nächsten Finger in meinen Mund, um ihm etwas Aufmerksamkeit zu schenken.

„Oh ja. Das hatte ich vergessen." Er lachte, und sein Körper zitterte, was mich noch ein bisschen mehr hüpfen ließ, als ich mich auf seinem Schwanz auf und ab bewegte. „Ich kann immer noch nicht glauben, dass du mich tatsächlich geheiratet hast. Ich hatte solche Angst, dass du es nicht durchziehen würdest. Als du den Gang zu mir hinuntergegangen bist, dachte ich, du würdest mir zuzwinkern, mir sagen, dass ich zur Hölle fahren soll, und dich dann umdrehen, um von mir wegzulaufen."

„Niemals." Ich legte meine Hände auf seine Brust und änderte meinen Rhythmus, um ihm so viel Vergnügen wie möglich zu bereiten.

Er packte mich an den Armen und sah mich mit voller Intensität an. „Nach dem, was wir durchgemacht haben, musst du wissen, dass ich das absolut für möglich gehalten habe."

Ich sah ihn neugierig an und fragte: „Wovon redest du, Galen? Was haben wir durchgemacht?"

Sein hübsches Gesicht zeigte einen verwirrten Ausdruck. „Du hast mich verlassen. Erinnerst du dich nicht daran?"

Ich schüttelte den Kopf und lachte. „Galen, du musst geträumt haben. Ich würde dich nie verlassen. Ich liebe dich, Baby."

„Nein, du hast es getan." Er umfasste meine Arme fester, und ich hielt still. „Daran musst du dich erinnern, Ariel. Du hast mich verlassen."

„Das würde ich nie tun." Er gab mir das Gefühl, verrückt geworden zu sein. „Galen, hör auf. Du machst mir Angst."

„Ich mache dir Angst?" Er schüttelte den Kopf. „Ariel, bist du in Ordnung?"

Als ich auf ihn hinunter starrte, verschmolz sein Gesicht mit dem weißen Kissenbezug. „Wohin gehst du, Galen?"

„Du hast mich verlassen, also verlasse ich dich jetzt." Er verschwand noch mehr. „Es ist nur fair, Ariel."

Seine Hände hielten meine Arme immer noch so fest, dass ich mich nicht bewegen konnte, aber sein Körper verblasste immer mehr. „Nein, komm zurück. Ich kann mich nicht erinnern, dich verlassen zu haben. Warum sollte ich dich jemals verlassen? Ich liebe dich. Ich liebe uns. Ich liebe es, deine Frau zu sein, Galen. Verlass mich nicht. Bitte verlass mich nicht!"

„Es ist nur fair." Seine Stimme klang, als käme sie von weit her. „Leb wohl, Ariel. Das ist mehr, als ich von dir bekommen habe."

Jemand klopfte an die Tür, und ich öffnete meine Augen, die voller Tränen waren. Ich schüttelte den Kopf, um zu versuchen, den schrecklichen Traum zu verdrängen. „Es war nur ein Traum." Ich setzte mich auf und wischte mir mit dem Handrücken die Augen ab. „Was für ein fürchterlicher Traum."

Das Klopfen ging weiter, obwohl ich wach war. Dann hörte ich eine Männerstimme, „Ariel, wachen Sie auf. Wir müssen Ihnen etwas sagen."

Das klang wie mein Chef, Mr. Bagwell. „Eine Sekunde."

Ich stolperte ins Badezimmer und bespritzte mein Gesicht mit kaltem Wasser, um die Tränen zu entfernen. Ich putzte mir sehr schnell die Zähne und schaute dann zur Dusche. Aber das Klopfen an der Tür erinnerte mich daran, dass ich Gesellschaft hatte, und mein Besucher schien keine Geduld mehr zu haben.

Ich nahm meinen Morgenmantel und streifte ihn über, da ich es nicht geschafft hatte, mich anzuziehen. Um sicherzustellen, dass meine Brüste, die bereits von der Schwangerschaft geschwollen waren, bedeckt waren, band ich den Bademantel zu und ging dann zur Tür. „Was ist los?"

Direkt hinter Mr. Bagwell war Cherry. Beide kamen in meine Suite und Cherry nahm meine Hand und zog mich auf das Sofa im Wohnbereich. „Das werden Sie uns niemals glauben, Ariel!"

Im Morgenmantel und ohne Schürze, die meinen leicht gewölbten Bauch bedeckte, sah ich, dass Mr. Bagwell meine Körpermitte musterte. „Ariel, es gibt etwas, das Sie sehen sollten." Seine Augen wanderten zu meinen, als er mir sein Handy entgegenstreckte.

Ich sah viele Werbetafeln und Lichter und erkannte sofort

den Ort, an dem ich fast drei Jahren zu Hause gewesen war. „Piccadilly Circus?"

„Schauen Sie sich die Schilder an, Ariel", sagte Cherry. „Was sehen Sie?"

Alle Werbetafeln wurden mit dem gleichen Bild gefüllt – ein Mann auf einem Knie. „Seltsam, dass es nur eine Werbung gibt, hm? Ich denke, irgendein Unternehmen hat eine große Kampagne geplant. Darf ich fragen, warum Sie beide dachten, ich möchte dafür geweckt werden?" Ich sah sie abwechselnd an.

Mr. Bagwell seufzte und sah zu Cherry hinüber. „Das Bild ist zu klein. Sie kann ihn nicht erkennen." Er sah sich im Raum um. „Haben Sie einen Computer, Ariel?"

„Ja, aber warum?" Ich wurde ein bisschen ärgerlich über ihr Benehmen. „Ich habe heute viel vor. Und ich wollte sicher nicht wegen einer dummen Werbekampagne geweckt werden."

„Sagen Sie ihm, wo der Laptop ist, Ariel", forderte mich Cherry auf. „Sie werden es sehen, wenn Sie einen größeren Bildschirm haben." Ihre Augen wanderten zu meinem runden Bauch, und sie beugte sich flüsternd näher zu mir. „Ariel, gibt es etwas, das Sie mir sagen möchten? Ich werde es keiner Menschenseele erzählen."

Ich war ein bisschen nervös wegen ihrer Frage und rief Mr. Bagwell zu: „Mein Laptop befindet sich in der obersten Schublade des Schreibtisches, Sir."

Er holte ihn, als Cherry mein Gesicht zwischen ihre Hände nahm. „Ariel Pendragon, ich habe zufällig gesehen, dass Sie sehr wenig essen, aber Ihr Bauch ist gewölbt. Gibt es einen Grund dafür?"

Ich zog ihre Hände von meinem Gesicht und holte tief Luft. „Ich wollte es Ihnen später am Nachmittag erzählen, wenn ich ein Ultraschallbild habe, um es Ihnen beiden zu zeigen."

Mr. Bagwell blieb mit meinem Laptop in der Hand stehen.

„Ultraschall? Ist das nicht etwas, das eine schwangere Frau machen lässt?"

Ich nickte. „Ja, meistens."

Ihm klappte die Kinnlade herunter. „Sie sind schwanger?"

Wieder nickte ich. „Ich wollte damit warten, es jemandem zu erzählen, bis ich eine Bestätigung hatte. Ich habe nicht absichtlich versucht, etwas zu verbergen." Doch, das hatte ich, aber ich wollte nicht wirklich erklären, warum das so war.

Wenn jemand gewusst hätte, dass ich Galen Dunnes Baby erwartete, wäre es für mich möglicherweise noch viel schlechter gelaufen. Und diese Tatsache wurde offensichtlich, als Mr. Bagwell sagte: „Wenn dieses Baby von Galen Dunne ist, müssen Sie ihn so schnell wie möglich darüber informieren, Ariel." Er tippte etwas auf meinem Computer ein und gab ihn mir.

Mein Herz blieb stehen, als ich in Echtzeit die Webcam-Aufnahmen des Piccadilly Circus sah. Galen Dunne war überall. Auf einem Knie und mit einer schwarzen Schatulle mit demselben glänzenden diamantenen Verlobungsring in der Hand, den er im Internet hochgeladen hatte, schien er mich anzuschauen. „Ariel, ich weiß, dass du da draußen bist. Ich weiß, dass du verletzt bist. Aber ich habe es nicht so gemeint. Ariel, ich möchte, dass du zurück nach Portland kommst, um mich zu heiraten. Ich habe ein Ticket für dich am Flughafen Heathrow hinterlegt. Komm zu mir, wenn du meinen Antrag annimmst. Ich liebe dich, Baby, und ich habe es immer getan. Bitte, komm nach Hause, heirate mich und mache mich zum glücklichsten Mann der Welt."

Ich schloss den Laptop und spürte Tränen in meinen Augen. „Gehen Sie jetzt bitte."

Ich hatte keine Ahnung, was ich tun würde. Konnte ich dem Mann überhaupt glauben?

Mr. Bagwell ließ sich nicht so leicht verscheuchen. „Ariel, jetzt hören Sie mir zu. Sie werden Mr. Dunne von dieser

Schwangerschaft erzählen oder ich werde es tun. Es ist nicht fair, so etwas vor einem Mann zu verbergen."

Jetzt befand ich mich in großen Schwierigkeiten. „Bitte setzen Sie mich nicht so unter Druck, Sir."

„Ich fürchte, ich muss es tun." Er schüttelte den Kopf und sah mich ein wenig verärgert an. „Sie sagen es dem Mann oder ich werde es tun. Wenn Sie es ihm heute nicht sagen, rufe ich ihn morgen früh an." Er zog etwas aus seiner Tasche und reichte es mir. „Er hat gestern seine Visitenkarte hiergelassen, als er vorbeikam, um mir eine letzte Chance zu geben, ihm zu sagen, wo Sie sind. Dieser Mann verdient es zu wissen, dass er ein Kind hat, und dieses Kind verdient es, seinen Vater zu haben."

„Ich weiß nicht, ob er dieses Baby überhaupt will", protestierte ich.

„Nun, er möchte auf jeden Fall, dass Sie seine Frau werden, also bin ich mir ziemlich sicher, dass er es lieben würde, ein Kind mit Ihnen zu haben. Jedenfalls wird er von einem von uns schon bald etwas über dieses Baby erfahren." Er öffnete die Tür, und er und Cherry traten schnell auf den Flur, während ich mit Galens Visitenkarte in der Hand dastand und überlegte, was zum Teufel ich tun sollte.

Bevor sich die Tür vollständig schloss, sah ich, wie eine Hand sie packte. Jemand drückte sie wieder auf, trat ein und machte sie hinter sich zu.

„Nein!" Ich hatte keine Ahnung, wer dieser Mann war, der mein Zimmer betreten hatte. Angst ergriff mich, als ich mich nach etwas umsah, mit dem ich mich verteidigen konnte.

„Ganz ruhig, Baby. Ich bin es."

Seine Stimme überraschte mich.

Galen?

88

GALEN

Ihre Locken waren durcheinander, aber sie sah immer noch umwerfend aus, als ihre smaragdgrünen Augen durch den Raum huschten, um etwas zu finden, mit dem sie mich verprügeln konnte, da sie mich offenbar für einen Eindringling hielt. Was ich technisch gesehen auch war. „Ganz ruhig, Baby. Ich bin es."

Mit einem plötzlichen Ruck drehte sich ihr Kopf, um mich anzusehen. Zuerst sagte sie nichts. Ihre Augen tasteten meinen Körper ab, dann wanderten sie wieder nach oben und trafen meine. „Du hast mich gefunden."

Ich nahm die Mütze, die Perücke, die Brille und den falschen Bart ab und sah sie an. „Ich habe dich gefunden."

Sie schlang die Arme um sich und bedeckte ihren weißen Morgenmantel. „Ich habe die Anzeige gesehen."

„Gut." Ich konnte mich nicht dazu bringen, zu ihr zu gehen. Es gab so viel zwischen uns zu besprechen, bevor ich mir erlauben konnte, sie zu berühren. Wenn sie mich dieses Mal wegstoßen würde, wäre es wirklich vorbei. „Ich habe das nur getan, um dich aus deinem Versteck zu locken."

Ihre Augen wanderten auf den Boden. „Das hätte ich wissen müssen."

Ich hatte so viele Fragen, aber es fiel mir schwer, herauszufinden, wo ich anfangen sollte. „Wie ist es dir ergangen?"

„Nicht gut." Sie sah mich von der Seite an. „Das war nicht einfach."

„Für mich auch nicht." Ein Teil von mir wollte das Reden überspringen und mich sofort mit ihr versöhnen. Aber mein Gehirn brauchte mehr. „Ariel, ich weiß, was du an jenem Tag gehört hast. Und ich weiß auch, dass das, was du gehört hast, nicht die Wahrheit war. Ich habe das nur gesagt, um meine Familie zu täuschen, bevor ich dir später in dieser Nacht einen Antrag machen wollte. Wenn du das alles weißt, warum hast du dich dann immer noch vor mir versteckt?"

Sie sah über ihre Schulter zum Sofa. „Macht es dir etwas aus, wenn ich Platz nehme?"

„Das hier ist deine Suite", erinnerte ich sie. „Mach, was du willst."

Sie setzte sich, nahm dann ein Kissen und hielt es sich über den Schoß. Ich nahm an, sie fühlte sich nur in ihrem Morgenmantel entblößt. „Ich konnte nicht darauf vertrauen, dass du es so gemeint hast. Ich dachte, du wärst nur hergekommen, um mich zurückzuerobern und dann wieder fallen zu lassen. Ich dachte, ich hätte dein Ego so schwer verletzt, dass du mich gesucht hast, um derjenige zu sein, der Schluss macht."

Ich wusste das, aber als ich es sie sagen hörte, tat es mehr weh, als ich geahnt hätte. Als ich mich auf den einzigen anderen Stuhl in der kleinen Sitzecke setzte, fragte ich: „Hältst du wirklich so wenig von mir, Ariel?" Das hatte mich von dem Moment an gestört, als sie mich verlassen hatte. „Wie konntest du überhaupt glauben, was du gehört hast, als ich es meinem Bruder und meinen Schwägern erzählte? Du kennst mich. Besser als sonst irgendjemand. Und trotzdem bist du so schnell gegangen.

Du hast mir nicht einmal die Gelegenheit gegeben, dir alles zu erklären."

„Und du denkst, das war unfair von mir?", fragte sie mit zusammengekniffenen Augen. „Du denkst, es war unfair von mir, zu gehen, ohne dir die Gelegenheit zu geben, es zu erklären. Und jetzt willst du es nur erklären und dann mein Leben auf Nimmerwiedersehen verlassen." Sie blickte nach unten. „Nur zu. Erkläre alles, was du willst. Lass es uns einfach hinter uns bringen."

„Ich habe nicht vor, dich zu verlassen, Ariel. Was auch immer du dir ausgedacht hast, ist nicht wahr. Ich liebe dich." Es fühlte sich gut an, die Wahrheit auszusprechen.

Aber so gut ich mich auch fühlte – Ariel schien nicht so zu empfinden. „Galen, warum liebst du mich immer noch? Wenn du nie gewollt hast, dass ich diese Worte mithöre, und ich dich verlassen habe, ohne mich zu verabschieden, warum solltest du mich dann immer noch lieben?"

Ich schien die einzige Person auf der Welt zu sein, die diese Antwort kannte. „Ariel, ich habe dich damals geliebt. Ich liebe dich jetzt. Ja, es tat höllisch weh, dass du gegangen bist, ohne mir die Chance zu geben, mit dir zu reden. Ja, ich war lange Zeit wütend auf dich. Aber dann ebbte die Wut ab, und es blieb nur Empathie übrig. Ich konnte deinen Schmerz fühlen. Du hattest schon immer Angst, dass ich deiner überdrüssig werden könnte. Oder dass ich etwas anderes finde, das meine Aufmerksamkeit von dir ablenkt."

Sie nickte, als sie mit blinzelnden Augen auf den Boden sah. „Ja, das habe ich immer befürchtet. Du hast recht. Aber hatte ich das Recht, dich zu verlassen, ohne dir eine Chance zu geben?"

„In gewisser Weise schon." So sehr ich durch ihren Abgang auch verletzt worden war, musste ich meine Rolle dabei akzeptieren. „Ariel, ich hätte dir sagen sollen, dass ich dich liebte, als ich es zum ersten Mal fühlte. Das war Teil unserer Abmachung.

Ich hätte mit jeder neuen Sache, die ich über mich selbst herausgefunden habe, offen umgehen sollen. Ich habe herausgefunden, dass ich dich brauche, und doch habe ich dir das nicht gesagt. Ich habe herausgefunden, dass ich mein Leben mit dir verbringen will, aber ich habe ein bisschen zu lange gewartet, um es dich wissen zu lassen."

„Das scheint nicht so ungewöhnlich zu sein", sagte sie leise. „Das sehe ich jetzt. Aber anstatt mit dir darüber zu sprechen, wie sich unsere Gefühle entwickelt haben, habe ich ein paar verletzende Dinge gehört und bin weggelaufen wie ein dummes Kind." Sie sah mich an. „Das habe ich über mich selbst gelernt, Galen. Ich bin in vielerlei Hinsicht ignorant. Du verdienst mehr als das."

„Du bist nicht ignorant, Ariel. Sag so etwas nicht. Du bist einfach noch jung." Ich hasste, dass sie so sehr an sich zu zweifeln schien.

Die Art, wie sie mich mit purer Verwirrung ansah, brachte mich dazu, sie anzulächeln. Sie lächelte zurück, und mein Herz machte einen Sprung. „Ich habe eine Frage an dich", flüsterte sie.

Ich wollte unbedingt, dass sie an unserem Gespräch teilnahm, und war bereit, all ihre Fragen zu beantworten.

„Warum ich, Galen? Warum ein armes Mädchen von den Straßen Londons?" Sie hielt ihre Augen fest auf meine gerichtet. „Liegt es daran, dass ich jung bin und du mich nach deinen Wünschen formen kannst? Oder bedrohe ich dich in keiner Weise? Weißt du, sodass du immer die Oberhand hast, weil du so viel älter und klüger bist als ich?"

„Oberhand? Ich?" Das Mädchen ahnte nicht, wie sehr sie mich in Griff hatte. „Baby, du hast alles. Du hältst alle Karten in der Hand, und das hast du immer getan. Die Tatsache, dass du denkst, ich möchte die Oberhand gewinnen, sagt mir, dass du hier an diesem Ort gesessen und dir Gedanken über unsere

Beziehung gemacht hast. Aber hier ist die Wahrheit für dich: Du und ich haben einfach so gut zusammen funktioniert, wie wir es noch nie in unserem Leben mit einem anderen Menschen getan haben."

„Wie soll ich dir glauben?" Sie sah wieder weg. „Wie soll ich glauben, dass du nie etwas findest, das dir wichtiger ist als ich?"

„Nun, in den letzten vier Monaten ist nichts aufgetaucht, was mir wichtiger war. Auch nicht in all den Monaten zuvor, als wir zusammen waren." Ich dachte, ich sollte mit ihr so offen und ehrlich sein, wie ich nur sein konnte. „Du bist meine Welt, Ariel. Ich weiß, dass ich am Leben war, bevor ich dich getroffen habe, aber jetzt kann ich mir nicht mehr vorstellen, ohne dich zu leben. Ich kann mich nicht erinnern, wer ich war, bevor ich dich gefunden habe."

Sie blinzelte und schüttelte den Kopf. „Nein, das kann nicht sein. Du bist der große Galen Dunne. Du hast so viel erreicht. Du versuchst nur, dafür zu sorgen, dass ich mich besser fühle."

„Das stimmt nicht. Ich bin nicht im Geringsten unehrlich." Ich stand auf und setzte mich an das andere Ende des Sofas. Ich musste näher bei ihr sein, aber ich wusste es besser, als mich noch weiter vorzuwagen. Ich wollte nicht, dass sie sich bedrängt fühlte.

„Also ... du, ein Mann, der so ein erfülltes Leben hat, weiß nicht, wer er ohne mich ist?" Sie lächelte mich an. „Und du willst, dass ich das glaube?"

Ich dachte, ich sollte sie auf ein paar Dinge hinweisen. „Ich habe nichts anderes getan, als Zeit mit dir zu verbringen, seit ich dich auf die Insel gebracht habe. Und nachdem du gegangen bist, habe ich nichts anderes getan, als dich zu suchen. Die Leute haben angerufen und mich gebeten, dies oder jenes zu tun." Ich schüttelte den Kopf. „Aber ich habe allen abgesagt. Und ich ließ sie wissen, dass ich erst meine andere Hälfte finden muss, bevor ich jemals wieder klar denken kann."

Ihr Lachen hallte durch die Luft, und es wieder zu hören ließ mein Herz singen. „Galen Dunne, du spielst mit mir."

„Das tue ich nicht." Vielleicht musste sie mehr darüber erfahren, was ich für sie abgesagt hatte. „Ein Mann aus Spanien hat mich angerufen und mich gebeten, mir etwas anzusehen, an dem er gerade arbeitet. Es ist ein Motor, von dem er behauptet, dass er mit Luft betrieben werden kann. Kannst du das glauben? Wenn es funktioniert, würde es den gesamten Planeten verändern. Und ich habe ihm gesagt, dass ich nicht zu ihm kommen kann, bis ich dich gefunden habe. Und weißt du, was er zu mir gesagt hat, Ariel?"

„Woher soll ich das wissen?" Sie grinste.

Ich musste mich dazu zwingen, Luft zu holen, da mir ihr Lächeln den Atem geraubt hatte. „Ariel, er hat mir erzählt, dass er einmal seine große Liebe verloren hat. Als er sie endlich dazu brachte, zu ihm zurückzukehren, war es zu spät. Sie hatte Krebs im fortgeschrittenen Stadium und starb nur ein Jahr nach ihrer Heirat. Er sagte mir, ich solle nicht aufgeben, bis ich dich zurückhabe. Solange könne seine Erfindung warten."

„Wie nett von ihm." Mit geneigtem Kopf fragte sie: „Also sag mir, was du wirklich willst, Galen."

Da war sie – meine Chance. „Ariel, ich will dich in meinem Leben. Nicht für eine Weile und nicht zu meinen Bedingungen. Ich will, dass du meine andere Hälfte bist. Und ich will deine andere Hälfte sein. Ich will dich niemals verlassen."

„Aber der Antrag ist vom Tisch?", fragte sie mit einem Lächeln auf ihrem Gesicht, was ich seltsam fand.

„Ich möchte dir einen viel besseren Antrag machen, wenn du mir die Möglichkeit dazu gibst. Die Plakat-Aktion ist nicht gerade romantisch." Zumindest dachte ich das nicht.

„Das soll wohl ein Scherz sein, Galen. Das ist das Romantischste, von dem ich je gehört habe." Sie stand auf und stellte sich direkt vor mich. Ihre Arme waren über ihrer Taille verschränkt. „Bevor du mich bittest, dich zu heiraten, solltest du ein bisschen mehr über mich wissen."

Ich dachte, ich wüsste so ziemlich alles, was es zu wissen gab. „Ich weiß nicht, was du sagen könntest, um mich dazu zu bringen, meine Absicht zu ändern, den Rest meines Lebens mit dir zu verbringen, aber mach weiter."

„Wir werden sehen." Sie bewegte ihre Hände zum Gürtel des Morgenmantels.

Ich dachte, sie hätte jetzt ein Tattoo oder etwas, von dem sie annahm, dass es mich abschreckte. „Ariel, nichts an dir wird mich daran hindern, dich zu lieben und mein Leben mit dir zu verbringen."

Langsam zog sie an dem Gürtel, bis er herunterfiel und der Morgenmantel sich öffnete. Sie trug darunter nur ein Höschen und mein Schwanz reagierte sofort. Aber meine Augen folgten ihren Händen, als sie über ihren Bauch strichen – einen Bauch, der viel runder war als zuvor. Sie fuhr mit einer Hand über eine ihrer Brüste, die auch größer aussah als zuvor. Dann fragte sie: „Fällt dir eine Veränderung an mir auf, Galen?"

Das war unmöglich!

89

ARIEL

Obwohl ich vor dem Mann, den ich in den letzten vier Monaten verflucht hatte, fast nackt war, fühlte ich überhaupt keine Scham. Sein Kind, das ich unter meinem Herzen trug, machte ihn zu einem Teil von mir, und das würde sich nie ändern. „Fällt dir eine Veränderung an mir auf, Galen?"

Seine blauen Augen wanderten über meinen Körper, verweilten auf meinem Bauch und dann auf meinen Brüsten. Ich hielt den Atem an, als er sich mit seiner Antwort Zeit ließ. Langsam kehrten seine Augen zu meinen zurück. „Bevor ich etwas anderes sage, möchte ich dir eine Frage stellen."

„Okay." Ich fand das nur fair, aber ich hielt den Atem an, als sich Nervosität in meinem Magen festsetzte.

Sein Gesichtsausdruck wurde stoisch. „Liebst du mich, Ariel Pendragon?"

„Das tue ich." Es fühlte sich gut an, es zu sagen.

Aber anscheinend musste er mich das wirklich sagen hören. „Ariel, kannst du es dann richtig sagen?"

„Ich liebe dich, Galen Dunne." Ich rieb meinen Bauch. „Möchtest du meine Frage jetzt beantworten? Bemerkst du etwas Ungewöhnliches an meinem Körper?"

Er kratzte sich an der Stirn, und seine Lippen verzogen sich zu einem Lächeln. „Ich glaube, dass du ein Baby erwartest."

„Du hast recht. Seit ungefähr vier Monaten." Ich zog meinen Morgenmantel wieder zu. „Unsere Verhütungsmethoden haben leider versagt."

Galen ging vor mir auf die Knie, zog meinen Morgenmantel wieder auf und drückte seine Lippen auf meinen Bauch, während er ihn in seinen Händen hielt. „Ariel, du bekommst unser Baby." Er sah mich mit funkelnden Augen an. „Ich denke, ich sollte sauer auf dich sein, weil du mir das nicht erzählt hast. Aber ich bin so verdammt glücklich, dass ich überhaupt keine Wut aufbringen kann."

Er war glücklich!

Das war alles, was ich hören musste. Ich griff nach unten und fuhr mit meinen Fingern durch sein dichtes dunkles Haar. „Galen, du hast keine Ahnung, wie schön es ist, das zu hören. Mein Gott, ich liebe dich."

„Können wir uns jetzt küssen und uns versöhnen?", fragte er mich.

Ich konnte nur nicken, als ein Kloß meinen Hals füllte. Er erhob sich vor mir und fuhr dabei mit den Händen über meinen Körper. Seine Berührung breitete sich wie ein Blitz durch mich aus.

Er nahm mich in seine starken Arme, und meine Füße verließen den Boden, als er mich hochzog, sodass wir uns auf Augenhöhe befanden. Dann legte er seine Lippen auf meine. Einen Moment lang dachte ich, ich wäre zurück in meinem Traum.

Die Wärme seines Atems, die sich in meinen Mund bewegte, ließ mich wissen, dass es real war. Die Art und Weise, wie er mich festhielt, ließ keinen Zweifel daran, dass er real war und genau dort bei mir war.

Er ging zurück auf die Knie, legte mich auf den Boden und

zog mir meinen Morgenmantel ganz aus. Seine Hände strichen über meine Brüste und dann über meinen Bauch, bevor er mir das Höschen vom Leib riss.

Ich schauderte vor Kälte, als er aufstand und sich in Rekordzeit auszog. Nackt blickte er auf seine Jeans, die auf dem Boden lag. Er griff danach und zog die schwarze Schatulle aus der Tasche. „Ich will das jetzt tun."

Ich setzte mich auf und spürte, wie mein ganzer Körper zitterte. „Wirklich?"

Er nickte. „Ja." Galen sank vor mir auf ein Knie. „Ariel, ich habe noch nie jemanden so geliebt, wie ich dich liebe. Ich werde nicht immer die richtigen Dinge tun oder sagen. Ich werde nicht immer der Mann sein, den du verdienst. Aber ich werde es mit Sicherheit versuchen. Heirate mich, mein Schatz, bekomme meine Kinder und verbringe dieses Leben mit mir."

„Das war wunderschön." Ich streckte meine linke Hand aus und hielt ihm meinen Ringfinger hin. „Ich will dich heiraten, Galen. Ich liebe dich schon lange und nichts würde mich glücklicher machen, als dir so viele Kinder zu schenken, wie du willst. Und mit dir an meiner Seite zu leben ist die einzige Art, wie ich jemals leben möchte. Du hältst mein Herz in deinen Händen, und ich denke, das hast du immer getan."

Seine Hand zitterte, als er den Ring an meinen Finger steckte. „Danke, Ariel. Ich werde alles tun, dass du es nie bereust."

„Ich werde alles tun, dass du es auch nicht bereust. Wir sind ein Team, du und ich." Ich sah auf den funkelnden Ring und dann auf meinen Verlobten.

Bei der Art, wie er mich ansah, setzte mein Herz einen Schlag aus. „Du gehörst mir, und ich gehöre dir." Er beugte sich vor und presste seine Lippen auf meine, als er mich wieder auf den Teppich legte.

Wir stöhnten beide erleichtert, als er in mich stieß. Ich fuhr mit meinem Fuß über die Rückseite seines Beines und sah ihn an, als er seine Lippen von meinen löste, um mir in die Augen zu blicken. Während meine Hände sein Gesicht umfassten, flüsterte ich: „Ich war noch nie glücklicher als in diesem Moment. Danke, dass du mich gesucht hast. Und danke, dass du unsere Liebe nie aufgegeben hast."

Galen sah aus, als könnte er weinen. Er küsste mich stattdessen und führte uns immer höher. Unsere Körper glitten zusammen und bewegten sich so, wie sie es viel zu lange nicht mehr getan hatten.

Mein Inneres zitterte bei meinem ersten Orgasmus, und er stöhnte, als ich unter ihm kam. Sein Schwanz zuckte wild, bevor er sich abrupt aus mir herauszog. „Verdammt, ich habe fast die Kontrolle verloren."

Ich sah ihn mit einem Lächeln im Gesicht an. „Mach ruhig weiter und verliere sie. Ich bin bereits schwanger."

„Oh, scheiße." Sein Gesicht färbte sich rosa. Ich hatte ihn noch nie so verlegen gesehen.

„Du siehst so süß aus." Ich wölbte mich ihm entgegen, und er drang wieder in mich ein. „Wir müssen uns jetzt um nichts Sorgen machen."

„Oh Gott, das fühlt sich großartig an. All den Sex, den wir wollen, und keine Sorge um die Verhütung, weil wir schon einen kleinen Menschen gemacht haben." Er lachte, als er sich mit mehr Kraft bewegte. „Wir bekommen ein Baby, Ariel! Du und ich!" Er küsste mich erneut.

Ich schlang meine Arme um seinen Hals und bewegte mich mit ihm. Sobald er den Kuss beendet hatte, informierte ich ihn über weitere gute Neuigkeiten. „Ich habe heute einen Termin für eine Ultraschalluntersuchung. Wir werden heute das Geschlecht des Babys erfahren."

„Das ist fantastisch!" Er lächelte mich strahlend an. „Was für ein Tag. Ich habe eine Verlobte und ein Baby, und ich werde dabei sein, wenn du herausfindest, was es ist. Meine Familie wird eine echte Überraschung erleben."

„Anscheinend kannst du doch noch alle überraschen." Ich war froh, dass er etwas von dem bekam, was er wollte.

Sein Lachen ließ mein Herz schneller schlagen – es war so gut, es wieder zu hören. Alles, was ich wollte, war Glück für uns beide für den Rest unseres Lebens. Und ich würde alles tun, um dafür zu sorgen.

Ich hatte keine Ahnung, ob es die Trennung, der Versöhnungssex oder die unglaubliche Stimmung war, aber als mich der nächste Orgasmus erfasste, wurde ich fast ohnmächtig. Und Galens Stöhnen nach zu urteilen, fühlte er sich ziemlich ähnlich.

Schließlich lagen wir keuchend, schweißgebadet und verliebt auf dem Teppich „Ich liebe dich, Ariel."

„Ich liebe dich auch, Galen." Und ich wusste, dass ich es immer tun würde.

Nach einer Dusche und einem Nickerchen standen er und ich auf und machten uns bereit, um zu erfahren, welches Geschlecht unser Baby hatte. Aber was wir fanden, als wir nach draußen gingen, war das Letzte, was wir erwarteten.

Überall waren Kameras. Irgendwie hatte die Presse herausgefunden, wo wir waren. Von allen Seiten kamen Fragen, aber Galen ging gut damit um. „Ja, ich habe sie gefunden. Und ja, sie hat meinen Antrag angenommen."

Der Jubel aller, die uns umgaben, überraschte mich. „Ich bin froh, dass Sie alle einverstanden sind."

Ich sah Abigails Gesicht in der Menge und ging auf sie zu, als sie rief: „Glückwunsch, Ariel!"

„Danke, Abigail." Ich streckte die Arme aus, um sie zu umarmen. „Ich komme morgen vorbei, um Sie über alles zu informieren. Im Moment sollten Sie nur wissen, dass Sie jemanden einstellen müssen, der mich dauerhaft ersetzt."

„Ich freue mich so für Sie." Sie ließ mich los, als Galen mich hinter sich her zog.

Ich winkte ihr zu und hatte das Gefühl, dass jetzt alles in Ordnung sein würde. Und zwar für immer, nicht nur für eine Weile. Meine schweren Zeiten waren vorbei und nur noch ein Stück Vergangenheit.

Bald würde ich Mrs. Galen Dunne sein, die Frau eines Milliardärs. Meine Kinder würden sich niemals Sorgen machen müssen wie ich früher. Und dafür hatte ich Galen zu danken. Und ich wusste, dass wir unsere Kinder so großziehen würden, dass sie niemals hilflos waren. Geld konnte verschwinden, aber mit Ausdauer und Selbstvertrauen konnte man auch schwere Zeiten überstehen.

Wir setzten uns auf den Rücksitz eines Taxis, und Galen küsste mich auf die Wange. „Wow, was für ein öffentliches Interesse, hm?"

„Galen, du bist mein Held. Ich möchte, dass du das weißt." Ich küsste ihn auf die Wange. „Ich weiß wirklich nicht, was ich getan habe, um dich zu verdienen, aber ich bin froh, dass ich dich habe."

„Nun, dann solltest du wissen, dass du auch meine Heldin bist. Ich hätte niemals die Liebe kennengelernt, wenn du nicht gewesen wärst." Er legte seine Arme um meine Schultern und hielt mich fest. „Das fühlt sich perfekt an."

Es fühlte sich richtig an. Alles fühlte sich richtig an. Sogar mit kaltem Gel auf meinem Bauch auf einem Untersuchungstisch zu liegen. Eine Frau fuhr mit einem runden Ding über meinen Bauch, während Galen und ich den Bildschirm auf ein Lebenszeichen absuchten.

„Nun, kein Wunder", sagte die Frau. „Ich habe Ihre Patientenakte gesehen und als ich Sie gewogen habe, habe ich mich gefragt, warum Sie seit Ihrem letzten Besuch so stark zugenommen haben."

Ich sah zu Galen auf. „Ich nehme an, ich habe zu viel gegessen. Seltsam, ich dachte, ich esse nicht genug. Ich habe mich zum Essen gezwungen, da ich keinen Appetit hatte. Ich vermute, ich sollte langsamer machen."

Die Frau lachte. „Nein. Der Grund dafür ist nicht, dass Sie zu viel gegessen haben." Sie zeigte auf den Bildschirm. „Können Sie diese beiden Punkte sehen, die sich bewegen?"

Galen beugte sich vor. „Nun, ich sehe etwas in Bewegung."

Auch ich starrte auf den schwarzweißen Bildschirm. „Wollen Sie mir verraten, was wir uns gerade ansehen, Ma'am?"

„Zwei Herzen." Sie wies darauf und dann kamen sie perfekt in Sicht.

„Oh", sagte ich. Dann dachte ich darüber nach, was das bedeutete. „Oh ..."

Galen klopfte mir auf die Schulter. „Gut gemacht, Mama. Du bekommst zwei auf einmal. Also, was haben wir da, Doktor?"

Die Frau sah ihn an. „Oh, ich bin keine Ärztin. Ich bin Sonografin."

„Okay", sagte Galen mit einem Lächeln. „Also, was haben wir da, Frau Sonografin?"

Sie bewegte das Ding noch einmal über meinen Bauch und lächelte dann. „Nun, hier ist ein kleiner Junge."

Ich schnappte nach Luft, als ich auf Galens Reaktion wartete. Und ich war den Tränen nahe, als er mich anlächelte. „Du schenkst mir einen Sohn, Baby." Er küsste mich auf die Stirn. „Ich kann es kaum erwarten, ihn zu treffen."

Die Sonografin hatte noch mehr Neuigkeiten für uns: „Und hier ist ein Mädchen."

„Eines von jedem", sagte ich und fing an, richtig zu weinen.

Galen küsste meine Tränen weg. „Du hast mir die Welt und noch mehr gegeben, Baby."

„Du hast das Gleiche für mich getan, Galen." Ich schluchzte und war so glücklich darüber, dass alles in Ordnung gekommen war, bevor ich diese Nachricht erhielt. „Wenn ich allein gewesen wäre, wäre ich jetzt ein Wrack."

Die Frau reichte mir ein paar Taschentücher und wischte das Gel von meinem Bauch. „Ja, das *wären* Sie", scherzte sie.

Sie hielt mich vielleicht auch so für ein emotionales Wrack, aber wenn ich allein gewesen wäre – wenn Galen und ich uns nicht versöhnt hätten –, wäre ich tatsächlich eines gewesen.

Jemand dort oben im Himmel schien mich wirklich zu mögen.

90

GALEN

Die Sonne schien auf uns, als Ariel und ich mein Elternhaus in Portland betraten. Meine Familie erfuhr von mir und Ariel, bevor ich ihnen etwas erzählen konnte. Die Nachrichten hatten unsere bevorstehende Hochzeit der Welt verkündet.

Wir hatten aber noch viel mehr Überraschungen für meine Familie. „Bist du bereit, meine Liebe?" Ich küsste Ariel auf die Stirn, als sie vor der Tür stand.

„Ich weiß nicht." Sie sah auf den Ring an ihrem Finger. „Ich bin vor der Hochzeit schwanger, Galen. Was, wenn deine Eltern nicht zustimmen?"

„Unsinn." Ich griff um sie herum, um die Tür zu öffnen, da wir unerwartet nach Hause gekommen waren.

Eines der Dienstmädchen keuchte, als wir eintraten. „Oh, meine Güte. Ihre Mutter wird sprachlos sein."

Ich zwinkerte ihr zu. „Oh, Sie haben ja keine Ahnung."

Ich nahm Ariel bei der Hand und führte sie die Treppe hinauf zu unserem Flügel. Wir hatten noch einige Dinge zu tun, bevor wir jemanden trafen. „Galen, überrasche deine Mutter nicht zu sehr. Wir wollen nicht, dass sie einen Herzinfarkt bekommt."

„Ich werde vorsichtig sein." Als wir die Treppe hinaufgingen, stellten wir fest, dass meine Familie auch eine Überraschung für uns hatte. Ein Schild mit der Aufschrift ‚Willkommen zu Hause, Neuvermählte!' hing über der Treppe. „Nun, sie haben sicherlich schon etwas geahnt, hm?"

„Oh, jetzt fühle ich mich wirklich schlecht, wenn ich ihnen unsere großen Neuigkeiten erzähle." Ariel runzelte die Stirn. „Vielleicht sollten wir lügen und ihnen sagen, dass wir verheiratet sind, und ihnen dann erst von den Babys erzählen."

„Auf keinen Fall." Ariel und ich hatten Pläne für eine große Hochzeit mit vielen Gästen, und wir wollten, dass auch all meine Nichten und Neffen dabei waren. Wir würden uns das nicht nehmen lassen, nur weil sie annahmen, dass wir bereits geheiratet hatten, bevor wir nach Hause kamen.

Als ich die Schlafzimmertür öffnete, bekamen wir eine weitere Überraschung. „Oh mein Gott." Ariel sah mich an, und ich konnte spüren, wie mir die Kinnlade herunterklappte.

Am Fußende des Bettes befand sich eine kleine Wiege. Und ein Banner hing von einem Bettpfosten zum anderen. Auf diesem Banner stand: ‚Jetzt macht Babys!'

„Es tut mir so leid." Ich schüttelte meinen Kopf, als ich Ariel in den Raum führte und die Tür hinter uns schloss. „Aber du solltest es positiv sehen. Sie wollen auf jeden Fall, dass wir ihnen so schnell wie möglich ein paar Enkelkinder schenken."

Ariel und ich schauten in die Wiege und stellten fest, dass sie mit Windeln, Fläschchen und winzigen Decken gefüllt war. Ariel hob eine Decke hob und rieb damit über ihre Wange. „So weich. Nun, zumindest haben wir eine Grundausstattung mit den Dingen, die wir brauchen werden. Ich denke, unsere Neuigkeiten sind vielleicht doch willkommen. Aber wir müssen uns mit der Hochzeit beeilen. Ich weiß, dass ich gesagt habe, ich möchte bis nach der Geburt warten, damit ich etwas Schmeichelhafteres tragen kann, aber ich denke, dass ein Kleid, das unten sehr ausladend ist, auch gut aussehen wird."

„Du wirst in allem großartig aussehen." Ich hob sie hoch und wirbelte sie herum. „Und wir können heiraten, sobald du möchtest."

Ein Lächeln erhellte ihr Gesicht. „Im Resort, Galen! Können wir es dort tun?"

„Überall und jederzeit – du bist der Boss." Ich gab ihr einen Kuss und stellte ihre Füße wieder auf den Boden. „Jetzt wollen wir uns umziehen und meinen Eltern unsere Neuigkeiten mitteilen."

Ich hatte den Rest von Ariels Sachen, die auf der Insel zurückgeblieben waren, nach Portland schicken lassen. Als sie ihren Schrank öffnete, fiel sie fast in Ohnmacht. „Hast du meine Kleider hergebracht?"

„Mein Plan war immer, dich nach Hause zu bringen. Natürlich habe ich deine Sachen hierherschicken lassen." Ich beobachtete sie, als sie mit den Händen über die Kleider fuhr, die sie mit ihrem eigenen Geld gekauft hatte.

„Ich dachte, ich hätte alles verloren, wofür ich gearbeitet habe." Sie drehte sich zu mir um. „Vielen Dank."

„Schau in die oberste Schublade." Ich hatte etwas für sie gemacht und war mir ziemlich sicher, dass sie es lieben würde.

Ich trat hinter sie, damit ich ihre Reaktion sehen konnte. Sie zog die Schublade auf und fand den einen Gegenstand, der darin war. Ein schwarzes Lederalbum.

Sie lächelte und warf einen Blick über ihre Schulter auf mich, als ich sie an der Taille festhielt. „Was hast du getan?"

„Etwas, das ich sehr gern getan habe." Ich küsste ihren Nacken.

Sie öffnete das Album und blickte auf eines der vielen Fotos, die sie auf der Insel gemacht hatte. „Siehst du, ich habe dir gesagt, dass du ein Naturtalent bist." Die Sonnenstrahlen funkelten auf den Wellen vor meinem Bungalow und das Bild hielt die Aussicht perfekt fest. „Ich habe die SD-Karte aus der Kamera genommen, um das für dich zu machen, bevor du gegangen bist. Hast du jemals gemerkt, dass sie fehlt?"

Sie schüttelte den Kopf, als sie die Seite umblätterte und einen Sonnenaufgang entdeckte, in dessen Zentrum ein Seevogel stand, während Rosa und Blau den Raum um ihn herum füllten. „Nein, ich hatte nie Lust, Fotos zu machen. Ich habe kein einziges gemacht."

„Nun, du musst wieder anfangen zu fotografieren. Du bist wirklich gut darin." Ich lehnte mein Kinn an ihre Schulter, während ich sie festhielt und jedes Bild mit ihr betrachtete.

Als sie umblätterte, war dort eines der vielen Bilder, die sie ohne mein Wissen von mir gemacht hatte. „Oh Gott. Du hast mich erwischt." Sie lachte. „Du musst denken, ich sei eine Art Stalker."

„Wenn du einer bist, bin ich auch einer." Das war kein Witz. Wenn ich jemandem erzählt hätte, was ich alles getan hatte, um mein Mädchen zu finden, hätte ich diese Bezeichnung auf jeden Fall verdient. „Nennen wir es einfach Liebe und fertig damit."

„Einverstanden." Sie fuhr mit ihrer Hand über mein Gesicht auf dem Bild. „Du hast Delfine beobachtet, die nicht weit von deinem Deck spielten. Ich erinnere mich perfekt an diesen Moment. Das war ganz am Anfang unserer Beziehung. Ich hatte keine Ahnung, wie lange sie noch dauern würde, deshalb wollte ich so viele Bilder von dir machen, wie ich konnte. Ich dachte, sie würden alles sein, was ich hätte, um mich an dich zu erinnern."

Ich fuhr mit meinen Händen über ihre Hüften, um ihren Bauch zu bedecken. „Jetzt ist ein Teil von mir in dir. Seltsam, nicht wahr?"

„Das würde ich auch sagen." Sie blätterte um und fand ein

Foto, das ich von ihr gemacht hatte. „Und wann hast du meine Kamera ausgeliehen, Galen?"

„Du wirst sehen. Ich habe es oft gemacht." Die Aufnahme war nicht annähernd so gut wie die Fotos, die sie gemacht hatte, aber ich dachte, ich hätte es geschafft, festzuhalten, wie viel ich damals über sie nachdachte.

„Ich habe ferngesehen." Sie sah mich wieder an. „Und du hast mich beobachtet."

„Ja, du warst viel unterhaltsamer als alles im Fernsehen." Ich zog ihre Haare über ihre Schulter und küsste ihren Hals. „Das bist du immer noch."

Sie schloss das Album, drehte sich in meinen Armen und küsste mich. „Ich nehme an, wir sollten uns umziehen und deine Eltern suchen."

Ich wusste, dass sie recht hatte. Meine Mutter musste sich fragen, wo wir waren. Wenn wir nicht bald hinuntergingen, würden sie an unsere Schlafzimmertür klopfen.

„Ich bin mir fast sicher, dass sich meine Eltern an einem sonnigen Tag wie diesem im Wintergarten ausruhen." Ich stieß die französischen Türen auf, und da waren sie.

Mein Vater sprang auf. „Nun, was haben wir hier? Zwei Jungvermählte?"

„Noch nicht", ließ ich sie wissen.

Das Stirnrunzeln meiner Mutter hätte einen Clown zum Weinen bringen können. „Nicht?" Sie kam zu uns und nahm Ariels Hände in ihre. „Ich habe dich vermisst, Ariel."

„Ich habe dich auch vermisst." Sie küsste meine Mutter auf die Wange. „Wir werden sehr bald heiraten. In Galens Resort. Und alle Kinder können an der Hochzeit teilnehmen."

„Das wäre schön." Ma sah mich an. „Wie schnell können wir damit rechnen, mein Sohn?"

Ich lachte. „Warum? Brauchst du dringend noch ein paar Enkelkinder oder so etwas, Ma?"

Sie zuckte mit den Schultern. „Was bringt dich dazu, das zu denken?"

„Oh, vielleicht das Schild über dem Bett", sagte ich.

„Und die Wiege voller Sachen für ein Neugeborenes", fügte Ariel hinzu.

Ma errötete. „Ging das zu weit?"

Ariel schüttelte den Kopf. „Nein, ich verstehe das." Ariel sah mich an und zwinkerte mir zu. „Galen hat euch beiden etwas zu sagen." Sie trat zurück und legte ihren Arm um mich. Die Jacke, die sie angezogen hatte, verbarg ihren runden Bauch. „Ich hoffe, ihr werdet nicht allzu enttäuscht sein. Es geht um Kinder."

Es erschreckte mich irgendwie, wie blass meine Mutter wurde. „Ihr wollt noch keine Kinder haben, oder?" Sie warf ihre Hände in die Luft. „Oder niemals, richtig? Oh, Galen, bitte. Ich weiß, dass du ein vielbeschäftigter Mann bist, aber sich Zeit für die Familie zu nehmen ist ein Muss."

Bevor ich etwas sagen konnte, warf mein Vater ein: „Jetzt gib ihnen nicht das Gefühl, Kinder haben zu müssen. Es ist in Ordnung, wenn sie keine möchten. Wir haben bereits viele Enkelkinder."

Meine Mutter war damit nicht zufrieden. „Aber ich möchte ein paar Kinder mit Galens Gesichtszügen sehen. Ariel und er würden wunderschöne Enkelkinder für uns machen. Das ist so enttäuschend. Es tut mir leid, ich kann es nicht verbergen. Ich liebe es, Großmutter zu sein – das weiß jeder, der mich kennt."

„Warum konzentrierst du dich jetzt nicht auf die Hochzeit?", antwortete mein Vater, der immer der Friedensstifter war. „Das wird dir Spaß machen und ungefähr so viel Zeit in Anspruch nehmen wie ein Enkel. Jedenfalls für eine Weile."

Ma sah immer noch so aus, als hätte man ihr einen Schlammkuchen mit Würmern serviert. „Nun, ich nehme an, ich könnte versuchen, mich damit abzulenken." Sie sah Ariel an. „Wenn du mit meiner Hilfe einverstanden bist."

„Ich würde es lieben", schwärmte Ariel. „Ich habe noch nie eine Hochzeit geplant oder darüber nachgedacht. Deine Hilfe wird so wertvoll sein. Und ich habe ein weiteres Problem, bei dem du mir hoffentlich helfen kannst. Es geht um das Kleid."

Meine Mutter schüttelte den Kopf. „Da gibt es nichts zu befürchten. Meine Schwester ist eine ausgezeichnete Schneiderin. Sie hat alle Brautkleider meiner Töchter angefertigt. Sie kann auch deines machen, wenn du möchtest."

„Ich bin froh, das zu hören." Ariel lächelte mich an. „Ich habe keine Ahnung, wie riesig ich sein werde, wenn der Tag endlich kommt. Zu wissen, dass wir eine Schneiderin haben, die Änderungen vornimmt, ist fantastisch."

Ma sah ein bisschen verwirrt aus. „Und warum solltest du dann Änderungen brauchen, meine Liebe?"

Ich ergriff das Wort. „Nun, wir sind uns nicht sicher, wie schnell Ariel wachsen wird."

Mein Vater sah verwirrt aus. „Wachsen?"

Der Drang zu lachen machte mich fast sprachlos, aber ich beherrschte mich. „Ja, wachsen. Wisst ihr, Ariel und ich werden in ungefähr fünf Monaten Zwillinge bekommen. Einen Jungen und ein Mädchen. Ihr könnt also unser Problem verstehen, oder?"

Die Gesichter meiner Eltern waren unbeschreiblich. Und als Ariel die Kamera unter ihrer Jacke hervorholte, um diesen Ausdruck aufzunehmen, wusste ich, dass wir dem Album noch einen weiteren tollen Schnappschuss hinzufügen konnten.

Wir hatten es geschafft. Wir hatten alle Schwierigkeiten überwunden, um glücklich zu werden. Und die Zukunft hatte noch nie besser ausgesehen.

ENDE

BRENNENDE BEGIERDE ERWEITERTER EPILOG

Drei Jahre später ...

Galen

Wellen rollten krachend ans Ufer, als Ariel und ich unsere Zwillinge einsammelten – keine leichte Aufgabe.

„Sabrina, nein!", musste ich unserer zweijährigen Tochter zurufen, damit sie nicht auf die stürmische Küste zurannte.

„Spaß!", quietschte sie, kurz bevor ich sie hochhob. „Nein!"

„Doch. Wir müssen gehen, Süße." Wir waren zu unserem Bungalow über dem Wasser gegangen, um ein paar Dinge zu holen, die wir vergessen hatten, als wir das Personal baten, uns unsere Sachen zu bringen. Wichtige Dinge, wie die Kamera meiner Frau, ihr erstes Fotoalbum und Sebastians Schätze, ohne die er unmöglich leben konnte.

„Der Wind wird immer stärker, Galen. Ich hoffe, uns passiert nichts", rief Ariel über den Lärm von Wind und Wellen, während sie Sebastian unter einem Arm trug und in der anderen Hand eine Tasche hielt, die sie mit Dingen gefüllt hatte, von denen sie in letzter Minute beschlossen hatte, dass sie sie auch noch brauchte.

„Keine Sorge. Aber wir sollten besser ins Landesinnere gehen." Ich warf einen letzten Blick auf die Reihe der Bungalows über dem Wasser und hoffte, dass sie noch intakt sein würden, wenn dieser Hurrikan vorbei war.

Es war nicht geplant gewesen, dass wir während eines Hurrikans auf der Insel blieben. Ein Mangel an Kommunikation hatte dazu geführt. Wir hatten keine Ahnung, dass wir uns auf dem Weg zu einem Hurrikan der Kategorie 3 befanden, bis es zu spät für die Evakuierung war.

Das Mitarbeiterwohnheim war bei weitem der sicherste Ort. Wir hatten alle Speisen und Getränke aus den Restaurants zur Aufbewahrung und zum Verzehr in das Gebäude gebracht. Ein gewaltiger Generator würde uns ungefähr vierundzwanzig Stunden lang mit Strom versorgen, solange wir ihn mit Diesel am Laufen hielten.

Die meisten Angestellten waren im Urlaub. Nur ein paar wenige waren geblieben. Ariel und ich wollten die Insel am Ende des Sommers für uns haben. Sie war ein anderer Ort ohne die Gäste.

Ich war dankbar, dass meine Eltern in der Vorwoche nach einem Monat bei uns abgereist waren. Zumindest mussten sie diese Katastrophe nicht miterleben.

Ma hatte die Zwillinge mitnehmen wollen, aber das hatte ich nicht erlaubt. Wir hatten vor, noch einen weiteren Monat zu bleiben, und ich wollte nicht so lange auf unsere kleinen Engel – die manchmal kleine Monster waren – verzichten. Aber jetzt wünschte ich mir, ich hätte sie gehen lassen. Es war nicht meine Absicht, sie in Gefahr zu bringen.

Ariel sah mich an, als wir uns beeilten, ins Gebäude zu kommen. Es sah so aus, als würde es gleich regnen. Der Himmel war fast schwarz und mit tiefhängenden Wolken bedeckt. Sie zeigte auf etwas hinter mir, und ich drehte mich um.

Was ich sah, entzog sich meiner Vorstellungskraft. Ein Kreuzfahrtschiff raste auf die Bungalows zu. „Nein!"

Wir hielten an, um die Katastrophe zu beobachten, und standen still, als das Schiff weiterfuhr. „Galen, was sollen wir tun?"

Ich hatte keine Ahnung. „Es werden Passagiere an Bord sein, Ariel. Wir haben keinen Platz für alle. Ich weiß nicht, was zum Teufel wir tun können."

Es sah so aus, als wollte der Kapitän das Schiff wenden. Der Bug begann, sich nach rechts zu bewegen, sodass sich die Breitseite des Schiffes in Richtung Küste wandte. Ich konnte noch nicht erleichtert aufatmen, da sich das Schiff immer noch zum Strand neigte, anstatt vorwärts zu fahren. „Ich denke, die Motoren sind ausgefallen. Der Wind ist nicht stark genug, um das Schiff allzu sehr zu bewegen. Jedenfalls noch nicht."

Ariel sah mich mit Panik in ihren smaragdgrünen Augen an. „Gib mir Sabrina, und ich bringe die Zwillinge rein. Ich schicke alle Männer, die ich finden kann, zu dir, damit sie dir mit den Leuten helfen, die von diesem Schiff kommen."

Ich gab meine Tochter meiner Frau und küsste sie alle, bevor ich sie gehen ließ. Dann starrte ich zurück auf das Schiff und fragte mich, was zum Teufel ich mit all den Leuten machen sollte, die unsere Hilfe brauchen würden.

Seit der Kreuzfahrt, die ich vor einem Jahr mit meiner ganzen Familie unternommen hatte, wusste ich, dass ein typisches Kreuzfahrtschiff ungefähr dreitausend Passagiere befördern konnte. Ich hoffte, dass jetzt, am Ende des Sommers, die Anzahl der Leute deutlich geringer sein würde.

Ein paar Männer vom Resort trafen mich, als ich ein gutes Stück vom Strand entfernt stand. „Oh, scheiße!", rief Doktor Procter, als er neben mir zum Stehen kam. „Das ist übel, Galen."

Einer der Köche stand schockiert neben uns. Auch der leitende Hausmeister sah fassungslos zu. Wir konnten nichts tun, um das Unglück aufzuhalten. Wir konnten uns nur um die Folgen kümmern.

Das Getöse von Wind und Wellen wurde zu einem fast ohrenbetäubenden Brüllen, dann prasselte Regen auf uns nieder. Ich wusste nicht, was ich tun sollte. Fliehen und die Leute auf dem Schiff ihrem Schicksal überlassen?

Das erschien mir einfach nicht richtig. „Glauben Sie, dass das Schiff seinen Antrieb verloren hat, Mr. Dunne?", fragte mich der Hausmeister. Er war zu Beginn des Sommers eingestellt worden, und ich hatte ihn nicht viel gesehen. Ich hatte keine Ahnung, wie er hieß.

„Ich denke schon", rief ich und fügte dann hinzu: „Tut mir leid, aber ich kann mich nicht an Ihren Namen erinnern."

„Fabian." Er zog seinen Regenmantel enger um sich, als der Wind viel zu heftig wehte, als dass wir länger draußen stehen konnten. „Vielleicht bringen sie ihn wieder zum Laufen. Ich glaube nicht, dass wir uns hier aufhalten sollten. Es wird immer schlimmer. Das kann ich sehen. Ich habe vor ein paar Jahren einen ziemlich schlimmen Hurrikan in Puerto Rico erlebt. Hier ist es nicht sicher."

Ich zeigte auf den nächstgelegenen Zufluchtsort, das Royal, eines der Restaurants auf der Insel. „Wir können von dort aus beobachten, was passiert." Die Fenster waren mit Brettern vernagelt, aber ich war mir sicher, dass wir ein Guckloch finden könnten.

Wir rannten los, um Schutz zu suchen. Der Regen hatte uns alle durchnässt, aber wir waren in Ordnung, sobald wir im Gebäude waren. Doc schaute sich um, um zu sehen, ob er eine Stelle finden konnte, von der aus er nach draußen sehen konnte. „Ich habe ein Guckloch entdeckt. Das Schiff bewegt sich immer noch seitwärts auf das Ufer und die Bungalows zu. Was für eine Schande."

„Die Versicherung übernimmt alle Reparaturkosten", sagte ich ihm und mir selbst. Ich wollte nicht, dass mein Resort im Chaos versank. So viele von uns hatten hart gearbeitet, damit es das ganze Jahr über traumhaft schön war. Es schien, als würden wir im nächsten Sommer keine Besucher empfangen können.

Ich setzte mich an einen Tisch und streckte die Beine aus. Meine Jeans waren durchnässt, und es fühlte sich an, als würden sie hundert Pfund wiegen. Zumindest war mein Hemd trocken, da ich mir einen Regenmantel übergezogen hatte, bevor wir aus dem Mitarbeiterwohnheim aufbrachen.

Docs Gesicht wurde blass, als er uns ansah. „Gleich kommt es zur Kollision."

Oh scheiße!

Ariel

Wir hatten den meisten Mitarbeitern Urlaub gegeben, sodass sich nicht viele Menschen im Wohnheim befanden. Doktor Procter, den leitenden Hausmeister Fabian Ramirez, unseren Lieblingskoch Don und seinen Sous-Chef Peter, der noch im Teenageralter und Fabians Sohn war, hatten wir bei uns behalten. Sie waren die einzigen anderen Männer auf der Insel. Die Haushälterin Gina war ebenfalls bei ihrer Tochter Coral geblieben, die sechzehn war und es liebte, auf unsere Zwillinge aufzupassen.

Ich fühlte mich wie ein kopfloses Huhn, als ich wie verrückt herumlief. „Wie viele Betten haben wir hier? Wie viele Lebensmittel haben wir wohl, Peter? Was ist mit Handtüchern, Gina? Coral, kannst du die Zwillinge im Auge behalten, während ich einen Moment lang den Verstand verliere?"

„Sicher, Mrs. Dunne", sagte Coral, die mit überkreuzten

Beinen auf dem Boden saß und Sabrina auf ihren Schoß zog. „Soll ich dir ein Buch vorlesen, Sabrina?"

Sabrinas enthusiastisches Klatschen alarmierte ihren Bruder, der im Begriff war, auf einen Stuhl zu klettern, der zu hoch für ihn war. Er brach diese Mission ab, um sich zu Coral zu setzen und sich wie seine Schwester eine Geschichte anzuhören.

„Du bist ein Segen, Coral." Ich sah ihre Mutter an. „Gina, hilf mir."

Die Frau nickte verständnisvoll. „Okay, wir haben also ein Kreuzfahrtschiff, das unsere Insel rammen könnte, richtig?"

„Ja. Die Frage ist, wie viele Menschen sich auf diesem Schiff befinden. Meiner Schätzung nach mindestens tausendfünfhundert, aber wahrscheinlich nicht mehr als dreitausendfünfhundert." Ich sah auf meine Hände hinab, als sie anfingen zu schmerzen, und stellte fest, dass ich sie ununterbrochen rang. Ich schüttelte sie und ließ sie an meinen Seiten herabhängen, während ich nervös auf und ab ging. „Wir haben nicht genug Platz für alle. Nicht einmal die Hälfte von ihnen passt hier rein."

Peter war der einzige Mann bei uns Frauen. Sein Vater hatte ihm gesagt, er solle bei uns bleiben, während die anderen Männer Galen helfen wollten. Er wirkte nervös, als er versuchte, aus dem Gebäude herauszusehen, was aber unmöglich war, da sein Vater die Fenster komplett mit Brettern vernagelt hatte. „Dad hat dafür gesorgt, dass nichts hier reinkommt, was uns schaden könnte. Ich kann nicht einmal ein winziges Loch finden, um hinauszusehen. Glauben Sie, dass es ihnen dort draußen gut geht?"

Ich hatte keine Ahnung, aber ich wollte den Jungen nicht noch mehr beunruhigen. „Ich bin mir sicher. Es gibt noch andere Orte, an denen man Schutz suchen kann. Die Restaurants und das Büro sowie die umliegenden Bungalows, in denen das Management wohnt. Dein Vater hat sie vielleicht dorthin geführt, wo ihr wohnt."

„Mrs. Dunne, wie viele Leute können auf einmal in diesem Resort sein?", fragte er mit gerunzelter Stirn.

Er wusste genauso wie wir anderen, dass nicht genug Platz für all diese Leute war. „Hier im Mitarbeiterwohnheim haben wir Doppelbetten in jedem Zimmer. Und es gibt dreißig Räume. Wir haben hier also Platz für sechzig Leute. Ich habe bereits drei der Betten in das eine Zimmer gebracht, in dem meine Familie wohnen wird."

Coral sah von ihrer Lektüre auf. „Mom und ich haben zwei Betten in ein Zimmer gebracht."

Ich sah Peter an. „Haben du und dein Vater auch schon zwei Betten in ein Zimmer gestellt?"

Er schüttelte den Kopf. „Nein. Ich dachte nicht, dass ich im selben Raum sein müsste wie er." Er sah aus, als würde er nachdenken und ging dann in Richtung des Flurs nach links. „Aber ich mache es jetzt. Es wird mehr Platz für die anderen Leute schaffen."

Nun waren noch der Arzt und der Koch übrig. „Peter, kannst du auch für Doktor Proctor und Don zwei Betten in ein anderes Zimmer stellen? Ich bin mir sicher, dass sie lieber zusammenwohnen als mit Fremden."

Gina holte einen Block Papier aus einer Schublade in der Küche. Sie fand einen Stift in einem der Schreibtische im Gemeinschaftsraum. „Okay. Wir haben hier dreißig Schlafzimmer. Wir nutzen vier davon selbst. Wir haben also sechsundzwanzig zur Verfügung. Und da ist auch noch der Gemeinschaftsraum." Sie sah sich zu den diversen Sofas und Stühlen um. „Es sieht so aus, als könnten hier etwa fünfzehn Menschen Schlafplätze finden."

„Das ist noch lange nicht genug." Ich dachte an die Hütten in der Nähe des Büros. „Selbst mit dem Platz im Büro, der meiner Meinung nach für ungefähr zwanzig Personen reicht, und den umliegenden Hütten, in denen jeweils ungefähr acht

Personen unterkommen können, haben wir nur Platz für ungefähr vierzig weitere Personen."

Coral blickte mit einem verängstigten Gesichtsausdruck auf. „Wir werden an diesem Ort gefangen sein wie Sardinen in einer Büchse." Sie schauderte. „Grundgütiger."

Gina nickte. „Und es gibt bei weitem nicht genug zu essen für uns alle. Und nicht genug Wasser."

Gerade als es zu trostlos schien, um darüber nachzudenken, stieß Don die Haustür auf. Ich sah den Regen so stark fallen, dass ich sonst nichts erkennen konnte. „Das Schiff hat die Küste erreicht." Mit großer Anstrengung lehnte er sich gegen den Wind und schloss die Tür hinter sich.

„Hat es die Bungalows erwischt?", fragte ich. Ich hatte gehofft, sie würden verschont bleiben.

„Es gibt keine Bungalows über dem Wasser mehr." Er sah nach unten. „Und ich bin mir nicht sicher, was die Passagiere des Schiffes angeht. Der Kapitän lässt sie nicht aussteigen. Es ist eine schreckliche Situation."

Er lässt sie nicht aussteigen?

Galen

Fabian, Doc und ich waren ins Restaurant zurückgegangen, um abzuwarten, was der Kapitän des Schiffes tun würde. Bisher hatte noch niemand versucht, das Schiff zu verlassen, das von den Wellen hin und her gerissen wurde – und diese Wellen würden nur noch größer werden.

Doc rieb sich das Kinn, als er laut nachdachte: „Vielleicht hält der Kapitän es für sicherer, dass die Passagiere auf dem Schiff bleiben. Vielleicht arbeitet die Crew hart daran, die Motoren wieder in Ordnung zu bringen, und er möchte, dass sie an Bord bleiben, damit sie weiterfahren können, sobald sie eingeschaltet sind."

Das konnte ich verstehen. „Also, was sollen wir tun?" Wenn es niemanden gab, dem ich helfen konnte, wollte ich zu meiner Familie zurückkehren.

Fabian schüttelte den Kopf. „Ich glaube nicht, dass wir im Moment etwas für sie tun können. Aber wir können die Gebäude unverschlossen lassen, damit sie Zuflucht suchen können, falls sie das Schiff verlassen. Ansonsten habe ich keine Ahnung, was wir tun können, wenn er ihnen befiehlt, auf dem Schiff zu bleiben."

Der Arzt nickte, und ich machte mich bereit, mich auf den Weg in den Sturm zu machen, um zu dem Gebäude zu gelangen, in dem sich meine Familie befand. „Also lassen Sie uns von hier verschwinden."

Fabian hielt seine Schlüssel hoch. „Ich muss sicherstellen, dass jedes Gebäude offen ist, bevor ich zum Mitarbeiterwohnheim zurückkehre."

Doc sah mich an. „Ich sollte ihm helfen."

Mit einem Seufzer wusste ich, dass ich es auch sollte. „Teilen Sie die Schlüssel auf, damit wir das schneller erledigen können." Ich streckte meine Hand aus, um ein paar zu nehmen.

Fabian verteilte sie, und wir machten uns alle daran, die Arbeit zu erledigen. Der Wind warf uns fast um, als wir die Tür öffneten. Wir bewegten uns langsam und mühselig zu den anderen Gebäuden, um sie aufzuschließen.

Ich hatte den Schlüssel zum Büro und ging zuerst dorthin. Aber kaum hatte ich den Griff gedreht, flog die Tür auf und prallte gegen die Wand dahinter. Regentropfen ergossen sich auf den Boden. „Scheiße!"

Ich hatte zwei Möglichkeiten: Die Tür offenlassen, falls die Passagiere das Schiff verließen, oder abschließen und das Büro schön trocken halten. Abzuschließen wäre am klügsten gewesen, wenn ich nicht wollte, dass der Inhalt zerstört wurde. Aber meine Menschlichkeit brachte mich dazu, sie offenzulassen.

Ich rannte zum Bungalow des leitenden Hausmeisters neben dem Büro, und mein Herz sank, als ich sah, wie sich das Strohdach hob und davonflog. „Verdammt!"

Zu meinem Entsetzen verloren nacheinander auch die anderen Bungalows, die das Büro umgaben, ihre Dächer. Es blieb mir nichts anderes übrig, als zum Mitarbeiterwohnheim zurückzukehren, bevor ich ebenfalls davongeweht wurde.

Der Regen war so stark, dass ich Schwierigkeiten hatte, den Weg zu meiner Familie zu finden. Ich betete, dass das Gebäude dem Sturm standhalten konnte.

Als ich Doc an der Haustür traf, fragte ich: „Wissen Sie, wo Fabian ist?"

Er schüttelte den Kopf und öffnete die Tür. Nur mit vereinten Kräften konnten wir sie schließen, sobald wir drinnen waren. Eine Wasserpfütze hatte sich zu unseren Füßen gebildet, als wir uns umdrehten und uns alle mit großen, ängstlichen Augen anstarrten. Peter hatte am meisten Angst. „Wo ist mein Dad?"

Doc und ich sahen uns an, ohne ein Wort zu sagen. Dann fragte Don: „Haben Sie ihn zurückgelassen oder so?"

„Nein." Ich konnte nicht zulassen, dass sie dachten, wir hätten ihn dort draußen im Stich gelassen. „Wir haben beschlossen, die anderen Gebäude aufzuschließen, damit die Passagiere des Schiffes in Deckung gehen können, falls sie von Bord gehen. Wir haben die Schlüssel aufgeteilt und uns getrennt. Ich bin mir sicher, dass er bald hier sein wird."

Doc legte seine Hand auf meine Schulter. „Ich habe gesehen, wie Dächer an mir vorbeiflogen. Haben Sie das auch gesehen?"

Ich nickte. „Sie kamen von den Bungalows, die das Büro umgeben. Und ich bin mir ziemlich sicher, dass auch das Büro diesen Sturm nicht überstehen wird. Durch die unverschlossene Tür ist es dem Wind und dem Regen ausgesetzt. Aber ich hatte keine andere Wahl. Wenn diese Leute von Bord gehen, können sie dort unterkommen, die Tür zumachen und dann abschließen."

Ariels Stimme lenkte meine Aufmerksamkeit auf sie: „Wenn noch etwas übrig ist, in dem sie unterkommen können." Ich sah, wie ihr Körper zitterte. „Das ist alles so schrecklich."

Peter ging zur Tür. „Ich muss ihn suchen."

Ich packte ihn an den Schultern. „Nein. Ich bin fast hundert Pfund schwerer als du, Peter. Trotzdem habe ich es kaum hierher zurückgeschafft. Dieser Wind ist mörderisch."

„Ja, genau das ist, was mir Angst macht, Mr. Dunne." Peter zuckte mit den Achseln. „Ich werde ihn zurückholen. Er ist alles, was ich noch habe."

Ich sah Ariel hilfesuchend an, und sie kam zu uns und legte ihre Hand auf seinen Arm. „Peter, niemand weiß besser als ich, wie es sich anfühlt, allein auf der Welt zu sein. Aber dich zu verlieren würde deinen Vater umbringen. Er ist ein starker Mann. Ich bin mir sicher, dass er entweder irgendwo Zuflucht sucht oder auf dem Weg zurück ist. In jedem Fall möchte er nicht, dass du da rausgehst. Genau deshalb hat er dir gesagt, dass du hierbleiben sollst, als er mit den anderen Männern rausgegangen ist."

Gina kam, um den jungen Mann mitzunehmen. „Komm schon, lass uns ein paar Sandwiches machen. Das lenkt dich etwas ab. Dein Vater wird bald hier sein. Ich bin mir ganz sicher."

Don sah mich an und stand dann vom Sofa auf, um sich seinen Regenmantel zu schnappen. „Ich werde nach ihm suchen."

Doc sah mich an. „Ich komme auch mit."

Ich wollte sie nicht allein gehen lassen. „Warten Sie. Lass Sie uns ein Seil holen, um uns alle zusammenzubinden. So wird es sicherer."

Ariels Augen füllten sich mit unvergossenen Tränen, als sie mich am Arm packte. „Galen, geh nicht."

Was kann ich sonst tun?

Ariel

Mein Mann war zurück in das Unwetter gegangen und hatte mich weinend zurückgelassen. Ich hatte auch Angst um Fabians Leben, aber ich wusste nicht, wie es die Lage besser machen würde, wenn wir noch drei Leute rausschickten.

Gina und Peter kamen mit einem Tablett mit Sandwiches ins Zimmer. Peter bemerkte die Abwesenheit der Männer. „Sind sie losgegangen, um meinen Vater zu finden?"

Ich nickte und umarmte Sebastian, der auf meinem Schoß saß. „Ja. Vor ungefähr zehn Minuten."

Coral saß direkt neben mir und hatte Sabrina auf dem Schoß. Sie schenkte Peter ein beruhigendes Lächeln. „Ich bin sicher, sie werden ihn zurückbringen, Peter. Mach dir keine Sorgen."

Er hielt uns das Tablett mit den Sandwiches hin. Ich schüttelte meinen Kopf. Meine Nervosität machte es mir unmöglich, etwas zu essen. „Nein danke."

Gina räusperte sich. „Mrs. Dunne, nehmen Sie ein paar für Ihre Kinder."

„Oh, ja." Ich war zu beschäftigt gewesen und hatte nicht an meine Kinder gedacht. Ich nahm zwei Sandwiches, eines für jeden der Zwillinge, und reichte sie ihnen. „Hier. Esst sie gleich auf."

Unsere Kinder hatten kein Problem damit, sie zu verschlingen, während ich dort saß und meine Hände durch ihre dunklen Locken bewegte, die genauso waren wie die ihres Vaters. *Wenn ich ihn verliere ...*

Ich schüttelte meinen Kopf. Ich konnte mir nicht erlauben,

so zu denken. Ich würde ihn nicht verlieren. Ich konnte es nicht. Wir hatten Pläne. So viele Pläne. Er musste durch diese Tür zurückkommen. Und er musste es bald tun, bevor meine blühende Fantasie mir den Verstand raubte.

Gina holte eine Flasche Wein heraus, die sie in ihre Schürze gesteckt hatte. „Hier, lassen Sie uns ein Glas trinken und sehen, ob es unsere Nerven beruhigt, Mrs. Dunne." Sie füllte zwei Gläser und reichte mir dann eins. „Ruhig zu bleiben ist der Schlüssel, um eine schwierige Situation zu meistern."

Ich nippte an dem Rotwein und wünschte, er würde mich sofort entspannen. Aber das geschah nicht. Und als eine Stunde vergangen war, konnte ich es nicht mehr ertragen. „Ich denke, ich sollte rausgehen und nach ihnen suchen."

Alle drei schauten mich an, als ob ich verrückt wäre. Dann sagte Sebastian: „Ich komme mit."

Coral schüttelte den Kopf. „Nein, Sebastian." Ihre Augen trafen meine. „Und nein, Mrs. Dunne. Sie müssen erst an mir vorbei, bevor Sie aus dieser Tür treten können."

„Coral, das verstehst du nicht." Ich schüttelte den Kopf, als ich Sebastian von meinem Schoß nahm, um ihn neben mich auf das Sofa zu setzen. „Ich kann meinen Mann nicht da draußen lassen."

Coral legte ihre Hand auf meinen Arm, bevor ich aufstehen konnte. „Nein. Er wird zurückkommen. Sie werden alle zurückkommen. Sie müssen Vertrauen haben."

Sie hatte keine Ahnung. Ich hatte Vertrauen, aber ich wusste auch, dass schlimme Dinge passieren konnten. Wenn er da draußen war, am Leben, aber verletzt, könnte ich ihn retten.

Peter erhob sich von dem Stuhl, auf dem er auf der anderen Seite des Raumes gesessen hatte. „Ich werde rausgehen. Sie bleiben hier. Sie haben die Kinder."

„Aber dein Vater will nicht, dass du nach draußen gehst, Peter", argumentierte ich.

„Und Ihr Mann möchte nicht, dass Sie da draußen sind", gab er zurück. „Wenn jemand nach ihnen sucht, bin ich es."

Ich durfte den Jungen nicht hinauslassen. Ich wusste, dass ich mit gutem Beispiel vorangehen musste. „Hör zu, wir bleiben beide hier sitzen, okay? Auf diese Weise gerät keiner von uns in Schwierigkeiten."

„Also gut." Er setzte sich näher zu mir. „Wir müssen vernünftig bleiben. Wir sind hier drinnen sicher. Niemand würde wollen, dass einer von uns da rausgeht."

Die Lichter flackerten und gingen aus. Ich wusste genau, warum das so war. „Der Generator hat keinen Kraftstoff mehr. Jemand muss raus, um ihn aufzufüllen."

Wir sahen uns alle im trüben Licht an. Peter stand auf. „Ich gehe."

Gina schüttelte den Kopf. „Nicht allein. Ich komme mit."

Coral stellte Sabrina neben mich, als sie aufstand. „Ich auch."

Ich dachte nicht, dass drei Personen dafür nötig waren. Der Generator war nur ein paar Meter von der Hintertür entfernt und die Dieselkanister standen auf der überdachten Veranda. Aber als die drei zurück in den Wohnbereich kamen, wusste ich, dass etwas nicht stimmte. „Was?"

Gina schluckte schwer. „Da draußen steht das Wasser mindestens einen Meter hoch. Deshalb funktioniert der Generator nicht mehr. Er ist überschwemmt worden. Wasser ist zur Hintertür hereingeströmt, aber wir haben es geschafft, sie wieder zu schließen. Ich denke, wir sind hier in Sicherheit."

Das waren gute Nachrichten. Aber die schlechte Nachricht war, dass mein Mann und die anderen Männer alle da draußen in dem meterhohen Wasser waren. „Wir müssen etwas unternehmen. Sie sind da draußen. Es muss etwas geben, das wir tun können."

Peter ging auf und ab, während er leise fluchte. Coral saß auf einem Stuhl in der Ecke und sah aus, als würde sie gleich weinen. Und Gina sah mich ohne Hoffnung in ihren dunkelbraunen Augen an. „Vielleicht sollten wir nach oben gehen."

„Das hilft aber denjenigen nicht, die draußen sind." Ich hatte keine Ahnung, warum sie so etwas sagen würde, wenn unsere Männer mitten im Sturm waren.

„Wir sollten jetzt an uns selbst denken." Sie sah mit besorgten Augen in die Küche. „Das Wasser steigt immer höher. Wir werden oben sicherer sein. Ich hole etwas zu Essen und Wasser. Coral und Peter können mir dabei helfen. Sie bringen Ihre Kinder nach oben."

„Ich kann nicht." Ich sah zur Haustür. „Ich kann ihn nicht da draußen lassen."

Mein Sohn stand auf und zeigte auf eines der Fenster. „Mommy."

Wir alle drehten uns um und sahen, wie Wasser durch den Rahmen sickerte, obwohl das Fenster mit einer dicken Schicht Sperrholz bedeckt war.

Was zum Teufel machen wir jetzt?

Galen

Fabian packte die Strickleiter, die die Besatzung über die Bordwand geworfen hatte. Das Wasser war so stark gestiegen, dass es inzwischen die ganze Insel überschwemmt hatte. Nun waren sie es, die uns retteten.

Einer nach dem anderen stiegen wir hinauf, bis wir an der Reling ankamen, über die wir kletterten, um an Deck zu gelangen. Durch den Regen sahen wir alle das eine Gebäude, das auf der Insel noch übrig war – das Mitarbeiterwohnheim, das auf halber Höhe im Wasser stand. Ich wusste, dass die untere Hälfte überflutet war. Die anderen mussten inzwischen im zweiten Stock sein.

„Da sind Leute drin. Meine Familie", rief ich dem
Kapitän zu.

Nickend sah er eines seiner Besatzungsmitglieder an. „Sag
David, er soll das Schiff dorthin steuern."

Sie hatten es geschafft, die Motoren wieder zum Laufen zu
bringen, und hätten uns einfach dortlassen können. Zum Glück
hatten sie uns gesehen und wollten uns nicht ertrinken lassen.

Fabian rief einem der Besatzungsmitglieder zu: „Wir brauchen etwas, um die Bretter von einem der Fenster zu entfernen,
damit wir alle erreichen können."

Der Mann nickte und rannte los, um etwas zu holen. Ich
legte meine Hand auf Fabians Schulter. „Wir retten sie alle.
Machen Sie sich keine Sorgen. Und dann bringt uns dieses
Schiff weg von hier."

„Ich sollte auf die Brücke gehen. Ich will derjenige sein, der
das Kommando hat, wenn wir zu dem Gebäude gelangen. Es
wäre nicht gut für die Leute im Inneren, wenn wir damit zusam-
menstoßen würden." Der Kapitän lief los, und ich war erleichtert, dass er sich dieser schwierigen Aufgabe selbst annehmen
wollte.

Fabian sah mich an. „Ich hoffe nur, dass keiner von ihnen
rausgegangen ist, um nach uns zu suchen."

Darum betete ich auch. „Sicher war niemand so dumm, das
zu tun. Dieses Gebäude ist das einzige auf der Insel, das gebaut
wurde, um einen Sturm dieser Größenordnung zu überstehen.
Solange sie drinnen bleiben, geht es ihnen gut. Nun, zumindest
solange das Wasser sie nicht vollständig überflutet. Ich bin mir
nicht sicher, ob das Gebäude dem steigenden Wasser weiter
standhalten kann."

Doc und Fabian nickten zustimmend, während Don auf das
Gebäude starrte, dem wir immer näher kamen. „Da ist es."

Das Besatzungsmitglied tauchte mit einem Hammer wieder
auf. „Damit sollte es funktionieren."

Fabian nahm ihn entgegen. „Genau das habe ich gebraucht."

Die Wellen ließen das Schiff ständig steigen und fallen. Das machte es trotz laufender Motoren schwierig, an einem Ort zu bleiben. Fabian benutzte das Klauenende des Hammers und stieß es unter eine Sperrholzplatte. Dann hielt er sich daran fest, als das Schiff auf den Wellen wieder sank, und das Brett wurde vom Fenster gerissen und fiel fast auf uns.

Wir entkamen ihm knapp und hatten jetzt ein Fenster, durch das wir hineinklettern konnten. Ein weiterer Wellengang ließ uns zu dem Fenster zurückkehren, und da war Peter. Er hatte das Fenster geöffnet und lächelte. „Oh Gott!"

Ich sah kaum die anderen hinter ihm, aber ich sah meine Frau, und mein Herz explodierte fast. „Zuerst die Kinder!"

Ich beugte mich über die Reling und ließ Don und Doc meine Beine festhalten, damit ich meinen Sohn von Peter entgegennehmen konnte, der ihn mir hinhielt. Als sich das Schiff wieder hob, schnappte ich mir Sebastian und hielt ihn fest umklammert, als sie mich zurück an Deck zogen.

Eines der weiblichen Besatzungsmitglieder rannte an Deck, nahm ihn mir ab, wickelte ihn in eine Decke und brachte ihn dann hinein. „Ich kümmere mich um ihn", rief sie. „Machen Sie sich keine Sorgen."

Ich sah meinen Sohn an, der mir weinend seine winzigen Arme entgegenstreckte. „Alles in Ordnung, Sebastian. Daddy wird in einer Minute bei dir sein."

Wir lehnten uns über die Reling, nahmen alle wieder unsere Positionen ein, und ich konnte Sabrina als Nächste holen. Dann bekam ich Coral und ihre Mutter zu fassen. Peter rief: „Ich gehe als Letzter." Dann hielt er mir Ariel entgegen, und ich fing sie auf.

Mein Herz platzte fast aus meiner Brust, als ich sie an mich zog. „Ich habe dich!"

„Galen, ich hatte solche Angst." Sie schüttelte ihren Kopf, als sie weinte und mich panisch umklammert hielt.

„Ich auch, Schatz. Ich auch." Ich küsste sie auf die Stirn, bevor ich sie sicher auf das Deck stellte. „Ich muss Peter holen, dann verschwinden wir von hier."

Peter zu fassen bekommen würde viel schwieriger sein als den Rest. Es war niemand da, der ihn zu mir warf. „Du musst so weit springen, wie du kannst, Peter", schrie ich über den Wind und Regen hinweg.

Er stand auf der Fensterbank, nickte und wartete darauf, dass das Schiff näherkam. Als er sprang, packte ich ihn an den Handgelenken. Die anderen zogen uns an Deck, und wir waren endlich alle in Sicherheit.

Das Schiff brauchte nur ein paar Stunden, um aus dem Hurrikan in eine viel ruhigere See zu gelangen.

Meine Frau und ich hielten unsere Kinder in unseren Armen, während wir in einer der leeren Kabinen auf dem Bett lagen. Warm vom Duschen und in weiche weiße Bademäntel gekleidet, waren wir dankbar, dass alles gut für uns gelaufen war.

„Es gibt kein Paradise Resort mehr", murmelte Ariel, als sie mit einer Locke von Sebastians dunklem Haar spielte.

„Es ist weg." Ich schaute aus dem kleinen runden Fenster und stellte fest, dass die Sonne aufging. „Aber wir sind am Leben, um einen neuen Tag zu sehen, und das ist alles, was wirklich zählt. Das Schiff hat sich als ein Geschenk Gottes entpuppt, nicht wahr?"

Ihre Augen wanderten zu meinen. „Das hat es wirklich getan. Wenn ich darüber nachdenke, wie ich mir Sorgen darüber gemacht habe, ob wir all den Menschen an Bord helfen können ... Was für eine Zeitverschwendung das war." Sie lächelte mich an. „Wenn wir wieder an Land gehen, muss ich etwas tun."

„Was denn?" Ich strich eine Locke ihres kastanienbraunen Haares aus ihrem hübschen Gesicht.

Sie biss sich auf die Unterlippe. „Mutter Natur liegt ungefähr drei Wochen hinter dem Zeitplan zurück."

„Auf keinen Fall!" Ich lächelte sie strahlend an. „Wirklich?"

Sie nickte, als sie über unsere Zwillinge griff, um meine Wange zu berühren. „Bist du bereit für mehr von diesen kleinen Engeln? Auch wenn sie manchmal kleine Monster sind?"

„Baby, ich bin immer bereit für mehr kleine Versionen von dir und mir." Ich legte meine Hand auf ihren Bauch. „Und ich bin so verdammt froh, dass du es mir nicht früher erzählt hast, sonst wäre ich während dieser ganzen Tortur ein nervöses Wrack gewesen."

Mit einem Lächeln nickte sie. „Ja, das dachte ich mir. Deshalb habe ich es für mich behalten." Sie schloss die Augen und flüsterte: „Es ist schwer zu glauben, dass wir das Resort nicht mehr unser Zuhause nennen können."

„Aber wir haben uns, und das bedeutet mir mehr als alle Resorts der Welt." Ich küsste sie auf die Stirn und deckte sie dann zu, damit sie für den Rest unserer Reise schlafen konnte.

Hinter uns lag eine schwere Zeit, aber zusammen würden wir es schaffen, unser Glück wiederzufinden.

ENDE

Hat Dir dieses Buch gefallen? Dann wirst Du Auf der Flucht LIEBEN.

Ich bin das Mädchen, das alles hat. Gute Noten, Vollstipendium, gutes Aussehen, Charme.

Ich weiß, dass ich etwas bekommen kann, wenn ich es genug möchte.

Wurde mir irgendetwas davon gereicht? Natürlich nicht. Ich habe mir meinen Weg nach oben erkämpft, und ich beabsichtige, hierzubleiben.

Bis ich eines Verbrechens beschuldigt werde, welches ich nicht begangen habe.

Zur Flucht gezwungen weiß ich, dass ich werde herausfinden müssen, wie das passiert ist, und zwar bald. Ich kann nicht den Rest meines Lebens im Gefängnis verbringen. Ich muss untertauchen.

Aber dann treffe ich Kane Stockwell.

Er ist der Mann meiner Träume. Natürlich wusste ich das nicht, bevor ich ihn traf, aber er ist alles, was ich je wollte. Und ich weiß, dass er mich ebenfalls will. Ich werde für ihn arbeiten, ich werde mich um seinen Sohn kümmern, aber ich werde ihn jedes Mal wollen, wenn ich ihn sehe.

Er darf nicht die Wahrheit über mich erfahren. Er darf nicht mein Geheimnis entdecken. Wenn er das tut, wird er mich ausliefern.

Ich muss den Ball flach halten.

Aber wie lange kann ich so weitermachen?

Lies Herz aus Stein JETZT!

VORSCHAU - KAPITEL 1
EINE ROMANZE ÜBER EIN HEIMLICHES BABY

Lies Herz aus Stein JETZT!

Kapitel 1

„Und wie befinden die Geschworenen Miss Gravage?"

Mein Herz rast, während ich von einem Gesicht zum anderen blicke, wobei ich bemerke, dass keiner der Männer oder Frauen unter den Geschworenen meinen Blick erwidert. Im Gerichtssaal herrscht für einen kurzen Moment Stille, dann steht einer der Männer in der Ecke auf, räuspert sich und sieht mich mit einem steinharten Blick an.

„Euer Ehren, die Geschworenen befinden Miss Gravage des vorsätzlichen Mordes schuldig, und wir befürworten, dass sie im vollen Ausmaß des Gesetzes bestraft wird."

Mein Puls beschleunigt sich noch mehr, und ich wende meinen Blick wieder dem Richter zu. Er sitzt für einen Moment still da, dann schlägt er mit dem Hammer auf seinen Tisch und setzt die Strafe fest. „Miss Gravage, Sie wurden des Mordes an Miss Amanda Hamilton schuldig befunden und werden eine lebenslange Haftstrafe hinter Gittern verbüßen—ohne Bewährung. Abgewiesen!"

Er schlägt erneut auf den Tisch, und ein Polizist tritt vor. Ich schreie und weine, beteure meine Unschuld, aber niemand hört mir zu. Man zerrt mich in meinem orangenen Overall und Handschellen aus dem Gerichtssaal, dann werde ich auf die Rückbank eines Polizeiautos gedrückt. Überall sind Reporter, von denen mir jeder ein Mikrofon ins Gesicht schiebt.

Bevor ich mich versehe, werde ich in eine kalte, dunkle Gefängniszelle befördert. Da ist eine metallene Pritsche ohne Decke oder Kissen, eine Toilette in der Ecke, und das ganze Ding ist aus trostlosem grauen Beton gemacht. Die Gittertür knallt hinter mir ins Schloss, und ich falle auf die Knie und schreie, als sich die Stiefelgeräusche der Wache in die Dunkelheit zurückziehen.

Ich schnelle in meinem Bett hoch, schreiend und in den Laken zappelnd. Meine Brust hebt sich schwer, und ich blicke in dem billigen Hotelzimmer umher, während das Bewusstsein in Wellen zu mir zurückkehrt. Langsam erinnere ich mich daran, wo ich bin. Ich bin nicht vor Gericht. Ich bin nicht im Gefängnis. Während meiner Teenagerzeit habe ich beides gesehen, aber nie wegen etwas so Ernstem wie Mord.

Warum denke ich, dass ich ins Gefängnis wandere?

Oh, ja. Amanda Hamilton.

Amanda Hamilton war ein Mädchen, das ich nur für ein paar Tage gekannt hatte, bevor mein ganzes Leben den Bach runterging. Sie war Mitglied einer rivalisierten Studentinnenverbindung und einer dieser Menschen, der der Meinung war, die Welt schulde ihr etwas. Dass ich ihr etwas schuldete. Ich musste zugeben, dass sie ein wunderschönes Mädchen war, aber nicht schöner als ich oder unzählige andere Frauen.

Nachdem ich Jordan Stone ins Visier genommen hatte,

würde ich sie ihn also nicht einfach anbaggern lassen, ohne mich zur Wehr zu setzen.

Warum sollte sie einen Jungen zuerst bekommen, nur weil sie in der Schule Vorrang vor mir hatte? Es war offensichtlich, dass er mich für attraktiv hielt, und wir haben uns sofort gut verstanden. Als er mich zu mehreren Partys auf dem Campus eingeladen hatte, wusste ich, dass er auch etwas zwischen uns spürte. Ich hatte sogar mit dem Gedanken gespielt, dass er der Mann sein könnte, an den ich meine Jungfräulichkeit verlor. Er hätte vielleicht der Mann sein können, den ich eines Tages heiraten würde. Kurz gesagt, ich war bis über beide Ohren in ihn verknallt.

Aber Amanda war das ebenfalls.

Ich war so dämlich, ich hatte gedacht, dass wenn sie mich zu einer Party bei ihrer Studentinnenverbindung einlud, es daran lag, dass sie mich kennenlernen wollte. Sie und ihre Freunde waren alle aus dem gleichen Holz geschnitzt, und noch schlimmer, keine von ihnen war sonderlich clever. Als es sich herumsprach, dass sie eine Überdosis von irgendeiner Droge genommen hatte, von der sie es geschafft hatte, sie in die Finger zu kriegen, kann ich nicht sagen, dass ich überrascht war.

Was mich allerdings überraschte, war das Gerücht, welches sich am nächsten Tag auf dem Campus verbreitete, nämlich dass ich etwas mit ihrer Überdosis zu tun hatte. Klar, ich hatte keine positiven Gefühle für das Mädchen, und sie war auch nicht gerade ein Fan von mir, aber ich war kein Mörder und könnte es auch nie sein. Ich wollte nie jemanden tot sehen, nicht einmal meinen schlimmsten Feind.

Aber ich habe schnell gelernt, dass sich Gerüchte auf dem College genauso schnell verbreiten wie auf der High-School, und als sich die gemeine Geschichte etabliert hatte, war ich erledigt. Ich wusste, dass die Polizei die Überdosis aktuell als Unfall ansah, aber ich wollte nicht in der Nähe sein, wenn sie es sich anders überlegten. Ich hatte keine Zweifel, dass sie von dem Klatsch Wind bekommen würden, dass ich etwas damit zu tun hatte, und sobald das passierte, steckte ich tief drin.

Ich habe bereits eine Vorgeschichte. Und diese Vorgeschichte beinhaltet Drogen und Inhaftierung in meiner Vergangenheit. Es war nur eine Dummheit auf der Highschool, weil ich zu den Coolen gehören wollte, aber sie hätte mich fast mein Stipendium für die Universität von Kalifornien in San Diego gekostet. Ich habe meine Lektion gelernt und den Drogen für immer entsagt. Ich würde das Zeug nie wieder anrühren, aber hier sind sie und ruinieren mein Leben erneut.

Mit einem Seufzen werfe ich die Laken von meinem Körper und schwinge die Beine über die Bettkante auf den Boden. Jetzt denke ich klarer darüber nach, was passiert ist und was ich tun werde. Sprich, was ich tue. Ich bin auf der Flucht. Ich hatte nicht vor, herumzuhängen und den Kopf für den Fehler dieses geistigen Tiefffliegers hinzuhalten, das steht verdammt nochmal fest. Ich weiß nicht, wo ich hingehe oder was ich tun werde, wenn ich dort ankomme, aber ich weiß, dass ich nicht in Kalifornien bleiben kann.

Ich nehme meine Handtasche und hole meinen Geldbeutel hervor, um durch das wenige Geld zu sehen, das ich noch übrig habe. Ich war in den ersten verfügbaren Flug aus dem Bundesstaat heraus gestiegen, und jetzt, ein paar Tage später, sitze ich im billigsten Hotel Chicagos. Es ist eine Stadt, in der ich schon zuvor war, aber ich erinnere mich nicht daran, dass sie so langweilig war.

Auf dem Bett sitzend kontrolliere ich mein Handy. Ich scrolle durch eine Vielzahl von Nachrichten meiner Freunde, die sich fragen, wo ich bin, aber selbstverständlich sehe ich nichts von meinen Eltern. Bestimmt würden sie mittlerweile wissen, dass ihre Tochter angeblich vermisst wird, aber keiner von beiden kümmert sich genug, um sich bei mir zu melden.

Ich werde sowieso auf keine der Nachrichten antworten. Es ist nur eine Frage der Zeit, bis ich dieses Handy loswerde. Was ich brauche, ist ein Weg, um Geld zu verdienen, und zwar schnell. Ich weiß nicht, ob ich in Chicago bleiben werde, aber dem Zustand meines Geldbeutels nach zu urteilen, wird das für eine Weile mein Zuhause sein. Auf meinem Handy öffne ich eine Webseite mit Stellenausschreibungen und sehe mir die Anzeigen an, auf der Suche nach irgendetwas, das einfach und so inoffiziell wie möglich aussieht. Ich möchte nicht durch einen langwierigen Bewerbungsprozess gehen. Kann ich nicht.

Das Letzte, was ich will, ist, mehr Aufmerksamkeit als nötig auf mich zu ziehen. Wenn ich das tue, bin ich dran.

Eine Ausschreibung fällt mir ins Auge:

Auf der Suche nach Kindermädchen, so schnell wie möglich

Leider bin ich erneut auf der Suche nach einem Kindermädchen für meinen jungen Sohn. Er ist ein munterer Junge, der jemanden braucht, der ihn versteht. Sie muss bei uns wohnen, um sich rund um die Uhr um ihn zu kümmern, da mich meine Arbeit außer Haus hält. Ich brauche jemanden, der seinen Bedürfnissen gerecht wird.

Ich habe versucht, Agenturen zu konsultieren, aber deren Kindermädchen scheinen völlig unfähig zu sein, ihren Job zu erledigen. Ich brauche jemanden, der fähig ist. Bitte antworten Sie mit einer E-Mail über sich. Legen Sie Ihren Namen, Ihre Telefonnummer und Erfahrung bei, und ich werde mich bei Ihnen melden, wenn ich denke, dass Sie geeignet sind.

Seien Sie sorgfältig und folgen Sie den Anweisungen. Jeder Bewerber, der dies nicht ist, wird abgelehnt. Danke.

Kane Stockwell

· · ·

ICH STARRE die Anzeige mit rasendem Herzen an. Sie ist erst ein paar Stunden alt, und absolut perfekt für mich. Ich schicke ihm schnell eine E-Mail, wobei ich sorgfältig darauf achte, mich mit den bestmöglichen Worten zu beschreiben und seinen Anweisungen zu folgen. Das Einzige, was ich ändere, ist mein Name. Ich mag vielleicht Mercedes Gravage sein, aber wenn er die Nachrichten sieht, dann wird es nicht lange dauern, bis er weiß, wer das ist.

Mein neuer Name ist Emily Rhodes. Er ist sowohl gewöhnlich genug als auch einzigartig. Er sollte ihn nicht hinterfragen. Ich habe nicht viel Erfahrung mit Kindern, aber es sind Kinder. Wie schwer kann das sein? Jeder hat Kinder. Und wenn jeder das tun kann, dann kann das jeder *Beliebige* tun—und ich bin beliebig.

Ich lege mein Handy zur Seite und bin überrascht, als ich fast sofort eine Nachricht bekomme. Sie ist von einer Nummer, die ich nicht kenne, aber der Absender gibt sich sofort als Kane zu erkennen.

HALLO, und vielen Dank für Ihre Bewerbung. Ich würde gerne so schnell wie möglich ein Bewerbungsgespräch mit Ihnen führen. Können Sie heute vorbeikommen?

MEIN HERZ RAST, während ich die Nachricht anstarre. Das ist zu schön, um wahr zu sein. Ich lächle vor mich hin, während ich ihm schnell eine Antwort schicke:

DANKE FÜR IHRE RÜCKMELDUNG. Ich würde Sie gerne kennenlernen —sagen Sie nur wann und wo.

· · ·

Ich drücke ‚Senden' und lege mich mit einem Lächeln auf das Bett zurück. Das ist zu perfekt.

Das ist die Lösung für meine Probleme.

Kapitel 2

„Mr. Stockwell, ich nehme an, wenn Sie an Ihrem Handy sind, dann muss es etwas verdammt Wichtiges sein. Wenn Sie es nicht mit dem Rest der Gruppe teilen wollen, halte ich es für besser, wenn Sie es bis zum Ende des Meetings beiseitelegen." Mr. Trist schlägt mit der Faust auf den Tisch, lehnt sich nach vorne und fixiert mich mit seinem wütenden Kein-Blödsinn-Blick.

Genervt lege ich mein Handy auf den Tisch und verschränke die Finger vor mir, die Ellbogen auf dem Tisch. „Verzeihung, Gentleman, aber ich habe einen jungen Sohn zuhause, und um den muss sich gekümmert werden. Mein letztes Kindermädchen hat mich in letzter Sekunde sitzen lassen, und ich habe Mühe damit, ein anderes zu finden."

„Das ist ja schön und gut, aber wir versuchen hier, eine Firma zu führen. Wenn Sie das Geld wollen, um dieses Kindermädchen zu bezahlen, müssen Sie hier präsent sein, und ich meine damit nicht nur, diesen Stuhl auszufüllen. Geben Sie uns einen kurzen Überblick darüber, was Sie für das nächste Quartal sehen", fährt Mr. Trist fort.

Ich stehe von meinem Stuhl auf, meine Gereiztheit verbergend. Ich hasse diese Meetings, und ich hasse es, mit meinen Investoren umzugehen. Ich weiß, dass es keine gute Idee ist, diejenigen zu hassen, die Geschäfte finanzieren, aber ich verachte die Art, wie sie so tun, als wäre das ihre Firma, ihre Idee. Ich habe *Star Enterprises* angefangen, und ich bin der alleinige Besitzer.

Ihre Aktien bedeuten nichts außer der Tatsache, dass sie daraus Profit erzielen. Erleichtert darüber, dass ich so schnell einen neuen Babysitter beschafft habe, gehe ich zu der Grafik an der Wand und beginne, den Männern am Tisch Zahlen aufzuzeigen. Während ich die Präsentation halte, sehe ich mein Handy blinken.

Entweder habe ich eine weitere Nachricht empfangen oder einen Anruf verpasst, und ich habe momentan keine Zeit ranzugehen. Ich kann den Ärger in meinen Kopf kriechen fühlen, aber ein Wort darüber zu den Aktionären, und ich könnte mich genauso gut auch den Wölfen zum Fraß vorwerfen. Ich habe bereits genug rechtliche Probleme, und ich möchte bei ihnen keinen Verdacht säen, dass mit der Firma irgendetwas falsch läuft.

Zu guter Letzt beende ich die Präsentation und bereite dem Meeting ein Ende.

„Wie immer freue ich mich darauf, Sie alle wiederzusehen", lüge ich, während sie sich auf den Weg zur Tür machen. Ich schüttle jedem der sechs Männer herzlich die Hand, mir deutlich der Tatsache bewusst, dass mir jeder Einzelne von ihnen lieber ein Messer in den Rücken ramme würde, als bei diesem Meeting zu sein. Als der Letzte von ihnen endlich gegangen ist, eile ich herüber und greife mein Handy.

Ich hoffe, dass es das neue Kindermädchen ist, das bestätigt, dass es heute Nachmittag zu mir kommen kann.

Ist es nicht.

Es ist ein verpasster Anruf von Cheryl, meiner Ex-Frau. Zorn baut sich in meiner Brust auf, während ich das Handy an mein Ohr hebe, und ich zucke zusammen, als ich ihre Stimme höre.

„Kane, wie nett von dir, dass du all meinen Anrufen aus dem Weg gehst, nach allem, was ich für dich getan habe! Ich habe deinen Mist so langsam satt! Du bringst das besser wieder in

Ordnung oder es wird ein dickes Ende geben. Natürlich weißt du, wie man all das verschwinden lässt! Blake und ich wären brennend daran interessiert zu hören, wie du ein paar dieser großen Handel abgezogen hast, die du zu jener Zeit geschafft hast. Möchtest du es mit uns teilen? Ha!" Die automatische Stimme signalisierte das Ende meiner Nachrichten und ich knallte mein Handy beinahe zurück auf den Tisch. Ich war es leid, mich mit dieser Frau auseinanderzusetzen, und ich wollte sie für immer aus meinem Leben heraushaben.

Als sie und ich uns zum ersten Mal trafen, war es ein Feuerwerk gewesen. Ich dachte, sie wäre die perfekteste Frau auf dem Planeten, und ich wollte den Rest meines Lebens mit ihr verbringen. Sie war nicht vom ersten Tag an da gewesen wie Blake Harper, mein Geschäftspartner, aber ich wollte sie an jedem darauffolgenden Tag dabeihaben.

Was für ein Idiot ich für sie gewesen war.

Damals im College hatte ich es geschafft, ein paar große Aktienhandel an Land zu ziehen. Ich hatte einen Weg gefunden, um den normalen Algorithmus zu umgehen und mit den Deals Milliarden gemacht. Es war Blakes Idee gewesen, die Firma zu gründen, um denen zu helfen, die das Gleiche tun wollten.

Natürlich hatte ich nie meine wirklichen Geheimnisse mit der Öffentlichkeit geteilt, weshalb ich mich momentan gewissen rechtlichen Problemen gegenübersah. Wir hatten versprochen, dass jeder in der Welt Millionen machen könnte, und das passierte einfach nicht. Und die Kunden bemerkten es.

Um dem Ganzen die Krone aufzusetzen, gerade als sich die Anklagen zu häufen begannen, hatte ich Blake mit meiner Frau im Bett erwischt. Die zwei kamen am Ende zusammen, Cheryl ließ mich und jeden Teil des Lebens, das wir zusammen aufgebaut hatten, hinter sich, einschließlich unseres Sohnes.

Mein Junge war am Boden zerstört gewesen, als sie ging,

aber es hatte mich noch mehr zerschmettert. Nicht nur habe ich meine Frau und die Mutter meines Kindes verloren, sondern auch meinen Geschäftspartner.

Bis vor kurzem hatte sie kein Interesse daran gehabt, den kleinen Troy zu sehen. Ich hatte ihm Versprechen über Versprechen gegeben, dass er sie bald sehen würde, aber sie war nie aufgetaucht. Letztendlich entschied ich, dass das Maß voll war und habe das alleinige Sorgerecht für ihn bekommen—zumindest für den Moment. Aber vor ein paar Monaten hatte Cheryl begonnen, wieder aufzukreuzen. Meine Vermutung ist, dass ihr das Geld ausgegangen ist und sie mehr will.

Aber das wird nicht passieren. Ich werde nicht irgendeiner Schlampe, die ihre Familie verlassen hat, finanzielle Unterstützung bieten. Wenn sie Geld will, kann sie sich einen Job besorgen. Oder sie kann Blake einen vorheulen. Vor einem Jahr schien er ihr Ritter in goldener Rüstung gewesen zu sein, also was zur Hölle tut er jetzt?

Ich seufze und setze mich auf meinen Stuhl, noch aufgewühlter als während des Meetings. Ich zünde eine Zigarette an und schiebe sie mir zwischen die Lippen, um einen langen Zug zu nehmen, bevor ich langsam ausatme.

„Oh, Sir, Sie sind es. Ich wollte gerade wer-auch-immer-hier-drin-ist sagen, dass Sie Rauchen im Gebäude nicht mögen, aber ich empfehle mich." Missy Jarvis, meine Sekretärin, beginnt, ihren Kopf wieder aus der Tür des Konferenzraumes zu ziehen, aber ich halte sie auf.

„Kommen Sie für eine Sekunde herein, Missy", bitte ich. Als sie näher zu mir kommt, sehe ich sie beim Geruch der Zigarette leicht das Gesicht verziehen.

„Ja, Sir?", fragt sie kleinlaut. Sie mag vielleicht erwarten, dass noch mehr Arbeit über ihr abgeladen wird, aber ich möchte mich jetzt ebenfalls nicht mit noch etwas beschäftigen. Ich habe heute noch andere Dinge vor.

„Ich werde heute früher gehen, und ich möchte, dass Sie dafür sorgen, dass die Jungs in der Etage die Liste durchgehen, die ich heute Morgen ausgegeben habe. Sie haben sie alle in ihren E-Mails, also stellen Sie sicher, dass die sie auch wirklich durchgehen. Jeder Scheißkerl, der behauptet, er hätte sie nicht bekommen, darf länger bleiben, bis es erledigt ist. Verstanden?", sage ich. Sie lächelt und nickt, dann blickt sie hinab auf die Akten in ihren Händen.

„Hatten Sie Glück dabei, ein Kindermädchen für Troy zu finden?", fragt sie. Äußerlich scheint es aufrichtig zu sein, aber ich weiß, dass mehr dahintersteckt als eine freundliche Nachfrage. Ich weiß, dass sie mit mir schlafen will. Es steht ihr seit dem Tag ins Gesicht geschrieben, an dem ich sie eingestellt habe. In letzter Zeit hat sie besonderes Interesse an meinem Sohn bekundet, und ich bekomme den Eindruck, dass es daran liegt, dass sie versucht, sich bei mir beliebt zu machen.

„Tatsache ist, dass ich deshalb früher gehe. In einer Stunde kommt jemand zu mir nach Hause, also muss ich los", erwidere ich. Nach einem weiteren Zug an der Zigarette drücke ich sie auf dem Tisch aus. Ich werfe sie in den Müll und nicke über meine Schulter. „Seien Sie doch bitte so lieb und wischen Sie das für mich weg."

„Ja, Sir", antwortet sie und tritt nach vorne, um es in ihre Handfläche zu wischen. Ich mache mir nicht die Mühe, ihr zu sagen, dass ihre Hände für den Rest des Tages nach Zigaretten stinken werden. Vielleicht ist es das, was sie will. Vielleicht erinnert es sie an mich. Ich gehe aus dem Raum und vermeide den Augenkontakt mit den anderen Angestellten, während ich durch den Flur stolziere und in den Aufzug steige.

Ich muss zurück zu meinem Haus. Ohne ein Kindermädchen, das in den letzten Tagen nach allem gesehen hat, muss ich ein paar Dinge in Ordnung bringen, bevor dieses neue Mädchen ankommt.

Und ich brauche Zeit, um Troy von der Tagespflege abzuholen.

Kapitel 3

Ich öffne die Augen, der Klang meines Weckers auf dem Nachttisch neben mir weckt mich auf. Es ist das erste Mal, dass ich seit meiner Flucht die Nacht durchgeschlafen habe, und ich fühle mich bemerkenswert erfrischt. Nach dem Abstellen des Klingelns gehe ich ins Badezimmer, froh darüber, ein wenig zusätzliche Zeit zu haben, bevor das Kind aufwachen würde.

Erneut bin ich erschrocken, als ich mein Spiegelbild sehe. Das lange braune Haar, das ich den Großteil meines Lebens getragen habe, wurde von einem kurzen, blonden Bob abgelöst. Alles, was dabei hilft, meine Identität zu verschleiern, würde mich mit Freuden tun. Ich habe es am Morgen meines Bewerbungsgesprächs machen lassen, sodass Mr. Stockwell keine Ahnung von meiner natürlichen Haarfarbe hat.

Ich kann nicht glauben, wie schnell er mir den Job gegeben hat. Er hat kaum Fragen gestellt und den Namen Emily akzeptiert, als wäre es mein richtiger Name. Andererseits dachte er das natürlich auch. Warum auch nicht?

Nachdem ich ein wenig Make-Up aufgetragen und mein Haar zurückgebunden habe, ziehe ich Jeans und ein T-Shirt an. Mr. Stockwell hat mich angewiesen, mich für meine Schichten bequem anzuziehen, da ich den Großteil meiner Zeit damit verbringen würde, Troy hinterherzulaufen und kleine Reinigungsarbeiten zu erledigen. Bisher, nach drei Tagen, sind die Dinge ziemlich gut gelaufen, aber ich weiß, dass ich bessere Arbeit leisten muss, was das Reden mit Kane angeht.

Kane Stockwell ist mit Abstand der umwerfendste Mann, den ich in meinem ganzen Leben gesehen habe. Er ist groß, attraktiv, muskulös und hat stechend blaue Augen. Ich habe ihn nur in seinem professionellen Arbeitsanzug gesehen, aber ich kann deutlich die Umrisse dessen sehen, was darunter liegt. Ich dachte, dass ich mich zu dem Jungen auf dem College hingezogen gefühlt hatte, aber jetzt sehe ich, wie ein richtiger Mann aussieht.

Ganz abgesehen davon, dass es offensichtlich ist, dass er seinen Sohn wirklich liebt. Alles im Haus dreht sich um dieses Kind. Mich stört es nicht. Mein Zimmer ist im Flur direkt dem seines Sohnes gegenüber, und es ist purer Luxus. Ich erinnere mich vage an eine Familienreise nach Vegas, als ich klein war, und diese Villa ist noch besser als das Fünfsternehotel, in dem wir damals waren.

Ich höre das Geräusch der sich öffnenden und schließenden Tür und weiß, dass Kane zur Arbeit gegangen ist. Auch wenn ich ihn gerne gesehen hätte, wie ich zugeben muss, bin ich dankbar dafür, meinen Morgen zu beginnen, ohne mich lächerlich zu machen. Ich weiß nicht, was ich sagen werde, wenn ich ihn das nächste Mal sehe, aber ich bin entschlossen, dass es etwas ist, das clever klingt. Jedes Mal, wenn ich versuche, mit ihm zu reden, fühle ich mich wie ein Idiot, und das ist peinlich.

„Miss Emily! Miss Emily, ich hab Hunger! Fütter mich!", hallt Troys Stimme im Flur wider, und ich ziehe schnell meine Kleidung zurecht.

„Wow, du bist früh wach. Ich dachte, du würdest ausschlafen, du kleines Äffchen", sage ich mit einem Lächeln, als ich in den Flur trete. „Ich mache dir in einem Moment Frühstück. Warum ziehst du nicht richtige Klamotten an?"

„Nein! Ich will jetzt essen! Ich verhungere!", feuert Troy zurück.

„Ich bin sicher, dass es nicht so schlimm ist. Ich besorge dir was zu essen, okay? Ich muss nur—", setze ich an, aber der Junge bricht in Tränen aus und sackt mitten im Flur zusammen.

„Ich verhungere! Fütter mich!", jammert er. Der Klang seines

Schluchzens ist ohrenbetäubend, und ich muss einen tiefen
Atemzug nehmen. Ich kann bereits verstehen, warum so viele
Kindermädchen diesen Job aufgegeben haben. Wenn die Bezah-
lung nicht so gut wäre, würde ich mit Freuden Hotels gegen
Schwarzgeld saubermachen, anstatt mich mit dem hier herum-
zuschlagen.

„Troy, so machen wir das nicht. Ich habe dir gesagt, dass ich
dir Frühstück mache, aber ich möchte, dass du dich anziehst",
erwidere ich mit der ruhigsten Stimme, die ich aufbringen kann.
Ich möchte ihn direkt in sein Zimmer zurückschieben und ihm
sagen, er solle mit seinem Wutanfall aufhören, aber ich weiß,
dass mich das nirgends hinbringen wird. Er ist eindeutig daran
gewöhnt, dass es nach seinem Kopf geht, und wenn das nicht
passiert, beginnt er zu toben.

Der Junge hat keinerlei Disziplin in seinem Leben.

„Nein! Ich habe dir gesagt, du sollst mir Essen bringen, und
ich meine damit jetzt!", schreit er erneut, wobei er seinen Bär
auf mich wirft. Er trifft mein Gesicht, trotz meines Versuches,
ihm auszuweichen, und ich schreie auf. Die kleine, harte Nase
hat mich direkt im Auge erwischt. Ich spüre Wut in meiner
Brust aufsteigen, und ich weiß, dass ich nicht die Fassung
verlieren kann, aber ich beginne dieses Kind als kleines Balg
anzusehen.

Er liegt schluchzend auf dem Boden, und ich bin kurz davor,
ihn dafür zurechtzuweisen, mit Spielsachen zu werfen, als mich
eine Stimme hinter mir erschreckt. „Was geht hier vor sich?"

Ich wirbele herum. Kane steht am oberen Fuß der Treppe,
uns beide mit einem blanken Gesichtsausdruck anstarrend. Ich
wünschte, in seinem Ausdruck läge etwas, das seine Gedanken
darüber verrät, diese Szene mitangesehen zu haben, aber er
offenbart nichts. Ich kann nicht sagen, ob er wütend, überrascht
oder einfach an diese Art Verhalten gewöhnt ist. Zuerst sieht er

seinen Sohn an, dann zurück zu mir, und es scheint, als würde Troy umso lauter werden, als er seinen Vater im Flur stehen sieht.

„Sie will mich nicht füttern, Daddy! Ich habe sie so nett gefragt, ob sie mir Frühstück macht, und sie hat mir gesagt, dass sie das nicht macht!", schluchzt Troy. Mein Zorn brodelt ein wenig heißer, aber Kane und ich haben wenigstens eine Sache gemeinsam—ich bin ebenfalls gut darin, meine Gefühle zu verbergen.

„Nichts geht vor sich, wir haben heute Morgen nur einen etwas holprigen Start", erwidere ich, Troy ignorierend.

„Sie macht mir *nie* was zu essen, wenn ich darum bitte! Ich werde so hungrig!", jammert Troy erneut. Er steht vom Boden auf und wirft sich theatralisch an die Wand. Ich höre ihn an seiner Tür zusammensacken und kämpfe gegen den Drang an, mit den Augen zu rollen. Ich habe in meinem Leben ein paar dramatische Kinder gesehen, aber nichts so Schlimmes.

Kane blickt seinen Sohn erneut an, dann zurück zu mir. Jetzt herrscht im Flur eine Stille, die fast ohrenbetäubend ist, und alles in mir schreit danach, die Situation zu erklären.

Aber nichts kommt mir in den Kopf. Ich kann diesem Vater nicht direkt vor seinem Kind erzählen, dass der Junge unverschämt ist. Troy ist fast sechs Jahre alt. Er ist alt genug, um die Wahrheit zu sagen, aber er ist ebenfalls alt genug, um eine Lüge zu erfinden. Ich bin nicht sicher, was sein Vater von alldem hält, und ich wünschte, er würde etwas sagen, das mich ins Bild setzt.

Kane nickt nur, dreht sich um und geht durch den Flur. Er läuft in Richtung seines Schlafzimmers, und ich bin nicht sicher, was er tut. Ich hüte mich, ihm zu folgen oder nachzufragen, also drehe ich mich um und werfe Troy einen Blick zu. Obwohl Troy sehr jung ist, könnte ich schwören, ein Grinsen auf seinem Gesicht zu sehen. Ich will nichts mehr, als ihn auf sein

Bett zu setzen und ihm zu sagen, er hätte jetzt erstmal Sende-
pause, aber ich wage es nicht.

Wenn er so einen Anfall bekommt, nur weil er nicht direkt
sein Frühstück bekommt, kann ich mir die Szene nicht einmal
vorstellen, die er machen würde, wenn ich ihn berührte. Ich
entscheide, dass es besser ist, ihm Frühstück zu machen und
den ganzen Morgen einfach zu vergessen. Immerhin möchte ich
es nicht so aussehen lassen, als könnte ich nicht mit einem Kind
umgehen.

Ich höre das Geräusch von Kanes Schritten auf dem Holzbo-
den, während ich Müsli in eine Schüssel kippe, und atme tief
ein. Ich bin darauf vorbereitet, mir eine Belehrung von ihm
anzuhören, dass so etwas nicht noch einmal vorkommen sollte.
Ich bin sicher, dass er nicht glücklich darüber ist, zu so einem
Wutanfall nach Hause zu kommen, oder sich fragen zu müssen,
ob sein neues Kindermädchen überhaupt fähig ist, sich um
seinen Sohn zu kümmern.

Aber er sagt nichts über den Vorfall. Als er durch die Küche
geht, nickt er mir erneut ohne ein Lächeln zu. „Ich hoffe, du hast
einen guten Tag."

„Sie auch!", rufe ich ihm hinterher, ein wenig enthusiasti-
scher als beabsichtigt. Ich stehe mit geschlossenen Augen da,
trete mir geistig dafür in den Arsch, so ungeschickt zu sein, und
höre erneut das Geräusch der sich öffnenden und schließenden
Tür.

Als sich der Junge an den Küchentisch setzt, stelle ich lieblos
sein Essen vor ihn und sage nichts. Es ist mir egal, ob ich mich
mit dem Kind anfreunde oder nicht. Ich bin nicht in der Stimmung, mich nach jemandem auszurichten, den zufriedenzu-
stellen unmöglich ist.

Außerdem bin ich sein Kindermädchen, nicht seine Freundin. Wenn der Junge ein paar Lektionen lernen muss, dann bin
ich diejenige, die sie ihm beibringen sollte.

Ich gehe zum Fenster neben der Hintertür und sehe nach draußen, wo Kanes Jaguar aus der Auffahrt und auf die Straße fährt, in Richtung Innenstadt. Ich seufze. Es ist mir so wichtig, einen guten Eindruck auf ihn zu machen, und heute Morgen hätte es nicht schlimmer laufen können. Irgendwie muss ich das in den Griff bekommen.

Ich muss ihm beweisen, dass ich es kann.

Mein Leben—oder zumindest meine Sicherheit—hängt davon ab.

Kapitel 4

„Sieh mal, Cheryl, ich weiß, was du sagen willst, und ich weiß, dass du deswegen wütend bist, aber ich werde es mir nicht anders überlegen. Du bist diejenige, die *uns* sitzen gelassen hat. Ich habe dir nicht gesagt, dass du mit meinem besten Freund ins Bett gehen sollst, und ich habe dir auch nicht gesagt, dass du mit ihm abhauen sollst. Troy ist es mittlerweile egal, ob du da bist oder nicht. Du hast ihn zu oft verletzt, als dass er sich noch darum scheren würde, was du tust!" Ich wollte nicht so weit gehen, dass ich schrie, aber hier bin ich und brülle in mein Handy, während ich nach einem langen Tag im Büro in meinem Auto sitze.

„Dieses Kind wird glauben, welchen Mist auch immer du ihm erzählst, und ich werde das nicht dulden. Troy ist genauso sehr mein Sohn wie er deiner ist, und du wirst mich ihn sehen lassen, ansonsten wird es dir leidtun!", feuert Cheryl zurück.

„Was willst du tun, uns zu Tode ignorieren? Warum tust du der Welt nicht einen Gefallen und haust in diesen karibischen Bungalow ab, von dem du immer sprichst? Ich denke, wir könnten alle eine weitere deiner Anwandlungen gebrauchen, bei der du verduftest!", erwidere ich höhnisch.

„Das würde dir gefallen, oder nicht? Wenn all deine

Probleme einfach bequemerweise verschwinden? Stell dir vor, es ist nur eine Frage der Zeit, bis ich dich vor Gericht sehe, und du wirst dich noch fein umgucken. Ich habe genug meines Lebens damit verschwendet, mich von dir umherschieben zu lassen, und ich werde dich das nicht länger tun lassen! Verstehst du das? Es ist vorbei für dich!" Sie lässt mir keine Chance zu antworten, und ich möchte mein Handy auf die Rückbank werfen, als ich höre, wie die Verbindung unterbrochen wird.

Ich schlage mit den Händen auf das Lenkrad. So wütend war ich schon lange nicht mehr. Es ist schwer für uns, miteinander Kontakt zu haben—es geht nie gut aus—und ich werde es langsam leid. Es graut mir bereits davor, ans Telefon zu gehen, wenn ich ihren Namen sehe, und es wird nur schlimmer.

Glücklicherweise ist Blake mittlerweile clever genug, Unterhaltungen mit mir zu vermeiden. Ich weiß nicht, was er zu sagen plant, wenn er es tut, aber ich bin sicher, dass es kommt. Er war in der Firma so mit mir auf Augenhöhe gewesen, dass ich sicher bin, dass er früher oder später ankommen wird, besonders wenn Cheryl ihm im Nacken sitzt.

Ich erinnere mich daran, wie es war, mit dieser Frau verheiratet zu sein, und auch wenn ich zugeben muss, dass es zu Beginn erfrischend war, war es zum Ende hin doch mein schlimmster Albtraum. Ich schüttle den Kopf und schlage erneut auf das Lenkrad, bevor ich den Motor starte und vom Parkplatz fahre.

Als ich in meine Auffahrt lenke, blicke ich zu den Fenstern und seufze. Ich möchte nicht dort hineingehen und Small Talk machen. Ich möchte keine Fragen darüber beantworten, was ich zum Abendessen möchte, denn Tatsache ist, dass ich es überhaupt nicht weiß. Aber ich weiß, dass ich nicht ewig in meinem Auto sitzen bleiben kann, also winde ich mich hinter dem Lenkrad heraus und begebe mich zum Haus.

Ich öffne die Tür, den unausweichlichen Klang von Geschrei

und all die Geschichten fürchtend, die mein Sohn über den Tag zu erzählen hat. Ich weiß, dass die meisten davon übertrieben sind, aber es muss zumindest ein klein wenig Wahrheit darin liegen, denke ich. Ich möchte nicht, dass er unglücklich ist, und ich möchte wirklich nicht noch ein weiteres Kindermädchen verlieren. Damit kann ich jetzt nicht umgehen. Nicht zusammen mit allem anderen.

Als ich die Tür einen Spalt öffne, höre ich leise Musik, und neugierig drücke ich sie komplett auf. Ich trete ein und sehe sofort Emily, die Abendessen kocht. Sie blickt über ihre Schulter und lächelt mir zu, mit Troy neben ihr, der ein Buttermesser nutzt, um Erdbeeren und Bananen in eine Schüssel zu schneiden.

„Daddy! Guck, Daddy! Miss Emily lässt mich ihr in der Küche helfen! Guck mich an!", strahlt er, und ich gehe mit einem Lächeln im Gesicht zu ihm. Es ist schön, in ein friedliches Haus nach Hause zu kommen, und ich bin glücklich, dass er Spaß hat.

„Was? Seit wann bist du alt genug, um ein Messer zu benutzen? Bist du sicher, dass du dafür groß genug bist?", frage ich mit neckender Stimme. Ich lege meine Arme um ihn und küsse ihn auf die Wange, was das größte Lächeln auf sein Gesicht zaubert, das ich seit langer Zeit gesehen habe.

Die letzten paar Tage haben meinen Sohn wirklich zum Besseren verändert. Ich habe mehr und mehr bemerkt, dass er Emily sehr mag, was mein Leben wesentlich einfacher macht. Ich hoffe, dass das anhält, aber ich hüte mich davor, mich an ein Kindermädchen zu hängen.

„Ich bin groß genug. Emily hat gesagt, dass dieses Messer perfekt für Obst ist und dass sie möchte, dass ich es mache!" Er lächelt ihr zu, und sie erwidert sein Lächeln, auch wenn ihr Blick schnell wieder zu der Pfanne mit brutzelndem Hackfleisch vor ihr zurückkehrt.

„Ich dachte, dass er mir vielleicht gern in der Küche aushelfen würde. Es schien mir eine bessere Option als eine weitere Folge der Serie zu sein, die er immer anschaut." Sie schenkt mir ein warmes Lächeln, und ich nicke.

„Ich schätze es, dass du ihn dir helfen lässt, und danke, dass du dich auch um das Abendessen kümmerst. Wow, ich muss sagen, hier sieht es umwerfend aus. Wann hattest du die Zeit, alles sauber zu machen und dich auch noch um dieses kleine Monster zu kümmern?" Ich zerzause Troys Wuschelkopf und sehe mich erstaunt im Haus um. Nicht nur hat sie mit dem Kochen des Abendessens angefangen, aber ich kann sehen, dass sie gesaugt und abgestaubt hat und dass einige von Troys sauberen Klamotten sauber gefaltet in einem Korb liegen.

„Ich bin noch nicht ganz fertig. Ich wollte die Wäsche fertig machen und mich um die Speisekammer kümmern, aber das wird bis morgen warten müssen. Es stört Sie doch nicht, wenn ich die Lebensmittel wegwerfe, die abgelaufen sind, oder? Ich habe vorhin beim Vorbereiten des Abendessens bemerkt, dass da einige Lebensmittel sind, die ihr Haltbarkeitsdatum über-schritten haben." Sie lächelt mich erneut an, und ich schüttle schnell den Kopf.

„Wenn es irgendetwas gibt, von dem du denkst, es müsse weg, wirf es weg. Es tut mir leid, dass du all das tun musst, wenn du auch noch auf Troy aufpasst, aber ich weiß es wirklich zu schätzen. Vielleicht müssen wir über eine Gehaltserhöhung sprechen." Bei dieser Aussicht sehe ich ihre Augen aufleuchten, aber sie sagt nichts.

„Ich werde eine Einkaufsliste machen und morgen ein paar Dinge besorgen. Ich dachte, dass Troy ein kleiner Überra-schungsausflug vielleicht gefallen würde. Vielleicht halten wir auf dem Heimweg an und holen Eis, aber nur, wenn er ein guter Junge ist." Sie wirft meinem Sohn einen Blick zu, und zum ersten Mal in meinem ganzen Leben sehe ich, dass er ihr schnell versichert, dass er das sein wird.

„Ich werde gut sein! Ich möchte eine Schokoeistüte! Ich möchte Schokoeis!", schreit er, und sie legt einen Finger auf ihre Lippen.

„Shhh, erinnerst du dich daran, worüber wir gesprochen haben? Du musst deine leise Stimme nutzen, wenn wir im Haus sind, dann kannst du deine laute Stimme nutzen, wenn du draußen bist. Welche Eistüte hättest du gern?" Sie stemmt die Hände in die Hüften und sieht ihn mit einem ernsten, aber sanften Blick an, und erneut erkenne ich meinen Sohn kaum wieder.

Er senkt sofort seine Stimme und wendet seine Aufmerksamkeit wieder der Banane vor sich zu, während er antwortet: „Ich möchte eine Schokoeistüte, bitte."

„Dann sollst du eine Schokoeistüte bekommen", erwidert Emily mit einem Lächeln. Sie dreht sich zu mir und zeigt mit dem Finger auf die Treppe. „Ich bin fast mit dem Rest der Zutaten für die Tacos fertig, und ich denke, Troy ist mit dem Obstsalat auch soweit. Sie machen sich besser fertig für das Abendessen, wenn Sie es haben wollen, während es noch heiß ist."

„Ich kann mich nicht an das letzte Mal erinnern, als wir Tacos hatten", sage ich mit einem Kopfschütteln. „Ich bin gleich zurück."

Ich drehe mich um und gehe die Treppe hoch, immer noch mit umherwirbelnden Gedanken. Sie hat Tacos gemacht. Ich kann mich wirklich nicht an das letzte Mal erinnern, als ich einen Taco hatte, und es klingt köstlich. All die Kindermädchen, die ich von der Agentur engagiert hatte, machten immer irgendeine Delikatesse zum Abendessen. Ich war nie sicher, ob ihnen gesagt wurde, dass sie dies tun mussten oder ob sie es taten, um mich zu beeindrucken, aber Troy gefiel selten das, was vor ihm auf dem Tisch stand. Ich hatte das Gefühl, dass das Teil des Problems zwischen ihm und den Kindermädchen war. Sie achteten nie darauf, was er wollte oder brauchte, stattdessen verbrachten sie zu viel Zeit damit, das zu tun, von dem sie dachten, dass ich es wollte.

Alles, was ich von ihnen wollte, war, dass sie meinen Sohn glücklich machten—und brav.

Bisher hat Emily einen tiefgreifenden Einfluss auf ihn gehabt, und ich kann es mir nicht erklären. Am einen Tag schreit er sie im Flur an, dann kaum eine Woche später ist er wie ein anderes Kind, als ich nach Hause komme. Es ist so eine nette Abwechslung zu dem, was ich gewöhnt bin, und ich kann es kaum glauben.

Während ich etwas Bequemeres zum Abendessen anziehe, denke ich erneut an Cheryl. Sie kann sich so sehr darüber auslassen, wie die Dinge sind, wie sie will, aber ich kann sehen, dass mein Sohn jetzt glücklich ist, und ich werde nichts tun— oder ihr erlauben, etwas zu tun—dass dies riskiert.

Sie hat ihre Wahl getroffen, und ich meine. Ich kann mit diesem Leben umgehen. Tatsächlich gefällt mir mein Leben so. Ob Cheryl mit ihrem Leben und den von ihr getroffenen Entscheidungen glücklich ist oder nicht, ist nicht mein Problem.

Ich bin endlich wieder glücklich.

Kapitel 5

„In Ordnung, Mercedes, du kannst das. Du musst nur ein paar Lebensmittel einkaufen, dann mit dem Kind Eis holen gehen. Du wirst in weniger als einer Stunde wieder zuhause sein und dich wieder verstecken." Ich setze eine dicke, runde Sonnenbrille auf, die den Großteil meines Gesichts verdeckt, gefolgt von einem übertriebenen Sonnenhut. Ich hoffe, dass mein Look nicht so außergewöhnlich ist, dass Troy es erwähnt.

Zum Schluss noch knallroter Lippenstift—etwas, das ich auf dem College nie getragen habe—und ich gehe aus dem Badezimmer, um in sein Zimmer zu spähen. „Bist du fertig?"

„Ja, Miss Emily!", sagt Troy, während er schnell aufhört, mit seinen Spielsachen zu spielen und aufsteht. Ich gewöhne mich endlich daran, dass er mich Emily nennt. Für eine Weile war es schwer, ihn nicht zu korrigieren und ihm meinen richtigen Namen zu sagen. Aber ich war darauf bedacht, diese Angewohnheit so schnell wie möglich loszuwerden. Das Letzte, was ich wollte, war, mich zu vertun und die Wahrheit zu sagen.

„Du siehst in diesem Shirt niedlich aus", meine ich, als wir beide das Haus verlassen. Er nickt und geht direkt auf das Auto zu, aber ich halte ihn auf. Es ist die eine Sache, an die ich nicht gedacht habe, bevor wir aus dem Haus sind, und ich realisiere plötzlich, dass ich das Fahren so oft wie möglich vermeiden sollte.

„Daddy hat gesagt, dass wir heute sein Auto nehmen können", erklärt Troy, während er am Türgriff hängt. Ich kann die Spannung in seiner Stimme hören, und ich weiß, dass ich vorsichtig sein muss, wenn ich nicht möchte, dass er einen Wutanfall bekommt—was ich bin. Ich werde alles tun, um ihn davon abzuhalten, in der Öffentlichkeit zu toben, aber ich kann es nicht riskieren, angehalten zu werden und einem Cop meinen Ausweis zeigen zu müssen.

„Ich weiß, dass er das getan hat, aber wie ich ihm heute Morgen gesagt habe, denke ich, dass das Wetter perfekt für einen Spaziergang ist! Möchtest du nicht ein wenig frische Luft schnappen?", frage ich mit einem Lächeln. Er wirft mir einen Blick zu, der mir sagt, dass er alles andere lieber tun würde, als mit mir spazieren zu gehen, aber ich ignoriere es.

„Ich möchte in Daddys Auto fahren! Er lässt mich nicht oft mitfahren, und es ist ein Luxusauto! Ich will darin fahren!", schreit Troy. Ich blicke ihn warnend an und lege einen Finger auf die Lippen.

„Was habe ich dir von—", setze ich an, aber er unterbricht mich.

„Wir sind draußen! Ich kann meine laute Stimme benutzen, wenn ich will!", brüllt er erneut.

„Okay, ich weiß, dass wir draußen sind, aber deine laute Stimme zu nutzen und mich anzuschreien sind zwei unterschiedliche Dinge. Du musst immer noch nett sein, selbst wenn du draußen lauter sprichst." Ich verschränke die Arme und sehe ihn an, und er wirft sich auf den Boden. Ich bereite mich darauf vor, dass er wegen eines verkratzten Arms oder abgeschürften Knies zu weinen anfängt, bin aber froh, als er dies nicht tut.

„Ich dachte, du wolltest ein Eis haben", versuche ich es nochmal mit einem anderen Ansatz.

„Will ich! Ich möchte eine Schokoeistüte!", fährt er mich an. Ich bin dankbar, dass er seine Stimme diesmal etwas senkt.

„Na, dann lass uns gehen. Du wirst nicht viel Eis bekommen, wenn du hier in der Auffahrt bleibst", meine ich mit einem Lachen. Ich kann sehen, dass er nicht weiß, was er von mir halten soll, und ich frage mich, wie viele Kindermädchen in der Vergangenheit einfach nachgeben haben, sobald er nur genug getobt hat.

Ich gehe durch das Tor, lasse es offen und trete auf den Bürgersteig. Gedanklich frage ich mich, wie weit ich gehen kann, bevor ich mich umdrehen und sicherstellen sollte, dass er mit mir kommt, und gerade als ich mich umdrehen möchte, höre ich seine kleinen Füße auf dem Gehsteig, den er entlangrennt, um zu mir aufzuholen.

„Da bist du! Ich dachte schon, ich müsste mir ganz alleine Eis holen", sage ich mit einem Lächeln. Er schmollt, aber er kommt, und das ist alles, was mir wichtig ist. Wir gehen ein paar Sekunden schweigend nebeneinander her, dann biete ich ihm meine Hand an. „Weißt du, ich würde liebend gern die Hand eines stattlichen Jungen wie dir halten, während wir die Straße entlanggehen."

„Ich will deine Hand nicht halten", gibt er zurück. Ich ziehe meine Hand zurück und seufze.

„In Ordnung, wenn du nicht mein bester Freund sein willst, dann musst du das nicht." Ich blicke in die andere Richtung, aber ich merke, dass ich jetzt seine Aufmerksamkeit habe.

„Ich habe keinen besten Freund", antwortet er letztendlich. „Aber ich möchte einen. Ich bekomme keinen, weil ich nicht in die Kindertagesstätte oder zur Schule gehe. Die Kinder in der Tagesstätte mochte ich auch nicht. Die waren nicht sehr nett."

Ich spähe zu ihm hinab, plötzlich eine neue Art des Mitgefühls für ihn empfindend. Sein Vater hat erwähnt, dass er Troy ein paar Tage in eine Tagesstätte bringen musste, während er nach einem anderen Kindermädchen gesucht hat, aber ich habe nicht darüber nachgedacht, wie schwer das für das Kind sein konnte. Klar, in ein fremdes Haus zu gehen, wenn er daran gewöhnt war, allein zu leben, musste hart sein, aber ich hatte nicht darüber nachgedacht, wie ihn die anderen Kinder behandelt haben konnten.

„Weißt du, als ich zur Schule gegangen bin, waren die Leute auch nicht sehr nett zu mir. Ich bin froh, dass ich einen netten Jungen wie dich kennengelernt habe", sage ich mit einem Lächeln. Er sieht zu mir auf und erwidert mein Lächeln, und zu meiner Überraschung legt er seine Hand in meine. Begeisterung schießt durch mein Herz. Ich breche zu diesem kleinen Jungen durch, und kein Kindermädchen war bisher fähig, das zu tun. Ich mache einen Eindruck auf ihn, und das bewegt auf eine Art mein Herz, die ich nie erwartet hätte.

An diesem Job gibt es viele Dinge, die ich nicht erwartet hatte, nicht zuletzt der Eindruck, den ein schroffer, stiller Vater auf mich hat.

Kane ist der eine Mensch, der in der letzten Woche noch mehr in meinem Kopf war als Amanda, und ich weiß nicht, was ich mit meinen Gedanken anfangen soll. Ich weiß, dass er bei der Arbeit gestresst ist, obwohl ich nicht völlig sicher bin, was ihn so strapaziert. Er erzählt mir nicht viel, und ich frage nicht nach. Ich weiß nur, dass er mich dafür bezahlt, das Kindermädchen zu sein, das ist alles.

Aber soweit ich sagen kann, hat er Probleme mit seiner Ex-Frau. Natürlich kann ich nicht leugnen, dass mich das Wissen über Schwierigkeiten zwischen den beiden glücklich macht. Ich kann nicht aufhören, über Kane zu fantasieren, und ich fühle mich deswegen nicht allzu schuldig, da ich weiß, dass es keine Frau in seinem Leben gibt.

In meiner tiefsten Sehnsucht möchte ich diejenige sein, auf die zu sehen er sich freut, wenn er nach Hause kommt, selbst wenn ich das Kindermädchen bin. Ich kann so gut ich kann Ehefrau spielen, selbst wenn ich es professionell halten muss. Es ist ein harmloses Spiel in meinem Kopf, solange er nichts davon herausfindet.

Und solange er nicht herausfindet, wer ich bin, kann ich das für lange Zeit aufrechterhalten.

Und meine Güte, habe ich Vorsichtsmaßnahmen ergriffen. Ich weiß, dass er morgens gerne die Nachrichten ansieht, aber ich bin immer darauf bedacht, den Fernseher auszuschalten und mit ihm über etwas zu reden, das mit meinen Pflichten zu tun hat, wenn irgendein Bericht über mich läuft. Zuerst hatte ich Angst, dass er es durchschauen würde, aber er ist immer so in seiner Arbeit gefangen, dass es ihn überhaupt nicht zu kümmern scheint.

Je weniger er über die Geschichte hört, desto besser. Das einzige Problem ist, dass es bedeutet, dass ich ebenfalls nichts Neues darüber erfahre. Ich habe während des Tages keine Zeit, um nachzusehen, was gesagt wird, und ich wage es nicht, die

Nachrichten mit jemandem in der Nähe eingeschaltet zu lassen.

Ich weiß nicht, ob nach mir gesucht wird oder wie nah sie daran sind, mich zu finden. Ich möchte glauben, dass sie mich gehen lassen müssen, aber im Hinterkopf kann ich nicht aufhören, über diesen wiederkehrenden Traum nachzudenken.

Ich greife Troys Hand ein wenig fester, und wir beschleunigen.

„Au! Warum beeilen wir uns so?", fragt er, offensichtlich genervt.

„Ich denke nur, wir sollten die Einkäufe schnell erledigen. Ich möchte dieses Eis", erkläre ich mit einem Lächeln. Er scheint mit meiner Antwort zufrieden zu sein, aber ich kann das paranoide Gefühl nicht abschütteln, das mich ergriffen hat. Ich möchte diese Einkäufe hinter mich bringen und so schnell wie möglich nach Hause gehen.

Ich vermeide es schon so häufig wie möglich, die Haustür zu öffnen oder an das Festnetztelefon zu gehen. In die Öffentlichkeit zu gehen hat eine noch schlimmere Auswirkung auf meine Nerven. Ich nehme einen tiefen Atemzug und lasse ihn wieder heraus, als wir direkt vor einem Polizeiauto die Straße überqueren.

Die wissen nicht, wer du bist, Mercedes. Mach einfach die Besorgungen und geh raus. Du musst nicht einmal deine Sonnenbrille absetzen. Alles wird gut. Alles wird gut.

Die Gedanken rasen durch meinen Kopf, und ich versuche, mich auf den gegenwärtigen Augenblick zu konzentrieren. Ich sage mir, dass alles gut wird, aber da sitzt ein unerschütterliches Gefühl in meinem Herzen, dass meine Uhr abgelaufen ist. So sehr ich es auch genieße, für Kane und Troy zu arbeiten, und wünschte, dass dies für immer mein Leben sein könnte, befürchte ich, dass das nicht passieren wird.

Es ist nur eine Frage der Zeit, bis sie mich erwischen, und

sobald sie dies tun, mache ich mir Sorgen, dass ich für ein Verbrechen ins Gefängnis wandere, welches ich nicht begangen habe.

Lies Herz aus Stein JETZT!

https://books2read.com/u/4j2vRX

Lightning Source UK Ltd.
Milton Keynes UK
UKHW021208110121
376834UK00015B/2259